LIVRO DO DESASSOSSEGO

FERNANDO PESSOA

LIVRO DO DESASSOSSEGO

Composto por Bernardo Soares, ajudante de guarda-livros na cidade de Lisboa

Organização
Richard Zenith

2ª reimpressão

Grafia atualizada segundo o Acordo Ortográfico da Língua Portuguesa de 1990, que entrou em vigor no Brasil em 2009.

Capa
Jeff Fisher

Revisão
Renato Potenza Rodrigues

Dados Internacionais de Catalogação na Publicação (CIP)
(Câmara Brasileira do Livro, SP, Brasil)

Pessoa, Fernando, 1888-1935
Livro do desassossego : Composto por Bernardo Soares, ajudante de guarda-livros na cidade de Lisboa / Fernando Pessoa ; organização Richard Zenith. — 2ª ed. — São Paulo : Companhia de Bolso, 2023.

ISBN 978-65-5425-018-4

1. Prosa portuguesa I. Zenith, Richard. II. Título.

23-173358 CDD-869.87

Índice para catálogo sistemático:
1. Prosa : Literatura portuguesa 869.87

Cibele Maria Dias – Bibliotecária – CRB-8/9427

EDITORA SCHWARCZ S.A.
Rua Bandeira Paulista, 702, cj. 32
04532-002 — São Paulo — SP
Telefone: (11) 3707-3500
www.companhiadasletras.com.br
www.blogdacompanhia.com.br
facebook.com/companhiadasletras
instagram.com/companhiadasletras
twitter.com/cialetras

SUMÁRIO

INTRODUÇÃO

Pasmo sempre quando acabo qualquer coisa. Pasmo e desolo-me. O meu instinto de perfeição deveria inibir-me de acabar; deveria inibir-me até de dar começo. Mas distraio-me e faço. O que consigo é um produto, em mim, não de uma aplicação de vontade, mas de uma cedência dela. Começo porque não tenho força para pensar; acabo porque não tenho alma para suspender. Este livro é a minha cobardia.

trecho 152

"Fernando Pessoa não existe, propriamente falando." Quem nos disse foi Álvaro de Campos, um dos personagens inventados por Pessoa para lhe poupar o esforço e o incômodo de viver. E para lhe poupar o esforço de organizar e publicar o que há de mais rico em sua prosa, Pessoa inventou o *Livro do desassossego*, que nunca existiu, propriamente falando, e que nunca poderá existir. O que temos aqui não é um livro mas sua subversão e negação, o livro em potência, o livro em plena ruína, o livro-sonho, o livro-desespero, o antilivro, além de qualquer literatura. O que temos nestas páginas é o gênio de Pessoa no auge.

Muito antes dos desconstrutivistas chegarem para nos ensinar que não há nenhum *hors-texte*, Fernando Pessoa viveu, na carne — ou em sua anulação —, todo o drama de que eles apenas falam. A falta de um centro, a relativização de tudo (inclusive da própria noção de "relativo"), o mundo todo reduzido a fragmentos que não fazem um verdadeiro todo, apenas texto sobre texto sobre texto sem nenhum significado e quase sem nexo — todo esse sonho ou pesadelo pós-modernista não foi, para Pessoa, um grandioso discurso. Foi sua íntima experiência e tênue realidade. E este livro-caos de desassossego foi seu testemunho, lucidíssimo:

> Tudo quanto o homem expõe ou exprime é uma nota à margem de um texto apagado de todo. Mais ou menos, pelo sentido da nota, tiramos o sentido que havia de ser o do texto; mas fica sempre uma dúvida, e os sentidos possíveis são muitos. (trecho 148)

Dúvida e hesitação são os dois absurdos pilares mestres do mundo segundo Pessoa e do *Livro do desassossego*, que é seu microcosmo. Explicando seu próprio mal e o do livro numa carta a Armando Cortes-Rodrigues datada de 19 de novembro de 1914, o jovem Pessoa diz: "O meu estado de espírito obriga-me agora a trabalhar bastante, sem querer, no *Livro do desassossego*. Mas tudo fragmentos, fragmentos, fragmentos". E numa carta escrita um mês antes ao mesmo amigo, fala "de uma depressão profunda e calma", que só lhe permitia escrever "pequenas coisas" e "quebrados e desconexos pedaços do *Livro do desassossego*". A esse respeito, o da fragmentação permanente, o autor e seu *Livro* ficaram para sempre fiéis a seus princípios. Se Pessoa se dividiu em dezenas de personagens literários que se contradiziam uns aos outros, e mesmo a si próprios, o *Livro do desassossego* também foi um multiplicar-se constante, sendo muitos livros atribuídos a vários autores, todos eles incertos e vacilantes, como o fumo dos cigarros através do qual Pessoa, sentado num café ou à sua janela, olhava a vida que passa.

O *Livro* nasceu um ano antes do trio Caeiro, Campos e Reis, com a publicação, em 1913, de "Na floresta do alheamento", a primeira prosa criativa publicada por Pessoa. O texto foi assinado com seu próprio nome e identificado como "Do *Livro do desassossego*, em preparação". Pessoa trabalhou nessa obra durante o resto da vida, mas, quanto mais a "preparava", mais inacabada ficava. Inacabada e inacabável. Sem enredo nem plano para cumprir, seus horizontes foram alargando, seus confins ficaram cada vez mais incertos, sua existência como livro cada vez menos viável — da mesma forma, aliás, que a existência de Pessoa como pessoa.

Tendo Ricardo Reis parado de evoluir (que evolução poderia haver para um "*Greek Horace who writes in Portuguese*"?) e Alberto Caeiro (ou seu fantasma, uma vez que ele morreu em 1915) cessado de escrever em 1930, Pessoa insuflou então nova vida no *Livro do desassossego*, que passou a impor-se não menos do que Álvaro de Campos (sempre uma presença marcante) na obra e no espírito de seu criador. Campos e Bernardo Soares nunca se conheceram no "drama em gente" encenado por Pessoa, mas é curioso notar que o primeiro documento (trecho 230) contido no primeiro envelope de seu vastíssimo Espólio traz a indicação "*A. de C.(?) ou L. do d. (ou outra coisa qualquer)*". Havia, de fato, uma forte concordância intelectual e emocional entre o ajudante de guarda-livros e o Campos do último período, já bem menos estridente que o Futurista que escreveu "Ode triunfal". Se os poemas escritos por esse heterônimo envelhecido são muito parecidos — não formalmente mas na temática existencial e no tom melancólico — aos versos de Pessoa ele mesmo, certas prosas de Campos, como "Ambiente", publicado em 1927 (com frases como "Exprimir-se é dizer o que não se sente" ou "Fingir é conhecer-se"), poderiam ter sido assinadas por Bernardo Soares. Talvez não seja completamente por acaso que a figura de Soares se revela mais plenamente quando a biografia do engenheiro naval já tinha definhado (estando ele "em Lisboa em inatividade", segundo a última notícia dada a seu respeito por Pessoa na carta que endereçou a Adolfo Casais Monteiro em 13/1/1935). Não que uma ficção pudesse substituir a outra, mas havia paralelismos em seus hábitos. Soares, quando não estava no escritório, gostava de caminhar na Baixa, onde frequentava talvez os mesmos cafés e a mesma tabacaria que Campos, e os dois sentavam-se talvez não longe um do outro nos mesmos elétricos. Eram personagens de origem bem diversa no mundo definido por Pessoa, mas acabaram por ocupar o mesmo campo de sua sensibilidade, que por sua vez foi definida, ou muito colorida, pela cidade de Lisboa. Campos, Soares, Pessoa e Lisboa são, num certo registro, sinônimos.

Bernardo Soares, o narrador principal mas não exclusivo do *Livro do desassossego*, era tão próximo de Pessoa — mais até do que

Campos — que não podia considerar-se um heterônimo autônomo. "É um semi-heterônimo", escreveu Pessoa no último ano de sua vida, "porque, não sendo a personalidade a minha, é, não diferente da minha, mas uma simples mutilação dela." Não há dúvida de que muitas das reflexões estéticas e existenciais de Soares fariam parte da autobiografia de Pessoa, se este tivesse escrito uma, mas não devemos confundir a criatura com seu criador. Soares não foi uma réplica de Pessoa, nem sequer em miniatura, mas um Pessoa mutilado, com elementos em falta. Soares tinha pouca personalidade e nenhum sentido de humor; Pessoa possuía ambas as coisas, e em grande medida. Embora acanhado às vezes, Pessoa não devia se sentir "um daqueles trapos úmidos de limpar coisas sujas, que se levam para a janela para secar, mas se esquecem, enrodilhados, no parapeito que mancham lentamente" (trecho 29). Como o semi-heterônimo, Pessoa era um empregado de escritório na Baixa, mas enquanto aquele foi condenado à rotina de preencher com preços e quantias o Livro-Razão de um armazém de fazendas, este teve um trabalho relativamente prestigioso, escrevendo cartas comerciais em inglês e em francês. Pessoa prestou serviço em várias firmas, jamais tendo sido obrigado a cumprir um horário fixo.

Quanto à vida interior dos dois, Soares toma a de seu progenitor como modelo: "Criei em mim várias personalidades. [...] [T]anto me exteriorizei dentro de mim que dentro de mim não existo senão exteriormente. Sou a cena nua onde passam vários atores representando várias peças" (trecho 299). Mas o que é isso? Podemos dar fé a essa afirmação — que o ajudante de guarda-livros também tinha heterônimos? Não será o próprio Pessoa que nesse trecho está a falar? E não será Pessoa que confessa: "Só uma vez fui verdadeiramente amado" (trecho 235)? Não é ele que acredita, ou quer acreditar, que "a literatura é a maneira mais agradável de ignorar a vida" (trecho 116)? Não é também ele, afinal, que um dia, olhando pela janela a sacada da vizinha, identificou-se com um pano deixado ali num canto? Claro que sim. Pessoa fez-se nada para poder ser tudo, e todos. Soares, quando muito, era um eco.

* * *

Se Bernardo Soares está muito aquém do Pessoa completo, suas meditações e devaneios tampouco são a súmula do *Livro do desassossego*. Embora Pessoa tenha acabado por atribuir o livro inteiro à autoria de Soares, a fase mais caracteristicamente soaresiana — na qual a prosa é requintada mas direta — limita-se ao período 1929-34. O *Livro do desassossego* foi, antes de tudo, vários livros (e afinal só um) de vários autores (e afinal só um), e a própria palavra "desassossego" mudou de significado com o decorrer do tempo.

Num primeiro momento o *Livro*, atribuído a Pessoa ele mesmo, consistia sobretudo em textos simbolistas na linha reticente de "Na floresta do alheamento", mas sem serem tão cuidadosamente acabados, e muitas vezes não são acabados de todo. "Fragmentos, fragmentos, fragmentos", escreveu Pessoa ao amigo Cortes-Rodrigues, porque esses trechos abundavam em locuções dubitadas ou em simples lacunas que o autor pretendia preencher mais tarde com palavras, frases, ou parágrafos inteiros, e alguns dos trechos não eram mais do que apontamentos para textos que nunca chegaram a ser escritos. O *Livro*, desde sua concepção, ficou sempre um projeto por fazer, por emendar, por organizar e levar a cabo. A ideia primitiva parece ter sido a de um livro só de trechos com títulos, e Pessoa deixou várias listas, como esta:

Livro do desassossego

1. Na floresta do alheamento
2. Viagem nunca feita
3. Intervalo doloroso
4. Epílogo na sombra
5. Nossa Senhora do Silêncio
6. Chuva de oiro (Bailado. O último cisne. Hora trêmula.)
7. Litania da desesperança
8. Ética do silêncio

9. Idílio ilógico
10. Peristilo
11. Apoteose do absurdo
12. Paisagem de chuva
13. Glorificação das estéreis
14. As três graças (A coroada de rosas
A coroada de mirtos
A coroada de espinhos)

Certos títulos, como "Intervalo doloroso" e "Paisagem de chuva", acabaram por servir repetidas vezes para textos que, embora independentes, compartilhavam a mesma temática geral anunciada. Outros títulos, como "Peristilo" ou "Nossa Senhora do Silêncio", designavam ambiciosos *works in progress*, constituídos por diversas peças de variada extensão, desde umas poucas frases até umas páginas bem cheias de letra miudinha. E havia títulos ("Chuva de oiro" ou "As três graças", por exemplo) para os quais não se encontram textos, quiçá porque não foram escritos. O Espólio de Pessoa está repleto de títulos para poemas, contos, opúsculos e livros inteiros que nunca existiram. Tivesse Pessoa realizado metade de seus projetos literários e os tomos ocupariam toda uma biblioteca.

O *Livro do desassossego*, um não livro dentro da não biblioteca, é sintomático do embaraço do autor. Dá início a seu projeto escrevendo textos que tentam elucidar um estado psíquico através de descrições do tempo e de paisagens irreais ("Na floresta do alheamento", "Viagem nunca feita"), visões idealizadas de mulheres assexuadas ("Nossa Senhora do Silêncio", "Glorificação das estéreis") e imagens orientais ("Lenda imperial") e medievais ("Marcha fúnebre para o Rei Luís Segundo da Baviera"), com reis, rainhas, cortejos e palácios. São prosas poéticas, com muita atenção dada à cadência das frases e aos efeitos sonoros. Numa "Paisagem de chuva", o autor fez questão de destacar o som de *x* na frase "o *ch*iar da *ch*uva bai*x*ou", e o uso de aliterações chega a ser abusivo no trecho (423) que começa "São cetins prolixos, púrpuras perplexas onde os impérios seguiram o seu rumo de morte entre embandeiramentos exóticos de ruas largas e luxúrias", terminando: "Tanto os tambores, os tambores atroaram a trêmula hora" (corresponderá este trecho à "Hora trêmula" na lista citada?). Nesses textos, a psique subjacente pertence a Pessoa, mas fica em abstrato. A escrita é impessoal, a voz narrativa etérea, e as coisas e as frases que designam as coisas pairam, vibrando levemente com tons amarelos. A palavra "desassossego" refere-se não tanto a uma perturbação existencial no homem como à inquietação e à incerteza inerentes em tudo e agora destiladas no narrador retórico.

Mas a força dum outro desassossego — mais íntimo e profundo — impõe-se pouco a pouco, e o livro assume dimensões inesperadas. Uma dessas outras dimensões não era, na verdade, tão inesperada. Refiro-me ao aspecto teórico e até pedagógico, tendência quase onipresente na obra de Pessoa. Assim, a existência de trechos oníricos conduziu, muito naturalmente, a textos que explicavam o como e o porquê dos sonhos, com os vários fragmentos intitulados "Maneira de bem sonhar" formando um autêntico manual para sonhadores principiantes, e não só. Do mesmo modo, "Educação sentimental" serve como texto de apoio para os muitos trechos "sensacionistas".

Foi também nesse espírito didático, mas já com um resultado algo bizarro, que o autor escreveu os "Conselhos às malcasadas", explicando às mulheres como "trair o seu marido em imaginação", prática que consiste "em imaginar o gozo com um homem A quando se está copulando com um homem B" e que é mais facilmente realizável "nos dias que antecedem os da menstruação".

A abstinência sexual de Pessoa (que talvez, quem sabe, não fosse total, mas pouco importa) foi uma escolha, ou fatalidade, que parece ser justificada por trechos que insistem na impossibilidade de possuir um outro corpo, na superioridade de "amores em duas dimensões", tal como existem em chávenas de porcelana chinesa e em quadros ou vitrais, e nas virtudes da renúncia e ascetismo, sendo o *Livro* rico em vocabulário religioso, embora o misticismo pregado por Pessoa não se dedicasse a deus algum, a não ser ele mesmo ("Deus sou eu", conclui em "Maneira de bem sonhar nos metafísicos").

Mas o que subverteu, sobretudo, o projeto inicial deste *Desassossego* foram as preocupações de ordem existencial, tanto no plano geral como no pessoal. Geral, porque o autor do *Livro* pertenceu "a uma geração que herdou a descrença na fé cristã e que criou em si uma descrença em todas as outras fés" (trecho 306), e pessoal porque cada um, como reza o mesmo trecho, ficou "entregue a si próprio, na desolação de se sentir viver". Embora a vida, eternamente absurda, provoque-lhe um enorme tédio (sendo esse um dos vocábulos mais frequentes no *Livro do desassossego*), Pessoa não consegue deixar de senti-la. "Sou uma placa fotográfica prolixamente impressionável", diz no trecho "Milímetros", que termina: "Nunca me esqueço de que sinto".

São sobretudo as impressões de sua vida interior — registradas em "Fragmentos de uma autobiografia", "Diário ao acaso" e textos afins, com e sem título — que invadem as páginas do que tinha começado por ser um livro bem diferente. Pessoa percebeu que o projeto tinha escapado de suas mãos (se é que alguma vez realmente o segurara), pois em mais uma carta a Cortes-Rodrigues, escrita em setembro de 1914, diz que o *Livro*, "aquela produção doentia", vai "complexamente e tortuosamente avançando" como se andasse por vontade própria.

E Pessoa deixou-o andar, rabiscando *L. do d.* à cabeça dos mais diversos textos, às vezes posteriormente, ou com um ponto de interrogação exprimindo dúvida. O *Livro do desassossego* — sempre provisório, indefinido e em transição — é uma daquelas raras obras onde *la forme* e *le fond* se refletem perfeitamente. Sempre com a intenção de rever e organizar os fragmentos, mas sem coragem nem paciência para enfrentar a tarefa, Pessoa foi acrescentando material, e os parâmetros da obra amorfa dilatavam-se. Além dos textos simbolistas e diarísticos, Pessoa juntou especulações filosóficas, credos estéticos, observações sociológicas, apreciações literárias, máximas e aforismos, e só por pouco não entraram considerações políticas (como se depreende de um apontamento com "ideias para o *L. do d.*" que incluem "Voto — Democracia — Aristocracia" e "Patriotismo: deveres dos estadistas"). Pessoa até inscreveu o *L. do d.* indicador numa carta à mãe (no Apêndice). O *Livro do desassossego*, numa de suas vertentes, tornou-se um depósito para muitas escritas que não tinham outro paradeiro, "uma arca menor" (como o caracterizou Teresa Rita Lopes) dentro da arca lendária onde Pessoa deixou milhares e milhares de originais.

Mas é aí, em sua desarrumação, que se manifesta a grandeza do *Livro*. Foi um depósito, sim, mas um depósito para joias, ora polidas ora em bruto, adaptáveis a uma infinidade de jogos, graças à falta de uma ordem preestabelecida. A sua incapacidade de constituir-se num *Livro* uno e coerente conferiu-lhe a possibilidade de ser muitos, e nenhuma obra de Pessoa interagiu tão intensamente com o resto de seu universo. Se Bernardo Soares diz que seu coração "esvazia-se [...] como um balde roto" (trecho 154) ou que a sua vontade "é um balde despejado" (trecho 78), Álvaro de Campos afirma "Meu coração é um balde despejado" (em "Tabacaria") e compara seu pensar a "um balde que se entornou" (num poema datado de 16/8/1934). Se Soares acha que "Nada pesa tanto como o afeto alheio" e que "tanto o ódio como o amor nos oprime" (trecho 348), uma ode de Ricardo Reis (datada de 1/11/1930) sustenta que "O mesmo amor que tenham/ Por nós, quer-nos, oprime-nos". E quando o guarda-livros deseja ver "tudo pela primeira vez, não [...] como revelações do Mistério, mas diretamente como florações da Realidade" (trecho 458), como não pensar nos versos de Alberto Caeiro?

Com efeito, podemos folhear o *Livro do desassossego* como um caderno de esboços e resquícios que contém o artista essencial em toda a sua diversidade heteronímica. Ou podemos lê-lo como um "livro dos viajantes" (trecho 1) que fielmente acompanhou Pessoa através de sua odisseia literária que nunca saiu de Lisboa. Ou então seja ele a "autobiografia sem fatos" (trecho 12) de uma alma empenhada em não viver, que cultiva "o ódio à ação como uma flor de estufa" (trecho 103).

O *Livro do desassossego*, que tomou diversas formas, também conheceu diversos autores. Enquanto prevaleciam trechos de sabor simbolista e decadente, o autor anunciado era Fernando Pessoa, mas logo que entraram trechos diarísticos, de cariz mais pessoal, o autor seguiu seu costume de se esconder por detrás de outros nomes, sendo o primeiro deles Vicente Guedes. Na verdade, Guedes começou por assinar só o diário (ou diários) que devia(m) fazer parte do *Livro do desassossego*. Um "livro suave", "a autobiografia de alguém que nunca teve vida" — assim caracteriza Pessoa, num fragmento destinado a um prefácio, o livro de Guedes, a que um outro fragmento chama mesmo o *Diário* (ver o Apêndice). Por outro lado, o "Diário lúcido" vem atribuído a Vicente Guedes quando publicado pela primeira vez na revista *Mensagem*, três anos após a morte de Pessoa. Na verdade, é atribuído tão somente ao *Livro do desassossego*, que por sua vez é dado como "escrito por Vicente Guedes e publicado por Fernando Pessoa", tudo isso entre parênteses, no final do texto. Não há dúvida de que a revista publicou o pequeno diário (ou trecho de um diário) com base no original — sem assinatura — que está hoje no Espólio, pois o texto é tal e qual, com os mesmos espaços (ou não) entre os parágrafos e a mesma variante na primeira frase (Pessoa, é claro, não incluiria uma variante num texto preparado para publicação). O mais provável é que o parente ou amigo que pescou os inéditos da arca — o tal diário e dois poemas — também tenha encontrado (no mesmo envelope com o diário) um esquema dos primeiros tempos que identifica, com as mesmas palavras utilizadas na revista, Vicente Guedes como autor ficcional do *Livro*. Mas não deixa de ser uma estranha coincidência, dado os dotes de Guedes como diarista. Existe um outro texto fragmentário encimado "Diário de Vicente Guedes", mas não "cheira" muito a *Livro do desassossego*. Escrito em agosto de 1914, faz escárnio de Fialho de Almeida, "um homem do povo, um pederasta e um grosseirão, criatura da estepe alentejana".

Antes de Pessoa lhe confiar um diário, Guedes traduzia, ou deveria estar a traduzir, textos literários que iam de Ésquilo,

Shakespeare e Byron até "A Very Original Dinner" e outros contos assinados por subautores anglófonos de Pessoa, e escreveu "realmente" um ou outro poema e vários contos, que incluem "A tortura pela escuridão", "A perda do iate *Quero*" e "Uma viagem no tempo". Numa das listas com contos seus, o título "A flor da esperança" é seguido por uma nota entre parênteses que é reveladora: "*What's this? Don't know yet*". O Espólio é cheio de "Ainda não sei". Os títulos, como os heterônimos, eram esboços para completar, promessas para cumprir, servindo desse modo para estimular a criatividade de Pessoa.

Dois textos guedianos catalogados como contos no Espólio não são verdadeiros contos; constituem, antes, um elo entre Guedes o tradutor/contista e Guedes o diarista/autor do *Livro do desassossego*. "Muito longe", cuja atribuição a Guedes foi posterior ao momento de sua escrita, é narrado pelo Tédio, que pelo visto não mora muito longe d'*O marinheiro*. "Sei que nasci nessa terra, mas não me lembro de ali ter morado nunca", conta-nos o Tédio. "Basta-me que tenha eternamente esta nostalgia dessa pátria." Outro pseudoconto de Guedes é um diálogo chamado "O asceta". Paraísos e nirvanas, avisa o asceta, são "ilusões dentro de outras ilusões. Se vos sonhais sonhar, o sonho que sonhais é menos real acaso do que o sonho que vos sonhais sonhando?". Também aqui não estamos longe, pelo menos nas ideias expressas, d'*O marinheiro*. E nenhum dos dois "contos" anda muito longe do *Livro do desassossego* dos primeiros tempos.

O mesmo manuscrito que identifica Vicente Guedes como autor do *Diário*, de que se apresenta uma passagem, também inclui um trecho chamado "Paciências" (trecho 351), sobre os serões, em criança, com as tias velhas numa casa da província, à maneira de Álvaro de Campos mas em prosa, e tudo isso prefaciado pela sigla habitual do *Livro* e uma curiosa nota, assim:

> *L. do d.*
> Uma seção intitulada: *Paciências*
> (inclui *Na floresta do alheamento*?)

Na linguagem e tom, "Na floresta" não tem rigorosamente nada a ver com o trecho sobre as tias, mas é de supor que este serviria como simples porta de entrada à seção homônima e que as "paciências" seriam as prosas poéticas que preenchiam as horas vagas de Guedes. O *Livro*, de qualquer forma, já estava em crise. Pessoa não sabia o que fazer com os primeiros trechos, que boiavam na atmosfera nevoenta da "Floresta do alheamento", e talvez pusesse a hipótese de excluí-los de todo. Que cabimento podiam ter num diário? Ou mesmo ao lado de um diário? Passados mais de dez anos, Bernardo Soares, no trecho (12) que explica a natureza da sua "história sem vida", vai reformular o jogo das paciências:

> Faço paisagens com o que sinto. Faço férias das sensações. [...] Minha tia velha fazia paciências durante o infinito do serão. Estas confissões de sentir são paciências minhas. Não as interpreto, como quem usasse cartas para saber o destino. Não as ausculto, porque nas paciências as cartas não têm propriamente valia.

Empregando uma analogia semelhante no parágrafo a seguir, Soares compara sua atividade mental e literária com crochê, exatamente como faz Álvaro de Campos num poema datado de 9/8/1934. É significativo que, durante o crochê do guarda-livros, "todos os príncipes encantados podem passear nos seus parques". Em Soares, como veremos, Pessoa conseguiu conciliar (embora sempre com dúvidas) os sonhos imperiais dos primeiros trechos com as preocupações de um burguês do século XX. Nos anos 1910 isso ainda não era possível e, tirando a fugaz e incerta referência supracitada, Vicente Guedes nunca foi mencionado como autor dos trechos marcados pela estética simbolista, embora seja nomeado em diversos projetos como autor do *Livro do desassossego*. O que nos interessa aqui não é tanto a questão da autoria, mas sim a rápida metamorfose do *Livro*. Aqueles Grandes Trechos com "títulos grandiosos" (como serão referidos mais tarde), tão caros a Pessoa em 1913-5, tinham se tornado um problema sem resolução fácil. A fase simbolista "militante" durou pouco, embora Pessoa continuasse a escrever, volta e meia, trechos guiados por esse espírito.

Os anos 1920 parecem ter sido uma época pouco fértil para o *Livro*, salvo no final, quando ele entrou em plena fase soaresiana. Embora não haja nenhum trecho datado nessa década antes de 22/3/1929 (trecho 19), é possível que algum deles remonte ao ano anterior. Significativo, nesse aspecto, é o fato de não haver data nos originais dos dois primeiros trechos publicados como sendo de Bernardo Soares, ambos em 1929. Ou seja, Pessoa pode ter retomado o *Livro* sem adotar logo a prática (nunca rigorosa) de datar os trechos. Importante notar, também, que o trecho de 22/3/1929 é simbolista em tom, com tambores, clarins e "princesas dos sonhos dos outros" e sem nada sobre o ajudante de guarda-livros, cuja ficção (não sua existência, mas seus traços em pormenor) talvez ainda nem estivesse bem definida. Só a partir de 1930 Pessoa costuma datar uma boa parte dos trechos destinados ao *Livro do desassossego*, que, agora sim, encontrou sua estrada: a rua dos Douradores, onde Soares trabalha num escritório e onde também mora, num modesto andar alugado, escrevendo nas horas livres. A Arte, portanto, "mora na mesma rua que a Vida, porém num lugar diferente [...]. Sim, esta rua dos Douradores compreende para mim todo o sentido das coisas, a solução de todos os enigmas, salvo o existirem enigmas, que é o que não pode ter solução" (trecho 9).

Quase nada sabemos de Bernardo Soares antes de ele se instalar na rua dos Douradores. É identificado como contista num projeto editorial escrito num caderno, onde também aparece uma lista de dez contos seus, um dos quais, "Marcos Alves", vem mencionado em dois manuscritos que contêm matéria relativa ao *Livro do desassossego*. O *Livro*, porém, aparece no mesmo projeto sem nenhuma atribuição autoral. Será que Vicente Guedes já tinha sido afastado do *Livro*? Talvez não. Mas o que parece certo é que, quando Bernardo Soares assumiu a autoria, também assumiu, mais ou menos, a biografia de seu antigo autor. Mais precisamente, Vicente Guedes, que morreu jovem (sendo Pessoa quem devia apresentar seu *Livro* ao público), terá reencarnado, de alguma forma, em Bernardo Soares, que também morava num quarto andar da Baixa (só o nome da rua muda), também trabalhava num escritório e também era um diarista excessivamente lúcido. Soares até ficou, como já vimos pelos serões provincianos das paciências, com a infância de Guedes.

Soares não era idêntico a Guedes, mas veio, sim, substituí-lo. Nas muitas notas e vasta correspondência dos últimos anos, Pessoa não mencionou Guedes uma única vez. Mais: no grande envelope com material para o *Livro* reunido pelo próprio Pessoa (e que corresponde hoje aos primeiros cinco "envelopes" do Espólio), ficaram excluídos os três fragmentos (no Apêndice) onde aparece o nome Vicente Guedes. Incluiu-se, por outro lado, um frontispício identificando Bernardo Soares como o autor único do livro (e Fernando Pessoa como o autor do autor). Ainda mais significativo é um texto (no Apêndice) explicando que os trechos antigos teriam de ser revistos para conformar com a "vera psicologia" de Bernardo Soares, "tal como agora surge". Visto que Pessoa nunca fez essa revisão, pode-se argumentar que os fragmentos antigos conservam o estilo e o tom de Vicente Guedes — racionalmente mais frio, emocionalmente menos impressionável do que Soares — e, portanto, sua autoria. Mas isso é levar o jogo ainda mais longe do que Pessoa. O autor, afinal (e ao princípio, e sempre), é Fernando Pessoa, e se a voz do *Livro* mudou, foi muito simplesmente porque Pessoa mudou. Envelheceu. E essa voz nem sequer mudou muito se a compararmos com a de Álvaro de Campos após vinte anos em companhia de seu criador.

Há mais um desassossegado, o aristocrata Barão de Teive, associável ao *Livro*, não como autor mas como colaborador. É que Teive também sofria de tédio, também não encontrava nenhum sentido na vida e também não tinha salvação possível, sendo seu ceticismo total. Seu "único manuscrito", intitulado *A educação do estoico*, foi encontrado na gaveta de um hotel, presumivelmente por Pessoa, cujo Prefácio para as *Ficções do interlúdio* (ver o Apêndice) nos informa que o português "é igual no Barão de Teive e em Bernardo Soares". O fidalgo, porém, "pensa claro, escreve claro, e domina as suas emoções, se bem que não os seus sentimentos; o guarda-livros nem emoções nem sentimentos domina, e quando pensa é subsidiariamente a sentir". Houve um texto (trecho 207) rotulado "*L. do d.* (*ou Teive?*)", enquanto outros, embora assinados por Teive, foram deixados por Pessoa com o material que juntou para o *Livro do desassossego*. Será que pensou saquear o "único manuscrito" do Barão em proveito do ajudante de guarda-livros?

Seja como for, Pessoa apostou muito em seu semi-heterônimo, que, graças ao estatuto privilegiado, poderia ter ocupado um espaço bem maior no mundo segundo Pessoa, se este tivesse vivido mais uns anos. Além de assumir o controle do *Livro do desassossego* e ameaçar a propriedade intelectual do Barão, Soares quase se apoderou de uma importante fase poética de Pessoa ele mesmo. Vejamos de perto um plano literário muito esclarecedor deixado por Pessoa:

Bernardo Soares.

Rua dos Douradores.

Os trechos vários (Sinfonia de uma noite inquieta, Marcha fúnebre, Na floresta do alheamento)

Experiências de ultra-Sensação:

1. Chuva oblíqua.
2. Passos da cruz.
3. Os poemas de absorção musical que incluem Rio entre sonhos.
4. Vários outros poemas que representam iguais experiências. (Distinguir o "em congruência com a esfinge" — se valer a pena conservá-lo — do "Em horas inda louras" meu.)

Soares não é poeta. Em sua poesia é imperfeito e sem a continuidade que tem na prosa; seus versos são o lixo de sua prosa, aparas do que escreve a valer.

Desse pequeno currículo, podemos observar o seguinte:

1. Seja "Rua dos Douradores" um nome para a última fase de sua obra, seja uma simples alusão à sua morada, fica claro que estamos perante o ajudante de guarda-livros, o Bernardo Soares desassossegado e já não o contista. Um exame dos originais revela, de fato, que esse plano foi escrito na mesma máquina que um bom número de trechos não datados mas que correspondem à tomada de posse de Soares como autor fictício do *Livro*. É muito provável, pela intensidade da impressão (em tinta preta, mas com o título em vermelho), que seja contemporâneo do trecho 25, sem data mas presumivelmente de 1929, ano referido no texto. (A reserva de Pessoa relativamente a "Chuva oblíqua" e "Passos da cruz" confirma que esse esquema é tardio. Pessoa omitiu esses poemas da "Tábua bibliográfica" que publicou em dezembro de 1928, precisamente à altura em que Soares foi trabalhar para Vasques e C.ª. Foi então, ou pouco tempo depois, que o esquema de seus novos deveres literários foi elaborado.)

2. Os primeiros trechos do *Livro do desassossego* pertencem, afinal, a Bernardo Soares. Pessoa, como já foi dito, nunca fez uma atribuição semelhante a Vicente Guedes.

3. Pessoa, reconhecendo uma afinidade entre as prosas poéticas que são esses trechos e certos poemas em verso, resolve atribuir também estes últimos a Soares.

4. Os "poemas de absorção musical" devem corresponder a outros poemas escritos no período Paulista e Intersecciontista. Embora o citado "Rio entre sonhos" não tenha aparecido, até agora, entre os papéis de Pessoa (a não ser que corresponda ao inédito intitulado "Rio através de sonhos"), conhece-se uma glosa do poema: "A ideia de rio é sugerida pela ideia, que ocorre em todos os versos, de *uma coisa que passa entre*, e a ideia de *entre* é vincadíssima. Cerra esta sugestão a sugestão de qualquer coisa

de vago, de irreal, dessa placidez que não existe — daí a sugestão do Sonho".

5. Pessoa assume uma atitude duramente crítica em relação a "Chuva oblíqua", "Passos da cruz" e outros poemas "que representam iguais experiências", chamando-lhes lixo. Entretanto, a decisão de atribuí-los a Bernardo Soares constitui uma evidente tentativa de redimi-los, dando-lhes um contexto em que ficariam valorizados.

É possível que o contexto que Pessoa contemplava para a fase "ultra-Sensacionista" de sua poesia não tenha sido apenas a semi-heteronímia de Bernardo Soares, mas o próprio *Livro do desassossego*, sendo o esquema que reproduzimos ilustrativo das duas coisas: de *Livro* e de seu autor ficcional. A lista começa com "Os trechos vários", como se já estivesse assente que é do *Livro* que se fala. E numa "Nota para as edições próprias" (no Apêndice), que Pessoa devia ter escrito não muito tempo depois desse esquema (sempre na mesma máquina, e com a mesma linguagem a falar da poesia em relação ao *Livro* ou a seu novo autor), lemos:

> Reunir, mais tarde, em um livro separado, os poemas vários que havia errada tenção de incluir no *Livro do desassossego*; este livro deve ter um título mais ou menos equivalente a dizer que contém lixo ou intervalo, ou qualquer palavra de igual afastamento.

Pessoa, eternamente indeciso, como também era seu semi-heterônimo, tinha mudado de ideias outra vez, ou então voltou à ideia inicial: um livro de prosa, num português requintado e mesmo poético, mas sempre prosa. É de notar que Soares nunca se afirmou como poeta. Se nos conta que "em criança escrevia já versos" (trecho 231), devem ser versos que Pessoa escreveu e quis trespassar ao guarda-livros. Os seis poemas publicados como sendo de Bernardo Soares na edição princeps do *Livro do desassossego* (Ática, 1982) são ortonímicos; com Soares só compartilham o mesmo suporte material, sendo escritos em cima, embaixo ou nas costas de trechos do *Livro*, como também o foram vários poemas em inglês e até um poema de Álvaro de Campos. Até hoje não surgiu nenhum poema assinado por Bernardo Soares.

Por um lado compreende-se a "errada tenção" de Pessoa. É que muitos de seus poemas escritos por volta de 1913-4 alimentaram-se do mesmo desassossego que inspirou "Na floresta do alheamento" e outros trechos escritos "em alheio", como diziam os amigos de Pessoa na altura (ver a "Carta a João de Lebre e Lima" no Apêndice). Mas a intenção não foi só arrumar (ou "redimir", como se falou antes) certos poemas antigos. Com a chegada do guarda-livros, o *Livro do desassossego* tornou-se um dos projetos mais caros a Pessoa, que queria mesmo organizá-lo, defini-lo, fazer o melhor livro possível. Por que aqueles poemas?

Num curioso fragmento dos anos 1910, integrado no trecho 251, o então narrador explica sua maneira de viver, sonhando, através dos outros, "dobrando-me às opiniões deles para [...] as dobrar a meu gosto e fazer das suas personalidades coisas aparentadas com os meus sonhos". E continua: "De tal modo anteponho o sonho à vida que consigo, no trato verbal (outro não tenho), continuar sonhando, e persistir, através das opiniões alheias e dos sentimentos dos outros, na linha fluida da minha individualidade amorfa". Se parece que o narrador está a parasitar os outros, garante-nos que é precisamente o contrário:

> [É] que os obrigo a ser parasitas da minha posterior emoção. Habito das vidas as cascas das suas individualidades. Decalco as suas passadas em argila do meu espírito e assim mais do que eles, tomando-as para dentro da minha consciência, eu tenho dado os seus passos e andado nos seus caminhos.

É mais ou menos o que Bernardo Soares, que chegou tarde ao *Livro do desassossego*, faz. Seu modo de pensar, sentir e se exprimir passa a habitar as cascas de Vicente Guedes — ou melhor, das prosas que este escreveu — e das prosas "alheiamente" poéticas escritas por Pessoa. Soares, mais do que um diarista, devia apropriar-se das várias facetas, até então dispersas, do *Livro*.

Para facilitar esse processo, Pessoa pensou alargar o espírito de Soares, fazer dele um poeta a valer. Se Campos e Reis, fundamentalmente poetas, também escreviam prosa, por que não deveria Soares escrever alguns versos? Mas não: isso iria confundir mais do que facilitar. Pessoa percebeu isso e retrocedeu, reavendo os poemas que lhe havia emprestado, como podemos deduzir da carta sobre a heteronímia, datada de 13/1/1935, na qual reconhece "Chuva oblíqua" como produção ortonímica. Soares, porém, ficou sendo dono das prosas poéticas (isto é, Os Grandes Trechos), por herança e pela sua própria prática, admiravelmente comprovada pelo trecho (386) escrito em 28 de novembro de 1932, uma espécie de "Na floresta do alheamento", Parte II. E num outro trecho (420), Soares consegue trazer a "Marcha fúnebre para o Rei Luís Segundo" até à rua dos Douradores. Pessoa tinha uma clara vontade, não obstante sua permanente entropia espiritual e criativa, de encontrar certa unidade para o *Livro do desassossego*, "sem que ele perca, na expressão íntima, o devaneio e o desconexo lógico que o caracterizam" (ver a segunda das "Duas notas" no Apêndice).

Em Bernardo Soares — prosador que poetiza, sonhador que raciocina, místico que não crê, decadente que não goza — Pessoa inventou o melhor autor possível (e que era ele mesmo, apenas um pouco "mutilado") para dar unidade a um livro que, por natureza, nunca poderia tê-la. A ficção de Soares (a quase realidade de Pessoa), mais do que uma mera justificação ou explicação deste desconexo *Livro*, é proposta como modelo de vida para todas as pessoas que não se adaptam à vida real normal e cotidiana, e não só. Pessoa sustentava que para viver bem era preciso manter sempre vivo o sonho, sem nunca realizá-lo, dado que a realização seria sempre inferior ao sonhado. E deu-nos Bernardo Soares para mostrar como se faz.

Como se faz então? Não fazendo. Sonhando. Cumprindo nossos deveres cotidianos, mas *vivendo*, simultaneamente, na imaginação. Viajando imenso, na imaginação. Conquistando como César, na imaginação. Gozando sexualmente, na imaginação. Sentindo tudo de todas as maneiras, não na carne, que sempre cansa, mas na imaginação.

Sim, sonhar que sou por exemplo, simultaneamente, separadamente, inconfusamente, o homem e a mulher dum passeio que um homem e uma mulher dão à beira-rio. Ver-me, ao mesmo tempo, com igual nitidez, do mesmo modo, sem mistura, sendo as duas coisas com igual integração nelas, um navio consciente num mar do sul e uma página impressa dum livro antigo. Que absurdo que isto parece! Mas tudo é absurdo, e o sonho ainda é o que o é menos. (trecho 157)

Viver sonhando, sonhar imaginando, imaginar sentindo — era esse o credo que ressoava em quase todos os cantos do universo pessoano, mas Soares era o exemplo mais prático disso. Enquanto as outras estrelas heteronímicas *falam* de sonhar e de sentir tudo, Bernardo Soares sonha e sente "realmente", diariamente. Para isso são fundamentais aqueles trechos com florestas, lagos, reis e palácios, pois são eles mesmos *sonhos*, postos em palavras. E as várias "Paisagens de chuva", com e sem título, são ilustrações de como *sentir* minuciosa e excessivamente o tempo e, por extensão, toda a natureza e a vida que nos rodeiam.

Pessoa sabia demasiadamente bem que "a Natureza é partes sem um todo" ("O guardador de rebanhos", XLVII) e que qualquer unidade é uma ilusão. Qualquer, não. Uma unidade relativa, provisória, fugitiva, uma unidade que não pretende ser absoluta nem sequer especialmente una, construída em torno de uma imaginação, uma ficção, uma caneta — essa foi a unidade que Fernando Pessoa procurou. O *Livro do desassossego*, em sua dispersão e impossibilidade, conseguiu essa muito modesta mas verdadeira unidade. Talvez não haja, no século XX, outro livro mais honesto do que este *Livro* que nem sequer o é.

Honesto. Ainda não se tinha falado nisso, e é o que mais distingue o *Livro do desassossego*. A honestidade é a virtude por excelência dos grandes escritores, para quem as coisas mais pessoais se tornam, pela alquimia da verdade, universais. Pois bem, foi precisamente em seu fingir — um processo pessoalíssimo — que Pessoa foi espantosamente verdadeiro e honesto consigo próprio. Era sendo tão ele, e tão português, que conseguiu ser o mais estrangeiro, e universal, de todos. "Minha pátria é a língua portuguesa", afirmou através de Bernardo Soares (trecho 259), mas também disse: "Não escrevo em português. Escrevo eu mesmo". E isso na sequência desta breve observação: "Que de Infernos e Purgatórios e Paraísos tenho em mim — e quem me conhece um gesto discordando da vida... a mim tão calmo e tão plácido?" (trecho 443).

Na prosa "musicante" de Bernardo Soares, ainda mais vincadamente do que nos outros eus que faziam parte do coro, Pessoa escreveu-se, escreveu o seu século e escreveu-nos a nós até os infernos e paraísos que habitam cada um, mesmo que sejamos, como Pessoa, descrentes. Soares chamou a este não livro suas "confissões", mas elas nada têm a ver com confissões religiosas ou literárias. Não há, nestas páginas, nenhuma esperança, nem sequer desejo de remissão, salvação, ou coisa parecida. Também não há autocompaixão, nem embelezamento de sua condição irremediavelmente humana. Bernardo Soares não confessa, salvo no sentido de "reconhecer". Conta, relata, seu próprio ser, porque é a paisagem mais próxima, mais sua, mais real. E é um caos. Eis a confissão do ajudante de guarda-livros:

> Sou, em grande parte, a mesma prosa que escrevo. [...] Tornei-me uma figura de livro, uma vida lida. O que sinto é (sem que eu queira) sentido para se escrever que se sentiu. O que penso está logo em palavras, misturado com imagens que o desfazem, aberto em ritmos que são outra coisa qualquer. De tanto recompor-me, destruí-me. De tanto pensar-me, sou já meus pensamentos mas não eu. Sondei-me e deixei cair a sonda; vivo a pensar se sou fundo ou não, sem outra sonda agora senão o olhar que me mostra, claro a negro no espelho do poço alto, meu próprio rosto que me contempla a contemplá-lo.
>
> (trecho 193, escrito em 2/9/1931)

Jamais outro escritor conseguiu passar, de modo tão direto e nítido, sua alma para a folha escrita. O *Livro do desassossego* é uma fotografia estranhíssima, feita com palavras, a única matéria capaz de captar os recessos da alma aqui revelada.

ORGANIZAÇÃO DA PRESENTE EDIÇÃO

Tivesse Pessoa preparado o *Livro do desassossego* para publicação e este seria decerto um livro mais breve. Previu uma escolha, "rígida quanto possível, dos trechos variadamente existentes", a adaptação dos mais antigos à "vera psicologia" de Bernardo Soares e "uma revisão geral do próprio estilo" (ver a segunda "Nota" no Apêndice). Essa operação resultaria num verdadeiro livro, polido e fluido, com talvez metade das páginas que afinal tem, e talvez metade de sua graça e gênio. Eliminado o que tem de fragmentário e lacunar, o livro ia ganhar força, sem dúvida, mas correria o risco de se tornar "mais um" livro, em vez da obra única que é.

Em vida, Pessoa publicou apenas doze trechos do *Livro do desassossego*. Deixou, em variadíssimos estados de elaboração, aproximadamente 450 trechos adicionais que trazem o sinal *L. do d.* e/ou que foram reunidos por ele antes de sua morte. São substancialmente esses textos que constituem a primeira edição do *Livro*, publicada pela Ática só em 1982. Oito anos mais tarde, Teresa Sobral Cunha, que colaborou com Maria Aliete Galhoz na recolha e transcrição de material para a primeira edição, publicou uma nova (Presença, 1990-1), emendada, reorganizada e consideravelmente aumentada. Em 1997, a Relógio d'Água reeditou o primeiro volume dessa versão, outra vez corrigida e reordenada. Entre os bem mais de cem inéditos que vieram à luz nessas novas edições, há uma meia dúzia de trechos cunhados *L. do d.* (é o caso dos divertidos "Conselhos às malcasadas"), outra meia dúzia com títulos mencionados em planos do *Livro* (como, por exemplo, a "Apoteose do absurdo"), e uns poucos que participam na ficção de Bernardo Soares, empregado e morador na rua dos Douradores. Os outros novos trechos propostos — isto é, a vasta maioria — não têm nenhuma evidência explícita que os ligue ao *Livro do desassossego*, embora muitos *pudessem* integrar-se nele.

Fiquei tentado a restringir o corpus desta edição aos textos cuja atribuição não levanta dúvidas. Seria, pelo menos, um critério claro e simples. Não sei, porém, se seria mais fiel. Pessoa teria com certeza excluído vários — suponho que muitos — dos trechos previamente marcados *L. do d.*, e teria, do mesmo modo, introduzido textos que escreveu sem pensar minimamente no *Livro* mas que, refletindo mais tarde, lhe pareciam peças fundamentais. "*What's this? Don't know yet*" foi uma atitude aplicável não só a títulos para os quais faltavam textos (ver a Introdução), mas também a textos nascidos sem título nem destino. E a frequência com que Pessoa mudava as atribuições e os planos editoriais é notória. Quer isso dizer que mesmo os textos atribuídos a uma obra ou a um heterônimo podem suscitar dúvidas.

Alarguei o corpus, portanto, mas sem alargar as fronteiras definidas pelos trechos explicitamente atribuídos ao *Livro*. Foi dito na Introdução que essas fronteiras são incertas, e realmente o são. Na dúvida, relativamente aos textos que andam no limite, optei pela exclusão.

Algumas exclusões merecem comentário. Como nas edições anteriores, são excluídos os textos assinados pelo Barão de Teive e encontrados no envelope em que Pessoa reuniu material para o *Livro do desassossego*. (Inclui-se, por outro lado, o texto encimado *L. do d.* (*ou Teive?*).) O texto intitulado "A morte do príncipe" (Ática 284), sem a sigla *L. do d.* mas encontrado no referido envelope, é excluído por pertencer ao "drama estático" do mesmo nome. Por semelhante motivo, fica de fora um fragmento que começa "Sempre neste mundo haverá a luta..." (Ática 287) e que pertence ao "Diálogo no jardim do palácio". Dois textos não reunidos por Pessoa, mas publicados na edição *princeps*, são aqui excluídos: 1) "Quando me encontrei..." (Ática 216), que é um fragmento do conto "O pó"; e 2) "O curioso fato..." (Ática 516), um apontamento de teoria literária que pode ser reunido a inéditos da mesma temática sob o título "Poetas de construção" (doc. 14[3]/45, no Espólio).

Em apêndice publicam-se: 1) um trecho e dois textos prefaciais que nomeiam Vicente Guedes, excluídos do envelope com material do *Livro* reunido por Pessoa; 2) a cópia de uma carta dirigida à mãe de Pessoa e rotulada *L. do d.*; 3) matéria fragmentária mas pertinente. O Apêndice contém ainda um texto com "Ideias metafísicas" do *Livro do desassossego*, e vários escritos de Pessoa (notas, trechos de prefácios, passagens de cartas) relativas ao *Livro* ou a Bernardo Soares.

Não menos espinhosa do que a definição do corpus é sua arrumação. Rejeitei à partida que fosse cronológica, já que esta não é uma edição crítica. E mesmo que fosse, valeria a pena ordená-la assim? Seria possível? Há apenas cinco trechos com data dos anos 1910, e uns cem do período 1929-34. Tem sido pouco frutífera a análise dos indícios textuais para situar as centenas de trechos sem data na época certa. Podemos perceber por que mediante certos trechos com data: aquele, por exemplo, já mencionado na Introdução que retoma "Na floresta do alheamento" embora date de 1932, ou, inversamente, o trecho (429) escrito em 18/9/1917, que tem um perfeito sabor a Bernardo Soares dos anos 1930. Seria decerto possível estabelecer uma cronologia aproximada com base em um exame minucioso dos papéis, das tintas e da caligrafia dos originais, mas pergunta-se outra vez: seria essa a melhor maneira de organizar os trechos? Pessoa contemplou várias possibilidades de organização, mas nunca falou em ordem cronológica. Sugeriu essa intenção na última fase, quando muitos textos (mas nem mesmo então a maioria) são datados; ainda assim, nunca propôs sua publicação como um grupo à parte, independentemente dos mais antigos.

E as indicações explícitas deixadas por Pessoa para articular o *Livro*? São uma ajuda relativa, porque contraditórias, indicando sobretudo até que ponto chegava a confusão do autor: nem ele sabia como ordenar os trechos. "A alternação de trechos assim com os maiores?", escreveu em cima do trecho (201) datado de 10-11/9/1931, que nem sequer é assim tão pequeno. Outro trecho (124) traz a indicação "*Chapter on Indifference or something like that*", sugerindo uma organização temática, por capítulos. Na já citada Nota, que também precede um trecho (178), Pessoa pôs a hipótese de publicar a "Marcha fúnebre do Rei Luís Segundo" num livro à parte, com outros trechos possuindo "títulos grandiosos", ou de deixá-la "como está". E como estava? Misturada com centenas de outros textos, como pedaços de um puzzle sem desenho reconhecível. Talvez estivesse certo assim: uma edição de peças soltas, arrumáveis ao bel-prazer de cada leitor.

Uma edição de páginas soltas é pouco praticável, mas consegue-se uma certa aproximação a esse ideal pelo fato de as sucessivas edições terem organizado os trechos de formas radicalmente diversas. Oferece-se, agora, mais uma arrumação possível, sem desassossego pelo que tem de arbitrário e com a esperança de que o leitor invente sua própria. É que "arrumação possível" não há, muito menos definitiva. Ler sempre fora de ordem: eis a ordem correta para ler esta coisa parecida com um livro.

Nesta edição, os trechos datados da última fase servem de esqueleto — um esqueleto infalivelmente soaresiano — para articular o corpus. Entre esses trechos, mantidos em ordem cronológica, intercalam-se os outros, quer contemporâneos, quer muito anteriores. Desse modo, os mais antigos, por efeito da proximidade com os mais recentes, talvez possam adquirir alguns reflexos da "vera psicologia" de Bernardo Soares que Pessoa quis introduzir na revisão de texto que não chegou a fazer. O grande risco dessa ordenação é que, ao leitor não atento, poderá parecer cronológica. Parecia insensato, no entanto, perturbar a ordem já fornecida pelos trechos datados, que assim constituem um fio condutor minimamente objetivo. Para evitar confusões, releguei todas as datas para as notas no fim do volume. Assumidamente subjetiva é a arrumação, em torno desse esqueleto, das centenas de trechos não datados. Como foi indicado na Introdução, os trechos de caráter simbolista, que provêm sobretudo da primeira fase, mas com exemplos significativos na última, são a evidência — os sonhos *sonhados*, visíveis — do que fala o sonhador nas suas "confissões". Um gênero de trecho é complemento do outro e convém que coexistam.

Ficam numa seção à parte, porém, Os Grandes Trechos, como Pessoa denominou os textos com títulos "grandiosos" — não todos os trechos intitulados, mas aqueles que, mesmo não sendo tão extensos assim, se integram dificilmente no fio narrativo, por tênue e volúvel que seja. Toma-se, dessa maneira, um caminho proposto por Pessoa: um segundo livro para Os Grandes Trechos da primeira fase do *Livro*. Se hesitamos e não vamos tão longe, é porque Pessoa também hesitou.

O leitor, segundo esperamos, fará seu próprio caminho. Para facilitar a viagem nestas páginas de "devaneio e desconexo lógico", pus Os Grandes Trechos em ordem alfabética e atribuí números aos que formam a primeira parte do livro, intitulada Autobiografia Sem Fatos.

É impossível apresentar, com justiça, o texto do *Livro do desassossego*, pontuado por centenas de variantes — palavras ou frases deixadas pelo autor nas margens e nas entrelinhas como propostas de alteração, aproveitáveis para uma revisão final que, na maioria dos casos, não chegou a realizar. Algumas das variantes quase não "variam", sendo sinônimos exatos, ou mudanças nas preposições ou no uso dos artigos, enquanto outras são de ordem estilística. Outras há, ainda, que podem transformar profundamente o sentido de uma frase, mas esses casos são pouco frequentes. Optarmos, ou não, por uma expressão alternativa patente no original tem, em geral, efeitos bem menos significativos no caso do *Livro do desassossego* do que no da poesia de Pessoa. De qualquer modo, todas as variantes estão registradas no fim do volume, juntamente com outras informações pertinentes. As Notas finais também indicam, com um asterisco, os cerca de cinquenta trechos incluídos no *Livro* por hipótese, na ausência de uma atribuição explícita do autor e não havendo um conteúdo (a presença de Bernardo Soares ou do mundo da rua dos Douradores) que torne a atribuição inevitável.

Convencido de que um investigador interessado nas minúcias do processo redatorial de Pessoa vai querer consultar os originais (ou reproduções deles), considerei inoportuno tentar apresentá-las aqui. Quanto ao processo criador, decidi deixar as frases incompletas que iniciam alguns trechos (trecho 47 ou 133, por exemplo) para reaparecerem mais adiante, integradas no corpo do texto. Essas frases — fragmentos de frases — eram como o verso isolado, inspirado, em torno do qual um poeta constrói seu poema. É provável que Pessoa, se tivesse preparado o *Livro* para publicação, suprimisse essas frases da cabeça dos trechos onde vêm posteriormente incorporados, mas é estranho que não as tenha riscado nos originais. Desleixo? Talvez. É curioso notar que algumas dessas meias frases (trechos 318 e 435, por exemplo) tenham ficado assim, pelo meio, sem desenvolvimento.

Embora a ortografia aqui seja atualizada, quis respeitar a pontuação que caracteriza a prosa de Pessoa. Mesmo assim, e sobretudo no caso de manuscritos não revistos, eliminei algumas vírgulas que parecem atrapalhar a leitura, sem nenhum benefício em troca. Outras acrescentei e, mais raramente, converti um travessão em vírgula, ou uma vírgula em ponto e vírgula.

Quero agradecer muito em especial a Teresa Rita Lopes pela ajuda na fixação de vários textos, a José Blanco pelas sugestões e encorajamento, à Equipa Pessoa pela assistência nas minhas primeiras incursões no Espólio em 1990-1, aos funcionários na seção dos reservados da Biblioteca Nacional pela grande amabilidade, a Manuela Neves e a Manuela Rocha pela paciência para esclarecer várias dúvidas minhas.

Eu e todos os apaixonados pelo *Livro do desassossego* devemos muito a Maria Aliete Galhoz e a Teresa Sobral Cunha, grandes pioneiras na recolha, transcrição e edição de material relativo não só ao *Livro* mas a várias outras obras pessoanas de que hoje gozamos.

Lisboa, setembro de 1998

NOTA DO ORGANIZADOR

A minha edição do *Livro do desassossego* tem conhecido constantes melhorias na leitura dos originais — tarefa árdua, no caso de Fernando Pessoa — desde a sua publicação inaugural, no final dos anos 1990. Este processo foi muito facilitado com a digitalização do arquivo de Pessoa (ao cuidado da Biblioteca Nacional de Portugal), fazendo com que a oitava edição portuguesa (Assírio & Alvim, 2009) fosse especialmente rica em leituras aperfeiçoadas. Essa mesma edição revelou, também, cinco trechos inéditos.

Em junho de 2010 saiu, finalmente, uma edição crítica do *Livro do desassossego* (Lisboa, IN-CM, org. Jerónimo Pizarro), instrumento utilíssimo para investigadores e leitores interessados no processo redatorial do autor. Esta edição acolheu a grande maioria das novas leituras introduzidas na minha edição de 2009 e propôs outras que me pareciam acertadas e que adotei sem hesitação. São exemplo disso "o Grande Livro, como dizem os franceses", no trecho 42, ou "mestre de Saint-Martin", no trecho 359. Houve igualmente novas propostas de leitura que, não me parecendo corretas, me conduziram porém a uma terceira leitura. No trecho 75, onde se lia "uma atitude constante e instantânea de análise", a edição crítica propôs "uma atitude matemática e instantânea de análise". Revendo o original, ou a digitalização do mesmo, passei a ler: "uma atitude instintiva e instantânea de análise". Que uma palavra possa ser lida como *constante*, *mathematica* ou *instinctiva* (na ortografia original) ilustra bem a dificuldade e o desafio de decifrar acertadamente a caligrafia do autor.

Assim, tem-se verificado uma colaboração informal entre os organizadores das várias edições disponíveis do *Livro do desassossego*. Mas, apesar de uma tendência para a convergência, persistem divergências significativas na fixação do texto e a organização dos trechos obedece a critérios diferentes. Seja qual for a edição escolhida pelo leitor ou pela leitora, vai decerto deliciar-se com a prosa muito especial de Bernardo Soares.

R.Z.

SINAIS USADOS NA FIXAÇÃO DO TEXTO:

□ — espaço deixado em branco pelo autor
[...] — palavra ou frase ilegível
[ ] — palavra acrescentada pelos editores
[?] — leitura conjectural

PREFÁCIO DE FERNANDO PESSOA

Há em Lisboa um pequeno número de restaurantes ou casas de pasto [em] que, sobre uma loja com feitio de taberna decente, se ergue uma sobreloja com uma feição pesada e caseira de restaurante de vila sem comboios. Nessas sobrelojas, salvo ao domingo pouco frequentadas, é frequente encontrarem-se tipos curiosos, caras sem interesse, uma série de apartes na vida.

O desejo de sossego e a conveniência de preços levaram-me, em um período da minha vida, a ser frequente em uma sobreloja dessas. Sucedia que, quando calhava jantar pelas sete horas, quase sempre encontrava um indivíduo cujo aspecto, não me interessando a princípio, pouco a pouco passou a interessar-me.

Era um homem que aparentava trinta anos, magro, mais alto que baixo, curvado exageradamente quando sentado, mas menos quando de pé, vestido com um certo desleixo não inteiramente desleixado. Na face pálida e sem interesse de feições um ar de sofrimento não acrescentava interesse, e era difícil definir que espécie de sofrimento esse ar indicava — parecia indicar vários, privações, angústias, e aquele sofrimento que nasce da indiferença que provém de ter sofrido muito.

Jantava sempre pouco, e acabava fumando tabaco de onça. Reparava extraordinariamente para as pessoas que estavam, não suspeitosamente, mas com um interesse especial; mas não as observava como que perscrutando-as, mas como que interessando-se por elas sem querer fixar-lhes as feições ou detalhar-lhes as manifestações de feitio. Foi esse traço curioso que primeiro me deu interesse por ele.

Passei a vê-lo melhor. Verifiquei que um certo ar de inteligência animava de certo modo incerto as suas feições. Mas o abatimento, a estagnação da angústia fria, cobria tão regularmente o seu aspecto que era difícil descortinar outro traço além desse.

Soube incidentalmente, por um criado do restaurante, que era empregado de comércio, numa casa ali perto.

Um dia houve um acontecimento na rua, por baixo das janelas — uma cena de pugilato entre dois indivíduos. Os que estavam na sobreloja correram às janelas, e eu também, e também o indivíduo de quem falo. Troquei com ele uma frase casual, e ele respondeu no mesmo tom. A sua voz era baça e trêmula, como as das criaturas que não esperam nada, porque é perfeitamente inútil esperar. Mas era porventura absurdo dar esse relevo ao meu colega vespertino de restaurante.

Não sei por quê, passamos a cumprimentarmo-nos desde esse dia. Um dia qualquer, que nos aproximara talvez a circunstância absurda de coincidir virmos ambos jantar às nove e meia, entramos em uma conversa casual. A certa altura ele perguntou-me se eu escrevia. Respondi que sim. Falei-lhe da revista *Orpheu*, que havia pouco aparecera. Ele elogiou-a, elogiou-a bastante, e eu então pasmei deveras. Permiti-me observar-lhe que estranhava, porque a arte dos que escrevem em *Orpheu* sói ser para poucos. Ele disse-me que talvez fosse dos poucos. De resto, acrescentou, essa arte não lhe trouxera propriamente novidade: e timidamente observou que, não tendo para onde ir nem que fazer, nem amigos que visitasse, nem interesse em ler livros, soía gastar as suas noites, no seu quarto alugado, escrevendo também.

Ele mobilara — é impossível que não fosse à custa de algumas coisas essenciais — com um certo e aproximado luxo os seus dois quartos. Cuidara especialmente das cadeiras — de braços, fundas, moles —, dos reposteiros e dos tapetes. Dizia ele que assim se criara um interior "para manter a dignidade do tédio". No quarto à moderna o tédio torna-se desconforto, mágoa física.

Nada o obrigara nunca a fazer nada. Em criança passara isoladamente. Aconteceu que nunca passou por nenhum agrupamento. Nunca frequentara um curso. Não pertencera nunca a uma multidão. Dera-se com ele o curioso fenômeno que com tantos — quem sabe, vendo bem, se com todos? — se dá, de as circunstâncias ocasionais da sua vida se terem talhado à imagem e semelhança da direção dos seus instintos, de inércia todos, e de afastamento.

Nunca teve de se defrontar com as exigências do Estado ou da sociedade. Às próprias exigências dos seus instintos ele se furtou. Nada o aproximou nunca nem de amigos nem de amantes. Fui o único que, de alguma maneira, estive na intimidade dele. Mas — a par de ter vivido sempre com uma falsa personalidade sua, e de suspeitar que nunca ele me teve realmente por amigo — percebi sempre que ele alguém havia de chamar a si para lhe deixar o livro que deixou. Agrada-me pensar que, ainda que ao princípio isto me doesse, quando o notei, por fim vendo tudo através do único critério digno de um psicólogo, fiquei[1] do mesmo modo amigo dele e dedicado ao fim para que ele me aproximou de si — a publicação deste seu livro.

Até nisto — é curioso descobri-lo — as circunstâncias, pondo ante ele quem, do meu caráter, lhe pudesse servir, lhe foram favoráveis.

AUTOBIOGRAFIA SEM FATOS

Nestas impressões sem nexo, nem desejo de nexo, narro indiferentemente a minha autobiografia sem fatos, a minha história sem vida. São as minhas Confissões, e, se nelas nada digo, é que nada tenho que dizer.

trecho 12

1.

Nasci em um tempo em que a maioria dos jovens haviam perdido a crença em Deus, pela mesma razão que os seus maiores a haviam tido — sem saber por quê. E então, porque o espírito humano tende naturalmente para criticar porque sente, e não porque pensa, a maioria desses jovens escolheu a Humanidade para sucedâneo de Deus. Pertenço, porém, àquela espécie de homens que estão sempre na margem daquilo a que pertencem, nem veem só a multidão de que são, senão também os grandes espaços que há ao lado. Por isso nem abandonei Deus tão amplamente como eles, nem aceitei nunca a Humanidade. Considerei que Deus, sendo improvável, poderia ser, podendo pois dever ser adorado; mas que a Humanidade, sendo uma mera ideia biológica, e não significando mais que a espécie animal humana, não era mais digna de adoração do que qualquer outra espécie animal. Este culto da Humanidade, com seus ritos de Liberdade e Igualdade, pareceu-me sempre uma revivescência dos cultos antigos, em que animais eram como deuses, ou os deuses tinham cabeças de animais.

Assim, não sabendo crer em Deus, e não podendo crer numa soma de animais, fiquei, como outros da orla das gentes, naquela distância de tudo a que comumente se chama a Decadência. A Decadência é a perda total da inconsciência; porque a inconsciência é o fundamento da vida. O coração, se pudesse pensar, pararia.

A quem, como eu, assim, vivendo não sabe ter vida, que resta senão, como a meus poucos pares, a renúncia por modo e a contemplação por destino? Não sabendo o que é a vida religiosa, nem podendo sabê-lo, porque se não tem fé com a razão; não podendo ter fé na abstração do homem, nem sabendo mesmo que fazer dela perante nós, ficava-nos, como motivo de ter alma, a contemplação estética da vida. E, assim, alheios à solenidade de todos os mundos, indiferentes ao divino e desprezadores do humano, entregamo-nos futilmente à sensação sem propósito, cultivada num epicurismo subtilizado, como convém aos nossos nervos cerebrais.

Retendo, da ciência, somente aquele seu preceito central, de que tudo é sujeito a leis fatais, contra as quais se não reage independentemente, porque reagir é elas terem feito que reagíssemos; e verificando como esse preceito se ajusta ao outro, mais antigo, da divina fatalidade das coisas, abdicamos do esforço como os débeis do entretenimento dos atletas, e curvamo-nos sobre o livro das sensações com um grande escrúpulo de erudição sentida.

Não tomando nada a sério, nem considerando que nos fosse dada, por certa, outra realidade que não as nossas sensações, nelas nos abrigamos, e a elas exploramos como a grandes países desconhecidos. E, se nos empregamos assiduamente, não só na contemplação estética mas também na expressão dos seus modos e resultados, é que a prosa ou o verso que escrevemos, destituídos de vontade de querer convencer o alheio entendimento ou mover a alheia vontade, é apenas como o falar alto de quem lê, feito para dar plena objetividade ao prazer subjetivo da leitura.

Sabemos bem que toda a obra tem que ser imperfeita, e que a menos segura das nossas contemplações estéticas será a daquilo que escrevemos. Mas imperfeito é tudo, nem há poente tão belo que o não pudesse ser mais, ou brisa leve que nos dê sono que não pudesse dar-nos um sono mais calmo ainda. E assim, contempladores iguais das montanhas e das estátuas, gozando os dias como os livros, sonhando tudo, sobretudo, para o converter na nossa íntima substância, faremos também descrições e análises, que, uma vez feitas, passarão a ser coisas alheias, que podemos gozar como se viessem na tarde.

Não é este o conceito dos pessimistas, como aquele de Vigny,[1] para quem a vida é uma cadeia, onde ele tecia palha para se distrair. Ser pessimista é tomar qualquer coisa como trágico, e essa atitude é um exagero e um incômodo. Não temos, é certo, um conceito de valia que apliquemos à obra que produzimos. Produzimo-la, é certo, para nos distrair, porém não como o preso que tece a palha, para se distrair do Destino, senão da menina que borda almofadas, para se distrair, sem mais nada.

Considero a vida uma estalagem onde tenho que me demorar até que chegue a diligência do abismo. Não sei onde ela me levará, porque não sei nada. Poderia considerar esta estalagem uma prisão, porque estou compelido a aguardar nela; poderia considerá-la um lugar de sociáveis, porque aqui me encontro com outros. Não sou, porém, nem impaciente nem comum. Deixo ao que são os que se fecham no quarto, deitados moles na cama onde esperam sem sono; deixo ao que fazem os que conversam nas salas, de onde as músicas e as vozes chegam cômodas até mim. Sento-me à porta e embebo meus olhos e ouvidos nas cores e nos sons da paisagem, e canto lento, para mim só, vagos cantos que componho enquanto espero.

Para todos nós descerá a noite e chegará a diligência. Gozo a brisa que me dão e a alma que me deram para gozá-la, e não interrogo mais nem procuro. Se o que deixar escrito no livro dos viajantes puder, relido um dia por outros, entretê-los também na passagem, será bem. Se não o lerem, nem se entretiverem, será bem também.

2.

Tenho que escolher o que detesto — ou o sonho, que a minha inteligência odeia, ou a ação, que a minha sensibilidade repugna; ou a ação, para que não nasci, ou o sonho, para que ninguém nasceu.

Resulta que, como detesto ambos, não escolho nenhum; mas, como hei de, em certa ocasião, ou sonhar ou agir, misturo uma coisa com outra.

3.

Amo, pelas tardes demoradas de verão, o sossego da cidade baixa, e sobretudo aquele sossego que o contraste acentua na parte que o dia mergulha em mais bulício. A Rua do Arsenal, a Rua da Alfândega, o prolongamento das ruas tristes que se alastram para leste desde que a da Alfândega cessa, toda a linha separada dos cais quedos — tudo isso me conforta de tristeza, se me insiro, por essas tardes, na solidão do seu conjunto. Vivo uma era anterior àquela em que vivo; gozo de sentir-me coevo de Cesário Verde, e tenho em mim, não outros versos como os dele, mas a substância igual à dos versos que foram dele. Por ali arrasto, até haver noite, uma sensação de vida parecida com a dessas ruas. De dia elas são cheias de um bulício que não quer dizer nada; de noite são cheias de uma falta de bulício que não quer dizer nada. Eu de dia sou nulo, e de noite sou eu. Não há diferença entre mim e as ruas para o lado da Alfândega, salvo elas serem ruas e eu ser alma, o que pode ser que nada valha ante o que é a essência das coisas. Há um destino igual, porque é abstrato, para os homens e para as coisas — uma designação igualmente indiferente na álgebra do mistério.

Mas há mais alguma coisa... Nessas horas lentas e vazias, sobe-me da alma à mente uma tristeza de todo o ser, a amargura de tudo ser ao mesmo tempo uma sensação minha e uma coisa externa, que não está em meu poder alterar. Ah, quantas vezes os meus próprios sonhos se me erguem em coisas, não para me substituírem a realidade, mas para se me confessarem seus pares em eu os não querer, em me surgirem de fora, como o elétrico que dá a volta na curva extrema da rua, ou a voz do apregoador noturno, de não sei que coisa, que se destaca, toada árabe, como um repuxo súbito, da monotonia do entardecer!

Passam casais futuros, passam os pares das costureiras, passam rapazes com pressa de prazer, fumam no seu passeio de sempre os reformados de tudo, a uma ou outra porta reparam em pouco os vadios parados que são donos das lojas. Lentos, fortes e fracos, os recrutas sonambulizam em molhos ora muito ruidosos ora mais que ruidosos. Gente normal surge de vez em quando. Os automóveis ali a esta hora não são muito frequentes; esses são musicais. No meu coração há uma paz de angústia, e o meu sossego é feito de resignação.

Passa tudo isso, e nada de tudo isso me diz nada, tudo é alheio ao meu destino, alheio, até, ao destino próprio — inconsciência, círculos de superfície quando o acaso deita pedras, ecos de vozes incógnitas — a salada coletiva da vida.

4.

... e do alto da majestade de todos os sonhos, ajudante de guarda-livros na cidade de Lisboa.

Mas o contraste não me esmaga — liberta-me; e a ironia que há nele é sangue meu. O que deverá humilhar-me é a minha bandeira, que desfraldo; e o riso, com que deveria rir de mim, é um clarim com que saúdo e gero[1] uma[2] alvorada em que me faço.[3]

A glória noturna de ser grande não sendo nada! A majestade sombria de esplendor desconhecido... E sinto, de repente, o sublime do monge no ermo, e do eremita no retiro, inteirado da substância do Cristo nos areais[4] e nas cavernas do afastamento[5] do mundo.

E na mesa do meu quarto absurdo, reles, empregado, e anônimo, escrevo palavras como a salvação da alma e douro-me do poente impossível de pináculos altos vastos e longínquos, da minha estola recebida[6] por prazeres, e do anel de renúncia em meu dedo evangélico, joia parada do meu desdém[7] extático.

5.

Tenho diante de mim as duas páginas grandes do livro pesado; ergo da sua inclinação na carteira velha, com olhos cansados, uma alma mais cansada do que os olhos. Para além do nada que isto representa, o armazém, até à Rua dos Douradores, enfileira as prateleiras regulares, os empregados regulares, a ordem humana e o sossego do vulgar. Na vidraça há o ruído do diverso, e o ruído diverso é vulgar, como o sossego que está ao pé das prateleiras.

Baixo olhos novos sobre as duas páginas brancas, em que os meus números cuidadosos puseram resultados da sociedade. E, com um sorriso que guardo para meu, lembro que a vida, que tem estas páginas com nomes de fazendas e dinheiro, com os seus brancos, e os seus traços a régua e de letra, inclui também os grandes navegadores, os grandes santos, os poetas de todas as eras, todos eles sem escrita, a vasta prole expulsa dos que fazem a valia do mundo.

No próprio registro de um tecido que não sei o que seja se me abrem as portas do Indo e de Samarcanda, e a poesia da Pérsia, que não é de um lugar nem de outro, faz das suas quadras, desrimadas no terceiro verso, um apoio longínquo para o meu desassossego. Mas não me engano, escrevo, somo, e a escrita segue, feita normalmente por um empregado deste escritório.

6.

Pedi tão pouco à vida e esse mesmo pouco a vida me negou. Uma réstia de parte do sol, um campo próximo, um bocado de sossego com um bocado de pão, [o] não me pesar muito o conhecer que existo, o não exigir nada dos outros nem exigirem eles nada de mim... Isto mesmo me foi negado, como quem nega a esmola não por falta de boa alma, mas para não ter que desabotoar o casaco.[1]

Escrevo, triste, no meu quarto quieto, sozinho como sempre tenho sido, sozinho como sempre serei. E penso se a minha voz, aparentemente tão pouca coisa, não encarna a substância de milhares de vozes, a fome de dizerem-se de milhares de vidas, a paciência de milhões de almas, submissas como a minha ao destino quotidiano, ao sonho inútil, à esperança sem vestígios. Nestes momentos meu coração pulsa mais alto por minha consciência dele. Vivo mais porque vivo maior. Sinto na minha pessoa uma força religiosa, uma espécie de oração, uma semelhança de clamor. Mas a reação contra mim desce-me da inteligência... Vejo-me no quarto andar alto da Rua dos Douradores; sinto-me com sono; olho, sobre o papel meio escrito, a minha mão sem beleza e o cigarro barato que a esquerda estende sobre o mata-borrão velho.[2]

Aqui, eu, neste quarto andar, a interpelar a vida! a dizer o que as almas sentem! a fazer prosa como os gênios e os célebres! Aqui, eu, assim!...

7.

Hoje, em um dos devaneios sem propósito nem dignidade que constituem grande parte da substância espiritual da minha vida, imaginei-me liberto para sempre da Rua dos Douradores, do patrão Vasques, do guarda-livros Moreira, dos empregados todos, do moço, do garoto e do gato. Senti em sonho a minha libertação, como se mares do Sul me houvessem oferecido ilhas maravilhosas por descobrir. Seria então o repouso, a arte conseguida, o cumprimento intelectual do meu ser.

Mas de repente, e no próprio imaginar, que fazia num café no feriado modesto do meio do dia, uma impressão de desagrado me assaltou o sonho: senti que teria pena. Sim, digo-o como se o dissesse circunstanciadamente: teria pena. O patrão Vasques, o guarda-livros Moreira, o caixa Borges, os bons rapazes todos, o garoto alegre que leva as cartas ao correio, o moço de todos os fretes, o gato meigo — tudo isso se tornou parte da minha vida; não poderia deixar tudo isso sem chorar, sem compreender que, por mau que me parecesse, era parte de mim que ficava com eles todos, que o separar-me deles era uma metade e semelhança da morte.

Aliás, se amanhã me apartasse deles todos, e despisse este trajo da Rua dos Douradores, a que outra coisa me chegaria — por que a outra me haveria de chegar?, de que outro trajo me vestiria — por que de outro me haveria de vestir?

Todos temos o patrão Vasques, para uns visível, para outros invisível. Para mim chama-se realmente Vasques, e é um homem sadio, agradável, de vez em quando brusco mas sem lado de dentro, interesseiro mas no fundo justo, com uma justiça que falta a muitos grandes gênios e a muitas maravilhas humanas da civilização, direita e esquerda. Para outros será a vaidade, a ânsia de maior riqueza, a glória, a imortalidade... Prefiro o Vasques homem meu patrão, que é mais tratável, nas horas difíceis, que todos os patrões abstratos do mundo.

Considerando que eu ganhava pouco, disse-me o outro dia um amigo, sócio de uma firma que é próspera por negócios com todo o Estado: "você é explorado, Soares".[1] Recordou-me isso de que o sou; mas como na vida temos todos que ser explorados, pergunto se valerá menos a pena ser explorado pelo Vasques das fazendas do que pela vaidade, pela glória, pelo despeito, pela inveja ou pelo impossível. Há os que Deus mesmo explora, e são profetas e santos na vacuidade do mundo.

E recolho-me, como ao lar que os outros têm, à casa alheia, escritório amplo, da Rua dos Douradores. Achego-me à minha secretária como a um baluarte contra a vida. Tenho ternura, ternura até às lágrimas, pelos meus livros de outros em que escrituro, pelo tinteiro velho de que me sirvo, pelas costas dobradas do Sérgio, que faz guias de remessa um pouco para além de mim. Tenho amor a isto, talvez porque não tenha mais nada que amar — ou talvez, também, porque nada valha o amor de uma alma, e, se temos por sentimento que o dar, tanto vale dá-lo ao pequeno aspecto do meu tinteiro como à grande indiferença das estrelas.

8.

O patrão Vasques. Tenho, muitas vezes, inexplicavelmente, a hipnose do patrão Vasques. Que me é esse homem, salvo o obstáculo ocasional de ser dono das minhas horas, num tempo diurno da minha vida? Trata-me bem, fala-me com amabilidade, salvo nos momentos bruscos de preocupação desconhecida em que não fala bem a alguém. Sim, mas por que me preocupa? É um símbolo? É uma razão? O que é?

O patrão Vasques. Lembro-me já dele no futuro com a saudade que sei que hei de ter então. Estarei sossegado numa casa pequena nos arredores de qualquer coisa, fruindo um sossego onde não farei a obra que não faço agora, e buscarei, para a continuar a não ter feito, desculpas diversas daquelas em que hoje me esquivo a mim. Ou estarei internado num asilo de mendicidade, feliz da derrota inteira, misturado com a ralé dos que se julgaram gênios e não foram mais que mendigos com sonhos, junto com a massa anônima dos que não tiveram poder para vencer nem renúncia larga para vencer do avesso. Seja onde estiver, recordarei com saudade o patrão Vasques, o escritório da Rua dos Douradores, e a monotonia da vida quotidiana será para mim como a recordação dos amores que me não foram advindos, ou dos triunfos que não haveriam de ser meus.

O patrão Vasques. Vejo de lá hoje, como o vejo hoje de aqui mesmo — estatura média, atarracado, grosseiro com limites e afeições, franco e astuto, brusco e afável — chefe, à parte o seu dinheiro, nas mãos cabeludas e lentas, com as veias marcadas como pequenos músculos coloridos, o pescoço cheio mas não gordo, as faces coradas e ao mesmo tempo tensas, sob a barba escura sempre feita a horas. Vejo-o, vejo os seus gestos de vagar enérgico, os seus olhos a pensar para dentro coisas de fora, recebo a perturbação da sua ocasião em que lhe não agrado, e a minha alma alegra-se com o seu sorriso, um sorriso amplo e humano, como o aplauso de uma multidão.

Será, talvez, porque não tenho próximo de mim figura de mais destaque do que o patrão Vasques, que, muitas vezes, essa figura comum e até ordinária se me emaranha na inteligência e me distrai de mim. Creio que há símbolo. Creio ou quase creio que algures, em uma vida remota, este homem foi qualquer coisa na minha vida mais importante do que é hoje.

9.

Ah, compreendo! O patrão Vasques é a Vida. A Vida, monótona e necessária, mandante e desconhecida. Este homem banal representa a banalidade da Vida. Ele é tudo para mim, por fora, porque a Vida é tudo para mim por fora.

E, se o escritório da Rua dos Douradores representa para mim a vida, este meu segundo andar, onde moro, na mesma Rua dos Douradores, representa para mim a Arte. Sim, a Arte, que mora na mesma rua que a Vida, porém num lugar diferente, a Arte que alivia da vida sem aliviar de viver, que é tão monótona como a mesma vida, mas só em lugar diferente. Sim, esta Rua dos Douradores compreende para mim todo o sentido das coisas, a solução de todos os enigmas, salvo o existirem enigmas, que é o que não pode ter solução.

10.

E assim sou, fútil e sensível, capaz de impulsos violentos e absorventes, maus e bons, nobres e vis, mas nunca de um sentimento que subsista, nunca de uma emoção que continue, e entre para a substância da alma. Tudo em mim é a tendência para ser a seguir outra coisa; uma impaciência da alma consigo mesma, como com uma criança inoportuna; um desassossego sempre crescente e sempre igual. Tudo me interessa e nada me prende. Atendo a tudo sonhando sempre; fixo os mínimos gestos faciais de com quem falo, recolho as entoações milimétricas dos seus dizeres expressos; mas ao ouvi-lo, não o escuto, estou pensando noutra coisa, e o que menos colhi da conversa foi a noção do que nela se disse, da minha parte ou da parte de com quem falei.

Assim, muitas vezes, repito a alguém o que já lhe repeti, pergunto-lhe de novo aquilo a que ele já me respondeu; mas posso descrever, em quatro palavras fotográficas, o semblante muscular com que ele disse o que me não lembra, ou a inclinação de ouvir com os olhos com que recebeu a narrativa que me não recordava ter-lhe feito. Sou dois, e ambos têm a distância — irmãos siameses que não estão pegados.[1]

11.

LITANIA

Nós nunca nos realizamos.
Somos dois abismos[1] — um poço fitando o céu.

12.

Invejo — mas não sei se invejo — aqueles de quem se pode escrever uma biografia, ou que podem escrever a própria. Nestas impressões sem nexo, nem desejo de nexo, narro indiferentemente a minha autobiografia sem fatos, a minha história sem vida. São as minhas Confissões, e, se nelas nada digo, é que nada tenho que dizer.

Que há de alguém confessar que valha ou que sirva? O que nos sucedeu, ou sucedeu a toda a gente ou só a nós; num caso não é novidade, e no outro não é de compreender. Se escrevo o que sinto é porque assim diminuo a febre de sentir. O que confesso não tem importância, pois nada tem importância. Faço paisagens com o que sinto. Faço férias das sensações. Compreendo bem as bordadoras por mágoa e as que fazem meia porque há vida. Minha tia velha fazia paciências durante o infinito do serão. Estas confissões de sentir são paciências minhas. Não as interpreto, como quem usasse cartas para saber o destino. Não as ausculto, porque nas paciências as cartas não têm propriamente valia. Desenrolo-me como uma meada multicolor, ou faço comigo figuras de cordel, como as que se tecem nas mãos espetadas e se passam de umas crianças para as outras. Cuido só de que o polegar não falhe o laço que lhe compete. Depois viro a mão e a imagem fica diferente. E recomeço.

Viver é fazer meia com uma intenção dos outros. Mas, ao fazê-la, o pensamento é livre, e todos os príncipes encantados podem passear nos seus parques entre mergulho e mergulho da agulha de marfim com bico reverso. Crochê das coisas... Intervalo... Nada...

De resto, com que posso contar comigo? Uma acuidade horrível das sensações, e a compreensão profunda de estar sentindo... Uma inteligência aguda para me destruir, e um poder de sonho sôfrego de me entreter... Uma vontade morta e uma reflexão que a embala, como a[1] um filho vivo... Sim, crochê...

13.

A miséria da minha condição não é estorvada por estas palavras conjugadas, com que formo, pouco a pouco, o meu livro casual e meditado. Subsisto nulo no fundo de toda a expressão, como um pó indissolúvel no fundo do copo de onde se bebeu só água. Escrevo a minha literatura como escrevo os meus lançamentos — com cuidado e indiferença. Ante o vasto céu estrelado e o enigma de muitas almas, a noite do abismo incógnito e o caos de nada se compreender — ante tudo isto o que escrevo no caixa auxiliar e o que escrevo neste papel da alma são coisas igualmente restritas à Rua dos Douradores, muito pouco aos grandes espaços milionários do universo.

Tudo isto é sonho e fantasmagoria, e pouco vale que o sonho seja lançamentos como prosa de bom porte. Que serve sonhar com princesas, mais que sonhar com a porta da entrada do escritório? Tudo que sabemos é uma impressão nossa, e tudo que somos é uma impressão alheia, isolada de nós, que, sentindo-nos, nos constituímos nossos próprios espectadores ativos, nossos deuses por licença da Câmara.

14.

Saber que será má a obra que se não fará nunca. Pior, porém, será a que nunca se fizer. Aquela que se faz, ao menos, fica feita. Será pobre mas existe, como a planta mesquinha no vaso único da minha vizinha aleijada. Essa planta é a alegria dela, e também por vezes a minha. O que escrevo, e que reconheço mau, pode também dar uns momentos de distração de pior a um ou outro espírito magoado ou triste. Tanto me basta, ou me não basta, mas serve de alguma maneira, e assim é toda a vida.

Um tédio que inclui a antecipação só de mais tédio; a pena, já, de amanhã ter pena de ter tido pena hoje — grandes emaranhamentos sem utilidade nem verdade, grandes emaranhamentos...

... onde, encolhido num banco de espera da estação apeadeiro, o meu desprezo dorme[1] entre o gabão do meu desalento...[2]

... o mundo de imagens sonhadas de que se compõe, por igual, o meu conhecimento e a minha vida...

Em nada me pesa ou em mim dura o escrúpulo da hora presente. Tenho fome da extensão do tempo, e quero ser eu sem condições.

15.

Conquistei, palmo a pequeno palmo, o terreno interior que nascera meu. Reclamei, espaço a pequeno espaço, o pântano em que me quedara nulo. Pari meu ser definitivo, mas tirei-me a ferros de mim mesmo.

16.

Devaneio entre Cascais e Lisboa. Fui pagar a Cascais uma contribuição do patrão Vasques, de uma casa que tem no Estoril. Gozei antecipadamente o prazer de ir, uma hora para lá, uma hora para cá, vendo os aspectos sempre vários do grande rio e da sua foz atlântica. Na verdade, ao ir, perdi-me em meditações abstratas, vendo sem ver as paisagens aquáticas que me alegrava ir ver, e ao voltar perdi-me na fixação destas sensações. Não seria capaz de descrever o mais pequeno pormenor da viagem, o mais pequeno trecho de visível. Lucrei estas páginas, por olvido e contradição. Não sei se isso é melhor ou pior do que o contrário, que também não sei o que é.

O comboio abranda, é o Cais do Sodré. Cheguei a Lisboa, mas não a uma conclusão.

17.

São horas talvez de eu fazer o único esforço de eu olhar para a minha vida. Vejo-me no meio de um deserto imenso. Surjo do que ontem internamente fui, procuro explicar a mim próprio como cheguei aqui.

18.

Encaro serenamente, sem mais nada que o que na alma represente um sorriso, o fechar-se-me sempre a vida nesta Rua dos Douradores, neste escritório, nesta atmosfera desta gente. Ter o que me dê para comer e beber, e onde habitar, e o pouco espaço livre no tempo para sonhar, escrever — dormir — que mais posso eu pedir aos Deuses ou esperar do Destino?

Tive grandes ambições e sonhos dilatados — mas esses também os teve o moço de fretes ou a costureira, porque sonhos tem toda a gente: o que nos diferença é a força de conseguir ou o destino de se conseguir conosco.

Em sonhos sou igual ao moço de fretes e à costureira. Só me distingue deles o saber escrever. Sim, é um ato, uma realidade minha que me diferença deles. Na alma sou seu igual.

Bem sei que há ilhas ao Sul, e grandes paixões cosmopolitas, e □

Se eu tivesse o mundo na mão, trocava-o, estou certo, por um bilhete para Rua dos Douradores.

Talvez o meu destino seja eternamente ser guarda-livros, e a poesia ou a literatura uma borboleta que, pousando-me na cabeça, me torne tanto mais ridículo quanto maior for a sua própria beleza.

Terei saudades do Moreira, mas o que são saudades perante as grandes ascensões?

Sei bem que o dia, em que for guarda-livros da casa Vasques e C.ª, será um dos grandes dias da minha vida. Sei-o com uma antecipação amarga e irônica, mas sei-o com a vantagem intelectual da certeza.

19.

No recôncavo da praia à beira-mar, entre as selvas e as várzeas da margem, subia da incerteza do abismo nulo a inconstância do desejo aceso. Não haveria que escolher entre os trigos e os muitos [sic], e a distância continuava entre ciprestes.

O prestígio das palavras isoladas, ou reunidas segundo um acordo de som, com ressonâncias íntimas e sentidos divergentes no mesmo tempo em que convergem, a pompa das frases postas entre os sentidos das outras, malignidade dos vestígios, esperança dos bosques, e nada mais que a tranquilidade dos tanques entre as quintas da infância dos meus subterfúgios... Assim, entre os muros altos da audácia absurda, nos renques das árvores e nos sobressaltos do que se estiola, outro que não eu ouviria dos lábios tristes a confissão negada a melhores insistências. Nunca, entre o tinir das lanças no pátio por ver, nem que os cavaleiros viessem de volta da estrada vista desde o alto do muro, haveria mais sossego no Solar dos Últimos, nem se lembraria outro nome, do lado de cá da estrada, senão o que encantava de noite, com o das mouras, a criança que morreu depois, da vida e da maravilha.

Leves, entre os sulcos que havia na erva, porque os passos abriam nadas entre o verdor agitado, as passagens dos últimos perdidos soavam arrastadamente, como reminiscências do vindouro. Eram velhos os que haveriam de vir, e só novos os que não viriam nunca. Os tambores rolaram à beira da estrada e os clarins pendiam nulos nas mãos lassas, que os deixariam se ainda tivessem força para deixar qualquer coisa.

Mas, de novo, na consequência do prestígio, soavam altos os alaridos findos, e os cães tergiversavam nas áleas vistas. Tudo era absurdo, como um luto, e as princesas dos sonhos dos outros passeavam sem claustros indefinidamente.

20.

Várias vezes, no decurso da minha vida opressa por circunstâncias, me tem sucedido, quando quero libertar-me de qualquer grupo delas, ver-me subitamente cercado por outras da mesma ordem, como se houvesse definidamente uma inimizade contra mim na teia incerta das coisas. Arranco do pescoço uma mão que me sufoca. Vejo que na mão, com que a essa arranquei, me veio preso um laço que me caiu no pescoço com o gesto de libertação. Afasto, com cuidado, o laço, e é com as próprias mãos que me quase estrangulo.

21.

Haja ou não deuses, deles somos servos.

22.

Escrevo com uma estranha mágoa, servo de uma sufocação intelectual, que me vem da perfeição da tarde. Este céu de azul precioso, desmaiando para tons de cor-de-rosa pálido sob uma brisa igual e branda, dá-me à consciência de mim uma vontade de eu gritar. Estou escrevendo, afinal, por fuga e refúgio. Evito as ideias. Esqueço as expressões exatas, e elas abrilham-se-me no ato físico de escrever, como se a mesma pena as produzisse.

Do que pensei, do que só senti, sobrevive, obscura, uma vontade inútil de chorar.

23.

ABSURDO

Tornarmo-nos esfinges, ainda que falsas, até chegarmos ao ponto de já não sabermos quem[1] somos. Porque, de resto,[2] nós o que somos é esfinges falsas e não sabemos o que somos realmente. O único modo de estarmos de acordo com a vida é estarmos em desacordo com nós próprios. O absurdo é o divino.[3]

Estabelecer teorias, pensando-as paciente e honestamente, só para depois agirmos contra elas — agirmos e justificar as nossas ações com teorias que as condenam. Talhar um caminho na vida, e em seguida agir contrariamente a seguir por esse caminho. Ter todos os gestos e todas as atitudes de qualquer coisa que nem somos nem pretendemos ser, nem pretendemos ser tomados como sendo.

Comprar livros *para* não os ler; ir a concertos nem para ouvir a música nem para ver quem lá está; dar longos passeios por estar farto de andar e ir passar dias no campo só porque o campo nos aborrece.

24.

Hoje, como me oprimisse a sensação do corpo aquela angústia antiga que por vezes extravasa, não comi bem, nem bebi o costume, no restaurante, ou casa de pasto, em cuja sobreloja baseio a continuação da minha existência. E, como, ao sair eu, o criado verificasse que a garrafa de vinho ficara em meio, voltou-se para mim e disse: "Até logo, sr. Soares, e desejo as melhoras".

Ao toque de clarim desta frase simples a minha alma aliviou-se como se num céu de nuvens o vento de repente as afastasse. E então reconheci o que nunca claramente reconhecera, que nestes criados de café e de restaurante, nos barbeiros, nos moços de frete das esquinas, eu tenho uma simpatia espontânea, natural, que não posso orgulhar-me de receber dos que privam comigo em maior intimidade, impropriamente dita...

A fraternidade tem sutilezas.

Uns governam o mundo, outros são o mundo. Entre um milionário americano, um César ou Napoleão, ou Lênin, e o chefe socialista da aldeia — não há diferença de qualidade, mas apenas de quantidade. Abaixo destes estamos nós, os amorfos, o dramaturgo atabalhoado William Shakespeare, o mestre-escola John Milton, o vadio Dante Alighieri, o moço de fretes que me fez ontem o recado, eu, o barbeiro que me conta anedotas, o criado que acaba de me fazer a fraternidade de me desejar aquelas melhoras, por eu não ter bebido senão metade do vinho.

25.

É uma oleografia sem remédio. Fito-a sem saber se vejo. Na montra há outras e aquela. Está ao centro da montra do vão de escada.[1]

Ela aperta a primavera contra o seio e os olhos com que me fita são tristes. Sorri com brilho do papel verde[2] e as cores da sua face são encarnado. O céu por trás dela é azul de fazenda clara. Tem uma boca recortada e quase pequena por sobre cuja expressão postal os olhos me fitam sempre com uma grande pena.[3] O braço que segura as flores lembra-me o de alguém. O vestido ou blusa é aberto num decote ladeado. Os olhos são realmente tristes: fitam-me do fundo da realidade litográfica com uma verdade qualquer. Ela veio com a primavera. Os seus olhos tristes são grandes, mas nem é por isso. Separo-me de defronte da montra com uma grande violência sobre os pés. Atravesso a rua e volto-me com uma revolta impotente. Ela segura ainda a primavera que lhe deram e os seus olhos são tristes como o que eu não tenho na vida. Vista à distância, a oleografia tem afinal mais cores. A figura tem uma fita de cor de mais rosa contornando o alto do cabelo; não tinha reparado. Há em olhos humanos, ainda que litográficos, uma coisa terrível: o aviso inevitável da consciência, o grito clandestino de haver alma. Com um grande esforço ergo-me do sono em que me molho e sacudo, como um cão, os úmidos da treva de bruma. E por cima do meu desertar, numa despedida de outra coisa qualquer, os olhos tristes da vida toda, desta oleografia metafísica que contemplamos à distância, fitam-me como se eu soubesse de Deus. A gravura tem um calendário na base. É emoldurada em cima e em baixo por duas réguas pretas de um convexo chato mal pintado. Entre o alto e o baixo do seu definitivo, por sobre 1929 com vinheta obsoletamente caligráfica cobrindo o inevitável primeiro de Janeiro, os olhos tristes sorriem-me ironicamente.

É curioso de onde, afinal, eu conhecia a figura. No escritório há, no canto do fundo, um calendário idêntico, que tenho visto muitas vezes. Mas, por um mistério, ou oleográfico ou meu, a idêntica do escritório não tem olhos com pena. É só uma oleografia. (É de papel que brilha e dorme por cima da cabeça do Alves canhoto o seu viver de esbatimento.)

Quero sorrir de tudo isto, mas sinto um grande mal-estar. Sinto um frio de doença súbita na alma. Não tenho força para me revoltar contra esse absurdo. A que janela para que segredo de Deus me abeiraria eu sem querer? Para onde dá a montra do vão de escada? Que olhos me fitavam na oleografia? Estou quase a tremer. Ergo involuntariamente os olhos para o canto distante do escritório onde a verdadeira oleografia está. Levo constantemente a erguer para lá os olhos.

26.

Dar a cada emoção uma personalidade, a cada estado de alma uma alma.

Dobraram[1] a curva do caminho e eram muitas raparigas. Vinham cantando pela estrada, e o som das suas vozes era felizes [sic]. Elas não sei o que seriam. Escutei-as um tempo de longe, sem sentimento próprio. Uma amargura por elas sentiu-me no coração.

Pelo futuro delas? Pela inconsciência delas? Não diretamente por elas — ou,[2] quem sabe? talvez apenas por mim.

27.

A literatura, que é a arte casada com o pensamento, e a realização sem a mácula da realidade, parece-me ser o fim para que deveria tender todo o esforço humano, se fosse verdadeiramente humano, e não uma superfluidade do animal. Creio que dizer uma coisa é conservar-lhe a virtude e tirar-lhe o terror.[1] Os campos são mais verdes no dizer-se do que no seu verdor. As flores, se forem descritas com frases que as definam no ar da imaginação, terão cores de uma permanência que a vida celular não permite.

Mover-se é viver, dizer-se é sobreviver. Não há nada de real na vida que o não seja porque se descreveu bem. Os críticos da casa pequena soem apontar que tal poema, longamente ritmado, não quer, afinal, dizer senão que o dia está bom. Mas dizer que o dia está bom é difícil, e o dia bom, ele mesmo, passa. Temos pois que conservar o dia bom em uma memória florida e prolixa, e assim constelar de novas flores ou de novos astros os campos ou os céus da exterioridade vazia e passageira.

Tudo é o que somos, e tudo será, para os que nos seguirem na diversidade do tempo, conforme nós intensamente o houvermos imaginado, isto é, o houvermos, com a imaginação metida no corpo, verdadeiramente sido. Não creio que a história seja mais, em seu grande panorama desbotado, que um decurso de interpretações, um consenso confuso de testemunhos distraídos. O romancista é todos nós, e narramos quando vemos, porque ver é complexo como tudo.

Tenho neste momento tantos pensamentos fundamentais, tantas coisas verdadeiramente metafísicas que dizer, que me canso de repente, e decido não escrever mais, não pensar mais, mas deixar que a febre de dizer me dê sono, e eu faça festas com os olhos fechados, como a um gato, a tudo quanto poderia ter dito.

28.

Um hálito de música ou de sonho, qualquer coisa que faça quase sentir, qualquer coisa que faça não pensar.

29.

Depois que os últimos pingos da chuva começaram a tardar na queda dos telhados, e pelo centro pedrado da rua o azul do céu começou a espelhar-se lentamente, o som dos veículos tomou outro canto, mais alto e alegre, e ouviu-se o abrir de janelas contra o desesquecimento do sol. Então, pela rua[1] estreita, do fundo da esquina próxima, rompeu o convite alto do primeiro cauteleiro, e os pregos pregados nos caixotes da loja fronteira reverberaram pelo espaço claro.

Era um feriado incerto, legal e que se não mantinha. Havia sossego e trabalho conjuntos, e eu não tinha que fazer. Tinha-me levantado cedo e tardava em preparar-me para existir. Passeava de um lado ao outro do quarto e sonhava alto coisas sem nexo nem possibilidade — gestos que me esquecera de fazer, ambições impossíveis realizadas sem rumo, conversas firmes e contínuas que, se fossem, teriam sido. E neste devaneio sem grandeza nem calma, neste atardar sem esperança nem fim, gastavam meus passos a manhã livre, e as minhas palavras altas, ditas baixo, soavam múltiplas[2] no claustro do meu simples isolamento.

A minha figura humana, se a considerava com uma atenção externa, era do ridículo que tudo quanto é humano assume sempre que é íntimo. Vestira, sobre os trajes simples do sono abandonado, um sobretudo velho, que me serve para estas vigílias matutinas. Os meus chinelos velhos estavam rotos, principalmente o do pé esquerdo. E, com as mãos nos bolsos do casaco póstumo, eu fazia a avenida do meu quarto curto em passos largos e decididos, cumprindo com o devaneio inútil um sonho igual aos de toda a gente.

Ainda, pela frescura aberta da minha janela única, se ouviam cair dos telhados os pingos grossos da acumulação da chuva ida. Ainda, vagos, havia frescores de haver chovido. O céu, porém, era de um azul conquistador, e as nuvens que restavam da chuva derrotada ou cansada cediam, retirando para sobre os lados do Castelo, os caminhos legítimos do céu todo.

Era a ocasião de estar alegre. Mas pesava-me qualquer coisa, uma ânsia desconhecida, um desejo sem definição, nem até reles. Tardava-me, talvez, a sensação de estar vivo. E, quando me debrucei da janela altíssima, sobre a rua para onde olhei sem vê-la, senti-me de repente um daqueles trapos úmidos de limpar coisas sujas, que se levam para a janela para secar, mas se esquecem, enrodilhados, no parapeito que mancham lentamente.

30.

Reconheço, não sei se com tristeza, a secura humana do meu coração. Vale mais para mim um adjetivo que um pranto real da alma. O meu mestre Vieira □

Mas às vezes sou diferente, e tenho lágrimas, lágrimas das quentes, dos que não têm nem tiveram mãe; e meus olhos que ardem dessas lágrimas mortas ardem dentro[1] do meu coração.

Não me lembro da minha mãe. Ela morreu tinha eu um ano. Tudo o que há de disperso e duro na minha sensibilidade vem da ausência desse calor e da saudade inútil dos beijos de que me não lembro. Sou postiço. Acordei[2] sempre contra seios outros, acalentado por desvio.

Ah, é a saudade do outro que eu poderia ter sido que me dispersa e sobressalta! Quem outro seria eu se me tivessem dado carinho do que vem desde o ventre até aos beijos na cara pequena?

Talvez que a saudade de não ser filho tenha grande parte na minha indiferença sentimental. Quem, em criança, me apertou contra a cara não me podia apertar contra o coração. Essa estava longe, num jazigo — essa que me pertenceria, se o Destino houvesse querido que me pertencesse.

Disseram-me, mais tarde, que minha mãe era bonita, e dizem que, quando mo disseram, eu não disse nada. Era já apto de corpo e alma, desentendido de emoções, e o falarem ainda não era uma notícia de outras páginas, difíceis de imaginar.

Meu pai, que vivia longe, matou-se quando eu tinha três anos e nunca o conheci. Não sei ainda por que é que vivia longe. Nunca me importei de o saber. Lembro-me da notícia da sua morte como de uma grande seriedade às primeiras refeições depois de a saber. Olhavam, lembro-me, de vez em quando para mim. E eu olhava de troco, entendendo estupidamente. Depois comia com mais regra, pois talvez, sem eu ver, continuassem a olhar.

Sou todas estas coisas, embora o não queira, no fundo confuso da minha sensibilidade fatal.

31.

O relógio que está lá para trás, na casa deserta, porque todos dormem, deixa cair lentamente o quádruplo som claro das quatro horas de quando é noite. Não dormi ainda, nem espero dormir. Sem que nada me detenha a atenção, e assim não durma, ou me pese no corpo, e por isso não sossegue, jazo na sombra, que o luar vago dos candeeiros da rua torna ainda mais desacompanhada, o silêncio amortecido do meu corpo estranho. Nem sei pensar, do sono que tenho; nem sei sentir, do sono que não consigo ter.

Tudo em meu torno é o universo nu, abstrato, feito de negações noturnas. Divido-me em cansado e inquieto, e chego a tocar com a sensação do corpo um conhecimento metafísico do mistério das coisas. Por vezes amolece-se-me a alma, e então os pormenores sem forma da vida quotidiana boiam-se-me à superfície da consciência, e estou fazendo lançamentos à tona de não poder dormir. Outras vezes, acordo de dentro do meio-sono em que estagnei, e imagens vagas, de um colorido poético e involuntário, deixam escorrer pela minha desatenção o seu espetáculo sem ruídos. Não tenho os olhos inteiramente cerrados. Orla-me a vista frouxa uma luz que vem de longe; são os candeeiros públicos acesos lá em baixo, nos confins abandonados da rua.

Cessar, dormir, substituir esta consciência intervalada por melhores coisas melancólicas ditas em segredo ao que me desconhecesse!... Cessar, passar fluido e ribeirinho, fluxo e refluxo de um mar vasto, em costas visíveis na noite em que verdadeiramente se dormisse!... Cessar, ser incógnito e externo, movimento de ramos em áleas afastadas, tênue cair de folhas, conhecido no som mais que na queda, mar alto fino dos repuxos ao longe, e todo o indefinido dos parques na noite, perdidos entre emaranhamentos contínuos, labirintos naturais da treva!... Cessar, acabar finalmente, mas com uma sobrevivência translata, ser a página de um livro, a madeixa de um cabelo solto, o oscilar da trepadeira ao pé da janela entreaberta, os passos sem importância no cascalho fino da curva, o último fumo alto da aldeia que adormece, o esquecimento do chicote do carroceiro à beira matutina do caminho... O absurdo, a confusão, o apagamento — tudo que não fosse a vida...

E durmo, a meu modo, sem sono nem repouso, esta vida vegetativa da suposição, e sob as minhas pálpebras sem sossego paira, como a espuma quieta[1] de um mar sujo, o reflexo longínquo dos candeeiros mudos da rua.

Durmo e desdurmo.

Do outro lado de mim, lá para trás de onde jazo, o silêncio da casa toca no infinito. Oiço cair o tempo, gota a gota, e nenhuma gota que cai se ouve cair. Oprime-me fisicamente o coração físico a memória, reduzida a nada, de tudo quanto foi ou fui. Sinto a cabeça materialmente colocada na almofada em que a tenho fazendo vale. A pele da fronha tem com a minha pele um contato de gente na sombra. A própria orelha, sobre a qual me encosto, grava-se-me matematicamente contra o cérebro. Pestanejo de cansaço, e as minhas pestanas fazem um som pequeníssimo, inaudível, na brancura sensível da almofada erguida. Respiro, suspirando, e a minha respiração acontece — não é minha. Sofro sem sentir nem pensar. O relógio da casa, lugar certo lá ao meio do infinito,[2] soa a meia hora seca e nula. Tudo é tanto, tudo é tão fundo, tudo é tão negro e tão frio!

Passo tempos, passo silêncios, mundos sem forma passam por mim.

Subitamente, como uma criança do Mistério, um galo canta sem saber da noite. Posso dormir, porque é manhã em mim. E sinto a minha boca sorrir, deslocando levemente as pregas moles da fronha que me prende o rosto. Posso deixar-me à vida, posso dormir, posso ignorar-me... E, através do sono novo que me escurece, ou lembro o galo que cantou, ou é ele, deveras, que canta segunda vez.

32.

SINFONIA DE UMA NOITE INQUIETA

Dormia tudo como se o universo fosse um erro; e o vento, flutuando incerto, era uma bandeira sem forma desfraldada sobre um quartel[1] sem ser. Esfarrapava-se coisa nenhuma no ar alto e forte, e os caixilhos das janelas sacudiam os vidros para que a extremidade[2] se ouvisse. No fundo de tudo, calada, a noite era o túmulo de Deus[3] (a alma sofria com pena de Deus).

E, de repente — nova ordem das coisas universais agia sobre a cidade —, o vento assobiava no intervalo do vento, e havia uma noção dormida de muitas agitações na altura. Depois a noite fechava-se como um alçapão, e um grande sossego fazia vontade de ter estado a dormir.

33.

Nos primeiros dias do outono subitamente entrado, quando o escurecer toma uma evidência de qualquer coisa prematura, e parece que tardamos muito no que fazemos de dia, gozo, mesmo entre o trabalho quotidiano, esta antecipação de não trabalhar que a própria sombra traz consigo, por isso que é noite e a noite é sono, lares, livramento. Quando as luzes se acendem no escritório amplo que deixa de ser escuro, e fazemos serão sem que cessássemos de trabalhar[1] de dia, sinto um conforto absurdo como uma lembrança de outrem, e estou sossegado com o que escrevo como se estivesse lendo até sentir que irei dormir.

Somos todos escravos de circunstâncias externas: um dia de sol abre-nos campos largos no meio de um café de viela; uma sombra no campo encolhe-nos para dentro, e abrigamo-nos mal na casa sem portas de nós mesmos; um chegar da noite, até entre coisas do dia, alarga, como um leque [que] se abra lento, a consciência íntima de dever-se repousar.

Mas com isso o trabalho não se atrasa: anima-se.[2] Já não trabalhamos; recreamo-nos com o assunto a que estamos condenados. E, de repente, pela folha vasta e pautada do meu destino numerador, a casa velha das tias antigas alberga, fechada contra o mundo, o chá das dez horas sonolentas, e o candeeiro de petróleo da minha infância perdida, brilhando somente sobre a mesa de linho, obscurece-me, com a luz, a visão do Moreira, iluminado a uma eletricidade negra infinitos para além de mim.

Trazem o chá — é a criada mais velha que as tias que o traz com os restos do sono e o mau humor paciente da ternura da velha vassalagem — e eu escrevo sem errar uma verba ou uma soma através de todo o meu passado morto. Reabsorvo-me, perco-me em mim, esqueço-me a noites longínquas, impolutas de dever e de mundo, virgens de mistério e de futuro.

E tão suave é a sensação que me alheia do débito e do crédito que, se acaso uma pergunta me é feita, respondo suavemente, como se tivesse o meu ser oco, como se não fosse mais que a máquina de escrever que trago comigo, portátil de mim mesmo aberto. Não me choca a interrupção dos meus sonhos: de tão suaves que são, continuo sonhando-os por trás de falar, escrever, responder, conversar até. E através de tudo o chá perdido finda, e o escritório vai fechar... Ergo do livro, que cerro lentamente, olhos cansados do choro que não tiveram, e, numa mistura de sensações, sofro que ao fechar o escritório se me feche o sonho também; que no gesto da mão com que cerro o livro encubra o passado irreparável; que vá para a cama da vida sem sono, sem companhia nem sossego, no fluxo e refluxo da minha consciência misturada, como duas marés na noite negra, no fim dos destinos da saudade e da desolação.

34.

Penso às vezes que nunca sairei da Rua dos Douradores. E isto escrito então parece-me a eternidade.

Não o prazer, não a glória, não o poder: a liberdade, unicamente a liberdade.

Passar dos fantasmas da fé para os espectros da razão é somente ser mudado de cela. A arte, se nos liberta dos manipansos assentes e abstratos, também nos liberta das ideias generosas e das preocupações sociais — manipansos também.

Encontrar a personalidade na perda dela — a mesma fé abona esse sentido de destino.

35.

... e um profundo e tediento desdém por todos quantos trabalham para a humanidade, por todos quantos se batem pela pátria e dão a sua vida para que a civilização continue...

... um desdém cheio de tédio por eles, os que desconhecem que a única realidade para cada um é a sua própria alma, e o resto — o mundo exterior e os outros — um pesadelo inestético, como um resultado nos sonhos de uma indigestão de[1] espírito.

A minha aversão pelo esforço excita-se até ao horror quase gesticulante perante todas as formas de esforço violento. E a guerra, o trabalho produtivo e enérgico, o auxílio aos outros... tudo isto não me parece mais do que o produto de um impudor, □

E, perante a realidade suprema da minha alma, tudo o que é útil e exterior me sabe a frívolo e trivial ante a soberana e pura grandeza dos meus mais originais e frequentes sonhos. Esses, para mim, são mais reais.

36.

Não são as paredes reles do meu quarto vulgar, nem as secretárias velhas do escritório alheio, nem a pobreza das ruas intermédias da Baixa usual, tantas vezes por mim percorridas que já me parecem ter usurpado a fixidez da irreparabilidade, que formam no meu espírito a náusea, que nele é frequente, da quotidianidade enxovalhante da vida. São as pessoas que habitualmente me cercam, são as almas que, desconhecendo-me, todos os dias me conhecem com o convívio e a fala, que me põem na garganta do espírito o nó salivar do desgosto físico. É a sordidez monótona da sua vida, paralela à exterioridade da minha, é a sua consciência íntima de serem meus semelhantes, que me veste o traje de forçado, me dá a cela de penitenciário, me faz[1] apócrifo e mendigo.

Há momentos em que cada pormenor do vulgar me interessa na sua existência própria, e eu tenho por tudo a afeição de saber ler tudo claramente. Então vejo — como Vieira disse que Sousa[2] descrevia — o comum com singularidade, e sou poeta com aquela alma com que a crítica dos gregos formou a idade intelectual da poesia. Mas também há momentos, e um é este que me oprime agora, em que me sinto mais a mim que às coisas externas, e tudo se me converte numa noite de chuva e lama, perdida na solidão de um apeadeiro de desvio, entre dois comboios de terceira classe.

Sim, a minha virtude íntima de ser frequentemente objetivo, e assim me extraviar de pensar-me, sofre, como todas as virtudes, e até todos os vícios, decréscimos de afirmação. Então pergunto a mim mesmo como é que me sobrevivo, como é que ouso ter a covardia de estar aqui, entre esta gente, com esta igualdade certeira com eles, com esta conformação verdadeira com a ilusão de lixo de eles todos? Ocorrem-me com um brilho de farol distante todas as soluções com que a imaginação é mulher — o suicídio, a fuga, a renúncia, os grandes gestos da aristocracia da individualidade, o capa e espada das existências sem balcão.

Mas a Julieta ideal da realidade melhor fechou sobre o Romeu fictício do meu sangue a janela alta da entrevista literária. Ela obedece ao pai dela; ele obedece ao pai dele. Continua a rixa dos Montecchios e dos Capuletos; cai o pano sobre o que não se deu; e eu recolho a casa — àquele quarto onde é sórdida a dona da casa que não está lá, os filhos que raras vezes vejo, e a gente do escritório que só verei amanhã[3] — com a gola de um casaco de empregado do comércio erguida sem estranhezas sobre o pescoço de um poeta, com as botas compradas sempre na mesma casa evitando inconscientemente os charcos da chuva fria, e um pouco preocupado, misturadamente, de me ter esquecido[4] do guarda-chuva e da dignidade[5] da alma.

37.

INTERVALO DOLOROSO

Coisa arrojada a um canto, trapo caído na estrada, meu ser ignóbil ante a vida finge-se.

38.

Invejo a todas as pessoas o não serem eu. Como de todos os impossíveis, esse sempre me pareceu o maior de todos, foi o que mais se constituiu minha ânsia quotidiana, o meu desespero de todas as horas tristes.

Uma rajada baça de sol turvo queimou nos meus olhos a sensação física de olhar. Um amarelo de calor estagnou no verde preto das árvores. O torpor □

39.

De repente, como se um destino médico[1] me houvesse operado de uma cegueira antiga com grandes resultados súbitos, ergo a cabeça, da minha vida anônima, para o conhecimento claro de como existo. E vejo que tudo quanto tenho feito, tudo quanto tenho pensado, tudo quanto tenho sido, é uma espécie de engano e de loucura. Maravilho-me do que consegui não ver. Estranho quanto fui e que vejo que afinal não sou.

Olho, como numa extensão ao sol que rompe nuvens, a minha vida passada; e noto, com um pasmo metafísico, como todos os meus gestos mais certos, as minhas ideias mais claras, e os meus propósitos mais lógicos, não foram, afinal, mais que bebedeira nata, loucura natural, grande desconhecimento. Nem sequer representei. Representaram-me. Fui, não o ator, mas os gestos dele.

Tudo quanto tenho feito, pensado, sido, é uma soma de subordinações, ou a um ente falso que julguei meu, porque agi dele para fora, ou de um peso de circunstâncias que supus ser o ar que respirava. Sou, neste momento de ver, um solitário súbito, que se reconhece desterrado onde se encontrou sempre cidadão. No mais íntimo do que pensei não fui eu.

Vem-me, então, um terror sarcástico da vida, um desalento que passa os limites da minha individualidade consciente. Sei que fui erro e descaminho, que nunca vivi, que existi somente porque enchi tempo com consciência e pensamento. E a minha sensação de mim é a de quem acorda depois de um sono cheio de sonhos reais, ou a de quem é liberto, por um terramoto, da luz pouca do cárcere a que se habituara.

Pesa-me, realmente me pesa, como uma condenação a conhecer, esta noção repentina da minha individualidade verdadeira, dessa que andou sempre viajando sonolentamente entre o que sente e o que vê.

É tão difícil descrever o que se sente quando se sente que realmente se existe, e que a alma é uma entidade real, que não sei quais são as palavras humanas com que possa defini-lo. Não sei se estou com febre, como sinto, se deixei de ter a febre de ser dormidor da vida. Sim, repito, sou como um viajante que de repente se encontre numa vila estranha, sem saber como ali chegou; e ocorrem-me esses casos dos que perdem a memória, e são outros durante muito tempo. Fui outro durante muito tempo — desde a nascença e a consciência —, e acordo agora no meio da ponte, debruçado sobre o rio, e sabendo que existo mais firmemente do que fui até aqui. Mas a cidade é-me incógnita, as ruas novas, e o mal sem cura. Espero, pois, debruçado sobre a ponte, que me passe a verdade, e eu me restabeleça nulo e fictício, inteligente e natural.

Foi um momento, e já passou. Já vejo os móveis que me cercam, os desenhos do papel velho das paredes, o sol pelas vidraças poeirentas. Vi a verdade um momento. Fui um momento, com consciência, o que os grandes homens são com a vida. Com a vida? Recordo-lhes os atos e as palavras, e não sei se não foram também tentados vencedoramente pelo Demônio da Realidade. Não saber de si é viver. Saber mal de si é pensar. Saber de si, de repente, como neste momento lustral, é ter subitamente a noção da mônada íntima, da palavra mágica da alma. Mas essa luz súbita cresta tudo, consome tudo, deixa-nos nus até de nós.

Foi só um momento, e vi-me. Depois já não sei sequer dizer o que fui. E, por fim, tenho sono, porque, não sei por quê, acho que o sentido é dormir.

40.

Sinto-me às vezes tocado, não sei por quê, de um prenúncio de morte. Ou seja uma vaga doença, que se não materializa em dor e por isso tende a espiritualizar-se em fim, ou seja um cansaço que quer um sono tão profundo que o dormir lhe não basta — o certo é que sinto como se, no fim de um piorar de doente, por fim largasse sem violência ou saudade as mãos débeis de sobre a colcha sentida.

Considero então que coisa é esta a que chamamos morte. Não quero dizer o mistério da morte, que não penetro, mas a sensação física de cessar de viver. A humanidade tem medo da morte, mas incertamente; o homem normal bate-se bem em exército, o homem normal, doente ou velho, raras vezes olha com horror o abismo do nada que ele atribui a esse abismo. Tudo isso é falta de imaginação. Nem há nada menos de quem pensa que supor a morte um sono. Por que o há de ser se a morte se não assemelha ao sono? O essencial do sono é o acordar-se dele, e da morte, supomos, não se acorda. E se a morte se assemelha ao sono, deveremos ter a noção de que se acorda dela. Não é isso, porém, o que o homem normal se figura: figura para si a morte como um sono de que não se acorda, o que nada quer dizer. A morte, disse, não se assemelha ao sono, pois no sono se está vivo e dormindo; nem sei como pode alguém assemelhar a morte a qualquer coisa, pois não pode ter experiência dela, ou coisa com que a comparar.

A mim, quando vejo um morto, a morte parece-me uma

partida. O cadáver dá-me a impressão de um trajo que se deixou. Alguém se foi embora e não precisou de levar aquele fato único que vestira.[1]

41.

O silêncio que sai do som da chuva espalha-se, num crescendo de monotonia cinzenta, pela rua estreita que fito. Estou dormindo desperto, de pé contra a vidraça, a que me encosto como a tudo. Procuro em mim que sensações são as que tenho perante este cair esfiado de água sombriamente luminosa que [se] destaca das fachadas sujas e, ainda mais, das janelas abertas. E não sei o que sinto, não sei o que quero sentir, não sei o que penso nem o que sou.

Toda a amargura retardada da minha vida despe, aos meus olhos sem sensação, o traje de alegria natural de que usa nos acasos prolongados de todos os dias. Verifico que, tantas vezes alegre, tantas vezes contente, estou sempre triste. E o que em mim verifica isto está por trás de mim, como que se debruça sobre o meu encostado à janela, e, por sobre os meus ombros, ou até a minha cabeça, fita, com olhos mais íntimos que os meus, a chuva lenta, um pouco ondulada já, que filigrana de movimento o ar pardo e mau.

Abandonar todos os deveres, ainda os que nos não exigem, repudiar todos os lares, ainda os que não foram nossos, viver do impreciso e do vestígio, entre grandes púrpuras de loucura, e rendas falsas de majestades sonhadas... Ser qualquer coisa que não sinta o pesar de chuva externa, nem a mágoa da vacuidade íntima... Errar sem alma nem pensamento, sensação sem si mesma, por estrada contornando montanhas, por vales sumidos entre encostas íngremes, longínquo, imerso e fatal... Perder-se entre paisagens como quadros. Não ser a longe e cores...

Um sopro leve de vento, que por trás da janela não sinto, rasga em desnivelamentos aéreos a queda retilínea da chuva. Clareia qualquer parte do céu que não vejo. Noto-o porque, por trás dos vidros meio limpos da janela fronteira, já vejo vagamente o calendário na parede lá dentro, que até agora não via.

Esqueço. Não vejo, sem pensar.

Cessa a chuva, e dela fica, um momento, uma poalha de diamantes mínimos, como se, no alto, qualquer coisa como uma grande toalha se sacudisse azulmente dessas migalhinhas. Sente-se que parte do céu está já aberta.[1] Vê-se,[2] através da janela fronteira, o calendário mais nitidamente. Tem uma cara de mulher, e o resto é fácil porque o reconheço,[3] e a pasta dentífrica é a mais conhecida de todas.

Mas em que pensava eu antes de me perder a ver? Não sei. Vontade? Esforço? Vida? Com um grande avanço de luz sente-se que o céu é já quase todo azul. Mas não há sossego — ah, nem o haverá nunca! — no fundo do meu coração, poço velho ao fim da quinta vendida, memória de infância fechada a pó no sótão da casa alheia. Não há sossego — e, ai de mim!, nem sequer há desejo de o ter...

42.

Não compreendo senão como uma espécie de falta de asseio esta inerte permanência em que jazo da minha mesma e igual[1] vida, ficada como pó ou porcaria na superfície de nunca mudar.[2]

Assim como lavamos o corpo, deveríamos lavar o destino, mudar de vida[3] como mudamos de roupa — não para salvar a vida, como comemos e dormimos, mas por aquele respeito alheio por nós mesmos, a que propriamente chamamos asseio.

Há muitos em quem o desasseio não é uma disposição da vontade, mas um encolher de ombros da inteligência. E há muitos em quem o apagado e o mesmo da vida não é uma forma de a quererem, ou uma natural conformação com o não tê-la querido, mas um apagamento da inteligência de si mesmos, uma ironia automática[4] do conhecimento.

Há porcos que repugnam a sua própria porcaria, mas se não afastam dela por aquele mesmo extremo de um sentimento pelo qual o apavorado se não afasta do perigo. Há porcos de destino, como eu, que se não afastam da banalidade quotidiana por essa mesma atração da própria impotência. São aves fascinadas pela ausência de[5] serpente; moscas que pairam nos troncos sem ver nada, até chegarem ao alcance viscoso da língua do camaleão.

Assim passeio lentamente a minha inconsciência consciente, no meu tronco de árvore do usual. Assim passeio o meu destino que anda, pois eu não ando; o meu tempo que segue, pois eu não sigo. Nem me salva da monotonia senão estes breves comentários, que faço a propósito[6] dela. Contento-me com a minha cela ter vidraças por dentro das grades, e escrevo nos vidros, no pó do necessário, o meu nome em letras grandes, assinatura quotidiana da minha escritura com a morte.

Com a morte? Não, nem com a morte. Quem vive como eu não morre: acaba, murcha, desvegeta-se. O lugar onde esteve fica sem ele ali estar, a rua por onde andava fica sem ele lá ser visto, a casa onde morava é habitada por não ele. É tudo, e chamamos-lhe o nada; mas nem essa tragédia da negação podemos representar com aplauso, pois nem ao certo sabemos se é nada, vegetais da verdade como da vida, pó que tanto está por dentro como por fora das vidraças, netos do Destino e enteados de Deus, que casou com a Noite Eterna quando ela enviuvou do Caos que nos procriou.[7]

Partir da Rua dos Douradores para o Impossível... Erguer-me da carteira para o Ignoto... Mas isto interseccionado com o Razão — o Grande Livro, como dizem os franceses.[8]

43.

Há um cansaço da inteligência abstrata, e é o mais horroroso dos cansaços. Não pesa como o cansaço do corpo, nem inquieta como o cansaço do conhecimento e da emoção. É um peso da consciência do mundo, um não poder respirar com a alma.[1]

Então, como se o vento nelas desse, e fossem nuvens, todas as ideias em que temos sentido a vida, todas as ambições e[2] designios em que temos fundado a esperança na continuação dela, se rasgam, se abrem, se afastam tornadas cinzas de nevoeiros, farrapos do que não foi nem poderia ser. E por trás da derrota surge pura a solidão negra e implacável do céu deserto e estrelado.

O mistério da vida dói-nos e apavora-nos de muitos modos. Umas vezes vem sobre nós como um fantasma sem forma, e a alma treme com o pior dos medos — o da incarnação disforme do não ser. Outras vezes está atrás de nós, visível só quando nos não voltamos para ver, e é a verdade toda no seu horror profundíssimo de a desconhecermos.[3]

Mas este horror que hoje me anula é menos nobre e mais roedor.[4] É uma vontade de não querer ter pensamento, um desejo de nunca ter sido nada, um desespero consciente de todas as células do corpo da alma. É o sentimento súbito de se estar enclausurado numa cela infinita. Para onde pensar em fugir, se a cela é tudo?[5]

E então vem-me o desejo transbordante, absurdo, de uma espécie de satanismo que precedeu Satã, de que um dia — um dia sem tempo nem substância — se encontre uma fuga para fora de Deus e o mais profundo de nós deixe, não sei como, de fazer parte do ser ou[6] do não ser.

44.

Há um sono da atenção voluntária, que não sei explicar, e que frequentemente me ataca, se de coisa tão esbatida se pode dizer que ataca alguém. Sigo por uma rua como quem está sentado, e a minha atenção, desperta a tudo, tem todavia a inércia de um repouso do corpo inteiro. Não seria capaz de me desviar conscientemente de um transeunte oposto. Não seria capaz de responder com palavras, ou sequer, dentro em mim, com pensamentos, a uma pergunta de qualquer casual que fizesse escala pela minha casualidade coincidente. Não seria capaz de ter um desejo, uma esperança, uma coisa qualquer que representasse um movimento, não já da vontade do meu ser completo, mas até, se assim posso dizer, da vontade parcial e própria de cada elemento em que sou decomponível. Não seria capaz de pensar, de sentir, de querer. E ando, sigo, vagueio. Nada nos meus movimentos (reparo por o que os outros não reparam) transfere para o observável o estado de estagnação em que vou. E este estado de falta de alma, que seria cômodo, porque certo, num deitado ou num recumbente, é singularmente incômodo, doloroso até, num homem que vai andando pela rua.

É a sensação de uma ebriedade de inércia, de uma bebedeira sem alegria, nem nela, nem na origem. É uma doença que não tem sonho de convalescer. É uma morte álacre.

45.

Viver uma vida desapaixonada e culta, ao relento das ideias, lendo, sonhando, e pensando em escrever, uma vida suficientemente lenta para estar sempre à beira do tédio, bastante meditada para se nunca encontrar nele. Viver essa vida longe das emoções e dos pensamentos, só no pensamento das emoções e na emoção dos pensamentos. Estagnar ao sol, douradamente, como um lago obscuro rodeado de flores. Ter, na sombra, aquela fidalguia da individualidade que consiste em não insistir para nada com a vida. Ser no volteio dos mundos como uma poeira de flores, que um vento incógnito ergue pelo ar da tarde, e o torpor do anoitecer deixa baixar no lugar de acaso, indistinta entre coisas maiores. Ser isto com um conhecimento seguro, nem alegre nem triste, reconhecido ao sol do seu brilho e às estrelas do seu afastamento. Não ser mais, não ter mais, não querer mais... A música do faminto, a canção do cego, a relíquia do viandante incógnito, as passadas no deserto do camelo vazio sem destino...

46.

Releio passivamente, recebendo o que sinto como uma inspiração e um livramento, aquelas frases simples de Caeiro, na referência natural ao que resulta do pequeno tamanho da sua aldeia. Dali, diz ele, porque é pequena, pode ver-se mais do mundo do que da cidade; e por isso a aldeia é maior que a cidade...

> Porque eu sou do tamanho do que vejo
> E não do tamanho da minha altura.

Frases como estas, que parecem crescer sem vontade que as houvesse dito, limpam-me de toda a metafísica que espontaneamente acrescento à vida. Depois de as ler, chego à minha janela sobre a rua estreita, olho o grande céu e os muitos astros, e sou livre com um esplendor alado cuja vibração me estremece no corpo todo.

"Sou do tamanho do que vejo!" Cada vez que penso esta frase com toda a atenção dos meus nervos, ela me parece mais destinada a reconstruir consteladamente o universo. "Sou do tamanho do que vejo!" Que grande posse mental vai desde o poço das emoções profundas até às altas estrelas que se refletem nele, e, assim, em certo modo, ali estão.

E já agora, consciente de saber ver, olho a vasta metafísica objetiva dos céus todos com uma segurança que me dá vontade de morrer cantando. "Sou do tamanho do que vejo!" E o vago luar, inteiramente meu, começa a estragar de vago o azul meio negro do horizonte.

Tenho vontade de erguer os braços e gritar coisas de uma selvajaria ignorada, de dizer palavras aos mistérios altos, de afirmar uma nova personalidade vasta[1] aos grandes espaços da matéria vazia.

Mas recolho-me e abrando. "Sou do tamanho do que vejo!" E a frase fica-me sendo a alma inteira, encosto a ela todas as emoções que sinto, e sobre mim, por dentro, como sobre a cidade por fora, cai a paz indecifrável do luar duro que começa largo com o anoitecer.

47.

... no desalinho triste das minhas emoções confusas...

Uma tristeza de crepúsculo, feita de cansaços e de renúncias falsas, um tédio de sentir qualquer coisa, uma dor como de um soluço parado ou de uma verdade obtida. Desenrola-se-me na alma desatenta esta paisagem de abdicações — áleas de gestos abandonados, canteiros altos de sonhos nem sequer bem sonhados, inconsequências, como muros de buxo dividindo caminhos vazios, suposições, como velhos tanques sem repuxo vivo, tudo se emaranha e se visualiza pobre no desalinho triste das minhas emoções[1] confusas.

48.

Para compreender, destruí-me. Compreender é esquecer de amar. Nada conheço mais ao mesmo tempo falso e significativo que aquele dito de Leonardo da Vinci de que se não pode amar ou odiar uma coisa senão depois de compreendê-la.

A solidão desola-me; a companhia oprime-me. A presença de outra pessoa descaminha-me os pensamentos; sonho a sua presença com uma distração especial, que toda a minha atenção analítica não consegue definir.

49.

O isolamento talhou-me à sua imagem e semelhança. A presença de outra pessoa — de uma só pessoa que seja — atrasa-me imediatamente o pensamento, e, ao passo que no homem normal o contato com outrem é um estímulo para a expressão e para o dito, em mim esse contato é um contraestímulo, se é que esta palavra composta é viável perante a linguagem. Sou capaz, a sós comigo, de idear quantos ditos de espírito, respostas rápidas ao que ninguém disse, fulgurações de uma sociabilidade inteligente com pessoa nenhuma; mas tudo isso se me some se estou perante um outrem físico, perco a inteligência, deixo de poder dizer, e, no fim de uns quartos de hora, sinto apenas sono. Sim, falar com gente dá-me vontade de dormir. Só os meus amigos espectrais e imaginados, só as minhas conversas decorrentes em sonho, têm uma verdadeira realidade e um justo relevo, e neles o espírito é presente como uma imagem num espelho.

Pesa-me, aliás, toda a ideia de ser forçado a um contato com outrem. Um simples convite para jantar com um amigo me produz uma angústia difícil de definir. A ideia de uma obrigação social qualquer — ir a um enterro, tratar junto de alguém de uma coisa do escritório, ir esperar à estação uma pessoa qualquer, conhecida ou desconhecida —, só essa ideia me estorva os pensamentos de um dia, e às vezes é desde a mesma véspera que me preocupo, e durmo mal, e o caso real, quando se dá, é absolutamente insignificante, não justifica nada; e o caso repete-se e eu não aprendo nunca a aprender.

"Os meus hábitos são da solidão, que não dos homens"; não sei se foi Rousseau, se Senancour, o que disse isto.[1] Mas foi qualquer espírito da minha espécie — não poderei talvez dizer da minha raça.

50.

Espaçado, o pestanejar azul branco[1] de um vaga-lume[2] vai sucedendo-se a si mesmo. Em torno, obscuro, o campo é uma grande falta de ruído que cheira quase bem. A paz de tudo dói e pesa. Um tédio informe afoga-me.

Poucas vezes vou ao campo, quase nenhumas ali passo um dia, ou de um dia para outro. Mas hoje, que este amigo, em cuja casa estou, me não deixou não aceitar o seu convite, vim para aqui cheio de constrangimento — como um tímido para uma festa grande —, cheguei aqui com alegria, gostei do ar e da paisagem ampla, almocei e jantei bem, e agora, noite funda, no meu quarto sem luz, o lugar vago[3] enche-me de angústia.

A janela do quarto onde dormirei deita para o campo aberto, para um campo[4] indefinido, que é todos os campos, para a grande noite vagamente constelada onde uma aragem que se não ouve se sente. Sentado à janela, contemplo com os sentidos todos esta coisa nenhuma da vida universal que está lá fora. A hora harmoniza-se numa sensação inquieta, desde a invisibilidade visível de tudo até à madeira vagamente rugosa de ter estalado a tinta velha do parapeito branquejante onde está estendidamente apoiada de lado a minha mão esquerda.

Quantas vezes, contudo, não anseio visualmente por esta paz de onde quase fugiria agora, se fosse fácil ou decente! Quantas vezes julgo crer — lá em baixo, entre as ruas estreitas de casas altas — que a paz, a prosa, o definitivo estariam antes aqui, entre as coisas naturais, que ali onde o pano de mesa da civilização faz esquecer o pinho já pintado em que assenta! E, agora, aqui, sentindo-me saudável, cansado a bem, estou intranquilo, estou preso, estou saudoso.

Não sei se é a mim que acontece, se a todos os que a civilização fez nascer segunda vez. Mas parece-me que para mim, ou para os que sentem como eu, o artificial passou a ser o natural, e é o natural que é estranho. Não digo bem: o artificial não passou a ser o natural; o natural passou a ser diferente. Dispenso e detesto veículos, dispenso e detesto os produtos da ciência — telefones, telégrafos — que tornam a vida fácil, ou os subprodutos da fantasia — fonógrafos, receptores hertzianos — que, aos a quem divertem, a tornam divertida.

Nada disso me interessa, nada disso desejo. Mas amo o Tejo porque há uma cidade grande à beira dele. Gozo o céu porque o vejo de um quarto andar de rua da Baixa. Nada o campo ou a natureza me pode dar que valha a majestade irregular da cidade tranquila, sob o luar, vista da Graça ou de São Pedro de Alcântara. Não há para mim flores como, sob o sol, o colorido variadíssimo de Lisboa.

A beleza de um corpo nu, só a sentem as raças vestidas. O pudor vale sobretudo para a sensualidade, como o obstáculo para a energia.

A artificialidade é a maneira de gozar a naturalidade. O que gozei destes campos vastos, gozei-o porque aqui não vivo. Não sente a liberdade quem nunca viveu constrangido.

A civilização é uma educação em[5] natureza. O artificial é o caminho para uma apreciação do natural.

O que é preciso, porém, é que nunca tomemos o artificial por natural.

É na harmonia entre o natural e o artificial que consiste a naturalidade da alma humana superior.

51.

O céu negro ao fundo do sul do Tejo era sinistramente negro contra as asas, por contraste, vividamente brancas das gaivotas em voo inquieto. O dia, porém, não estava tempestuoso já. Toda a massa da ameaça da chuva passara para por sobre a outra margem, e a cidade baixa, úmida ainda do pouco que chovera, sorria do chão a um céu cujo Norte se azulava ainda um pouco brancamente. O fresco da Primavera era levemente frio.

Numa hora como esta, vazia e imponderável, apraz-me conduzir voluntariamente o pensamento para uma meditação que nada seja, mas que retenha, na sua limpidez de nula, qualquer coisa da frieza erma do dia esclarecido, com o fundo negro ao longe, e certas intuições, como gaivotas, evocando por contraste o mistério de tudo em grande negrume.

Mas, de repente, em contrário do meu propósito literário íntimo, o fundo negro do céu do Sul evoca-me, por lembrança verdadeira ou falsa, outro céu, talvez visto em outra vida, em um

Norte de rio menor, com juncais tristes e sem cidade nenhuma. Sem que eu saiba como, uma paisagem para patos-bravos alastra-se-me pela imaginação e é com a nitidez de um sonho raro que me sinto próximo da extensão que imagino.

Terra de juncais à beira de rios, terreno para caçadores e angústias, as margens irregulares entram, como pequenos cabos sujos, nas águas cor de chumbo amarelo, e reentram em baías limosas, para barcos de quase brinquedo, em ribeiras que têm água a luzir à tona de lama oculta entre as hastes verde-negras dos juncos, por onde se não pode andar.

A desolação é de um céu cinzento morto, aqui e ali arrepanhando-se em nuvens mais negras que o tom do céu. Não sinto vento, mas há-o, e a outra margem, afinal, é uma ilha longa, por trás da qual se divisa — grande e abandonado rio! — a outra margem verdadeira, deitada na distância sem relevo.

Ninguém ali chega, nem chegará. Ainda que, por uma fuga contraditória do tempo e do espaço, eu pudesse evadir-me do mundo para essa paisagem, ninguém ali chegaria nunca. Esperaria em vão o que não saberia que esperava, nem haveria senão, no fim de tudo, um cair lento da noite, tornando-se todo o espaço, lentamente, da cor das nuvens mais negras, que pouco a pouco se imergiam no conjunto abolido do céu.

E, de repente, sinto aqui o frio de ali. Toca-me no corpo, vindo dos ossos. Respiro alto e desperto. O homem, que cruza comigo sob a Arcada ao pé da Bolsa, olha-me com uma desconfiança de quem não sabe explicar. O céu negro, apertando-se, desceu mais baixo[1] sobre o Sul.

52.

O vento levantou-se... Primeiro era como a voz de um vácuo... um soprar do espaço para dentro de um buraco, uma falta no silêncio do ar. Depois ergueu-se um soluço, um soluço do fundo do mundo, o sentir-se que tremiam vidraças e que era realmente vento. Depois soou mais alto, urro surdo, um urrar sem ser entre o aumentar noturno, um ranger de coisas, um cair de bocados, um átomo de fim[1] do mundo.

Depois, parecia que □

53.

Quando, como uma noite de tempestade a que o dia se segue, o cristianismo passou de sobre as almas, viu-se o estrago que, invisivelmente, havia causado; a ruína, que causara, só se viu quando ele passara já. Julgaram uns que era por sua falta que essa ruína viera; mas fora pela sua ida que a ruína se mostrara, não que se causara.

Ficou, então, neste mundo de almas, a ruína visível, a desgraça patente, sem a treva que a cobrisse do seu carinho falso. As almas viram-se tais quais eram.

Começou, então, nas almas recentes aquela doença a que se chamou romantismo, aquele cristianismo sem ilusões, aquele cristianismo sem mitos, que é a própria secura da sua essência doentia.

O mal todo do romantismo é a confusão entre o que nos é preciso e o que desejamos. Todos nós precisamos das coisas indispensáveis à vida, à sua conservação e ao seu continuamento; todos nós desejamos uma vida mais perfeita, uma felicidade completa, a realidade dos nossos sonhos e □

É humano querer o que nos é preciso, e é humano desejar o que não nos é preciso, mas é para nós desejável. O que é doença é desejar com igual intensidade o que é preciso e o que é desejável, e sofrer por não ser perfeito como se se sofresse por não ter pão. O mal romântico é este: é querer a lua como se houvesse maneira de a obter.

"Não se pode comer um bolo sem o perder."

Na esfera baixa da política, como no íntimo recinto das almas — o mesmo mal.

O pagão desconhecia, no mundo real, este sentido doente das coisas e de si mesmo. Como era homem, desejava também o impossível; mas não o queria. A sua religião era □ e só nos penetrais do mistério, aos iniciados apenas, longe do povo e dos □, eram ensinadas aquelas coisas transcendentes das religiões que enchem a alma do vácuo do mundo.

54.

A personagem individual e imponente, que os românticos figuravam em si mesmos, várias vezes, em sonho, a tentei viver, e, tantas vezes, quantas a tentei viver, me encontrei a rir alto, da minha ideia de vivê-la. O homem fatal, afinal, existe nos sonhos próprios de todos os homens vulgares, e o romantismo não é senão o virar do avesso do domínio quotidiano de nós mesmos. Quase todos os homens sonham, nos secretos do seu ser, um grande imperialismo próprio,[1] a sujeição de todos os homens, a entrega de todas as mulheres, a adoração dos povos, e, nos mais nobres,[2] de todas as eras... Poucos como eu habituados ao sonho, são por isso lúcidos bastante para rir da possibilidade estética de se sonhar assim.

A maior acusação ao romantismo não se fez ainda: é a de que ele representa a verdade interior da natureza humana. Os seus exageros, os seus ridículos, os seus poderes vários de comover e de seduzir, residem em que ele é a figuração exterior do que há mais dentro na alma, mas concreto, visualizado, até possível, se o ser possível dependesse de outra coisa que não o Destino.

Quantas vezes eu mesmo, que rio de tais seduções da distração, me encontro supondo que seria bom ser célebre,[3] que seria agradável ser ameigado, que seria colorido ser triunfal! Mas não consigo visionar-me nesses papéis de píncaro senão com uma gargalhada do outro eu que tenho sempre próximo como uma rua da Baixa. Vejo-me célebre? Mas vejo-me célebre como guarda-livros. Sinto-me alçado aos tronos do ser conhecido? Mas o caso passa-se no escritório da Rua dos Douradores e os rapazes são um obstáculo. Ouço-me aplaudido por multidões variegadas? O aplauso chega ao quarto andar onde moro e colide com a mobília tosca do meu quarto barato, com o reles que me rodeia, e me amesquinha desde a cozinha ao sonho. Não tive sequer castelos em Espanha, como os grandes espanhóis de todas as ilusões. Os meus foram de cartas de jogar, velhas, sujas, de um baralho incompleto com que se não poderia jogar nunca;[4] nem caíram, foi preciso destruí-los, com um gesto de mão, sob o impulso impaciente da criada velha, que queria recompor, sobre a mesa inteira, a toalha atirada sobre a metade de lá, porque a hora do chá soara como uma maldição do Destino. Mas até isto é uma visão improfícua, pois não tenho a casa de província, ou as tias velhas, a cuja mesa eu tome, no fim de uma noite de família, um chá que me saiba a repouso. O meu sonho falhou até nas metáforas e nas figurações. O meu império nem chegou às cartas velhas de jogar. A minha vitória falhou sem um bule sequer nem um gato antiquíssimo.[5] Morrerei como tenho vivido, entre o *bric-à-brac* dos arredores, apreçado pelo peso entre os pós-escritos do perdido.

Leve eu ao menos, para o imenso possível do abismo de tudo, a glória da minha desilusão como se fosse a de um grande sonho, o esplendor de não crer como um pendão de derrota — pendão contudo nas mãos débeis, mas pendão arrastado entre a lama e o sangue dos fracos, mas erguido ao alto, ao sumirmo-nos nas areias movediças, ninguém sabe se como protesto, se como desafio, se como gesto de desespero. Ninguém sabe, porque ninguém sabe nada, e as areias engolfam os que têm pendões como os que os não têm. E as areias cobrem tudo, a minha vida, a minha prosa, a minha eternidade.

Levo comigo a consciência da derrota como um pendão de vitória.

55.

Por mais que pertença, por alma, à linhagem dos românticos, não encontro repouso senão na leitura dos clássicos. A sua mesma estreiteza, através da qual a clareza se exprime, me conforta não sei de quê. Colho neles uma impressão álacre de vida larga, que contempla amplos espaços sem os percorrer. Os mesmos deuses pagãos repousam do mistério.

A análise sobrecuriosa das sensações — por vezes das sensações que supomos ter —, a identificação do coração com a paisagem, a revelação anatômica dos nervos todos, o uso do desejo como vontade e da aspiração como pensamento — todas estas coisas me são demasiado familiares para que em outrem me tragam novidade, ou me deem sossego. Sempre que as sinto, desejaria, exatamente porque as sinto, estar sentindo outra coisa. E, quando leio um clássico, essa outra coisa é-me dada.

Confesso-o sem rebuço nem vergonha... Não há trecho de Chateaubriand ou canto de Lamartine — trechos que tantas vezes parecem ser a voz do que eu penso, cantos que tanta vez parecem ser-me ditos para conhecer — que me enleve e me erga como um trecho de prosa de Vieira ou uma ou outra ode daqueles nossos poucos clássicos que seguiram deveras a Horácio.

Leio e estou liberto. Adquiro objetividade. Deixei de ser eu e disperso. E o que leio, em vez de ser um trajo meu que mal vejo e por vezes me pesa, é a grande clareza do mundo externo, toda ela notável, o sol que vê todos, a lua que malha de sombras o chão quieto, os espaços largos que acabam em mar, a solidez negra das árvores que acenam verdes em cima, a paz sólida dos tanques das quintas, os caminhos tapados pelas vinhas,[1] nos declives breves das encostas.

Leio como quem abdica. E, como a coroa e o manto régios nunca são tão grandes como quando o Rei que parte os deixa no chão, deponho sobre os mosaicos das antecâmaras todos os meus triunfais do tédio e do sonho, e subo a escadaria com a única nobreza de ver.[2]

Leio como quem passa. E é nos clássicos, nos calmos, nos que, se sofrem, o não dizem, que me sinto sagrado transeunte, ungido peregrino, contemplador sem razão do mundo sem propósito, Príncipe do Grande Exílio, que deu, partindo-se, ao último mendigo, a esmola extrema da[3] sua desolação.

56.

O sócio capitalista aqui da firma, sempre doente em parte incerta, quis, não sei por que capricho de que intervalo de doença, ter um retrato do conjunto do pessoal do escritório. E assim, antes de ontem, alinhamos todos, por indicação do fotógrafo alegre, contra a barreira branca suja que divide, com madeira frágil, o escritório geral do gabinete do patrão Vasques. Ao centro o mesmo Vasques; nas duas alas, numa distribuição primeiro definida, depois indefinida, de categorias, as outras almas humanas que aqui se reúnem em corpo todos os dias para pequenos fins cujo último intuito só o segredo dos Deuses conhece.

Hoje quando cheguei ao escritório, um pouco tarde, e, em verdade, esquecido já do acontecimento estático da fotografia duas vezes tirada, encontrei o Moreira, inesperadamente matutino, e um dos caixeiros de praça debruçados rebuçadamente sobre umas coisas enegrecidas, que reconheci logo, em sobressalto, como as primeiras provas das fotografias. Eram, afinal, duas só de uma, daquela que ficara melhor.

Sofri a verdade ao ver-me ali, porque, como é de supor, foi a mim mesmo que primeiro busquei. Nunca tive uma ideia nobre da minha presença física, mas nunca a senti tão nula como em comparação com as outras caras, tão minhas conhecidas, naquele alinhamento de quotidianos. Pareço um jesuíta fruste. A minha cara magra e inexpressiva nem tem inteligência, nem intensidade, nem qualquer coisa, seja o que for, que a alce da maré morta das outras caras. Da maré morta, não. Há ali rostos verdadeiramente expressivos. O patrão Vasques está tal qual é — o largo rosto prazenteiro e duro, o olhar firme, o bigode rígido completando. A energia, a esperteza, do homem — afinal tão banais, e tantas vezes repetidas por tantos milhares de homens em todo o mundo — são todavia escritas naquela fotografia como num passaporte psicológico. Os dois caixeiros-viajantes estão admiráveis; o caixeiro de praça está bem, mas ficou quase por trás de um ombro do Moreira. E o Moreira! O meu chefe Moreira, essência da monotonia e da continuidade, está muito mais gente[1] do que eu! Até o moço — reparo sem poder reprimir um sentimento que busco supor que não é inveja — tem uma certeza de cara, uma expressão direta que dista sorrisos[2] do meu apagamento nulo de esfinge de papelaria.

O que quer isto dizer? Que verdade é esta que uma película não erra? Que certeza é esta que uma lente fria documenta? Quem sou, para que seja assim? Contudo... E o insulto do conjunto?

— Você ficou muito bem, diz de repente o Moreira. E depois, virando-se para o caixeiro de praça, "É mesmo a carinha dele, hein?". E o caixeiro de praça concordou com uma alegria amiga que me escorreu[3] para o lixo.

57.

E, hoje, pensando no que tem sido a minha vida, sinto-me qualquer bicho vivo, transportado num cesto de encurvar o braço, entre duas estações suburbanas. A imagem é estúpida, porém a vida que define é mais estúpida ainda do que ela. Esses cestos costumam ter duas tampas, como meias ovais, que se levantam um pouco em um ou outro dos extremos curvos se o bicho estrebucha. Mas o braço de quem transporta, apoiado um pouco ao longo dos dobramentos centrais, não deixa coisa tão débil erguer frustemente mais que as extremidades inúteis, como asas de borboleta que enfraquecem.

Esqueci-me de que falava de mim com a descrição do cesto. Vejo-o nitidamente, e ao braço gordo e branco queimado da criada que o transporta. Não consigo ver a criada para além do braço e a sua penugem. Não consigo sentir-me bem senão — de repente — uma grande frescura de... de... daqueles varais brancos e nastros de □ com que se tecem os cestos e onde estrebucho, bicho, entre duas paragens que sinto. Entre elas repouso no que parece ser um banco, e falam lá fora do meu cesto. Durmo porque sossego, até que me ergam de novo na paragem.

58.

O ambiente é a alma das coisas. Cada coisa tem uma expressão própria, e essa expressão vem-lhe de fora.

Cada coisa é a intersecção de três linhas, e essas três linhas formam essa coisa: uma quantidade de matéria, o modo como interpretamos, e o ambiente em que está. Esta mesa, a que estou escrevendo, é um pedaço de madeira, é uma mesa, e é um móvel entre outros aqui neste quarto. A minha impressão desta mesa, se a quiser transcrever, terá que ser composta das noções de que ela é de madeira, de que eu chamo àquilo uma mesa e lhe atribuo certos usos e fins, e de que nela se refletem, nela se inserem, e a transformam, os objetos em cuja justaposição ela tem alma externa, o que lhe está posto em cima. E a própria cor que lhe foi dada, o desbotamento dessa cor, as nódoas e partidos que tem — tudo isso, repare-se, lhe veio de fora, e é isso que, mais que a sua essência de madeira, lhe dá a alma. E o íntimo dessa alma, que é o ser mesa, também lhe foi dado de fora, que é a personalidade.

Acho, pois, que não há erro humano, nem literário, em atribuir alma às coisas que chamamos inanimadas. Ser uma coisa é ser objeto de uma atribuição. Pode ser falso dizer que uma árvore sente, que um rio "corre", que um poente é magoado ou o mar calmo (azul pelo céu que não tem) é sorridente (pelo sol que lhe está fora). Mas igual erro é atribuir beleza a qualquer coisa. Igual erro é atribuir cor, forma, porventura até ser, a qualquer coisa. Este mar é água salgada. Este poente é começar a faltar a luz do sol nesta latitude e longitude. Esta criança, que brinca diante de mim, é um amontoado intelectual de células — mais, é uma relojoaria de movimentos subatômicos, estranha conglomeração elétrica de milhões de sistemas solares em miniatura mínima.

Tudo vem de fora, e a mesma alma humana não é porventura mais que o raio de sol que brilha e isola do chão onde jaz o monte de estrume que é o corpo.

Nestas considerações está porventura toda uma filosofia, para quem pudesse ter a força de tirar conclusões. Não a tenho eu, surgem-me atentos pensamentos vagos, de possibilidades lógicas, e tudo se me esbate numa visão de um raio de sol dourando estrume como palha escura umidamente amachucada, no chão quase negro ao pé de um muro de pedregulhos.

Assim sou. Quando quero pensar, vejo. Quando quero descer na minha alma, fico de repente parado, esquecido, no começo do espiral da escada profunda, vendo pela janela do andar alto o sol que molha de despedida fulva o aglomerado difuso dos telhados.

59.

Cada vez que o meu propósito se ergueu, por influência de meus sonhos, acima do nível quotidiano da minha vida, e um momento me senti alto, como a criança num balouço, cada vez dessas tive que descer como ela ao jardim municipal, e conhecer a minha derrota sem bandeiras levadas para a guerra nem espada que houvesse força para desembainhar.

Suponho que a maioria daqueles, com que cruzo no acaso das ruas, traz consigo — noto-lho no movimento silencioso dos beiços e na indecisão indistinta dos olhos ou no altear da voz com que rezam juntos — uma igual projeção para a guerra inútil do exército sem pendões. E todos — viro-me para trás a contemplar os seus dorsos de vencidos pobres — terão, como eu, a grande derrota vil, entre os limos e os juncos, sem luar sobre as margens nem poesia de pauis, miserável e marçana.

Todos têm, como eu, um coração exaltado e triste. Conheço-os bem: uns são moços de lojas, outros são empregados de escritório, outros são comerciantes de pequenos comércios, outros são os vencedores dos cafés e das tascas, generosos sem dinheiro no êxtase[1] da palavra egotista, ou contentes no silêncio do egotismo avaro sem ter que guardar. Mas todos, coitados, são poetas, e arrastam, a meus olhos, como eu aos olhos deles, a igual miséria da nossa comum incongruência. Têm todos, como eu, o futuro no passado.

Agora mesmo, que estou inerte no escritório, e foram todos almoçar salvo eu, fito, através da janela baça, o velho oscilante que percorre lentamente o passeio do outro lado da rua. Não vai bêbado; vai sonhador. Está atento ao inexistente; talvez ainda espere. Os Deuses, se são justos em sua injustiça, nos conservem os sonhos ainda quando sejam impossíveis, e nos deem bons sonhos, ainda que sejam baixos. Hoje, que não sou velho ainda, posso sonhar com ilhas do Sul e com Índias impossíveis; amanhã talvez me seja dado, pelos mesmos Deuses, o sonho de ser dono de uma tabacaria pequena, ou reformado numa casa nos arredores. Qualquer dos sonhos é o mesmo sonho, porque são todos sonhos. Mudem-me os deuses os sonhos, mas não o dom de sonhar.

No intervalo de pensar isto, o velho saiu-me da atenção. Já o não vejo. Abro a janela para o ver. Não o vejo definitivamente.[2] Saiu. Teve, para comigo, o dever visual de símbolo; acabou e virou a esquina. Se me disserem que virou a esquina absoluta, e nunca esteve aqui, aceitarei com o mesmo gesto com que fecho a janela agora.

Conseguir?...

Pobres semideuses marçanos, que ganham impérios com a palavra e a intenção nobre e têm necessidade de dinheiro com o quarto e a comida! Parecem as tropas de um exército desertado, cujos chefes houvessem um sonho de glória, de que a estes, perdidos entre os limos dos pauis, fica só a noção de grandeza, a consciência de ter sido do exército, e o vácuo de nem ter sabido o que fazia o chefe que nunca viram.

Assim cada um se sonha, um momento, o chefe do exército de cuja cauda fugiu.[3] Assim cada um, entre a lama dos ribeiros, saúda a vitória que ninguém pôde ter, e de que ficou[4] como migalhas entre nódoas na toalha que se esqueceram de sacudir.[5]

Enchem os interstícios da ação quotidiana como o pó os interstícios dos móveis quando não são limpos com cuidado. Na luz vulgar do dia comum veem-se a luzir como vermes cinzentos contra o mogno avermelhado ou entre o mogno e o oleado velho.[6] Tiram-se[7] com um prego pequeno. Mas ninguém tem paciência para os tirar.

Meus pobres companheiros que sonham alto, como os invejo e desprezo![8] Comigo estão os outros — os mais pobres, os que não têm senão a si mesmos a quem contar os sonhos e fazer o que seriam versos se eles os escrevessem — os pobres-diabos sem mais literatura que a própria alma, sem mais lerem da outra, que morrem asfixiados pelo fato de existirem sem terem feito aquele desconhecido exame transcendente que habilita a viver.

Uns são heróis e prostram cinco homens a uma esquina de ontem. Outros são sedutores e até as mulheres que nunca viram[9] lhes não ousaram resistir. Creem isto quando o dizem, e talvez o digam para que o creiam. Outros, sonhando mais reles, ouvem e aceitam. Outros □. Para todos eles os vencedores do mundo, quaisquer que sejam, são gente.

E todos, como enguias[10] num alguidar, se enrolam entre eles e se cruzam uns acima dos outros, e nunca saem do alguidar. Às vezes falam deles os jornais. Os jornais falam de alguns mais do que algumas vezes — mas a fama nunca.

Esses são os felizes porque lhes é dado o sonho mentido da estupidez. Mas aos que, como eu, têm sonhos sem ilusões □

60.

INTERVALO DOLOROSO

Se me perguntardes se sou feliz, responder-vos-ei que o não sou.

61.

É nobre ser tímido, ilustre não saber agir, grande não ter jeito para viver.

Só o Tédio, que é um afastamento, e a Arte, que é um desdém, douram de uma semelhança de contentamento a nossa □.

Fogos-fátuos que a nossa podridão gera,[1] são ao menos luz nas nossas trevas.

Só a infelicidade eleva — e o tédio, que da infelicidade curtimos, é heráldico como o ser descendente de heróis longínquos.[2]

Sou um poço de gestos que nem em mim se esboçaram todos, de palavras que nem pensei pondo curvas nos meus lábios, de sonhos que me esqueci de sonhar até ao fim.

Sou ruínas de edifícios que nunca foram mais do que essas ruínas, que alguém se fartou, em meio de construí-las, de pensar em querer construir.

Não nos esqueçamos de odiar os que gozam porque gozam, de desprezar os que são alegres, por não sabermos ser, nós, alegres como eles... Esse desdém falso, esse ódio fraco não são[3] senão o pedestal tosco e sujo da terra em que se finca sobre o qual, altiva e única, a estátua do nosso Tédio se ergue, escuro vulto cuja face um sorriso impenetrável nimba vagamente de segredo.

Benditos os que não confiam a vida a ninguém.

62.

Tenho a náusea física da humanidade vulgar, que é, aliás, a única que há. E capricho, às vezes, em aprofundar essa náusea, como se pode provocar um vômito para aliviar a vontade de vomitar.

Um dos meus passeios prediletos, nas manhãs em que temo a banalidade do dia que vai seguir como quem teme a cadeia, é o de seguir lentamente pelas ruas fora, antes da abertura das lojas e dos armazéns, e ouvir os farrapos de frases que os grupos de raparigas, de rapazes, e de uns com outras, deixam cair, como esmolas da ironia, na sacola invisível da minha meditação aberta.

E é sempre a mesma sucessão das mesmas frases... "E então ela disse..." e o tom diz da intriga dela. "Se não foi ele, foste tu..." e a voz que responde ergue-se no protesto que já não oiço. "Disseste, sim senhor, disseste..." e a voz da costureira afirma estridentemente "Minha mãe diz que não quer..." "Eu?" e o pasmo do rapaz que traz o *lunch* embrulhado em papel-manteiga não me convence, nem deve convencer a loura suja. "Se calhar era..." e o riso de três das quatro raparigas cerca do meu ouvido a obscenidade. "E então pus-me mesmo diante do gajo, e ali mesmo na cara dele — na cara dele, hein, ó Zé..." e o pobre-diabo mente, pois o chefe do escritório — sei pela voz que o outro contendor era o chefe do escritório que desconheço — não lhe recebeu na arena entre as secretárias o gesto de gladiador de palhinhas. "... E então eu fui fumar para a retrete..." ri o pequeno de fundilhos escuros.

Outros, que passam sós ou juntos, não falam, ou falam e eu não oiço, mas as vozes todas são-me claras por uma transparência intuitiva e rota. Não ouso dizer — não ouso dizê-lo a mim mesmo em escrita, ainda que logo a cortasse — o que tenho visto nos olhares casuais, na sua direção involuntária e baixa, nos seus atravessamentos sujos. Não ouso porque, quando se provoca o vômito, é preciso provocar só um.

"O gajo estava tão grosso que nem via a escada."[1] Ergo a cabeça. Este rapazote, ao menos, descreve. E esta gente quando descreve é melhor do que quando sente, porque quem descreve esquece-se de si. Passa-me a náusea. Vejo o gajo. Vejo-o fotograficamente. Até o calão inocente me anima. Bendito ar que me dá na fronte — o gajo tão grosso que nem via que era de degraus a escada — talvez a escada onde a humanidade sobe aos tombos, apalpando-se e atropelando-se na falsidade regrada do declive aquém do saguão.

A intriga, a maledicência, a prosápia falada do que se não ousou fazer, o contentamento de cada pobre bicho vestido com a consciência inconsciente da própria alma, a sexualidade sem lavagem, as piadas como cócegas de macaco, a horrorosa ignorância da inimportância do que são... Tudo isto me produz a impressão de um animal monstruoso e reles, feito no involuntário dos sonhos das côdeas úmidas dos desejos, dos restos trincados das sensações...

63.

Toda a vida da alma humana é um movimento na penumbra. Vivemos, num lusco-fusco da consciência, nunca certos com o que somos ou com o que nos supomos ser. Nos melhores de nós vive a vaidade de qualquer coisa, e há um erro cujo ângulo não sabemos. Somos qualquer coisa que se passa no intervalo de um espetáculo; por vezes, por certas portas, entrevemos o que talvez não seja senão cenário. Todo o mundo é confuso, como vozes na noite.

Estas páginas, em que registro com uma clareza que dura para elas, agora mesmo as reli e me interrogo. Que é isto, e para que é isto? Quem sou quando sinto? Que coisa morro quando sou?

Como alguém que, de muito alto, tente distinguir as vidas do vale, em mim mesmo me contemplo de um cimo, e sou, com tudo, uma paisagem indistinta e confusa.[1]

É nestas horas de um abismo na alma que o mais pequeno pormenor me oprime como uma carta de adeus. Sinto-me constantemente numa véspera de despertar, sofro-me o invólucro de mim mesmo, num abafamento de conclusões. De bom grado gritaria se a minha voz chegasse a qualquer parte. Mas há um grande sono comigo, e desloca-se de umas sensações para outras, como uma sucessão de nuvens, das que deixam de diversas cores de sol e verde a relva meio ensombrada[2] dos campos prolongados.

Sou como alguém que procura ao acaso, não sabendo onde foi oculto o objeto que lhe não disseram o que é. Jogamos às escondidas com ninguém. Há algures um subterfúgio transcendente, uma divindade fluida e só ouvida.

Releio, sim, estas páginas que representam horas pobres,

pequenos sossegos ou ilusões, grandes esperanças desviadas para a paisagem, mágoas como quartos onde se não entra, certas vozes, um grande cansaço, o evangelho por escrever.

Cada um tem a sua vaidade, e a vaidade de cada um é o seu esquecimento de que há outros com alma igual. A minha vaidade são algumas páginas, uns trechos, certas dúvidas...

Releio? Menti! Não ouso reler. Não posso reler. De que me serve reler? O que está aí é outro. Já não compreendo nada...

64.

Choro sobre as minhas páginas imperfeitas, mas os vindouros, se as lerem, sentirão mais com o meu choro do que sentiriam com a perfeição, se eu a conseguisse, que me privaria de chorar e portanto até de escrever. O perfeito não se manifesta. O santo chora, e é humano. Deus está calado. Por isso podemos amar o santo, mas não podemos amar a Deus.

65.

Aquela divina e ilustre timidez que é o guarda □ dos tesouros e dos *regalia*[1] da alma.

Ah, mas como eu desejaria lançar ao menos numa alma alguma coisa de veneno, de desassossego e de inquietação. Isso consolar-me-ia um pouco da nulidade de ação em que vivo. Perverter seria o fim da minha vida. Mas vibra alguma alma com as minhas palavras? Ouve-as alguém que não só eu?

66.

ENCOLHER DE OMBROS

Damos comumente às nossas ideias do desconhecido a cor das nossas noções do conhecido: se chamamos à morte um sono é porque parece um sono por fora; se chamamos à morte uma nova vida é porque parece uma coisa diferente da vida. Com pequenos mal-entendidos com a realidade construímos as crenças e as esperanças, e vivemos de côdeas a que chamamos bolos, como as crianças pobres que brincam a ser felizes.

Mas assim é toda a vida; assim, pelo menos, é aquele sistema de vida particular a que no geral se chama civilização. A civilização consiste em dar a qualquer coisa um nome que lhe não compete, e depois sonhar sobre o resultado. E realmente o nome falso e o sonho verdadeiro criam uma nova realidade. O objeto torna-se realmente outro, porque o tornamos outro. Manufaturamos realidades. A matéria-prima continua sendo a mesma, mas a forma, que a arte lhe deu, afasta-a efetivamente de continuar sendo a mesma. Uma mesa de pinho é pinho mas também é mesa. Sentamo-nos à mesa e não ao pinho. Um amor é um instinto sexual, porém não amamos com o instinto sexual, mas com a pressuposição de outro sentimento. E essa pressuposição é, com efeito, já outro sentimento.

Não sei que efeito sutil de luz, ou ruído vago, ou memória de perfume ou música, tangida por não sei que influência externa, me trouxe de repente, em pleno ir pela rua, estas divagações que registro sem pressa, ao sentar-me, no café, distraidamente. Não sei onde ia conduzir os pensamentos, ou onde preferiria conduzi-los. O dia é de um leve nevoeiro úmido e quente, triste sem ameaças, monótono sem razão. Dói-me qualquer sentimento que desconheço; falta-me qualquer argumento não sei sobre quê; não tenho vontade nos nervos. Estou triste abaixo da consciência. E escrevo estas linhas, realmente mal notadas, não para dizer isto, nem para dizer qualquer coisa, mas para dar um trabalho à minha desatenção. Vou enchendo lentamente, a traços moles de lápis rombo — que não tenho sentimentalidade para aparar —, o papel branco de embrulho de sanduíches, que me forneceram no café, porque eu não precisava de melhor e qualquer servia, desde que fosse branco. E dou-me por satisfeito. Reclino-me. A tarde cai monótona e sem chuva, num tom de luz desalentado e incerto... E deixo de escrever porque deixo de escrever.

67.

Quantas vezes, presa da superfície e do bruxedo, me sinto homem. Então convivo com alegria e existo com clareza. Sobrenado. E é-me agradável receber o ordenado e ir para casa. Sinto o tempo sem o ver, e agrada-me qualquer coisa orgânica. Se medito, não penso. Nesses dias gosto muito dos jardins.

Não sei que coisa estranha e pobre existe na substância íntima dos jardins citadinos que só a posso sentir bem quando me não sinto bem a mim. Um jardim é um resumo da civilização — uma modificação anônima da Natureza. As plantas estão ali, mas há ruas — ruas. Crescem árvores, mas há bancos por baixo da sua sombra. No alinhamento virado para os quatro lados da cidade, ali só largo, os bancos são maiores e têm quase sempre uma abundância de pouca gente.

Não odeio a regularidade das flores em canteiros. Odeio, porém, o emprego público das flores. Se os canteiros fossem em parques fechados, se as árvores crescessem sobre recantos feudais, se os bancos não tivessem alguém, haveria com que consolar-me na contemplação inútil dos jardins. Assim, na cidade, regrados mas úteis, os jardins são para mim como gaiolas, em que as espontaneidades coloridas das árvores e das flores não têm senão espaço para o não ter, lugar para dele não sair, e a beleza própria sem a vida que pertence a ela.

Mas há dias em que esta é a paisagem que me pertence, e em que entro como um figurante numa tragédia cômica. Nesses dias estou errado, mas, pelo menos em certo modo, sou mais feliz. Se me distraio, julgo que tenho realmente casa, lar, a onde volte. Se me esqueço, sou normal, poupado para um fim, escovo um outro fato e leio um jornal todo.

Mas a ilusão não dura muito, tanto porque não dura como porque a noite vem. E a cor das flores, a sombra das árvores, o alinhamento de ruas e canteiros, tudo se esbate e encolhe.[1] Por cima do erro e de eu estar homem abre-se de repente, como se a luz do dia fosse um pano de teatro que o escondesse[2] para mim, o grande cenário das estrelas. E então esqueço com os olhos a plateia amorfa e aguardo os primeiros atores com um sobressalto de criança no circo.

Estou liberto e perdido.

Sinto. Esfrio febre. Sou eu.

68.

O cansaço de todas as ilusões e de tudo que há nas ilusões — a perda delas, a inutilidade de as ter, o antecansaço de ter que as ter para perdê-las, a mágoa de as ter tido, a vergonha intelectual de as ter tido sabendo que teriam[1] tal fim.

A consciência da inconsciência da vida é o maior martírio imposto à inteligência. Há inteligências inconscientes — brilhos do espírito, correntes do entendimento, mistérios e filosofias — que têm o mesmo automatismo que os reflexos corpóreos, que a gestão que o fígado e os rins fazem de suas secreções.

69.

Chove muito, mais, sempre mais... Há como que uma coisa que vai desabar no exterior negro...

Todo o amontoado irregular e montanhoso da cidade parece-me hoje uma planície, uma planície de chuva. Por onde quer que alongue os olhos tudo é cor de chuva, negro pálido.

Tenho sensações estranhas, todas elas frias. Ora me parece que a paisagem essencial é bruma, e que as casas são[1] a bruma que a vela.

Uma espécie de pré-neurose[2] do que serei quando já não for gela-me corpo e alma. Uma como que lembrança da minha morte futura arrepia-me de dentro. Numa névoa de intuição, sinto-me, matéria morta, caído na chuva, gemido pelo vento. E o frio do que não sentirei morde o coração atual.

70.

Quando outra virtude não haja em mim, há pelo menos a da perpétua novidade da sensação liberta.

Descendo hoje a Rua Nova do Almada, reparei de repente nas costas do homem que a descia adiante de mim. Eram as costas vulgares de um homem qualquer, o casaco de um fato modesto num dorso de transeunte ocasional. Levava uma pasta velha debaixo do braço esquerdo, e punha no chão, no ritmo de andando, um guarda-chuva enrolado, que trazia pela curva na mão direita.

Senti de repente uma coisa parecida com ternura por esse homem. Senti nele a ternura que se sente pela comum vulgaridade humana, pelo banal quotidiano do chefe de família que vai para o trabalho, pelo lar humilde e alegre dele, pelas pequenas alegrias e tristezas de que forçosamente se compõe a sua vida, pela inocência de viver sem analisar, pela naturalidade animal daquelas costas vestidas.

Desvio os olhos das costas do meu adiantado, e passando-os a todos mais, quantos vão andando nesta rua, a todos abarco nitidamente na mesma ternura absurda e fria que me veio dos ombros do inconsciente a quem sigo. Tudo isto é o mesmo que ele; todas estas raparigas que falam para o atelier, estes empregados jovens que riem para o escritório, estas criadas de seios que regressam das compras pesadas, estes moços dos primeiros fretes — tudo isto é uma mesma inconsciência diversificada por caras e corpos que se distinguem, como fantoches movidos pelas cordas que vão dar aos mesmos dedos da mão de quem é invisível. Passam com todas as atitudes com que se define a consciência, e não têm consciência de nada, porque não têm consciência de ter consciência. Uns inteligentes, outros estúpidos, são todos igualmente estúpidos. Uns velhos, outros jovens, são da mesma idade. Uns homens, outros mulheres, são do mesmo sexo que não existe.

Volvi os olhos para as costas do homem, janela por onde vi estes pensamentos.

A sensação era exatamente idêntica àquela que nos assalta perante alguém que dorme. Tudo o que dorme é criança de novo. Talvez porque no sono não se possa fazer mal, e se não dá conta da vida, o maior criminoso, o mais fechado egoísta, é sagrado, por uma magia natural, enquanto dorme. Entre matar quem dorme e matar uma criança não conheço diferença que se sinta.

Ora as costas deste homem dormem. Todo ele, que caminha adiante de mim com passada igual à minha, dorme. Vai inconsciente. Vive inconsciente. Dorme, porque todos dormimos. Toda a vida é um sono. Ninguém sabe o que faz, ninguém sabe o que quer, ninguém sabe o que sabe. Dormimos a vida, eternas crianças do Destino. Por isso sinto, se penso com esta sensação, uma ternura informe e imensa por toda a humanidade infantil, por toda a vida social dormente, por todos, por tudo.

É um humanitarismo direto, sem conclusões nem propósitos, o que me assalta neste momento. Sofro uma ternura como se um deus visse. Vejo-os a todos através de uma compaixão de único consciente, os pobres-diabos homens, o pobre-diabo humanidade. O que está tudo isto a fazer aqui?

Todos os movimentos e intenções da vida, desde a simples vida dos pulmões até à construção de cidades e a fronteiração de impérios, considero-os como uma sonolência, coisas como sonhos ou repousos, passadas involuntariamente no intervalo entre uma realidade e outra realidade, entre um dia e outro dia do Absoluto. E, como alguém abstratamente materno, debruço-me de noite sobre os filhos maus como sobre os bons, comuns no sono em que são meus. Enterneço-me com uma largueza de coisa infinita.

71.

Aquilo[1] que, creio, produz em mim o sentimento profundo, em que vivo, de incongruência com os outros, é que a maioria pensa com a sensibilidade, e eu sinto com o pensamento.

Para o homem vulgar, sentir é viver e pensar é saber viver. Para mim, pensar é viver e sentir não é mais que o alimento de pensar.

É curioso[2] que, sendo escassa a minha capacidade de entusiasmo, ela é naturalmente mais solicitada pelos que se me opõem em temperamento do que pelos que são da minha espécie espiritual. A ninguém admiro, na[3] literatura, mais que aos clássicos, que são a quem menos me assemelho. A ter que escolher, para leitura única, entre Chateaubriand e Vieira, escolheria Vieira sem necessidade de meditar.

Quanto mais diferente de mim alguém é, mais real me parece, porque menos depende da minha subjetividade. E é por isso que o meu estudo atento e constante é essa mesma humanidade vulgar que repugno e de quem disto. Amo-a porque a odeio. Gosto de vê-la porque detesto senti-la. A paisagem, tão admirável como quadro, é em geral incômoda como leito.

72.

Disse Amiel[1] que uma paisagem é um estado da alma, mas a frase é uma felicidade frouxa de sonhador débil. Desde que a paisagem é paisagem, deixa de ser um estado da alma. Objetivar é criar, e ninguém diz que um poema feito é um estado de estar pensando em fazê-lo. Ver é talvez sonhar, mas se lhe chamamos ver em vez de lhe chamarmos sonhar, é que distinguimos sonhar de ver.

De resto, de que servem estas especulações de psicologia verbal? Independentemente de mim cresce erva, chove na erva que cresce, e o sol doira a extensão da erva que cresceu ou vai crescer; erguem-se os montes de muito antigamente, e o vento passa com o mesmo modo com que Homero, ainda que não existisse, o ouviu. Mais certo era dizer que um estado da alma é uma paisagem; haveria na frase a vantagem de não conter a mentira de uma teoria, mas tão somente a verdade de uma metáfora.

Estas palavras casuais foram-me ditadas pela grande extensão da cidade, vista à luz universal do sol, desde o alto de São Pedro de Alcântara. Cada vez que assim contemplo uma extensão larga, e me abandono do metro e setenta de altura, e sessenta e um quilos de peso, em que fisicamente consisto, tenho um sorriso grandemente metafísico para os que sonham que o sonho é sonho, e amo a verdade do exterior absoluto com uma virtude nobre do entendimento.

O Tejo ao fundo é um lago azul, e os montes da outra banda são de uma Suíça achatada. Sai um navio pequeno — vapor de carga preto — dos lados do Poço do Bispo para a barra que não vejo. Que os Deuses todos me conservem, até à hora em que cesse este meu aspecto de mim, a noção clara e solar da realidade externa, o instinto da minha inimportância, o conforto de ser pequeno e de poder pensar em ser feliz!

73.

No alto ermo dos montes naturais temos, quando chegamos, a sensação do privilégio. Somos mais altos, de toda a nossa estatura, do que o alto dos montes. O máximo da Natureza, pelo menos naquele lugar, fica-nos sob as solas dos pés. Somos, por posição, reis do mundo visível. Em torno de nós tudo é mais baixo: a vida é encosta que desce, planície que jaz, ante o erguimento e o píncaro que somos.

Tudo em nós é acidente e malícia, e esta altura que temos, não a temos; não somos mais altos no alto do que a nossa altura. Aquilo mesmo que calcamos, nos alça; e, se somos altos, é por aquilo mesmo de que somos mais altos.

Respira-se melhor quando se é rico; é-se mais livre quando se é célebre; o próprio ter de um título de nobreza é um pequeno monte. Tudo é artifício, mas o artifício nem sequer é nosso. Subimos a ele, ou levaram-nos até ele, ou nascemos na casa do monte.

Grande, porém, é o que considera que do vale ao céu, ou do monte ao céu, a distância que é diferença não faz diferença.

Quando o dilúvio crescesse, estaríamos melhor nos montes. Mas quando a maldição de Deus fosse raios, como a de Júpiter, ou ventos, como a de Éolo, o abrigo seria o não termos subido, e a defesa o rastejarmos.

Sábio deveras é o que tem a possibilidade da altura nos músculos e a negação de subir no conhecimento. Ele tem, por visão, todos os montes; e tem, por posição, todos os vales. O sol que doura os píncaros dourá-los-á para ele mais [que] para quem ali o sofre; e o palácio alto entre florestas será mais belo ao que o contempla do vale que ao que o esquece nas salas que o constituem de prisão.

Com estas reflexões me consolo, pois que me não posso consolar com a vida. E o símbolo funde-se-me com a realidade quando, transeunte de corpo e alma por estas ruas baixas que vão dar ao Tejo, vejo os altos claros da cidade esplender, como a glória alheia, das luzes várias de um sol que já nem está no poente.

74.

TROVOADA

Entre onde havia nuvens paradas, o azul do céu estava sujo de branco transparente.

O moço, ao fundo do escritório, suspende um momento o cordel à roda do embrulho eterno...

"Como está só me lembra de uma", comenta estatisticamente.

Um silêncio frio. Os sons da rua como que foram cortados à faca. Sentiu-se, prolongadamente, como um mal-estar de tudo, um suspender cósmico da respiração. Parara o universo inteiro. Momentos, momentos, momentos. A treva encarvoou-se de silêncio.

Súbito, aço vivo, □

Que humano era o toque metálico dos elétricos! Que paisagem alegre a simples chuva na rua ressuscitada do abismo!

Oh, Lisboa, meu lar!

75.

Para sentir a delícia e o terror da velocidade não preciso de automóveis velozes nem de comboios expressos. Basta-me um carro elétrico e a espantosa faculdade de abstração que tenho e cultivo.

Num carro elétrico em marcha eu sei, por uma atitude instintiva e instantânea de análise, separar a ideia de carro da ideia de velocidade, separá-las de todo, até serem coisas reais diversas. Depois, posso sentir-me seguindo não dentro do carro mas dentro da Mera-Velocidade dele. E, avançando, se acaso quero o delírio da velocidade enorme, posso transportar a ideia para o Puro Conceito da Velocidade e a meu bom prazer aumentá-la ou diminuí-la, alargá-la para além de todas as velocidades possíveis de veículos mecânicos.

Correr riscos reais, além de me apavorar — não é por medo que eu sinta excessivamente —, perturba-me a perfeita atenção às minhas sensações, o que me incomoda e me despersonaliza.

Nunca vou para onde há risco. Tenho medo e tédio dos perigos.

Um poente é um fenômeno intelectual.

76.

Penso às vezes com um agrado (em bissecção) na possibilidade futura de uma geografia da nossa consciência de nós próprios. A meu ver, o historiador futuro das suas próprias sensações poderá talvez reduzir a uma ciência precisa a sua atitude para com a sua consciência da sua própria alma. Por enquanto vamos em princípio nesta arte difícil — arte ainda, química de sensações no seu estado alquímico por ora. Esse cientista de depois de amanhã terá um escrúpulo especial pela sua própria vida interior. Criará de si mesmo o instrumento de precisão para a reduzir a analisada. Não vejo dificuldade essencial em construir um instrumento de precisão, para uso autoanalítico, com aços e bronzes só do pensamento. Refiro-me a aços e bronzes realmente aços e bronzes, mas do espírito. É talvez mesmo assim que ele deva ser construído. Será talvez preciso arranjar a ideia de um instrumento de precisão, materialmente vendo essa ideia, para poder proceder a uma rigorosa análise íntima. E naturalmente será necessário reduzir também o espírito a uma espécie de matéria real com uma espécie de espaço em que existe. Depende tudo isso do aguçamento extremo das nossas sensações interiores, que, levadas até onde podem ser, sem dúvida revelarão, ou criarão, em nós um espaço real como o espaço que há onde as coisas da matéria estão, e que, aliás, é irreal como coisa.

Não sei mesmo se este espaço interior não será apenas uma nova dimensão do outro. Talvez a investigação científica do futuro venha a descobrir que tudo são dimensões do mesmo espaço, nem material nem espiritual por isso. Numa dimensão viveremos corpo; na outra viveremos alma. E há talvez outras dimensões onde vivemos outras coisas igualmente reais de nós. Apraz-me às vezes deixar-me possuir pela meditação inútil do ponto até onde esta investigação pode levar.

Talvez se descubra que aquilo a que chamamos Deus, e que tão patentemente está em outro plano que não a lógica e a realidade espacial e temporal, é um nosso modo de existência, uma sensação de nós em outra dimensão do ser. Isto não me parece impossível. Os sonhos também serão talvez ou ainda outra dimensão em que vivemos, ou um cruzamento de duas dimensões; como um corpo vive na altura, na largura e no comprimento, os nossos sonhos, quem sabe, viverão no ideal, no eu e no espaço. No espaço pela sua representação visível; no ideal pela sua apresentação de outro gênero que a da matéria; no eu pela sua íntima dimensão de nossos. O próprio Eu, o de cada um de nós, é talvez uma dimensão divina. Tudo isto é complexo e a seu tempo, sem dúvida, será determinado. Os sonhadores atuais são talvez os grandes precursores da ciência final do futuro. Não creio, é claro, numa ciência final do futuro. Mas isso nada tem para o caso.[1]

Faço às vezes metafísicas destas, com a atenção escrupulosa

e respeitosa de quem trabalha deveras e faz ciência. Já disse que chega a ser possível que a esteja realmente fazendo. O essencial é eu não me orgulhar muito com isto, dado que o orgulho é prejudicial à exata imparcialidade da precisão científica.

77.

Muitas vezes para me entreter — porque nada entretém como as ciências, ou as coisas com jeito de ciências, usadas futilmente — ponho-me escrupulosamente a estudar o meu psiquismo através da forma como o encaram os outros. Raras vezes é triste o prazer por vezes doloroso que esta tática fútil me causa.

Geralmente, procuro estudar a impressão geral que causo nos outros, tirando conclusões. Em geral sou uma criatura com quem os outros simpatizam, com quem simpatizam, mesmo, com um vago e curioso respeito. Mas nenhuma simpatia violenta desperto. Ninguém será nunca comovidamente meu amigo. Por isso tantos me podem respeitar.

78.

Há sensações que são sonos, que ocupam como uma névoa toda a extensão do espírito, que não deixam pensar, que não deixam agir, que não deixam claramente ser. Como se não tivéssemos dormido, sobrevive em nós qualquer coisa de sonho, e há um torpor do sol do dia a aquecer[1] a superfície estagnada dos sentidos. É uma bebedeira de não ser nada, e a vontade é um balde despejado do degrau para o quintal por um movimento indolente[2] do pé à passagem.

Olha-se, mas não se vê. A longa rua movimentada de bichos humanos[3] é uma espécie de tabuleta deitada onde as letras fossem móveis e não formassem sentidos. As casas são somente casas. Perde-se a possibilidade de dar um sentido ao que se vê, mas vê-se bem o que é, sim.

As pancadas de martelo à porta do caixoteiro soam com uma

estranheza próxima. Soam grandemente separadas, cada uma com eco e sem proveito. Os ruídos das carroças parecem de dia em que vem trovoada. As vozes saem do ar, e não de gargantas. Ao fundo, o rio está cansado.[4]

Não é tédio o que se sente. Não é mágoa o que se sente. Nem sequer é cansaço o que se sente. É uma vontade de dormir com outra personalidade, de esquecer com melhoria de vencimento. Não se sente nada, a não ser um automatismo cá em baixo, a fazer umas pernas que nos pertencem levar a bater[5] no chão, na marcha involuntária, uns pés que se sentem dentro dos sapatos. Nem isto se sente talvez. À roda dos olhos e como dedos nos ouvidos há um aperto de dentro da cabeça.

Parece uma constipação na alma. E com a imagem literária de se estar doente nasce um desejo de que a vida fosse uma convalescença, sem andar; e a ideia de convalescença evoca as quintas dos arredores, mas lá para dentro, onde são lares, longe da rua e das rodas. Sim, não se sente nada. Passa-se conscientemente, a dormir só com a impossibilidade de dar ao corpo outra direção, a porta onde se deve entrar. Passa-se tudo. Que é do pandeiro, ó urso parado?

79.

Leve, como uma coisa que começasse, a maresia da brisa pairou de sobre o Tejo e espalhou-se sujamente pelos princípios da Baixa. Nauseava frescamente, num torpor frio de mar morno. Senti a vida no estômago, e o olfato tornou-se-me uma coisa por detrás dos olhos. Altas, pousavam em nada nuvens ralas, rolos, num cinzento a desmoronar-se para branco falso. A atmosfera era de uma ameaça de céu covarde, como a de uma trovoada inaudível, feita de ar somente.

Havia estagnação no próprio voo das gaivotas; pareciam coisas mais leves que o ar, deixadas nele por alguém. Nada abafava. A tarde caía num desassossego nosso; o ar refrescava intermitentemente.

Pobres das esperanças que tenho tido, saídas da vida que tenho tido de ter! São como esta hora e este ar, névoas sem névoa, alinhavos rotos[1] de tormenta falsa. Tenho vontade de gritar, para acabar com a paisagem e a meditação. Mas há maresia no meu propósito, e a baixa-mar em mim deixou a descoberto o negrume lodoso que está ali fora e não vejo senão pelo cheiro.

Tanta inconsequência em querer bastar-me! Tanta consciência sarcástica das sensações supostas! Tanto enredo da alma com as sensações, dos pensamentos com o ar e o rio, para dizer que me dói a vida no olfato e na consciência, para não saber dizer, como na frase simples e total[2] do Livro de Jó, "Minha alma está cansada de minha vida!".

80.

INTERVALO DOLOROSO

Tudo me cansa, mesmo o que me não cansa. A minha alegria é tão dolorosa como a minha dor.

Quem me dera ser uma criança pondo barcos de papel num tanque de quinta, com um dossel rústico[1] de entrelaçamentos de parreira pondo xadrezes de luz e sombra verde nos reflexos sombrios da pouca água.

Entre mim e a vida há um vidro tênue. Por mais nitidamente que eu veja e compreenda a vida, eu não lhe posso tocar.

Raciocinar a minha[2] tristeza? Para quê, se o raciocínio é um esforço? e quem é triste não pode esforçar-se.

Nem mesmo abdico daqueles gestos banais da vida de que eu tanto quereria abdicar. Abdicar é um esforço, e eu não possuo o de alma com que esforçar-me.

Quantas vezes me punge o não ser o mareante daquele barco, o cocheiro daquele trem! qualquer banal Outro suposto cuja vida, por não ser minha, deliciosamente se me penetra de eu querê-la e se me penetra[?] de alheia!

Eu não teria o horror à vida como a uma Cousa. A noção da vida como um Todo não me esmagaria os ombros do pensamento.

Os meus sonhos são um refúgio estúpido, como um guarda-chuva contra um raio.

Sou tão inerte, tão pobrezinho, tão falho de gestos e de atos.

Por mais que por mim me embrenhe, todos os atalhos do meu sonho vão dar a clareiras de angústia.

Mesmo eu, o que sonha tanto, tenho intervalos em que o sonho me foge. Então as coisas aparecem-me nítidas. Esvai-se a névoa de que me cerco. E todas as arestas visíveis ferem a carne da minha alma. Todas as durezas olhadas me magoam o conhecê-las[3] durezas. Todos os pesos visíveis de objetos me pesam por a alma dentro.

A minha vida[4] é como se me batessem com ela.

81.

As carroças da rua ronronam,[1] sons separados, lentos, de acordo, parece, com a minha sonolência. É a hora do almoço mas fiquei no escritório. O dia é tépido e um pouco velado. Nos ruídos há, por qualquer razão, que talvez seja a minha sonolência, a mesma coisa que há no dia.

82.

Não sei que vaga carícia, tanto mais branda quanto não é carícia, a brisa incerta da tarde me traz à fronte e à compreensão. Sei só que o tédio que sofro se me ajusta melhor, um momento, como uma veste que deixe de roçar numa chaga.

Pobre da sensibilidade que depende de um pequeno movimento do ar para o conseguimento, ainda que episódico, da sua tranquilidade! Mas assim é toda sensibilidade humana, nem creio que pese mais na balança dos seres o dinheiro subitamente ganho, ou o sorriso subitamente recebido, que são para outros o que para mim foi, neste momento, a passagem breve de uma brisa sem continuação.

Posso pensar em dormir. Posso sonhar de sonhar. Vejo mais claro a objetividade de tudo. Uso com mais conforto o sentimento externo da vida. E tudo isto, efetivamente, porque, ao chegar quase à esquina, um virar no ar da brisa me alegra a superfície da pele.

Tudo quanto amamos ou perdemos — coisas, seres, significações — nos roça a pele e assim nos chega à alma, e o episódio não é, em Deus, mais que a brisa que me não trouxe nada salvo o alívio suposto, o momento propício e o poder perder tudo esplendidamente.

83.

Remoinhos, redemoinhos, na futilidade fluida da vida! Na grande praça ao centro da cidade, a água sobriamente multicolor da gente passa, desvia-se, faz poças, abre-se em riachos, junta-se em ribeiros. Os meus olhos veem desatentamente, e construo em mim essa imagem áquea que, melhor que qualquer outra, e porque pensei que viria chuva, se ajusta a este incerto movimentos.

Ao escrever esta última frase, que para mim exatamente diz o que define, pensei que seria útil pôr no fim do meu livro, quando o publicar, abaixo das "Errata" umas "Não Errata", e dizer: a frase "a este incerto movimentos", na página tal, é assim mesmo, com as vozes adjetivas no singular e o substantivo no plural. Mas que tem isto com aquilo em que estava pensando? Nada, e por isso me deixo pensá-lo.

À roda dos meios da praça, como caixas de fósforos móveis,

grandes e amarelas, em que uma criança espetasse um fósforo queimado inclinado, para fazer de mau mastro, os carros elétricos rosnam e tinem; arrancados, assobiam a ferro alto. À roda da estátua central as pombas são migalhas pretas que se mexem, como se lhes desse um vento espalhador. Dão passinhos, gordas sobre pés pequenos.

Vista de perto, toda a gente é monotonamente diversa. Dizia Vieira que Frei Luís de Sousa escrevia "o comum com singularidade". Esta gente é singular com comunidade, às avessas do estilo da *Vida do Arcebispo*.[1] Tudo isto me faz pena, sendo-me todavia indiferente. Vim parar aqui sem razão, como tudo na vida.

Do lado do oriente, entrevista, a cidade ergue-se[2] a prumo falso, assalta estaticamente o Castelo. O sol pálido molha de um aureolar vago essa mole súbita de casas, que para aqui o oculta. O céu é de um azul umidamente esbranquiçado. A chuva de ontem talvez se repita hoje, mas mais branda. O vento parece leste, talvez porque aqui mesmo, de repente, cheira vagamente ao maduro e verde do mercado próximo.[3] Do lado oriental da praça há mais forasteiros que do outro. Como descargas alcatifadas, as portas onduladas descem para cima; não sei por quê, é assim a frase que me transmite aquele som. É talvez porque fazem mais esse som ao descer, porém agora sobem. Tudo se explica.

De repente, estou só no mundo. Vejo tudo isto do alto de um telhado espiritual.[4] Estou só no mundo. Ver é estar distante. Ver claro é parar. Analisar é ser estrangeiro. Toda a gente passa sem roçar por mim. Tenho só ar à minha volta. Sinto-me tão isolado que sinto[5] a distância entre mim e o meu fato. Sou uma criança, com uma palmatória mal acesa, que atravessa, de camisa de noite, uma grande casa deserta. Vivem sombras que me cercam — só sombras, filhas dos móveis hirtos[6] e da luz que me acompanha. Elas me rondam, aqui ao sol, mas são gente. E são sombras, sombras...

84.

Meditei hoje, num intervalo de sentir, na forma de prosa de que uso. Em verdade, como escrevo? Tive, como muitos têm tido, a vontade pervertida de querer ter um sistema e uma norma. É certo que escrevi antes da norma e do sistema; nisso, porém, não sou diferente dos outros.

Analisando-me à tarde, descubro que o meu sistema de estilo assenta em dois princípios, e imediatamente, e à boa maneira dos bons clássicos, erijo esses dois princípios em fundamentos gerais de todo estilo: dizer o que se sente exatamente como se sente — claramente, se é claro; obscuramente, se é obscuro; confusamente, se é confuso —; compreender que a gramática é um instrumento, e não uma lei.

Suponhamos que vejo diante de nós uma rapariga de modos masculinos. Um ente humano vulgar dirá dela, "Aquela rapariga parece um rapaz". Um outro ente humano vulgar, já mais próximo da consciência de que falar é dizer, dirá dela, "Aquela rapariga é um rapaz". Outro ainda, igualmente consciente dos deveres da expressão, mas mais animado do afeto pela concisão, que é a luxúria do pensamento, dirá dela, "Aquele rapaz". Eu direi, "Aquela rapaz", violando a mais elementar das regras da gramática, que manda que haja concordância de gênero, como de número, entre a voz substantiva e a adjetiva. E terei dito bem; terei falado em absoluto, fotograficamente, fora da chateza, da norma, e da quotidianidade. Não terei falado: terei dito.

A gramática, definindo o uso, faz divisões legítimas e falsas. Divide, por exemplo, os verbos em transitivos e intransitivos; porém, o homem de saber dizer tem muitas vezes que converter um verbo transitivo em intransitivo para fotografar o que sente, e não para, como o comum dos animais homens, o ver às escuras. Se quiser dizer que existo, direi "Sou". Se quiser dizer que existo como alma separada, direi "Sou eu". Mas se quiser dizer que existo como entidade que a si mesma se dirige e forma, que exerce junto de si mesma a função divina de se criar, como hei de empregar o verbo "ser" senão convertendo-o subitamente em transitivo? E então, triunfalmente, antigramaticalmente supremo, direi "Sou-me". Terei dito uma filosofia em duas palavras pequenas. Que preferível não é isto a não dizer nada em quarenta frases? Que mais se pode exigir da filosofia e da dicção?

Obedeça à gramática quem não sabe pensar o que sente. Sirva-se dela quem sabe mandar nas suas expressões. Conta-se de Sigismundo, Rei de Roma,[1] que, tendo, num discurso público, cometido um erro de gramática, respondeu a quem lho apontou,[2] "Sou Rei de Roma, e acima da gramática". E a história narra que ficou sendo conhecido nela como Sigismundo "super-gramaticam". Maravilhoso símbolo! Cada homem que sabe dizer o que diz é, em seu modo, Rei de Roma. O título não é mau, e a alma é ser-se.[3]

85.

Reparando às vezes no trabalho literário abundante, ou, pelo menos, feito de coisas extensas e completas, de tantas criaturas que ou conheço ou de quem sei, sinto em mim uma inveja incerta, uma admiração desprezante, um misto incoerente de sentimentos mistos.

Fazer qualquer coisa completa, inteira, seja boa ou seja má — e, se nunca é inteiramente boa, muitas vezes não é inteiramente má —, sim, fazer uma coisa completa causa-me, talvez, mais inveja do que outro qualquer sentimento. É como um filho: é imperfeita como todo o ente humano, mas é nossa como os filhos são.

E eu, cujo espírito de crítica própria me não permite senão que veja os defeitos, as falhas, eu, que não ouso escrever mais que trechos, bocados, excertos do inexistente, eu mesmo, no pouco que escrevo, sou imperfeito também. Mais valera, pois, ou a obra completa, ainda que má, que em todo o caso é obra; ou a ausência de palavras, o silêncio inteiro da alma que se reconhece incapaz de agir.

86.

Penso se tudo na vida não será a degeneração de tudo.[1] O ser não será uma aproximação — uma véspera, ou uns arredores...

Assim como o Cristianismo não foi senão a degeneração bastarda[2] do neoplatonismo abaixado, a judaização do helenismo pelo romano,[3] assim nossa época, [...], é o desvio múltiplo de todos os grandes propósitos confluentes ou opostos, de cuja falência surgiu a soma de negações com[4] que nos afirmamos.[5]

Vivemos uma bibliofilia de analfabetos, um entreato com orquestra.

Mas que tenho eu, neste quarto andar, com todas estas sociologias?[6] Tudo isto é-me sonho, como as princesas da Babilônia, e o ocuparmo-nos da humanidade é fútil, fútil — uma arqueologia do presente.

Sumir-me-ei entre a névoa, como um estrangeiro a tudo, ilha humana desprendida do sonho do mar, navio com ser supérfluo à tona de tudo.

87.

A metafísica pareceu-me sempre uma forma prolongada da[1] loucura latente. Se conhecêssemos a verdade, vê-la-íamos; tudo o mais é sistema e arredores. Baste-nos, se pensarmos, a incompreensibilidade do universo; querer compreendê-lo é ser menos que homens, porque ser homem é saber que se não compreende.

Trazem-me a fé como um embrulho fechado numa salva alheia. Querem que o aceite para que o não abra. Trazem-me a ciência, como uma faca num prato, com que abrirei as folhas de um livro de páginas brancas. Trazem-me a dúvida, como pó dentro de uma caixa; mas para que me trazem a caixa se ela não tem senão pó?

Na falta de saber, escrevo; e uso os grandes termos da Verdade[2] conforme as exigências da emoção. Se a emoção é clara e fatal, falo, naturalmente, dos deuses, e assim a enquadro numa consciência do mundo múltiplo. Se a emoção é profunda, falo, naturalmente, de Deus, e assim a engasto numa consciência una. Se a emoção é um pensamento, falo, naturalmente, do Destino, e assim a encosto à parede.[3]

Umas vezes o próprio[4] ritmo da frase exigirá Deus e não Deuses; outras vezes, impor-se-ão as duas sílabas de Deuses, e mudo verbalmente de universo; outras vezes pesarão,[5] ao contrário, as necessidades de uma rima íntima, um deslocamento do ritmo, um sobressalto de emoção, e o politeísmo ou o monoteísmo amolda-se e prefere-se. Os Deuses são uma função do estilo.

88.

Onde está Deus, mesmo que não exista? Quero rezar e chorar, arrepender-me de crimes que não cometi, gozar ser perdoado como uma carícia não propriamente materna.

Um regaço para chorar, mas um regaço enorme, sem forma, espaçoso como uma noite de verão, e contudo próximo, quente, feminino, ao pé de uma lareira qualquer... Poder ali chorar coisas impensáveis, falências que nem sei quais são, ternuras de coisas inexistentes, e grandes dúvidas arrepiadas de não sei que futuro...

Uma infância nova, uma ama velha outra vez, e um leito pequeno onde acabar por dormir, entre contos que embalam, mal ouvidos, com uma atenção que se torna morna, de perigos que penetravam em jovens cabelos louros como o trigo...[1] E tudo isto muito grande, muito eterno, definitivo para sempre, da estatura única de Deus, lá no fundo triste e sonolento da realidade última das Coisas...

Um colo ou um berço ou um braço quente em torno ao meu pescoço... Uma voz que canta baixo e parece querer fazer-me chorar... O ruído de lume na lareira... Um calor no inverno... Um extravio morno[2] da minha consciência... E depois sem som, um sonho calmo num espaço enorme, como a lua rodando entre estrelas...

Quando ponho de parte os meus artifícios e arrumo a um canto, com um cuidado cheio de carinho — com vontade de lhes dar beijos —, os meus brinquedos, as palavras, as imagens, as frases — fico tão pequeno e inofensivo, tão só num quarto tão grande, e tão triste, tão profundamente triste!...

Afinal eu quem sou, quando não brinco? Um pobre órfão abandonado nas ruas das Sensações, tiritando de frio às esquinas da Realidade, tendo que dormir nos degraus da Tristeza e comer o pão dado da Fantasia. De meu pai sei o nome; disseram-me que se chamava Deus, mas o nome não me dá ideia de nada. Às vezes, na noite, quando me sinto só, chamo por ele e choro, e faço-me uma ideia dele a que possa amar... Mas depois penso que o não conheço, que talvez ele não seja assim, que talvez não seja nunca esse o pai da minha alma...

Quando acabará isto tudo, estas ruas onde arrasto a minha miséria, e estes degraus onde encolho o meu frio e sinto as mãos da noite por entre os meus farrapos? Se um dia Deus me viesse buscar e me levasse para sua casa e me desse calor e afeição... Às vezes penso isto e choro com alegria a pensar que o posso pensar... Mas o vento arrasta-se pela rua fora e as folhas caem no passeio... Ergo os olhos e vejo as estrelas que não têm sentido nenhum... E de tudo isto fico apenas eu, uma pobre criança abandonada, que nenhum Amor quis para seu filho adotivo, nem nenhuma Amizade para seu companheiro de brinquedos.

Tenho frio demais. Estou tão cansado no meu abandono. Vai buscar, ó Vento, a minha Mãe. Leva-me na Noite para a casa que não conheci... Torna a dar-me, ó Silêncio imenso, a minha ama e o meu berço e a minha canção com que eu dormia...

89.

A única atitude digna de um homem superior é o *pursuit*[1] tenaz de uma atividade que se reconhece inútil, o hábito de uma disciplina que se sabe estéril, e o uso fixo de normas de pensamento filosófico e metafísico cuja importância se sente ser nula.

90.

Reconhecer a realidade como uma forma da ilusão, e a ilusão como uma forma da realidade, é igualmente necessário e igualmente inútil. A vida contemplativa, para sequer existir, tem que considerar os acidentes objetivos como premissas dispersas de uma conclusão inatingível; mas tem ao mesmo tempo que considerar as contingências do sonho como em certo modo dignas daquela atenção a elas, pela qual nos tornamos contemplativos.

Qualquer coisa, conforme se considera, é um assombro ou um estorvo, um tudo ou um nada, um caminho ou uma preocupação. Considerá-la cada vez de um modo diferente é renová-la, multiplicá-la por si mesma. É por isso que o espírito contemplativo que nunca saiu da sua aldeia tem contudo à sua ordem o universo inteiro. Numa cela ou num deserto está o infinito. Numa pedra dorme-se cosmicamente.

Há, porém, ocasiões da meditação — e a todos quantos meditam elas chegam — em que tudo está gasto, tudo velho, tudo visto, ainda que esteja por ver. Porque, por mais que meditemos qualquer coisa, e, meditando-a, a transformemos, nunca a transformamos em qualquer coisa que não seja substância de meditação. Chega-nos então a ânsia da vida, de conhecer sem ser com o conhecimento, de meditar só com os sentidos ou pensar de um modo tátil ou sensível, de dentro do objeto pensado, como se fôssemos água e ele esponja. Então também temos a nossa noite, e o cansaço de todas as emoções aprofunda-se com serem emoções do pensamento, já de si profundas. Mas é uma noite sem repouso, sem luar, sem estrelas, uma noite como se tudo houvesse sido virado do avesso — o infinito tornado interior e apertado, o dia feito forro negro de um trajo desconhecido.

Mais vale, sim, mais vale sempre ser a lesma humana que ama e desconhece, a sanguessuga que é repugnante sem o saber. Ignorar como vida! sentir como esquecimento! Que episódios perdidos na esteira verde branca das naus idas, como um cuspo frio do[1] leme alto a servir de nariz sob os olhos das câmaras velhas!

91.

Uma vista breve de campo, por cima de um muro dos arredores, liberta-me mais completamente do que uma viagem inteira libertaria outro. Todo ponto de visão é um ápice de uma pirâmide invertida, cuja base é indeterminável.

Houve tempo em que me irritavam aquelas coisas que hoje me fazem sorrir. E uma delas, que quase todos os dias me lembram, é a insistência com que os homens quotidianos e ativos na vida sorriem dos poetas e dos artistas. Nem sempre o fazem, como creem os pensadores dos jornais, com um ar de superioridade. Muitas vezes o fazem com carinho. Mas é sempre como quem acarinha uma criança, alguém alheio à certeza e à exatidão da vida.

Isto irritava-me antigamente, porque supunha, como os ingênuos, e eu era ingênuo, que esse sorriso dado às preocupações de sonhar e dizer era um eflúvio de uma sensação íntima de superioridade. É somente um estalido de diferença. E, se antigamente eu considerava esse sorriso como um insulto, porque implicasse uma superioridade, hoje considero-o como uma dúvida inconsciente; como os homens adultos muitas vezes reconhecem nas crianças uma agudeza de espírito superior à própria, assim nos reconhecem, a nós que sonhamos e o dizemos, uma qualquer coisa diferente de que eles desconfiam como estranha. Quero crer que, muitas vezes, os mais inteligentes deles entrevejam a nossa superioridade; e então sorriem superiormente, para esconder que a entreveem.

Mas essa nossa superioridade não consiste naquilo que tantos sonhadores têm considerado como a superioridade própria. O sonhador não é superior ao homem ativo porque o sonho seja superior à realidade. A superioridade do sonhador consiste em que sonhar é muito mais prático que viver, e em que o sonhador extrai da vida um prazer muito mais vasto e muito mais variado do que o homem de ação. Em melhores e mais diretas palavras, o sonhador é que é o homem de ação.

Sendo a vida essencialmente um estado mental, e tudo, quanto fazemos ou pensamos, válido para nós na proporção em que o pensamos válido, depende de nós a valorização. O sonhador é um emissor de notas, e as notas que emite correm na cidade do seu espírito do mesmo modo que as da realidade. Que me importa que o papel-moeda da minha alma nunca seja convertível em ouro, se não há ouro nunca na alquimia factícia da vida? Depois de todos nós vem o dilúvio, mas é só depois de todos nós. Melhores, e mais felizes, os que, reconhecendo a ficção de tudo, fazem o romance antes que ele lhes seja feito, e, como Maquiavel, vestem os trajos da corte para escrever bem em segredo.

92.

(*Our childhood's playing with cotton reels etc.*)

Eu nunca fiz senão sonhar. Tem sido esse, e esse apenas, o sentido da minha vida. Nunca tive outra preocupação verdadeira senão a minha vida[1] interior. As maiores dores da minha vida esbatem-se-me[2] quando, abrindo a janela para a rua do meu sonho,[3] esqueço a vista no[4] seu movimento.

Nunca pretendi ser senão um sonhador. A quem me falou de viver nunca prestei atenção. Pertenci sempre ao que não está onde estou e ao que nunca pude ser. Tudo o que não é meu, por baixo que seja, teve sempre poesia para mim. Nunca amei senão coisa nenhuma. Nunca desejei[5] senão o que nem podia imaginar.

À vida nunca pedi senão que passasse por mim sem que eu a sentisse. Do amor apenas exigi que nunca deixasse de ser um sonho longínquo. Nas minhas próprias paisagens interiores, irreais todas elas, foi sempre o longínquo que me atraiu, e os aquedutos que se esfumavam quase na distância das minhas paisagens sonhadas, tinham uma doçura de sonho em relação às outras partes da paisagem — uma doçura que fazia com que eu as pudesse amar.

A minha mania de criar um mundo falso acompanha-me ainda, e só na minha morte me abandonará. Não alinho hoje nas minhas gavetas carros de linha[6] e peões de xadrez — com um bispo ou um cavalo acaso sobressaindo — mas tenho pena de o não fazer... e alinho na minha imaginação, confortavelmente, como quem no inverno se aquece a uma lareira, figuras que habitam, e são constantes e vivas, na minha vida interior. Tenho um mundo de amigos dentro de mim, com vidas próprias, reais, definidas e imperfeitas.

Alguns passam dificuldades, outros têm uma vida boêmia, pitoresca e humilde. Há outros que são caixeiros-viajantes (poder sonhar-me caixeiro-viajante foi sempre uma das minhas grandes ambições — irrealizável infelizmente!). Outros moram em aldeias e vilas lá para as fronteiras de um Portugal dentro de mim; vêm à cidade, onde por acaso os encontro e reconheço, abrindo-lhes os braços, emotivamente...[7] E quando sonho isto, passeando no meu quarto, falando alto, gesticulando... quando sonho isto, e me visiono encontrando-os, todo eu me alegro, me realizo, me pulo, brilham-me os olhos, abro os braços e tenho uma felicidade enorme,[8] real, incomparável.

Ah, não há saudades mais dolorosas do que as das coisas que nunca foram! O que eu sinto quando penso no passado que tive no tempo real, quando choro sobre o cadáver da vida da minha infância ida..., isso mesmo não atinge o fervor doloroso e trêmulo com que choro sobre não serem reais as figuras humildes dos meus sonhos, as próprias figuras secundárias que me recordo de ter visto uma só vez, por acaso, na minha pseudovida, ao virar uma esquina da minha visionação, ao passar por um portão numa rua que subi e percorri por esse sonho fora.

A raiva de a saudade não poder reavivar e reerguer nunca é tão lacrimosa contra Deus, que criou impossibilidades, do que quando medito que os meus amigos de sonho, com quem passei tantos detalhes de uma vida suposta, com quem tantas conversas iluminadas, em cafés imaginários, tenho tido, não pertenceram, afinal, a nenhum espaço onde pudessem ser, realmente, independentes da minha consciência deles! Oh, o passado morto que eu trago comigo e nunca esteve senão comigo! As flores do jardim da pequena casa de campo e que nunca existiu senão em mim. As hortas, os pomares, o pinhal, da quinta que foi só um meu sonho! As minhas vilegiaturas supostas, os meus passeios por um campo que nunca existiu! As árvores de à beira da estrada, os atalhos, as pedras, os camponeses que passam... tudo isto, que nunca passou de um sonho, está gravado na minha memória a fazer de dor e eu, que passei horas a sonhá-los, passo horas depois a recordar tê-los sonhado e é na verdade saudade que eu tenho, um passado que eu choro, uma vida-real morta que fito, solene no seu caixão.

Há também as paisagens e as vidas que não foram inteiramente interiores. Certos quadros, sem subido relevo artístico, certas oleogravuras que havia em paredes com que convivi muitas horas — passaram a realidade dentro de mim. Aqui a sensação era outra, mais pungente e triste. Ardia-me não poder estar ali, quer eles fossem reais ou não. Não ser eu, ao menos, uma figura a mais desenhada ao pé daquele bosque, ao luar que havia numa pequena gravura dum quarto onde dormi já não em pequeno! Não poder eu pensar que estava ali oculto, no bosque à beira do rio, por aquele luar eterno (embora mal desenhado), vendo o homem que passa num barco por baixo do debruçar-se de um salgueiro! Aqui o não poder sonhar inteiramente doía-me. As feições da minha saudade eram outras. Os gestos do meu desespero eram diferentes. A impossibilidade que me torturava era de outra ordem de angústia. Ah, não ter tudo isto um sentido em Deus, uma realização conforme o espírito de meus desejos, não sei onde, por um tempo vertical, consubstanciado com a direção das minhas saudades e dos meus devaneios! Não haver, pelo menos só para mim, um paraíso feito disto! Não poder eu encontrar os amigos que sonhei, passear pelas ruas que criei, acordar, entre o ruído dos galos e das galinhas, e o rumorejar matutino da casa, na casa de campo em que eu me supus... e tudo isto mais perfeitamente arranjado por Deus, posto naquela perfeita ordem para existir, na precisa forma para eu o ter que nem os meus próprios sonhos atingem senão na falta de uma dimensão do espaço íntimo que entretém essas pobres realidades...

Ergo a cabeça de sobre o papel em que escrevo... É cedo ainda. Mal passa o meio-dia e é domingo. O mal da vida, a doença de ser consciente, entra em o meu próprio corpo e perturba-me. Não haver ilhas para os inconfortáveis, alamedas vetustas, inencontráveis de outros, para os isolados no sonhar! Ter de viver e, por pouco que seja, de agir; ter de roçar pelo fato de haver outra gente, real também, na vida! Ter de estar aqui escrevendo isto, por me ser preciso à alma fazê-lo, e mesmo isto não poder sonhá-lo apenas, exprimi-lo sem palavras, sem consciência mesmo, por uma construção de mim próprio em música e esbatimento, de modo que me subissem as lágrimas aos olhos só de me sentir expressar-me, e eu fluísse, como um rio encantado, por lentos declives de mim próprio, cada vez mais para o inconsciente e o Distante, sem sentido nenhum exceto Deus.

93.

Em mim foi sempre menor a intensidade das sensações que a intensidade da consciência[1] delas. Sofri sempre mais com a consciência de estar sofrendo que com o sofrimento de que tinha[2] consciência.

A vida das minhas emoções mudou-se, de origem, para as

salas[3] do pensamento, e ali vivi sempre mais amplamente o conhecimento emotivo da vida.

E como o pensamento, quando alberga a emoção, se torna mais exigente que ela, o regime de consciência, em que passei a viver o que sentia, tornou-me mais quotidiana, mais epidérmica, mais titilante a maneira como sentia.

Criei-me eco e abismo, pensando. Multipliquei-me aprofundando-me. O mais pequeno episódio — uma alteração saindo da luz, a queda enrolada de uma folha seca, a pétala que se despega amarelecida, a voz do outro lado do muro com os passos de quem a diz juntos aos de quem a deve escutar, o portão entreaberto da quinta velha, o pátio abrindo com um arco das casas aglomeradas ao luar — todas estas coisas, que me não pertencem, prendem-me a meditação sensível com laços de ressonância e de saudade. Em cada uma dessas sensações sou outro, renovo-me dolorosamente em cada impressão indefinida.

Vivo de impressões que me não pertencem, perdulário de renúncias, outro no modo como sou eu.

94.

Viver é ser outro. Nem sentir é possível se hoje se sente como ontem se sentiu: sentir hoje o mesmo que ontem não é sentir — é lembrar hoje o que se sentiu ontem, ser hoje o cadáver vivo do que ontem foi a vida perdida.

Apagar tudo do quadro de um dia para o outro, ser novo com cada nova madrugada, numa revirgindade perpétua da emoção — isto, e só isto, vale a pena ser ou ter, para ser ou ter o que imperfeitamente somos.

Esta madrugada é a primeira do mundo. Nunca esta cor rosa amarelecendo para branco quente pousou assim na face com que a casaria de oeste encara cheia de olhos vidrados o silêncio que vem na luz crescente. Nunca houve esta hora, nem esta luz, nem este meu ser. Amanhã o que foi será outra coisa, e o que eu vir será visto por olhos recompostos, cheios de uma nova visão.

Altos montes da cidade! Grandes arquiteturas que as encostas íngremes seguram e engrandecem, resvalamentos de edifícios diversamente amontoados, que a luz tece de sombras e queimações — sois hoje, sois eu, porque vos vejo, sois o que [não sereis] amanhã, e amo-vos da amurada como um navio que passa por outro navio e há saudades desconhecidas na passagem.

95.

Durei horas incógnitas, momentos sucessivos sem relação, no passeio em que fui, de noite, à beira sozinha do mar. Todos os pensamentos, que têm feito viver homens, todas as emoções, que os homens têm deixado de viver, passaram por minha mente, como um resumo escuro da história, nessa minha meditação andada à beira-mar.

Sofri em mim, comigo, as aspirações de todas as eras, e comigo passearam, à beira ouvida do mar, os desassossegos de todos os tempos. O que os homens quiseram e não fizeram, o que mataram fazendo-o, o que as almas foram e ninguém disse — de tudo isto se formou a alma sensível com que passeei de noite à beira-mar. E o que os amantes estranharam no outro amante, o que a mulher ocultou sempre ao marido de quem é, o que a mãe pensa do filho que não teve, o que teve forma só num sorriso ou numa oportunidade, num tempo que não foi esse ou numa emoção que falta — tudo isso, no meu passeio à beira-mar, foi comigo e voltou comigo, e as ondas estorciam magnamente o acompanhamento que me fazia dormi-lo.

Somos quem não somos, e a vida é pronta e triste. O som das ondas à noite é um som da noite; e quantos o ouviram na própria alma, como a esperança constante que se desfaz no escuro com um som surdo de espuma funda! Que lágrimas choraram os que obtiveram, que lágrimas perderam os que conseguiram! E tudo isto, no passeio à beira-mar, se me tornou o segredo da noite e da confidência do abismo. Quantos somos! Quantos nos enganamos! Que mares soam em nós, na noite de sermos, pelas praias que nos sentimos nos alagamentos da emoção!

Aquilo que se perdeu, aquilo que se deveria ter querido, aquilo que se obteve e satisfez por erro, o que amamos e perdemos e, depois de perder, vimos, amando-o por tê-lo perdido, que o não havíamos amado; o que julgávamos que pensávamos quando sentíamos; o que era uma memória e críamos que era uma emoção; e o mar todo, vindo lá, rumoroso e fresco, do grande fundo de toda a noite, a estuar fino na praia, no decurso noturno do meu passeio à beira-mar...

Quem sabe sequer o que pensa, ou o que deseja? Quem sabe o que é para si mesmo? Quantas coisas a música sugere e nos sabe bem que não possam ser! Quantas a noite recorda e choramos, e não foram nunca! Como uma voz solta da paz deitada ao comprido, a enrolação da onda estoira e esfria e há um salivar audível pela praia invisível fora.

Quanto morro se sinto por tudo! Quanto sinto se assim vagueio, incorpóreo e humano, com o coração parado como uma praia, e todo o mar de tudo, na noite em que vivemos, batendo alto, chasco, e esfria-se, no meu eterno passeio noturno à beira-mar!

96.

Vejo as paisagens sonhadas com a mesma clareza com que fito as reais. Se me debruço sobre os meus sonhos é sobre qualquer coisa que me debruço. Se vejo a vida passar, sonho qualquer coisa.

De alguém alguém disse que para ele as figuras dos sonhos tinham o mesmo relevo e recorte que as figuras da vida. Para mim, embora compreendesse que se me aplicasse frase semelhante, não a aceitaria. As figuras dos sonhos não são para mim iguais às da vida. São paralelas. Cada vida — a dos sonhos e a do mundo — tem uma realidade igual e própria, mas diferente. Como as coisas próximas e as coisas remotas. As figuras dos sonhos estão mais próximas de mim, mas □

97.

O verdadeiro sábio é aquele que assim se dispõe que os acontecimentos exteriores o alterem minimamente. Para isso precisa couraçar-se cercando-se de realidades mais próximas de si do que os fatos, e através das quais os fatos, alterados para de acordo com elas, lhe chegam.

98.

Acordei hoje muito cedo, num repente embrulhado, e ergui-me devagar[1] da cama, sob o estrangulamento de um tédio incompreensível. Nenhum sonho o havia causado; nenhuma realidade o poderia ter feito. Era um tédio absoluto e completo, mas fundado em qualquer coisa. No fundo obscuro da minha alma, invisíveis, forças desconhecidas travavam uma batalha em que meu ser era o solo, e todo eu tremia do embate incógnito. Uma náusea física da vida inteira nasceu com o meu despertar. Um horror a ter que viver ergueu-se comigo da cama. Tudo me pareceu oco e tive a impressão fria de que não há solução para problema algum.

Uma inquietação enorme fazia-me estremecer os gestos mínimos. Tive receio de endoidecer, não de loucura, mas de ali mesmo. O meu corpo era um grito latente. O meu coração batia como se soluçasse.[2]

Com passos largos e falsos, que em vão procurava tornar outros, percorri, descalço, o comprimento pequeno do quarto, e a diagonal vazia do quarto interior, que tem a porta ao canto para o corredor da casa. Com movimentos incoerentes e imprecisos, toquei nas escovas em cima da cômoda, desloquei uma cadeira, e uma vez bati com a mão movida em baloiço o ferro acre dos pés da cama inglesa. Acendi um cigarro, que fumei por subconsciência, e só quando vi que tinha caído cinza sobre a cabeceira da cama — como, se eu não me debruçara ali? — compreendi que estava possesso, ou coisa análoga em ser, quando não em nome, e que a consciência de mim, que eu deveria ter, se tinha intervalado com o abismo.

Recebi o anúncio da manhã, a pouca luz fria que dá um vago azul branco ao horizonte que se revela, como um beijo de gratidão das coisas. Porque essa luz, esse verdadeiro dia, libertava-me, libertava-me não sei de quê, dava-me o braço à velhice incógnita, fazia festas à infância postiça, amparava o repouso mendigo da minha sensibilidade transbordada.

Ah, que manhã é esta, que me desperta para a estupidez da vida, e para a grande ternura dela! Quase que choro, vendo esclarear-se diante de mim, debaixo de mim, a velha rua estreita, e quando os taipais da mercearia da esquina já se revelam castanho sujo na luz que se extravasa um pouco, o meu coração tem um alívio de conto de fadas reais, e começa a conhecer a segurança de se não sentir.

Que manhã esta mágoa! E que sombras se afastam? E que mistérios se deram? Nada: o som do primeiro elétrico como um fósforo que vai alumiar a escuridão da alma, e os passos altos do meu primeiro transeunte que são a realidade concreta a dizer-me, com voz de amigo, que não esteja assim.

99.

Há momentos em que tudo cansa, até o que nos repousaria. O que nos cansa porque nos cansa; o que nos repousaria porque a ideia de o obter nos cansa. Há abatimentos da alma abaixo de toda a angústia e de toda a dor; creio que os não conhecem senão os que se furtam às angústias e às dores humanas, e têm diplomacia consigo mesmos para se esquivar ao próprio tédio. Reduzindo-se, assim, a seres couraçados contra o mundo, não admira que, em certa altura da sua consciência de si mesmos, lhes pese de repente o vulto inteiro da couraça, e a vida lhes seja uma angústia às avessas, uma dor perdida.

Estou em um desses momentos, e escrevo estas linhas como quem quer ao menos saber que vive. Todo o dia, até agora, trabalhei como um sonolento, fazendo contas por processos de sonho, escrevendo ao longo do meu torpor. Todo o dia me senti pesar a vida sobre os olhos e contra as têmporas — sono nos olhos, pressão para fora nas têmporas, consciência de tudo isto no estômago, náusea e desalento.

Viver parece-me um erro metafísico da matéria, um descuido da inação. Nem olho o dia, para ver o que ele tem que me distraia de mim, e, escrevendo-o eu aqui em descrição, tape com palavras a xícara vazia do meu não me querer. Nem olho o dia, e ignoro com as costas dobradas se é sol ou falta de sol o que está lá fora na rua subjetivamente triste, na rua deserta onde está passando o som de gente. Ignoro tudo e dói-me o peito. Parei de trabalhar e não quero mexer-me de aqui. Estou olhando para o mata-borrão branco sujo, que alastra, pregado aos cantos, por sobre a grande idade da secretária inclinada. Fito atentamente os rabiscos de absorção e distração que estão borrados nele. Várias vezes a minha assinatura às avessas e ao invés. Alguns números aqui e ali, assim mesmo. Uns desenhos de nada, feitos pela minha desatenção. Olho a tudo isto como um aldeão de mata-borrões, com uma atenção de quem olha novidades, com todo o cérebro inerte por trás dos centros cerebrais que promovem a visão.

Tenho mais sono íntimo do que cabe em mim. E não quero nada, não prefiro nada, não há nada a que fugir.

100.

Vivo sempre no presente. O futuro, não o conheço. O passado, já o não tenho. Pesa-me um como a possibilidade de tudo, o outro como a realidade de nada. Não tenho esperanças nem saudades. Conhecendo o que tem sido a minha vida até hoje — tantas vezes e em tanto o contrário do que eu a desejara —, que posso presumir da minha vida de amanhã, senão que será o que não presumo, o que não quero, o que me acontece de fora, até através da minha vontade? Nem tenho nada no meu passado que relembre com o desejo inútil de o repetir. Nunca fui senão um vestígio e um simulacro de mim. O meu passado é tudo quanto não consegui ser. Nem as sensações de momentos idos me são saudosas: o que se sente exige o momento; passado este, há um virar de página e a história continua, mas não o texto.

Breve sombra escura de uma árvore citadina, leve som de água caindo no tanque triste, verde da relva regular — jardim público ao quase crepúsculo —, sois, neste momento, o universo inteiro para mim, porque sois o conteúdo pleno da minha sensação consciente. Não quero mais da vida do que senti-la perder-se nestas tardes imprevistas, ao som de crianças alheias que brincam, nestes jardins engradados pela melancolia das ruas que os cercam, e copados, para além dos ramos altos das árvores, pelo céu velho onde as estrelas recomeçam.

101.

Se a nossa vida fosse um eterno estar-à-janela, se assim ficássemos, como um fumo parado, sempre, tendo sempre o mesmo momento de crepúsculo dolorindo a curva dos montes. Se assim ficássemos para além de sempre! Se ao menos, aquém da impossibilidade, assim pudéssemos quedar-nos, sem que cometêssemos uma ação, sem que os nossos lábios pálidos[1] pecassem mais palavras!

Olha como vai escurecendo!... O sossego positivo de tudo enche-me de raiva, de qualquer coisa que é o travo no sabor da aspiração. Dói-me a alma... Um traço lento de fumo ergue-se e dispersa-se lá longe... Um tédio inquieto faz-me não pensar mais em ti...

Tão supérfluo tudo! nós e o mundo e o mistério de ambos.

102.

A vida é para nós o que concebemos nela. Para o rústico cujo campo próprio lhe é tudo, esse campo é um império. Para o César cujo império lhe ainda é pouco, esse império é um campo. O pobre possui um império; o grande possui um campo. Na verdade, não possuímos mais que as nossas próprias sensações; nelas, pois, que não no que elas veem, temos que fundamentar[1] a realidade da nossa vida.

Isto não vem a propósito de nada.

Tenho sonhado muito. Estou cansado de ter sonhado, porém não cansado de sonhar. De sonhar ninguém se cansa, porque sonhar é esquecer, e esquecer não pesa e é um sono sem sonhos em que estamos despertos. Em sonhos consegui tudo. Também tenho despertado, mas que importa? Quantos Césares fui! E os gloriosos, que mesquinhos! César, salvo da morte pela generosidade de um pirata, manda crucificar esse pirata logo que, procurando-o bem, o consegue prender. Napoleão, fazendo seu testamento em Santa Helena, deixa um legado a um facínora que tentara assassinar a Wellington. Ó grandezas iguais às da alma da vizinha vesga! Ó grandes homens da cozinheira de outro mundo! Quantos Césares fui, e sonho todavia ser.

Quantos Césares fui, mas não dos reais. Fui verdadeiramente imperial enquanto sonhei, e por isso nunca fui nada. Os meus exércitos foram derrotados, mas a derrota foi fofa, e ninguém morreu. Não perdi bandeiras. Não sonhei até ao ponto do exército, onde elas aparecessem ao meu olhar em cujo sonho há esquina. Quantos Césares fui, aqui mesmo, na Rua dos Douradores. E os Césares que fui vivem ainda na minha imaginação; mas os Césares que foram estão mortos, e a Rua dos Douradores, isto é, a Realidade, não os pode conhecer.

Atiro com a caixa de fósforos, que está vazia, para o abismo que a rua é para além do parapeito da minha janela alta sem sacada. Ergo-me na cadeira e escuto. Nitidamente, como significasse qualquer coisa, a caixa de fósforos vazia soa na rua que me declara deserta. Não há mais som nenhum, salvo os da cidade inteira. Sim, os da cidade inteira — tantos, sem se entenderem, e todos certos.

Quão pouco, no mundo real, forma o suporte das melhores meditações. O ter chegado tarde para almoçar, o terem-se acabado os fósforos, o ter eu atirado, individualmente, a caixa para a rua, a má disposição[2] por ter comido fora de horas, ser domingo, a promessa aérea de um poente mau, o não ser ninguém no mundo, e toda a metafísica.

Mas quantos Césares fui!

103.

Cultivo o ódio à ação como uma flor de estufa. Gabo-me para comigo da minha dissidência da vida.

104.

Nenhuma ideia brilhante[1] consegue entrar em circulação[2] se não agregando[3] a si qualquer elemento de estupidez. O pensamento coletivo é estúpido porque é coletivo: nada passa as barreiras do coletivo sem deixar nelas, como real de água, a maior parte da inteligência que traga consigo.

Na mocidade somos dois: há em nós a coexistência da nossa inteligência própria, que pode ser grande, e a da estupidez da nossa inexperiência, que forma uma segunda inteligência inferior. Só quando chegamos a outra idade se dá em nós a unificação. Daí a ação sempre fruste da juventude — devida, não à sua inexperiência, mas à sua não unidade.

Ao homem superiormente inteligente não resta hoje outro caminho que o da abdicação.

105.

ESTÉTICA DA ABDICAÇÃO

Conformar-se é submeter-se e vencer é conformar-se, ser vencido. Por isso toda a vitória é uma grosseria. Os vencedores perdem sempre todas as qualidades de desalento com o presente que os levaram à luta que lhes deu a vitória. Ficam satisfeitos, e satisfeito só pode estar aquele que se conforma, que não tem a mentalidade do vencedor. Vence só quem nunca consegue. Só é forte quem desanima sempre. O melhor e o mais púrpura é abdicar. O império supremo é o do Imperador que abdica de toda a vida normal, dos outros homens, em quem o cuidado da supremacia não pesa como um fardo de joias.

106.

Às vezes, quando ergo a cabeça estonteada dos livros em que escrevo as contas alheias e a ausência de vida própria, sinto uma náusea física, que pode ser de me curvar, mas que transcende os números e a desilusão. A vida desgosta-me como um remédio inútil. E é então que eu sinto com visões claras como seria fácil o afastamento deste tédio se eu tivesse a simples força de o querer deveras afastar.

Vivemos pela ação, isto é, pela vontade. Aos que não sabemos querer — sejamos gênios ou mendigos — irmana-nos a impotência. De que me serve citar-me gênio se resulto ajudante de guarda-livros? Quando Cesário Verde fez dizer ao médico que era, não o sr. Verde empregado no comércio, mas o poeta Cesário Verde, usou de um daqueles verbalismos do orgulho inútil que suam o cheiro da vaidade. O que ele foi sempre, coitado, foi o sr. Verde empregado no comércio. O poeta nasceu depois de ele morrer, porque foi depois de ele morrer que nasceu a apreciação do poeta.

Agir, eis a inteligência verdadeira. Serei o que quiser. Mas tenho que querer o que for. O êxito está em ter êxito, e não em ter condições de êxito. Condições de palácio tem qualquer terra larga, mas onde estará o palácio se o não fizerem ali?

O meu orgulho lapidado por cegos e a minha desilusão pisada por mendigos □

"Quero-te só para sonho", dizem à mulher amada, em versos que lhe não enviam, os que não ousam dizer-lhe nada. Este "quero-te só para sonho" é um verso de um velho poema meu.[1] Registro a memória com um sorriso, e nem o sorriso comento.

107.

Sou daquelas almas que as mulheres dizem que amam, e nunca reconhecem quando encontram; daquelas que, se elas as reconhecessem, mesmo assim não as reconheceriam. Sofro a delicadeza dos meus sentimentos com uma atenção desdenhosa. Tenho todas as qualidades, pelas quais são admirados os poetas românticos, mesmo aquela falta dessas qualidades, pela qual se é realmente poeta romântico. Encontro-me descrito (em parte) em vários romances como protagonista de vários enredos; mas o essencial da minha vida, como da minha alma, é não ser nunca protagonista.

Não tenho uma ideia de mim próprio; nem aquela que consiste em uma falta de ideia de mim próprio. Sou um nômada da consciência de mim. Tresmalharam-se à primeira guarda os rebanhos da minha riqueza íntima.

A única tragédia é não nos podermos conceber trágicos. Vi sempre nitidamente a minha coexistência com o mundo. Nunca senti nitidamente a minha falta de coexistir com ele; por isso nunca fui um normal.

Agir é repousar.

Todos os problemas são insolúveis. A essência de haver um problema é não haver uma solução. Procurar um fato significa não haver um fato. Pensar é não saber existir.

Passo horas, às vezes, no Terreiro do Paço, à beira do rio, meditando em vão. A minha impaciência constantemente me quer arrancar desse sossego, e a minha inércia constantemente me detém nele. Medito, então, em uma modorra de físico, que se parece com a volúpia apenas como o sussurro de vento lembra vozes, na eterna insaciabilidade dos meus desejos vagos, na perene instabilidade das minhas ânsias impossíveis. Sofro, principalmente, do mal de poder sofrer. Falta-me qualquer coisa que não desejo, e sofro por isso não ser propriamente sofrer.

O cais, a tarde, a maresia entram todos, e entram juntos, na composição da minha angústia. As flautas dos pastores impossíveis não são mais suaves que o não haver aqui flautas e isso lembrar-mas. Os idílios longínquos, ao pé de riachos, doem-me esta hora análoga por dentro, □

108.

A vida pode ser sentida como uma náusea no estômago, a existência da própria alma como um incômodo dos músculos. A desolação do espírito, quando agudamente sentida, faz marés, de longe, no corpo, e dói por delegação.

Estou consciente de mim em um dia, em que a dor de ser consciente é, como diz o poeta,[1]

languidez, mareo
y angustioso afán.

109.

(*Storm*)

Sobra silêncio escuro lividamente. A seu modo, perto, entre o errar raro e rápido das carroças, um camião troveja — eco ridículo, mecânico, do que vai real na distância próxima dos céus. De novo, sem aviso, espadana luz magnética, pestanejando. Bate o coração um hausto breve. Quebra-se uma redoma no alto, em estilhaços grandes de cúpula. Um lençol novo[1] de má chuva agride o som do chão.

(*patrão Vasques*) A sua cara lívida está de um verde falso e desnorteado. Noto-o, entre o ar difícil do peito, com a fraternidade de saber que também estarei assim.

110.

Quando durmo muitos sonhos, venho para a rua, de olhos abertos, ainda com o rastro e a segurança deles. E pasmo do automatismo meu com que os outros me desconhecem. Porque atravesso a vida quotidiana sem largar a mão da ama astral, e os meus passos na rua vão concordes e consoantes com obscuros desígnios da imaginação de dormir. E na rua vou certo; não cambaleio; respondo bem; existo.

Mas, quando há um intervalo, e não tenho que vigiar o curso da minha marcha, para evitar veículos ou não estorvar peões, quando não tenho que falar a alguém, nem me pesa a entrada para uma porta próxima, largo-me de novo nas águas do sonho, como um barco de papel dobrado em bicos, e de novo regresso à ilusão mortiça que me acalentara a vaga consciência da manhã nascendo entre o som dos carros que hortaliçam.

E então, em plena vida, é que o sonho tem grandes cinemas. Desço uma rua irreal da Baixa e a realidade das vidas que não são ata-me, com carinho, a cabeça num trapo branco de reminiscências falsas. Sou navegador num desconhecimento de mim. Venci tudo onde nunca estive. E é uma brisa nova esta sonolência com que posso andar, curvado para a frente numa marcha sobre o impossível.

Cada qual tem o seu álcool. Tenho álcool bastante em existir. Bêbado de me sentir, vagueio e ando certo. Se são horas, recolho ao escritório como qualquer outro. Se não são horas, vou até ao rio fitar o rio, como qualquer outro. Sou igual. E por trás de isso, céu meu, constelo-me às escondidas e tenho o meu infinito.

111.

Todo o homem de hoje, em quem a estatura moral e o relevo intelectual não sejam de pigmeu ou de charro, ama, quando ama, com o amor romântico. O amor romântico é um produto extremo de séculos sobre séculos de influência cristã; e, tanto quanto à sua substância, como quanto à sequência do seu desenvolvimento, pode ser dado a conhecer a quem não o perceba comparando-o com uma veste, ou traje, que a alma ou a imaginação fabriquem para com ele vestir as criaturas, que acaso apareçam, e o espírito ache que lhes cabe.

Mas todo o traje, como não é eterno, dura tanto quanto dura; e em breve, sob a veste do ideal que formamos, que se esfacela, surge o corpo real da pessoa humana, em quem o vestimos.

O amor romântico, portanto, é um caminho de desilusão. Só o não é quando a desilusão, aceite desde o princípio, decide variar de ideal constantemente, tecer constantemente, nas oficinas da alma, novos trajes, com que constantemente se renove o aspecto da criatura, por eles vestida.

112.

Nunca amamos alguém. Amamos, tão somente, a ideia que fazemos de alguém. É a um conceito nosso — em suma, é a nós mesmos — que amamos.

Isto é verdade em toda a escala do amor. No amor sexual buscamos um prazer nosso dado por intermédio de um corpo estranho. No amor diferente do sexual, buscamos um prazer nosso dado por intermédio de uma ideia nossa. O onanista é abjeto, mas, em exata verdade, o onanista é a perfeita expressão lógica do amoroso. É o único que não disfarça nem se engana.

As relações entre uma alma e outra, através de coisas tão incertas e divergentes como as palavras comuns e os gestos que se empreendem, são matéria de estranha[1] complexidade. No próprio ato em que nos conhecemos, nos desconhecemos. Dizem os dois "amo-te" ou pensam-no e sentem-no por troca, e cada um quer dizer uma ideia diferente, uma vida diferente, até, porventura, uma cor ou um aroma diferente, na soma abstrata de impressões que constitui a atividade da alma.

Estou hoje lúcido como se não existisse. Meu pensamento é em claro como um esqueleto, sem os trapos carnais da ilusão de exprimir. E estas considerações, que formo e abandono, não nasceram de coisa alguma — de coisa alguma, pelo menos, que me esteja na plateia da consciência. Talvez aquela desilusão do caixeiro de praça com a rapariga que tinha, talvez qualquer frase lida nos casos amorosos que os jornais transcrevem dos estrangeiros, talvez até uma vaga náusea que trago comigo e me não explico fisicamente...

Disse mal o escoliasta de Virgílio. É de compreender que sobretudo nos cansamos. Viver é não pensar.

113.

Dois, três dias de semelhança de princípio de amor...

Tudo isto vale para o esteta pelas sensações que lhe causa. Avançar mais seria entrar no domínio onde começa o ciúme, o sofrimento, a excitação. Nesta antecâmara da emoção há toda a suavidade do amor sem a sua profundeza — um gozo leve, portanto, aroma vago de desejos, e, se com isso se perde a grandeza que há na tragédia do amor, repare-se que, para o esteta, as tragédias são coisas interessantes de observar, mas incômodas de sofrer. O próprio cultivo da imaginação é prejudicado pelo da vida. Reina quem não está entre os vulgares.

Afinal, isto bem me contentaria se eu conseguisse persuadir-me que esta teoria não é o que é, um complexo barulho que faço aos ouvidos da minha inteligência para ela não perceber que, no fundo, não há senão a minha timidez, a minha incompetência para a vida.

114.

ESTÉTICA DO ARTIFÍCIO

A vida prejudica a expressão da vida. Se eu vivesse um grande amor nunca o poderia contar.[1]

Eu próprio não sei se este eu, que vos exponho, por estas coleantes páginas fora, realmente existe ou é apenas um conceito estético e falso que fiz de mim próprio. Sim, é assim. Vivo-me esteticamente em outro. Esculpi a minha vida como a uma estátua de matéria alheia a meu ser. Às vezes não me reconheço, tão exterior me pus a mim, e tão de modo puramente artístico empreguei a minha consciência de mim próprio. Quem sou por detrás desta irrealidade? Não sei. Devo ser alguém. E se não busco viver, agir, sentir, é — crede-me bem — para não perturbar as linhas *feitas* da minha personalidade suposta. Quero ser tal qual quis ser e não sou. Se eu vivesse destruir-me-ia. Quero ser uma obra de arte, da alma pelo menos, já que do corpo não posso ser. Por isso me esculpi em calma e alheamento e me pus em estufa, longe dos ares frescos e das luzes francas — onde a minha artificialidade, flor absurda,[2] floresça em afastada beleza.

Penso às vezes no belo que seria poder, unificando os meus sonhos, criar-me uma vida contínua, sucedendo-se, dentro do decorrer de dias inteiros, com convívios imaginários com gente criada, e ir vivendo, sofrendo, gozando essa vida falsa. Ali me aconteceriam desgraças; grandes alegrias ali cairiam sobre mim. E nada disso seria real. Mas teria tudo uma lógica soberba, sua; seria tudo segundo um ritmo de voluptuosa falsidade, passando tudo numa cidade feita da minha alma, perdida até [ao] cais à beira de uma baía calma, muito longe dentro de mim, muito longe... E tudo nítido, inevitável, como na vida exterior, mas estética[3] distante[?] do Sol.

115.

Assim organizar a nossa vida que ela seja para os outros um mistério, que quem melhor nos conheça, apenas nos desconheça de mais perto que os outros. Eu assim talhei a minha vida, quase que sem pensar nisso, mas tanta arte instintiva pus em fazê-lo que para mim próprio me tornei uma não de todo clara e nítida individualidade minha.

116.

Escrever é esquecer. A literatura é a maneira mais agradável de ignorar a vida. A música embala, as artes visuais animam, as artes vivas (como a dança e o representar) entretêm. A primeira, porém, afasta-se da vida por fazer dela um sono; as segundas, contudo, não se afastam da vida — umas porque usam de fórmulas visíveis e portanto vitais, outras porque vivem da mesma vida humana.

Não é esse o caso da literatura. Essa simula a vida. Um romance é uma história do que nunca foi, e um drama é um romance dado sem narrativa. Um poema é a expressão de ideias ou de sentimentos em linguagem que ninguém emprega, pois que ninguém fala em verso.

117.

A maioria da gente enferma de não saber dizer o que vê e o que pensa. Dizem que não há nada mais difícil do que definir em palavras uma espiral: é preciso, dizem, fazer no ar, com a mão sem literatura, o gesto, ascendentemente enrolado em ordem, com que aquela figura abstrata das molas se manifesta aos olhos. Mas, desde que nos lembremos que dizer é renovar, definiremos sem dificuldade uma espiral: é um círculo que sobe sem nunca conseguir fechar-se.[1] A maioria da gente, sei bem, não ousaria definir assim, porque supõe que definir é dizer o que os outros querem que se diga, que não o que é preciso dizer para definir. Direi melhor: uma espiral é um círculo virtual que se desdobra a subir sem nunca se realizar. Mas não, a definição ainda é abstrata. Buscarei o concreto, e tudo será visto: uma espiral é uma cobra sem cobra enroscada verticalmente em coisa nenhuma.

Toda a literatura consiste num esforço para tornar a vida real. Como todos sabem, ainda quando agem sem saber, a vida é absolutamente irreal na sua realidade direta; os campos, as cidades, as ideias, são coisas absolutamente fictícias, filhas da nossa complexa sensação de nós mesmos. São intransmissíveis todas as impressões salvo se as tornarmos literárias. As crianças são muito literárias porque dizem como sentem e não como deve sentir quem sente segundo outra pessoa. Uma criança, que uma vez ouvi, disse, querendo dizer que estava à beira de chorar, não "Tenho vontade de chorar", que é como diria um adulto, isto é, um estúpido, senão isto: "Tenho vontade de lágrimas". E esta frase, absolutamente literária, a ponto de que seria afetada num poeta célebre, se ele a pudesse dizer, refere resolutamente a presença quente das lágrimas a romper das pálpebras conscientes da amargura líquida.[2] "Tenho vontade de lágrimas"! Aquela criança pequena definiu bem a sua espiral.

Dizer! Saber dizer! Saber existir pela voz escrita e a imagem intelectual! Tudo isto é quanto a vida vale: o mais é homens e mulheres, amores supostos e vaidades factícias, subterfúgios da digestão e do esquecimento, gentes remexendo-se, como bichos quando se levanta uma pedra, sob o grande pedregulho abstrato do céu azul sem sentido.

118.

Que me pesa que ninguém leia o que escrevo? Escrevo-me para me distrair de viver, e publico-me[1] porque o jogo tem essa regra. Se amanhã se perdessem todos os meus escritos, teria pena, mas, creio bem, não uma pena violenta e louca como seria de supor, pois que em tudo isso ia toda a minha vida. Não é certo, pois, que a mãe, morto o filho, meses depois já ri e é a mesma?[2] A grande terra, que serve os mortos, serviria, menos maternalmente, esses papéis. Tudo não importa e creio bem que houve quem visse a vida sem uma grande paciência para essa criança acordada e com grande desejo do sossego de quando ela, enfim, se tenha ido deitar.

119.

Foi sempre com desgosto que li no diário de Amiel as referências que lembram que ele publicou livros. A figura quebra-se ali. Se não fora isso, que grande!

O diário de Amiel doeu-me sempre por minha causa.

Quando cheguei àquele ponto em que ele diz que Scherer[1] lhe descreveu o fruto do espírito como sendo "a consciência da consciência", senti uma referência direta à minha alma.

120.

Aquela malícia incerta e quase imponderável que alegra qualquer coração humano ante a dor dos outros, e o desconforto alheio, ponho-a eu no exame das minhas próprias dores, levo-a tão longe que nas ocasiões em que me sinto ridículo ou mesquinho, gozo-a como se fosse outro que o estivesse sendo. Por uma estranha e fantástica transformação de sentimentos, acontece que não sinto essa alegria maldosa e humaníssima perante a dor e o ridículo alheio. Sinto perante o rebaixamento dos outros não uma dor, mas um desconforto estético e uma irritação sinuosa. Não é por bondade que isto acontece, mas sim porque quem se torna ridículo não é só para mim que se torna ridículo, mas para os outros também, e irrita-me que alguém esteja sendo ridículo para os outros, dói-me que qualquer animal da espécie humana ria à custa de outro, quando não tem direito de o fazer. De os outros se rirem à minha custa não me importo, porque de mim para fora há um desprezo profícuo e blindado.

Mais terrível de que qualquer muro, pus grades altíssimas a demarcar o jardim do meu ser, de modo que, vendo perfeitamente os outros, perfeitissimamente eu os excluo e mantenho outros.

Escolher modos de não agir foi sempre a atenção e o escrúpulo da minha vida.

Não me submeto ao Estado nem aos homens; resisto inertemente. O Estado só me pode querer para uma ação qualquer. Não agindo eu, ele nada de mim consegue. Hoje já não se mata, e ele apenas me pode incomodar; se isso acontecer, terei que blindar mais o meu espírito e viver mais longe adentro dos meus sonhos. Mas isso não aconteceu nunca. Nunca me apoquentou o Estado. Creio que a sorte soube providenciar.

121.

Como todo o indivíduo de grande mobilidade mental, tenho um amor orgânico e fatal à fixação. Abomino a vida nova e o lugar desconhecido.

122.

A ideia de viajar nauseia-me.
Já vi tudo que nunca[1] tinha visto.
Já vi tudo que ainda não vi.

*

O tédio do constantemente novo, o tédio de descobrir, sob a falsa[2] diferença das coisas e das ideias, a perene identidade de tudo, a semelhança absoluta entre a mesquita, o templo e a igreja, a igualdade da cabana e do castelo, o mesmo corpo estrutural a ser rei vestido e selvagem nu, a eterna concordância da vida consigo mesma, a estagnação de tudo que vive só de mexer-se.[3]

Paisagens são repetições. Numa simples viagem de comboio divido-me inútil e angustiadamente entre a inatenção à paisagem e a inatenção ao livro que me entreteria se eu fosse outro. Tenho da vida uma náusea vaga, e o movimento acentua-ma.

Só não há tédio nas paisagens que não existem, nos livros que nunca lerei. A vida, para mim, é uma sonolência que não chega ao cérebro. Esse conservo eu livre para que nele possa ser triste.

Ah, viajem os que não existem! Para quem não é nada, como um rio, o correr deve ser vida. Mas aos que pensam e sentem, aos que estão despertos, a horrorosa liteira dos comboios, dos automóveis, dos navios não os deixa dormir nem acordar.

De qualquer viagem, ainda que pequena, regresso como de um sono cheio de sonhos — numa confusão tórpida, com as sensações coladas umas às outras, bêbado do que vi.

Para o repouso falta-me a saúde da alma. Para o movimento falta-me qualquer coisa que há entre a alma e o corpo; negam-se-me, não os movimentos, mas o desejo de os ter.

Muita vez me tem sucedido querer atravessar o rio, estes dez minutos do Terreiro do Paço a Cacilhas. E quase sempre tive como que a timidez de tanta gente, de mim mesmo e do meu propósito. Uma ou outra vez tenho ido, sempre opresso, sempre gozando somente o pé em terra de quando estou de volta.

Quando se sente demais, o Tejo é Atlântico sem-número, e Cacilhas outro continente, ou até outro universo.

123.

Sou curioso de todos, ávido de tudo, voraz da ideia de todas. Pesa-me como a perda de □ a noção que tudo não pode ser visto, nem tudo lido, nem tudo pensado...

Mas não vejo atentamente,[1] nem leio com importância, nem penso com prosseguimento. Em tudo sou um diletante intenso e fruste. A minha alma é fraca demais para ter sequer a força do seu próprio entusiasmo. Sou feito das ruínas do inacabado, e é uma paisagem de desistências a que definiria o meu ser.

Divago, se me concentro; tudo em mim é decorativo e incerto, como um espetáculo na bruma.

Que d. Sebastião venha pelo nevoeiro não desdiz da história. Toda a história vai e vem entre névoas, e as maiores batalhas de que se narram, as maiores pompas, os mais largos conseguimentos não são mais que espetáculos na bruma, cortejos na distância do crepúsculo e do apagamento.

A alma em mim é expressiva e material. Ou estagno num não ser de bicho social, ou acordo, e se acordo projeto-me em palavras como se essas fossem o abrir de olhos do meu ser. Se penso, o pensamento surge-me no próprio espírito com frases, secas e ritmadas, e eu não distingo nunca bem se penso antes de o dizer, se apenas depois de me ver a tê-lo dito. Se dou por mim sonhando, há palavras logo em mim. Em mim toda emoção é uma imagem, e todo sonho uma pintura musicada. O que escrevo pode ser mau, mas é mais eu que o que penso. Assim por vezes o acredito...

Desde que vivo, narro-me, e o mais pequeno dos meus tédios comigo, se me debruço sobre ele, desabrocha, por um magnetismo de □, em flores de cores de musicais abismos.

Esta tendência carnal para converter todo pensamento em expressão, ou, antes, pensar como expressão todo pensamento; de ver toda a emoção em cor e forma, e até toda negação em ritmo, □

Escrevo com uma grande intensidade de expressão; o que sinto nem sei o que é. Sou metade sonâmbulo e a outra parte nada.

A mulher que sou quando me conheço.

O ópio dos crepúsculos régios, e a maravilha deitada às escuras, à mão que se desenrosca dos farrapos.

Às vezes é tão grande, tão rápida, tão abundante a fluência concentrada de imagens e de frases certas que se me desenrolam no espírito desatento, que raivo, estorço-me, choro de ter que as perder — porque as perco. Cada uma teve o seu momento, e não pode ser lembrada fora dele. E fica-me, como a um amoroso a saudade de um rosto amável entrevisto e não fixado, a memória do meu ser como de mortos, o debruçar-me sobre o abismo de um passado rápido de imagens e ideias, figuras mortas da bruma de que elas mesmas se formaram.

Fluido, ausente, inessencial, perco-me de mim como se me afogasse em nada; sou transato, e esta palavra, que fala e para, diz, tem, tudo.

O ritmo da palavra, a imagem que evoca, e o seu sentido como ideia, juntos necessariamente em qualquer palavra, são para mim juntos com separação. Só de pensar uma palavra eu compreenderia o conceito de Trindade. Penso a palavra "inúmero", e escolho-a para exemplo porque é abstrata e escusa. Mas se a oiço no meu ser, rolam grandes ondas com sons que não param no mar sem fim; constelam-se em céus, e não é de estrelas, mas da música de todas as ondas que os sons se constelam, e a ideia de um infinito decorrente abre-se-me, como uma bandeira desfraldada, em estrelas com sons do mar, e a um mar que reflete todas as estrelas.

124.

(*Chapter on Indifference or something like that*)

Toda a alma digna de si própria deseja viver a vida em Extremo. Contentar-se com o que lhe dão é próprio dos escravos. Pedir mais é próprio das crianças. Conquistar mais é próprio dos loucos, porque toda a conquista é □

Viver a vida em Extremo significa vivê-la até ao limite, mas há três maneiras de o fazer, e a cada alma elevada compete escolher uma das maneiras. Pode viver-se a vida em extremo pela posse extrema dela, pela viagem ulisseia através de todas as sensações vividas, através de todas as formas da energia exteriorizada. Raros, porém, são, em todas as épocas do mundo, os que podem fechar os olhos cheios do cansaço soma de todos os cansaços, os que possuíram tudo de todas as maneiras.

Raros podem assim exigir da vida, conseguindo-o, que ela se lhes entregue corpo e alma; sabendo não ser ciumentos dela por saber ter-lhe o amor inteiramente. Mas este deve ser, sem dúvida, o desejo de toda a alma elevada e forte. Quando essa alma, porém, verifica que lhe [é] impossível tal realização, que não tem forças para a conquista de todas as partes do Todo, tem dois outros caminhos que siga — um, a abdicação inteira, a abstenção formal, completa, relegando para a esfera da sensibilidade aquilo que não pode possuir integralmente na região da atividade e da energia. Mais vale supremamente não agir que agir inutilmente, fragmentariamente, imbastantemente, como a inúmera supérflua maioria inane dos homens; outro, o caminho do perfeito equilíbrio, a busca do Limite na Proporção Absoluta, por onde a ânsia de Extremo passa da vontade e da emoção para a Inteligência, sendo toda a ambição não de viver toda a vida, não de sentir toda a vida, mas de ordenar toda a vida, de a cumprir em Harmonia e Coordenação inteligente.

A ânsia de compreender, que para tantas almas nobres substitui a de agir, pertence à esfera da sensibilidade. Substituir a Inteligência à energia, quebrar o elo entre a vontade e a emoção, despindo de interesse todos os gestos da vida material, eis o que, conseguido, vale mais que a vida, tão difícil de possuir completa, e tão triste de possuir parcial.

Diziam os argonautas que navegar é preciso, mas que viver não é preciso.[1] Argonautas, nós, da sensibilidade doentia, digamos que sentir é preciso, mas que não é preciso viver.

125.

Não fizeram, Senhor, as vossas naus viagem mais primeira que a que o meu pensamento, na derrota deste livro, conseguiu. Cabo não dobraram, nem praia viram mais afastada, tanto da audácia dos audazes, como da imaginação dos por ousar, igual aos cabos que dobrei com a minha meditação, e às praias a que, com o meu □, fiz aportar o meu esforço.

Por vosso início, Senhor, se descobriu o Mundo Real; por meu o Mundo Intelectual se descobrirá.

Arcaram os vossos argonautas com monstros e medos. Também, na viagem do meu pensamento, tive monstros e medos com que arcar. No caminho para o abismo abstrato, que está no fundo das coisas, há horrores, que passar, que os homens do mundo não imaginam, e medos que ter que a experiência humana não conhece; é mais humano talvez o caminho para o lugar indefinido do mar comum do que a senda abstrata para o vácuo do mundo.

Apartados do uso dos seus lares, êxuis do caminho das suas casas, viúvos para sempre da brandura de a vida ser a mesma, chegaram por fim os vossos emissários, vós já morto, ao extremo oceânico da Terra. Viram, no material, um novo céu e uma terra nova.

Eu, longe dos caminhos de mim próprio, cego da visão da vida que amo, □, cheguei por fim, também, ao extremo vazio das coisas, à borda imponderável do limite dos entes, à porta sem lugar do abismo abstrato do Mundo.

Entrei, Senhor, essa Porta. Vaguei, Senhor, por esse mar. Fitei,[1] Senhor, esse abismo que se não pode ver.[2]

Ponho esta obra de Descoberta suprema na invocação do vosso nome português, criador de argonautas.

126.

Tenho grandes estagnações. Não é que, como toda a gente, esteja dias sobre dias para responder num postal à carta urgente que me escreveram. Não é que, como ninguém, adie indefinidamente o fácil que me é útil, ou o útil que me é agradável. Há mais sutileza na minha desinteligência comigo. Estagno na mesma alma. Dá-se em mim uma suspensão da vontade, da emoção, do pensamento, e esta suspensão dura magnos dias; só a vida vegetativa da alma — a palavra, o gesto, o hábito — me exprimem eu para os outros, e, através[1] deles, para mim.

Nesses períodos da sombra, sou incapaz de pensar, de sentir, de querer. Não sei escrever mais que algarismos, ou riscos. Não sinto, e a morte de quem amasse far-me-ia a impressão de ter sido realizada numa língua estrangeira. Não posso; é como se dormisse e os meus gestos, as minhas palavras, os meus atos certos, não fossem mais que uma respiração periférica, instinto rítmico de um organismo qualquer.

Assim se passam dias sobre dias, nem sei dizer quanto da minha vida, se somasse, se não haveria passado assim. Às vezes ocorre-me que, quando dispo esta paragem de mim, talvez não esteja na nudez que suponho, e haja ainda vestes impalpáveis a cobrir a eterna ausência da minha alma verdadeira; ocorre-me que pensar, sentir, querer também podem ser estagnações, perante um mais íntimo pensar, um sentir mais meu, uma vontade perdida algures no labirinto do que realmente sou.

Seja como for, deixo que seja. E ao deus, ou aos deuses, que haja, largo da mão o que sou, conforme a sorte manda e o acaso faz, fiel a um compromisso esquecido.

127.

Não me indigno, porque a indignação é para os fortes; não me resigno, porque a resignação é para os nobres; não me calo, porque o silêncio é para os grandes. E eu não sou forte, nem nobre, nem grande. Sofro e sonho. Queixo-me porque sou fraco e, porque sou artista, entretenho-me a tecer musicais as minhas queixas e a arranjar meus sonhos conforme me parece melhor a minha ideia de os achar belos.

Só lamento o não ser criança, para que pudesse crer nos meus sonhos, o não ser doido para que pudesse afastar da alma de todos os que me cercam, □

Tomar o sonho por real, viver demasiado os sonhos deu-me este espinho à rosa falsa de minha sonhada vida: que nem os sonhos me agradam, porque lhes acho defeitos.

Nem com pintar esse vidro de sonhos coloridos me oculto o rumor da vida alheia ao meu olhá-la, do outro lado.

Ditosos os fazedores de sistemas pessimistas! Não só se amparam de[1] ter feito qualquer coisa, como também se alegram do explicado, e se incluem na dor universal.

Eu não me queixo pelo mundo. Não protesto em nome do universo. Não sou pessimista. Sofro e queixo-me, mas não sei se o que há de geral é o sofrimento nem sei se é humano sofrer. Que me importa saber se isso é certo ou não?

Eu sofro, não sei se merecidamente. (Corça perseguida.)

Eu não sou pessimista, sou triste.

128.

Repudiei sempre que me compreendessem. Ser compreendido é prostituir-se. Prefiro ser tomado a sério como o que não sou, ignorado humanamente, com decência e naturalidade.

Nada poderia indignar-me tanto como se no escritório me estranhassem. Quero gozar comigo a ironia de me não estranharem. Quero o cilício de me julgarem igual a eles. Quero a crucifixão de me não distinguirem. Há martírios mais sutis que aqueles que se registam dos santos e dos eremitas. Há suplícios da inteligência como os há do corpo e do desejo. E desses, como dos outros, suplícios há uma volúpia □

129.

O moço atava os embrulhos de todos os dias no frio crepuscular do escritório vasto. "Que grande trovão", disse para ninguém, com um tom alto de "bons dias", o crudelíssimo bandido. Meu coração começou a bater [de] novo. O apocalipse tinha passado. Fez-se uma pausa.[1]

E com que alívio — luz forte e clara, espaço, trovão duro — este troar próximo já afastado nos aliviava do que houvera. Deus cessara.[2] Senti-me respirar com os pulmões inteiros.[3] Reparei que estava pouco ar no escritório. Notei que havia ali outra gente, sem ser o moço. Todos haviam estado calados.[4] Soou uma coisa trêmula e crespa: era a grande folha espessa do Razão que o Moreira virara para diante, bruscamente, para verificar.

130.

Penso, muitas vezes, em como eu seria se, resguardado do vento da sorte pelo biombo da riqueza, nunca houvesse sido trazido, pela mão moral de meu tio, para um escritório de Lisboa, nem houvesse ascendido dele para outros, até a este píncaro barato de bom ajudante de guarda-livros, com um trabalho como uma certa sesta e um ordenado que dá para estar a viver.

Sei bem que, se esse passado que não foi tivesse sido, eu não seria hoje o capaz de escrever estas páginas, em todo o caso melhores, por algumas, do que as nenhumas que em melhores circunstâncias não teria feito mais que sonhar. É que a banalidade é uma inteligência e a realidade, sobretudo se é estúpida ou áspera, um complemento natural da alma.

Devo ao ser guarda-livros grande parte do que posso sentir e pensar como a negação e a fuga do cargo.

Se houvesse de inscrever, no lugar sem letras de resposta a um questionário, a que influências literárias estava grata a formação do meu espírito, abriria o espaço ponteado com o nome de Cesário Verde, mas não o fecharia sem nele inscrever os nomes do patrão Vasques, do guarda-livros Moreira, do Vieira caixeiro de praça e do António moço do escritório. E a todos poria, em letras magnas, o endereço chave LISBOA.

Vendo bem, tanto o Cesário Verde como estes foram para a minha visão do mundo coeficientes de correção. Creio que é esta a frase, cujo sentido exato evidentemente ignoro, com que os engenheiros designam o tratamento que se faz à matemática para ela poder andar até à vida. Se é, foi isso mesmo. Se não é, passe por o que poderia ser, e a intenção valha pela metáfora que falhou.

Considerando, aliás, e com a clareza que posso, o que tem sido aparentemente a minha vida, vejo-a como uma coisa colorida — capa de chocolate ou anilha de charuto — varrida, pela escova leve da criada que escuta de cima, da toalha a levantar para a pá de lixo das migalhas, entre as côdeas da realidade propriamente dita. Destaca-se das coisas cujo destino é igual por um privilégio que vai ter à pá também. E a conversa dos deuses continua por cima do escovar, indiferente a esses incidentes do serviço do mundo.

Sim, se eu tivesse sido rico, resguardado, escovado, ornamental, não teria sido nem esse breve episódio de papel bonito entre migalhas; teria ficado num prato da sorte — "não, muito obrigado" — e recolheria ao aparador para envelhecer. Assim, rejeitado depois de me comerem o miolo prático, vou com o pó do que resta do corpo de Cristo para o caixote do lixo, e nem imagino o que se segue, e entre que astros; mas sempre é seguir.

131.

Não tendo que fazer, nem que pensar em fazer, vou pôr neste papel a descrição do meu ideal —

Apontamento

A sensibilidade de Mallarmé dentro do estilo de Vieira; sonhar como Verlaine no corpo de Horácio; ser Homero ao luar.

Sentir tudo de todas as maneiras; saber pensar com as emoções e sentir com o pensamento; não desejar muito senão com a imaginação; sofrer com *coquetterie*; ver claro para escrever justo; conhecer-se com fingimento e tática, naturalizar-se diferente e com todos os documentos; em suma, usar por dentro todas as sensações, descascando-as até Deus; mas embrulhar de novo e repor na montra como aquele caixeiro que de aqui estou vendo com as latas pequenas da graxa da nova marca.

Todos estes ideais, possíveis ou impossíveis, acabam agora.[1] Tenho a realidade diante de mim — não[2] é sequer o caixeiro, é a mão dele (a ele não vejo),[3] tentáculo absurdo de uma alma com família e sorte, que faz trejeitos de aranha sem teia no esticar-se da reposição cá à frente. E uma das latas caiu, como o Destino de toda a gente.[4]

132.

Quanto mais contemplo o espetáculo do mundo, e o fluxo e refluxo da mutação das coisas, mais profundamente me compenetro da ficção ingênita de tudo, do prestígio falso da pompa de todas as realidades. E nesta contemplação, que a todos, que refletem, uma ou outra vez terá sucedido, a marcha multicolor dos costumes e das modas, o caminho complexo dos progressos e das civilizações, a confusão grandiosa dos impérios e das culturas — tudo isso me aparece como um mito e uma ficção, sonhado entre sombras e esquecimentos.[1] Mas não sei se a definição suprema de todos esses propósitos mortos, até quando conseguidos, deva estar na abdicação extática do Buda, que, ao compreender a vacuidade das coisas, se ergueu do seu êxtase dizendo

"Já sei tudo", ou na indiferença demasiado experiente do imperador Severo: "*omnia fui, nihil expedit* — fui tudo, nada vale a pena".

133.

... o mundo, monturo de forças instintivas, que em todo o caso[1] brilha ao sol com tons palhetados de ouro claro e escuro.

Para mim, se considero, pestes, tormentas, guerras, são produtos da mesma força cega, operando uma vez através de micróbios inconscientes, outra vez através de raios e águas inconscientes, outra vez através de homens inconscientes. Um terramoto e um massacre não têm para mim diferença senão a que há entre assassinar com uma faca e assassinar com um punhal. O monstro imanente nas coisas tanto se serve — para o seu bem ou o seu mal, que, ao que parece, lhe são indiferentes — da deslocação de um pedregulho na altura ou da deslocação do ciúme ou da cobiça num coração. O pedregulho cai, e mata um homem; a cobiça ou o ciúme armam um braço, e o braço mata um homem. Assim é o mundo, monturo de forças instintivas, que todavia brilha ao sol com tons palhetados de ouro claro e escuro.

Para fazer face à brutalidade de indiferença, que constitui o fundo visível das coisas, descobriram os místicos que o melhor era repudiar. Negar o mundo, virar-se dele como de um pântano a cuja beira nos encontrássemos. Negar como o Buda, negando-lhe a realidade absoluta; negar como o Cristo, negando-lhe a realidade relativa; negar □

Não pedi à vida mais do[2] que ela me não exigisse[3] nada. À porta da cabana que não tive sentei-me ao sol que nunca houve, e gozei a velhice futura da minha realidade cansada (com o prazer de a não ter ainda). Não ter morrido ainda basta para os pobres da vida, e ter ainda esperança para □

... contente com o sonho só quando não estou sonhando, contente com o mundo só quando sonho longe dele. Pêndulo oscilante, sempre movendo-se para não chegar, indo só para voltar, preso eternamente à dupla fatalidade de um centro e de um movimento inútil.

134.

Busco-me e não me encontro. Pertenço a horas crisântemos, nítidas em alongamentos de jarros. Deus fez da minha alma uma coisa decorativa.

Não sei que detalhes demasiadamente pomposos e escolhidos definem o feitio do meu espírito. O meu amor ao ornamental é sem dúvida porque sinto nele qualquer coisa de idêntico à substância da minha alma.

135.

As coisas mais simples, mais realmente simples, que nada pode tornar semissimples, torna-mas complexas o eu vivê-las. Dar a alguém os bons-dias por vezes intimida-me. Seca-se-me a voz, como se houvesse uma audácia estranha em ter essas palavras em voz alta. É uma espécie de pudor de existir — não tem outro nome!

A análise constante[1] das nossas sensações cria um modo novo de sentir, que parece artificial a quem analise só com a inteligência, que não com a própria sensação.

Toda a vida fui fútil metafisicamente, sério a brincar. Nada fiz a sério, por mais que quisesse. Divertiu-se em mim comigo um destino *malin*.

Ter emoções de chita, ou de seda, ou de brocado! Ter emoções descritíveis assim! Ter emoções descritíveis!

Sobe por mim na alma um arrependimento que é de Deus por tudo, uma paixão surda de lágrimas pela condenação dos sonhos na carne dos que os sonharam... E odeio sem ódio todos os poetas que escreveram versos, todos os idealistas que quiseram ver o seu ideal, todos os que conseguiram o que queriam.

Vagueio indefinidamente nas ruas sossegadas, ando até cansar o corpo em[2] acordo com a alma, dói-me até aquele extremo da dor conhecida que tem um gozo em sentir-se, uma compaixão materna por si mesma, que é musicada e indefinível.

Dormir! Adormecer! Sossegar! Ser uma consciência abstrata de respirar sossegadamente, sem mundo, sem astros, sem alma — mar morto de emoção refletindo uma ausência de estrelas!

136.

O peso de sentir! O peso de ter que[1] sentir!

137.

... a hiperacuidade não sei se das sensações, se da só expressão delas, ou se, mais propriamente, da inteligência que está entre umas e outra e forma do propósito de exprimir a emoção[1] fictícia[2] que existe só para ser expressa. (Talvez não seja mais em mim que a máquina de revelar quem não sou.)

138.

Há uma erudição do conhecimento, que é propriamente o que se chama erudição, e há uma erudição do entendimento, que é o que se chama cultura. Mas há também uma erudição da sensibilidade.

A erudição da sensibilidade nada tem a ver com a experiência da vida. A experiência da vida nada ensina, como a história nada informa. A verdadeira experiência consiste em restringir o contato com a realidade e aumentar a análise desse contato. Assim a sensibilidade se alarga e aprofunda, porque em nós está tudo; basta que o procuremos e o saibamos procurar.

Que é viajar, e para que serve viajar? Qualquer poente é o poente; não é mister ir vê-lo a Constantinopla. A sensação de libertação, que nasce das viagens? Posso tê-la saindo de Lisboa até Benfica, e tê-la mais intensamente do que quem vá de Lisboa à China, porque se a libertação não está em mim, não está, para mim, em parte alguma. "Qualquer estrada", disse Carlyle, "até esta estrada de Entepfuhl, te leva até ao fim do mundo."[1] Mas a estrada de Entepfuhl, se for seguida toda, e até ao fim, volta a Entepfuhl; de modo que o Entepfuhl, onde já estávamos, é aquele mesmo fim do mundo que íamos a buscar.

Condillac começa o seu livro célebre,[2] "Por mais alto que subamos e mais baixo que desçamos, nunca saímos das nossas sensações". Nunca desembarcamos de nós. Nunca chegamos a outrem, senão outrando-nos pela imaginação sensível de nós mesmos. As verdadeiras paisagens são as que nós mesmos criamos, porque assim, sendo deuses delas, as vemos como elas verdadeiramente são, que é como foram criadas. Não é nenhuma das sete partidas do mundo aquela que me interessa e posso verdadeiramente ver; a oitava partida é a que percorro e é minha.

Quem cruzou todos os mares cruzou somente a monotonia de si mesmo. Já cruzei mais mares do que todos. Já vi mais montanhas que as que há na Terra. Passei já por cidades mais que [as] existentes, e os grandes rios de nenhuns mundos fluíram, absolutos, sob os meus olhos contemplativos. Se viajasse, encontraria a cópia débil do que já vira sem viajar.

Nos países que os outros visitam, visitam-nos anônimos e peregrinos. Nos países que tenho visitado, tenho sido, não só o prazer escondido do viajante incógnito, mas a majestade do Rei que ali reina, e o povo cujo uso ali habita, e a história inteira daquela nação e das outras. As mesmas paisagens, as mesmas casas eu as vi porque as fui, feitas em Deus com a substância da minha imaginação.

A renúncia é a libertação. Não querer é poder.

Que me pode dar a China que a minha alma me não tenha já dado? E, se a minha alma mo não pode dar, como mo dará a China, se é com a minha alma que verei a China, se a vir? Poderei ir buscar riqueza ao Oriente, mas não riqueza de alma, porque a riqueza de minha alma sou eu, e eu estou onde estou, sem Oriente ou com ele.

Compreendo que viaje quem é incapaz de sentir. Por isso são tão pobres sempre como livros de experiência os livros de viagens, valendo somente pela imaginação de quem os escreve. E se quem os escreve tem imaginação, tanto nos pode encantar com a descrição minuciosa, fotográfica a estandartes, de paisagens que imaginou, como com a descrição, forçosamente menos minuciosa, das paisagens que supôs ver. Somos todos míopes, exceto para dentro. Só o sonho vê com o olhar.

No fundo, há na nossa experiência da terra duas coisas só — o universal e o particular. Descrever o universal é descrever o que é comum a toda a alma humana e a toda a experiência humana — o céu vasto, com o dia e a noite que acontecem dele e nele; o correr dos rios — todos da mesma água sororal e fresca; os mares, montanhas tremulamente extensas, guardando a majestade da altura no segredo da profundeza; os campos, as estações, as casas, as caras, os gestos; o traje e os sorrisos; o amor e as guerras; os deuses, finitos e infinitos; a Noite sem forma, mãe da origem do mundo; o Fado, o monstro intelectual que é tudo... Descrevendo isto, ou qualquer coisa universal como isto, falo com a alma a linguagem primitiva e divina, o idioma adâmico que todos entendem. Mas que linguagem estilhaçada e babélica falaria eu quando descrevesse o Elevador de Santa Justa, a Catedral de Reims, os calções dos zuavos, a maneira como o português se pronuncia em Trás-os-Montes? Estas coisas são acidentes da superfície; podem sentir-se com o andar mas não com o sentir. O que no Elevador de Santa Justa é o universal é a mecânica facilitando o mundo. O que na Catedral de Reims é verdade não é a Catedral nem o Reims, mas a majestade religiosa dos edifícios consagrados ao conhecimento da profundeza da alma humana. O que nos calções dos zuavos é eterno é a ficção colorida dos trajes, linguagem humana, criando uma simplicidade social que é em seu modo uma nova nudez. O que nas pronúncias locais é universal é o timbre caseiro das vozes de gente que vive espontânea, a diversidade dos seres juntos, a sucessão multicolor das maneiras, as diferenças[3] dos povos, e a vasta variedade das nações.

Transeuntes eternos por nós mesmos, não há paisagem senão o que somos. Nada possuímos, porque nem a nós possuímos. Nada temos porque nada somos. Que mãos estenderei para que universo? O universo não é meu: sou eu.

139.

Há muito tempo que não escrevo. Têm passado meses sem que viva, e vou durando, entre o escritório e a fisiologia, numa estagnação íntima de pensar e de sentir. Isto, infelizmente, não repousa: no apodrecimento há fermentação.

Há muito tempo que não só não escrevo, mas nem sequer existo. Creio que mal sonho. As ruas são ruas para mim. Faço o trabalho do escritório com consciência só para ele, mas não direi bem sem me distrair: por trás estou, em vez de meditando, dormindo, porém estou sempre outro por trás do trabalho.

Há muito tempo que não existo. Estou sossegadíssimo. Ninguém me distingue de quem sou. Senti-me agora respirar como se houvesse praticado uma coisa nova, ou atrasada. Começo a ter consciência de ter consciência. Talvez amanhã desperte para mim mesmo, e reate o curso da minha existência própria. Não sei se, com isso, serei mais feliz ou menos. Não sei nada. Ergo a cabeça de passeante e vejo que, sobre a encosta do Castelo, o poente oposto arde em dezenas de janelas, num revérbero alto de fogo frio. À roda desses olhos de chama dura toda a encosta é suave do fim do dia. Posso ao menos sentir-me triste, e ter a consciência de que com esta minha tristeza se cruzou agora — visto com ouvido — o som súbito do elétrico que passa, a voz casual dos conversadores jovens, o sussurro esquecido da cidade viva.

Há muito tempo que não sou eu.

140.

Acontece-me às vezes, e sempre que acontece é quase de repente, surgir-me no meio das sensações um cansaço tão terrível da vida que não há sequer hipótese de ato com que dominá-lo. Para o remediar o suicídio parece incerto, a morte, mesmo suposta a inconsciência, ainda pouco. É um cansaço que ambiciona, não o deixar de existir — o que pode ser ou pode não ser possível —, mas uma coisa muito mais horrorosa e profunda, o deixar de sequer ter existido, o que não há maneira de poder ser.

Creio entrever, por vezes, nas especulações, em geral confusas, dos índios, qualquer coisa desta ambição mais negativa do que o nada. Mas ou lhes falta a agudeza de sensação para relatar assim o que pensam, ou lhes falta a acuidade de pensamento para sentir assim o que sentem. O fato é que o que neles entrevejo não vejo. O fato é que me creio o primeiro a entregar a palavras o absurdo sinistro desta sensação sem remédio.

E curo-a com o escrevê-la. Sim, não há desolação, se é profunda deveras, desde que não seja puro sentimento, mas nela participe a inteligência, para que não haja o remédio irônico de a dizer. Quando a literatura não tivesse outra utilidade, esta, embora para poucos, teria.

Os males da inteligência, infelizmente, doem menos que os do sentimento, e os do sentimento, infelizmente, menos que os do corpo. Digo "infelizmente" porque a dignidade humana exigiria o avesso. Não há sensação angustiada do mistério que possa doer como o amor, o ciúme, a saudade, que possa sufocar como o medo físico intenso, que possa transformar como a cólera ou a ambição. Mas também nenhuma dor das que esfacelam a alma consegue ser tão realmente dor como a dor de dentes, ou a das cólicas, ou (suponho) a dor de parto.

De tal modo somos constituídos que a inteligência que enobrece certas emoções ou sensações, e as eleva acima de outras, as deprime também se estende a sua análise à comparação entre todas.

Escrevo como quem dorme, e toda a minha vida é um recibo por assinar.

Dentro da capoeira de onde irá a matar, o galo canta hinos à liberdade porque lhe deram[1] dois poleiros.

141.

PAISAGEM DE CHUVA

Em cada pingo de chuva a minha vida falhada chora na natureza. Há qualquer coisa do meu desassossego no gota a gota, no bátega a bátega com que a tristeza do dia se destorna inutilmente sobre a terra.

Chove tanto, tanto. A minha alma é úmida de ouvi-lo. Tanto... A minha carne é líquida e aquosa em torno à minha sensação dela.

Um frio desassossegado põe mãos gélidas em torno ao meu pobre coração. As horas cinzentas e □ alongam-se, emplaniciam-se no tempo; os momentos arrastam-se.

Como chove!

As biqueiras golfam torrentes mínimas de águas sempre súbitas. Desce pelo meu saber que há canos um barulho perturbador de descida de água. Bate contra a vidraça, indolente, gemedoramente, a chuva; □

Uma mão fria aperta-me a garganta e não me deixa respirar a vida.

Tudo morre em mim, mesmo o saber que posso sonhar. De

nenhum modo físico estou bem. Todas as maciezas em que me reclino têm arestas para a minha alma. Todos os olhares para onde olho estão tão escuros de lhes bater esta luz empobrecida do dia para se morrer sem dor.

142.

O que há de mais reles nos sonhos é que todos os têm. Em qualquer coisa pensa no escuro o moço de fretes que modorra de dia contra o candeeiro o intervalo dos carretos. Sei em que entrepensa: é no mesmo em que eu me abismo entre lançamento e lançamento no tédio estival do escritório quietíssimo.

143.

Tenho mais pena dos que sonham o provável, o legítimo e o próximo, do que dos que devaneiam sobre o longínquo e o estranho. Os que sonham grandemente, ou são doidos e acreditam no que sonham e são felizes, ou são devaneadores simples, para quem o devaneio é uma música da alma, que os embala sem lhes dizer nada. Mas o que sonha o possível tem a possibilidade real da verdadeira desilusão. Não me pode pesar muito o não ter conseguido[1] ser imperador romano, mas pode doer-me o nunca ter sequer falado à costureira que, cerca das nove horas, volta sempre a esquina da direita. O sonho que nos promete o impossível já nisso nos priva dele, mas o sonho que nos promete o possível intromete-se com a própria vida e delega nela a sua solução. Um vive exclusivo e independente; o outro submisso das contingências do que acontece.

Por isso amo as paisagens impossíveis e as grandes áreas desertas dos plainos onde nunca estarei. As épocas históricas passadas são de pura maravilha, pois desde logo não posso supor que se realizarão comigo. Durmo quando sonho o que não há; vou despertar quando sonho o que pode haver.

Debruço-me, de uma das janelas de sacada do escritório abandonado ao meio-dia, sobre a rua onde a minha distração sente movimentos de gente nos olhos, e os não vê, da distância da meditação. Durmo sobre os cotovelos onde o corrimão me dói, e sei de nada com um grande prometimento. Os pormenores da rua parada onde muitos andam destacam-se-me com um afastamento mental: os caixotes apinhados na carroça, os sacos à porta do armazém do outro, e, na montra mais afastada da mercearia da esquina, o vislumbre das garrafas daquele vinho do Porto que sonho que ninguém pode comprar. Isola-se-me o espírito de metade da matéria. Investigo com a imaginação. A gente que passa na rua é sempre a mesma que passou há pouco, é sempre o aspecto flutuante de alguém, nódoas de movimento, vozes de incerteza, coisas que passam e não chegam a acontecer.

A notação com a consciência dos sentidos, antes que com os mesmos sentidos... A possibilidade de outras coisas... E, de repente, soa, detrás de mim no escritório, a vinda metafisicamente abrupta do moço. Sinto que o poderia matar por me interromper o que eu não estava pensando. Olho-o, voltando-me, com um silêncio cheio de ódio, escuto antecipadamente, numa tensão de homicídio latente, a voz que ele vai usar para me dizer qualquer coisa. Ele sorri do fundo da casa e dá-me as boas-tardes em voz alta. Odeio-o como ao universo. Tenho os olhos pesados de supor.

144.

Depois dos dias todos de chuva, de novo o céu traz o azul, que escondera, aos grandes espaços do alto. Entre as ruas, onde as poças dormem como charcos do campo, e a alegria clara que esfria no alto, há um contraste que torna agradáveis[1] as ruas sujas e primaveril o céu de inverno bom. É domingo e não tenho que fazer. Nem sonhar me apetece, de tão bem que está o dia. Gozo-o com uma sinceridade de sentidos a que a inteligência se abandona. Passeio como um caixeiro liberto.[2] Sinto-me velho, só para ter o prazer de me sentir rejuvenescer.

Na grande praça dominical há um movimento solene de outra espécie de dia. Em São Domingos há a saída de uma missa, e vai principiar outra. Vejo uns que saem e uns que ainda não entraram, esperando por[3] alguns que não[4] estão vendo quem sai.

Todas estas coisas não têm importância. São, como tudo no comum da vida, um sono dos mistérios e das ameias, e dali[5] olho, como um arauto chegado,[6] a planície da minha meditação.

Outrora, criança, eu ia a esta mesma missa, ou porventura à outra, mas devia ser a esta. Punha, com a devida consciência, o meu único fato melhor, e gozava tudo — até o que não tinha razão de gozar. Vivia por fora e o fato era limpo e novo. Que mais quer quem tem que morrer e o não sabe[7] pela mão da mãe?

Outrora gozava tudo isto, porém é só agora, talvez, que compreendo quanto o gozava. Entrava para a missa como para um grande mistério, e saía da missa como para uma clareira. E assim é que verdadeiramente era, e ainda verdadeiramente é. Só o ser que não crê e é adulto,[8] a alma que recorda e chora, são a ficção e o transtorno, o desalinho e a lajem fria.

Sim, o que eu sou fora insuportável, se eu não pudesse lembrar-me do que fui. E esta multidão alheia que continua ainda a[9] sair da missa, e o princípio da multidão possível que começa a chegar para entrar[10] para a outra — tudo isto são como barcos que passam por um rio lento, sob as janelas abertas[11] do meu lar erguido sobre a margem.

Memórias, domingos, missas, prazer de haver sido, milagre do tempo que ficou por ter passado, e não esquece nunca porque foi meu... Diagonal absurda das sensações normais, som súbito de carruagem de praça que soa rodas no fundo dos silêncios ruidosos dos automóveis, e de qualquer modo, por um paradoxo material do tempo, subsiste hoje, aqui mesmo, entre o que sou e o que perdi, no intervalo de mim a que chamo[12] eu...

145.

Quanto mais alto o homem, de mais coisas tem que se privar. No píncaro não há lugar senão para o homem só. Quanto mais perfeito, mais completo; e quanto mais completo, menos outrem.

Estas considerações vieram ter comigo depois de ler num jornal a notícia da grande vida múltipla de um homem célebre. Era um milionário americano, e tinha sido tudo. Tivera quanto ambicionara — dinheiro, amores, afetos, dedicações, viagens, coleções. Não é que o dinheiro possa tudo, mas o grande magnetismo, com que se obtém muito dinheiro, pode, efetivamente, quase tudo.

Quando depunha o jornal sobre a mesa do café, já refletia que o mesmo, na sua esfera, poderia dizer o caixeiro de praça, mais ou menos meu conhecido, que todos os dias almoça, como hoje está almoçando, na mesa ao fundo do canto. Tudo quanto o milionário teve, este homem teve; em menor grau, é certo, mas para a sua estatura. Os dois homens conseguiram o mesmo, nem há diferença de celebridade, porque aí também a diferença de ambientes estabelece a identidade. Não há ninguém no mundo que não conhecesse o nome do milionário americano; mas não há ninguém na praça de Lisboa que não conheça o nome do homem que está ali almoçando.

Estes homens, afinal, obtiveram tudo quanto a mão pode atingir, estendendo o braço. Variava neles o comprimento do braço; no resto eram iguais. Não consegui nunca ter inveja desta espécie de gente. Achei sempre que a virtude estava em obter o que se não alcançava, em viver onde se não está, em ser mais vivo depois de morto que quando se está vivo — em conseguir, enfim, qualquer coisa de difícil,[1] de absurdo, em vencer, como obstáculo, a própria realidade do mundo.

Se me disserem que é nulo o prazer de durar depois de não existir, responderei, primeiro, que não sei se o é ou não, pois não sei a verdade sobre a sobrevivência humana; responderei, depois, que o prazer da fama futura é um prazer presente — a fama é que é futura. E é um prazer de orgulho igual a nenhum que qualquer posse material consiga dar. Pode ser, de fato, ilusório, mas seja o que for, é mais largo do que o prazer de gozar só o que está aqui. O milionário americano não pode crer que a posteridade aprecie os seus poemas, visto que não escreveu nenhuns; o caixeiro de praça não pode supor que o futuro se deleite nos seus quadros, visto que nenhuns pintou.

Eu, porém, que na vida transitória não sou nada, posso gozar a visão do futuro a ler esta página, pois efetivamente a escrevo; posso orgulhar-me, como de um filho, da fama que terei, porque, ao menos, tenho com que a ter. E quando penso isto, erguendo-me da mesa, é com uma íntima majestade que a minha estatura invisível se ergue acima de Detroit, Michigan, e de toda a praça de Lisboa.

Reparo, porém, que não foi com estas reflexões que comecei a refletir. O que pensei logo foi no pouco que tem que ser na vida quem tem que sobreviver. Tanto faz uma reflexão como a outra, pois são a mesma. A glória não é uma medalha, mas uma moeda: de um lado tem a Figura, do outro uma indicação de valor. Para os valores maiores não há moedas: são de[2] papel, e esse valor é sempre pouco.

Com estas psicologias metafísicas se consolam os humildes como eu.

146.

Alguns têm na vida um grande sonho, e faltam a esse sonho. Outros não têm na vida nenhum sonho, e faltam a esse também.[1]

147.

Todo esforço, qualquer que seja o fim para que tenda, sofre, ao manifestar-se, os desvios que a vida lhe impõe; torna-se outro esforço, serve outros fins, consuma por vezes o mesmo contrário do que pretendera realizar. Só um baixo fim vale a pena, porque só um baixo fim se pode inteiramente efetuar. Se quero empregar meus esforços para conseguir uma fortuna, poderei em certo modo consegui-la; o fim é baixo, como todos os fins quantitativos, pessoais ou não, e é atingível e verificável. Mas como hei de efetuar o intento de servir minha pátria, ou alargar a cultura humana, ou melhorar a humanidade? Nem posso ter a certeza dos processos, nem a verificação dos fins; □

148.

O homem perfeito do pagão era a perfeição do homem que há; o homem perfeito do cristão a perfeição do homem que não há; o homem perfeito do budista a perfeição de não haver o homem.

A natureza é a diferença entre a alma e Deus.

Tudo quanto o homem expõe ou exprime é uma nota à margem de um texto apagado de todo. Mais ou menos, pelo sentido da nota, tiramos o sentido que havia de ser o do texto; mas fica sempre uma dúvida, e os sentidos possíveis são muitos.

149.

Muitos têm definido o homem, e em geral o têm definido em contraste com os animais. Por isso, nas definições do homem, é frequente o uso da frase "o homem é um animal..." e um adjetivo, ou "o homem é um animal que..." e diz-se o quê. "O homem é um animal doente", disse Rousseau, e em parte é verdade. "O homem é um animal racional", diz a Igreja, e em parte é verdade. "O homem é um animal que usa de ferramenta", diz Carlyle, e em parte é verdade.[1] Mas estas definições, e outras como elas, são sempre imperfeitas e laterais. E a razão é muito simples: não é fácil distinguir o homem dos animais, não há critério seguro para distinguir o homem dos animais. As vidas humanas decorrem na mesma íntima inconsciência que as vidas dos animais. As mesmas leis profundas, que regem de fora os instintos dos animais, regem, também de fora, a inteligência do homem, que parece não ser mais que um instinto em formação, tão inconsciente como todo instinto, menos perfeito porque ainda não formado.

"Tudo vem da sem-razão", diz-se na Antologia Grega. E, na verdade, tudo vem da sem-razão. Fora da matemática, que não tem que ver senão com números mortos e fórmulas vazias, e por isso pode ser perfeitamente lógica, a ciência não é senão um jogo de crianças no crepúsculo, um querer apanhar sombras de aves e parar sombras de ervas ao vento.

E é curioso e estranho que, não sendo fácil encontrar palavras com que verdadeiramente se defina o homem como distinto dos animais, é todavia fácil encontrar maneira de diferençar o homem superior do homem vulgar.

Nunca me esqueceu aquela frase de Haeckel,[2] o biologista, que li na infância da inteligência, quando se leem as divulgações científicas e as razões contra a religião. A frase é esta, ou quase esta: que muito mais longe está o homem superior (um Kant ou um Goethe, creio que diz) do homem vulgar que o homem vulgar do macaco. Nunca esqueci a frase porque ela é verdadeira. Entre mim, que pouco sou na ordem dos que pensam, e um camponês de Loures vai, sem dúvida, maior distância que entre esse camponês e, já não digo um macaco, mas um gato ou um cão. Nenhum de nós, desde o gato até mim, conduz de fato a vida que lhe é imposta, ou o destino que lhe é dado; todos somos igualmente derivados de não sei quê, sombras de gestos feitos por outrem, efeitos encarnados, consequências que sentem. Mas entre mim e o camponês há uma diferença de qualidade, proveniente da existência em mim do pensamento abstrato e da emoção desinteressada; e entre ele e o gato não há, no espírito, mais que uma diferença de grau.

O homem superior difere do homem inferior, e dos animais irmãos deste, pela simples qualidade da ironia. A ironia é o primeiro indício de que a consciência se tornou consciente. E a ironia atravessa dois estádios: o estádio marcado por Sócrates, quando disse "sei só que nada sei", e o estádio marcado por Sanches,[3] quando disse "nem sei se nada sei". O primeiro passo chega àquele ponto em que duvidamos de nós dogmaticamente, e todo homem superior o dá e atinge. O segundo passo chega àquele ponto em que duvidamos de nós e da nossa dúvida, e poucos homens o têm atingido na curta extensão já tão longa do tempo que, humanidade, temos visto o sol e a noite sobre a vária superfície da Terra.

Conhecer-se é errar, e o oráculo que disse "Conhece-te" propôs uma tarefa maior que as de Hércules e um enigma mais negro que o da Esfinge. Desconhecer-se conscientemente, eis o caminho. E desconhecer-se conscientemente é o emprego ativo da ironia. Nem conheço coisa maior, nem mais própria do homem que é deveras grande, que a análise paciente e expressiva dos modos de nos desconhecermos, o registro consciente da inconsciência das nossas consciências, a metafísica das sombras autônomas, a poesia do crepúsculo da desilusão.

Mas sempre qualquer coisa nos ilude, sempre qualquer análise se nos embota, sempre a verdade, ainda que falsa, está além da outra esquina. E é isto que cansa mais que a vida, quando ela cansa, e que[4] o conhecimento e meditação dela, que nunca deixam de cansar.

Ergo-me da cadeira de onde, fincado distraidamente contra a mesa, me entretive a narrar para mim estas impressões irregulares. Ergo-me, ergo o corpo nele mesmo, e vou até à janela, alta acima dos telhados, de onde posso ver a cidade ir a dormir num começo lento de silêncio. A lua, grande e de um branco branco, elucida tristemente as diferenças socalcadas da casaria. E o luar parece iluminar algidamente todo o mistério do mundo. Parece mostrar tudo, e tudo é sombras com misturas de luz má, intervalos falsos, desnivelamentos absurdos, incoerências do visível. Não há brisa, e parece que o mistério é maior. Tenho náuseas no pensamento abstrato. Nunca escreverei uma página que me revele ou que revele alguma coisa. Uma nuvem muito leve paira vaga acima da lua, como um esconderijo. Ignoro como estes telhados. Falhei, como a natureza inteira.

150.

A persistência instintiva da vida através da aparência da inteligência é para mim uma das contemplações mais íntimas e mais constantes. O disfarce irreal da consciência serve somente para me destacar aquela inconsciência que não disfarça.

Da nascença à morte, o homem vive servo da mesma exterioridade de si mesmo que têm os animais. Toda a vida não vive, mas vegeta em maior grau e com mais complexidade. Guia-se por normas que não sabe que existem, nem que por elas se guia, e as suas ideias, os seus sentimentos, os seus atos, são todos inconscientes — não porque neles falte a consciência, mas porque neles não há duas consciências.

Vislumbres de ter a ilusão — tanto, e não mais, tem o maior dos homens.

Sigo, num pensamento de divagação, a história vulgar das vidas vulgares. Vejo como em tudo são servos do temperamento subconsciente, das circunstâncias externas alheias, dos impulsos de convívio e desconvívio que nele, por ele, e com ele, se chocam como pouca coisa.

Quantas vezes os tenho ouvido dizer a mesma frase que simboliza todo o absurdo, todo o nada, toda a insciência falada das suas vidas. É aquela frase que usam de qualquer prazer material: "é o que a gente leva desta vida"... Leva onde? leva para onde? leva para quê? Seria triste despertá-los da sombra com uma pergunta como esta... Fala assim um materialista, porque todo o homem que fala assim é, ainda que subconscientemente, materialista. O que é que ele pensa levar da vida, e de que maneira? Para onde leva as costeletas de porco e [o] vinho tinto e a rapariga casual? Para que céu em que não crê? Para que terra para onde não leva senão a podridão que toda a sua vida foi de latente? Não conheço frase mais trágica nem mais plenamente reveladora da humanidade humana. Assim diriam as plantas se soubessem conhecer que gozam do sol. Assim diriam dos seus prazeres sonâmbulos os bichos inferiores ao homem na expressão de si mesmos. E, quem sabe, eu que falo, se, ao escrever estas palavras numa vaga impressão de que poderão durar, não acho também que a memória de as ter escrito é o que eu "levo desta vida". E, como o inútil cadáver do vulgar à terra comum, baixa ao esquecimento comum o cadáver igualmente inútil da minha prosa feita a atender. As costeletas de porco, o vinho, a rapariga do outro? Para que troço eu deles?

Irmãos na comum insciência, modos diferentes do mesmo sangue, formas diversas da mesma herança — qual de nós poderá renegar o outro? Renega-se a mulher mas não a mãe, não o pai, não o irmão.

151.

Lento, no luar lá fora da noite lenta, o vento agita coisas que fazem sombra a mexer. Não é talvez senão a roupa que deixaram estendida no andar mais alto, mas a sombra, em si, não conhece camisas e flutua impalpável num acordo mudo com tudo.

Deixei abertas as portas da janela, para despertar cedo, mas até agora, e a noite é já tão velha que nada se ouve, não pude deixar-me ao sono nem estar desperto bem. Um luar está para além das sombras do meu quarto, mas não passa pela janela. Existe, como um dia de prata oca, e os telhados do prédio fronteiro, que vejo da cama, são líquidos de brancura enegrecida. Como parabéns do alto a quem não ouve, há uma paz triste na luz dura da lua.

E sem ver, sem pensar, olhos fechados já sobre o sono ausente, medito com que palavras verdadeiras se poderá descrever um luar. Os antigos diriam que o luar é branco, ou que é de prata. Mas a brancura falsa do luar é de muitas cores. Se me erguesse da cama, e visse por trás dos vidros frios, sei bem que, no alto ar isolado, o luar é de branco cinzento azulado de amarelo esbatido; que, sobre os telhados vários, em desequilíbrios de negrume de uns para outros, ora doura de branco preto os prédios submissos, ora alaga de uma cor sem cor o encarnado castanho das telhas altas. No fundo da rua, abismo plácido, onde as pedras nuas se arredondam irregularmente, não tem cor salvo um azul que vem talvez do cinzento das pedras. Ao fundo do horizonte será quase de azul-escuro, diferente do azul negro do céu ao fundo. Nas janelas onde bate, é de amarelo negro.

De aqui, da cama, se abro os olhos que têm o sono que não tenho, é um ar de neve tornada cor onde boiam filamentos de madrepérola morna. E, se o penso[1] com o que sinto, é um tédio tornado sombra branca, escurecendo como se olhos se fechassem sobre essa indistinta brancura.

152.

Pasmo sempre quando acabo qualquer coisa. Pasmo e desolo-me. O meu instinto de perfeição deveria inibir-me de acabar; deveria inibir-me até de dar começo. Mas distraio-me e faço. O que consigo é um produto, em mim, não de uma aplicação de vontade, mas de uma cedência dela. Começo porque não tenho força para pensar; acabo porque não tenho alma para suspender. Este livro é a minha covardia.

A razão por que tantas vezes interrompo um pensamento com um trecho de paisagem, que de algum modo se integra no esquema, real ou suposto, das minhas impressões, é que essa paisagem é uma porta por onde fujo ao conhecimento da minha impotência criadora.[1] Tenho a necessidade, em meio das conversas comigo que formam as palavras deste livro, de falar de repente com outra pessoa, e dirijo-me à luz que paira, como agora, sobre os telhados das casas, que parecem molhados de tê-la de lado; ao agitar brando das árvores altas na encosta citadina, que parecem perto, numa possibilidade de desabamento mudo; aos cartazes sobrepostos das casas ingremadas, com janelas por letras onde o sol morto doira goma úmida.

Por que escrevo, se não escrevo melhor? Mas que seria de mim se não escrevesse o que consigo escrever, por inferior a mim mesmo que nisso seja? Sou um plebeu da aspiração, porque tento realizar; não ouso o silêncio como quem receia um quarto escuro. Sou como os que prezam a medalha mais que o esforço, e gozam a glória na peliça.

Para mim, escrever é desprezar-me; mas não posso deixar de escrever. Escrever é como a droga que repugno e tomo, o vício que desprezo e em que vivo. Há venenos necessários, e há-os sutilíssimos, compostos de ingredientes da alma, ervas colhidas nos recantos das ruínas dos sonhos, papoilas negras achadas ao pé das sepulturas dos propósitos, folhas longas de árvores obscenas que agitam os ramos nas margens ouvidas dos rios infernais da alma.

Escrever, sim, é perder-me, mas todos se perdem, porque tudo é perda. Porém eu perco-me sem alegria, não como o rio na foz para que nasceu incógnito, mas como o lago feito na praia pela maré alta, e cuja água sumida nunca mais regressa ao mar.

153.

Ergo-me da cadeira com um esforço monstruoso, mas tenho a impressão de que levo a cadeira comigo, e que é mais pesada, porque é a cadeira do subjetivismo.

154.

Quem sou eu para mim? Só uma sensação minha.

O meu coração esvazia-se sem querer, como um balde roto. Pensar? Sentir? Como tudo cansa se é uma coisa definida!

155.

Como há quem trabalhe de tédio, escrevo, por vezes, de não ter que dizer. O devaneio, em que naturalmente se perde quem não pensa, perco-me eu nele por escrito, pois sei sonhar em prosa. E há muito sentimento sincero, muita emoção legítima, que tiro de não estar sentindo.

Há momentos em que a vacuidade de se sentir viver atinge a espessura de uma coisa positiva. Nos grandes homens de ação, que são os santos, pois que agem com a emoção inteira e não só com parte dela, este sentimento de a vida não ser nada conduz ao infinito. Engrinaldam-se de noite e de astros, ungem-se de silêncio e de solidão. Nos grandes homens de inação, a cujo número humildemente pertenço, o mesmo sentimento conduz ao infinitesimal; puxam-se as sensações, como elásticos, para ver os poros da sua falsa continuidade bamba.

E uns e outros, nestes momentos, amam o sono, como o homem vulgar que nem age nem não age, mero reflexo da existência genérica da espécie humana. Sono é a fusão com Deus, o Nirvana, seja ele em definições o que for; sono é a análise lenta das sensações, seja ela usada como uma ciência atômica da alma, seja ela dormida como uma música da vontade, anagrama lento da monotonia.

Escrevo demorando-me nas palavras, como por montras onde não vejo, e são meios sentidos, quase expressões o que me fica, como cores de estofos que não vi o que são, harmonias exibidas compostas de não sei que objetos. Escrevo embalando-me, como uma mãe louca a um filho morto.

Encontrei-me neste mundo certo dia, que não sei qual foi, e até ali, desde que evidentemente nascera, tinha vivido sem sentir. Se perguntei onde estava, todos me enganaram, e todos se contradiziam. Se pedi que me dissessem o que faria, todos me falaram falso, e cada um me disse uma coisa sua. Se, de não saber, parei no caminho, todos pasmaram que eu não seguisse para onde ninguém sabia o que estava, ou não voltasse para trás — eu, que, desperto na encruzilhada, não sabia de onde viera. Vi que estava em cena e não sabia o papel que os outros diziam logo, sem o saberem também. Vi que estava vestido de pajem, e não me deram a rainha, culpando-me de a não ter. Vi que tinha nas mãos a mensagem que entregar, e quando lhes disse que o papel estava branco, riram-se de mim. E ainda não sei se riram porque todos os papéis estão brancos, ou porque todas as mensagens se adivinham.

Por fim sentei-me na pedra da encruzilhada como à lareira que me faltou. E comecei, a sós comigo, a fazer barcos de papel com a mentira que me haviam dado. Ninguém me quis acreditar, nem por mentiroso, e não tinha lago com que provasse a minha verdade.

Palavras ociosas, perdidas, metáforas soltas, que uma vaga angústia encadeia a sombras... Vestígios de melhores horas, vividas não sei onde em áleas... Lâmpada apagada cujo ouro brilha no escuro pela memória da extinta luz... Palavras dadas, não ao vento, mas ao chão, deixadas ir dos dedos sem aperto, como folhas secas que neles houvessem caído de uma árvore invisivelmente infinita... Saudade dos tanques das quintas alheias... Ternura do nunca sucedido...

Viver! Viver! E a suspeitar ao menos, se acaso, no horto de Prosérpina,[1] haveria bem de dormir.[2]

156.

Que rainha imprecisa guarda ao pé dos seus lagos a memória da minha vida partida? Fui o pajem de alamedas insuficientes às horas aves do meu sossego azul. Naus longe completaram o mar a ondear dos meus terraços, e nas nuvens do sul perdi minha alma, como um remo deixado cair.

157.

Criar dentro de mim um Estado com uma política, com partidos e revoluções, e ser eu isso tudo, ser eu Deus no panteísmo real desse povo-eu, essência e ação dos seus corpos, das suas almas, da terra que pisam e dos atos que fazem. Ser tudo, ser eles e não eles. Ai de mim! este ainda é um dos sonhos que não logro realizar. Se o realizasse morreria talvez, não sei por quê, mas não se deve poder viver depois disso, tamanho o sacrilégio cometido contra Deus, tamanha usurpação do poder divino de ser tudo.

O prazer que me daria criar um jesuitismo das sensações!

Há metáforas que são mais reais do que a gente que anda na rua. Há imagens nos recantos de livros que vivem mais nitidamente que muito homem e muita mulher. Há frases literárias que têm uma individualidade absolutamente humana. Passos de parágrafos meus há que me arrefecem de pavor, tão nitidamente gente eu os sinto, tão recortados de encontro aos muros do meu quarto, na noite, na sombra, □. Tenho escrito frases cujo som, lidas alto ou baixo — é impossível ocultar-lhes o som — é absolutamente o de uma coisa que ganhou exterioridade absoluta e alma inteiramente.

Por que exponho eu de vez em quando processos contraditórios e inconciliáveis de sonhar e de aprender a sonhar? Porque, provavelmente, tanto me habituei a sentir o falso como o verdadeiro, o sonhado tão nitidamente como o visto, que perdi a distinção humana, falsa, creio, entre a verdade e a mentira.

Basta que eu veja nitidamente, com os olhos ou com os ouvidos, ou com outro sentido qualquer, para que eu sinta que aquilo é real. Pode ser mesmo que eu sinta duas coisas inconjugáveis ao mesmo tempo. Não importa.

Há criaturas que são capazes de sofrer longas horas por não lhes ser possível ser uma figura dum quadro ou dum naipe de baralho de cartas. Há almas sobre quem pesa como uma maldição o não lhes ser possível ser hoje gente da Idade Média. Aconteceu[-me] deste sofrimento em tempo. Hoje já me não acontece. Requintei para além disso. Mas dói-me, por exemplo, não me poder sonhar dois reis em reinos diversos, pertencentes, por exemplo, a universos com diversas espécies de espaços e de tempos. Não conseguir isso magoa-me verdadeiramente. Sabe-me a passar fome.

Poder sonhar o inconcebível visibilizando-o é um dos grandes triunfos que não eu, que sou tão grande, senão raras vezes atinjo. Sim, sonhar que sou por exemplo, simultaneamente, separadamente, inconfusamente, o homem e a mulher dum passeio que um homem e uma mulher dão à beira-rio. Ver-me, ao mesmo tempo, com igual nitidez, do mesmo modo, sem mistura, sendo as duas coisas com igual integração nelas, um navio consciente num mar do sul e uma página impressa dum livro antigo. Que absurdo que isto parece! Mas tudo é absurdo, e o sonho ainda é o que o é menos.

158.

A quem, embora em sonho,[1] como Dis raptou Prosérpina, que pode ser senão sonho o amor de qualquer mulher do mundo?

Amei, como Shelley, a Antígona antes que o tempo fosse: todo amor temporal não teve para mim outro gosto senão o de lembrar o que perdi.

159.

Duas vezes, naquela minha adolescência que sinto longínqua, e que, por assim senti-la, me parece uma coisa lida, um relato íntimo que me fizessem, gozei a dor da humilhação de amar. Do alto de hoje, olhando para trás, para esse passado, que já não sei designar nem como longínquo nem como recente, creio que foi bom que essa experiência da desilusão me acontecesse tão cedo.

Não foi nada, salvo o que passei comigo. No aspecto externo do assunto íntimo, legiões humanas de homens têm passado pelas mesmas torturas. Mas □

Cedo demais obtive, por uma experiência, simultânea e conjunta, da sensibilidade e da inteligência, a noção de que a vida da imaginação, por mórbida que pareça, é contudo aquela que calha aos temperamentos como é o meu. As ficções da minha imaginação (posterior) podem cansar, mas não doem nem humilham. Às amantes impossíveis é também impossível o sorriso falso, o dolo do carinho, a astúcia das carícias. Nunca nos abandonam, nem de qualquer modo nos cessam.

São sempre cataclismos do cosmos as grandes angústias da nossa alma. Quando nos chegam, em torno a nós se erra o Sol e se perturbam as estrelas. Em toda a alma que sente chega o dia em que o Destino nela representa um apocalipse de angústia — um entornar dos céus e dos mundos todos sobre a sua desconsolação.

Sentir-se superior e ver-se tratado pelo Destino como inferior aos ínfimos — quem pode vangloriar-se de estar homem em tal situação?

Se eu um dia pudesse adquirir um rasgo tão grande de expressão, que concentrasse toda a arte em mim, escreveria uma apoteose do sono. Não sei de prazer maior, em toda a minha vida, que poder dormir. O apagamento integral da vida e da alma, o afastamento completo de tudo quanto é seres e gente, a noite sem memória nem ilusão, o não ter passado nem futuro, □

160.

Todo o dia, em toda a sua desolação de nuvens leves e mornas, foi ocupado pelas informações de que havia revolução. Estas notícias, falsas ou certas, enchem-me sempre de um desconforto especial, misto de desdém e de náusea física. Dói-me na inteligência que alguém julgue que altera alguma coisa agitando-se. A violência, seja qual for, foi sempre para mim uma forma esbugalhada da estupidez humana. Depois, todos os revolucionários são estúpidos, como, em grau menor, porque menos incômodo, o são todos os reformadores.

Revolucionário ou reformador — o erro é o mesmo. Impotente para dominar e reformar a sua própria atitude para com a vida, que é tudo, ou o seu próprio ser, que é quase tudo, o homem foge para querer modificar os outros e o mundo externo. Todo o revolucionário, todo o reformador, é um evadido. Combater é não ser capaz de combater-se. Reformar é não ter emenda possível.[1]

O homem de sensibilidade justa e reta razão, se se acha

preocupado com o mal e a injustiça do mundo, busca naturalmente emendá-la, primeiro, naquilo em que ela mais perto se manifesta; e encontrará isso em seu próprio ser. Levar-lhe-á essa obra toda a vida.

Tudo para nós está em nosso conceito do mundo; modificar o nosso conceito do mundo é modificar o mundo para nós, isto é, é modificar o mundo, pois ele nunca será, para nós, senão o que é para nós. Aquela justiça íntima pela qual escrevemos uma página fluente e bela, aquela reformação verdadeira, pela qual tornamos viva a nossa sensibilidade morta — essas coisas são a verdade, a nossa verdade, a única verdade. O mais que há no mundo é paisagem, molduras que enquadram sensações nossas, encadernações do que pensamos. E é-o quer seja a paisagem colorida das coisas e dos seres — os campos, as casas, os cartazes e os trajos —, quer seja a paisagem incolor das almas monótonas, subindo um momento à superfície em palavras velhas e gestos gastos, descendo outra vez ao fundo na estupidez fundamental da expressão humana.

Revolução? Mudança? O que eu quero deveras, com toda a intimidade da minha alma, é que cessem as nuvens átonas que ensaboam cinzentamente o céu; o que eu quero é ver o azul começar a surgir de entre elas, verdade certa e clara porque nada é nem quer.

161.

Nada me pesa tanto no desgosto como as palavras sociais de moral. Já a palavra "dever" é para mim desagradável como um intruso. Mas os termos "dever cívico", "solidariedade", "humanitarismo", e outros da mesma estirpe, repugnam-me como porcarias que despejassem sobre mim de janelas. Sinto-me ofendido com a suposição, que alguém porventura faça, de que essas expressões têm que ver comigo, de que lhes encontro, não só uma valia, mas sequer um sentido.

Vi há pouco, em uma montra de loja de brinquedos, umas

coisas que exatamente me lembraram o que essas expressões são. Vi, em pratos fingidos, manjares fingidos para mesas de bonecas. Ao homem que existe, sensual, egoísta, vaidoso, amigo dos outros porque tem o dom da fala, inimigo dos outros porque tem o dom da vida, a esse homem que há que oferecer com que brinque às bonecas com palavras vazias de som e tom?

O governo assenta em duas coisas: refrear e enganar. O mal desses termos lantejoulados é que nem refreiam nem enganam. Embebedam, quando muito, e isso é outra coisa.

Se alguma coisa odeio, é um reformador. Um reformador é um homem que vê os males superficiais do mundo e se propõe curá-los agravando os fundamentais. O médico tenta adaptar o corpo doente ao corpo são; mas nós não sabemos o que é são ou doente na vida social.

Não posso considerar a humanidade senão como uma das últimas escolas na pintura decorativa da Natureza. Não distingo, fundamentalmente, um homem de uma árvore; e, por certo, prefiro o que mais decore, o que mais interesse os meus olhos pensantes. Se a árvore me interessa mais, pesa-me mais que cortem a árvore do que o homem morra. Há idas de poente que me doem mais que mortes de crianças. Em tudo sou o que não sente, para que sinta.

Quase me culpo de estar escrevendo estas meias reflexões nesta hora em que dos confins da tarde sobe, colorindo-se, uma brisa ligeira. Colorindo-se não, que não é ela que se colora, mas o ar em que boia incerta; mas, como me parece que é ela mesma que se colora, é isso que digo, pois hei por força de dizer o que me parece, visto que sou eu.

162.

Tudo quanto de desagradável nos sucede na vida — figuras ridículas que fazemos, maus gestos que temos, lapsos em que caímos de qualquer das virtudes — deve ser considerado como meros acidentes externos, impotentes para atingir a substância da alma. Tenhamo-los como dores de dentes, ou calos, da vida, coisas que nos incomodam mas são externas ainda que nossas, ou que só tem que sofrer a nossa existência orgânica ou que preocupar-se o que há de vital em nós.

Quando atingimos esta atitude, que é, em outro modo, a dos místicos, estamos defendidos não só do mundo mas de nós mesmos, pois vencemos o que em nós é externo, é outrem, é o contrário de nós e por isso o nosso inimigo.

Disse Horácio, falando do varão justo,[1] que ficaria impávido ainda que em torno dele ruísse o mundo. A imagem é absurda, justo o seu sentido. Ainda que em torno de nós rua o que fingimos que somos, porque coexistimos, devemos ficar impávidos — não porque sejamos justos mas porque somos nós, e sermos nós é nada ter que ver com essas coisas externas que ruem, ainda que ruam sobre o que para elas somos.

A vida deve ser, para os melhores, um sonho que se recusa a confrontos.

163.

A experiência direta é o subterfúgio, ou o esconderijo, daqueles que são desprovidos de imaginação. Lendo os riscos que correu o caçador de tigres tenho quanto de riscos valeu a pena ter, salvo o mesmo risco, que tanto não valeu a pena ter, que passou.

Os homens de ação são os escravos involuntários dos homens de entendimento. As coisas não valem senão na interpretação delas. Uns, pois, criam coisas para que os outros, transmudando-as em significação, as tornem vidas. Narrar é criar, pois viver é apenas ser vivido.

164.

A inação consola de tudo. Não agir dá-nos tudo. Imaginar é tudo, desde que não tenda para agir. Ninguém pode ser rei do mundo senão em sonho. E cada um de nós, se deveras se conhece, quer ser rei do mundo.

Não ser, pensando, é o trono. Não querer, desejando, é a coroa. Temos o que abdicamos, porque o conservamos sonhado, intacto, eternamente à luz do sol que não há, ou da lua que não pode haver.

165.

Tudo quanto não é a minha alma é para mim, por mais que eu queira que o não seja, não mais que cenário e decoração. Um homem, ainda que eu possa reconhecer pelo pensamento que ele é um ente vivo como eu, teve sempre, para o que em mim, por me ser involuntário, é verdadeiramente eu, menos importância que uma árvore, se a árvore é mais bela. Por isso senti sempre os movimentos humanos — as grandes tragédias coletivas da história ou do que dela fazem — como frisos coloridos, vazios da alma dos que passam neles. Nunca me pesou o que de trágico se passasse na China. É decoração longínqua, ainda que a sangue e peste.

Relembro, com tristeza irônica, uma manifestação de operários, feita não sei com que sinceridade (pois me pesa sempre admitir sinceridade nas coisas coletivas, visto que é o indivíduo, a sós consigo, o único ser que sente). Era um grupo compacto e solto de estúpidos animados, que passou gritando coisas diversas diante do meu indiferentismo de alheio. Tive subitamente náusea. Nem sequer estavam suficientemente sujos. Os que verdadeiramente sofrem não fazem plebe, não formam conjunto. O que sofre sofre só.

Que mau conjunto! Que falta de humanidade e de dor! Eram reais e portanto incríveis. Ninguém faria com eles um quadro de romance, um cenário de descrição. Decorriam como lixo num rio, no rio da vida. Tive sono de vê-los, nauseado e supremo.

166.

Se considero com atenção a vida que os homens vivem, nada encontro nela que a diference da vida que vivem os animais. Uns e outros são lançados inconscientemente através das coisas e do mundo; uns e outros se entretêm com intervalos; uns e outros percorrem diariamente o mesmo percurso orgânico; uns e outros não pensam para além do que pensam, nem vivem para além do que vivem. O gato espoja-se ao sol e dorme ali. O homem espoja-se à vida, com todas as suas complexidades, e dorme ali. Nem um nem outro se liberta da lei fatal de ser como é. Nenhum tenta levantar o peso de ser. Os maiores dos homens amam a glória, mas amam-na, não como a uma imortalidade própria, senão como a uma imortalidade abstrata, de que porventura não participem.

Estas considerações, que em mim são frequentes, levam-me a uma admiração súbita por aquela espécie de indivíduos que instintivamente repugno. Refiro-me aos místicos e aos ascetas — aos remotos de todos os Tibetes, aos Simões Estilitas de todas as colunas. Estes, ainda que no absurdo, tentam, de fato, libertar-se da lei animal. Estes, ainda que na loucura, tentam, de fato, negar a lei da vida, o espojar-se ao sol e o aguardar da morte sem pensar nela. Buscam, ainda que parados no alto de uma coluna; anseiam, ainda que numa cela sem luz; querem o que não conhecem, ainda que no martírio dado e na mágoa imposta.

Nós outros todos, que vivemos animais com mais ou menos complexidade, atravessamos o palco como figurantes que não falam, contentes da solenidade vaidosa do trajeto. Cães e homens, gatos e heróis, pulgas e gênios, brincamos a existir, sem pensar nisso (que os melhores pensam só em pensar) sob o grande sossego das estrelas. Os outros — os místicos da má hora e do sacrifício — sentem ao menos, com o corpo e o quotidiano, a presença mágica do mistério. São libertos, porque negam o sol visível; são plenos, porque se esvaziaram do vácuo do mundo.

Estou quase místico, com[o] eles, ao falar deles, mas seria

incapaz de ser mais que estas palavras escritas ao sabor da minha inclinação ocasional. Serei sempre da Rua dos Douradores, como a humanidade inteira. Serei sempre, em verso ou prosa, empregado de carteira. Serei sempre, no místico ou no não místico, local e submisso, servo das minhas sensações e da hora em que as ter. Serei sempre, sob o grande pálio azul do céu mudo, pajem num rito incompreendido, vestido de vida para cumpri-lo, e executando, sem saber por quê, gestos e passos, posições e maneiras, até que a festa acabe, ou o meu papel nela, e eu possa ir comer coisas de gala nas grandes barracas que estão, dizem, lá em baixo ao fundo do jardim.

167.

Estou num dia em que me pesa, como uma entrada no cárcere, a monotonia de tudo. A monotonia de tudo não é, porém, senão a monotonia de mim. Cada rosto, ainda que seja o de quem vimos ontem, é outro hoje, pois que hoje não é ontem. Cada dia é o dia que é, e nunca houve outro igual no mundo. Só em nossa alma está a identidade — a identidade sentida, embora falsa, consigo mesma — pela qual tudo se assemelha e se simplifica. O mundo é coisas destacadas e arestas diferentes; mas, se somos míopes, é uma névoa insuficiente e contínua.

O meu desejo é fugir. Fugir ao que conheço, fugir ao que é meu, fugir ao que amo. Desejo partir — não para as Índias impossíveis, ou para as grandes ilhas ao Sul de tudo, mas para o lugar qualquer — aldeia ou ermo — que tenha em si o não ser este lugar. Quero não ver mais estes rostos, estes hábitos e estes dias. Quero repousar, alheio, do meu fingimento orgânico. Quero sentir o sono chegar como vida, e não como repouso. Uma cabana à beira-mar, uma caverna, até, no socalco rugoso de uma serra, me pode dar isto. Infelizmente, só a minha vontade mo não pode dar.

A escravatura[1] é a lei da vida, e não há outra lei, porque esta tem que cumprir-se, sem revolta possível nem refúgio que achar.

Uns nascem escravos, outros tornam-se escravos, e a outros a escravidão é dada. O amor covarde que todos temos à liberdade — que, se a tivéssemos, estranharíamos, por nova repudiando-a — é o verdadeiro sinal do peso da nossa escravidão. Eu mesmo, que acabo de dizer que desejaria a cabana ou caverna onde estivesse livre da monotonia de tudo, que é a de mim, ousaria eu partir para essa cabana ou caverna, sabendo, por conhecimento,[2] que, pois que a monotonia é de mim, a haveria sempre de ter comigo? Eu mesmo, que sufoco onde estou e porque estou, onde respiraria melhor, se a doença é dos meus pulmões e não das coisas[3] que me cercam? Eu mesmo, que anseio alto pelo sol puro e os campos livres, pelo mar visível e o horizonte inteiro, quem me diz que não estranharia a cama, ou a comida, ou não ter que descer os oito lanços de escada até à rua, ou não entrar na tabacaria da esquina, ou não trocar os bons-dias com o barbeiro ocioso?

Tudo que nos cerca se torna parte de nós, se nos infiltra na sensação da carne e da vida, e, baba da grande Aranha, nos liga sutilmente ao que está perto, enleando-nos num leito leve de morte lenta, onde baloiçamos ao vento. Tudo é nós, e nós somos tudo; mas de que serve isto, se tudo é nada? Um raio de sol, uma nuvem que a sombra súbita diz que passa, uma brisa que se ergue, o silêncio que se segue quando ela cessa, um rosto ou outro, algumas vozes, o riso casual entre elas que falam, e depois a noite onde emergem sem sentido os hieróglifos quebrados das estrelas.

168.

... E eu, que odeio a vida com timidez,[1] temo a morte com fascinação.[2] Tenho medo desse nada que pode ser outra coisa, e tenho medo dele simultaneamente como nada e outra coisa qualquer, como se nele se pudessem reunir o nulo e o horrível, como se no caixão me fechassem a respiração eterna de uma alma corpórea, como se ali triturassem de clausura o imortal.[3] A ideia de inferno, que só uma alma satânica poderia ter inventado, parece-me derivar-se de uma confusão desta maneira — ser a mistura de dois medos diferentes, que se contradizem e malignam.

169.

Releio lúcido, demoradamente, trecho a trecho tudo quanto tenho escrito. E acho que tudo é nulo e mais valera que eu o não houvesse feito. As coisas conseguidas, sejam impérios ou frases, têm, porque se conseguiram, aquela pior parte das coisas reais, que é o sabermos que são perecíveis. Não é isto, porém, que sinto e me dói no que fiz, nestes lentos momentos em que o releio. O que me dói é que não valeu a pena fazê-lo, e que o tempo que perdi no que fiz o não ganhei senão na ilusão, agora desfeita, de ter valido a pena fazê-lo.

Tudo quanto buscamos, buscamo-lo por uma ambição, mas essa ambição ou não se atinge, e somos pobres, ou julgamos que a atingimos, e somos loucos ricos.

O que me dói é que o melhor é mau, e que outro, se o houvesse, e que eu sonho, o haveria feito melhor. Tudo quanto fazemos, na arte ou na vida, é a cópia imperfeita do que pensamos em fazer. Desdiz, não só da perfeição externa, senão da perfeição interna; falha não só à regra do que deveria ser, senão à regra do que julgávamos que poderia ser. Somos ocos não só por dentro, senão também por fora, párias da antecipação e da promessa.

Com que vigor da alma sozinha fiz página sobre página reclusa, vivendo sílaba a sílaba a magia falsa, não do que escrevia, mas do que supunha que escrevia! Com que encantamento de bruxedo irônico me julguei poeta da minha prosa, no momento alado em que ela me nascia, mais rápida que os movimentos da pena, como um desforço falaz aos insultos da vida! E afinal, hoje, relendo, vejo rebentar meus bonecos, sair-lhes a palha pelos rasgos, despejarem-se sem ter sido...

170.

Depois que as últimas chuvas passaram[1] para o sul, e só ficou o vento que as varreu, regressou aos montões da cidade a alegria do sol certo e apareceu muita roupa branca pendurada a saltar nas cordas esticadas por paus médios nas janelas altas dos prédios de todas as cores.

Também fiquei contente, porque existo. Saí de casa para um grande fim, que era, afinal, chegar a horas ao escritório. Mas, neste dia, a própria compulsão da vida participava daquela outra boa compulsão que faz o sol vir nas horas do almanaque, conforme a latitude e a longitude dos lugares da Terra. Senti-me feliz por não poder sentir-me infeliz. Desci a rua descansadamente, cheio de certeza, porque, enfim, o escritório conhecido, a gente conhecida nele, eram certezas. Não admira que me sentisse livre, sem saber de quê. Nos cestos poisados à beira dos passeios da Rua da Prata as bananas de vender, sob o sol, eram de um amarelo grande.

Contento-me, afinal, com muito pouco: o ter cessado a chuva, o haver um sol bom neste Sul feliz, bananas mais amarelas por terem nódoas negras, a gente que as vende porque fala, os passeios da Rua da Prata, o Tejo ao fundo, azul esverdeado a ouro, todo este recanto doméstico do sistema do Universo.

Virá o dia em que não veja isto mais, em que me sobreviverão as bananas da orla do passeio, e as vozes das vendedeiras solertes, e os jornais do dia que o pequeno estendeu lado a lado na esquina do outro passeio da rua. Bem sei que as bananas serão outras, e que as vendedeiras serão outras, e que os jornais terão, a quem se baixar[2] para vê-los, uma data que não é a de hoje. Mas eles, porque não vivem, duram ainda que outros; eu, porque vivo, passo ainda que o mesmo.

Esta hora poderia eu bem solenizá-la comprando bananas, pois me parece que nestas se projetou todo o sol do dia como um holofote sem máquina.[3] Mas tenho vergonha dos rituais, dos símbolos, de comprar coisas na rua. Podiam não me embrulhar bem as bananas, não mas vender como devem ser vendidas por eu não as saber comprar como devem ser compradas. Podiam estranhar a minha voz ao perguntar o preço. Mais vale escrever do que ousar viver, ainda que viver não seja[4] mais que comprar bananas ao sol, enquanto o sol dura e há bananas que vender.[5]

Mais tarde, talvez... Sim, mais tarde... Um outro, talvez... Não sei...

171.

Uma só coisa me maravilha mais do que a estupidez com que a maioria dos homens vive a sua vida: é a inteligência que há nessa estupidez.

A monotonia das vidas vulgares é, aparentemente, pavorosa. Estou almoçando neste restaurante vulgar, e olho, para além do balcão, para a figura do cozinheiro, e, aqui ao pé de mim, para o criado já velho que me serve, como há trinta anos, creio, serve nesta casa. Que vidas são as destes homens? Há quarenta anos que aquela figura de homem vive quase todo o dia numa cozinha; tem umas breves folgas; dorme relativamente poucas horas; vai de vez em quando à terra, de onde volta sem hesitação e sem pena; armazena lentamente dinheiro lento, que se não propõe gastar; adoeceria se tivesse que retirar-se da sua cozinha (definitivamente) para os campos que comprou na Galiza; está em Lisboa há quarenta anos e nunca foi sequer à Rotunda, nem a um teatro, e há um só dia de Coliseu — palhaços nos vestígios interiores da sua vida. Casou não sei como nem porquê, tem quatro filhos e uma filha, e o seu sorriso, ao debruçar-se de lá do balcão em direção a onde eu estou, exprime uma grande, uma solene, uma contente felicidade. E ele não disfarça, nem [há][1] razão para que disfarce. Se a sente, é porque verdadeiramente a tem.

E o criado velho que me serve, e que acaba de depor ante mim o que deve ser o milionésimo café da sua deposição de café em mesas? Tem a mesma vida que a do cozinheiro, apenas com a diferença de quatro ou cinco metros — os que distam da localização de um na cozinha para a localização do outro na parte de fora da casa de pasto. No resto, tem dois filhos apenas, vai mais vezes à Galiza, já viu mais Lisboa que o outro, e conhece o Porto, onde esteve quatro anos, e é igualmente feliz.

Revejo, com um pasmo assustado, o panorama destas vidas, e descubro, ao ir ter horror, pena, revolta delas, que quem não tem nem horror, nem pena, nem revolta, são os próprios que teriam direito a tê-las, são os mesmos que vivem essas vidas. É o erro central da imaginação literária: supor que os outros são nós e que devem sentir como nós. Mas, felizmente para a humanidade, cada homem é só quem é, sendo dado ao gênio, apenas, o ser mais alguns outros.

Tudo, afinal, é dado em relação àquilo em que é dado. Um pequeno incidente de rua, que chama à porta o cozinheiro desta casa, entretém-no mais que me entretém a mim a contemplação da ideia mais original, a leitura do melhor livro, o mais grato dos sonhos inúteis. E, se a vida é essencialmente monotonia, o fato é que ele escapou à monotonia mais do que eu. E escapa à monotonia mais facilmente do que eu. A verdade não está com ele nem comigo, porque não está com ninguém; mas a felicidade está com ele deveras.

Sábio é quem monotoniza a existência, pois então cada pequeno incidente tem um privilégio de maravilha. O caçador de leões não tem aventura para além do terceiro leão. Para o meu cozinheiro monótono uma cena de bofetadas na rua tem sempre qualquer coisa de apocalipse modesto. Quem nunca saiu de Lisboa viaja ao infinito no carro até Benfica, e, se um dia vai a Sintra, sente que viajou até Marte. O viajante que percorreu toda a Terra não encontra de cinco mil milhas em diante novidade, porque encontra só coisas novas; outra vez a novidade, a velhice do eterno novo, mas o conceito abstrato de novidade ficou no mar com a segunda delas.

Um homem pode, se tiver a verdadeira sabedoria, gozar o espetáculo inteiro do mundo numa cadeira, sem saber ler, sem falar com alguém, só com o uso dos sentidos e a alma não saber ser triste.

Monotonizar a existência, para que ela não seja monótona. Tornar anódino o quotidiano, para que a mais pequena coisa seja uma distração. No meio do meu trabalho de todos os dias, baço, igual e inútil, surgem-me visões de fuga, vestígios sonhados de ilhas longínquas, festas em áleas de parques de outras eras, outras paisagens, outros sentimentos, outro eu. Mas reconheço, entre dois lançamentos, que se tivesse tudo isso, nada disso seria meu. Mais vale, na verdade, o patrão Vasques que os Reis de Sonho; mais vale, na verdade, o escritório da Rua dos Douradores do que as grandes áleas dos parques impossíveis. Tendo o patrão Vasques, posso gozar o sonho dos Reis de Sonho; tendo o escritório da Rua dos Douradores, posso gozar a visão interior das paisagens que não existem. Mas se tivesse os Reis de Sonho, que me ficaria para sonhar? Se tivesse as paisagens impossíveis, que me restaria de impossível?

A monotonia, a igualdade baça dos dias mesmos, a nenhuma diferença de hoje para ontem — isto me fique sempre, com a alma desperta para gozar da mosca que me distrai, passando casual ante meus olhos, da gargalhada que se ergue volúvel da rua incerta, a vasta libertação de serem horas de fechar o escritório, o repouso infinito de um dia feriado.

Posso imaginar-me tudo, porque não sou nada. Se fosse alguma coisa, não poderia imaginar. O ajudante de guarda-livros pode sonhar-se imperador romano; o Rei de Inglaterra não o pode fazer, porque o Rei de Inglaterra está privado de ser, em sonhos, outro rei que não o rei que é. A sua realidade não o deixa sentir.[2]

172.

A ladeira leva ao moinho, mas o esforço não leva a nada.

Era uma[1] tarde de primeiro outono, quando o céu tem um calor frio morto, e há nuvens que abafam a luz em cobertores[2] de lentidão.

Duas coisas só me deu o Destino:[3] uns livros de contabilidade e o dom de sonhar.

173.

O sonho é a pior das drogas,[1] porque é a mais natural de todas. Assim se insinua nos hábitos com a facilidade que uma das outras não tem, se prova sem se querer, como um veneno dado. Não dói, não descora, não abate — mas a alma que dele usa fica incurável, porque não há maneira de se separar do seu veneno, que é ela mesma.

Como um espetáculo na bruma □

Aprendi nos sonhos a coroar de imagens as frontes □ do quotidiano, a dizer o comum com estranheza, o simples com derivação, a dourar, com um sol de artifício, os recantos e os móveis mortos e [a] dar música, como para me embalar, quando as escrevo, às frases fluidas da minha fixação.

174.

Depois de uma noite maldormida, toda a gente não gosta de nós. O sono ido levou consigo qualquer coisa que nos tornava humanos. Há uma irritação latente conosco, parece, no mesmo ar inorgânico que nos cerca. Somos nós, afinal, que nos desapoamos, e é entre nós e nós que se fere a diplomacia da batalha surda.

Tenho hoje arrastado pela rua os pés e o grande cansaço. Tenho a alma reduzida a uma meada atada, e o que sou e fui, que sou eu, esqueceu-se de seu nome. Se tenho amanhã, não sei senão que não dormi, e a confusão de vários intervalos põe grandes silêncios na minha fala interna.

Ah, grandes parques dos outros, jardins usuais para tantos, maravilhosas áleas dos que nunca me conhecerão! Estagno entre vigílias, como quem nunca ousou ser supérfluo, e o que medito estremunha-se com[o] um sonho ao fim.

Sou uma casa viúva, claustral de si mesma, sombreada de espectros tímidos e furtivos. Estou sempre no quarto ao lado, ou estão eles, e há grandes ruídos de árvores em meu torno. Divago e encontro; encontro porque divago. Meus dias de criança vestidos vós mesmos de bibe!

E, em meio de tudo isto, vou pela rua fora, dorminhoco da minha vagabundagem folha. Qualquer vento lento me varreu do solo, e erro, como um fim de crepúsculo, entre os acontecimentos da paisagem. Pesam-me as pálpebras nos pés arrastados. Quisera dormir porque ando. Tenho a boca fechada como se fosse para os beiços se pegarem. Naufrago o meu deambular.

Sim, não dormi, mas estou mais certo assim, quando nunca dormi nem durmo. Sou eu verdadeiramente nesta eternidade casual e simbólica do estado de meia alma em que me iludo. Uma ou outra pessoa olha-me como se me conhecesse e me estranhasse. Sinto que os olho também, com órbitas sentidas sob pálpebras que as roçam, e não quero saber de haver mundo.

Tenho sono, muito sono, todo o sono!

175.

Quando nasceu a geração, a que pertenço, encontrou o mundo desprovido de apoios para quem tivesse cérebro, e ao mesmo tempo coração. O trabalho destrutivo das gerações anteriores fizera que o mundo, para o qual nascemos, não tivesse segurança que nos dar na ordem religiosa, esteio que nos dar na ordem moral, tranquilidade que nos dar na ordem política. Nascemos já em plena angústia metafísica, em plena angústia moral, em pleno desassossego político. Ébrias das fórmulas externas, dos meros processos da razão e da ciência, as gerações, que nos precederam, aluíram todos os fundamentos da fé cristã, porque a sua crítica bíblica, subindo de crítica dos textos a crítica mitológica, reduziu os evangelhos e a anterior hierografia dos judeus a um amontoado incerto de mitos, de legendas e de mera literatura; e a sua crítica científica gradualmente apontou os erros, as ingenuidades selvagens da "ciência" primitiva dos evangelhos; e, ao mesmo tempo, a liberdade de discussão, que pôs em praça todos os problemas metafísicos, arrastou com eles os problemas religiosos onde fossem da metafísica. Ébrias de uma coisa incerta, a que chamaram "positividade", essas gerações criticaram toda a moral, esquadrinharam todas as regras de viver, e, de tal choque de doutrinas, só ficou a certeza de nenhuma, e a dor de não haver essa certeza. Uma sociedade assim indisciplinada nos seus fundamentos culturais não podia, evidentemente, ser senão vítima, na política, dessa indisciplina; e assim foi que acordamos para um mundo ávido de novidades sociais, e com alegria ia à conquista de uma liberdade que não sabia o que era, de um progresso que nunca definira.

Mas o criticismo fruste dos nossos pais, se nos legou a impossibilidade de ser cristãos, não nos legou o contentamento com que a tivéssemos; se nos legou a descrença nas fórmulas morais estabelecidas, não nos legou a indiferença à moral e às regras de viver humanamente; se deixou incerto o problema político, não deixou indiferente o nosso espírito a como esse problema se resolvesse. Nossos pais destruíram contentemente, porque viviam em uma época que tinha ainda reflexos da solidez do passado. Era aquilo mesmo que eles destruíam que dava força à sociedade para que pudessem destruir sem sentir o edifício rachar-se. Nós herdamos a destruição e os seus resultados.

Na vida de hoje, o mundo só pertence aos estúpidos, aos insensíveis e aos agitados. O direito a viver e a triunfar conquista-se hoje quase pelos mesmos processos por que se conquista o internamento num manicômio: a incapacidade de pensar, a amoralidade, e a hiperexcitação.

176.

A ESTALAGEM DA RAZÃO

A meio caminho entre a fé e a crítica está a estalagem da razão. A razão é a fé no que se pode compreender sem fé; mas é uma fé ainda, porque compreender envolve pressupor que há qualquer coisa compreensível.

177.

Teorias metafísicas que possam dar-nos um momento a ilusão de que explicamos o inexplicável; teorias morais que possam iludir-nos uma hora com o convencimento de que sabemos por fim qual, de todas as portas fechadas, é o ádito da virtude; teorias políticas que nos persuadam durante um dia que resolvemos qualquer problema, sendo que não há problema solúvel, exceto os da matemática — resumamos a nossa atitude para com a vida nesta ação conscientemente estéril, nesta preocupação que, se não dá prazer, evita, ao menos, sentirmos a presença da dor.

Nada há que tão notavelmente determine o auge de uma civilização, como o conhecimento, nos que a vivem, da esterilidade de todo esforço, porque nos regem leis implacáveis, que nada revoga nem obstrui. Somos, porventura, servos algemados ao capricho de deuses, mais fortes porém não melhores que nós, subordinados, nós como eles, à regência férrea de um Destino abstrato, superior à justiça e à bondade, alheio ao bem e ao mal.

178.

Somos morte. Isto, que consideramos vida, é o sono da vida real, a morte do que verdadeiramente somos. Os mortos nascem, não morrem. Estão trocados, para nós, os mundos. Quando julgamos que vivemos, estamos mortos; vamos viver quando estamos moribundos.

Aquela relação que há entre o sono e a vida é a mesma que há entre o que chamamos vida e o que chamamos morte. Estamos dormindo, e esta vida é um sonho, não num sentido metafórico ou poético, mas num sentido verdadeiro.

Tudo aquilo que em nossas atividades consideramos superior, tudo isso participa da morte, tudo isso é morte. Que é o ideal senão a confissão de que a vida não serve? Que é a arte senão a negação da vida? Uma estátua é um corpo morto, talhado para fixar a morte, em matéria de incorrupção. O mesmo prazer, que tanto parece uma imersão na vida, é antes uma imersão em nós mesmos, uma destruição das relações entre nós e a vida, uma sombra agitada da morte.

O próprio viver é morrer, porque não temos um dia a mais na nossa vida que não tenhamos, nisso, um dia a menos nela.

Povoamos sonhos, somos sombras errando através de florestas impossíveis, em que as árvores são casas, costumes, ideias, ideais e filosofias.

Nunca encontrar Deus, nunca saber, sequer, se Deus existe! Passar de mundo para mundo, de encarnação para encarnação, sempre na ilusão que acarinha, sempre no erro que afaga.

A verdade nunca, a paragem nunca! A união com Deus nunca! Nunca inteiramente em paz, mas sempre um pouco dela, sempre o desejo dela!

179.

O instinto infante da humanidade, que faz que o mais orgulhoso de nós, se é homem e não louco, anseie, beatíssimo Padre, pela mão paternal que o guie, como quer que seja logo que o guie, através do mistério e da confusão do mundo. Cada um de nós é um grão de pó que o vento da vida levanta, e depois deixa cair. Temos que arrimar-nos a um esteio, que pôr a mão pequena em uma outra mão; porque a hora é sempre incerta, o céu sempre longe, e a vida sempre alheia.

O mais alto de nós não é mais que um conhecedor mais próximo do oco e do incerto de tudo.

Pode ser que nos guie uma ilusão; a consciência, porém, é que nos não guia.

180.

Se algum dia me suceder que, com uma vida firmemente segura, possa livremente escrever e publicar, sei que terei saudades desta vida incerta em que mal escrevo e não publico. Terei saudades, não só porque essa vida fruste é passado e vida que não mais terei, mas porque há em cada espécie de vida uma qualidade própria e um prazer peculiar, e quando se passa para outra vida, ainda que melhor, esse prazer peculiar é menos feliz, essa qualidade própria é menos boa, deixam de existir, e há uma falta.

Se algum dia me suceder que consiga levar ao bom calvário a cruz da minha intenção, encontrarei um calvário nesse bom calvário, e terei saudades de quando era fútil, fruste e imperfeito. Serei menos de qualquer maneira.

Tenho sono. O dia foi pesado de trabalho absurdo no escritório quase deserto. Dois empregados estão doentes e os outros não estão aqui. Estou só, salvo o moço longínquo. Tenho saudades da hipótese de poder ter um dia saudades, e ainda assim absurdas.

Quase peço aos deuses que haja que me guardem aqui, como num cofre, defendendo-me das agruras e também das felicidades da vida.

181.

Nas vagas sombras de luz por findar antes que a tarde seja noite cedo, gozo de errar sem pensar entre o que a cidade se torna, e ando como se nada tivesse remédio. Agrada-me, mais à imaginação que aos sentidos, a tristeza dispersa que está comigo. Vago, e folheio em mim, sem o ler, um livro de texto intersperso [sic] de imagens rápidas, de que vou formando indolentemente uma ideia que nunca se completa.

Há quem leia com a rapidez com que olha, e conclua sem ter visto tudo. Assim tiro do livro que se me folheia na alma uma história vaga por contar, memórias de um outro vagabundo, bocados de descrições de crepúsculos ou luares, com áleas de parques no meio, e figuras de seda várias, a passar, a passar.

Indiscrimino a tédio e ouro. Sigo, simultaneamente, pela rua, pela tarde e pela leitura sonhada, e os caminhos são verdadeiramente percorridos. Emigro e repouso, como se estivesse a bordo com o navio já no mar alto.

Súbitos, os candeeiros mortos coincidem luzes pelos prolongamentos duplos da rua longa e curva. Com[1] um baque a minha tristeza aumenta. É que o livro acabou. Há só, na viscosidade aérea da rua abstrata, um fio externo de sentimento, como a baba do Destino idiota, a pingar-me sobre a consciência da alma.

Outra vida, a da cidade que anoitece. Outra alma, a de quem olha a noite. Sigo incerto e alegórico, irrealmente sentiente. Sou como uma história que alguém houvesse contado, e, de tão bem contada, andasse carnal mas não muito neste mundo romance, no princípio de um capítulo: "A essa hora um homem podia ser visto seguir lentamente pela rua de...".

Que tenho eu com a vida?...

182.

INTERVALO

Antefalhei a vida, porque nem sonhando-a ela me apareceu deleitosa. Chegou até mim o cansaço dos sonhos... Tive ao senti-lo uma sensação extrema e falsa, como a de ter chegado ao término de uma estrada infinita. Transbordei de mim não sei para onde, e aí fiquei estagnado e inútil. Sou qualquer coisa que fui. Não me encontro onde me sinto e se me procuro, não sei quem é que me procura. Um tédio a tudo amolece-me. Sinto-me expulso da minha alma.

Assisto a mim. Presenceio-me. As minhas sensações passam diante de não sei que olhar meu como coisas externas. Aborreço-me de mim em tudo. Todas as coisas são, até às suas raízes de mistério, da cor do meu aborrecimento.[1]

Estavam já murchas as flores que as Horas me entregaram. A minha única ação possível é i-las desfolhando lentamente. E isso é tão complexo de envelhecimentos![2]

A mínima ação é-me dolorosa[3] como uma heroicidade...[4] O mais pequeno gesto pesa-me no ideá-lo, como se fora[5] uma coisa que eu realmente pensasse em fazer.

Não aspiro a nada. Dói-me a vida. Estou mal onde estou e mal[6] onde penso em poder estar.[7]

O ideal era não ter mais ação do que a ação falsa dum repuxo — subir para cair no mesmo sítio, brilhar ao sol sem utilidade nenhuma e fazer som no silêncio da noite para que quem sonhe pense em rios no seu sonho e sorria esquecidamente.

183.

Desde o princípio baço do dia quente e falso nuvens escuras e de contornos mal rotos rondavam a cidade oprimida. Dos lados a que chamamos da barra, sucessivas e torvas, essas nuvens sobrepunham-se, e uma antecipação de tragédia estendia-se com elas do indefinido rancor[1] das ruas contra o sol alterado.

Era meio-dia e já, na saída para o almoço, pesava uma esperança má na atmosfera empalidecida. Farrapos de nuvens esfarrapadas negrejavam na dianteira dela. O céu, para os lados do Castelo, era limpo mas de um mau azul. Havia sol mas não apetecia gozá-lo.

À uma hora e meia da tarde, quando se regressara ao escritório, parecia mais limpo o céu, mas só para um lado antigo. Sobre os lados da barra estava de fato[2] mais descoberto. De sobre a parte norte da cidade, porém, as nuvens conjugavam-se lentamente numa nuvem só — negra, implacável, avançando lentamente com garras rombas de branco cinzento na ponta de braços negros. Dentro em pouco atingiria o sol, e os ruídos da cidade parece que se abafavam com o esperá-la. Era, ou parecia, um pouco mais límpido o céu para os lados de leste, mas o calor fazia mais desagrado. Suava-se na sombra da sala grande do escritório.

"Vem aí uma grande trovoada", disse o Moreira, e voltou a página do Razão.

Às três horas da tarde falhara já toda a ação do sol. Foi preciso — e era triste porque era verão — acender a luz elétrica — primeiro ao fundo da sala grande, onde estavam empacotando as remessas, depois já a meio da sala, onde se tornava difícil fazer sem erro as guias de remessa e notar nelas os números das senhas de caminho de ferro. Por fim, já eram quase quatro horas, até nós — os privilegiados das janelas — não víamos agradavelmente para trabalhar. O escritório ficou iluminado. O patrão Vasques atirou com o guarda-vento do gabinete e disse para fora, saindo: "Ó Moreira, eu tinha que ir a Benfica mas não vou; vai-se fartar de chover". "E é lá desse lado", respondeu o Moreira, que morava ao pé da Avenida. Os ruídos da rua destacaram-se de repente, alteraram-se um pouco, e era, não sei por quê, um pouco triste o som das campainhas dos elétricos na rua paralela e próxima.

184.

Antes que o estio cesse e chegue o outono, no cálido intervalo em que o ar pesa e as cores abrandam, as tardes costumam usar um traje sensível de gloríola falsa. São comparáveis àqueles artifícios da imaginação em que as saudades são de nada, e se prolongam indefinidas como rastos de navios formando a mesma cobra sucessiva.

Nessas tardes enche-me, como um mar em maré, um sentimento pior que o tédio mas a que não compete outro nome senão tédio — um sentimento de desolação sem lugar, de naufrágio da alma inteira.[1] Sinto que perdi um Deus onipotente, que a Substância de tudo morreu. E o universo sensível é para mim um cadáver que amei quando era vida; mas é tudo tornado nada na luz ainda quente das últimas nuvens coloridas.

O meu tédio assume aspectos de horror; o meu aborrecimento é um medo. O meu suor não é frio, mas é fria a minha consciência do meu suor. Não há mal-estar físico,[2] salvo que o mal-estar da alma é tão grande que passa pelos poros do corpo e o inunda[3] a ele também.

É tão magno o tédio, tão soberano o horror de estar vivo, que não concebo que coisa haja que pudesse servir de lenitivo, de antídoto, de bálsamo ou esquecimento para ele. Dormir horroriza-me como tudo. Morrer horroriza-me como tudo. Ir e parar são a mesma coisa impossível. Esperar e descrer equivalem-se em frio e cinza. Sou uma prateleira de frascos vazios.

Contudo que saudade do futuro,[4] se deixo os olhos vulgares receber a saudação morta do dia iluminado que finda! Que grande enterro da esperança vai pela calada doirada ainda dos céus inertes, que cortejo de vácuos e nadas se espalha a azul rubro que vai ser pálido pelas vastas planícies do espaço alvar!

Não sei o que quero ou o que não quero. Deixei de saber querer, de saber como se quer, de saber as emoções ou os pensamentos com que ordinariamente se conhece que estamos querendo, ou querendo querer. Não sei quem sou ou o que sou. Como alguém soterrado sob um muro que se desmoronasse, jazo sob a vacuidade tombada do universo inteiro. E assim vou, na esteira de mim mesmo, até que a noite entre e um pouco do afago de ser diferente ondule, como uma brisa, pelo começo da minha inconsciência[5] de mim.

Ah, e a lua alta e maior destas noites plácidas, mornas de angústia e desassossego! A paz sinistra da beleza celeste, ironia fria do ar quente, azul negro enevoado de luar e tímido de estrelas.

185.

INTERVALO

Esta hora horrorosa que ou decresça para possível ou cresça para mortal.

Que a manhã nunca raie, e que eu e esta alcova toda, e a sua atmosfera interior a que pertenço, tudo se espiritualize em Noite, se absolute em Treva e nem fique de mim uma sombra que manche da minha memória o que quer que seja que aqui fique.[1]

186.

Prouvera aos deuses, meu coração triste, que o Destino tivesse um sentido! Prouvera antes ao Destino que os deuses o tivessem!

Sinto às vezes, acordando na noite, mãos invisíveis que tecem o meu fado...

Jazo a vida. Nada de mim interrompe nada.

187.

A tragédia principal da minha vida é, como todas as tragédias, uma ironia do Destino. Repugno a vida real como uma condenação; repugno o sonho como uma libertação ignóbil. Mas vivo o mais sórdido e o mais quotidiano da vida real; e vivo o mais intenso e o mais constante do sonho. Sou como um escravo que se embebeda à sesta — duas misérias em um corpo só.

Sim, vejo nitidamente, com a clareza com [que] os relâmpagos da razão destacam do negrume da vida os objetos próximos que no-la formam, o que há de vil, de lasso, de deixado e factício, nesta Rua dos Douradores que me é a vida inteira — este escritório sórdido até à sua medula de gente, este quarto mensalmente alugado onde nada acontece senão viver um morto, esta mercearia da esquina cujo dono conheço como gente conhece gente, estes moços da porta da taberna antiga, esta inutilidade trabalhosa de todos os dias iguais, esta repetição pegada das mesmas personagens, como um drama que consiste apenas no cenário, e o cenário estivesse às avessas...

Mas vejo também que fugir a isto seria ou dominá-lo ou repudiá-lo, e eu nem o domino, porque o não excedo adentro do real, nem o repudio, porque, sonhe o que sonhe, fico sempre onde estou.

E o sonho, a vergonha de fugir para mim, a covardia de ter como vida aquele lixo da alma que os outros têm só no sono, na figura da morte com que ressonam, na calma com que parecem vegetais progredidos!

Não poder ter um gesto nobre que não seja de portas adentro, nem um desejo inútil que não seja deveras inútil!

Definiu César toda a figura da ambição quando disse aquelas palavras: "Antes o primeiro na aldeia do que o segundo em Roma!". Eu não sou nada nem na aldeia nem em Roma nenhuma. Ao menos, o merceeiro da esquina é respeitado da Rua da Assunção até à Rua da Vitória. É César de todo um quarteirão e as mulheres gostam dele condignamente.[1] Eu superior a ele? Em quê, se o nada não comporta superioridade, nem inferioridade, nem comparação?

E assim arrasto, a fazer o que não quero, e a sonhar o que não posso ter, a minha vida □, absurda como um relógio público parado.

188.

O homem vulgar, por mais dura que lhe seja a vida, tem ao menos a felicidade de a não pensar. Viver a vida decorrentemente, exteriormente, como um gato ou um cão — assim fazem os homens gerais, e assim se deve viver a vida para que possa contar a satisfação do gato e do cão.

Pensar é destruir. O próprio processo do pensamento o indica para o mesmo pensamento, porque pensar é decompor. Se os homens soubessem meditar no mistério da vida, se soubessem sentir as mil complexidades que espiam a alma em cada pormenor da ação, não agiriam nunca, não viveriam até. Matar-se-iam de assustados, como os que se suicidam para não ser guilhotinados no dia seguinte.

189.

DIA DE CHUVA

O ar é de um amarelo escondido,[1] como um amarelo pálido visto através dum branco sujo. Mal há amarelo no ar acinzentado. A palidez do cinzento, porém, tem um amarelo na[2] sua tristeza.[3]

190.

Qualquer deslocamento das horas usuais traz sempre ao espírito uma novidade fria, um prazer levemente desconfortante. Quem tem o hábito de sair do escritório às seis horas, e por acaso saia às cinco, tem desde logo um feriado mental e uma coisa que parece pena de não saber o que fazer de si.

Ontem, por ter de que tratar longe, saí do escritório às quatro horas, e às cinco tinha terminado a minha tarefa afastada. Não costumo estar nas ruas àquela hora, e por isso estava numa cidade diferente. O tom lento da luz nas frontarias usuais era de uma doçura improfícua, e os transeuntes de sempre passavam por mim na cidade ao lado, marinheiros desembarcados da esquadra de ontem à noite.

Eram ainda horas de estar aberto o escritório. Recolhi a ele com um pasmo natural dos empregados, de quem me havia já despedido. Então de volta? Sim, de volta. Estava ali livre de sentir, sozinho com os que me acompanhavam sem que espiritualmente ali estivessem para mim... Era em certo modo o lar, isto é, o lugar onde se não sente.

191.

Penso às vezes, com um deleite triste, que se um dia, num futuro a que eu já não pertença, estas frases, que escrevo, durarem com louvor, terei enfim a gente que me "compreenda", os meus, a família verdadeira para nela nascer e ser amado. Mas, longe de eu nela ir nascer, eu terei já morrido há muito. Serei compreendido só em efígie, quando a afeição já não compense a quem morreu a só desafeição que teve,[1] quando vivo.

Um dia talvez compreendam que cumpri, como nenhum outro, o meu dever nato de intérprete de uma parte de um século; e, quando o compreendam, hão de escrever que na minha época fui incompreendido, que infelizmente vivi entre desafeições e friezas, e que é pena que tal me acontecesse. E o que escrever isto será, na época em que o escrever, incompreendedor, como os que me cercam, do meu análogo daquele tempo futuro. Porque os homens só aprendem para uso dos[2] seus bisavós, que já morreram. Só aos mortos sabemos ensinar as verdadeiras regras de viver.

Na tarde em que escrevo, o dia de chuva parou. Uma alegria do ar é fresca demais contra a pele. O dia vai acabando não em cinzento, mas em azul pálido. Um azul vago reflete-se, mesmo, nas pedras das ruas. Dói viver, mas é de longe. Sentir não importa. Acende-se uma ou outra montra. Em uma outra janela alta há gente que vê acabarem o trabalho. O mendigo que roça por mim pasmaria, se me conhecesse.

No azul menos pálido e menos azul, que se espelha nos prédios, entardece um pouco mais a hora indefinida.

Cai leve, fim do dia certo, em que os que creem e erram se engrenam no trabalho do costume, e têm, na sua própria dor, a felicidade da inconsciência. Cai leve, onda de luz que cessa, melancolia da tarde inútil, bruma sem névoa que entra no meu coração. Cai leve, suave, indefinida palidez lúcida e azul da tarde aquática — leve, suave, triste sobre a terra simples e fria. Cai leve, cinza invisível, monotonia magoada, tédio sem torpor.

192.

Três dias seguidos de calor sem calma, tempestade latente no mal-estar da quietude de tudo, vieram trazer, porque a tempestade se escoasse para outro ponto, um leve fresco morno e grato à superfície lúcida das coisas. Assim às vezes, neste decurso da vida, a alma, que sofreu porque a vida lhe pesou, sente subitamente um alívio, sem que se desse nela o que o explicasse.

Concebo que sejamos climas, sobre que pairam ameaças de tormenta, noutro ponto realizadas □

A imensidade vazia das coisas, o grande esquecimento que há no céu e na terra...

193.

Tenho assistido, incógnito, ao desfalecimento gradual da minha vida, ao soçobro lento de tudo quanto quis ser. Posso dizer, com aquela verdade que não precisa de flores para se saber que está morta, que não há coisa que eu tenha querido, ou em que tenha posto, um momento que fosse, o sonho só desse momento, que se me não tenha desfeito debaixo das janelas como pó parecendo pedra caído de um vaso de andar alto. Parece, até, que o Destino tem sempre procurado, primeiro, fazer-me amar ou querer aquilo que ele mesmo tinha disposto para que no dia seguinte eu visse que não tinha ou teria.

Espectador irônico de mim mesmo, nunca, porém, desanimei de assistir à vida. E, desde que sei, hoje, por antecipação de cada vaga esperança que ela há de ser desiludida, sofro o gozo especial de gozar já a desilusão com a esperança, como um amargo com doce que torna o doce doce contra o amargo. Sou um estratégico sombrio, que, tendo perdido todas as batalhas, traça já, no papel dos seus planos, gozando-lhe o esquema, os pormenores da sua retirada fatal, na véspera de cada sua nova batalha.

Tem-me perseguido, como um ente maligno, o destino de não poder desejar sem saber que terei que não ter. Se um momento vejo na rua um vulto núbil de rapariga, e, indiferentemente que seja, tenho um momento de supor o que seria se ele fosse meu, é sempre certo que, a dez passos do meu sonho, aquela rapariga encontra o homem que vejo que é o marido ou o amante. Um romântico faria disto uma tragédia; um estranho sentiria isto como uma comédia: eu, porém, misturo as duas coisas, pois sou romântico em mim e estranho a mim, e viro a página para outra ironia.

Uns dizem que sem esperança a vida é impossível, outros que com esperança é vazia. Para mim, que hoje não espero nem desespero, ela é um simples quadro externo, que me inclui a mim, e a que assisto como um espetáculo sem enredo, feito só para divertir os olhos — bailado sem nexo, mexer de folhas ao vento, nuvens em que a luz do sol muda de cores, arruamentos antigos, ao acaso, em pontos desconformes da cidade.

Sou, em grande parte, a mesma prosa que escrevo. Desenrolo-me em períodos e parágrafos, faço-me pontuações, e, na distribuição desencadeada das imagens, visto-me, como as crianças, de rei com papel de jornal, ou, no modo como faço ritmo de uma série de palavras, me touco, como os loucos, de flores secas que continuam vivas nos seus sonhos. E, acima de tudo, estou tranquilo, como um boneco de serradura que, tomando consciência de si mesmo, abanasse de vez em quando a cabeça, para que o guizo no alto do boné em bico (parte integrante da mesma cabeça) fizesse soar qualquer coisa, vida tinida do morto, aviso mínimo ao Destino.

Quantas vezes, contudo, em pleno meio desta insatisfação sossegada, me não sobe pouco a pouco à emoção consciente o sentimento do vácuo e do tédio de pensar assim! Quantas vezes não sinto, como quem ouve falar através de sons que cessam e recomeçam, a amargura essencial desta vida estranha à vida humana — vida em que nada se passa salvo na consciência dela! Quantas vezes, despertando de mim, não entrevejo, do exílio que sou, quanto fora melhor ser o ninguém de todos, o feliz que tem ao menos a amargura real, o contente que tem cansaço em vez de tédio, que sofre em vez de supor que sofre, que se mata, sim, em vez de se morrer!

Tornei-me uma figura de livro, uma vida lida. O que sinto é (sem que eu queira) sentido para se escrever que se sentiu. O que penso está logo em palavras, misturado com imagens que o desfazem, aberto em ritmos que são outra coisa qualquer. De tanto recompor-me, destruí-me. De tanto pensar-me, sou já meus pensamentos mas não eu. Sondei-me e deixei cair a sonda; vivo a pensar se sou fundo ou não, sem outra sonda agora senão o olhar que me mostra, claro a negro no espelho do poço alto, meu próprio rosto que me contempla a contemplá-lo.

Sou uma espécie de carta de jogar, de naipe antigo e incógnito, restando única do baralho perdido. Não tenho sentido, não sei do meu valor, não tenho a que me compare para que me encontre, não tenho a que sirva para que me conheça. E assim, em imagens sucessivas em que me descrevo — não sem verdade, mas com mentiras —, vou ficando mais nas imagens do que em mim, dizendo-me até não ser, escrevendo com a alma como tinta, útil para mais nada do que para se escrever com ela. Mas cessa a reação, e de novo me resigno. Volto em mim ao que sou, ainda que seja nada. E alguma coisa de lágrimas sem choro arde nos meus olhos hirtos, alguma coisa de angústia que não houve me empola asperamente a garganta seca. Mas, ai, nem sei o que chorara, se houvesse chorado, nem por que foi que o não chorei. A ficção acompanha-me, como a minha sombra. E o que quero[1] é dormir.

194.

Há um grande cansaço na alma do meu coração. Entristece-me quem eu nunca fui, e não sei que espécie de saudades é a lembrança que tenho dele. Caí entre as esperanças e os vestígios, como os poentes todos □

195.

Há criaturas que sofrem realmente por não poder ter vivido na vida real com o sr. Pickwick e ter apertado a mão ao sr. Wardle. Sou um desses. Tenho chorado lágrimas verdadeiras sobre esse romance, por não ter vivido naquele tempo, com aquela gente, gente real.

Os desastres dos romances são sempre belos, porque não corre sangue autêntico neles, nem apodrecem os mortos nos romances, nem a podridão é podre nos romances.

Quando o sr. Pickwick é ridículo, não é ridículo, porque o é num romance. Quem sabe se o romance não será uma mais perfeita realidade e vida que Deus cria através de nós, que nós — quem sabe — existimos apenas para criar? As civilizações parece não existirem senão para produzir arte e literatura; é, palavras, o que delas fala e fica. Por que não serão essas figuras extra-humanas verdadeiramente reais? Dói-me mal na existência mental pensar que isto possa ser assim...

196.

Os sentimentos que mais doem, as emoções que mais pungem, são os que são absurdos — a ânsia de coisas impossíveis, precisamente porque são impossíveis, a saudade do que nunca houve, o desejo do que poderia ter sido, a mágoa de não ser outro, a insatisfação da existência do mundo. Todos estes meios-tons da consciência da alma criam em nós uma paisagem dolorida, um eterno sol-pôr do que somos. O sentirmo-nos é então um campo deserto a escurecer, triste de juncos ao pé de um rio sem barcos, negrejando claramente entre margens afastadas.

Não sei se estes sentimentos são uma loucura lenta do desconsolo, se são reminiscências de qualquer outro mundo em que houvéssemos estado — reminiscências cruzadas e misturadas, como coisas vistas em sonhos, absurdas na figura que vemos mas não na origem se a soubéssemos. Não sei se houve outros seres que fomos, cuja maior completidão sentimos hoje, na sombra que deles somos, de uma maneira incompleta — perdida a solidez e nós figurando-no-la mal nas só duas dimensões da sombra que vivemos.

Sei que estes pensamentos da emoção doem com raiva na alma. A impossibilidade de nos figurar uma coisa a que correspondam, a impossibilidade de encontrar qualquer coisa que substitua aquela a que se abraçam em visão — tudo isto pesa como uma condenação dada não se sabe onde, ou por quem, ou por quê.

Mas o que fica de sentir tudo isto é com certeza um desgosto da vida e de todos os seus gestos, um cansaço antecipado dos desejos e de todos os seus modos, um desgosto anônimo de todos os sentimentos. Nestas horas de mágoa sutil, torna-se-nos impossível, até em sonho, ser amante, ser herói, ser feliz. Tudo isso está vazio, até na ideia do que é. Tudo isso está dito em outra linguagem, para nós incompreensível, meros sons de sílabas sem forma no entendimento. A vida é oca, a alma é oca, o mundo é oco. Todos os deuses morrem de uma morte maior que a morte. Tudo está mais vazio que o vácuo. É tudo um caos de coisas nenhumas.

Se penso isto e olho, para ver se a realidade me mata a sede, vejo casas inexpressivas, caras inexpressivas, gestos inexpressivos. Pedras, corpos, ideias — está tudo morto. Todos os movimentos são paragens, a mesma paragem todos eles. Nada me diz nada. Nada me é conhecido, não porque o estranhe mas porque não sei o que é. Perdeu-se o mundo. E no fundo da minha alma — como única realidade deste momento — há uma mágoa intensa e invisível, uma tristeza como o som de quem chora num quarto escuro.

197.

Sinto o tempo com uma dor enorme. É sempre com uma comoção exagerada que abandono qualquer coisa. O pobre quarto alugado onde passei uns meses, a mesa do hotel de província onde passei seis dias, a própria triste sala de espera da estação de caminho de ferro onde gastei duas horas à espera do comboio — sim, mas as coisas pequenas da vida, quando as abandono e penso, com toda a sensibilidade dos meus nervos, que nunca mais as verei e as terei, pelo menos naquele preciso e exato momento, doem-me metafisicamente. Abre-se-me um abismo na alma e um sopro frio da boca de Deus roça-me pela face lívida.

O tempo! O passado! Aí algures, uma voz, um canto, um perfume ocasional levantou em minha alma o pano de boca das minhas recordações... Aquilo que fui e nunca mais serei! Aquilo que tive e não tornarei a ter! Os mortos! Os mortos que me amaram na minha infância. Quando os evoco, toda a alma me esfria e eu sinto-me desterrado de corações, sozinho na noite de mim próprio, chorando como um mendigo o silêncio fechado de todas as portas.

198.

PROSA DE FÉRIAS

A praia pequena, formando uma baía pequeníssima, excluída do mundo por dois promontórios em miniatura, era, naquelas férias de três dias, o meu retiro de mim mesmo. Descia-se para a praia por uma escada tosca, que começava, em cima, em[1] escada de madeira, e a meio se tornava em recorte de degraus na rocha, com corrimão de ferro ferrugento. E, sempre que eu descia a escada velha, e sobretudo da pedra aos pés para baixo, saía da minha própria existência, encontrando-me.

Dizem os ocultistas, ou alguns deles, que há momentos supremos da alma em que ela recorda, com a emoção ou com parte da memória, um momento, ou um aspecto, ou uma sombra, de uma encarnação anterior. E então, como[2] regressa a um tempo que está mais próximo que o seu presente da origem e do começo das coisas, sente, em certo modo, uma infância e uma libertação.

Dir-se-ia que, descendo aquela escada pouco usada agora, e entrando lentamente na praia pequena sempre deserta, eu empregava um processo mágico para me encontrar mais próximo da mônada possível que sou. Certos modos e feições da minha vida quotidiana — representados no meu ser constante por desejos, repugnâncias, preocupações — sumiam-se de mim como emboscados da ronda, apagavam-se nas sombras até se não perceber o que eram, e eu atingia um estado de distância íntima em que se me tornava difícil lembrar-me de ontem, ou conhecer como meu o ser que em mim está vivo todos os dias. As minhas emoções de constantemente, os meus hábitos regularmente irregulares, as minhas falas com outros, as minhas adaptações à constituição social do mundo — tudo isto me parecia coisas lidas algures, páginas inertes de uma biografia impressa, pormenores de um romance qualquer, naqueles capítulos intervalares que lemos pensando em outra coisa, e o fio da narrativa se esbambeia até cobrejar[3] pelo chão.

Então, na praia rumorosa só das ondas próprias, ou do vento que passava alto, como um grande avião inexistente, entregava-me a uma nova espécie de sonhos — coisas informes e suaves, maravilhas da impressão profunda, sem imagens, sem emoções, limpas como o céu e as águas, e soando, como as volutas desrendando-se do mar alçante, do fundo de uma grande verdade; tremulamente de um azul oblíquo ao longe, esverdeando na chegada com transparências de outros tons verde-sujos, e, depois de quebrar, chiando, os mil braços desfeitos, e os desalongar em areia amorenada[4] e espuma desbabada, congregando em si todas as ressacas, os regressos à liberdade da origem, as saudades divinas, as memórias, como esta que informemente me não doía, de um estado anterior, ou feliz por bom ou por outro, um corpo de saudade com alma de espuma, o repouso, a morte, o tudo ou nada que cerca como um grande mar a ilha de náufragos que é a vida.

E eu dormia sem sono, desviado já do que via a sentir, crepúsculo de mim mesmo, som de água entre árvores, calma dos grandes rios, frescura das tardes tristes, lento arfar do peito branco[5] do sono de infância da contemplação.

199.

A doçura de não ter família nem companhia, esse suave gosto como o do exílio, em que sentimos o orgulho do desterro esbater-nos em volúpia incerta a vaga inquietação de estar longe — tudo isto eu gozo a meu modo, indiferentemente. Porque um dos detalhes característicos da minha atitude espiritual é que a atenção não deve ser cultivada exageradamente, e mesmo o sonho deve ser olhado alto, com uma consciência aristocrática de o estar fazendo existir. Dar demasiada importância ao sonho seria dar demasiada importância, afinal, a uma coisa que se separou de nós próprios, que se ergueu, conforme pôde, em realidade, e que, por isso, perdeu o direito absoluto à nossa delicadeza para com ela.

200.

A vulgaridade é um lar. O quotidiano é materno. Depois de uma incursão larga na grande poesia, aos montes da aspiração sublime, aos penhascos do transcendente e do oculto, sabe melhor que bem, sabe a tudo quanto é quente na vida, regressar à estalagem onde riem os parvos felizes, beber com eles, parvo também, como Deus nos fez, contente do universo que nos foi dado e deixando o mais aos que trepam montanhas para não fazer nada lá no alto.

Nada me comove que se diga, de um homem que tenho por louco ou néscio, que supera a um homem vulgar em muitos casos e conseguimentos da vida. Os epilépticos são, na crise, fortíssimos; os paranoicos raciocinam como poucos homens normais conseguem discorrer; os delirantes com mania religiosa agregam multidões de crentes como poucos (se alguns) demagogos as agregam, e com uma força íntima que estes não logram dar aos seus sequazes. E isto tudo não prova senão que a loucura é loucura. Prefiro a derrota com o conhecimento da beleza das flores que a vitória no meio dos desertos, cheia da cegueira da alma a sós com a sua nulidade separada.

Que de vezes o próprio sonho fútil me deixa um horror à vida interior, uma náusea física dos misticismos e das contemplações. Com que pressa corro de casa, onde assim sonhe, ao escritório; e vejo a cara do Moreira como se chegasse finalmente a um porto. Considerando bem tudo, prefiro o Moreira ao mundo astral; prefiro a realidade à verdade; prefiro a vida, vamos, ao mesmo Deus que a criou. Assim ma deu, assim a viverei. Sonho porque sonho, mas não sofro o insulto próprio de dar aos sonhos outro valor que não o de serem o meu teatro íntimo, como não dou ao vinho, de que todavia me não abstenho, o nome de alimento ou de necessidade da vida.

201.

Desde antes de manhã cedo, contra o uso solar desta cidade clara, a névoa envolvia, num manto leve,[1] que o sol foi crescentemente dourando, as casas sucessivas,[2] os espaços abolidos, os acidentes da terra e das construções. Chegada, porém, a hora alta antes do meio-dia, começou a desfiar-se[3] a bruma branda, e, em hálitos de sombras de véus, a cessar imponderavelmente. Pelas dez horas da manhã só um tênue mau-azular do céu revelava que a névoa fora.

As feições da cidade renasceram do escorregar da máscara do velamento. Como se uma janela se abrisse, o dia já raiado raiou. Houve uma leve mudança nos ruídos de tudo. Apareceram também. Um tom azul insinuou-se até nas pedras das ruas e nas auras impessoais dos transeuntes. O sol era quente, mas ainda umidamente quente. Coava-o invisivelmente a névoa que já não existia.

O despertar de uma cidade, seja entre névoa ou de outro modo, é sempre para mim uma coisa mais enternecedora do que o raiar da aurora sobre os campos. Renasce muito mais, há muito mais que esperar, quando, em vez de só dourar, primeiro de luz obscura, depois de luz úmida, mais tarde de ouro luminoso,[4] as relvas, os relevos dos arbustos, as palmas das[5] mãos das folhas, o sol multiplica os seus possíveis efeitos nas janelas, nos muros, nos telhados — nas janelas tantas, nos muros tão diferentes, nos telhados tão vários — grande manhã diversa a tantas realidades diversas. Uma aurora no campo faz-me bem; uma aurora na cidade faz-me bem e mal, e por isso me faz mais que bem. Sim, porque a esperança maior que me traz tem, como todas as esperanças, aquele travo longínquo e saudoso de não ser realidade. A manhã do campo existe; a manhã da cidade promete. Uma faz viver; a outra faz pensar. E eu hei sempre de sentir, como os grandes malditos, que mais vale pensar que viver.

202.

Atrás dos primeiros menos-calores do estio findo vieram, nos acasos das tardes, certos coloridos mais brandos do céu amplo, certos retoques de brisa fria que anunciavam o outono. Não era ainda o desverde da folhagem, ou o desprenderem-se das folhas, nem aquela vaga angústia que acompanha a nossa sensação da morte externa, porque o há de ser também a nossa. Era como um cansaço do esforço existente, um vago sono sobrevindo aos últimos gestos de agir. Ah, são tardes de uma tão magoada indiferença, que, antes que comece nas coisas, começa em nós o outono.

Cada outono que vem é mais perto do último outono que teremos, e o mesmo é verdade do verão ou do estio; mas o outono lembra, por o que é, o acabamento de tudo, e no verão ou no estio é fácil, de olhar, que o esqueçamos. Não é ainda o outono, não está ainda no ar o amarelo das folhas caídas ou a tristeza úmida do tempo que vai ser inverno mais tarde. Mas há um resquício de tristeza antecipada, uma mágoa vestida para a viagem, no sentimento em que somos vagamente atentos à difusão colorida das coisas, ao outro tom do vento, ao sossego mais velho que se alastra, se a noite cai, pela presença inevitável do universo.

Sim, passaremos todos, passaremos tudo. Nada ficará do que usou sentimentos e luvas, do que falou da morte e da política local. Como é a mesma luz que ilumina as faces dos santos e as polainas dos transeuntes, assim será a mesma falta de luz que deixará no escuro o nada que ficar de uns terem sido santos e outros usadores de polainas. No vasto redemoinho, como o das folhas secas, em que jaz indolentemente o mundo inteiro, tanto faz os reinos como os vestidos das costureiras, e as tranças das crianças louras vão no mesmo giro mortal que os cetros que figuraram impérios. Tudo é nada, e no átrio do Invisível, cuja porta aberta mostra apenas, defronte, uma porta fechada, bailam, servas desse vento que as remexe sem mãos, todas as coisas, pequenas e grandes, que formaram, para nós e em nós, o sistema sentido do universo. Tudo é sombra e pó mexido, nem há voz senão a do som que faz o que [o] vento ergue e arrasta, nem silêncio senão do que o vento deixa. Uns, folhas leves, menos presas de terra por mais leves, vão altas do rodopio do Átrio e caem mais longe que o círculo dos pesados. Outros, invisíveis quase, pó igual, diferente só se o víssemos de perto, faz cama a si mesmo no redemoinho. Outros ainda, miniaturas de troncos, são arrastados à roda e cessam aqui e ali. Um dia, no fim do conhecimento das coisas, abrir-se-á a porta do fundo, e tudo o que fomos — lixo de estrelas e de almas — será varrido para fora da casa, para que o que há recomece.

Meu coração dói-me como um corpo estranho. Meu cérebro dorme tudo quanto sinto. Sim, é o princípio do outono que traz ao ar e à minha alma aquela luz sem sorriso que vai orlando de amarelo morto o arredondamento confuso das poucas nuvens do poente. Sim, é o princípio do outono, e o conhecimento claro, na hora límpida, da insuficiência anônima de tudo. O outono, sim, o outono, o que há ou o que vai haver, e o cansaço antecipado de todos os gestos, a desilusão antecipada de todos os sonhos. Que posso eu esperar e de quê? Já, no que penso de mim, vou entre as folhas e os pós do átrio, na órbita sem sentido de coisa nenhuma, fazendo som de vida nas lajes limpas que um sol angular doura de fim não sei onde.

Tudo quanto pensei, tudo quanto sonhei, tudo quanto fiz ou não fiz — tudo isso irá no outono, como os fósforos gastos que juncam o chão em diversos sentidos, ou os papéis amarrotados em bolas falsas, ou os grandes impérios, as religiões todas, as filosofias com que brincaram, fazendo-as, as crianças sonolentas do abismo. Tudo quanto foi minha alma, desde tudo a que aspirei à casa vulgar em que moro, desde os deuses que tive ao patrão Vasques que tenho,[1] tudo vai no outono, tudo no outono, na ternura indiferente do outono. Tudo no outono, sim, tudo no outono...

203.

Nem se sabe se o que acaba do dia é conosco que finda em mágoa inútil, ou se o que somos é falso entre penumbras, e não há mais que o grande silêncio sem patos-bravos que cai sobre os lagos onde os juncos erguem a sua hirteza que desfalece. Não se sabe nada, nem a memória resta das histórias de infância, algas, nem a carícia tarda dos céus futuros, brisa em que a imprecisão se abre lentamente em estrelas. A lâmpada votiva oscila incerta no templo onde já ninguém anda, estagnam os tanques ao sol das quintas desertas, não se conhece o nome inscrito no tronco outrora, e os privilégios dos ignotos foram, como papel mal rasgado, pelas estradas cheias de um grande vento, aos acasos dos obstáculos que os pararam. Outros se debruçarão da mesma janela que os outros; dormem os que se esqueceram da má sombra, saudosos do sol que não tinham; e eu mesmo, que ouso sem gestos, acabarei sem remorsos, entre juncos ensopados, enlameado do rio próximo e do cansaço frouxo, sob grandes outonos de tarde, em confins impossíveis. E através de tudo, como um silvo de angústia nua, sentirei a minha alma por trás do devaneio — uivo fundo e puro, inútil no escuro do mundo.

204.

Nuvens... Hoje tenho consciência do céu, pois há dias em que o não olho mas sinto, vivendo na cidade e não na natureza que a inclui. Nuvens... São elas hoje a principal realidade, e preocupam-me como se o velar do céu fosse um dos grandes perigos do meu destino. Nuvens... Passam da barra para o Castelo, de Ocidente para Oriente, num tumulto disperso e despido, branco às vezes, se vão esfarrapadas na vanguarda de não sei quê; meio negro outras, se, mais lentas, tardam em ser varridas pelo vento audível; negras de um branco sujo, se, como se quisessem ficar, enegrecem mais da vinda que da sombra o que as ruas abrem de falso espaço entre as linhas fechadoras da casaria.

Nuvens... Existo sem que o saiba e morrerei sem que o queira. Sou o intervalo entre o que sou e o que não sou, entre o que sonho e o que a vida fez de mim, a média abstrata e carnal entre coisas que não são nada, sendo eu nada também. Nuvens... Que desassossego se sinto, que desconforto se penso, que inutilidade se quero! Nuvens... Estão passando sempre, umas muito grandes, parecendo, porque as casas não deixam ver se são menos grandes que parecem, que vão a tomar todo o céu; outras de tamanho incerto, podendo ser duas juntas ou uma que se vai partir em duas, sem sentido no ar alto contra o céu fatigado; outras ainda, pequenas, parecendo brinquedos de poderosas coisas, bolas irregulares de um jogo absurdo, só para um lado, num grande isolamento, frias.

Nuvens... Interrogo-me e desconheço-me. Nada tenho feito de útil nem farei de justificável. Tenho gasto a parte da vida que não perdi em interpretar confusamente coisa nenhuma, fazendo versos em prosa às sensações intransmissíveis com que torno meu o universo incógnito. Estou farto de mim, objetiva e subjetivamente. Estou farto de tudo, e do tudo de tudo. Nuvens... São tudo, desmanchamentos do alto, coisas hoje só elas reais entre a terra nula e o céu que não existe; farrapos indescritíveis do tédio que lhes imponho; névoa condensada em ameaças de cor ausente; algodões de rama sujos de um hospital sem paredes. Nuvens... São como eu, uma passagem desfeita entre o céu e a terra, ao sabor de um impulso invisível, trovejando ou não trovejando, alegrando brancas ou escureando negras, ficções do intervalo e do descaminho, longe do ruído da terra e sem ter o silêncio do céu. Nuvens... Continuam passando, continuam sempre passando, passarão sempre continuando, num enrolamento descontínuo de meadas baças, num alongamento difuso de falso céu desfeito.

205.

Fluido, o abandono do dia finda entre púrpuras exaustas. Ninguém me dirá quem sou, nem saberá quem fui. Desci da montanha ignorada ao vale que ignoraria, e meus passos foram, na tarde lenta, vestígios deixados nas clareiras da floresta. Todos quantos amei me esqueceram na sombra. Ninguém soube do último barco. No correio não havia notícia da carta que ninguém haveria de escrever.

Tudo, porém, era falso. Não contaram histórias que outros houvessem contado, nem se sabe ao certo do que partiu outrora, na esperança do embarque falso, filho da bruma futura e da indecisão por vir. Tenho nome entre os que tardam, e esse nome é sombra como tudo.

206.

FLORESTA

Mas ah, nem a alcova era certa — era a alcova velha da minha infância perdida! Como um nevoeiro, afastou-se, atravessou materialmente as paredes brancas do meu quarto real, e este emergiu nítido e menor da sombra, como a vida e o dia, como o passo do carroceiro e o som vago do chicote que põem músculos de se levantar no corpo deitado da besta sonolenta.

207.

Quantas coisas, que temos por certas ou justas, não são mais que os vestígios dos nossos sonhos, o sonambulismo da nossa incompreensão! Sabe acaso alguém o que é certo ou justo? Quantas coisas, que temos por belas, não são mais que o uso da época, a ficção do lugar e da hora! Quantas coisas, que temos por nossas, não são mais que aquilo de que somos perfeitos espelhos, ou invólucros transparentes, alheios no sangue à raça da sua natureza!

Quanto mais medito na capacidade, que temos, de nos enganar, mais se me esvai entre os dedos lassos a areia fina das certezas desfeitas. E todo o mundo me surge, em momentos em que a meditação se me torna um sentimento, e com isso a mente se me obnubila, como uma névoa feita de sombra, um crepúsculo dos ângulos e das arestas, uma ficção do interlúdio, uma demora da antemanhã. Tudo se me transforma em um absoluto morto de ele mesmo, numa estagnação de pormenores. E os mesmos sentidos, com que transfiro a meditação para esquecê-la, são uma espécie de sono, qualquer coisa de remoto e de sequaz, interstício, diferença, acaso das sombras e da confusão.

Nesses momentos, em que compreenderia os ascetas e os retirados, se houvesse em mim poder de compreender os que se empenham em qualquer esforço com fins absolutos, ou em qualquer crença capaz de produzir um esforço, eu criaria, se pudesse, toda uma estética da desconsolação, uma rítmica íntima de balada de berço, coada pelas ternuras da noite em grandes afastamentos de outros lares.

Encontrei hoje em ruas, separadamente, dois amigos meus que se haviam zangado um com o outro. Cada um me contou a narrativa de por que se haviam zangado. Cada um me disse a verdade. Cada um me contou as suas razões. Ambos tinham razão. Ambos tinham toda a razão. Não era que um via uma coisa e o outro outra, ou que um via um lado das coisas e outro um lado diferente. Não: cada um via as coisas exatamente como se haviam passado, cada um as via com um critério idêntico ao do outro, mas cada um via uma coisa diferente, e cada um, portanto, tinha razão.

Fiquei confuso desta dupla existência da verdade.

208.

Assim como, quer o saibamos quer não, temos todos uma metafísica, assim também, quer o queiramos quer não, temos todos uma moral. Tenho uma moral muito simples — não fazer a ninguém nem mal nem bem. Não fazer a ninguém mal, porque não só reconheço nos outros o mesmo direito que julgo que me cabe, de que não me incomodem, mas acho que bastam os males naturais para mal que tenha de haver no mundo. Vivemos todos, neste mundo, a bordo de um navio saído de um porto que desconhecemos para um porto que ignoramos; devemos ter, uns para os outros, uma amabilidade de viagem. Não fazer bem, porque não sei o que é o bem, nem se o faço quando julgo que o faço. Sei eu que males produzo se dou esmola? Sei eu que males produzo se educo ou instruo? Na dúvida, abstenho-me. E acho, ainda, que auxiliar ou esclarecer é, em certo modo, fazer o mal de intervir na vida alheia. A bondade é um capricho temperamental: não temos o direito de fazer os outros vítimas de nossos caprichos, ainda que de humanidade ou de ternura. Os benefícios são coisas que se infligem; por isso os abomino friamente.

Se não faço o bem, por moral, também não exijo que mo façam. Se adoeço, o que mais me pesa é que obrigo alguém a tratar-me, coisa que me repugnaria de fazer a outrem. Nunca visitei um amigo doente. Sempre que, tendo eu adoecido, me visitaram, sofri cada visita como um incômodo, um insulto, uma violação injustificável da minha intimidade decisiva. Não gosto que me deem coisas; parecem com isso obrigar-me a que as dê também — aos mesmos ou a outros, seja a quem for.

Sou altamente sociável de um modo altamente negativo. Sou a inofensividade encarnada. Mas não sou mais do que isso, não quero ser mais do que isso, não posso ser mais do que isso. Tenho para com tudo que existe uma ternura visual, um carinho da inteligência — nada no coração. Não tenho fé em nada, esperança de nada, caridade para nada. Abomino com náusea e pasmo os sinceros de todas as sinceridades e os místicos de todos os misticismos, ou, antes e melhor, as sinceridades de todos os sinceros e os místicismos de todos os místicos. Essa náusea é quase física quando esses misticismos são ativos, quando pretendem convencer a inteligência alheia, ou mover a vontade alheia, ou encontrar a verdade ou reformar o mundo.

Considero-me feliz por não ter já parentes. Não me vejo assim na obrigação, que inevitavelmente me pesaria, de ter que amar alguém. Não tenho saudades senão literariamente. Lembro a minha infância com lágrimas, mas são lágrimas rítmicas, onde já se prepara a prosa. Lembro-a como uma coisa externa e através de coisas externas; lembro só as coisas externas. Não é sossego dos serões de província que me enternece da infância que vivi neles: é a disposição da mesa para o chá, são os vultos dos móveis em torno da casa, são as caras e os gestos físicos das pessoas. É de quadros que tenho saudades. Por isso tanto me enternece a minha infância como a de outrem: são ambas, no passado que não sei o que é, fenômenos puramente visuais, que sinto com a atenção literária. Enterneço-me, sim, mas não é porque lembro, mas porque vejo.

Nunca amei ninguém. O mais que tenho amado são sensações minhas — estados da visualidade consciente, impressões da audição desperta, perfumes que são uma maneira de a humildade do mundo externo falar comigo, dizer-me coisas do passado (tão fácil de lembrar pelos cheiros) — isto é, de me darem mais realidade, mais emoção, que o simples pão a cozer lá dentro na padaria funda, como naquela tarde longínqua em que vinha do enterro do meu tio que me amara tanto e havia em mim vagamente a ternura de um alívio, não sei bem de quê.

É esta a minha moral, ou a minha metafísica, ou eu. Transeunte de tudo — até de minha própria alma —, não pertenço a nada, não desejo nada, não sou nada — centro abstrato de sensações impessoais, espelho caído sentiente virado para a variedade do mundo. Com isto, não sei se sou feliz ou infeliz; nem me importa.

209.

Colaborar, ligar-se, agir com outros, é um impulso metafisicamente mórbido. A alma que é dada ao indivíduo, não deve ser emprestada às suas relações com os outros. O fato divino de existir não deve ser entregue ao fato satânico de coexistir.

Ao agir com outros perco, ao menos, uma coisa — que é agir só.

Quando me entrego, embora pareça que me expando, limito-me. Conviver é morrer. Para mim, só a minha autoconsciência é real; os outros são fenômenos incertos nessa consciência, e a que seria mórbido emprestar uma realidade muito verdadeira.

A criança, que quer por força fazer a sua vontade, data de mais perto de Deus, porque quer existir.

A nossa vida de adultos reduz-se a dar esmolas aos outros. Vivemos todos de esmola alheia. Desperdiçamos a nossa personalidade em orgias de coexistência.

Cada palavra falada nos trai. A única comunicação tolerável é a palavra escrita, porque não é uma pedra em uma ponte entre almas, mas um raio de uma luz entre astros.

Explicar é descrer. Toda a filosofia é uma diplomacia sob a espécie da eternidade □, como a diplomacia, uma coisa substancialmente falsa, que existe não como coisa, mas inteira e absolutamente para um fim.

O único destino nobre de um escritor que se publica é não ter uma celebridade que mereça. Mas o verdadeiro destino nobre é o do escritor que não se publica. Não digo que não escreva, porque esse não é escritor. Digo do que por natureza escreve, e por condição espiritual não oferece o que escreve.

Escrever é objetivar sonhos, é criar um mundo exterior para prêmio[?] evidente da nossa índole de criadores. Publicar é dar esse mundo exterior aos outros; mas para quê, se o mundo exterior comum a nós e a eles é o "mundo exterior" real, o da matéria, o mundo visível e tangível? Que têm os outros com o universo que há em mim?

210.

ESTÉTICA[1] DO DESALENTO

Publicar-se — socialização de si próprio. Que ignóbil necessidade! Mas ainda assim que afastada de um *ato* — o editor ganha, o tipógrafo produz. O mérito da incoerência ao menos.

Uma das preocupações maiores do homem, atingida a idade lúcida, é talhar-se, agente e pensante, à imagem e semelhança do seu ideal. Posto que nenhum ideal encarna tanto como o da inércia toda a lógica da nossa aristocracia de alma ante as ruidosidades e □ exteriores modernas, o Inerte, o Inativo deve ser o nosso ideal. Fútil? Talvez. Mas isso só preocupará como um mal aqueles para quem a futilidade é um atrativo.

211.

O entusiasmo é uma grosseria.

A expressão do entusiasmo é, mais do que tudo, uma violação dos direitos da nossa insinceridade.

Nunca sabemos quando somos sinceros. Talvez nunca o sejamos. E mesmo que sejamos sinceros hoje, amanhã podemos sê-lo por coisa contrária.

Por mim não tive convicções. Tive sempre impressões. Nunca poderia odiar uma terra em que eu houvesse visto um poente escandaloso.

Exteriorizar impressões é mais persuadirmo-nos de que as temos do que termo-las.

212.

No que somos e no que queremos somos a Morte. A Morte nos cerca e nos penetra. Vivemo-la e a isso chamamos vida.

Vivemos, dormimos e sonhamos a morte dos mortos, e morremos a da vida.

Morte é o que temos, morte o que desejamos. A nossa vida que vivemos é morte.

213.

Tudo se me evapora. A minha vida inteira, as minhas recordações, a minha imaginação e o que contém, a minha personalidade, tudo se me evapora. Continuamente sinto que fui outro, que senti outro, que pensei outro. Aquilo a que assisto é um espetáculo com outro cenário. E aquilo a que assisto sou eu.

Encontro às vezes, na confusão vulgar das minhas gavetas literárias, papéis escritos por mim há dez anos, há quinze anos, há mais anos talvez. E muitos deles me parecem de um estranho; desreconheço-me neles. Houve quem os escrevesse, e fui eu. Senti-os eu, mas foi como em outra vida, de que houvesse agora despertado como de um sono alheio.

É frequente eu encontrar coisas escritas por mim quando ainda muito jovem — trechos dos dezessete anos, trechos dos vinte anos. E alguns têm um poder de expressão que me não lembro de poder ter tido nessa altura da vida. Há em certas frases, em vários períodos, de coisas escritas a poucos passos da minha adolescência, que me parecem produto de tal qual sou agora, educado por anos e por coisas. Reconheço que sou o mesmo que era. E, tendo sentido que estou hoje num progresso grande do que fui, pergunto onde está o progresso se então era o mesmo que hoje sou.

Há nisto um mistério que me desvirtua e me oprime.

Ainda há dias sofri uma impressão espantosa com um breve escrito do meu passado. Lembro-me perfeitamente de que o meu escrúpulo, pelo menos relativo, pela linguagem data de há poucos anos. Encontrei numa gaveta um escrito meu, muito mais antigo, em que esse mesmo escrúpulo estava fortemente acentuado. Não me compreendi no passado positivamente. Como avancei para o que já era? Como me conheci hoje o que me desconheci ontem? E tudo se me confunde num labirinto, onde, comigo, me extravio de mim.

Devaneio com o pensamento, e estou certo que isto que escrevo, já o escrevi. Recordo. E pergunto ao que em mim presume de ser se não haverá no platonismo das sensações outra anamnese mais inclinada, outra recordação de uma vida anterior que seja apenas desta vida...

Meu Deus, meu Deus, a quem assisto? Quantos sou? Quem é eu? O que é este intervalo que há entre mim e mim?

214.

Outra vez encontrei um trecho meu, escrito em francês, sobre o qual haviam passado já quinze anos. Nunca estive em França, nunca lidei de perto com franceses, nunca tive exercício, portanto, daquela língua, de que me houvesse desabituado. Leio hoje tanto francês como sempre li. Sou mais velho, sou mais prático de pensamento: deverei ter progredido. E esse trecho do meu passado longínquo tem uma segurança no uso do francês que eu hoje não possuo; o estilo é fluido, como hoje o não poderei ter naquele idioma; há trechos inteiros, frases completas, formas e modos de expressão, que acentuam um domínio daquela língua de que me extraviei sem que me lembrasse que o tinha. Como se explica isto? A quem me substituí dentro de mim?

Bem sei que é fácil formar uma teoria da fluidez das coisas e das almas, compreender que somos um decurso interior de vida, imaginar que o que somos é uma quantidade grande, que passamos por nós, que fomos muitos... Mas aqui há outra coisa que não o mero decurso da personalidade entre as próprias margens: há o outro absoluto, um ser alheio que foi meu. Que perdesse, com o acréscimo da idade, a imaginação, a emoção, um tipo da inteligência, um modo do sentimento — tudo isso, fazendo-me pena, me não faria pasmo. Mas a que assisto quando me leio como a um estranho? A que beira estou se me vejo no fundo?

Outras vezes encontro trechos que me não lembro de ter escrito — o que é pouco para pasmar —, mas que nem me lembro de poder ter escrito — o que me apavora. Certas frases são de outra mentalidade. É como se encontrasse um retrato antigo, sem dúvida meu, com uma estatura diferente, com umas feições incógnitas — mas indiscutivelmente meu, pavorosamente eu.

215.

Tenho as opiniões mais desencontradas, as crenças mais diversas... É que nunca penso, nem falo, nem ajo... Pensa, fala e age por mim sempre um sonho qualquer meu, em que me encarno de momento. Vou a falar e falo eu-outro. De *meu*, só sinto uma incapacidade enorme, um vácuo imenso, uma incompetência ante tudo quanto é a vida. Não sei os gestos a ato nenhum real, □

Nunca aprendi a existir.

Tudo que quero consigo, logo que seja dentro de mim.

Quero que a leitura deste livro vos deixe a impressão de terdes atravessado um pesadelo voluptuoso.

O que antes era moral, é estético hoje para nós... O que era social é hoje individual...

Para que olhar para os crespúsculos se tenho em mim milhares de crepúsculos diversos — alguns dos quais que o não são — e se, além de os olhar dentro de mim, eu próprio *os sou*, por dentro?[1]

216.

O poente está espalhado pelas nuvens soltas que o céu todo tem. Reflexos de todas as cores, reflexos brandos[1], enchem as diversidades do ar alto, boiam ausentes nas grandes mágoas da altura. Pelos cimos dos telhados erguidos, meio cor, meio sombras, os últimos raios lentos do sol indo-se tomam formas de cor que nem são suas nem das coisas em que pousam. Há um vasto[2] sossego acima do nível ruidoso da cidade que vai também sossegando. Tudo respira para além da cor e do som, num hausto fundo e mudo.

Nas casas coloridas que o sol não vê, as cores começam a ter tons de cinzento delas. Há frio nas diversidades dessas cores. Dorme uma pequena inquietação nos vales falsos das ruas. Dorme e sossega. E pouco a pouco, nas mais baixas das nuvens altas, começam os reflexos a ser de sombra; só naquela pequena nuvem, que paira águia branca acima de tudo, o sol conserva, de longe, o seu ouro rindo.

Tudo quanto tenho buscado na vida, eu mesmo o deixei por buscar. Sou como alguém que procure distraidamente o que, no sonho entre a busca, esqueceu já o que era. Torna-se mais real que a coisa buscada ausente o gesto real[3] das mãos visíveis que buscam, revolvendo, deslocando, assentando, e existem brancas e longas, com cinco dedos cada uma, exatamente.

Tudo quanto tenho tido é como este céu alto e diversamente o mesmo, farrapos de nada tocados de uma luz distante, fragmentos de falsa vida que a morte doura de longe, com seu sorriso triste de verdade inteira. Tudo quanto tenho tido, sim, tem sido o não ter sabido buscar, senhor feudal de pântanos à tarde, príncipe deserto de uma cidade de túmulos vazios.

Tudo quanto sou, ou quanto fui, ou quanto penso do que sou ou fui, tudo isso perde de repente — nestes meus pensamentos e na perda súbita de luz da nuvem alta — o segredo, a verdade, a ventura talvez, que houvesse em não sei que que tem por baixo[4] a vida. Tudo isso, como um sol que falta, é [o] que me resta, e sobre os telhados altos, diversamente, a luz deixa escorregar as suas mãos de queda, e sai à vista, na unidade dos telhados, a sombra íntima de tudo.

Vago pingo trêmulo, clareia[5] pequena ao longe a primeira estrela.

217.

Todos os movimentos da sensibilidade, por agradáveis que sejam, são sempre interrupções de um estado, que não sei em que consiste, que é a vida íntima dessa própria[1] sensibilidade. Não só as grandes preocupações, que nos distraem de nós, mas até as pequenas arrelias, perturbam uma quietação a que todos, sem saber, aspiramos.

Vivemos quase sempre fora de nós, e a mesma vida é uma perpétua dispersão. Porém é para nós que tendemos, como para um centro em torno do qual fazemos, como os planetas, elipses absurdas e distantes.

218.

Sou mais velho que o Tempo e que o Espaço, porque sou consciente. As coisas derivam de mim; a Natureza inteira é a primogênita da minha sensação.

Busco — não encontro. Quero, e não posso.

Sem mim, o sol nasce e se apaga; sem mim a chuva cai e o vento geme. Não são por mim as estações, nem o curso dos meses, nem a passagem das horas.

Dono do mundo em mim, como de terras que não posso trazer comigo, □

219.

Esse lugar ativo de sensações, a minha alma, passeia às vezes comigo conscientemente pelas ruas noturnas da cidade, nas horas tedientas em que me sinto um sonho entre sonhos de outra espécie, à luz □ do gás, pelo ruído transitório dos veículos.

Ao mesmo tempo que em corpo me embrenho por vielas e sub-ruas, torna-se-me complexa a alma em labirintos de sensação. Tudo quanto de aflitivamente pode dar a noção de irrealidade e de existência fingida, tudo quanto soletra, sem ser ao raciocínio, mas [concretamente],[1] o quanto é mais do que oco o lugar do universo, desenrola-se-me então objetivamente no espírito apartado. Angustia-me, não sei por quê, essa extensão objetiva de ruas estreitas, e largas, essa consecução de candeeiros, árvores, janelas iluminadas e escuras, portões fechados e abertos, vultos heterogeneamente noturnos que a minha vista curta, no que de maior imprecisão lhes dá, ajuda a tornar subjetivamente monstruosos, incompreensíveis e irreais.

Fragmentos verbais de inveja, de luxúria, de trivialidade vão de embate ao meu sentido de ouvir. Sussurrados murmúrios □ ondulam para a minha consciência.

Pouco a pouco vou perdendo a consciência nítida de que existo coextensamente com isto tudo, de que realmente me movo, ouvindo e pouco vendo, entre sombras que representam entes e lugares onde entes o são. Torna-se-me gradualmente, escuramente, indistintamente incompreensível como é que isto tudo pode ser em face do tempo eterno e do espaço infinito.

Passo daqui, por passiva associação de ideias, a pensar nos homens que desse espaço e desse tempo tiveram a consciência analisadora e compreendedoramente perdida. Sente-se-me grotesca a ideia de que entre homens como estes, em noites sem dúvida como esta, em cidades decerto não essencialmente diversas da em que penso, os Platões, os Scotus Erigenas, os Kants, os Hegels como que se esqueceram disto tudo, como que se tornaram diversos desta gente □. E eram da mesma humanidade □

Eu mesmo que passeio aqui com estes pensamentos, com que horrorosa nitidez, ao pensá-los, me sinto distante, alheio, confuso e □

Acabo a minha solitária peregrinação. Um vasto silêncio, que sons miúdos não alteram no como é sentido, como que me assalta e subjuga. Um cansaço imenso das meras coisas, do simples estar aqui, do □ encontrar-me deste modo pesa-me do espírito ao corpo □. Quase que me surpreendo a querer gritar, de afundando-me que me sinto em um oceano de □ de uma imensidão que nada tem com a infinidade do espaço nem com a eternidade do tempo, nem com qualquer coisa suscetível de medida e nome. Nestes momentos de terror supremamente silencioso não sei o que sou materialmente, o que costumo fazer, o que me é usual querer, sentir e pensar. Sinto-me perdido de mim mesmo, fora do meu alcance. A ânsia moral de lutar, o esforço intelectual para sistematizar e compreender, a irrequieta aspiração artista a produzir uma coisa que ora não compreendo, mas que me lembro de compreender, e a que chamo beleza, tudo isto se me some do instinto do real, tudo isto se me afigura nem digno de ser pensado inútil, vazio e longínquo. Sinto-me apenas um vácuo, uma ilusão de uma alma, um lugar de um ser, uma escuridão de consciência onde estranho inseto □ procurasse em vão ao menos[2] a cálida lembrança[3] de uma luz.

220.

INTERVALO DOLOROSO

Sonhar, para quê?

Que fiz de mim? Nada.

se espiritualizar em Noite, se □

Estátua Interior sem contornos, Sonho Exterior sem ser-sonhado.

221.

Tenho sido sempre um sonhador irônico, infiel às promessas interiores. Gozei sempre, como outro e estrangeiro, as derrotas dos meus devaneios, assistente casual ao que pensei ser. Nunca dei crença àquilo em que acreditei. Enchi as mãos de areia, chamei-lhe[1] ouro, e abri as mãos dela toda, escorrente. A frase fora[2] a única verdade. Com a frase dita estava tudo feito; o mais era a areia que sempre fora.[3]

Se não fosse o sonhar sempre, o viver num perpétuo alheamento, poderia, de bom grado, chamar-me um realista, isto é, um indivíduo para quem o mundo exterior é uma nação independente. Mas prefiro não me dar nome, ser o que sou com uma certa[4] obscuridade e ter comigo a malícia de me não saber prever.

Tenho uma espécie de dever de sonhar sempre, pois, não sendo mais, nem querendo ser mais, que um espectador de mim mesmo, tenho que ter o melhor espetáculo que posso. Assim me construo a ouro e sedas, em salas supostas, palco falso, cenário antigo, sonho criado entre jogos de luzes brandas e músicas invisíveis.

Guardo, íntima, como a memória de um beijo grato, a lembrança de infância de um teatro em que o cenário azulado e lunar representava[5] o terraço de um palácio impossível. Havia, pintado também, um parque vasto em roda, e gastei a alma em viver como real aquilo tudo. A música, que soava branda nessa ocasião mental da minha experiência da vida, trazia para real de febre esse cenário dado.

O cenário era definitivamente azulado e lunar. No palco não me lembro quem aparecia, mas a peça que ponho na paisagem lembrada sai-me hoje dos versos de Verlaine e de Pessanha; não era a que deslembro, passada no palco vivo aquém daquela realidade de azul música. Era minha e fluida, mascarada imensa e lunar, interlúdio a[6] prata e azul findo.

Depois veio a vida. Nessa noite levaram-me a cear ao Leão. Tenho ainda a memória dos bifes no paladar da saudade — bifes, sei ou[7] suponho, como hoje ninguém faz ou eu não como. E tudo se me mistura — infância, vivida a distância, comida saborosa de noite, cenário lunar, Verlaine futuro e eu presente — numa diagonal difusa,[8] num espaço falso entre o que fui e o que sou.

222.

Como nos dias[1] em que a trovoada se prepara e os ruídos da rua falam alto com uma voz solitária.[2]

A rua franziu-se da luz intensa e pálida, e o negrume sujo[3] tremeu, de leste a oeste do mundo, com um estrondo feito de escangalhamentos ecoantes... A tristeza dura da chuva bruta piorou o ar negro de intensidade feia. Frio, morno, quente — tudo ao mesmo tempo — , o ar em toda a parte era errado. E, a seguir, pela ampla sala uma cunha de luz metálica abriu brecha nos repousos dos corpos humanos, e, com o sobressalto gelado, um pedregulho de som bateu em toda a parte, esfacelando-se em[4] silêncio duro.[5] O som da chuva diminui como uma voz de menos peso.[6] O ruído das ruas diminui angustiantemente. Nova luz, de um amarelado rápido, tolda o negrume surdo, mas houve agora uma respiração possível antes que o punho do som trêmulo ecoasse súbito doutro ponto; como uma despedida zangada, a trovoada começava a aqui não estar.

... com um sussurro arrastado e findo, sem luz na luz que aumentava, o tremor da trovoada acalmava nos largos longes — rodava em Almada...

Uma súbita luz formidável estilhaçou-se. Estacou dentro dos cérebros e dos pensamentos. Tudo estacou. Os corações pararam um momento. Todos são pessoas muito sensíveis. O silêncio aterra como se houvera morte. O som da chuva que aumenta alivia como lágrimas de tudo. Há chumbo.

223.

O gládio de um relâmpago frouxo volteou sombriamente no quarto largo. E o som a vir, suspenso um hausto amplo, retumbou, emigrando profundo. O som da chuva chorou alto, como carpideiras no intervalo das falas. Os pequenos sons destacaram-se cá dentro, inquietos.

224.

... esse episódio da imaginação a que chamamos realidade.[1]

Há dois dias que chove e que cai do céu cinzento e frio uma certa chuva, da cor que tem, que aflige a alma. Há dois dias... Estou triste de sentir, e reflito-o à janela ao som da água que pinga e da chuva que cai. Tenho o coração opresso e as recordações transformadas em angústias.

Sem sono, nem razão para o ter, há em mim uma grande vontade de dormir. Outrora, quando eu era criança e feliz, vivia numa casa do pátio ao lado a voz de um papagaio verde a cores. Nunca, nos dias de chuva, se lhe entristecia o dizer, e clamava, sem dúvida do abrigo, um qualquer sentimento constante, que pairava na tristeza como um gramofone antecipado.

Pensei neste papagaio porque estou triste, e a infância longínqua o lembra? Não, pensei nele realmente, porque do prédio fronteiro de agora, uma voz de papagaio grita arrevesadamente.

Tudo se me confunde. Quando julgo que recordo, é outra coisa que penso; se vejo, ignoro, e quando me distraio, nitidamente vejo.

Viro as costas à janela cinzenta, de vidros frios às mãos que lhes tocam. E levo comigo, por um sortilégio da penumbra, de repente, o interior da casa antiga, fora da qual, no pátio ao lado, o papagaio gritava; e os meus olhos adormecem-se-me de toda a irreparabilidade[2] de ter efetivamente vivido.

225.

Sim, é o poente. Chego à foz da Rua da Alfândega, vagaroso e disperso, e, ao clarear-me o Terreiro do Paço, vejo nítido o sem sol do céu ocidental. Esse céu é de um azul esverdeado para cinzento branco, onde, do lado esquerdo, sobre os montes da outra margem, se agacha, amontoada, uma névoa acastanhada de cor-de-rosa morto. Há uma grande paz que não tenho dispersa friamente no ar outonal abstrato. Sofro de a não ter o prazer vago de supor que ela existe. Mas, na realidade, não há paz nem falta de paz: céu apenas, céu de todas as cores que desmaiam — azul branco, verde ainda azulado, cinzento pálido entre verde e azul, vagos tons remotos de cores de nuvens que o não são, amareladamente escurecidas de encarnado findo. E tudo isto é uma visão que se extingue no mesmo momento em que é tida, um intervalo entre nada e nada, alado, posto alto, em tonalidades de céu e mágoa, prolixo e indefinido.

Sinto e esqueço. Uma saudade, que é a de toda a gente por tudo, invade-me como um ópio do ar frio. Há em mim um êxtase de ver, íntimo e postiço.

Para os lados da barra, onde o ter cessado o sol cada vez mais se acaba, a luz extingue-se em branco lívido que se azula de esverdeado frio. Há no ar um torpor do que se não consegue nunca. Cala alto a paisagem do céu.

Nesta hora, em que sinto até transbordar, quisera ter a malícia inteira de dizer, o capricho livre de um estilo por destino. Mas não, só o céu alto é tudo, remoto, abolindo-se, e a emoção que tenho, e que é tantas, juntas e confusas, não é mais que o reflexo desse céu nulo num lago em mim — lago recluso entre rochedos hirtos, calado, olhar de morto, em que a altura se contempla, esquecida.

Tantas vezes, tantas, como agora, me tem pesado sentir que sinto — sentir como angústia só por ser sentir, a inquietação de estar aqui, a saudade de outra coisa que se não conheceu, o poente de todas as emoções, amarelecer-me esbatido para tristeza cinzenta na minha consciência externa de mim.

Ah, quem me salvará de existir? Não é a morte que quero, nem a vida: é aquela outra coisa que brilha no fundo da ânsia como um diamante possível numa cova a que se não pode descer. É todo o peso e toda a mágoa deste universo real e impossível, deste céu estandarte de um exército incógnito, destes tons que vão empalidecendo pelo ar fictício, de onde o crescente imaginário da lua emerge numa brancura elétrica parada, recortado a longínquo e a insensível.

É toda a falta de um Deus verdadeiro que é o cadáver vácuo do céu alto e da alma fechada. Cárcere infinito — porque és infinito, não se pode fugir de ti!

226.

Com que luxúria □ transcendente eu, às vezes, passeando de noite nas ruas da cidade e fitando, de dentro da alma, as linhas dos edifícios, as diferenças das construções, as minuciosidades da sua arquitetura, a luz em algumas janelas, os vasos com plantas fazendo irregularidades nas sacadas — contemplando tudo isto, dizia, com que gozo de intuição me subia aos lábios da consciência este grito de redenção: mas nada disto é real![1]

227.

Prefiro a prosa ao verso, como modo de arte, por duas razões, das quais a primeira, que é minha, é que não tenho escolha, pois sou incapaz de escrever em verso. A segunda, porém, é de todos, e não é — creio bem — uma sombra ou disfarce da primeira. Vale pois a pena que eu a esfie, porque toca no sentido íntimo de toda a valia da arte.

Considero o verso como uma coisa intermédia, uma passagem da música para a prosa. Como a música, o verso é limitado por leis rítmicas, que, ainda que não sejam as leis rígidas do verso regular, existem todavia como resguardos, coações, dispositivos automáticos de opressão e castigo. Na prosa falamos livres. Podemos incluir ritmos musicais, e contudo pensar. Podemos incluir ritmos poéticos, e contudo estar fora deles. Um ritmo ocasional de verso não estorva a prosa; um ritmo ocasional de prosa faz tropeçar o verso.

Na prosa se engloba toda a arte — em parte porque na palavra se contém todo o mundo, em parte porque na palavra livre se contém toda a possibilidade de o dizer e pensar. Na prosa damos tudo, por transposição: a cor e a forma, que a pintura não pode dar senão diretamente, em elas mesmas, sem dimensão íntima; o ritmo, que a música não pode dar senão diretamente, nele mesmo, sem corpo formal, nem aquele segundo corpo que é a ideia; a estrutura, que o arquiteto tem que formar de coisas duras, dadas, externas, e nós erguemos em ritmos, em indecisões, em decursos e fluidezas; a realidade, que o escultor tem que deixar no mundo, sem aura nem transubstanciação; a poesia, enfim, em que o poeta, como o iniciado em uma ordem oculta, é servo, ainda que voluntário, de um grau e de um ritual.

Creio bem que, em um mundo civilizado perfeito, não haveria outra arte que não a prosa. Deixaríamos os poentes aos mesmos poentes, cuidando apenas, em arte, de os compreender verbalmente, assim os transmitindo em música inteligível de cor. Não faríamos escultura dos corpos, que guardariam próprios, vistos e tocados, o seu relevo móbil e o seu morno suave. Faríamos casas só para morar nelas, que é, enfim, o para que elas são. A poesia ficaria para as crianças se aproximarem da prosa futura; que a poesia é, por certo, qualquer coisa de infantil, de mnemônico, de auxiliar e inicial.

Até as artes menores, ou as que assim podemos chamar, se refletem, múrmuras, na prosa. Há prosa que dança, que canta, que se declama a si mesma. Há ritmos verbais que são bailados, em que a ideia se desnuda sinuosamente, numa sensualidade translúcida e perfeita. E há também na prosa sutilezas convulsas em que um grande ator, o Verbo, transmuda ritmicamente em sua substância corpórea o mistério impalpável do universo.

228.

Tudo se penetra. A leitura dos clássicos, que não falam de[1] poentes, tem-me tornado inteligíveis muitos poentes, em todas as suas cores. Há uma relação entre a competência sintática, pela qual se distingue a valia do senão, do mas, e do porém, e a capacidade de compreender quando o azul do céu é realmente verde, e que parte de amarelo existe no verde azul do céu.

No fundo é a mesma coisa — a capacidade de distinguir e de sutilizar.

Sem sintaxe não há emoção duradoura. A imortalidade é uma função dos gramáticos.

229.

Ler é sonhar pela mão de outrem. Ler mal e por alto é libertarmo-nos da mão que nos conduz. A superficialidade na erudição é o único modo de ler bem e ser profundo.

Que coisa tão reles e baixa que é a vida! Repara que para ser baixa e reles basta não a quereres, ser-te dada, nada depender da tua vontade, nem mesmo da tua ilusão da tua vontade.

Morrer é sermos outros totalmente. Por isso o suicídio é a covardia; é entregarmo-nos totalmente à vida.

230.

A arte é um esquivar-se a agir, ou a viver. A arte é a expressão intelectual da emoção, distinta da vida, que é a expressão volitiva da emoção. O que não temos, ou não ousamos, ou não conseguimos, podemos possuí-lo em sonho, e é com esse sonho que fazemos arte. Outras vezes a emoção é a tal ponto forte que, embora reduzida à ação, a ação, a que se reduziu, não a satisfaz; com a emoção que sobra, que ficou inexpressa na vida, se forma a obra de arte. Assim, há dois tipos de artista: o que exprime o que não tem, e o que exprime o que sobrou do que teve.

231.

Fazer uma obra e reconhecê-la má depois de feita é uma das tragédias da alma. Sobretudo é grande quando se reconhece que essa obra é a melhor que se podia fazer. Mas ao ir escrever uma obra, saber de antemão que ela tem de ser imperfeita e falhada; ao está-la escrevendo estar vendo que ela é imperfeita e falhada — isto é o máximo da tortura e da humilhação do espírito. Não só dos versos que escrevo sinto que me não satisfazem, mas sei que os versos que estou para escrever me não satisfarão, também. Sei-o tanto filosoficamente, como carnalmente, por uma entrevisão obscura e gladiolada.

Por que escrevo então? Porque, pregador que sou da renúncia, não aprendi ainda a executá-la plenamente. Não aprendi a abdicar da tendência para o verso e a prosa. Tenho de escrever como cumprindo um castigo. E o maior castigo é o de saber que o que escrevo resulta inteiramente fútil, falhado e incerto.

Em criança escrevia já versos. Então escrevia versos muito maus, mas julgava-os perfeitos. Nunca mais tornarei a ter o prazer falso de produzir obra perfeita. O que escrevo hoje é muito melhor. É melhor, mesmo, do que o que poderiam escrever os melhores. Mas está infinitamente abaixo daquilo que eu, não sei por quê, sinto que podia — ou talvez seja, que devia — escrever. Choro sobre os meus versos maus da infância como sobre uma criança morta, um filho morto, uma última esperança que se fosse.

232.

Quanto mais avançamos na vida, mais nos convencemos de duas verdades que todavia se contradizem. A primeira é de que, perante a realidade da vida, soam pálidas todas as ficções da literatura e da arte. Dão, é certo, um prazer mais nobre que os da vida; porém são como os sonhos, em que sentimos sentimentos que na vida se não sentem, e se conjugam formas que na vida se não encontram; são contudo sonhos, de que se acorda, que não constituem memórias nem saudades, com que vivamos depois uma segunda vida.

A segunda é de que, sendo desejo de toda alma nobre o percorrer a vida por inteiro, ter experiência de todas as coisas, de todos os lugares e de todos os sentimentos vividos, e sendo isto impossível, a vida só subjetivamente pode ser vivida por inteiro, só negada pode ser vivida na sua substância total.

Estas duas verdades são irredutíveis uma à outra. O sábio abster-se-á de as querer conjugar, e abster-se-á também de repudiar uma ou outra. Terá contudo que seguir uma, saudoso da que não segue; ou repudiar ambas, erguendo-se acima de si mesmo em um nirvana próprio.

Feliz quem não exige da vida mais do que ela espontaneamente lhe dá, guiando-se pelo instinto dos gatos, que buscam o sol quando há sol, e quando não há sol o calor, onde quer que esteja. Feliz quem abdica da sua personalidade pela imaginação, e se deleita na contemplação das vidas alheias, vivendo, não todas as impressões, mas o espetáculo externo de todas as impressões alheias. Feliz, por fim, esse que abdica de tudo, e a quem, porque abdicou de tudo, nada pode ser tirado nem diminuído.

O campônio, o leitor de novelas, o puro asceta — estes três são os felizes da vida, porque são estes três que abdicam da personalidade — um porque vive do instinto, que é impessoal, outro porque vive da imaginação, que é esquecimento, o terceiro porque não vive, e, não tendo morrido, dorme.

Nada me satisfaz, nada me consola, tudo — quer haja sido, quer não — me sacia. Não quero ter a alma e não quero abdicar dela. Desejo o que não desejo e abdico do que não tenho. Não posso ser nada nem tudo: sou a ponte de passagem entre o que não tenho e o que não quero.

233.

... a tristeza solene que habita em todas as coisas grandes — nos píncaros como nas grandes vidas, nas noites profundas como nos poemas eternos.

234.

Podemos morrer se apenas amamos. Faltamos se entretivemos.

235.

Só uma vez fui verdadeiramente amado. Simpatias, tive-as sempre, e de todos. Nem ao mais casual tem sido fácil ser grosseiro, ou ser brusco, ou ser até frio para comigo. Algumas simpatias tive que, com auxílio meu, poderia — pelo menos talvez — ter convertido em amor ou afeto. Nunca tive paciência ou atenção do espírito para sequer desejar empregar esse esforço.

A princípio de observar isto em mim, julguei — tanto nos desconhecemos — que havia neste caso da minha alma uma razão de timidez. Mas depois descobri que não havia; havia um tédio das emoções, diferente do tédio da vida, uma impaciência de me ligar a qualquer sentimento contínuo, sobretudo quando houvesse de se lhe atrelar um esforço prosseguido. Para quê?, pensava em mim o que não pensa. Tenho a sutileza bastante, o tato psicológico suficiente para saber o "como"; o "como do como" sempre me escapou. A minha fraqueza de vontade começou sempre por ser uma fraqueza da vontade de ter vontade. Assim me sucedeu nas emoções como me sucede na inteligência, e na vontade mesma, e em tudo quanto é vida.

Mas daquela vez em que uma malícia da oportunidade me fez julgar que amava, e verificar deveras que era amado, fiquei, primeiro, estonteado e confuso, como se me saíra uma sorte grande em moeda inconvertível. Fiquei, depois, porque ninguém é humano sem o ser, levemente envaidecido; esta emoção, porém, que pareceria a mais natural, passou rapidamente. Sucedeu-se um sentimento difícil de definir, mas em que se salientavam incomodamente as sensações de tédio, de humilhação e de fadiga.

De tédio, como se o Destino me houvesse imposto uma tarefa em serões desconhecidos. De tédio, como se um novo dever — o de uma horrorosa reciprocidade — me fosse dado com a ironia de um privilégio, que eu me teria ainda que maçar, agradecendo-o ao Destino. De tédio, como se me não bastasse a monotonia inconsistente da vida, para agora se lhe sobrepor a monotonia obrigatória de um sentimento definido.

E de humilhação, sim, de humilhação. Tardei em perceber a que vinha um sentimento aparentemente tão pouco justificado pela sua causa. O amor a ser amado deveria ter-me aparecido. Deveria ter-me envaidecido de alguém reparar atentamente para a minha existência como ser amável. Mas, à parte o breve momento de real envaidecimento, em que todavia não sei se o pasmo teve mais parte que a própria vaidade, a humilhação foi a sensação que recebi de mim. Senti que me era dada uma espécie de prêmio destinado a outrem — prêmio, sim, de valia para quem naturalmente o merecesse.

Mas fadiga, sobretudo fadiga — a fadiga que passa o tédio. Compreendi então uma frase de Chateaubriand que sempre me enganara por falta de experiência de mim mesmo. Diz Chateaubriand,[1] figurando-se em René, "amarem-no cansava-o" — *on le fatiguait en l'aimant*. Conheci, com pasmo, que isto representava uma experiência idêntica à minha, e cuja verdade portanto eu não tinha o direito de negar.

A fadiga de ser amado, de ser amado deveras! A fadiga de sermos o objeto do fardo das emoções alheias! Converter quem quisera ver-se livre, sempre livre, no moço de fretes da responsabilidade de corresponder, da decência de se não afastar, para que se não suponha que se é príncipe nas emoções e se renega o máximo que uma alma humana pode dar. A fadiga [de] se nos tornar a existência uma coisa dependente em absoluto de uma relação com um sentimento de outrem! A fadiga de, em todo o caso, ter forçosamente que sentir, ter forçosamente, ainda que sem reciprocidade, que amar um pouco também!

Passou de mim, como até mim veio, esse episódio na sombra. Hoje não resta dele nada, nem na minha inteligência, nem na minha emoção. Não me trouxe experiência alguma que eu não pudesse ter deduzido das leis da vida humana cujo conhecimento instintivo albergo em mim porque sou humano. Não me deu nem prazer que eu recorde com tristeza, ou pesar que eu lembre com tristeza também. Tenho a impressão de que foi uma coisa que li algures, um incidente sucedido a outrem, novela de que li metade, e de que a outra metade faltou, sem que me importasse que faltasse, pois até onde a li estava certa, e, embora não tivesse sentido, tal era já que lhe não poderia dar sentido a parte faltante, qualquer que fosse o seu enredo.

Resta-me apenas uma gratidão a quem me amou. Mas é uma gratidão abstrata, pasmada, mais da inteligência do que de qualquer emoção. Tenho pena que alguém tivesse tido pena por minha causa; é disso que tenho pena, e não tenho pena de mais nada.

Não é natural que a vida me traga outro encontro com as emoções naturais. Quase desejo que apareça para ver como sinto dessa segunda vez, depois de ter atravessado toda uma extensa análise da primeira experiência.[2] É possível que sinta menos; é também possível que sinta mais. Se o Destino o der, que o dê. Sobre as emoções tenho curiosidade. Sobre os fatos, quaisquer que venham a ser, não tenho curiosidade alguma.

236.

Não se subordinar a nada — nem a um homem, nem a um amor, nem a uma ideia, ter aquela independência longínqua que consiste em não crer na verdade, nem, se a houvesse, na utilidade do conhecimento dela — tal é o estado em que, parece-me, deve decorrer, para consigo mesma, a vida íntima intelectual dos que não vivem sem pensar. Pertencer — eis a banalidade. Credo, ideal, mulher ou profissão — tudo isso é a cela e as algemas. Ser é estar livre. A mesma ambição, se sente orgulho do que é, é um fardo, não nos orgulharíamos se compreendêssemos que é um cordel pelo qual nos puxam. Não: nem ligações conosco! Livres de nós como dos outros, contemplativos sem êxtase, pensadores sem conclusão, viveremos, libertos de Deus, o pequeno intervalo que a distração dos algozes concede ao nosso extremo na parada. Temos amanhã a guilhotina. Se a não tivéssemos amanhã tê-la-íamos depois de amanhã. Passeemos ao sol o repouso antes do fim, ignorantes voluntariamente dos propósitos e dos prosseguimentos. O sol dourará nossas frontes sem rugas e a brisa terá frescura para quem deixar de esperar.[1]

Atiro a caneta pela secretária fora e ela rola, regressando, sem que eu a apanhe, pelo declive onde trabalho. Senti tudo de repente. E a minha alegria manifesta-se por este gesto da raiva que não sinto.

237.

Quando criança eu apanhava os carrinhos de linha.[1] Amava-os com um amor doloroso — que bem que me lembro — porque tinha por eles não serem reais uma imensa compaixão...

Quando um dia consegui haver às mãos o resto de umas pedras de xadrez, que alegria não foi a minha! Arranjei logo nomes para as figuras e passaram a pertencer ao meu mundo de sonho.

Essas figuras definiam-se nitidamente. Tinham vidas distintas. Morava um — cujo caráter eu decretara violento e *sportsman* — numa caixa que estava em cima da minha cômoda, por onde passeava, à tarde quando eu, e depois ele, regressávamos do colégio, um carro elétrico de interiores de caixas de fósforos de madeira, ligadas não sei por que arranjo de arame. Ele saltava sempre com o carro a andar. Ó minha infância morta! Ó cadáver sempre vivo no meu peito! Quando me lembro destes meus brinquedos de criança já crescida, a sensação de lágrimas aquece-me os olhos e uma saudade aguda e inútil rói-me como um remorso. Tudo aquilo passou, ficou hirto e visível, visualizável, no meu passado, na minha perpétua ideia do meu quarto de então, à roda da minha pessoa invisualizável[2] de criança, vista de dentro, que ia da cômoda para o toucador, e do toucador para a cama, conduzindo pelo ar, imaginando-o parte da linha de carris, o elétrico rudimentar que levava a casa os meus escolares de madeira ridículos.

A uns eu atribuía vícios — fumo, roubo — mas não sou de índole sexual e não lhes atribuía atos, salvo, creio, uma predileção, que me parecia um ato de brincar, de beijar raparigas e espreitar-lhes as pernas. Fazia-os fumar papel enrolado por trás de uma caixa grande que havia em cima duma mala. Às vezes aparecia no lugar um mestre. E era com toda a emoção deles, e que eu me via obrigado a sentir, que eu arrumava logo o cigarro falso e punha o fumador vendo-o curiosamente desprendido à esquina, esperando o mestre, e cumprimentando-o, não me lembro bem como, à inevitável passagem... Às vezes, estavam longe um do outro, e eu não podia com um braço manobrar esse e outro com o outro. Tinha que os fazer andar alternadamente. Doía-me isto como hoje me dói não poder dar expressão a uma vida... Ah, mas por que recordo eu isto? Por que não fiquei eu sempre criança? Por que não morri eu ali, num desses momentos, preso das astúcias dos meus escolares e da vinda como-que-inesperada dos meus mestres? Hoje não posso fazer isto... Hoje tenho só a realidade, com que não posso brincar... Pobre criança exilada na sua virilidade! Por que foi que eu tive de crescer?

Hoje, quando relembro isto, vêm-me saudades de mais coisas do que isto tudo. Morreu em mim mais do que o meu passado.

238.

Nenhum prêmio certo tem a virtude, nenhum castigo certo o pecado. Nem seria justo que houvesse tal prêmio ou tal castigo. Virtude ou pecado são manifestações inevitáveis de organismos condenados a um ou a outro, servindo a pena de serem bons ou a pena de serem maus. Por isso todas as religiões colocam as recompensas e os castigos, merecidos por quem, nada sendo nem podendo, nada pôde merecer, em outros mundos, de que nenhuma ciência pode dar notícia, de que nenhuma fé pode transmitir a visão.

Abdiquemos, pois, de toda a crença sincera, como de toda a preocupação de influir em outrem.

A vida, disse Tarde,[1] é a busca do impossível através do inútil. Busquemos sempre o impossível, porque tal é o nosso fado; busquemo-lo através do inútil, porque não passa caminho por outro ponto; ascendamos, porém, à consciência de que nada buscamos que possa obter-se, de que por nada passamos que mereça um carinho ou uma saudade.

Cansamo-nos de tudo, exceto de compreender, disse o escoliasta. Compreendamos, compreendamos sempre, e façamos por tecer astuciosamente, capelas ou grinaldas que hão de murchar também, as flores espectrais dessa compreensão.

239.

Cansamo-nos de tudo, exceto de compreender. O sentido da frase é por vezes difícil de atingir.

Cansamo-nos de pensar para chegar a uma conclusão, porque quanto mais se pensa, mais se analisa, mais se distingue, menos se chega a uma conclusão.

Caímos então naquele estado de inércia em que o mais que queremos é compreender bem o que é exposto — uma atitude estética, pois que queremos compreender sem nos interessar, sem que nos importe que o compreendido seja ou não verdadeiro, sem que vejamos mais no que compreendemos senão a forma exata como foi exposto, a posição de beleza racional que tem para nós.

Cansamo-nos de pensar, de ter opiniões nossas, de querer

pensar para agir. Não nos cansamos, porém, de ter, ainda que transitoriamente, as opiniões alheias, para o único fim de sentir o seu influxo e não seguir o seu impulso.

240.

PAISAGEM DE CHUVA

Toda a noite, e pelas horas fora, o *ch*iar da *ch*uva bai*x*ou. Toda a noite, comigo entredesperto, a sua monotonia fria me insistiu[1] nos vidros. Ora um rasgo de vento, em ar mais alto, açoitava, e a água ondeava de som[2] e passava mãos[3] rápidas pela vidraça; ora um som surdo só fazia sono no exterior morto. A minha alma era a mesma de sempre, entre lençóis como entre gente, dolorosamente consciente do mundo. Tardava o dia como a felicidade e àquela hora parecia que tardava indefinidamente.

Se o dia e a felicidade nunca viessem! Se esperar, ao menos, pudesse nem sequer ter a desilusão de conseguir.

O som casual de um carro tardo,[4] áspero a saltar nas pedras, crescia do fundo da rua, estralejava por baixo da vidraça, apagava-se para o fundo da rua,[5] para o fundo do vago sono que eu não conseguia de todo. Batia, de quando em quando, uma porta de escada. Às vezes havia um chapinhar líquido de passos, um roçar por si mesmas de vestes molhadas. Uma ou outra voz, quando os passos eram mais, soava alto e atacava.[6] Depois o silêncio volvia, com os passos que se apagavam, e a chuva continuava, inumeravelmente.

Nas paredes escuramente visíveis do meu quarto, se eu abria os olhos do sono falso, boiavam fragmentos de sonhos por fazer, vagas luzes, riscos pretos, coisas de nada que trepavam e desciam. Os móveis, maiores do que de dia, manchavam vagamente o absurdo da treva. A porta era indicada por qualquer coisa nem mais branca, nem mais preta do que a noite, mas diferente. Quanto à janela, eu só[7] a ouvia.

Nova, fluida, incerta, a chuva soava. Os momentos tardavam ao som dela. A solidão da minha alma alargava-se, alastrava, envolvia o que eu sentia, o que eu queria, o que eu ia a sonhar. Os objetos vagos, participantes, na sombra, da minha insônia, passavam a ter lugar e dor na minha desolação.

241.

SONHO TRIANGULAR

A luz tornara-se de um amarelo exageradamente lento, de um amarelo sujo de lividez. Haviam crescido os intervalos entre as coisas, e os sons, mais espaçados de uma maneira nova, davam-se desligadamente. Quando se ouviam acabavam de repente, como que cortados. O calor, que parecia ter aumentado, parecia estar, ele calor, frio. Pela leve frincha das portas encostadas da janela via-se a atitude de exagerada expectativa da única árvore visível. O seu verde era outro. O silêncio entrara-lhe com a cor. Na atmosfera haviam-se fechado pétalas. E na própria composição do espaço uma inter-relação diferente de qualquer coisa como planos havia alterado e quebrado o modo dos sons, das luzes e das cores usarem a extensão.

242.

À parte aqueles sonhos vulgares, que são as vergonhas correntes das alfurjas da alma, que ninguém ousará confessar, e oprimem as vigílias como fantasmas sujos, viscosidades e borbulhas sebentas da sensibilidade reprimida, o que [de] ridículo, o que de apavorador, e indizível, a alma pode, ainda que com esforço, reconhecer nos seus recantos!

A alma humana é um manicômio de caricaturas. Se uma alma pudesse revelar-se com verdade, nem houvesse um pudor mais profundo que todas as vergonhas conhecidas e definidas, seria, como dizem da verdade, um poço, mas um poço sinistro cheio de ecos vagos, habitado por vidas ignóbeis, viscosidades sem vida, lesmas sem ser, ranho da subjetividade.

243.

Quem quisesse fazer um catálogo de monstros, não teria mais que fotografar em palavras aquelas coisas que a noite traz às almas sonolentas que não conseguem dormir. Essas coisas têm toda a incoerência do sonho sem a desculpa incógnita de se estar dormindo. Pairam como morcegos sobre a passividade da alma, ou vampiros que suguem o sangue da submissão.

São larvas do declive e do desperdício, sombras que enchem o vale, vestígios que ficam do destino. Umas vezes são vermes, nauseantes à própria alma que os afaga e cria; outras vezes são espectros, e rondam sinistramente coisa nenhuma; outras vezes ainda, emergem, cobras, dos recôncavos absurdos das emoções perdidas.

Lastro do falso, não servem senão para que não sirvamos. São dúvidas do abismo, deitadas na alma, arrastando dobras sonolentas e frias. Duram fumos, passam rastros, e não há mais que o haverem sido na substância estéril de ter tido consciência deles. Um ou outro é como uma peça íntima de fogo de artifício: faísca-se um tempo entre sonhos, e o resto é a inconsciência da consciência com que o vimos.

Nastro desatado, a alma não existe em si mesma. As grandes paisagens são para amanhã, e nós já vivemos. Falhou a conversa interrompida. Quem diria que a vida havia de ser assim?

Perco-me se me encontro, duvido se acho, não tenho se obtive. Como se passeasse, durmo, mas estou desperto. Como se dormisse, acordo, e não me pertenço. A vida, afinal, é, em si mesma, uma grande insônia, e há um estremunhamento lúcido em tudo quanto pensamos e fazemos.

Seria feliz se pudesse dormir. Esta opinião é deste momento, porque não durmo. A noite é um peso imenso por trás do afogar-me com o cobertor mudo do que sonho. Tenho uma indigestão na alma.

Sempre, depois de depois, virá o dia, mas será tarde, como sempre. Tudo dorme e é feliz, menos eu. Descanso um pouco, sem que ouse que durma. E grandes cabeças de monstros sem ser emergem confusas do fundo de quem sou. São dragões do Oriente do abismo, com línguas encarnadas de fora da lógica, com olhos que fitam sem vida a minha vida morta que os não fita.

A tampa, por amor de Deus, a tampa! Concluam-me a inconsciência e vida! Felizmente, pela janela fria, de portas desdobradas para trás, um fio triste de luz pálida começa a tirar a sombra do horizonte. Felizmente, o que vai raiar é o dia. Sossego, quase, do cansaço do desassossego. Um galo canta, absurdo, em plena cidade. O dia lívido começa no meu vago sono. Alguma vez dormirei. Um ruído de rodas faz carroça. Minhas pálpebras dormem, mas não eu. Tudo, enfim, é o Destino.

244.

Ser major reformado parece-me uma coisa ideal. É pena não se poder ter sido eternamente apenas major reformado.

A sede de ser completo deixou-me neste estado de mágoa inútil.

A futilidade trágica da vida.

A minha curiosidade irmã das cotovias.

A angústia pérfida dos poentes, tímida enxárcia nas auroras.

Sentemo-nos aqui. De aqui vê-se mais céu. É consoladora a expansão enorme desta altura estrelada. Dói a vida menos ao vê-la; passa por nossa face quente da vida o aceno pequeno dum leque leve.

245.

A alma humana é vítima tão inevitável da dor que sofre a dor da surpresa dolorosa mesmo com o que devia esperar. Tal homem, que toda a vida falou da inconstância e da volubilidade femininas como de coisas naturais e típicas, terá toda a angústia da surpresa triste quando se encontre traído em amor — tal qual, não outro, como se tivesse sempre tido por dogma ou esperança a fidelidade e a firmeza da mulher. Tal outro, que tem tudo por oco e vazio, sentirá como um raio súbito a descoberta de que têm por nada o que escreve, de que é estéril o seu esforço por ensinar, de que é falsa a comunicabilidade da sua emoção.

Não há que crer que os homens, a quem estes desastres acontecem, e outros desastres como estes, houvessem sido pouco sinceros nas coisas que disseram, ou que escreveram, e em cuja substância esses desastres eram previsíveis ou certos. Nada tem a sinceridade da afirmação inteligente com[1] a naturalidade da emoção espontânea. E isto parece poder ser assim, a alma parece poder assim ter surpresas, só para que a dor lhe não falte, o opróbrio não deixe de lhe caber, a mágoa não lhe escasseie como quinhão igualitário na vida. Todos somos iguais na capacidade para o erro e para o sofrimento. Só não passa quem não sente; e os mais altos, os mais nobres, os mais previdentes, são os que vêm a passar e a sofrer do que previam e do que desdenhavam. É a isto que se chama a Vida.

246.

Considerar todas as coisas que nos sucedem[1] como acidentes ou episódios de um romance, a que assistimos não com a atenção senão com a vida — só com esta atitude poderemos vencer a malícia dos dias e os caprichos dos sucessos.

247.

A vida prática sempre me pareceu o menos cômodo dos suicídios. Agir foi sempre para mim a condenação violenta do sonho injustamente condenado. Ter influência no mundo exterior, alterar coisas, transpor entes, influir em gente — tudo isto pareceu-me sempre de uma substância mais nebulosa que a dos meus devaneios. A futilidade imanente de todas as formas da ação foi, desde a minha infância, uma das medidas mais queridas do meu desapego até de mim.

Agir é reagir contra si próprio. Influenciar é sair de casa.

Sempre meditei como era absurdo que, onde a realidade substancial é uma série de sensações, houvesse coisas tão complicadamente simples como comércios, indústrias, relações sociais e familiares, tão desoladoramente incompreensíveis perante a atitude interior da alma para com a ideia de verdade.

248.

Da minha abstenção de colaborar na existência do mundo exterior advém, entre outras coisas, um fenômeno psíquico curioso.

Abstendo-me inteiramente da ação, desinteressando-me das Coisas, consigo ver o mundo exterior quando atento nele com uma objetividade perfeita. Como nada interessa ou leva a ter razão para alterá-lo, não o altero.

E assim consigo □

249.

Desde o meio do século dezoito que uma doença terrível baixou progressivamente sobre a civilização. Dezessete séculos de aspiração cristã constantemente iludida, cinco séculos de aspiração pagã perenemente postergada — o catolicismo que falira como cristianismo, a Renascença que falira como paganismo, a Reforma que falira como fenômeno universal. O desastre de tudo quanto se sonhara, a vergonha de tudo quanto se conseguira, a miséria de viver sem vida digna que os outros pudessem ter conosco, e sem vida dos outros que pudéssemos dignamente ter.

Isto caiu nas almas e envenenou-as. O horror à ação, por ter de ser vil numa sociedade vil, imundou os espíritos. A atividade superior da alma adoeceu; só a atividade inferior, porque mais vitalizada, não decaiu; inerte a outra, assumiu a regência do mundo.

Assim nasceu uma literatura e uma arte feitas dos elementos secundários do pensamento — o romantismo; e uma vida social feita dos elementos secundários da atividade — a democracia moderna.

As almas nascidas para mandar só tinham o remédio de abster-se. As almas nascidas para criar, numa sociedade onde as forças criadoras faliam, tinham por único mundo plástico à sua vontade o mundo irreal dos seus sonhos, a esterilidade introspectiva da própria alma.

Chamamos "românticos", por igual, aos grandes que faliram e aos pequenos que se revelaram. Mas não há semelhança senão na sentimentalidade evidente; mas em uns a sentimentalidade mostra a impossibilidade do uso ativo da inteligência; em outros mostra a ausência da própria inteligência. São fruto da mesma época um Chateaubriand e um Hugo, um vigny e um Michelet. Mas um Chateaubriand é uma alma grande que diminui; um Hugo é uma alma pequena que se distende com o vento do tempo; um Vigny é um gênio que teve de fugir; um Michelet uma mulher que teve de ser homem de gênio. No pai de todos, Jean-Jacques Rousseau, as duas tendências estão juntas. A inteligência nele era de criador, a sensibilidade de escravo. Afirma ambas por igual. Mas a sensibilidade social, que tinha, envenenou as suas teorias, que a inteligência apenas dispôs claramente. A inteligência que tinha só serviu para gemer a miséria de coexistir com tal sensibilidade.

Jean-Jacques Rousseau é o homem moderno, mas mais completo que qualquer homem moderno. Das fraquezas que o fizeram falir tirou — ai de ele e de nós! — as forças que o fizeram triunfar. O que partiu dele venceu, mas nos lábaros da sua vitória, quando entrou na Cidade, viu-se que estava escrita, como lema, a palavra "Derrota". No que dele ficou para trás, incapaz do esforço de vencer, foram as coroas e os cetros, a majestade de mandar e a glória de vencer por destino interno.

II

O mundo, no qual nascemos, sofre de século e meio de renúncia e de violência — da renúncia dos superiores e da violência dos inferiores, que é a sua vitória.

Nenhuma qualidade superior pode afirmar-se modernamente, tanto na ação, como no pensamento, na esfera política, como na especulativa.

A ruína da influência aristocrática criou uma atmosfera de brutalidade e de indiferença pelas artes, onde uma sensibilidade fina não tem refúgio. Dói mais, cada vez mais, o contato da alma com a vida. O esforço é cada vez mais doloroso, porque são cada vez mais odiosas as condições externas do esforço.

A ruína dos ideais clássicos fez de todos artistas possíveis, e portanto maus artistas. Quando o critério da arte era a construção sólida, a observância cuidada de regras — poucos podiam tentar ser artistas, e grande parte desses são muito bons. Mas quando a arte passou de ser tida como criação, para passar a ser tida como expressão de sentimentos, cada qual podia ser artista, porque todos têm sentimentos.

250.

Mesmo que eu quisesse criar, □

A única arte verdadeira é a da *construção.* Mas o *meio* moderno torna impossível o aparecimento de qualidades de construção no espírito.

Por isso se desenvolveu a ciência. A única coisa em que há construção, hoje, é uma máquina; o único argumento em que há encadeamento o de uma demonstração matemática.

O poder de criar precisa de ponto de apoio, da muleta da realidade.

A arte é uma ciência...
Sofre ritmicamente.

Não posso ler, porque a minha crítica hiperacesa não descortina senão defeitos, imperfeições, possibilidades de melhor. Não posso sonhar, porque sinto o sonho tão vivamente que o comparo com a realidade, de modo que sinto logo que ele não é real; e assim o seu valor desaparece. Não posso entreter-me na contemplação inocente das coisas e dos homens, porque a ânsia de a aprofundar é inevitável, e, desde que o meu interesse não pode existir sem ela, ou há de morrer às mãos dela, ou secar □.

Não posso entreter-me com a especulação metafísica porque sei de sobra, e por mim, que todos os sistemas são defensáveis e intelectualmente possíveis; e, para gozar a arte intelectual de construir sistemas, falta-me o poder esquecer que o fim da especulação metafísica é a procura da verdade.

Sem passado feliz em cuja lembrança torne a ser feliz, sem nada no presente que me alegre ou me interesse, sem sonho ou hipótese de futuro que seja diferente deste presente ou possa ter outro passado que esse passado — jazo a minha vida, consciente espectro de um paraíso em que nunca estive, cadáver-nado das minhas esperanças por haver.

Felizes os que sofrem com unidade! Aqueles, a quem a angústia altera mas não divide, que creem, ainda que na descrença, e podem sentar-se ao sol sem pensamento reservado.

251.

FRAGMENTOS DE UMA AUTOBIOGRAFIA

Primeiro, entretiveram-me as especulações metafísicas, as ideias científicas depois. Atraíram-me finalmente as □ sociológicas. Mas em nenhum destes estádios da minha busca da verdade encontrei segurança e alívio. Pouco lia, em qualquer das preocupações. Mas no pouco que lia tantas teorias me cansava ver, contraditórias, igualmente assentes em razões desenvolvidas, todas elas igualmente prováveis e de acordo com uma certa escolha de fatos que tinha sempre o ar de ser os fatos todos. Se erguia dos livros os meus olhos cansados, ou se dos meus pensamentos desviava para o mundo exterior a minha perturbada atenção, só uma coisa eu via, desmentindo-me toda a utilidade de ler e pensar, arrancando-me uma a uma todas as pétalas da ideia do esforço: a infinita complexidade das coisas, a imensa soma □, a prolixa inatingibilidade dos próprios poucos fatos que se poderiam conceber precisos para o levantamento de uma ciência.

—

O desgosto de não encontrar nada encontrei comigo pouco a pouco. Não achei razão nem lógica senão a um ceticismo que nem sequer buscava uma lógica para se defender. Em curar-me disto não pensei — por que me havia eu de curar disso? E o que era ser são? Que certeza tinha eu que esse estado de alma deva pertencer à doença? Quem nos afirma que, a ser doença, a doença não era mais desejável, ou mais lógica, ou mais □, do que a saúde? A ser a saúde preferível, por que era eu doente, se não por naturalmente o ser, e se naturalmente o era, por que ir contra a Natureza, que para algum fim, se fim ela tem, me quereria decerto doente?

Nunca encontrei argumentos senão para a inércia. Dia a dia mais e mais se infiltrava em mim a consciência sombria da minha inércia de abdicador. Procurar modos de inércia, apostar-me a fugir a todo o esforço quanto a viver, a toda a responsabilidade social — talhei nessa matéria de □ a estátua pensada da minha existência.

Deixei leituras, abandonei casuais caprichos de este ou aquele modo estético da vida. Do pouco que lia aprendi a extrair só elementos para o sonho. Do pouco que presenciava, apliquei-me a tirar apenas o que se podia, em reflexo distante e errado, prolongar mais dentro de mim. Esforcei-me por que todos os meus pensamentos, todos os capítulos quotidianos da minha experiência me fornecessem apenas sensações. Criei à minha vida uma orientação estética. E orientei essa estética para puramente individual. Fi-la minha apenas.

Apliquei-me depois, no decurso procurado do meu hedonismo interior, a furtar-me às sensibilidades sociais. Lentamente me couracei contra o sentimento do ridículo. Ensinei-me a ser insensível quer para os apelos dos instintos, quer para as solicitações □.

Reduzi ao mínimo o meu contato com os outros. Fiz o que pude para perder toda a afeição à vida, □. Do próprio desejo da glória lentamente me despi, como quem cheio de cansaço se despe para repousar.

Do estudo da metafísica, das ciências □, passei a ocupações de espírito mais violentas para o equilíbrio dos meus nervos. Gastei apavoradas noites debruçado sobre volumes de místicos e de cabalistas, que nunca tinha pa-ciência para ler de todo, de outra maneira que não intermitentemente, trêmulo e □. Os ritos e os mistérios dos Rosa-Cruz, a simbólica □ da Cabala e dos Templários, □ — sofri durante tempos a opressão de tudo isso. E encheram a febre dos meus dias especulações venenosas, da razão demoníaca da metafísica — a magia, □ a alquimia — extraindo um falso estímulo vital de sensação dolorosa e procurada de estar como que sempre à beira de saber um[1] mistério supremo. Perdi-me pelos sistemas secundários, excitados, da metafísica, sistemas cheios de analogias perturbantes, de alçapões para a lucidez, grandes paisagens misteriosas onde reflexos de sobrenatural acordavam mistérios nos contornos.

Envelheci pelas sensações... Gastei-me gerando os pensamentos... E a minha vida passou a ser uma febre metafísica, sempre descobrindo sentidos ocultos nas coisas, brincando com o fogo das analogias misteriosas, procrastinando a lucidez integral, a síntese normal para se despir[?].

Caí numa complexa indisciplina cerebral, cheia de indiferenças. Onde me refugiei? Tenho a impressão de que não me refugiei em parte nenhuma. Abandonei-me, mas não sei a quê.

Concentrei e limitei os meus desejos, para os poder requintar melhor. Para se chegar ao infinito, e julgo que se pode lá chegar, é preciso termos um porto, um só, firme, e partir de ali para Indefinido.

Hoje sou ascético na minha religião de mim. Uma chávena de café, um cigarro e os meus sonhos substituem bem o universo e as suas estrelas, o trabalho, o amor, até a beleza e a glória. Não tenho quase necessidade de estímulos. Ópio tenho-o eu na alma.

Que sonhos tenho? Não sei. Forcei-me por chegar a um ponto onde nem saiba já em que penso, com que sonho, o que visiono. Parece-me que sonho cada vez de mais longe, que cada vez mais sonho o vago, o impreciso, o invisionável.

Não faço[2] teorias a respeito da vida. Se ela é boa ou má não sei, não penso. Para meus olhos é dura e triste, com sonhos deliciosos de permeio. Que me importa o que ela é para os outros?

A vida dos outros só me serve para eu lhes viver, a cada um a vida que me parece que lhes convém no meu sonho.

—

O meu hábito vital da descrença em tudo, especialmente no instintivo, e a minha atitude natural de insinceridade, são a negação de obstáculos a que eu faça isto constantemente.

No fundo, o que acontece é que faço dos outros o meu sonho, dobrando-me às opiniões deles para, expandindo-as pelo meu raciocínio e a minha intuição, as tornar minhas e (eu, não tendo opinião, posso ter as deles como quaisquer outras) para as dobrar a meu gosto e fazer das suas personalidades coisas aparentadas com os meus sonhos.

De tal modo anteponho[3] o sonho à vida que consigo, no trato verbal (outro não tenho), continuar sonhando, e persistir, através das opiniões alheias e dos sentimentos dos outros, na linha fluida da minha individualidade amorfa.

Cada outro é um canal ou uma calha por onde a água do meu ser corre a gosto deles, marcando, com as cintilações da água ao sol, o curso curvo da sua orientação mais realmente do que a secura deles o poderia fazer.

Parecendo às vezes, à minha análise rápida, parasitar os outros, na realidade o que acontece é que os obrigo a ser parasitas da minha posterior emoção. Habito das vidas as cascas das suas individualidades. Decalco as suas passadas em argila do meu espírito e assim mais do que eles, tomando-as para dentro da minha consciência, eu tenho dado os seus passos e andado nos seus caminhos.[4]

Em geral, pelo hábito que tenho de, desdobrando-me, seguir ao mesmo tempo duas, diversas, operações mentais[5] eu, ao passo que me vou adaptando em excesso e lucidez ao sentir deles, vou analisando em mim o desconhecido estado da alma deles, fazendo a análise puramente objetiva do que eles são e pensam. Assim, entre sonhos, e sem largar o meu devaneio ininterrupto, vou, não só vivendo-lhes a essência requintada das suas emoções às vezes mortas, mas compreendendo e classificando as lógicas interconexas das várias forças do seu espírito que jaziam às vezes num estado simples da sua alma.

E no meio disto tudo a sua fisionomia, o seu traje, os seus gestos, não me escapam. Vivo ao mesmo tempo os meus sonhos, a alma do intelecto e o corpo e atitudes deles. Numa grande dispersão unificada, ubiquito-me neles e eu crio e sou, a cada momento da conversa, uma multidão de seres, conscientes e inconscientes, analisados e analíticos, que se reúnem em leque aberto.

252.

Pensar, ainda assim, é agir. Só no devaneio absoluto, onde nada de ativo intervém, onde por fim até a nossa consciência de nós mesmos se atola num lodo — só aí, nesse morno e úmido não ser, a abolição de ação competentemente se atinge.

Não querer compreender, não analisar... Ver-se como à natureza; olhar para as suas impressões como para um campo — a sabedoria é isto.

253.

... o sagrado instinto de não ter teorias...

254.

Mais que uma vez, ao passear lentamente pelas ruas da tarde, me tem batido na alma, com uma violência súbita e estonteante, a estranhíssima presença da organização das coisas. Não são bem as coisas naturais que tanto me afetam, que tão poderosamente me trazem esta sensação: são antes os arruamentos, os letreiros, as pessoas vestidas e falando, os empregos, os jornais, a inteligência de tudo. Ou, antes, é o fato de que existem arruamentos, letreiros, empregos, homens, sociedade, tudo a entender-se e a seguir e a abrir caminhos.

Reparo no homem diretamente, e vejo que é tão inconsciente como um cão ou um gato; fala por uma inconsciência de outra ordem; organiza-se em sociedade por uma inconsciência de outra ordem, absolutamente inferior à que empregam as formigas e as abelhas na sua vida social. E então, tanto ou mais que da existência de organismos, tanto ou mais que da existência de leis físicas rígidas e intelectuais, se me revela por uma luz evidente a inteligência que cria e impregna o mundo.

Bate-me então, sempre que assim sinto, a velha frase de não sei que escolástico: *Deus est anima brutorum*, Deus é a alma dos brutos. Assim entendeu o autor da frase, que é maravilhosa, explicar a certeza com que o instinto guia os animais inferiores, em que se não divisa inteligência, ou mais que um esboço dela. Mas todos somos animais inferiores — falar e pensar são apenas novos instintos, menos seguros que os outros porque novos. E a frase do escolástico, tão justa em sua beleza, alarga-se, e digo, Deus é a alma de tudo.

Nunca compreendi que quem uma vez considerou este grande fato da relojoaria universal pudesse negar o relojoeiro em que o mesmo Voltaire não descreu. Compreendo que, atendendo a certos fatos aparentemente desviados de um plano (e era preciso saber o plano para saber se são desviados), se atribua a essa inteligência suprema algum elemento de imperfeição. Isso compreendo, se bem que o não aceite. Compreendo ainda que, atendendo ao mal que há no mundo, se não possa aceitar a bondade infinita dessa inteligência criadora. Isso compreendo, se bem que o não aceite também. Mas que se negue a existência dessa inteligência, ou seja, de Deus, é coisa que me parece uma daquelas estupidezes que tantas vezes afligem, num ponto da inteligência, homens que, em todos os outros pontos dela, podem ser superiores; como os que erram sempre as somas, ou, ainda, e pondo já no jogo a inteligência da sensibilidade, os que não sentem a música, ou a pintura, ou a poesia.

Não aceito, disse, nem o critério do relojoeiro imperfeito nem o do relojoeiro sem benevolência. Não aceito o critério do relojoeiro imperfeito porque aqueles pormenores do governo e ajustamento do mundo, que nos parecem lapsos ou sem razões, não podem como tal ser verdadeiramente dados sem que saibamos o plano. Vemos claramente um plano em tudo; vemos certas coisas que nos parecem sem razão, mas é de ponderar que, se há em tudo uma razão, haverá nisso também a mesma razão que há em tudo. Vemos a razão, porém não o plano; como diremos, então, que certas coisas estão fora do plano que não sabemos o que é? Assim como um poeta de ritmos sutis pode intercalar um verso arrítmico para fins rítmicos, isto é, para o próprio fim de que parece afastar-se, e um crítico mais purista do retilíneo que do ritmo chamará errado esse verso, assim o Criador pode intercalar o que nossa estreita [inteligência] considera arritmias no decurso majestoso do seu ritmo metafísico.

Nem aceito, disse, o critério do relojoeiro sem benevolência.

Concordo que é um argumento de mais difícil resposta, mas é-o só aparentemente. Podemos dizer que não sabemos bem o que é o mal, não podendo por isso afirmar se uma coisa é má ou boa. O certo, porém, é que uma dor, ainda que para nosso bem, é em si mesma um mal, e basta isso para que haja mal no mundo. Basta uma dor de dentes para fazer descrer na bondade do Criador. Ora o erro essencial deste argumento parece residir no nosso completo desconhecimento do plano de Deus, e nosso igual desconhecimento do que possa ser, como pessoa inteligente, o Infinito Intelectual. Uma coisa é a existência do mal, outra a razão dessa existência. A distinção é talvez sutil ao ponto de parecer sofística, mas o certo é que é justa. A existência do mal não pode ser negada, mas a maldade da existência do mal pode não ser aceite. Confesso que o problema subsiste, mas subsiste porque subsiste a nossa imperfeição.

255.

Se alguma coisa há que esta vida tem para nós, e, salvo a mesma vida, tenhamos que agradecer aos Deuses, é o dom de nos desconhecermos: de nos desconhecermos a nós mesmos e de nos desconhecermos uns aos outros. A alma humana é um abismo obscuro e viscoso, um poço que se não usa na superfície do mundo. Ninguém se amaria a si mesmo se deveras se conhecesse,[1] e assim, não havendo a vaidade, que é o sangue da vida espiritual, morreríamos na alma de anemia.[2] Ninguém conhece outro, e ainda bem que o não conhece, e, se o conhecesse, conheceria nele, ainda que[3] mãe, mulher ou filho, o íntimo, metafísico inimigo.

Entendemo-nos porque nos ignoramos. Que seria de tantos cônjuges[4] felizes se pudessem ver um na alma do outro, se pudessem compreender-se, como dizem os românticos, que não sabem o perigo — se bem que o perigo fútil — do que dizem. Todos os casados do mundo são malcasados, porque cada um guarda consigo, nos secretos onde a alma é do Diabo, a imagem sutil do homem desejado, que não é aquele, a figura volúvel da mulher sublime,[5] que aquela não realizou. Os mais felizes ignoram em si mesmos estas suas disposições frustradas; os menos felizes não as ignoram, mas não as conhecem, e só um ou outro arranco fruste, uma ou outra aspereza no trato,[6] evoca, na superfície casual dos gestos e das palavras, o Demônio oculto, a Eva antiga, o Cavaleiro e[7] a Sílfide.

A vida que se vive é um desentendimento fluido, uma média alegre entre a grandeza que não há e a felicidade que não pode haver. Somos contentes porque, até[8] ao pensar e ao sentir, somos capazes de não acreditar na[9] existência da alma. No baile de máscaras que vivemos, basta-nos o agrado[10] do traje, que no baile é tudo. Somos servos das luzes e das cores, vamos na dança como na verdade, nem há para nós — salvo se, desertos, não dançamos — conhecimento do grande frio alto da noite externa, do corpo mortal por baixo dos trapos que lhe sobrevivem, de tudo quanto, a sós, julgamos que é essencialmente nós, mas afinal não é senão a paródia íntima da verdade do que nos supomos.

Tudo quanto fazemos ou dizemos, tudo quanto pensamos ou sentimos, traz a mesma máscara e o mesmo dominó. Por mais que dispamos o que vestimos, nunca chegamos à nudez, pois a nudez é um fenômeno da alma e não de tirar fato. Assim, vestidos de corpo e alma, com os nossos múltiplos trajes tão pegados a nós como as penas das aves, vivemos felizes ou infelizes, ou nem até sabendo o que somos, o breve espaço que nos dão os deuses para os divertirmos, como crianças que brincam a jogos sérios.[11]

Um ou outro de nós, liberto ou maldito, vê de repente — mas até esse raras vezes vê — que tudo quanto somos é o que não somos, que nos enganamos no que está certo e não temos razão no que concluímos justo. E esse, que, num breve momento, vê o universo despido, fala uma filosofia, ou canta uma religião; e a filosofia escuta-se e a religião ecoa,[12] e os que creem na filosofia passam a usá-la como veste que não veem, e os que creem na religião passam a pô-la como máscara de que se esquecem.

E sempre, desconhecendo-nos a nós e aos outros, e por isso entendendo-nos alegremente, passamos, nas volutas da dança ou nas conversas do descanso, humanos, fúteis, a sério, ao som da grande orquestra dos astros, sob os olhares desdenhosos e alheios dos organizadores do espetáculo.

Só eles sabem que nós somos presas da ilusão que nos criaram. Mas qual é a razão dessa ilusão, e por que é que há essa, ou qualquer, ilusão, ou por que é que eles, ilusos também, nos deram que tivéssemos a ilusão que nos deram — isso, por certo, eles mesmos não sabem.

256.

Tive sempre uma repugnância quase física pelas coisas secretas — intrigas, diplomacia, sociedades secretas, ocultismo. Sobretudo me incomodaram sempre estas duas últimas coisas — a pretensão, que têm certos homens, de que, por entendimentos com Deuses ou Mestres ou Demiurgos, sabem — lá entre eles, exclusos todos nós outros — os grandes segredos que são os caboucos do mundo.

Não posso crer que isso seja assim. Posso crer que alguém o julgue assim. Por que não estará essa gente toda doida, ou iludida? Por serem vários? Mas há alucinações coletivas.

O que sobretudo me impressiona, nesses mestres e sabedores do invisível, é que, quando escrevem para nos contar ou sugerir os seus mistérios, escrevem todos mal. Ofende-me o entendimento que um homem seja capaz de dominar o Diabo e não seja capaz de dominar a língua portuguesa. Por que há o comércio com os demônios de ser mais fácil que o comércio com a gramática? Quem, através de longos exercícios de atenção e de vontade, consegue, conforme diz, ter visões astrais, por que não pode, com menor dispêndio de uma coisa e de outra, ter a visão da sintaxe? Que há no dogma e ritual da Alta Magia que impeça alguém de escrever, já não digo com clareza, pois pode ser que a obscuridade seja da lei oculta, mas ao menos com elegância e fluidez, pois no próprio abstruso as pode haver? Por que há de gastar-se toda a energia da alma no estudo da linguagem dos Deuses, e não há de sobrar um reles bocado, com que se estude a cor e o ritmo da linguagem dos homens?

Desconfio dos mestres que o não podem ser primários. São para mim como aqueles poetas estranhos que são incapazes de escrever como os outros. Aceito que sejam estranhos; gostara, porém, que me provassem que o são por superioridade ao normal e não por impotência dele.

Dizem que há grandes matemáticos que erram adições simples; mas aqui a comparação não é com errar, mas com desconhecer. Aceito que um grande matemático some dois e dois para dar cinco: é um ato de distração, e a todos nós pode suceder. O que não aceito é que não saiba o que é somar ou como se soma. E é este o caso dos mestres do oculto, na sua formidável maioria.

257.

O pensamento pode ter elevação sem ter elegância, e, na proporção em que não tiver elegância, perderá a ação sobre os outros. A força sem a destreza é uma simples massa.

258.

O ter tocado nos pés de Cristo não é desculpa para defeitos de pontuação.[1]

Se um homem escreve bem só quando está bêbado, dir-lhe-ei: embebede-se. E se ele me disser que o seu fígado sofre com isso, responderei: o que é o seu fígado? é uma coisa morta que vive enquanto você vive, e os poemas que escrever vivem sem enquanto.[2]

259.

Gosto de dizer. Direi melhor: gosto de palavrar. As palavras são para mim corpos tocáveis, sereias visíveis, sensualidades incorporadas. Talvez porque a sensualidade real não tem para mim interesse de nenhuma espécie — nem sequer mental ou de sonho —, transmudou-se-me o desejo para aquilo que em mim cria ritmos verbais, ou os escuta de outros. Estremeço se dizem bem. Tal página de Fialho, tal página de Chateaubriand, fazem formigar toda a minha vida em todas as veias, fazem-me raivar tremulamente quieto de um prazer inatingível que estou tendo. Tal página, até, de Vieira, na sua fria perfeição de engenharia sintática, me faz tremer como um ramo ao vento, num delírio passivo de coisa movida.

Como todos os grandes apaixonados, gosto da delícia da perda de mim, em que o gozo da entrega se sofre inteiramente. E, assim, muitas vezes, escrevo sem querer pensar, num devaneio externo, deixando que as palavras me façam festas, criança menina ao colo delas. São frases sem sentido, decorrendo mórbidas, numa fluidez de água sentida, esquecer-se de ribeiro em que as ondas se misturam e indefinem, tornando-se sempre outras, sucedendo a si mesmas. Assim as ideias, as imagens, trêmulas de expressão, passam por mim em cortejos sonoros de sedas esbatidas, onde um luar de ideia bruxuleia, malhado e confuso.

Não choro por nada que a vida traga ou leve. Há porém páginas de prosa que me têm feito chorar. Lembro-me, como do que estou vendo, da noite em que, ainda criança, li pela primeira vez, numa seleta, o passo célebre de Vieira sobre o Rei Salomão. "Fabricou Salomão um palácio...". E fui lendo até ao fim, trêmulo, confuso; depois rompi em lágrimas felizes, como nenhuma felicidade real me fará chorar, como nenhuma tristeza da vida me fará imitar. Aquele movimento hierático da nossa clara língua majestosa, aquele exprimir das ideias nas palavras inevitáveis, correr de água porque há declive, aquele assombro vocálico em que os sons são cores ideais — tudo isso me toldou de instinto como uma grande emoção política. E, disse, chorei; hoje, relembrando, ainda choro. Não é — não — a saudade da infância, de que não tenho saudades: é a saudade da emoção daquele momento, a mágoa de não poder já ler pela primeira vez aquela grande certeza sinfônica.

Não tenho sentimento nenhum político ou social. Tenho, porém, num sentido, um alto sentimento patriótico. Minha pátria é a língua portuguesa. Nada me pesaria que invadissem ou tomassem Portugal, desde que não me incomodassem pessoalmente. Mas odeio, com ódio verdadeiro, com o único ódio que sinto, não quem escreve mal português, não quem não sabe sintaxe, não quem escreve em ortografia simplificada, mas a página mal escrita, como pessoa própria, a sintaxe errada, como gente em que se bata, a ortografia sem ípsilon, como o escarro direto que me enoja independentemente de quem o cuspisse.

Sim, porque a ortografia também é gente. A palavra é completa vista e ouvida. E a gala da transliteração greco-romana veste-ma do seu vero manto régio, pelo qual é senhora e rainha.

260.

A arte consiste em fazer os outros sentir o que nós sentimos, em os libertar deles mesmos, propondo-lhes a nossa personalidade para especial libertação. O que sinto, na verdadeira substância com[1] que o sinto, é absolutamente incomunicável; e quanto mais profundamente o sinto, tanto mais incomunicável é. Para que eu, pois, possa transmitir a outrem o que sinto, tenho que traduzir os meus sentimentos na linguagem dele, isto é, que dizer tais coisas como sendo as que eu sinto, que ele, lendo-as, sinta exatamente o que eu senti. E como este outrem é, por hipótese de arte, não esta ou aquela pessoa, mas toda a gente, isto é, aquela pessoa que é comum a todas as pessoas, o que, afinal, tenho que fazer é converter os meus sentimentos num sentimento humano típico, ainda que pervertendo a verdadeira natureza daquilo que senti.

Tudo quanto é abstrato é difícil de compreender, porque é

difícil de conseguir para ele a atenção de quem o leia. Darei, por isso, um exemplo simples, em que as abstrações que formei se concretizarão. Suponha-se que, por um motivo qualquer, que pode ser o cansaço de fazer contas ou o tédio de não ter que fazer, cai sobre mim uma tristeza vaga da vida, uma angústia de mim que me perturba e inquieta. Se vou traduzir esta emoção por frases que de perto a cinjam, quanto mais de perto a cinjo, mais a dou como propriamente minha, menos, portanto, a comunico a outros. E, se não há comunicá-la a outros, é mais justo e mais fácil senti-la sem a escrever.

Suponha-se, porém, que desejo comunicá-la a outros, isto é, fazer dela arte, pois a arte é a comunicação aos outros da nossa identidade íntima com eles; sem o que nem há comunicação nem necessidade de a fazer. Procuro qual será a emoção humana vulgar[2] que tenha o tom, o tipo, a forma desta emoção em que estou agora, pelas razões inumanas e particulares de ser um guarda-livros cansado ou um lisboeta[3] aborrecido. E verifico que o tipo de emoção vulgar que produz, na alma vulgar, esta mesma emoção é a saudade da infância perdida.

Tenho a chave para a porta do meu tema. Escrevo e choro a minha infância perdida; demoro-me comovidamente sobre os pormenores de pessoas e mobília da velha casa na província; evoco a felicidade de não ter direitos nem deveres, de ser livre por não saber pensar nem sentir — e esta evocação, se for bem-feita como prosa e visões, vai despertar no meu leitor exatamente a emoção que eu senti, e que nada tinha com infância.

Menti? Não, compreendi. Que a mentira, salvo a que é infantil e espontânea, e nasce da vontade de estar a sonhar, é tão somente a noção da existência real dos outros e da necessidade de conformar a essa existência a nossa, que se não pode conformar a ela. A mentira é simplesmente a linguagem ideal da alma, pois, assim como nos servimos de palavras, que são sons articulados de uma maneira absurda, para em linguagem real traduzir os mais íntimos e sutis movimentos da emoção e do pensamento, que as palavras forçosamente não poderão nunca traduzir, assim nos servimos da mentira e da ficção para nos entendermos uns aos outros, o que com a verdade, própria e intransmissível, se nunca poderia fazer.

A arte mente porque é social. E há só duas grandes formas da arte — uma que se dirige à nossa alma profunda, a outra que se dirige à nossa alma atenta. A primeira é a poesia, o romance a segunda. A primeira começa a mentir na própria estrutura; a segunda começa a mentir na própria intenção. Uma pretende dar-nos a verdade por meio de linhas variadamente regradas, que mentem à inerência da fala; outra pretende dar-nos a verdade por uma realidade que todos sabemos bem que nunca houve.

Fingir é amar. Nem vejo nunca um lindo sorriso ou um olhar significativo que não medite, de repente, e seja de quem for o olhar ou o sorriso, qual é, no fundo da alma em cujo rosto se sorri ou olha, o estadista que nos quer comprar ou a prostituta que quer que a compremos. Mas o estadista que nos compra amou, ao menos, o comprar-nos; e a prostituta, a quem compremos, amou, ao menos, o comprarmo-la. Não fugimos, por mais que queiramos, à fraternidade universal. Amamo-nos todos uns aos outros, e a mentira é o beijo que trocamos.

261.

Em mim todas as afeições se passam à superfície, mas sinceramente. Tenho sido ator sempre, e a valer. Sempre que amei, fingi que amei, e para mim mesmo o finjo.

262.

Cheguei hoje, de repente, a uma sensação absurda e justa. Reparei, num relâmpago íntimo, que não sou ninguém. Ninguém, absolutamente ninguém. Quando brilhou o relâmpago, aquilo onde supus uma cidade era um plaino deserto; e a luz sinistra que me mostrou a mim não revelou céu acima dele. Roubaram-me o poder ser antes que o mundo fosse. Se tive que reencarnar, reencarnei sem mim, sem ter eu reencarnado.

Sou os arredores de uma vila que não há, o comentário prolixo a um livro que se não escreveu. Não sou ninguém, ninguém. Não sei sentir, não sei pensar, não sei querer. Sou uma figura de romance por escrever, passando aérea, e desfeita sem ter sido, entre os sonhos de quem me não soube completar.[1]

Penso sempre, sinto sempre; mas o meu pensamento não contém raciocínios, a minha emoção não contém emoções. Estou caindo, depois do alçapão lá em cima, por todo o espaço infinito, numa queda sem direção, infinitupla e vazia. Minha alma é um *maelstrom* negro, vasta vertigem à roda de vácuo, movimento de um oceano infinito em torno de um buraco em nada, e nas águas que são mais giro que águas boiam todas as imagens do que vi e ouvi no mundo — vão casas, caras, livros, caixotes, rastros de música e sílabas de vozes, num rodopio sinistro e sem fundo.

E eu, verdadeiramente eu, sou o centro que não há nisto senão por uma geometria do abismo; sou o nada em torno do qual este movimento gira, só para que gire, sem que esse centro exista senão porque todo o círculo o tem. Eu, verdadeiramente eu, sou o poço sem muros, mas com a viscosidade dos muros, o centro de tudo com o nada à roda.

E é, em mim, como se o inferno ele mesmo risse, sem ao menos a humanidade de diabos a rirem, a loucura grasnada do universo morto, o cadáver rodante do espaço físico, o fim de todos os mundos flutuando negro ao vento, disforme, anacrônico, sem Deus que o houvesse criado, sem ele mesmo que está rodando nas trevas das trevas, impossível, único, tudo.

Poder saber pensar! Poder saber sentir!

Minha mãe morreu muito cedo, e eu não a cheguei a conhecer...

263.

Tão dado como sou ao tédio, é curioso[1] que nunca, até hoje, me lembrou de meditar em que consiste. Estou hoje, deveras, nesse estado intermédio da alma em que nem apetece a vida nem outra coisa. E emprego a súbita lembrança, de que nunca pensei em o que fosse, em sonhar, ao longo de pensamentos meio impressões, a análise, sempre um pouco factícia, do que ele seja.

Não o sei, realmente, se o tédio é somente a correspondência desperta da sonolência do vadio, se é coisa, na verdade, mais nobre que esse entorpecimento. Em mim, o tédio é frequente, mas, que eu saiba, porque reparasse, não obedece a regras de aparecimento. Posso passar sem tédio um domingo inerte; posso sofrê-lo repentinamente, como uma nuvem externa, em pleno trabalho atento. Não consigo relacioná-lo com um estado da saúde ou da falta dela; não alcanço conhecê-lo como produto de causas que estejam na parte evidente de mim.

Dizer que é uma angústia metafísica disfarçada, que é uma grande desilusão incógnita, que é uma poesia surda da alma aflorando aborrecida à janela que dá para a vida — dizer isto, ou o que seja irmão disto, pode colorir o tédio, como uma criança ao desenho cujos contornos transborde e apague, mas não me traz mais que um som de palavras a fazer eco nas caves do pensamento.

O tédio... Pensar sem que se pense, com o cansaço de pensar; sentir sem que se sinta, com a angústia de sentir; não querer sem que se não queira, com a náusea de não querer — tudo isto está no tédio sem ser o tédio, nem é dele mais que uma paráfrase ou uma translação. É, na sensação direta, como se de sobre o fosso do castelo da alma se erguesse a ponte levadiça, nem restasse, entre o castelo e as terras, mais que o poder olhá-las sem as poder percorrer. Há um isolamento de nós em nós mesmos, mas um isolamento onde o que separa está estagnado como nós, água suja cercando o nosso desentendimento.

O tédio... Sofrer sem sofrimento, querer sem vontade, pensar sem raciocínio... É como a possessão por um demônio negativo, um embruxamento por coisa nenhuma. Dizem que os bruxos, ou os pequenos magos, conseguem, fazendo de nós imagens, e a elas infligindo maus-tratos, que esses maus-tratos, por uma transferência astral, se reflitam em nós. O tédio surge-me, na sensação transposta desta imagem, como o reflexo maligno de bruxedos de um demônio das fadas, exercido,[2] não sobre uma imagem minha, senão sobre a sua sombra. É na sombra íntima de mim, no exterior do interior da minha alma, que se colam papéis ou se espetam alfinetes. Sou como o homem que vendeu a sombra, ou, antes, como a sombra do homem que a vendeu.

O tédio... Trabalho bastante. Cumpro o que os moralistas da ação chamariam[3] o meu dever social. Cumpro esse dever, ou essa sorte, sem grande esforço nem notável desinteligência. Mas, umas vezes em pleno trabalho, outras vezes no pleno descanso que, segundo os mesmos moralistas, mereço e me deve ser grato, transborda-se-me a alma de um fel de inércia, e estou cansado, não da obra ou do repouso, mas de mim.

De mim por quê, se não pensava em mim? De que outra coisa, se não pensava nela? O mistério do universo, que baixa às minhas contas ou ao meu reclínio? A dor universal de viver que se particulariza subitamente na minha alma mediúnica? Para que enobrecer tanto quem não se sabe quem é? É uma sensação de vácuo, uma fome sem vontade de comer, tão nobre como estas sensações do simples cérebro, do simples estômago, vindas de fumar demais ou de não digerir bem.

O tédio... É talvez, no fundo, a insatisfação da alma íntima por não lhe termos dado uma crença, a desolação da criança triste que intimamente somos, por não lhe termos comprado o brinquedo divino. É talvez a insegurança de quem precisa mão que o guie, e não sente, no caminho negro da sensação profunda, mais que a noite sem ruído de não poder pensar, a estrada sem nada de não saber sentir...

O tédio... Quem tem Deuses nunca tem tédio. O tédio é a falta de uma mitologia. A quem não tem crenças, até a dúvida é impossível, até o ceticismo não tem força para desconfiar. Sim, o tédio é isso: a perda, pela alma, da sua capacidade de se iludir, a falta, no pensamento, da escada inexistente por onde ele sobe sólido à verdade.

264.

Conheço, translata, a sensação de ter comido demais. Conheço-a com a sensação, não com o estômago. Há dias em que em mim se comeu demais. Estou pesado de corpo e lorpa de gestos; tenho vontade de não me tirar de ali de maneira nenhuma.

Mas nessas ocasiões, como fato impropício, sói surgir, do meu modorrar indene, um resquício de imaginação perdida. E formo planos no fundo do desconhecimento, estruturo coisas nas raízes da hipótese, e o que não há de acontecer tem para mim um grande brilho.

Nessas horas estranhas não é só a minha vida material, mas a minha própria vida moral, que me são só apensos — desleixo a ideia do dever mas também a ideia de ser, e tenho sono físico do Universo inteiro. Durmo o que conheço e o que sonho com uma igualdade que me pesa nos olhos. Sim, nessas horas sei mais de mim do que nunca soube, e todo eu sou todas as sestas de mendigos entre as árvores da quinta de Ninguém.

265.

A ideia de viajar seduz-me por translação, como se fosse a ideia própria para seduzir alguém que eu não fosse. Toda a vasta visibilidade do mundo me percorre, num movimento de tédio colorido, a imaginação acordada; esboço um desejo como quem já não quer fazer gestos, e o cansaço antecipado das paisagens possíveis aflige-me, como um vento torpe, a flor do coração que estagnou.

E como as viagens as leituras, e como as leituras tudo... Sonho uma vida erudita, entre o convívio mudo dos antigos e dos modernos, renovando as emoções pelas emoções alheias, enchendo-me de pensamentos contraditórios na contradição dos meditadores e dos que quase pensaram, que são a maioria dos que escreveram. Mas só a ideia de ler se me desvanece se tomo de cima da mesa um livro qualquer; o fato físico de ter que ler anula-me a leitura... Do mesmo modo se me estiola a ideia de viajar se acaso me aproximo de onde possa haver embarque. E regresso às duas coisas nulas em que estou certo, de nulo também que sou — à minha vida quotidiana de transeunte incógnito, e aos meus sonhos como insônias de acordado.

E como as leituras tudo... Desde que qualquer coisa se possa sonhar como interrompendo deveras o decurso mudo dos meus dias, ergo olhos de protesto pesado para a sílfide que me é própria — aquela, coitada, que seria talvez sereia se tivesse aprendido a cantar.

266.

Quando vim primeiro para Lisboa, havia, no andar lá de cima de onde morávamos, um som de piano tocado em escalas, aprendizagem monótona da menina que nunca vi. Descubro hoje que, por processos de infiltração que desconheço, tenho ainda nas caves da alma, audíveis se abrem a porta lá de baixo, as escalas repetidas, tecladas, da menina hoje senhora outra, ou morta e fechada num lugar branco[1] onde verdejam negros os ciprestes.

Era eu criança, e hoje não o sou; o som, porém, é igual na recordação ao que era na verdade, e tem, perenemente presente, se se ergue de onde finge que dorme, a mesma lenta teclagem, a mesma rítmica monotonia. Invade-me, de o considerar ou sentir, uma tristeza difusa, angustiosa, minha.

Não choro a perda da minha infância; choro que tudo, e nele a (minha) infância, se perca. É a fuga abstrata do tempo, não a fuga concreta do tempo que é meu, que me dói no cérebro físico pela recorrência repetida, involuntária, das escalas do piano lá de cima, terrivelmente anônimo e longínquo. É todo o mistério de que nada dura que martela repetidamente coisas que não chegam a ser música, mas são saudade, no fundo absurdo da minha recordação.

Insensivelmente, num erguer visual, vejo a saleta que nunca vi, onde a aprendiza que não conheci está ainda hoje relatando, dedo a dedo cuidadosos, as escalas sempre iguais do que já está morto. Vejo, vou vendo mais, reconstruo vendo. E todo o lar lá do andar lá de cima, saudoso hoje mas não ontem, vem erguendo-se fictício da minha contemplação desentendida.

Suponho, porém, que nisto tudo sou translato, que a saudade que sinto não é bem minha, nem bem abstrata, mas a emoção interceptada de não sei que terceiro, a quem estas emoções, que em mim são literárias, fossem — di-lo-ia Vieira — literais. É na minha suposição de sentir que me magoo e angustio, e as saudades, a cuja sensação se me mareiam os olhos próprios, é por imaginação e outridade que as penso e sinto.

E sempre, com uma constância que vem do fundo do mundo, com uma persistência que estuda metafisicamente, soam, soam, soam, as escalas de quem aprende piano, pela espinha dorsal física da minha recordação. São as ruas antigas com outra gente, hoje as mesmas ruas diversas; são pessoas mortas que me estão falando, através da transparência da falta delas hoje; são remorsos do que fiz ou não fiz, sons de regatos na noite, ruídos lá em baixo na casa queda.

Tenho ganas de gritar dentro da cabeça. Quero parar, esmagar, partir esse impossível disco[2] gramofônico que soa dentro de mim em casa alheia, torturador intangível. Quero mandar parar a alma, para que ela, como veículo que me ocupassem, siga para diante só e me deixe. Endoideço de ter que ouvir. E por fim sou eu, no meu cérebro diretamente sensível, na minha pele arrepiada,[3] nos meus nervos postos à superfície, as teclas tecladas em escalas, ó piano horroroso e pessoal da nossa recordação.[4]

E sempre, sempre, como que numa parte do cérebro que se tornasse independente, soam, soam, soam as escalas lá em baixo lá em cima da primeira casa de Lisboa onde vim habitar.

267.

É a última morte do Capitão Nemo. Em breve morrerei também.

Foi toda a minha infância passada que nesse momento ficou privada de poder durar.

268.

O olfato é uma vista estranha. Evoca paisagens sentimentais por um desenhar súbito do subconsciente. Tenho sentido isto muitas vezes. Passo numa rua. Não vejo nada, ou antes, olhando tudo, vejo como toda a gente vê. Sei que vou por uma rua e não sei que ela existe com lados feitos de casas diferentes e construídas por gente humana. Passo numa rua. De uma padaria sai um cheiro a pão que nauseia por doce no cheiro dele: e a minha infância ergue-se de determinado bairro distante, e outra padaria me surge daquele reino das fadas que é tudo que se nos morreu. Passo numa rua. Cheira de repente às frutas do tabuleiro inclinado da loja estreita; e a minha breve vida de campo, não sei já quando nem onde, tem árvores ao fim e sossego no meu coração, indiscutivelmente menino. Passo uma rua. Transtorna-me, sem que eu espere, um cheiro aos caixotes do caixoteiro: ó meu Cesário, apareces-me e eu sou enfim feliz porque regressei, pela recordação, à única verdade, que é a literatura.

269.

Ter já lido os *Pickwick Papers* é uma das grandes tragédias da minha vida. (Não posso tornar a relê-los.)

270.

A arte livra-nos ilusoriamente da sordidez de sermos. Enquanto sentimos os males e as injúrias de Hamlet, príncipe da

Dinamarca, não sentimos os nossos — vis porque são nossos e vis porque são vis.

O amor, o sono, as drogas e intoxicantes, são formas elementares da arte, ou, antes, de produzir o mesmo efeito que ela. Mas amor, sono e drogas têm cada um a sua desilusão. O amor farta ou desilude. Do sono desperta-se, e, quando se dormiu, não se viveu. As drogas pagam-se com a ruína de aquele mesmo físico que serviram de estimular. Mas na arte não há desilusão porque a ilusão foi admitida desde o princípio. Da arte não há despertar, porque nela não dormimos, embora sonhássemos. Na arte não há tributo ou multa que paguemos por ter gozado dela.

O prazer que ela nos oferece, como em certo modo não é nosso, não temos nós que pagá-lo ou que arrepender-nos dele.

Por arte entende-se tudo que nos delicia sem que seja nosso — o rasto da passagem, o sorriso dado a outrem, o poente, o poema, o universo objetivo.

Possuir é perder. Sentir sem possuir é guardar, porque é extrair de uma coisa a sua essência.

271.

Não o amor, mas os arredores é que vale a pena...

A repressão do amor ilumina os fenômenos dele com muito mais clareza que a mesma experiência. Há virgindades de grande entendimento. Agir compensa mas confunde. Possuir é ser possuído, e portanto perder-se. Só a ideia atinge, sem se estragar, o conhecimento da realidade.

272.

Cristo[1] é uma forma da emoção.

No panteão há lugar para os deuses que se excluem uns aos outros, e todos têm assento e regência. Cada um pode ser tudo, porque aqui não há limites, nem até lógicos, e gozamos, no convívio de vários imortais,[2] da coexistência de diferentes infinitos e de diversas eternidades.

273.

A história nega as coisas certas. Há períodos de ordem em que tudo é vil e períodos de desordem em que tudo é alto. As decadências são férteis em virilidade mental; as épocas de força em fraqueza do espírito. Tudo se mistura e se cruza, e não há verdade senão no supô-la.

Tantos nobres ideais caídos entre o estrume, tantas ânsias verdadeiras extraviadas entre o enxurro!

Para mim são iguais, deuses ou homens, na confusão prolixa do destino incerto. Desfilam-me, neste quarto andar incógnito, em sucessões de sonhos, e não são mais para mim do que foram para os que acreditaram neles. Manipansos dos negros de olhos incertos e espantados, deuses-bichos dos selvagens de sertões emaranhados, símbolos figurados de egípcios, claras divindades gregas, hirtos deuses romanos, Mitra senhor do Sol e da emoção, Jesus senhor[1] da consequência e da caridade, critérios vários do mesmo Cristo, santos novos deuses das novas vilas, todos desfilam, todos, na marcha fúnebre (romaria ou enterro) do erro e da ilusão. Marcham todos, e atrás deles marcham, sombras vazias, os sonhos que, por serem sombras no chão, os piores sonhadores julgam que estão assentes sobre a terra — pobres conceitos sem alma nem figura, Liberdade, Humanidade, Felicidade, o Futuro Melhor, a Ciência Social, e arrastam-se na solidão da treva como folhas movidas um pouco para a frente por uma cauda de manto régio que houvesse sido roubado por mendigos.[2]

274.

Ah, é um erro doloroso e crasso aquela distinção que os revolucionários estabelecem entre burgueses e povo, ou fidalgos e povo, ou governantes e governados. A distinção é entre adaptados e inadaptados: o mais é literatura, e má literatura. O mendigo, se é adaptado, pode amanhã ser rei, porém perdeu com isso a virtude de ser mendigo. Passou a fronteira e perdeu a nacionalidade.

Isto me consola neste escritório estreito, cujas janelas mal lavadas dão sobre uma rua sem alegria. Isto me consola, em o qual tenho por irmãos os criadores da consciência do mundo — o dramaturgo atabalhoado William Shakespeare, o mestre-escola John Milton, o vadio Dante Alighieri, □ e até, se a citação se permite, aquele Jesus Cristo que não foi nada no mundo, tanto que se duvida dele pela história. Os outros são de outra espécie — o conselheiro de Estado Johann Wolfgang von Goethe, o senador Victor Hugo, o chefe Lênin, o chefe Mussolini □

Nós na sombra, entre os moços de fretes e os barbeiros, constituímos a humanidade □

De um lado estão os reis, com o seu prestígio, os imperadores, com a sua glória, os gênios, com a sua aura, os santos, com a sua auréola, os chefes do povo, com o seu domínio, as prostitutas, os profetas e os ricos... Do outro estamos nós — o moço de fretes da esquina, o dramaturgo atabalhoado William Shakespeare, o barbeiro das anedotas, o mestre-escola John Milton, o marçano da tenda, o vadio Dante Alighieri, os que a morte esquece ou consagra, e [a] vida esqueceu sem consagrar.

275.

O governo do mundo começa em nós mesmos. Não são os sinceros que governam o mundo, mas também não são os insinceros. São os que fabricam em si uma sinceridade real por meios artificiais e automáticos; essa sinceridade constitui a sua força, e é ela que irradia para a sinceridade menos falsa dos outros. Saber iludir-se bem é a primeira qualidade do estadista. Só aos poetas e aos filósofos compete a visão prática do mundo, porque só a esses é dado não ter ilusões. Ver claro é não agir.

276.

Uma opinião é uma grosseria, mesmo quando não é sincera.

Toda a sinceridade é uma intolerância. Não há liberais sinceros. De resto, não há liberais.

277.

Tudo ali é quebrado, anônimo e impertencente. Vi ali grandes movimentos de ternura, que me pareceram revelar o fundo de pobres almas tristes; descobri que esses movimentos não duravam mais que a hora em que eram palavras, e que tinham raiz — quantas vezes o notei com a sagacidade dos silenciosos — na analogia de qualquer coisa com o piedoso, perdida com a rapidez da novidade da notação, e, outras vezes, no vinho do jantar do enternecido. Havia sempre uma relação sistematizada entre o humanitarismo e a aguardente de bagaço, e foram muitos os grandes gestos que sofreram do copo supérfluo ou do pleonasmo da sede.

Essas criaturas tinham todas vendido a alma a um diabo da plebe infernal, avarento de sordidezas e de relaxamentos. Viviam a intoxicação da vaidade e do ócio, e morriam molemente, entre coxins de palavras, num amarfanhamento de lacraus de cuspo.

O mais extraordinário de toda essa gente era a nenhuma importância, em nenhum sentido, de toda ela. Uns eram redatores dos principais jornais, e conseguiam não existir; outros tinham lugares públicos em vista no anuário, e conseguiam não figurar em nada da vida; outros eram poetas até consagrados, mas uma mesma poeira de cinza lhes tornava lívidas as faces parvas, e tudo era um túmulo de embalsamados hirtos, postos com a mão nas costas em posturas de vidas.

Guardo do pouco tempo que me estagnei nesse exílio da esperteza mental uma recordação de bons momentos de graça franca, de muitos momentos monótonos e tristes, de alguns perfis recortados no nada, de alguns gestos dados às serventes do acaso, e, em resumo, um tédio de náusea física e a memória de algumas anedotas com espírito.

Neles se intercalavam, como espaços, uns homens de mais idade, alguns com ditos de espírito pregresso, que diziam mal como os outros, e das mesmas pessoas.

Nunca senti tanta simpatia pelos inferiores da glória pública como quando os vi malsinar por estes inferiores sem querer essa pobre glória. Reconheci a razão do triunfo porque os párias do Grande triunfavam em relação a estes, e não em relação à humanidade.

Pobres-diabos sempre com fome — ou com fome de almoço, ou com fome de celebridade, ou com fome das sobremesas da vida. Quem os ouve, e os não conhece, julga estar escutando os mestres de Napoleão e os instrutores de Shakespeare.

Há os que vencem no amor, há os que vencem na política, há os que vencem na arte. Os primeiros têm a vantagem da narrativa, pois se pode vencer largamente no amor sem haver conhecimento célebre do que sucedeu. É certo que, ao ouvir contar a qualquer desses indivíduos as suas Maratonas sexuais, uma vaga suspeita nos invade, pela altura do sétimo desfloramento. Os que são amantes de senhoras de título, ou muito conhecidas (são, aliás, quase todos), fazem um tal gasto de condessas que uma estatística das suas conquistas não deixaria sérias e comedidas nem as bisavós dos títulos presentes.

Outros especializam no conflito físico, e mataram os campeões de boxe da Europa numa noite de pândega, à esquina do Chiado. Uns são influentes junto de todos os ministros de todos os ministérios, e estes são aqueles de que menos há que duvidar, pois não repugna.

Uns são grandes sádicos, outros são grandes pederastas, outros confessam, com uma tristeza de voz alta, que são brutais com mulheres. Trouxeram-nas ali, a chicote, pelos caminhos da vida. No fim ficam a dever o café.

Há os poetas, há os □

Não conheço melhor cura para toda esta enxurrada de sombras que o conhecimento direito da vida humana corrente, na sua realidade comercial, por exemplo, como a que me surge no escritório da Rua dos Douradores. Com que alívio eu volvia daquele manicômio de títeres para a presença real do Moreira, meu chefe, guarda-livros autêntico e sabedor, malvestido e maltratado, mas, o que nenhum dos outros conseguia ser, o que se chama um homem...

278.

A maioria dos homens vive com espontaneidade uma vida fictícia e alheia. "A maioria da gente é outra gente", disse Oscar Wilde,[1] e disse bem. Uns gastam a vida na busca de qualquer coisa que não querem; outros empregam-se na busca do que querem e lhes não serve; outros, ainda, se perdem □

Mas a maioria é feliz e goza a vida sem isso valer. Em geral, o homem chora pouco, e, quando se queixa, é a sua literatura. O pessimismo tem pouca viabilidade como fórmula democrática. Os que choram o mal do mundo são isolados — não choram senão o próprio. Um Leopardi, um Antero não têm amado ou amante? O universo é um mal. Um Vigny é mal ou pouco amado? O mundo é um cárcere. Um Chateaubriand sonha mais que o possível? A vida humana é tédio. Um Jó é coberto de bolhas? A terra está coberta de bolhas. Pisam os calos do triste? Ai dos pés dos sóis e das estrelas.

Alheia a isto, e chorando só o preciso e no menos tempo que pode — quando lhe morre o filho que esquecerá pelos anos fora, salvo nos aniversários; quando perde dinheiro, e chora enquanto não arranja outro, ou se não adapta ao estado de perda —, a humanidade continua digerindo e amando. A vitalidade recupera e reanima. Os mortos ficam enterrados. As perdas ficam perdidas.

Quando vejo um gato ao sol lembra-me sempre do homem ao sol.

279.

Foi-se hoje embora, disseram[1] que definitivamente, para a terra que é natal dele, o chamado moço do escritório, aquele mesmo homem que tenho estado habituado a considerar[2] como parte desta casa humana, e, portanto, como parte de mim e do mundo que é meu. Foi-se hoje embora. No corredor, encontrando-nos casuais para a surpresa esperada da despedida, dei-lhe eu um abraço timidamente retribuído, e tive contra-alma bastante para não chorar como desejavam sem mim[3] meus olhos quentes.

Cada coisa que foi nossa, ainda que só pelos acidentes do convívio ou da visão, porque foi nossa se torna nós. O que se partiu hoje, pois, para uma terra galega que ignoro, não foi, para mim, o moço do escritório; foi uma parte vital, porque visual e humana, da substância da minha vida. Fui hoje diminuído. Já não sou bem o mesmo. O moço do escritório foi-se embora.

Tudo que se passa no onde vivemos é em nós que se passa. Tudo que cessa no que vemos é em nós que cessa. Tudo que foi, se o vimos quando era, é de nós que foi tirado quando se partiu. O moço do escritório foi-se embora.

É mais pesado, mais velho, menos voluntário que me sento à carteira alta e começo a continuação da escrita de ontem. Mas a vaga tragédia de hoje interrompe com meditações, que tenho que dominar à força, o processo automático da escrita como deve ser. Não tenho alma para trabalhar senão porque posso com uma inércia ativa ser escravo de mim. O moço do escritório foi-se embora.

Sim, amanhã, ou outro dia, ou quando quer que soe para mim o sino sem som da morte ou da ida, eu também serei quem aqui já não está, copiador antigo que vai ser arrumado no armário por baixo do vão da escada. Sim, amanhã, ou quando o Destino disser, terá fim o que fingiu em mim que fui eu. Irei para a terra natal? Não sei para onde irei. Hoje a tragédia é visível pela falta, sensível por não merecer que se sinta. Meu Deus, meu Deus, o moço do escritório foi-se embora.

280.

Ó noite onde as estrelas mentem luz, ó noite, única coisa do tamanho do Universo, torna-me, corpo e alma, parte do teu corpo, que eu me perca em ser mera treva e me torne noite também, sem sonhos que sejam estrelas em mim, nem sol esperado que[1] ilumine do futuro.

281.

Primeiro é um som que faz um outro som, no côncavo noturno das coisas. Depois é um uivo vago, acompanhado pelo oscilar rasco das tabuletas da rua. Depois, ainda, há um alto de súbito na voz urrada do espaço, e tudo estremece, não oscila, e há silêncio no medo disto tudo como um medo surdo que vê outro medo mudo passar.

Depois não há mais nada senão o vento — só o vento, e reparo com sono que as portas estremecem presas e as janelas dão som de vidro que resiste.

Não durmo. Entre-sou. Tenho vestígios na consciência. Pesa em mim o sono sem que a inconsciência pese... Nada sei. O vento... Acordo e redurmo, e ainda não dormi. Há uma paisagem de som alto e torvo para além de que me desconheço. Gozo, recatado, a possibilidade de dormir. Com efeito durmo, mas não sei se durmo. Há sempre no que julgo que é o sono um som de fim de tudo, o vento no escuro, e, se escuto ainda, o som comigo dos pulmões e do coração.

282.

Depois que o fim dos astros esbranqueceu para nada no céu matutino, e a brisa se tornou menos fria no amarelo mal alaranjado da luz sobre as poucas nuvens baixas, pude enfim, eu que não dormira, erguer lentamente o corpo exausto de nada da cama de onde pensara o universo.

Cheguei à janela com os olhos quentes de não estarem fechados. Por sobre os telhados densos a luz fazia diferenças de amarelo pálido. Fiquei a contemplar tudo com a grande estupidez da falta de sono. Nos vultos erguidos das casas altas o amarelo era aéreo e nulo. Ao fundo do ocidente, para onde eu estava virado, o horizonte era já de um branco verde.

Sei que o dia vai ser para mim pesado como não perceber nada. Sei que tudo quanto hoje fizer vai participar, não do cansaço do sono que não tive, mas da insônia que tive. Sei que vou viver um sonambulismo mais acentuado, mais epidérmico, não só porque não dormi, mas porque não pude dormir.

Há dias que são filosofias, que nos insinuam interpretações da vida, que são notas marginais, cheias de grande crítica, no livro do nosso destino universal. Este dia é um dos que sinto tais. Parece-me, absurdamente, que é com meus olhos pesados e meu cérebro nulo que, lápis absurdo, se vão traçando as letras do comentário inútil e profundo.

283.

A liberdade é a possibilidade do isolamento. És livre se podes afastar-te dos homens, sem que te obrigue a procurá-los a necessidade do dinheiro, ou a necessidade gregária, ou o amor, ou a glória, ou a curiosidade, que no silêncio e na solidão não podem ter alimento. Se te é impossível viver só, nasceste escravo. Podes ter todas as grandezas do espírito, todas da alma; és um escravo nobre, ou um servo inteligente: não és livre. E não está contigo a tragédia, porque a tragédia de nasceres assim não é contigo, mas do Destino para si somente. Ai de ti, porém, se a opressão da vida, ela própria, te força a seres escravo. Ai de ti, se, tendo nascido liberto, capaz de te bastares e de te separares, a penúria te força a conviveres. Essa, sim, é a tua tragédia, e a que trazes contigo.

Nascer liberto é a maior grandeza do homem, o que faz o ermitão humilde superior aos reis, e aos deuses mesmo, que se bastam pela força, mas não pelo desprezo dela.

A morte é uma libertação porque morrer é não precisar de outrem. O pobre escravo vê-se livre à força dos seus prazeres, das suas mágoas, da sua vida desejada e contínua. Vê-se livre o rei dos seus domínios, que não queria deixar. As que espalharam amor veem-se livres dos triunfos que adoram. Os que venceram veem-se livres das vitórias para que a sua vida se fadou.

Por isso a morte enobrece, veste de galas desconhecidas o pobre corpo absurdo. É que ali está um liberto, embora o não quisesse ser. É que ali não está um escravo, embora ele chorando perdesse a servidão. Como um rei cuja maior pompa é o seu nome de rei, e que pode ser risível como homem, mas como rei é superior, assim o morto pode ser disforme, mas é superior, porque a morte o libertou.

Fecho, cansado, as portas das minhas janelas; excluo o mundo e um momento tenho a liberdade. Amanhã voltarei a ser escravo; porém agora, só, sem necessidade de ninguém, receoso apenas que alguma voz ou presença venha interromper-me, tenho a minha pequena liberdade, os meus momentos de excelsis.

Na cadeira, aonde me recosto, esqueço a vida que me oprime. Não me dói senão ter-me doído.

284.

Não toquemos na vida nem com as pontas dos dedos.

Não amemos nem com o pensamento.

Que nenhum beijo de mulher, nem mesmo em sonhos,[1] seja uma sensação nossa.

Artífices da morbidez, requintemo-nos em ensinar a desiludir-se.[2] Curiosos da vida, espreitemos a todos os muros,[3] antecansados de saber que não vamos ver nada de novo ou belo.

Tecelões da desesperança, teçamos mortalhas apenas — mortalhas brancas para os sonhos que nunca sonhamos, mortalhas negras para os dias que morremos, mortalhas cor de cinza para os gestos que apenas sonhamos, mortalhas imperiais de púrpura[4] para as nossas sensações inúteis.

Pelos montados e pelos vales e pelas margens □ dos pântanos, caçam caçadores o lobo e a corça □, e o pato-bravo também. Odiemo-los, não porque caçam,[5] mas porque gozam (e nós não gozamos).

Seja a expressão do nosso rosto um sorriso pálido, como de alguém que vai chorar, um olhar vago, como de alguém que não quer ver, um desdém esparso por todas as feições, como o de alguém que despreza a vida e a vive apenas para ter que desprezar.

E seja o nosso desprezo para os que trabalham e lutam e o nosso ódio para os que esperam e confiam.

285.

Estou quase convencido de que nunca estou desperto. Não sei se não sonho quando vivo, se não vivo quando sonho, ou se o sonho e a vida não são em mim coisas mistas, interseccionadas, de que meu ser consciente se forme por interpenetração.

Às vezes, em plena vida ativa, em que, evidentemente, estou tão claro de mim como todos os outros, vem até à minha suposição uma sensação estranha de dúvida; não sei se existo, sinto possível o ser um sonho de outrem, afigura-se-me, quase carnalmente, que poderei ser personagem de uma novela, movendo-me, nas ondas longas de um estilo, na verdade feita de uma grande narrativa.

Tenho reparado, muitas vezes, que certas personagens de romance tomam para nós um relevo que nunca poderiam alcançar os que são nossos conhecidos e amigos, os que falam conosco e nos ouvem, na vida visível e real. E isto faz com que sonhe a pergunta se não será tudo neste total de mundo uma série entreinserta de sonhos e romances, como caixinhas dentro de caixinhas maiores — umas dentro de outras e estas em mais —, sendo tudo uma história com histórias, como as *Mil e uma noites*, decorrendo falsa na noite eterna.

Se penso, tudo me parece absurdo; se sinto, tudo me parece estranho; se quero, o que quer é qualquer coisa em mim. Sempre que em mim há ação, reconheço que não fui eu. Se sonho, parece que me escrevem. Se sinto, parece que me pintam. Se quero, parece que me põem num veículo, como a mercadoria que se envia, e que sigo com um movimento que julgo próprio para onde não quis que fosse senão depois de lá estar.

Que confusão é tudo! Como ver é melhor que pensar, e ler melhor que escrever! O que vejo, pode ser que me engane, porém não o julgo meu. O que leio, pode ser que me pese, mas não me perturba o tê-lo escrito. Como tudo dói se o pensamos como conscientes de pensar, como seres espirituais em quem se deu aquele segundo desdobramento da consciência pelo qual sabemos que sabemos! Embora o dia esteja lindíssimo, não posso deixar de pensar assim... Pensar ou sentir, ou que coisa terceira entre os cenários postos de parte? Tédios do crepúsculo e do desalinho, leques fechados, cansaço de ter tido que viver...

286.

Passávamos, jovens ainda, sob as árvores altas e o vago sussurro da floresta. Nas clareiras, subitamente surgidas do acaso do caminho, o luar fazia-as lagos e as margens, emaranhadas de ramos, eram mais noite que a mesma noite. A brisa vaga dos grandes bosques respirava com som entre o arvoredo. Falávamos das coisas impossíveis; e as nossas vozes eram parte da noite, do luar e da floresta. Ouvíamo-las como se fossem de outros.

Não era bem sem caminhos a floresta incerta. Havia atalhos que, sem querer, conhecíamos, e os nossos passos ondeavam neles entre os mosqueamentos das sombras e o palhetar vago do luar duro e frio. Falávamos das coisas impossíveis e toda a paisagem real era impossível também.

287.

Adoramos a perfeição, porque a não podemos ter; repugná-la-íamos, se a tivéssemos. O perfeito é o desumano, porque o humano é imperfeito.

O ódio surdo ao paraíso — o desejo como o da pobre infeliz de [que] houvesse campo no céu. Sim, não são os êxtases do abstrato, nem as maravilhas do absoluto, que podem encantar uma alma que sente: são os lares e as encostas dos montes, as ilhas verdes nos mares azuis, os caminhos através de árvores e as largas horas de repouso nas quintas ancestrais, ainda que as nunca tenhamos. Se não houver terra no céu, mais vale não haver céu. Seja então tudo o nada, e acabe o romance que não tinha enredo.

Para poder obter a perfeição, fora precisa uma frieza de fora do homem; e não haveria então coração de homem com que amar a própria perfeição.

Pasmamos, adorando, da tenção para o perfeito dos grandes artistas. Amamos a sua aproximação do perfeito, porém a amamos porque é só aproximação.

288.

A habilidade em construir sonhos complexos fez-me criar obstáculos inúteis na vida.

Na destruição da unidade do meu espírito, libertei pequenos impulsos, bem capazes de se inibirem e esconderem, por sutis e fortes, mas grandes bastante para serem sacrificadamente instintos, instintos realizáveis.

Sonhando, tanto, tornei-me nítido no sonho, mas, chegando a ver-me em sonhos tal qual sou, feio e grotesco, a condução do próprio sonho me faltou.

Nem posso ter compaixão de mim, porque não chego a ser corcunda ou coxo ou maneta. Sou totalmente inestético.

Como saber de amor se nem em sonhos me julgo digno disso?

Os antigos mal se viam a si próprios. Hoje vemo-nos em todas as posições. Daí o nosso pavor e o nosso nojo por nós.

Todo homem precisa para poder viver e amar de se idealizar a si próprio (e, no fim, àqueles a quem ame). Amamo-nos *por* isso. Desde o momento em que me visiono e me comparo a um ideal, não muito alto, ainda baixo, de beleza humana, desisto da vida real e do amor.

289.

Se eu tivesse escrito o *Rei Lear*, levaria com remorsos toda a minha vida de depois. Porque essa obra é tão grande, que enormes avultam os seus defeitos, os seus monstruosos defeitos, as coisas até mínimas que estão entre certas cenas e a perfeição possível delas. Não é o sol com manchas; é uma estátua grega partida. Tudo quanto tem sido feito está cheio de erros, de faltas de perspectiva, de ignorâncias, de traços de mau gosto, de fraquezas e desatenções. Escrever uma obra de arte com o preciso tamanho para ser grande, e a precisa perfeição para ser sublime, ninguém tem o divino de o fazer, a sorte de o ter feito. O que não pode ir de um jato sofre do acidentado do nosso espírito.

Se penso nisto entra com minha imaginação um desconsolo enorme, uma dolorosa certeza de nunca poder fazer nada de bom e útil para a Beleza. Não há método de obter a Perfeição exceto ser Deus. O nosso maior esforço dura tempo; o tempo que dura atravessa diversos estados da nossa alma, e cada estado de alma, como não é outro, qualquer, perturba com a sua personalidade a individualidade da obra. Só temos a certeza de escrever mal, quando escrevemos; a única obra grande e perfeita é aquela que nunca se sonhe realizar.

Escuta-me ainda, e compadece-te. Ouve tudo isto e diz-me depois se o sonho não vale mais que a vida. O trabalho nunca dá resultado. O esforço nunca chega a parte nenhuma. Só a abstenção é nobre e alta, porque ela é a que reconhece que a realização é sempre inferior, e que a obra feita é sempre a sombra grotesca da obra sonhada.

Poder escrever, em palavras sobre papel, que se possam depois ler alto e ouvir, os diálogos das personagens dos meus dramas imaginados! Esses dramas têm uma ação perfeita e sem quebra, diálogos sem falha, mas nem a ação se esboça em mim em comprimento, para que eu a possa projetar em realização; nem são propriamente palavras o que forma a substância desses diálogos íntimos, para que, ouvidas com atenção, eu as possa traduzir para escritas.

Amo alguns poetas líricos porque não foram poetas épicos ou dramáticos, porque tiveram a justa intuição de nunca querer mais realização do que a de um momento de sentimento ou de sonho. O que se pode escrever inconscientemente — tanto mede o possível perfeito. Nenhum drama de Shakespeare satisfaz como uma lírica de Heine. É perfeita a lírica de Heine, e todo o drama — de um Shakespeare ou de outro — é imperfeito sempre. Poder construir, erguer um Todo, compor uma coisa que seja como um corpo humano, com perfeita correspondência nas suas partes, e com uma vida, uma vida de unidade e congruência, unificando a dispersão de feitios das suas[1] partes!

Tu, que me ouves e mal me escutas, não sabes o que é esta tragédia! Perder pai e mãe, não atingir a glória nem a felicidade, não ter um amigo nem um amor — tudo isso se pode suportar; o que se não pode suportar é sonhar uma coisa bela que não seja possível conseguir em ato ou palavras. A consciência do trabalho perfeito, a fartura da obra obtida — suave é o sono sob essa sombra de árvore, no verão calmo.

290.

As frases que nunca escreverei, as paisagens que não poderei nunca descrever, com que clareza as dito à minha inércia e as descrevo na minha meditação, quando, recostado, não pertenço, senão longinquamente, à vida. Talho frases inteiras, perfeitas palavra a palavra, contexturas de dramas narram-se-me construídas no espírito, sinto o movimento métrico e verbal de grandes poemas em todas as palavras,[1] e um grande entusiasmo, como um escravo que não vejo, segue-me na penumbra. Mas se der um passo, da cadeira, onde jazo estas sensações quase cumpridas, para a mesa onde quereria escrevê-las, as palavras fugiram, os dramas morreram, do nexo vital que uniu o murmúrio rítmico não ficou mais que uma saudade longínqua, um resto de sol sobre montes afastados, um vento que ergueu as folhas ao pé do limiar deserto, um parentesco nunca revelado, a orgia[2] dos outros, a mulher, que a nossa intuição disse que olharia para trás, e nunca chegou a existir.

Projetos, tenho-os tido todos. A *Ilíada* que compus teve uma lógica de estrutura, uma concatenação orgânica de episódios que Homero não podia conseguir. A perfeição estudada dos meus versos por completar em palavras deixou pobre a precisão de Virgílio e frouxa a força de Milton. As sátiras alegóricas que fiz excederam todas a Swift na precisão simbólica dos particulares exatamente ligados. E quantos Horácios[3] fui!

E sempre que me levantei da cadeira onde, na verdade, estas coisas não foram absolutamente sonhadas, tive a dupla tragédia de as saber nulas e de saber que não foram todas sonho, que alguma coisa ficou delas no limiar abstrato em eu pensar e elas serem.

Fui gênio mais que nos sonhos e menos que na vida. A minha tragédia é esta. Fui o corredor que caiu quase na meta, sendo até aí o primeiro.

291.

Se houvesse na arte o mister de aperfeiçoador, eu teria na vida[1] uma função...

Ter a obra feita por outrem, e trabalhar só em aperfeiçoá-la... Assim, talvez, foi feita a *Ilíada*...

Só o não ter o esforço da criação primitiva!

Como invejo os que escrevem romances, que os começam, e os fazem, e os acabam! Sei imaginá-los, capítulo a capítulo, por vezes com as frases do diálogo e as que estão entre o diálogo, mas não saberia dizer no papel esses sonhos de escrever, □

292.

Tudo quanto é ação, seja a guerra ou o raciocínio, é falso; e tudo quanto é abdicação é falso também. Pudesse eu saber como não agir nem abdicar de agir! Seria essa a coroa de sonho da minha glória, o cetro de silêncio da minha grandeza.

Eu nem sofro. O meu desdém por tudo é tão grande que me desdenho a mim próprio; que, como desprezo os sofrimentos alheios, desprezo também os meus, e assim esmago sob o meu desdém o meu próprio sofrimento.

Ah, mas assim sofro mais... Porque dar valor ao próprio sofrimento põe-lhe o ouro dum sol do orgulho. Sofrer muito pode dar a ilusão de ser o Eleito da Dor. Assim □

293.

INTERVALO DOLOROSO

Como alguém cujos olhos, erguidos de um longo □ de um livro, recebam a violência para eles de um mero claro sol natural, se ergo às vezes de mim os meus olhos de ver-me dói-me e arde-me fitar a nitidez e independência-de-mim da vida claramente externa, da existência dos outros, da posição e correlação dos movimentos no espaço. Tropeço nos sentimentos reais dos outros, o antagonismo dos seus psiquismos com o meu entala-me e entaramela-me os passos, escorrego e destrambelho-me por entre e por sobre o som das suas palavras estranhas a ser ouvidas em mim, o apoio forte e certo dos seus passos no chão atual, os seus gestos que existem verdadeiramente, os seus vários[1] e complexos modos de serem outras pessoas que não variantes da minha.

Encontro-me então, nestes abismos em que me precipito às vezes, desamparado e oco, parecendo que morri e vivo, pálida sombra dolorida, que a primeira brisa deitará por terra e o primeiro contato desfará em pó.

Pergunto então em mim próprio se valerá a pena todo o esforço que pus em me isolar e elevar, se o lento calvário que de mim fiz para a minha Glória Crucificada valerá religiosamente a pena? E, ainda que saiba que valeu, pesa-me nesse momento o sentimento de que não valeu, de que não valerá nunca.

294.

O dinheiro, as crianças, os doidos □

Nunca se deve invejar a riqueza, senão platonicamente; a riqueza é liberdade.

295.

O dinheiro é belo, porque é uma libertação, □

Querer ir morrer a Pequim e não poder é das coisas que pesam sobre mim como a ideia dum cataclismo próximo.[1]

Os compradores de coisas inúteis sempre são mais sábios do que se julgam — compram pequenos sonhos. São crianças no adquirir. Todos os pequenos objetos inúteis cujo acenar ao saberem que têm dinheiro os faz comprá-los, possuem-nos na atitude feliz de uma criança que apanha conchinhas na praia — imagem que mais do que nenhuma dá toda a felicidade pueril. Apanha conchas na praia! Nunca há duas iguais para a criança.

Adormece com as duas mais bonitas na mão, e quando lhas perdem ou tiram — o crime! roubar-lhe bocados exteriores da alma! arrancar-lhe pedaços de sonho! — chora como um Deus a quem roubassem um universo recém-criado.

296.

A mania do absurdo e do paradoxo é a alegria animal[1] dos tristes. Como o homem normal diz disparates por vitalidade, e por sangue dá palmadas nas costas de outros, os incapazes de entusiasmo e de alegria dão cambalhotas na inteligência e, a seu frio modo, fazem os gestos quentes da vida.[2]

297.

A *reductio ad absurdum* é uma das minhas bebidas prediletas.

298.

Tudo é absurdo. Este empenha a vida em ganhar dinheiro que guarda, e nem tem filhos a quem o deixe nem esperança que um céu lhe reserve uma transcendência desse dinheiro. Aquele empenha o esforço em ganhar fama, para depois de morto, e não crê naquela sobrevivência que lhe dê o conhecimento da fama. Esse outro gasta-se na procura de coisas de que realmente não gosta. Mais adiante, há um que □

Um lê para saber, inutilmente. Outro goza para viver, inutilmente.

Vou num carro elétrico, e estou reparando lentamente, conforme é meu costume, em todos os pormenores das pessoas que vão adiante de mim. Para mim os pormenores são coisas, vozes, frases.[1] Neste vestido da rapariga que vai em minha frente decomponho o vestido no estofo de que se compõe, o trabalho com que o fizeram — pois que o vejo vestido e não estofo — e o bordado leve que orla a parte que contorna o pescoço separa-se-me em retrós de seda, com que se o bordou, e o trabalho que houve de o bordar. E imediatamente, como num livro primário de economia política, desdobram-se diante de mim as fábricas e os trabalhos — a fábrica onde se fez o tecido; a fábrica onde se fez o retrós, de um tom mais escuro, com que se orla de coisinhas retorcidas o seu lugar junto ao pescoço; e vejo as seções das fábricas, as máquinas, os operários, as costureiras, meus olhos virados para dentro penetram nos escritórios, vejo os gerentes procurar estar sossegados, sigo, nos livros, a contabilidade[2] de tudo; mas não é só isto: vejo, para além, as vidas domésticas dos que vivem a sua vida social nessas fábricas e nesses escritórios... Toda a vida social jaz a meus[3] olhos só porque tenho diante de mim, abaixo de um pescoço moreno, que de outro lado tem não sei que cara, um orlar irregular regular verde-escuro sobre um verde-claro de vestido.

Para além disto pressinto os amores, as secrecias [sic], a alma, de todos quantos trabalharam para que esta mulher que está diante de mim no elétrico use, em torno do seu pescoço mortal, a banalidade sinuosa de um retrós de seda verde-escura fazendo inutilidades pela orla de uma fazenda verde menos escura.

Entonteço. Os bancos de elétrico, de um entretecido de palha forte e pequena, levam-me a regiões distantes, multiplicam-se-me em indústrias, operários, casas de operários, vidas, realidades, tudo.

Saio do carro exausto e sonâmbulo. Vivi a vida inteira.

299.

Cada vez que viajo, viajo imenso.[1] O cansaço que trago comigo de uma viagem de comboio até Cascais é como se fosse o de ter, nesse pouco tempo, percorrido as paisagens de campo e cidade de quatro ou cinco países.

Cada casa por que passo, cada chalé, cada casita isolada caiada de branco e de silêncio — em cada uma delas num momento me concebo vivendo, primeiro feliz, depois tediento, cansado depois; e sinto que, tendo-a abandonado, trago comigo uma saudade enorme do tempo em que lá vivi. De modo que todas as minhas viagens são uma colheita dolorosa e feliz de grandes alegrias, de tédios enormes, de inúmeras falsas saudades.

Depois, ao passar diante de casas, de vilas, de chalés, vou vivendo em mim todas as vidas das criaturas que ali estão. Vivo todas aquelas vidas domésticas ao mesmo tempo. Sou o pai, a mãe, os filhos, os primos, a criada e o primo da criada, ao mesmo tempo e tudo junto, pela arte especial que tenho de sentir ao mesmo [tempo] várias sensações diversas, de viver ao mesmo tempo — e ao mesmo tempo por fora, vendo-as, e por dentro sentindo-mas — as vidas de várias criaturas.

Criei em mim várias personalidades. Crio personalidades constantemente. Cada sonho meu é imediatamente, logo ao aparecer sonhado, encarnado numa outra pessoa, que passa a sonhá-lo, e eu não.

Para criar, destruí-me. Tanto me exteriorizei dentro de mim, que dentro de mim não existo senão exteriormente. Sou a cena nua onde passam vários atores representando várias peças.

300.

SONHO TRIANGULAR

No meu sonho no convés estremeci — é que pela minha alma de Príncipe Longínquo passou um arrepio de presságio...

Um silêncio ruidoso a ameaças invadiu como uma brisa lívida a atmosfera visível da saleta.

Tudo isto é haver um brilho excessivo e inquietante no luar sobre o oceano que não ondula já mas estremece; tornou-se evidente — e eu ainda os não ouvi — que há ciprestes ao pé do palácio do Príncipe.

O gládio do primeiro relâmpago volteou vagamente no além... É cor de relâmpago o luar sobre o mar alto e tudo isto é ser ruínas já e passado afastado o meu palácio do príncipe que nunca fui...

Com um ruído soturno e aproximando-se o navio corta as águas, a saleta escurece lividamente, e não morreu, não está preso algures, não sei o que [é] feito dele — do príncipe — que gélida coisa desconhecida lhe é o destino agora?...

301.

A única maneira de teres sensações novas é construíres-te uma alma nova. Baldado esforço o teu se queres sentir outras coisas sem sentires de outra maneira, e sentires de outra maneira sem mudares de alma. Porque as coisas são como nós as sentimos — há quanto tempo sabes tu isto sem o saberes?[1] — e o único modo de haver coisas novas, de sentir coisas novas é haver novidade no senti-las.

Muda de alma. Como? Descobre-o tu.

Desde que nascemos até que morremos mudamos de alma lentamente, como do corpo. Arranja meio de tornar rápida essa mudança, como em certas doenças, ou certas convalescenças, rapidamente o corpo se nos muda.

Não descer nunca a fazer conferências, para que não se julgue que temos opiniões, ou que descemos ao público para falar com ele. Se ele quiser, que nos leia.

De mais a mais o conferenciador semelha ator — criatura que o bom artista despreza, moço de esquina da Arte.

302.

Descobri que penso sempre, e atendo sempre, a duas coisas no mesmo tempo. Todos, suponho, serão um pouco assim. Há certas impressões tão vagas que só depois, porque nos lembramos delas, sabemos que as tivemos; dessas impressões, creio, se formará uma parte — a parte interna, talvez — da dupla atenção de todos os homens. Sucede comigo que têm igual relevo as duas realidades a que atendo. Nisto consiste a minha originalidade. Nisto, talvez, consiste a minha tragédia, e a comédia dela.

Escrevo atentamente, curvado sobre o livro em que faço a lançamentos a história inútil de uma firma obscura; e ao mesmo tempo o meu pensamento segue, com igual atenção, a rota de um navio inexistente por paisagens de um oriente que não há. As duas coisas estão igualmente nítidas, igualmente visíveis perante mim: a folha onde escrevo com cuidado, nas linhas pautadas, os versos da epopeia comercial de Vasques e C.ª, e o convés onde vejo com cuidado, um pouco ao lado da pauta alcatroada dos interstícios das tábuas, as cadeiras longas alinhadas, e as pernas saídas dos que sossegam na viagem.

Intervém a saliência da casa de fumo; por isso só as pernas se veem.

Avanço a pena para o tinteiro e da porta da casa de fumo — aqui mesmo ao pé de onde sinto que estou — sai o vulto do desconhecido. Vira-me as costas e avança para os outros. O seu modo de andar é lento e as ancas não dizem muito. É inglês. Começo um outro lançamento. Tanto vi que me ia enganando. É a débito e não a crédito da conta do Marques. (Vejo-o gordo, amável, piadista, e, num momento, o navio desaparece.)

Se eu for atropelado por uma bicicleta de criança, essa bicicleta de criança torna-se parte da minha história.

303.

O mundo é de quem não sente. A condição essencial para se ser um homem prático é a ausência de sensibilidade. A qualidade principal na prática da vida é aquela qualidade que conduz à ação, isto é, a vontade. Ora há duas coisas que estorvam a ação — a sensibilidade e o pensamento analítico, que não é, afinal, mais que o pensamento com sensibilidade. Toda a ação é, por sua natureza, a projeção da personalidade sobre o mundo externo, e como o mundo externo é em grande e principal parte composto por entes humanos, segue que essa projeção da personalidade é essencialmente o atravessarmo-nos no caminho alheio, o estorvar, ferir e esmagar os outros, conforme o nosso modo de agir.

Para agir é, pois, preciso que nos não figuremos com facilidade as personalidades alheias, as suas dores e alegrias. Quem simpatiza para. O homem de ação considera o mundo externo como composto exclusivamente de matéria inerte — ou inerte em si mesma, como uma pedra sobre que passa ou que afasta do caminho; ou inerte como um ente humano que, porque não lhe pôde resistir, tanto faz que fosse homem como pedra, pois, como à pedra, ou se afastou ou se passou por cima.

O exemplo máximo do homem prático, porque reúne a extrema concentração da ação com a sua extrema importância, é a do estratégico. Toda a vida é guerra, e a batalha é, pois, a síntese da vida. Ora o estratégico é um homem que joga com vidas como o jogador de xadrez com peças do jogo. Que seria do estratégico se pensasse que cada lance do seu jogo põe noite em mil lares e mágoa em três mil corações? Que seria do mundo se fôssemos humanos? Se o homem sentisse deveras, não haveria civilização. A arte serve de fuga para a sensibilidade que a ação teve que esquecer. A arte é a Gata Borralheira, que ficou em casa porque teve que ser.

Todo homem de ação é essencialmente animado e otimista porque quem não sente é feliz. Conhece-se um homem de ação por nunca estar mal disposto. Quem trabalha embora esteja mal disposto é um subsidiário da ação; pode ser na vida, na grande generalidade da vida, um guarda-livros, como eu sou na particularidade dela. O que não pode ser é um regente de coisas ou de homens. À regência pertence a insensibilidade. Governa quem é alegre porque para ser triste é preciso sentir.

O patrão Vasques fez hoje um negócio em que arruinou um indivíduo doente e a família. Enquanto fez o negócio esqueceu por completo que esse indivíduo existia, exceto como parte contrária comercial. Feito o negócio, veio-lhe a sensibilidade. Só depois, é claro, pois, se viesse antes, o negócio nunca se faria. "Tenho pena do tipo", disse-me ele. "Vai ficar na miséria." Depois, acendendo o charuto, acrescentou: "Em todo o caso, se ele precisar qualquer coisa de mim" — entendendo-se, qualquer esmola — "eu não esqueço que lhe devo um bom negócio e umas dezenas de contos".

O patrão Vasques não é um bandido: é um homem de ação. O que perdeu o lance neste jogo pode, de fato, pois o patrão Vasques é um homem generoso, contar com a esmola dele no futuro.

Como o patrão Vasques são todos os homens de ação — chefes industriais e comerciais, políticos, homens de guerra, idealistas religiosos e sociais, grandes poetas e grandes artistas, mulheres formosas, crianças que fazem o que querem. Manda quem não sente. Vence quem pensa só o que precisa para vencer. O resto, que é a vaga humanidade geral, amorfa, sensível, imaginativa e frágil, é não mais que o pano de fundo contra o qual se destacam estas figuras da cena até que a peça de fantoches acabe, o fundo chato de quadrados sobre o qual se erguem as peças de xadrez até que as guarde o Grande Jogador que, iludindo a reportagem[1] com uma dupla personalidade, joga, entretendo-se, sempre contra si mesmo.

304.

A fé é o instinto da ação.

305.

Quantas vezes, no decurso dos mundos, não terá um cometa errante posto fim a uma Terra! A uma catástrofe tão da matéria está ligada a sorte de tanto projeto do espírito. A Morte espreita, como uma irmã do[1] espírito, e o Destino □

Morte é o estarmos sujeitos a um exterior qualquer, e nós, em cada momento da nossa vida, somos um reflexo e um efeito do que nos cerca.

A morte subjaz o nosso gesto vivido. Mortos nascemos, mortos vivemos, mortos já entramos na morte. Compostos de células vivendo da sua desagregação, somos feitos da morte.

306.

Pertenço a uma geração que herdou a descrença na fé cristã[1] e que criou em si uma descrença em todas as outras fés. Os nossos pais tinham ainda o impulso credor, que transferiam do cristianismo para outras formas da ilusão. Uns eram entusiastas da igualdade social, outros eram enamorados só da beleza, outros tinham a fé na ciência e nos seus proveitos, e havia outros que, mais cristãos ainda, iam buscar a Orientes e Ocidentes outras formas religiosas, com que entretivessem a consciência, sem elas oca, de meramente viver.

Tudo isso nós perdemos, de todas essas consolações nascemos órfãos. Cada civilização segue a linha íntima de uma religião que a representa: passar para outras religiões é perder essa, e por fim perdê-las a todas.

Nós perdemos essa, e às outras também.

Ficamos, pois, cada um entregue a si próprio, na desolação de se sentir viver. Um barco parece ser um objeto cujo fim é navegar; mas o seu fim não é navegar, senão chegar a um porto. Nós encontramo-nos navegando, sem a ideia do porto a que nos deveríamos acolher. Reproduzimos assim, na espécie dolorosa, a fórmula aventureira dos argonautas: navegar é preciso, viver não é preciso.[2]

Sem ilusões, vivemos apenas do sonho, que é a ilusão de quem não pode ter ilusões. Vivendo de nós próprios, diminuímo-nos, porque o homem completo é o homem que se ignora. Sem fé, não temos esperança, e sem esperança não temos propriamente vida. Não tendo uma ideia do futuro, também não temos uma ideia de hoje, porque o hoje, para o homem de ação, não é senão um prólogo do futuro. A energia para lutar nasceu morta conosco, porque nós nascemos sem o entusiasmo da luta.

Uns de nós estagnaram na conquista alvar do quotidiano, reles e baixos buscando o pão de cada dia, e querendo obtê-lo sem o trabalho sentido, sem a consciência do esforço, sem a nobreza do conseguimento.

Outros, de melhor estirpe, abstivemo-nos da coisa pública, nada querendo e nada desejando, e tentando levar até ao calvário do esquecimento a cruz de simplesmente existirmos. Impossível esforço, em que[m] não tem, como o portador da Cruz, uma origem divina na consciência.

Outros entregaram-se, atarefados por fora da alma, ao culto da confusão e do ruído, julgando viver quando se ouviam, crendo amar quando chocavam contra as exterioridades do amor. Viver doía-nos, porque sabíamos que estávamos vivos; morrer não nos aterrava porque tínhamos perdido a noção normal da morte.

Mas outros, Raça do Fim, limite espiritual da Hora Morta, nem tiveram a coragem da negação e do asilo em si próprios. O que viveram foi em negação, em descontentamento e em desconsolo. Mas vivemo-lo de dentro, sem gestos, fechados sempre, pelo menos no gênero de vida, entre as quatro paredes do quarto e os quatro muros de não saber agir.

307.

ESTÉTICA DO DESALENTO

Já que não podemos extrair beleza da vida, busquemos ao menos extrair beleza de não poder extrair beleza da vida. Façamos da nossa falência uma vitória, uma coisa positiva e erguida, com colunas, majestade e aquiescência espiritual.

Se a vida [não] nos deu mais do que uma cela de reclusão, façamos por ornamentá-la, ainda que mais não seja, com as sombras de nossos sonhos, desenhos a cores mistas esculpindo o nosso esquecimento sobre a parada exterioridade dos muros.

Como todo o sonhador, senti sempre que o meu mister era criar. Como nunca soube fazer um esforço ou ativar uma intenção, criar coincidiu-me sempre com sonhar, querer ou desejar, e fazer gestos com sonhar os gestos que desejaria poder fazer.

308.

À minha incapacidade de viver crismei de gênio, à minha covardia colori-a de lhe chamar requinte. Pus-me a mim, Deus dourado com ouro falso, num altar de papelão pintado para parecer mármore.

Mas eu não me enganei, nem na memória □ do meu enganar-me.

309.

O prazer de nos elogiarmos a nós próprios...

PAISAGEM DE CHUVA

Cheira-me a frio, a mágoa, a serem impossíveis todos os caminhos para a ideia de todos os ideais.

As mulheres contemporâneas tais arranjos do seu porte e do seu vulto talham, que dão uma dolorosa impressão de efêmeras e de insubstituíveis...

Os seus □ e adereços tais as [a]linham e coloram, que mais decorativas se tornam do que carnalmente viventes. Frisos, painéis, quadros — não são, na realidade da vista, mais do que tanto...

O mero voltear dum xale para cima dos ombros usa hoje

mais consciência à visão do gesto em quem o faz do que antigamente. Dantes o xale era parte do traje; hoje é um detalhe resultante de intuições de puro *senso estético.*

Assim, nestes nossos dias, tão vívidos através de fazerem tudo arte, tudo arranca pétalas ao consciente e se integra □ em volubilidades de extático.

Trânsfugas de quadros não feitos essas figuras femininas todas... Há por vezes detalhes a mais nelas... Certos perfis existem com exagerada nitidez. Brincam a irreais pelo excesso com que se separam, linhas puras, do ambiente fundo.

310.

Minha alma é uma orquestra oculta; não sei que instrumentos tangem e rangem, cordas e harpas, timbales e tambores, dentro de mim. Só me conheço como sinfonia.

Todo o esforço é um crime porque todo o gesto é um sonho morto.

As tuas mãos são rolas[1] presas. Os teus lábios são rolas mudas (que os meus olhos veem arrulhar).

Todos os teus gestos são aves. És andorinha no abaixares-te, condor no olhares-me, águia nos teus êxtases de orgulhosa indiferente. É toda ranger de asas, como dos □, a lagoa de eu te ver.

Tu és toda alada, toda □

Chove, chove, chove...

Chove constantemente, gemedoramente, □

Meu corpo treme-me a alma de frio... Não um frio que há no espaço, mas um frio que há em ver a chuva...[2]

Todo o prazer é um vício, porque buscar o prazer é o que todos fazem na vida, e o único vício negro é fazer o que toda a gente faz.

311.

Às vezes, sem que o espere ou deva esperá-lo, a sufocação do vulgar me toma a garganta e tenho a náusea física da voz e do gesto do chamado semelhante. A náusea física direta, sentida diretamente no estômago e na cabeça, maravilha estúpida da sensibilidade desperta... Cada indivíduo que me fala, cada cara cujos olhos me fitam, afeta-me como um insulto ou como uma porcaria. Extravaso horror de tudo. Entonteço de me sentir senti-los.

E acontece, quase sempre, nestes momentos de desolação estomacal, que há um homem, uma mulher, uma criança até, que se ergue diante de mim como um representante real da banalidade que me agonia. Não representante por uma emoção minha, subjetiva e pensada, mas por uma verdade objetiva, realmente conforme de fora com o que sinto de dentro, que surge por magia analógica e me traz o exemplo para a regra que penso.[1]

312.

Há dias em que cada pessoa que encontro, e, ainda mais, as pessoas habituais do meu convívio forçado e quotidiano, assumem aspectos de símbolos, e, ou isolados ou ligando-se, formam uma escrita profética ou oculta, descritiva em sombras da minha vida. O escritório torna-se-me uma página com palavras de gente; a rua é um livro; as palavras trocadas[1] com os usuais, os desabituais que encontro, são dizeres para que me falta o dicionário mas não de todo o entendimento. Falam, exprimem, porém não é de si que falam, nem a si que exprimem; são palavras, disse, e não mostram, deixam transparecer. Mas, na minha visão crepuscular, só vagamente distingo o que essas vidraças súbitas, reveladas na superfície das coisas, admitem do interior que velam e revelam. Entendo sem conhecimento, como um cego a quem falem de cores.

Passando às vezes na rua, oiço trechos de conversas íntimas, e quase todas são da outra mulher, do outro homem, do rapaz da terceira ou da amante daquele, □

Levo comigo, só de ouvir estas sombras de discurso humano que é afinal o tudo em que se ocupam a maioria das vidas conscientes, um tédio de nojo, uma angústia de exílio entre aranhas e a consciência súbita do meu amarfanhamento entre[2] gente real; a condenação de ser vizinho igual, perante o senhorio e o sítio, dos outros inquilinos do aglomerado, espreitando com nojo, por entre as grades traseiras do armazém da loja, o lixo alheio que se entulha à chuva no saguão[3] que é a minha vida.

313.

Irrita-me a felicidade de todos estes homens que não sabem que são infelizes. A sua vida humana é cheia de tudo quanto constituiria uma série de angústias para uma sensibilidade verdadeira. Mas, como a sua verdadeira vida é vegetativa, o que sofrem passa por eles sem lhes tocar na alma, e vivem uma vida que se pode comparar somente à de um homem com dor de dentes que houvesse recebido uma fortuna — a fortuna autêntica de estar vivendo sem dar por isso, o maior dom que os deuses concedem, porque é o dom de lhes ser semelhante, superior como eles (ainda que de outro modo) à alegria e à dor.[1]

Por isto, contudo, os amo a todos. Meus queridos vegetais!

314.

Desejaria construir um código de inércia para os superiores nas sociedades modernas.

A sociedade governar-se-ia espontaneamente e a si própria, se não contivesse gente de sensibilidade e de inteligência. Acreditem que é a única coisa que a prejudica. As sociedades primitivas tinham uma feliz existência mais ou menos assim.

Pena é que a expulsão dos superiores da sociedade resultaria em eles morrerem, porque não sabem trabalhar. E talvez morressem de tédio, por não haver espaços de estupidez entre eles. Mas eu falo do ponto de [vista da] cura da felicidade humana.

Cada superior que se manifestasse na sociedade seria expulso para a Ilha[1] dos superiores. Os superiores seriam alimentados, como animais em jaula, pela sociedade normal.

Acreditem: se não houvesse gente inteligente que apontasse os vários mal-estares humanos, a humanidade não dava por eles. E as criaturas de sensibilidade fazem sofrer os outros por simpatia.

Por enquanto, visto que vivemos em sociedade, o único dever dos superiores é reduzirem[2] ao mínimo a sua participação na vida da tribo. Não ler jornais, ou lê-los só para saber o que de pouco importante e curioso se passa.[3] Ninguém imagina a volúpia que arranco ao noticiário sucinto das províncias. Os meros nomes abrem-me portas sobre o vago.

O supremo estado honroso para um homem superior é não saber quem é o chefe de Estado do seu país, ou se vive sob monarquia ou sob república.

Toda a sua atitude deve ser colocar-se[4] de modo que a passagem das coisas, dos acontecimentos não o incomode. Se o não fizer terá que se interessar pelos outros, para cuidar de si próprio.

315.

Perder tempo comporta uma estética. Há, para os sutis nas sensações, um formulário da inércia que inclui receitas para todas as formas de lucidez. A estratégia com que se luta com a noção das conveniências sociais, com os impulsos dos instintos, com as solicitações do sentimento exige um estudo que qualquer mero esteta não suporta fazer[1]. A uma acurada etiologia dos escrúpulos deve seguir-se uma diagnose irônica das subserviências à normalidade. Há a cultivar, também, a agilidade contra as intrusões da vida; um cuidado □ deve couraçar-nos contra sentir as opiniões alheias, e uma mole indiferença encamar-nos a alma contra os golpes surdos da coexistência com os outros.

316.

Um quietismo estético da vida, pelo qual consigamos que os insultos e as humilhações, que a vida e os viventes nos infligem, não cheguem a mais que a uma periferia desprezível da sensibilidade, ao recinto exterior da alma consciente.

Todos temos por onde sermos desprezíveis. Cada um de nós traz consigo um crime feito ou o crime que a alma lhe não deixa fazer.

317.

Uma das minhas preocupações constantes é o compreender como é que outra gente existe, como é que há almas que não sejam a minha, consciências estranhas à minha consciência que, por ser consciência, me parece ser a única. Compreendo bem que o homem que está diante de mim, e me fala com palavras iguais às minhas, e me faz gestos que são como eu faço ou poderia fazer, seja de algum modo meu semelhante. O mesmo, porém, me sucede com as gravuras que sonho das ilustrações, com as personagens que vejo dos romances, com as pessoas dramáticas que no palco me falam[1] através dos atores que as figuram.

Ninguém, suponho, admite verdadeiramente a existência real de outra pessoa. Pode conceder que essa pessoa seja viva, que sinta e pense como ele; mas haverá sempre um elemento anônimo de diferença, uma desvantagem materializada. Há figuras de tempos idos, imagens espíritos em livros, que são para nós realidades maiores que aquelas indiferenças encarnadas que falam conosco por cima dos balcões, ou nos olham por acaso nos elétricos, ou nos roçam, transeuntes, no acaso morto das ruas. Os outros não são para nós mais que paisagem, e, quase sempre, paisagem invisível de rua conhecida.

Tenho por mais minhas, com maior parentesco e intimidade, certas figuras que estão escritas em livros, certas imagens que conheci de estampas, do que muitas pessoas, a que chamam reais, que são dessa inutilidade metafísica chamada carne e osso. E "carne e osso", de fato, as descreve bem: parecem coisas cortadas postas no exterior marmóreo de um talho, mortes sangrando como vidas, pernas e costeletas do Destino.

Não me envergonho de sentir assim porque já vi que todos sentem assim. O que parece haver de desprezo entre homem e homem, de indiferente que permite que se mate gente sem que se sinta que se mata, como entre os assassinos, ou sem que se pense que se está matando, como entre os soldados, é que ninguém presta a devida atenção ao fato, parece que abstruso, de que os outros são almas também.

Em certos dias, em certas horas, trazidas até mim por não sei que brisa, abertas a mim por o abrir de não sei que porta, sinto de repente que o merceeiro da esquina é um ente espiritual, que o marçano, que neste momento se debruça à porta sobre o saco de batatas, é, verdadeiramente, uma alma capaz de sofrer.

Quando ontem me disseram que o empregado da tabacaria se tinha suicidado, tive uma impressão de mentira. Coitado, também existia! Tínhamos esquecido isso, nós todos, nós todos que o conhecíamos do mesmo modo que todos que o não conheceram. Amanhã esquecê-lo-emos melhor. Mas que havia alma, havia, para que se matasse. Paixões? Angústias? Sem dúvida... Mas a mim, como à humanidade inteira, há só a memória de um sorriso parvo por cima de um casaco de mescla, sujo, e desigual nos ombros. É quanto me resta, a mim, de quem tanto sentiu que se matou de sentir, porque, enfim, de outra coisa se não deve matar alguém... Pensei uma vez, ao comprar-lhe cigarros, que encalveceria cedo. Afinal não teve tempo para encalvecer. É uma das memórias que me restam dele. Que outra me haveria de restar se esta, afinal, não é dele mas de um pensamento meu?

Tenho subitamente a visão do cadáver, do caixão em que o meteram, da cova, inteiramente alheia, a que o haviam de ter levado. E vejo, de repente, que o caixeiro da tabacaria era, em certo modo, casaco torto e tudo, a humanidade inteira.

Foi só um momento. Hoje, agora, claramente, como homem que sou, ele morreu. Mais nada.

Sim, os outros não existem... É para mim que este poente estagna, pesadamente alado, as suas cores nevoentas e duras. Para mim, sob o poente, treme, sem que eu veja que corre, o grande rio. Foi feito para mim este largo aberto sobre o rio cuja maré chega. Foi enterrado hoje na vala comum o caixeiro da tabacaria? Não é para ele o poente de hoje. Mas, de o pensar, e sem que eu queira, também deixou de ser para mim...

318.

..., barcos que passam na noite e se nem saúdam nem conhecem.

319.

Reconheço hoje que falhei; só pasmo, às vezes, de não ter previsto que falharia. Que havia em mim que prognosticasse um triunfo? Eu não tinha a força cega dos vencedores, ou a visão certa dos loucos... Era lúcido e triste como um dia frio.

As coisas nítidas confortam, e as coisas ao sol confortam. Ver passar a vida sob um dia azul compensa-me de muito. Esqueço indefinidamente, esqueço mais do que podia lembrar. O meu coração translúcido e aéreo penetra-se da suficiência das coisas, e olhar basta-me carinhosamente. Nunca eu fui outra coisa que uma visão incorpórea, despida de toda alma salvo um vago ar que passou e que via.

Tenho elementos espirituais de boêmio, desses que deixam a vida ir como uma coisa que se escapa das mãos em tal hora em que o gesto de a obter dorme na mera ideia de fazê-lo. Mas não tive a compensação exterior do espírito boêmio — o descuidado fácil das emoções imediatas e abandonadas. Nunca fui mais que um boêmio isolado, o que é um absurdo; ou que um boêmio místico, o que é uma coisa impossível.

Certas horas-intervalos que tenho vivido, horas perante a Natureza, esculpidas na ternura do isolamento, ficar-me-ão para sempre como medalhas. Nesses momentos esqueci todos os meus propósitos de vida, todas as minhas direções desejadas. Gozei não ser nada com uma plenitude de bonança espiritual, caindo no regaço azul das minhas aspirações. Não gozei nunca, talvez, uma hora indelével, isenta de um fundo espiritual de falência e de desânimo. Em todas as minhas horas libertas uma dor dormia, floria vagamente, por detrás dos muros da minha consciência, em outros quintais; mas o aroma e a própria cor dessas flores tristes atravessavam intuitivamente os muros, e o lado de lá deles, onde floriam as rosas, nunca deixava de ser, no mistério confuso do meu ser, um lado de cá esbatido na minha sonolência de viver.

Foi num mar interior que o rio da minha vida findou. À roda do meu solar sonhado todas as árvores estavam no outono. Esta paisagem circular é a coroa de espinhos da minha alma. Os momentos mais felizes da minha vida foram sonhos, e sonhos de tristeza, e eu via-me nos lagos deles como um Narciso cego, que gozasse o frescor próximo da água, sentindo-se debruçado nela, por uma visão anterior e noturna, segredada às emoções abstratas, vivida nos recantos da imaginação com um cuidado materno em preferir-se.

Os teus colares de pérolas fingidas amaram comigo as minhas horas melhores. Eram cravos as flores preferidas, talvez porque não significavam requintes. Os teus lábios festejavam sobriamente a ironia do seu próprio sorriso. Compreendias bem o teu destino? Era por o conheceres sem que o compreendesses que o mistério escrito na tristeza dos teus olhos sombreara tanto os teus lábios desistidos. A nossa Pátria estava demasiado longe para rosas. Nas cascatas dos nossos jardins a água era pelúcida de silêncios. Nas pequenas cavidades rugosas das pedras, por onde a água escolhia, havia segredos que tivéramos quando crianças, sonhos do tamanho parado dos nossos soldados de chumbo, que podiam ser postos nas pedras da cascata, na execução estática duma grande ação militar, sem que faltasse nada aos nossos sonhos, nem nada tardasse às nossas suposições.

Sei que falhei. Gozo a volúpia indeterminada da falência como quem dá um apreço exausto a uma febre que o enclausura.

Tive um certo talento para a amizade, mas nunca tive amigos, quer porque eles me faltassem, quer porque a amizade que eu concebera fora um erro dos meus sonhos. Vivi sempre isolado, e cada vez mais isolado, quanto mais dei por mim.

320.

Depois que os últimos calores do estio deixavam de ser duros no[1] sol baço, começava o outono antes que viesse, numa leve tristeza, prolixamente indefinida, que parecia uma vontade de não sorrir do céu. Era um azul umas vezes mais claro, outras mais verde, da própria ausência de substância da cor alta; era uma espécie de esquecimento nas nuvens, púrpuras diferentes e esbatidas; era, não já um torpor, mas um tédio, em toda a solidão quieta por onde nuvens atravessam.[2]

A entrada do verdadeiro outono era depois anunciada por um frio dentro do não frio do ar, por um esbater-se das cores que ainda se não haviam esbatido, por qualquer coisa de penumbra e de afastamento no que havia sido o tom das paisagens e o aspecto disperso das coisas. Nada ia ainda morrer, mas tudo, como que num sorriso que ainda faltava, se virava em saudade para a vida.[3]

Vinha, por fim, o outono certo: o ar tornava-se frio de vento; soavam folhas num tom seco, ainda que não fossem folhas secas; toda a terra tomava a cor e a forma impalpável de um paul incerto. Descoloria-se o que fora sorriso último, num cansaço de pálpebras, numa indiferença de gestos. E assim tudo quanto sente, ou supomos que sente, apertava, íntima, ao peito a sua própria despedida. Um som de redemoinho num átrio flutuava através da nossa consciência de outra coisa qualquer. Aprazia convalescer para sentir verdadeiramente a vida.

Mas as primeiras chuvas do inverno, vindas ainda no outono já duro,[4] lavavam estas meias-tintas como sem respeito. Ventos altos, chiando em coisas paradas, barulhando coisas presas, arrastando[5] coisas móveis, erguiam, entre os brados irregulares da chuva, palavras ausentes de protesto anônimo, sons tristes e quase raivosos de desespero sem alma.

E por fim o outono cessava,[6] a frio e cinzento. Era um outono de inverno o que vinha agora, um pó tornado lama de tudo, mas, ao mesmo tempo, qualquer coisa do que o frio do inverno traz de bom — verão duro findo, primavera por chegar, outono definindo-se em inverno enfim. E no ar alto, por onde os tons baços já não lembravam nem calor nem tristeza, tudo era propício à noite e à meditação indefinida.

Assim era tudo para mim antes que o pensasse. Hoje, se o escrevo, é porque o lembro. O outono que tenho é o que perdi.

321.

A oportunidade é como o dinheiro, que, aliás, não é mais que uma oportunidade. Para quem age, a oportunidade é um episódio da vontade, e a vontade não me interessa. Para quem, como eu, não age, a oportunidade é o canto da falta de sereias. Tem que ser desprezado com volúpia, arrumado alto para nenhum uso.

Ter ocasião de... Nesse campo se disporá a estátua da renúncia.

Ó largos campos ao sol, o espectador, por quem só sois vivos, contempla-vos da sombra.

O álcool das grandes palavras e das largas frases que como ondas erguem a respiração do seu ritmo e se desfazem sorrindo, na ironia das cobras da espuma, na magnificência triste das penumbras.

322.

Por fácil que seja, todo o gesto representa a violação de um segredo espiritual. Todo o gesto é um ato revolucionário; um exílio, talvez, da verdadeira □ dos nossos propósitos.

A ação é uma doença do pensamento, um cancro da imaginação. Agir é exilar-se. Toda a ação é incompleta e imperfeita. O poema que eu sonho não tem falhas senão quando tento realizá-lo. No mito de Jesus está escrito isto; Deus, ao tornar-se homem, não pode acabar senão pelo martírio. O supremo sonhador tem por filho o martírio supremo.

As sombras rotas das folhagens, o canto trêmulo das aves, os braços estendidos dos rios, trepidando ao sol o seu luzir fresco, as verduras, as papoilas, e a simplicidade das sensações — ao sentir isto, sinto dele saudades, como se ao senti-lo o não sentisse.

As horas, como um carro ao entardecer, regressam chiando pelas sombras dos meus pensamentos. Se ergo os olhos de sobre o meu pensamento, eles ardem-me do espetáculo do mundo.

Para realizar um sonho é preciso esquecê-lo, distrair dele a atenção. Por isso realizar é não realizar. A vida está cheia de paradoxos como as rosas de espinhos.

Eu desejaria fazer a apoteose de uma incoerência nova, que ficasse sendo como que a constituição negativa da nova anarquia das almas. Compilar um digesto dos meus sonhos pareceu-me sempre que seria útil à humanidade. Por isso mesmo me abstive de o tentar. A ideia de que o que eu fazia pudesse ser aproveitável magoou-me, secou-me para mim.

Tenho quintas nos arredores da Vida. Passo ausências da Cidade da minha Ação entre as árvores e as flores do meu devaneio. Ao meu retiro verde nem chegam os ecos da vida dos meus gestos. Durmo a minha memória como procissões infinitas. Nos cálices da minha meditação só bebo o sorriso do vinho louro; só o bebo com os olhos, fechando-os, e a Vida passa como uma vela longínqua.

Os dias de sol sabem-me ao que eu não tenho. O céu azul, e as nuvens brancas, as árvores, a flauta que ali falta — éclogas incompletas pelo estremecimento dos ramos... Tudo isto é a harpa muda por onde eu roço a leveza dos meus dedos.

A academia vegetal dos silêncios... teu nome soando como as papoilas... os tanques... o meu regresso... o padre louco que endoideceu na missa... Estas recordações são dos meus sonhos... Não fecho os olhos, mas não vejo nada... Não estão aqui as coisas que vejo... Águas...[1]

Numa confusão de emaranhamentos, o verdor das árvores é parte do meu sangue. Bate-me a vida no coração distante... Eu não fui destinado à realidade, e a vida quis vir ter comigo.

*

A tortura do destino! Quem sabe se morrerei amanhã! Quem sabe se não vai acontecer-me hoje qualquer coisa de terrível para a minha alma!... Às vezes, quando penso nestas coisas, apavora-me a tirania suprema[2] que nos faz ter de dar passos não sabendo de que acontecimento a incerteza de mim vai ao encontro.

323.

... a chuva caía ainda triste, mas mais branda, como num cansaço universal; não havia relâmpagos, e apenas, de vez em quando, com o som de já longe, um trovão curto resmungava duro, e às vezes como que se interrompia, cansado também. Como que subitamente, a chuva abrandou mais ainda. Um dos empregados abriu as janelas para a Rua dos Douradores. Um ar fresco, com restos mortos de quente, insinuou-se na sala grande. A voz do patrão Vasques soou alta no telefone do gabinete: "Então, ainda está a falar?". E houve um som de fala seca e à parte — comentário obsceno[1] (adivinha-se) à menina longínqua.

324.

Saber não ter ilusões é absolutamente necessário para se poder ter sonhos.

Atingirás assim o ponto supremo da abstenção sonhadora, onde os sentidos se mesclam, os sentimentos se extravasam, as ideias se interpenetram. Assim como as cores e os sons sabem uns a outros, os ódios sabem a amores, os vigores a tédios, as coisas concretas a abstratas, e as abstratas a concretas. Quebram-se os laços que, ao mesmo tempo que ligavam tudo, separavam tudo, isolando cada elemento. Tudo se funde e confunde.

325.

Ficções do interlúdio, cobrindo coloridamente o marasmo e a desídia da nossa íntima descrença.

326.

De resto eu não sonho, eu não vivo. Sonho a vida real. Todas as naus são naus de sonho, logo que esteja em nós o poder de as sonhar.[1] O que mata o sonhador é não viver quando sonha; o que fere o agente é não sonhar quando vive. Eu fundi numa cor una de felicidade a beleza do sonho e a realidade da vida. Por mais que possuamos um sonho nunca se possui um sonho tanto como se possui o lenço que se tem na algibeira, ou, se quisermos, como se possui a nossa própria carne. Por mais que se viva a vida em plena e desvairada e turbulenta ação, nunca desaparecem o □ do contato com os outros, o tropeçar em obstáculos, ainda que mínimos, o sentir o tempo decorrer.

Matar o sonho é matarmo-nos. É mutilar a nossa alma. O sonho é o que temos de realmente nosso, de impenetravelmente e inexpugnavelmente nosso.

O Universo, a Vida — seja isso real ou ilusão — é de todos, todos podem ver o que eu vejo, e possuir o que eu possuo — ou, pelo menos, pode conceber-se vendo-o e possuindo e isso é □

Mas o que eu sonho ninguém pode ver senão eu, ninguém a não ser eu possuir. E se do mundo exterior o meu vê-lo difere de como outros o veem, isso vem do que do sonho meu eu ponho em vê-lo, sem querer, do que do sonho meu se cola a meus olhos e ouvidos.

327.

Na grande claridade do dia o sossego dos sons é de ouro também. Há suavidade no que acontece. Se me dissessem que havia guerra, eu diria que não havia guerra. Num dia assim nada pode haver que pese sobre não haver senão suavidade.

328.

Junta as mãos, põe-as entre as minhas e escuta-me, ó meu amor.

Eu quero, falando numa voz suave e embaladora, como a dum confessor que aconselha, dizer-te o quanto a ânsia de atingir fica aquém do que atingimos.

Quero rezar contigo, a minha voz com a tua atenção, a litania da desesperança.[1]

Não há obra de artista que não pudera[2] ter sido mais perfeita. Lido verso por verso, o maior poema poucos[3] versos tem que não pudessem ser melhores, poucos[4] episódios que não pudessem ser mais intensos, e nunca o seu conjunto é tão perfeito que o não pudesse ser muitíssimo[5] mais.

Ai do artista que repara para isto! que um dia pensa nisto! Nunca mais o seu trabalho é alegria, nem o seu sono sossego. É moço sem mocidade e envelhece descontente.

E para que exprimir? O pouco que se diz melhor fora ficar não dito.

Se eu bem pudesse compenetrar-me realmente de quanto a renúncia é bela, que dolorosamente feliz para sempre que eu seria!

Porque Tu não amas o que eu digo com os ouvidos com que eu me ouço dizê-lo. Eu próprio se me ouço falar alto, os ouvidos com que me ouço falar alto não me escutam do mesmo modo que o ouvido íntimo com que me ouço pensar palavras. Se eu me erro, ouvindo-me, e tenho que perguntar, tantas vezes, a mim próprio o que quis dizer,[6] os outros quanto me não entenderão!

De quão complexas ininteligências não é feita a compreensão dos outros de nós.

A delícia de se ver compreendido, não a pode ter quem se quer ver compreendido, porque só aos complexos e incompreendidos isso acontece; e os outros, os simples, aqueles que os outros podem compreender — esses nunca têm o desejo de serem compreendidos.

Ninguém consegue... Nada vale a pena.

329.

Pensaste já, ó Outra, quão invisíveis somos uns para os outros? Meditaste já em quanto nos desconhecemos? Vemo-nos e não nos vemos. Ouvimo-nos e cada um escuta apenas uma voz que está dentro de si.

As palavras dos outros são erros do nosso ouvir, naufrágios do nosso entender. Com que confiança cremos no *nosso* sentido das palavras dos outros. Sabem-nos a morte volúpias que outros põem em palavras. Lemos volúpia e vida no que outros deixam cair dos lábios sem intenção de dar sentido profundo.

A voz dos regatos que interpretas, pura explicadora, a voz das árvores onde pomos sentido no seu murmúrio — ah, meu amor ignoto, quanto tudo isso é nós e fantasias tudo de cinza que se escoa pelas grades da nossa cela!

330.

Visto que talvez nem tudo seja falso, que nada, ó meu amor, nos cure do prazer quase espasmo de mentir.

Requinte último! Perversão máxima! A mentira absurda tem todo o encanto do perverso com o último e maior encanto de ser inocente. A perversão de propósito inocente — quem excederá, ó □, o requinte máximo disto? A perversão que nem aspira a dar-nos gozo, que nem tem a fúria de nos causar dor, que cai para o chão entre o prazer e a dor,[1] inútil e absurda como um brinquedo malfeito com que um adulto quisesse divertir-se!

Não conheces, ó Deliciosa, o prazer de comprar coisas que não são precisas? Sabes o sabor aos caminhos que, se os tomássemos distraídos,[2] era por erro que os tomaríamos? Que ato humano tem uma cor tão bela como os atos espúrios — □ que mentem à sua própria natureza e desmentem o que lhes é a intenção?

A sublimidade de desperdiçar uma vida que podia ser útil, de nunca executar uma obra que por força seria bela, de abandonar a meio caminho a estrada certa da vitória!

Ah, meu amor, a glória das obras que se perderam e nunca se acharão, dos tratados que são títulos apenas hoje, das bibliotecas que arderam, das estátuas que foram partidas.

Que santificados de Absurdo os artistas que queimaram uma obra muito bela, daqueles que, podendo fazer uma obra bela, de propósito a fizeram imperfeita, daqueles poetas máximos do Silêncio que, reconhecendo que poderiam fazer obra de todo perfeita, preferiram coroá-la de nunca a fazer. (Se fora imperfeita, vá.)

Quão mais bela *A Gioconda* desde que a não pudéssemos ver! E se quem a roubasse a queimasse, quão artista seria, que maior artista que aquele que a pintou!

Por que é bela a arte? Porque é inútil. Por que é feia a vida? Porque é toda fins e propósitos e intenções. Todos os seus caminhos são para ir de um ponto para o outro. Quem nos dera o caminho feito de um lugar donde ninguém parte para um lugar para onde ninguém vai! Quem desse a sua vida a construir uma estrada começando no meio de um campo e indo ter ao meio de um outro; que, prolongada, seria útil, mas que ficou, sublimemente, só o meio de uma estrada.

A beleza das ruínas? O não servirem já para nada.

A doçura do passado? O recordá-lo, porque recordá-lo é torná-lo presente, e ele nem o é, nem o pode ser — o absurdo, meu amor, o absurdo.

E eu que digo isto — por que escrevo eu este livro? Porque o reconheço imperfeito. Sonhado seria a perfeição; escrito, imperfeiçoa-se; por isso o escrevo.

E, sobretudo, porque defendo a inutilidade, o absurdo, □ — eu escrevo este livro para mentir a mim próprio, para trair a minha própria teoria.

E a suprema glória disto tudo, meu amor, é pensar que talvez isto não seja verdade, nem eu o creia verdadeiro.

E quando a mentira comece a dar-nos prazer, falemos a verdade para lhe mentirmos. E quando nos cause angústia, paremos, para que o sofrimento nos não dignifique ou perversamente praza...

331.

Doem-me a cabeça e o universo. As dores físicas, mais nitidamente dores que as morais, desenvolvem, por um reflexo no espírito, tragédias incontidas nelas. Trazem uma impaciência de tudo que, como é de tudo, não exclui nenhuma das estrelas.

Não comungo, não comunguei nunca, não poderei, suponho, alguma vez comungar aquele conceito bastardo pelo qual somos, como almas, consequências de uma coisa material chamada cérebro, que existe, por nascença,[1] dentro de outra coisa material chamada crânio. Não posso ser materialista, que é o que, creio, se chama àquele conceito, porque não posso estabelecer uma relação nítida — uma relação visual,[2] direi — entre uma massa visível de matéria cinzenta, ou de outra cor qualquer, e esta coisa eu que por trás do meu olhar vê os céus e os pensa, e imagina céus que não existem. Mas, ainda que nunca possa cair no abismo de supor que uma coisa possa ser outra só porque estão no mesmo lugar, como a parede e a minha sombra nela, ou que depender a alma do cérebro seja mais que depender eu, para o meu trajeto, do veículo em que vou, creio, todavia, que há entre o que em nós é só espírito e o que em nós é espírito do corpo uma relação de convívio em que podem surgir discussões. E a que surge vulgarmente é a de a pessoa mais ordinária incomodar a que o é menos.

Dói-me a cabeça hoje, e é talvez do estômago que me dói. Mas a dor, uma vez sugerida do estômago à cabeça, vai interromper as meditações que tenho por trás de ter cérebro. Quem me tapa os olhos não me cega, porém impede-me de ver. E assim agora, porque me dói a cabeça, acho sem valia nem nobreza o espetáculo, neste momento monótono e absurdo, do que aí fora mal quero ver como mundo. Dói-me a cabeça, e isto quer dizer que tenho consciência de uma ofensa que a matéria me faz, e que, porque, como todas as ofensas, me indigna, me predispõe para estar mal com toda a gente, incluindo a que está próxima porém me não ofendeu.

O meu desejo é de morrer, pelo menos temporariamente, mas isto, como disse, só porque me dói a cabeça. E neste momento, de repente, lembra-me com que melhor nobreza um dos grandes prosadores diria isto. Desenrolaria, período a período, a mágoa anônima do mundo; aos seus olhos imaginadores de parágrafos surgiriam, diversos, os dramas humanos que há na terra, e através do latejar das fontes febris erguer-se-ia no papel toda uma metafísica da desgraça. Eu, porém, não tenho nobreza estilística. Dói-me a cabeça porque me dói a cabeça. Dói-me o universo porque a cabeça me dói. Mas o universo que realmente me dói não é o verdadeiro, o que existe porque não sabe que existo, mas aquele, meu de mim, que, se eu passar as mãos pelos cabelos, me faz parecer sentir que eles sofrem todos só para me fazerem sofrer.

332.

... O pasmo que me causa a minha capacidade para a angústia. Não sendo, de natureza, um metafísico, tenho passado dias de angústia aguda, física mesmo, com a indecisão dos problemas metafísicos e religiosos...

Vi depressa que o que eu tinha por a solução do problema religioso era resolver um problema emotivo em termos da razão.

333.

Nenhum problema tem solução. Nenhum de nós desata o nó górdio; todos nós ou desistimos ou o cortamos. Resolvemos bruscamente, com o sentimento, os problemas da inteligência, e fazemo-lo ou por cansaço de pensar, ou por timidez de tirar conclusões, ou pela necessidade absurda de encontrar um apoio, ou pelo impulso gregário de regressar aos outros e à vida.

Como nunca podemos conhecer todos os elementos duma questão, nunca a podemos resolver.

Para atingir a verdade faltam-nos dados que bastem, e processos intelectuais que esgotem a interpretação desses dados.

334.

Passaram meses sobre o último que escrevi. Tenho estado num sono do entendimento pelo qual tenho sido outro na vida. Uma sensação de felicidade translata tem-me sido frequente. Não tenho existido, tenho sido outro, tenho vivido sem pensar.

Hoje, de repente, voltei ao que sou ou me sonho. Foi um momento de grande cansaço, depois de um trabalho sem relevo. Pousei a cabeça contra as mãos, fincados os cotovelos na mesa alta inclinada. E, fechados os olhos, retrovei-me.

Num sono falso longínquo relembrei tudo quanto fora, e foi com uma nitidez de paisagem vista que se me ergueu de repente, antes ou depois de tudo, o lado largo da quinta velha, de onde, a meio da visão, a eira se erguia vazia.

Senti imediatamente a inutilidade da vida. Ver, sentir, lembrar, esquecer — tudo isso se me confundiu, numa vaga dor nos cotovelos, com o murmúrio incerto da rua próxima e os pequenos ruídos do trabalho sossegado no escritório quedo.

Quando, depostas as mãos sobre a mesa ao alto, lancei sobre o que lá via o olhar que deveria ser de um cansaço cheio de mundos mortos, a primeira coisa que vi, com ver, foi uma mosca varejeira (aquele vago zumbido que não era do escritório!) poisada em cima do tinteiro. Contemplei-a do fundo do abismo, anônimo e desperto. Ela tinha tons verdes de azul preto e era lustrosa de um nojo que não era feio. Uma vida!

Quem sabe para que forças supremas, deuses ou demônios da

Verdade em cuja sombra erramos, não serei senão a mosca lustrosa que poisa um momento diante deles? Reparo fácil? Observação já feita? Filosofia sem pensamento? Talvez, mas eu não pensei: senti. Foi carnalmente, diretamente, com um horror profundo e escuro, que fiz a comparação risível. Fui mosca quando me comparei à mosca. Senti-me mosca quando supus que me o senti. E senti-me uma alma à mosca, dormi-me mosca, senti-me fechado mosca. E o horror maior é que no mesmo tempo me senti eu. Sem querer, ergui os olhos para a direção do teto, não baixasse sobre mim uma régua suprema, a esmagar-me, como eu poderia esmagar aquela mosca. Felizmente, quando baixei os olhos, a mosca, sem ruído que eu ouvisse, desaparecera. O escritório involuntário estava outra vez sem filosofia.

335.

"Sentir é uma maçada." Estas palavras casuais de não sei que conviva à conversa de uns minutos, ficou-me sempre brilhando no chão da memória. A própria forma plebeia da frase lhe dá sal e pimenta.[1]

336.

Não sei quantos terão contemplado, com o olhar que merece, uma rua deserta com gente nela. Já este modo de dizer parece querer dizer qualquer outra coisa, e efetivamente a quer dizer. Uma rua deserta não é uma rua onde não passa ninguém, mas uma rua onde os que passam, passam nela como se fosse deserta. Não há dificuldade em compreender isto desde que se o tenha visto: uma zebra é impossível para quem não conheça mais que um burro.

As sensações ajustam-se, dentro de nós, a certos graus e tipos da compreensão delas. Há maneiras de entender que têm maneiras de ser entendidas.

Há dias em que sobe em mim, como que da terra alheia à cabeça própria, um tédio, uma mágoa, uma angústia de viver que só me não parece insuportável porque de fato a suporto. É um estrangulamento da vida em mim mesmo, um desejo de ser outra pessoa em todos os poros, uma breve notícia do fim.

337.

O que tenho sobretudo é cansaço, e aquele desassossego que é gêmeo do cansaço quando este não tem outra razão de ser senão o estar sendo. Tenho um receio íntimo dos gestos a esboçar, uma timidez intelectual das palavras a dizer. Tudo me parece antecipadamente fruste.

O insuportável tédio de todas estas caras, alvares de inteligência ou de falta dela, grotescas até à náusea de felizes ou infelizes, horrorosas porque existem, maré separada de coisas vivas que me são alheias...

338.

Sempre me tem preocupado, naquelas horas ocasionais de desprendimento em que tomamos consciência de nós mesmos como indivíduos que somos outros para os outros, a imaginação da figura que farei fisicamente, e até moralmente, para aqueles que me contemplam e me falam, ou todos os dias ou por acaso.

Estamos todos habituados a considerar-nos como primordialmente realidades mentais, e aos outros como diretamente realidades físicas; vagamente nos consideramos como gente física, para efeitos nos olhos dos outros; vagamente consideramos os outros como realidades mentais, mas só no amor ou no conflito tomamos verdadeira consciência de que os outros têm sobretudo alma, como nós para nós.

Perco-me, por isso, às vezes, numa imaginação fútil de que espécie de gente serei para os que me veem, como é a minha voz, que tipo de figura deixo escrita na memória involuntária dos outros, de que maneira os meus gestos, as minhas palavras, a minha vida aparente, se gravam nas retinas da interpretação alheia. Não consegui nunca ver-me de fora. Não há espelho que nos dê a nós como foras, porque não há espelho que nos tire de nós mesmos. Era precisa outra alma, outra colocação do olhar e do pensar. Se eu fosse ator prolongado de cinema, ou gravasse em discos audíveis a minha voz alta, estou certo que do mesmo modo ficaria longe de saber o que sou do lado de lá, pois, queira o que queira, grave-se o que de mim se grave, estou sempre aqui dentro, na quinta de muros altos da minha consciência de mim.

Não sei se os outros serão assim, se a ciência da vida não consistirá essencialmente em ser tão alheio a si mesmo que instintivamente se consegue um alheamento e se pode participar da vida como estranho à consciência; ou se os outros, mais ensimesmados do que eu, não serão de todo a bruteza de não serem senão eles, vivendo exteriormente por aquele milagre pelo qual as abelhas formam sociedades mais organizadas que qualquer nação, e as formigas comunicam entre si com uma fala de antenas mínimas que excede nos resultados a nossa complexa ausência de nos entendermos.

A geografia da consciência da realidade é de uma grande complexidade de costas, acidentadíssima de montanhas e de lagos. E tudo me parece, se medito de mais, uma espécie de mapa como o do *Pays du Tendre*[1] ou das *Viagens de Gulliver*, brincadeira da exatidão inscrita num livro irônico ou fantasista para gáudio de entes superiores, que sabem onde é que as terras são terras.

Tudo é complexo para quem pensa, e sem dúvida o pensamento o torna mais complexo por volúpia própria. Mas quem pensa tem a necessidade de justificar a sua abdicação com um vasto programa de compreender, exposto, como as razões dos que mentem, com todos os pormenores excessivos que descobrem, com o espalhar da terra, a raiz da mentira.

Tudo é complexo, ou sou eu que o sou. Mas, de qualquer modo, não importa porque, de qualquer modo, nada importa. Tudo isto, todas estas considerações extraviadas da rua larga, vegetam nos quintais dos deuses exclusos como trepadeiras longe das paredes. E sorrio, na noite em que concluo sem fim estas considerações sem engrenagem, da ironia vital que as faz surgir de uma alma humana, órfã, de antes dos astros, das grandes razões do Destino.

339.

Paira-me à superfície do cansaço qualquer coisa de áureo que há sobre as águas quando o sol findo as abandona. Vejo-me como ao lago que imaginei, e o que vejo nesse lago sou eu. Não sei como explique esta imagem, ou este símbolo, ou este eu em que me figuro. Mas o que tenho por certo é que vejo, como se de fato visse, um sol por trás de montes, dando raios perdidos sobre o lago que os recebe a ouro escuro.

Um dos malefícios de pensar é ver quando se está pensando. Os que pensam com o raciocínio estão distraídos. Os que pensam com a emoção estão dormindo. Os que pensam com a vontade estão mortos. Eu, porém, penso com a imaginação, e tudo quanto deveria ser em mim ou razão, ou mágoa, ou impulso, se me reduz a qualquer coisa indiferente e distante, como este lago morto entre rochedos onde o último do sol paira desalongadamente.

Porque parei, estremeceram as águas. Porque refleti, o sol recolheu-se. Cerro os olhos lentos e cheios de sono, e não há dentro de mim senão uma região lacustre onde a noite começa a deixar de ser dia num reflexo castanho-escuro de águas de onde as algas surgem.

Porque escrevi, nada disse. Minha impressão é que o que existe é sempre em outra região, além de montes, e que há grandes viagens por fazer se tivermos alma com que ter passos.

Cessei, como o sol na minha paisagem. Não fica, do que foi dito ou visto, senão uma noite já fechada, cheia de brilho morto de lagos, numa planície sem patos-bravos, morta, fluida, úmida e sinistra.

340.

Não acredito na paisagem. Não o digo porque creia no "a paisagem é um estado da alma" do Amiel, um dos bons momentos verbais da sua insuportável interiorice. Digo-o porque não creio.

341.

Na minha alma ignóbil e profunda registro, dia a dia, as impressões que formam a substância externa da minha consciência de mim. Ponho-as em palavras vadias, que me desertam desde que as escrevo, e erram, independentes de mim, por encostas e relvados de imagens, por áleas de conceitos, por azinhagas de confusões. Isto de nada me serve, pois nada me serve de nada. Mas desapoquento-me escrevendo, como quem respira melhor sem que a doença haja passado.

Há quem, estando distraído, escreva riscos e nomes absurdos no mata-borrão de cantos entalados. Estas páginas são os rabiscos da minha inconsciência intelectual de mim. Traço-as numa modorra de me sentir, como um gato ao sol, e releio-as, por vezes, com um vago pasmo tardio, como o de me haver lembrado de uma coisa que sempre esquecera.

Quando escrevo, visito-me solenemente. Tenho salas especiais, recordadas por outrem em interstícios da figuração, onde me deleito analisando o que não sinto, e me examino como a um quadro na sombra.

Perdi, antes de nascer, o meu castelo antigo. Foram vendidas, antes que eu fosse, as tapeçarias [d]o meu palácio ancestral. O meu solar de antes da vida caiu em ruína, e só em certos momentos, quando o luar nasce em mim de sobre os juncos do rio, me esfria a saudade dos lados de onde o resto desdentado dos muros[1] se recorta negro contra o céu de azul-escuro esbranquiçado a amarelo de leite.

Distingo-me a esfinges. E do regaço da rainha que me falta, cai, como um episódio do bordado inútil, o novelo esquecido da minha alma. Rola para debaixo do contador com embutidos, e há aquilo em mim que o segue como olhos até que se perde num grande horror de túmulo e de fim.

342.

Nunca durmo: vivo e sonho, ou, antes, sonho em vida e a dormir, que também é vida. Não há interrupção em minha consciência: sinto o que me cerca se não durmo ainda, ou se não durmo bem; entro logo a sonhar desde que deveras durmo. Assim o que sou é um perpétuo desenrolamento de imagens, conexas ou desconexas, fingindo sempre de exteriores, umas postas entre os homens e a luz, se estou desperto, outras postas entre os fantasmas e a sem-luz a que se vê, se estou dormindo. Verdadeiramente, não sei como distinguir uma coisa da outra, nem ouso afirmar se não durmo quando estou desperto, se não estou a despertar quando durmo.

A vida é um novelo que alguém emaranhou. Há um sentido nela, se estiver desenrolada e posta ao comprido, ou enrolada bem. Mas, tal como está, é um problema sem novelo próprio, um embrulhar-se sem onde.

Sinto isto, que depois escreverei, pois que vou já sonhando as frases a dizer, quando, através da noite de meio dormir, sinto, junto com as paisagens de sonhos vagos, o ruído da chuva lá fora, a tornar-mos mais vagos ainda. São adivinhas do vácuo, trêmulas de abismo, e através delas se escoa, inútil, a plangência externa da chuva constante, minúcia abundante da paisagem do ouvido. Esperança? Nada. Do céu invisível desce em som a mágoa água que vento alça. Continuo dormindo.

Era, sem dúvida, nas alamedas do parque que se passou a tragédia de que resultou a vida. Eram dois e belos e desejavam ser outra coisa; o amor tardava-lhes no tédio do futuro, e a saudade do que haveria de ser vinha já sendo o luar[1] do amor que não tinham tido. Assim, ao luar dos bosques próximos, pois através deles se coava a lua, passeavam, mãos dadas, sem desejos nem esperanças, através do deserto próprio das áleas abandonadas. Eram crianças inteiramente, pois que o não eram em verdade. De álea em álea, silhuetas entre árvore e árvore, percorriam em papel recortado aquele cenário de ninguém. E assim se sumiram para o lado dos tanques, cada vez mais juntos e separados, e o ruído da vaga chuva que cessa é o dos repuxos de para onde iam. Sou o amor que eles tiveram e por isso os sei ouvir na noite em que não durmo, e também sei viver infeliz.

343.

UM DIA (ZIGUE-ZAGUE)

Não ter sido Madame de harém! Que pena tenho de mim por me não ter acontecido isso!

Afinal deste dia fica o que de ontem ficou e ficará de amanhã: a ânsia insaciável e inúmera de ser sempre o mesmo e outro.

Por degraus de sonhos e cansaços meus desce da tua irrealidade, desce e vem substituir o mundo.

344.

GLORIFICAÇÃO DAS ESTÉREIS

Se dentre as mulheres da terra eu vier um dia a colher uma esposa, que a tua prece por mim seja esta — que de qualquer modo ela seja estéril. Mas pede também, se por mim rezares, que eu não venha nunca a obter[1] essa esposa suposta.

Só a esterilidade é nobre e digna. Só o matar o que nunca foi é raro e sublime[2] e absurdo.

345.

Eu não sonho possuir-te. Para quê? Era traduzir para plebeu o meu sonho. Possuir um corpo é ser banal. Sonhar possuir um corpo é talvez pior, ainda que seja difícil sê-lo: é sonhar-se banal — horror supremo.

E já que queremos ser estéreis, sejamos também castos, porque nada pode haver de mais ignóbil e baixo do que, renegando da Natureza o que nela é fecundado, guardar vilãmente dela o que nos praz no que renegamos. Não há nobrezas aos bocados.

Sejamos castos como eremitas,[1] puros como corpos sonhados, resignados a ser tudo isto, como freirinhas doidas...

Que o nosso amor seja uma oração... Unge-me de ver-te que eu farei dos meus momentos de te sonhar um rosário onde os meus tédios serão padre-nossos e as minhas angústias ave-marias...

Fiquemos assim eternamente como uma figura de homem em vitral defronte de uma figura de mulher noutro vitral... Entre nós, sombras cujos passos soam frios, a humanidade passando... Murmúrios de rezas, segredos de □ passarão entre nós... Umas vezes enche-se bem o ar de □ de incensos. Outras vezes, para este lado e para aquele uma figura de estola rezará aspersões... E nós sempre os mesmos vitrais, ora cores quando o Sol nos bata, ora linhas quando a noite caia... Os séculos não tocarão no nosso silêncio vítreo... Lá fora passarão civilizações, escacharão revoltas, turbilhonarão festas, correrão mansos quotidianos povos... E nós, ó meu amor irreal, teremos sempre o mesmo gesto inútil, a mesma existência falsa, e a mesma □ até [que] um dia, no fim de uns séculos de impérios, a Igreja finalmente rua e tudo acabe...

Mas nós que não sabemos dela ficaremos ainda, não sei como, não sei em que espaço, não sei por que tempo, vitrais eternos, horas de ingênuo desenho pintado por um qualquer artista que dorme há muito sob um túmulo godo onde dois anjos de mãos postas gelam em mármore a ideia de morte.

346.

As coisas sonhadas só têm o lado de cá... Não se lhes pode ver o outro lado... Não se pode andar à roda delas... O mal das coisas da vida é que as podemos ir olhando por todos os lados... As coisas de sonho só têm o lado que vemos... Têm uma só face, como as nossas almas.[1]

347.

CARTA PARA NÃO MANDAR

Dispenso-a de comparecer na minha ideia de si.

A sua vida □
Isso não é o meu amor; é apenas a sua vida.

Amo-a como ao poente e ao luar, com o desejo de que o momento fique, mas sem que seja meu nele mais que a sensação de tê-lo.

348.

Nada pesa tanto como o afeto alheio — nem o ódio alheio, pois que o ódio é mais intermitente que o afeto; sendo uma emoção desagradável, tende, por instinto de quem a tem, a ser menos frequente. Mas tanto o ódio como o amor nos oprime; ambos nos buscam e procuram, nos não deixam sós.

O meu ideal seria viver tudo em romance, repousando na vida — ler as minhas emoções, viver o meu desprezo delas. Para quem tenha a imaginação à flor da pele, as aventuras de um protagonista de romance são emoção própria bastante, e mais, pois que são dele e nossas. Não há grande aventura como ter amado Lady Macbeth, com amor verdadeiro e direto; que tem que fazer que[m] assim amou senão, por descanso, não amar nesta vida ninguém?

Não sei que sentido tem esta viagem que fui forçado a fazer, entre uma noite e outra noite, na companhia do universo inteiro. Sei que posso ler para me distrair. Considero a leitura como o modo mais simples de entreter esta, como outra, viagem; e, de vez em quando, ergo os olhos do livro onde estou sentindo verdadeiramente, e vejo, como estrangeiro, a paisagem que foge — campos, cidades, homens e mulheres, afeições e saudades —, e tudo isso não é mais para mim do que um episódio do meu repouso, uma distração inerte em que descanso os olhos das páginas demasiado lidas.

Só o que sonhamos é o que verdadeiramente somos, porque o mais, por estar realizado, pertence ao mundo e a toda a gente. Se realizasse algum sonho, teria ciúmes dele, pois me haveria traído com o ter-se deixado realizar. Realizei tudo quanto quis, diz o débil, e é mentira; a verdade é que sonhou profeticamente tudo quanto a vida realizou dele. Nada realizamos. A vida atira-nos como uma pedra, e nós vamos dizendo no ar, "Aqui me vou mexendo".

Seja o que for este interlúdio mimado sob o projetor do sol e as lantejoulas das estrelas, não faz mal decerto saber que ele é um interlúdio; se o que está para além das portas do teatro é a vida, viveremos; se é a morte, morreremos, e a peça nada tem com isso.

Por isso nunca me sinto tão próximo da verdade, tão sensivelmente iniciado, como quando nas raras vezes que vou ao teatro ou ao circo: sei então que enfim estou assistindo à perfeita figuração da vida. E os atores e as atrizes, os palhaços e os prestidigitadores são coisas importantes e fúteis, como o sol e a lua, o amor e a morte, a peste, a fome, a guerra, a humanidade. Tudo é teatro. Ah, quero a verdade? Vou continuar o romance...

349.

A mais vil de todas as necessidades — a da confidência, a da confissão. É a necessidade da alma de ser exterior.

Confessa, sim; mas confessa o que não sentes. Livra a tua alma, sim, do peso dos seus segredos, dizendo-os; mas ainda bem que os segredos que dizes, nunca os tenhas tido. Mente a ti próprio antes de dizeres essa verdade. Exprimir[1] é sempre errar. Sê consciente: exprimir seja, para ti, mentir.

350.

Não sei o que é o tempo. Não sei qual a verdadeira medida que ele tem, se tem alguma. A do relógio sei que é falsa: divide o tempo espacialmente, por fora. A das emoções sei também que é falsa: divide, não o tempo, mas a sensação dele. A dos sonhos é errada; neles roçamos o tempo, uma vez prolongadamente, outra vez depressa, e o que vivemos é apressado ou lento conforme qualquer coisa do decorrer cuja natureza ignoro.

Julgo, às vezes, que tudo é falso, e que o tempo não é mais do que uma moldura para enquadrar o que lhe é estranho. Na recordação, que tenho da minha vida passada, os tempos estão dispostos em níveis e planos absurdos, sendo eu mais jovem em certo episódio dos quinze anos solenes que em outro da infância sentada entre brinquedos.

Emaranha-se-me a consciência se penso nestas coisas. Pressinto um erro em tudo isto; não sei, porém, de que lado está. É como se assistisse a uma sorte de prestidigitação, onde, por ser tal, me soubesse enganado, porém não concebesse qual a técnica, ou a mecânica, do engano.

Chegam-me, então, pensamentos absurdos, que não consigo todavia repelir como absurdos de todo. Penso se um homem que medita devagar dentro de um carro que segue depressa está indo depressa ou devagar. Penso se serão iguais as velocidades idênticas com que caem no mar o suicida e o que se desequilibrou na esplanada. Penso se são realmente sincrônicos os movimentos, que ocupam o mesmo tempo, em os quais fumo um cigarro, escrevo este trecho e penso obscuramente.

De duas rodas no mesmo eixo podemos pensar que há sempre uma que estará mais adiante, ainda que seja frações de milímetro. Um microscópio exageraria este deslocamento até o tornar quase inacreditável, impossível se não fosse real. E por que não há o microscópio de ter razão contra a má vista? São considerações inúteis? Bem o sei. São ilusões da consideração? Concedo. Que coisa, porém, é esta que nos mede sem medida e nos mata sem ser? E é nestes momentos, em que nem sei se o tempo existe, que o sinto como uma pessoa, e tenho vontade de dormir.

351.

PACIÊNCIAS

As tias velhas dos que as tiveram, nos serões a petróleo das casas vagas na província, entretinham a hora em que a criada dorme ao som crescente da chaleira com a ociosidade metódica e repetida de fazer paciências com cartas. Tem saudades em mim desse sossego inútil alguém que se coloca no meu lugar. Vem o chá e o baralho velho amontoa-se regular ao canto da mesa. O guarda-louça enorme escurece a sombra, na sala de jantar apenumbrada. Sua de sono a cara da criada apressada lentamente por acabar. Vejo isso tudo em mim com uma angústia e uma saudade independentes de ter relação com qualquer coisa. E, sem querer, ponho-me a considerar qual é o estado de espírito de quem faz paciências com cartas.

352.

Não é nos largos campos ou nos jardins grandes que vejo chegar a primavera. É nas poucas árvores pobres de um largo pequeno da cidade. Ali a verdura destaca como uma dádiva e é alegre como uma boa tristeza.

Amo esses largos solitários, intercalados entre ruas de pouco trânsito, e eles mesmos sem mais trânsito que as ruas. São clareiras inúteis, coisas que esperam, entre tumultos longínquos. São de aldeia na cidade.

Passo por eles, subo qualquer das ruas suas afluentes, depois desço de novo essa rua, para a ele regressar. Visto do outro lado é diferente, mas a mesma paz deixa dourar de saudade súbita — sol no ocaso — o lado que não vira na ida.

Tudo é inútil, e eu o sinto como tal. Quanto vivi se me esqueceu como se o ouvira distraído. Quanto serei me não lembra como se o tivera vivido e esquecido.

Um ocaso de mágoa leve paira vago em meu torno. Tudo esfria, não porque esfrie, mas porque entrei numa rua estreita e o largo cessou.

353.

A manhã, meio fria, meio morna, alava-se pelas casas raras das encostas no extremo da cidade. Uma névoa ligeira, cheia de despertar, esfarrapava-se, sem contornos, no adormecimento das encostas. (Não fazia frio, salvo em ter que recomeçar a vida.) E tudo aquilo — toda esta frescura lenta da manhã leve — era análogo a uma alegria que ele nunca pudera ter.

O carro descia lentamente, a caminho das avenidas. À medida que se aproximava do maior aglomeramento das casas, uma sensação de perda tomava-lhe o espírito vagamente. A realidade humana começava a despontar.

Nestas horas matinais, em que a sombra já desapareceu, mas não ainda o seu peso leve, [a]o espírito que se deixa levar pelos incitamentos da hora apetece a chegada e o porto antigo ao sol. Alegraria, não que o instante se fixasse, como nos momentos solenes da paisagem, ou no luar calmo sobre o rio, mas que a vida tivesse sido outra, de modo que este momento pudesse ter um outro sabor que se lhe reconhece mais próprio.

Adelgaçava-se mais a névoa incerta. O sol invadia mais as coisas. Os sons da vida acentuavam-se no arredor.

Seria certo, por uma hora como estas, não chegar nunca à realidade humana para que a nossa vida se destina. Ficar suspenso, entre a névoa e a manhã, imponderavelmente, não em espírito, mas em corpo espiritualizado, em vida real alada, aprazia, mais do que outra coisa, ao nosso desejo de buscar um refúgio, mesmo sem razão para o buscar.

Sentir tudo sutilmente torna-nos indiferentes, salvo para o que se não pode obter — sensações por chegar a uma alma ainda em embrião para elas, atividades humanas congruentes com sentir profundamente, paixões e emoções perdidas entre conseguimentos de outras espécies.

As árvores, no seu alinhamento pelas avenidas, eram independentes de tudo isto.

A hora acabou na cidade, como a encosta do outro lado do rio quando o barco toca no cais. Ele trouxe consigo, enquanto não tocou na margem, a paisagem da outra banda pegada à amurada; ela despegou-se quando se deu o som da amurada a tocar nas pedras. O homem de calças arregaçadas sobre o joelho deitou um grampo ao cabo, e foi definitivo e concludente o seu gesto natural. Terminou metafisicamente na impossibilidade na nossa alma de continuarmos a ter a alegria de uma angústia duvidosa. Os garotos no cais olhavam para nós como para qualquer outra pessoa, que não tivesse aquela emoção imprópria para a parte útil dos embarques.

354.

O calor, como uma roupa invisível, dá vontade de o tirar.

355.

Senti-me inquieto já. De repente, o silêncio deixara de respirar.

Súbito, de aço, um dia infinito[1] estilhaçou-se. Agachei-me, animal, sobre a mesa, com as mãos garras inúteis sobre a tábua lisa. Uma luz sem alma entrara nos recantos e nas almas, e um som de montanha próxima desabara do alto, rasgando num grito sedas[2] do abismo. Meu coração parou. Bateu-me a garganta. A minha consciência viu só um borrão de tinta num papel.

356.

Depois que o calor cessou, e o princípio leve da chuva cresceu para ouvir-se, ficou no ar uma tranquilidade que o ar do calor não tinha, uma nova paz em que a água punha uma brisa sua. Tão clara era a alegria desta chuva branda, sem tempestade nem escuridão, que aqueles mesmos, que eram quase todos, que não tinham guarda-chuva ou roupa de defesa, estavam rindo a falar no seu passo rápido pela rua lustrosa.

Num intervalo de indolência cheguei à janela aberta do escritório — o calor a fizera abrir, a chuva não a fizera fechar — e contemplei com a atenção intensa e indiferente, que é o meu modo, aquilo mesmo que acabo de descrever com justeza antes de o ter visto. Sim, lá ia a alegria aos dois banais, falando a sorrir pela chuva miúda, com passos mais rápidos que apressados, na claridade limpa do dia que se velara.

Mas, de repente, da surpresa de uma esquina que já lá estava, rodou para a minha vista um homem velho e mesquinho, pobre e não humilde, que seguia impaciente sob a chuva que havia abrandado. Esse, que por certo não tinha fito, tinha ao menos impaciência. Olhei-o com a atenção, não já desatenta, que se dá às coisas, mas definidora, que se dá aos símbolos. Era o símbolo de ninguém; por isso tinha pressa. Era o símbolo de quem nada fora; por isso sofria. Era parte, não dos que sentem a sorrir a alegria incômoda da chuva, mas da mesma chuva — um inconsciente, tanto que sentia a realidade.

Não era isto, porém, que eu queria dizer. Entre a minha observação do transeunte que, afinal, perdi logo de vista, por não ter continuado a olhá-lo, e o nexo destas observações inseriu-se-me qualquer mistério da desatenção, qualquer emergência da alma que me deixou sem prosseguimento. E ao fundo da minha desconexão, sem que eu os oiça, oiço[1] os sons das falas dos moços da embalagem, lá no fundo do escritório, na parte que é o princípio do armazém, e vejo sem ver os cordéis enfardadores das encomendas postais, passados duas vezes, com os nós duas vezes corridos, à roda dos embrulhos em papel pardo forte, na mesa ao pé da janela para o saguão, entre piadas e tesouras.

Ver é ter visto.

357.

Regra é da vida que podemos, e devemos, aprender com toda a gente. Há coisas da seriedade da vida que podemos aprender com charlatães e bandidos, há filosofias que nos ministram os estúpidos, há lições de firmeza e de lei que vêm no acaso e nos que são do acaso. Tudo está em tudo.

Em certos momentos muito claros da meditação, como aqueles em que, pelo princípio da tarde, vagueio observante pelas ruas, cada pessoa me traz uma notícia, cada casa me dá uma novidade, cada cartaz tem um aviso para mim.

Meu passeio calado é uma conversa contínua, e todos nós, homens, casas, pedras, cartazes e céu, somos uma grande multidão amiga, acotovelando-se de palavras na grande procissão do Destino.

358.

Vi e ouvi ontem um grande homem. Não quero dizer um grande homem atribuído, mas um grande homem que verdadeiramente o é. Tem valia, se a há neste mundo; conhecem que tem valia; e ele sabe que o conhecem. Tem, pois, todas as condições para que eu o chame um grande homem. É, efetivamente, o que o chamo.

O aspecto físico é de um comerciante cansado. A cara tem traços de fadiga, mas tanto poderiam ser de pensar demais como de não viver higienicamente. Os gestos são quaisquer. O olhar tem uma certa viveza — privilégio de quem não é míope. A voz é um pouco embrulhada, como se os inícios da paralisia geral estragassem essa emissão da alma. E a alma emitida discursa sobre a política de partidos, sobre a desvalorização do escudo, e sobre o que há de reles nos colegas da grandeza.

Se eu não soubesse quem ele é, não o conheceria pela estampa. Sei bem que não há que fazer dos grandes homens aquela ideia heroica que as almas simples formam: que um grande poeta há de ser um Apolo de corpo e um Napoleão de expressão; ou, com menos exigências, um homem de distinção e um rosto expressivo. Sei bem que estas coisas são humanidades naturais e absurdas. Mas, se não se espera tudo ou quase tudo, espera-se todavia alguma coisa. E, quando se passa da figura vista para a alma falada, não há sem dúvida que esperar espírito ou vivacidade, mas há ao menos que contar com inteligência, com, ao menos, a sombra da elevação.

Tudo isto — estas desilusões humanas — nos faz pensar no que pode realmente haver de verdade no conceito vulgar de inspiração. Parece que este corpo destinado a comerciante e esta alma destinada a homem educado são, quando estão a sós, investidos misteriosamente de qualquer coisa interior que lhes é externa, e que não falam, senão que se fala neles, e a voz diz o que fora mentira que eles dissessem.

São especulações casuais e inúteis. Chego a ter pena de as ter. Não diminui com elas a valia do homem; não aumenta com elas a expressão do seu corpo. Mas, na verdade, nada altera nada, e o que dizemos ou fazemos roça só os cimos dos montes, em cujos vales dormem as coisas.

359.

Ninguém compreende outro. Somos, como disse o poeta, ilhas no mar da vida;[1] corre entre nós o mar que nos define e separa. Por mais que uma alma se esforce por saber o que é outra alma, não saberá senão o que lhe diga uma palavra — sombra disforme no chão do seu entendimento.

Amo as expressões porque não sei nada do que exprimem. Sou como o mestre de Saint-Martin:[2] contento-me com o que me é dado. Vejo, e já é muito. Quem é capaz de entender?

Talvez seja por este ceticismo do inteligível que eu encare de igual modo uma árvore e uma cara, um cartaz e um sorriso. (Tudo é natural, tudo artificial, tudo igual.) Tudo o que vejo é para mim o só visível, seja o céu alto azul de verde branco da manhã que há de vir, seja o esgar falso em que se contrai o rosto de quem está a sofrer perante testemunhas a morte de quem ama.

Bonecos, ilustrações e páginas que existem e se voltam... Meu coração não está neles, nem quase minha atenção, que os percorre de fora, como uma mosca por um papel.

Sei eu sequer se sinto, se penso, se existo? Nada: só um esquema objetivo de cores, de formas, de impressões de que sou o espelho oscilante — inútil.[3]

360.

Comparados com os homens simples e autênticos, que passam pelas ruas da vida, com um destino natural e calhado, essas figuras dos cafés assumem um aspecto que não sei definir senão comparando-as a certos duendes de sonhos — figuras que não são de pesadelo nem de mágoa, mas cuja recordação, quando acordamos, nos deixa, sem que saibamos por quê, um sabor a um nojo passado, um desgosto de qualquer coisa que está com eles mas que se não pode definir como sendo deles.

Vejo os vultos dos gênios e dos vencedores reais, mesmo

pequenos, singrar na noite das coisas, sem saber o que cortam as suas proas altivas, nesse[1] mar de sargaço de palha de embalagem[2] e aparas de cortiça.

[A]li se resume tudo, como no chão do saguão do prédio do escritório, que, visto através das grades da janela do armazém, parece uma cela para prender lixo.

361.

A procura da verdade — seja a verdade subjetiva do convencimento, a objetiva da realidade, ou a social do dinheiro ou do poder — traz sempre consigo, se nela se emprega quem merece prêmio, o conhecimento último da sua inexistência. A sorte grande da vida sai somente aos que compraram por acaso.

A arte tem valia porque nos tira de aqui.

362.

É legítima toda a violação da lei moral que é feita em obediência a uma lei moral superior. Não é desculpável roubar um pão por ter fome. É desculpável a um artista roubar dez contos para garantir por dois anos a sua vida e tranquilidade, desde que a sua obra tenda a um fim civilizacional; se é uma mera obra estética, não vale o argumento.

363.

Nós não podemos amar, filho. O amor é a mais carnal das ilusões. Amar é possuir, escuta. E o que possui quem ama? O[1] corpo? Para o possuir seria preciso tornar nossa a sua matéria, comê-lo, incluí-lo em nós... E essa impossibilidade seria temporária, porque o nosso próprio corpo passa e se transforma, porque nós não possuímos o nosso corpo (possuímos apenas a nossa sensação dele), e porque, uma vez possuído esse corpo amado, tornar-se-ia *nosso*, deixaria de ser outro, e o amor, por isso, com o desaparecimento do outro ente, desapareceria...

Possuímos a alma? Ouve-me em silêncio: Nós não a possuímos. Nem a nossa alma é nossa sequer. Como, de resto, possuir uma alma? Entre alma e alma há o abismo de serem almas.[2]

Que possuímos? que possuímos? Que nos leva a amar? A beleza? E nós possuímo-la amando? A mais feroz e dominadora posse de um corpo o que possui dele? Nem o corpo, nem a alma, nem a beleza sequer. A posse de um corpo lindo não abraça a beleza, abraça a carne celulada e gordurosa; o beijo não toca na beleza da boca, mas na carne úmida dos lábios perecíveis e mucosas; a própria cópula é um contato apenas, um contato esfregado e próximo, mas não uma penetração *real*, sequer de um corpo por outro corpo... Que possuímos nós? que possuímos?

As nossas sensações, ao menos? Ao menos o amor é um meio de nos possuirmos, a nós, nas nossas sensações? é, ao menos, um modo de sonharmos nitidamente, e mais gloriosamente portanto, o sonho de existirmos e, ao menos, desaparecida a sensação, fica a memória dela conosco sempre, e assim realmente possuímos?...[3]

Desenganemos até disto. Nós nem as nossas sensações possuímos. Não pela memória que vive. A memória, afinal, é a sensação do passado... E toda a sensação é uma ilusão...

— Escuta-me, escuta-me sempre. Escuta-me e não olhes, pela janela aberta, a plana outra margem do rio, nem o crepúsculo □, nem esse silvo de um comboio que corta o longe vago □. — Escuta-me em silêncio...

Nós não possuímos as nossas sensações... Nós não nos possuímos nelas...

(Urna inclinada, o crespúsculo verte sobre nós um óleo de □ onde as horas, pétalas de rosas, boiam espaçadamente.)

364.

Eu não possuo o meu corpo — como posso eu possuir com ele? Eu não possuo a minha alma — como posso possuir com ela? Não compreendo o meu espírito — como através dele compreender?[1]

Não possuímos nem um corpo nem uma verdade — nem sequer uma ilusão. Somos fantasmas de mentiras. Sombras de ilusões, a nossa vida é oca por fora e por dentro.

Conhece alguém as fronteiras à sua alma, para que possa dizer — eu sou eu?

Mas sei que o que eu sinto, sinto-o eu.

Quando outro possui esse corpo, possui nele o mesmo que eu? Não. Possui outra sensação.

Possuímos nós alguma coisa? Se nós não sabemos o que somos, como sabemos nós o que possuímos?

Se do que comes, dissesses, "eu possuo isto", eu compreendia-te. Porque sem dúvida o que comes, tu o incluis em ti, tu o transformas em matéria tua, tu o sentes entrar em ti e pertencer-te. Mas do que comes não falas tu de "posse". A que chamas tu possuir?

365.

A loucura chamada afirmar, a doença chamada crer, a infâmia chamada ser feliz — tudo isto cheira a mundo, sabe à triste coisa que é a terra.

Sê indiferente. Ama o poente e o amanhecer, porque não há utilidade, nem para ti, em amá-los. Veste teu ser do ouro da tarde morta, como um rei deposto numa manhã de rosas, com Maio nas nuvens brancas e o sorriso das virgens nas quintas afastadas.

Tua ânsia morra entre mirtos, teu tédio cesse entre tamarindos, e o som da água acompanhe tudo isto como um entardecer ao pé de margens, e o rio, sem sentido salvo correr, eterno para marés longínquas. O resto é a vida que nos deixa, a chama que morre no nosso olhar, a púrpura gasta antes de a vestirmos, a lua que vela o nosso abandono, as estrelas que estendem o seu silêncio sobre a nossa hora de desengano. Assídua, a mágoa estéril e amiga que nos aperta ao peito com amor.

Meu destino é a decadência.

Meu domínio foi outrora em vales fundos. O som de águas que nunca sentiram sangue regava o mundo dos meus sonhos. O copado das árvores do que esquece a vida era verde sempre nos meus esquecimentos. A lua era fluida como água entre pedras. O amor nunca veio àquele vale e por isso tudo ali era feliz. Mero sonho, sem amor, nem deuses em templos, passando entre a brisa e a hora una e sem que soubesse saudades das crenças mais bêbadas, mais escusas.

366.

Paisagens inúteis como aquelas que dão a volta às chávenas chinesas, partindo da asa e vindo acabar na asa, de repente. As chávenas são sempre tão pequenas... Para onde se prolongaria, e com que □ de porcelana, a paisagem que não se prolongou para além da asa da chávena?

É possível a certas almas sentir uma dor profunda por a paisagem pintada num abano chinês não ter três dimensões.

367.

... e os crisântemos adoecem a sua vida lassa em jardins apenumbrados de contê-los.

... a luxúria japonesa de ter evidentemente duas dimensões apenas.

... a existência colorida[1] sobre transparências baças das figuras japonesas nas chávenas.

... uma mesa posta para um chá discreto — mero pretexto para conversas inteiramente estéreis — teve sempre para mim qualquer coisa de ente e individualidade com alma. Forma, como um organismo, um todo sintético! que não é a pura soma das partes que o compõem.

368.

E os diálogos nos jardins fantásticos que contornam nada definidamente certas chávenas? Que palavras sublimes não devem estar trocando as duas figuras que se assentam no lado de lá daquele bule! E eu sem ouvidos apropriados para as ouvir, morto na policroma humanidade!

Deliciosa psicologia das coisas deveras estáticas! A eternidade tece-a e o gesto que uma figura pintada tem desdenha, do alto da sua eternidade visível, a nossa transitória febre, que nunca se demora nas janelas duma atitude nem se atarda[1] nos portões de um esgar.[2]

Que curioso deve ser o folclore do colorido povo dos painéis! Os amores das figuras bordadas — amores de duas dimensões, duma castidade geométrica — devem ser □ para entretenimento dos psicólogos ousados.

Não amamos, senão que fingimos amar. O verdadeiro amor, o imortal e inútil, pertence àquelas figuras em que a mudança não entra, por sua natureza de estáticas. Desde que eu o conheço, o japonês que se senta na convexa □ do meu bule não mudou ainda... Não saboreia nunca as mãos da mulher que está a um distar errado dele. Um colorido extinto, como de um sol despejado, entornado, irrealiza eternamente as encostas[3] desse monte.

E tudo aquilo obedece a um mais fiel instante de pena[4] do que esta que inutilmente tortura a fragilidade fingida das minhas horas exaustas.

369.

Nesta era metálica dos bárbaros só um culto metodicamente excessivo das nossas faculdades de sonhar, de analisar e de atrair pode servir de salvaguarda à nossa personalidade, para que se não desfaça ou para nula ou para idêntica às outras.

O que as nossas sensações têm de real é precisamente o que têm de não nossas. O que há de comum nas sensações é que forma a realidade. Por isso a nossa individualidade nas nossas sensações está só na parte errônea delas. A alegria que eu teria se visse um dia o sol escarlate. Seria tão meu aquele sol, só meu!

370.

Nunca deixo saber aos meus sentimentos[1] o que lhes vou fazer sentir... Brinco com as minhas sensações como uma princesa cheia de tédio com os seus grandes gatos prontos e cruéis...

Fecho subitamente portas dentro de mim, por onde certas sensações iam passar para se realizarem. Retiro bruscamente do seu caminho os objetos espirituais que lhes vão vincar certos gestos.

Pequenas frases sem sentido, metidas nas conversas que supomos estar tendo; afirmações absurdas feitas com cinzas de outras que já de si não significam nada...

– O seu olhar tem qualquer coisa de música tocada a bordo dum barco, no meio misterioso de um rio com florestas na margem oposta...

= Não diga que é por uma noite de luar. Abomino as noites de luar... Há quem costume realmente tocar música nas noites de luar...

– Isso também é possível... E é lamentável, está claro... Mas o seu olhar tem realmente o desejo de ser saudoso de qualquer coisa... Falta-lhe o sentimento que exprime... Acho na falsidade da sua expressão uma quantidade de ilusões que tenho tido...

= Creia que sinto às vezes o que digo, e até, apesar de mulher, o que digo com o olhar...

– Não está sendo cruel para consigo própria? Nós sentimos realmente o que pensamos que estamos sentindo? Esta nossa conversa, por exemplo, tem visos de realidade? Não tem. Num romance não seria admitida.

= Com muita razão... Eu não tenho a absoluta certeza de estar falando consigo, repare... Apesar de mulher, criei-me um dever de ser estampa de um livro de impressões de um desenhista doido... Tenho em mim detalhes exageradamente nítidos... Dá um pouco, bem sei, a impressão de realidade excessiva e um pouco forçada... Acho que a única coisa digna de uma mulher contemporânea é este ideal de ser estampa. Quando eu era criança queria ser a rainha dum naipe qualquer num baralho de cartas antigo que havia em minha casa... Achava esse mister de uma heráldica realmente compassiva... Mas quando se é criança, tem-se aspirações morais destas... Só depois, na idade em que as nossas aspirações são todas imorais, é que pensamos nisso a sério...

– Eu, como nunca falo a[2] crianças, creio no instinto artista delas... Sabe, enquanto estou falando, agora mesmo, eu estou querendo penetrar o íntimo sentido dessas coisas que me estava dizendo... Perdoa-me?

= Não de todo... Nunca se deve devassar os sentimentos que os outros fingem que têm. São sempre demasiadamente íntimos... Acredite que me dói realmente estar-lhe fazendo estas confidências íntimas, que, se bem que todas elas falsas, representam verdadeiros farrapos da minha pobre alma... No fundo, acredite, o que somos de mais doloroso é o que não somos realmente, e as nossas maiores tragédias passam-se na nossa ideia de nós.[3]

– Isso é tão verdadeiro... Para que dizê-lo? Feriu-me. Para que tirar à nossa conversa a sua irrealidade constante?... Assim é quase uma conversa possível, passada a uma mesa de chá, entre uma mulher linda e um imaginador de sensações.

= Sim, sim... É a minha vez de pedir perdão... Mas olhe que eu estava distraída e não reparei realmente em que tinha dito uma coisa justa... Mudemos de assunto... Que tarde que é sempre!... Não se torne a zangar... Olhe que esta minha frase não tem sentido absolutamente nenhum...

– Não me peça desculpas, não repare em que estamos falando... Toda a boa conversa deve ser um monólogo de dois... Devemos, no fim, não poder ter a certeza se conversamos realmente com alguém ou se imaginamos totalmente a conversa... As melhores[4] e as mais íntimas conversas, e sobretudo as menos moralmente instrutivas, são aquelas que os romancistas têm entre duas personagens das suas novelas... Como exemplo...

= Por amor de Deus! Não ia decerto citar-me um exemplo... Isso só se faz nas gramáticas; não sei se se recorda que nem professores nunca as leem.

– Leu alguma vez uma gramática?

= Eu nunca. Tive sempre uma aversão profunda a saber como se dizem as coisas... A minha única simpatia, nas gramáticas, ia para as exceções e para os pleonasmos... Escapar às regras e dizer coisas inúteis resume bem a atitude essencialmente moderna... Não é assim que se diz?...

– Absolutamente... O que [há][5] de antipático nas gramáticas (já reparou na deliciosa impossibilidade de estarmos falando neste assunto?) — o que é que há de mais antipático nas gramáticas é o verbo, os verbos... São as palavras que dão sentido [às] frases... Uma frase honesta deve sempre poder ter vários sentidos... Os verbos!... Um amigo meu que se suicidou — cada vez que tenho uma conversa um pouco longa suicido um amigo — tinha tencionado dedicar toda a sua vida a destruir os verbos...

= Ele por que se suicidou?

– Espere, ainda não sei... Ele pretendia descobrir e fixar o modo de não completar as frases sem parecer fazê-lo. Ele costumava dizer-me que procurava o micróbio da significação... Suicidou-se, é claro, porque um dia reparou na responsabilidade imensa que tomara sobre si... A importância do problema deu-lhe cabo do cérebro... Um revólver e...

= Ah, não... Isso de modo algum... Não vê que não podia ser um revólver?... Um homem desses nunca dá um tiro na cabeça... O senhor pouco se entende com os amigos que nunca teve... É um defeito grande, sabe?... A minha melhor amiga — uma deliciosa rapaz que eu inventei —

– Dão-se bem?

= Tanto quanto é possível... Mas essa rapariga, não imagina, □

As duas criaturas que estavam à mesa de chá não tiveram com certeza esta conversa. Mas estavam tão alinhadas e bem-vestidas que era pena que não falassem assim... Por isso escrevi esta conversa para elas a terem tido... As suas atitudes, os seus pequenos gestos, as suas criancices de olhares e sorrisos nos momentos de conversa que abrem intervalos no sentimento de existirmos,[6] disseram nitidamente o que fielmente finjo que reporto... Quando eles um dia forem ambos e sem dúvida casados cada um para seu lado — em intentos demais juntos, para poderem casar um com o outro —, se eles por acaso olharem para estas páginas, acredito que reconhecerão o que nunca disseram e que não deixarão de me ser gratos por eu ter interpretado tão bem, não só o que eles são realmente, mas o que eles nunca desejaram ser nem sabiam que eram...

Eles, se me lerem, acreditem que foi isto que realmente disseram. Na conversa aparente que eles escutaram um ao outro faltavam tantas coisas que □ — faltou o perfume da hora, o aroma do chá, a significação para o caso do ramo de □ que ela tinha ao peito... Tudo isso, que assim formou parte da conversa, eles se esqueceram de dizer... Mas tudo isto lá estava, e o que eu faço é, mais do que um trabalho literário, um trabalho de historiador. Reconstruo, completando... e isso me servirá de desculpa junto deles, de ter estado tão fixamente a escutar-lhes o que não diziam e não quereriam dizer.[7]

371.

APOTEOSE DO ABSURDO

Falo a sério e tristemente; este assunto não é para alegria, porque as alegrias do sonho são contraditórias e entristecidas e por isso aprazíveis de uma misteriosa maneira especial.

Sigo às vezes em mim, imparcialmente, essas coisas deliciosas e absurdas que eu não posso poder ver, porque são ilógicas à vista — pontes sem donde nem para onde, estradas sem princípio nem fim, paisagens invertidas □ — o absurdo, o ilógico, o contraditório, tudo quanto nos desliga e afasta do real e do seu séquito disforme de pensamentos práticos e sentimentos humanos e desejos de ação útil e profícua. O absurdo salva de chegar a pesar de tédio aquele estado de alma que começa por se sentir a doce fúria de sonhar.

E eu chego a ter não sei que misterioso modo de visionar esses absurdos — não sei explicar, mas eu vejo essas coisas inconcebíveis à visão.[1]

Absurdemos a vida, de leste a oeste.

372.

Todo o pensamento, por mais que eu queira fixá-lo, se me converte, tarde[1] ou cedo, em devaneio. Onde quisera pôr argumentos ou fazer correr raciocínios, surgem-me frases, primeiro expressivas do próprio pensamento, depois subsidiárias das primeiras, por fim sombras e derivações daquelas frases subsidiárias. Começo a meditar a existência de Deus, e encontro-me a falar de parques remotos, de cortejos feudais, de rios passando meio mudos sob as janelas do meu debruçamento; e encontro-me falando deles porque me encontro vendo-os, sentindo--os, e há um breve momento em [que] uma brisa real me toca na face, surgida da superfície do rio sonhado através de metáforas, do feudalismo estilístico do meu abandono central.

Gosto de pensar porque sei que não tardarei em não pensar. É como ponto de partida que o raciocínio me encanta — gare metálica e fria onde se embarca para o grande Sul. Esforço-me, às vezes, por meditar um grande problema metafísico ou até social, pois sei que a voz rouca do pensamento tem para mim caudas de pavão, que se me irão abrindo se eu esquecer que penso, e que o destino da humanidade é uma porta num muro que não há, e que eu posso portanto abrir para os jardins que me aprouver.

Bendito seja aquele elemento irônico dos destinos que dá aos pobres de vida o sonho como pensamento, assim como dá aos pobres de sonho, ou a vida como pensamento ou o pensamento como vida.

Mas até o sonho por correnteza de pensar se me volve cansando.[2] E então abro os olhos de sonhar, chego à janela e transfiro o sonho para as ruas e os telhados. E é na contemplação distraída e profunda dos aglomerados de telhas separadas em telhados, cobrindo o contágio astral das gentes arruadas, que se me desprende deveras a alma, e não penso, não sonho, não vejo, não preciso; contemplo então deveras a abstração da Natureza, da Natureza, a diferença entre o homem e Deus.

373.

A vida é uma viagem experimental, feita involuntariamente. É uma viagem do espírito através da matéria, e, como é o espírito que viaja, é nele que se vive. Há, por isso, almas contemplativas que têm vivido mais intensa, mais extensa, mais tumultuariamente do que outras que têm vivido externas. O resultado é tudo. O que se sentiu foi o que se viveu. Recolhe-se tão cansado de um sonho como de um trabalho visível. Nunca se viveu tanto como quando se pensou muito.

Quem está ao canto da sala dança com todos os dançarinos. Vê tudo, e, porque vê tudo, vive tudo. Como tudo, em súmula e ultimidade, é uma sensação nossa, tanto vale o contato com um corpo como a visão dele, ou, até, a sua simples recordação. Danço, pois, quando vejo dançar. Digo, como o poeta inglês,[1] narrando que contemplava, deitado na erva ao longe, três ceifeiros: "Um quarto está ceifando, e esse sou eu".

Vem isto tudo, que vai dito como vai sentido, a propósito do grande cansaço, aparentemente sem causa, que desceu hoje súbito sobre mim. Estou não só cansado, mas amargurado, e a amargura é incógnita também. Estou, de angustiado, à beira de lágrimas — não de lágrimas que se choram, mas que se reprimem, lágrimas de uma doença da alma, que não de uma dor sensível.

Tanto tenho vivido sem ter vivido! Tanto tenho pensado sem ter pensado! Pesam sobre mim mundos de violências paradas, de aventuras tidas sem movimento. Estou farto do que nunca tive nem terei, tediento de deuses por existir. Trago comigo as feridas de todas as batalhas que evitei. Meu corpo muscular está moído do esforço que nem pensei em fazer.

Baço, mudo, nulo... O céu ao alto é de um verão morto, imperfeito. Olho-o como se ele ali não estivesse. Durmo o que penso, estou deitado andando, sofro sem sentir. A minha grande nostalgia é de nada, é nada, como o céu alto que não vejo, e que estou fitando impessoalmente.

374.

Na perfeição nítida do dia estagna contudo o ar cheio de sol. Não é a pressão presente da trovoada futura, mal-estar dos corpos involuntários, vago baço do céu azul deveras. É o torpor sensível da insinuação do ócio, pluma roçando leve a face a adormecer. É estio mas verão. Apetece o campo até a quem não gosta dele.

Se eu fora outro, penso, este seria para mim um dia feliz,

pois o sentiria sem pensar nele. Concluiria com uma alegria de antecipação o meu trabalho normal — aquele que me é monotonamente anormal todos os dias. Tomaria o carro para Benfica, com amigos combinados. Jantaríamos, em pleno fim de sol, entre hortas. A alegria em que estaríamos seria parte da paisagem, e por todos, quantos nos vissem, reconhecida como de ali.

Como, porém, sou eu, gozo um pouco o pouco que é imaginar-me esse outro. Sim, logo ele-eu, sob parreira ou árvore, comerá o dobro do que sei comer, beberá o dobro do que ouso beber, rirá o dobro do que posso pensar em rir. Logo ele, eu agora. Sim, um momento fui outro: vi, vivi, em outrem essa alegria humilde e humana de existir como um animal em mangas de camisa. Grande dia que me fez sonhar assim! É tudo azul e sublime no alto como o meu sonho efêmero de ser caixeiro de praça com saúde em não sei que férias de fim de dia.

375.

O campo é onde não estamos. Ali, só ali, há sombras verdadeiras e verdadeiro arvoredo.

A vida é a hesitação entre uma exclamação e uma interrogação. Na dúvida, há um ponto-final.

O milagre é a preguiça de Deus, ou, antes, a preguiça que Lhe atribuímos, inventando o milagre.

Os Deuses são a encarnação do que nunca poderemos ser.

O cansaço de todas as hipóteses...

376.

A leve embriaguez da febre ligeira, quando um desconforto mole e penetrante e frio pelos ossos doridos fora e quente nos olhos sob têmporas que batem — a esse desconforto quero como um escravo a um tirano amado. Dá-me aquela quebrada passividade trêmula em que entrevejo visões, viro esquinas de ideias e entre interpolamentos de sentimentos sinto que me desconjunto.[1]

Pensar, sentir, querer, tornam-se uma só confusa coisa. As crenças, as sensações, as coisas imaginadas e as atuais estão desarrumadas, são como o conteúdo, misturado no chão, de várias gavetas viradas.[2]

377.

A sensação da convalescença, sobretudo se se fez mal sentir nos nervos a doença[1] que a precedeu, tem qualquer coisa de alegria triste. Há um outono nas emoções e nos pensamentos, ou, antes, um daqueles princípios de primavera que, salvo que não caem folhas, parecem, no ar e no céu, o outono.

O cansaço sabe bem, e o bem que sabe dói um pouco. Sentimo-nos um pouco à parte da vida, ainda que nela, como que na varanda da casa de viver. Estamos contemplativos sem pensar, sentimos sem emoção definível. A vontade sossega, pois não há necessidade dela.

É então que certas memórias, certas esperanças, certos vagos desejos sobem lentamente a rampa da consciência, como caminheiros vagos vistos do alto do monte. Memórias de coisas fúteis, esperanças de coisas que não fez mal que não fossem, desejos que não tiveram violência de natureza ou de emissão, que nunca puderam querer ser.

Quando o dia se ajusta a estas sensações, como hoje, que, ainda que estio, está meio nublado com azuis, e um vago vento por não ser quente é quase frio, então aquele estado da alma se acentua em que pensamos, sentimos, vivemos estas impressões. Não que sejam mais claras as memórias, as esperanças, os desejos que tínhamos. Mas sente-se mais, e a sua soma incerta pesa um pouco, absurdamente, sobre o coração.

Há qualquer coisa de longínquo em mim neste momento. Estou de fato à varanda da vida, mas não é bem desta vida. Estou por sobre ela, e vendo-a de onde vejo. Jaz diante de mim, descendo em socalcos e resvalamentos, como uma[2] paisagem diversa, até aos fumos sobre casas brancas das aldeias do vale. Se cerrar os olhos, continuo vendo, pois que não vejo. Se os abrir nada mais vejo, pois que não via. Sou todo eu uma vaga saudade, nem do passado, nem do futuro: sou uma saudade do presente, anônima, prolixa e incompreendida.

378.

Os classificadores de coisas, que são aqueles homens de ciência cuja ciência é só classificar, ignoram, em geral, que o classificável é infinito e portanto se não pode classificar. Mas o em que vai meu pasmo é que ignorem a existência de classificáveis incógnitos, coisas da alma e da consciência que estão nos interstícios do conhecimento.

Talvez porque eu pense demais ou sonhe demais, o certo é que não distingo entre a realidade que existe e o sonho, que é a realidade que não existe. E assim intercalo nas minhas meditações do céu e da terra coisas que não brilham de sol ou se pisam com pés — maravilhas fluidas da imaginação.

Douro-me de poentes supostos, mas o suposto é vivo na suposição. Alegro-me de brisas imaginárias, mas o imaginário vive quando se imagina. Tenho alma por hipóteses várias, mas essas hipóteses têm alma própria, e me dão portanto a que têm.

Não há problema senão o da realidade, e esse é insolúvel e vivo. Que sei eu da diferença entre uma árvore e um sonho? Posso tocar na árvore; sei que tenho o sonho. Que é isto, na sua verdade?

Que é isto? Sou eu que, sozinho no escritório deserto, posso viver imaginando sem desvantagem da inteligência. Não sofro interrupção de pensar das carteiras abandonadas e da seção de remessas só com papel e cordéis em rolos. Estou, não no meu banco alto, mas recostado, por uma promoção por fazer, na cadeira de braços redondos do Moreira. Talvez seja a influência do lugar que me unge de distraído. Os dias de grande calor fazem sono; durmo sem dormir por falta de energia. E por isso penso assim.

379.

Já me cansa a rua, mas não, não me cansa — tudo é rua na vida. Há a taberna defronte, que vejo se olho por cima do ombro direito; e há o caixoteiro defronte, que vejo se olho por cima do ombro esquerdo; e, no meio, que não verei se me não voltar de todo, o sapateiro enche de som regular o portão do escritório da Companhia Africana. Os outros andares são indeterminados. No terceiro andar há uma pensão, dizem que imoral, mas isso é como toda a vida.

Cansar-me a rua? Canso-me só quando penso. Quando olho a rua, ou a sinto, não penso: trabalho com um grande repouso íntimo, metido naquele canto, escriturantemente ninguém. Não tenho alma, ninguém tem alma — tudo é trabalho na carne. Longe, onde os milionários gozam, sempre no estrangeiro deles, também há trabalho, e também não há alma. Fica de tudo um ou outro poeta. Quem me dera que de mim ficasse uma frase, uma coisa dita de que se dissesse, *Bem feito!*, como os números que vou inscrevendo, copiando-os, no livro da minha vida inteira.

Nunca deixarei, creio, de ser ajudante de guarda-livros de um armazém de fazendas. Desejo, com uma sinceridade que é feroz, não passar nunca a guarda-livros.

380.

Há muito — não sei se há dias, se há meses — não registro impressão nenhuma; não penso, portanto não existo. Estou esquecido de quem sou; não sei escrever porque não sei ser. Por um adormecimento oblíquo, tenho sido outro. Saber que me não lembro é despertar.

Desmaiei um bocado da minha vida. Volto a mim sem memória do que tenho sido, e a do que fui sofre de ter sido interrompida. Há em mim uma noção confusa de um intervalo incógnito, um esforço fútil de parte da memória para querer encontrar a outra. Não consigo reatar-me. Se tenho vivido, esqueci-me de o saber.

Não é que seja este primeiro dia do outono sensível — o primeiro de frio não fresco que veste o estio morto de menos luz — que me dê, numa transparência alheada, uma sensação de desígnio morto ou de vontade falsa. Não é que haja, neste interlúdio de coisas perdidas, um vestígio incerto de memória inútil. É, mais dolorosamente que isso, um tédio de estar lembrando o que se não recorda, um desalento do que a consciência perdeu entre algas ou juncos, à beira não sei de quê.

Conheço que o dia, límpido e imóvel, tem um céu positivo e azul menos claro que o azul profundo. Conheço que o sol, vagamente menos de ouro que era, doura de reflexos úmidos os muros e as janelas. Conheço que, não havendo vento, ou brisa que o lembre e negue, dorme todavia uma frescura desperta pela cidade indefinida. Conheço tudo isso, sem pensar nem crer, e não tenho sono senão por lembrança, nem saudade senão por desassossego.

Convalesço, estéril e longínquo, da doença que não tive. Predisponho-me, ágil de despertar, ao que não ouso. Que sono me não deixou dormir? Que afago me não quis falar? Que bom ser outro com este hausto frio de primavera forte! Que bom poder ao menos pensá-lo, melhor que a vida, enquanto, ao longe na imagem relembrada, os juncos, sem vento que se sinta, se inclinam glaucos da ribeira!

Quantas vezes, relembrando quem não fui, me medito jovem e esqueço! E eram outras que foram as paisagens que não vi nunca; eram novas sem terem sido as paisagens que deveras vi. Que me importa? Findei a acasos e interstícios, e, enquanto o fresco do dia é o do sol mesmo, dormem frios, no poente que vejo sem ter, os juncos escuros da ribeira.

381.

Ninguém ainda definiu, com linguagem com que compreendesse quem o não tivesse experimentado, o que é o tédio. O a que uns chamam tédio, não é mais que aborrecimento; o que a outros o chamam, não é senão mal-estar; há outros, ainda, que chamam tédio ao cansaço. Mas o tédio, embora participe do cansaço, e do mal-estar, e do aborrecimento, participa deles como a água participa do hidrogênio e oxigênio, de que se compõe. Inclui-os sem a eles se assemelhar.[1]

Se uns dão assim ao tédio um sentido restrito e incompleto, um ou outro lhe presta uma significação que em certo modo o transcende — como quando se chama tédio ao desgosto íntimo e espiritual da variedade e da incerteza do mundo. O que faz abrir a boca, que é o aborrecimento; o que faz mudar de posição, que é o mal-estar; o que faz não se poder mexer, que é o cansaço — nenhuma destas coisas é o tédio; mas também o não é o sentimento profundo da vacuidade das coisas, pelo qual a aspiração frustrada se liberta, a ânsia desiludida se ergue, e se forma na alma a semente da qual nasce o místico ou o santo.

O tédio é, sim, o aborrecimento do mundo, o mal-estar de estar vivendo, o cansaço de se ter vivido; o tédio é, deveras, a sensação carnal da vacuidade prolixa das coisas. Mas o tédio é, mais do que isto, o aborrecimento de outros mundos, quer existam quer não; o mal-estar de ter que viver, ainda que outro, ainda que de outro modo, ainda que noutro mundo; o cansaço, não só de ontem e de hoje, mas de amanhã também, da[2] eternidade, se a houver, e do[3] nada, se é ele que é a eternidade. Nem é só a vacuidade das coisas e dos seres que dói na alma quando ela está em tédio: é também a vacuidade de outra coisa qualquer, que não as coisas e os seres, a vacuidade da própria alma que sente o vácuo, que se sente vácuo, e que nele de si se enoja e se repudia.

O tédio é a sensação física do caos, e de que o caos é tudo. O aborrecido, o mal-estante, o cansado sentem-se presos numa cela estreita. O desgostoso da estreiteza da vida sente-se algemado numa cela grande. Mas o que tem tédio sente-se preso em liberdade fruste numa cela infinita. Sobre o que se aborrece, ou tem mal-estar, ou fadiga, podem desabar os muros da cela, e soterrá-lo. Ao que se desgosta da pequenez do mundo, podem cair as algemas, e ele fugir, ou doerem de as não poder tirar, e ele, com sentir a dor, reviver-se sem desgosto. Mas os muros da cela infinita não nos podem soterrar, porque não existem; nem nos podem sequer fazer viver pela dor as algemas que ninguém nos pôs.

E é isto que eu sinto ante a beleza plácida desta tarde que finda imperecivelmente. Olho o céu alto e claro, onde coisas vagas, róseas, como sombras de nuvens, são uma penugem impalpável de uma vida alada e longínqua. Baixo os olhos sobre o rio, onde a água, não mais que levemente trêmula, é de um azul que parece espelhado de um céu mais profundo. Ergo de novo os olhos ao céu, e há já, entre o que de vagamente colorido se esfia sem farrapos no ar invisível, um tom algendo [sic] de branco baço, como se alguma coisa também das coisas, onde são mais altas e frustes, tivesse um tédio material próprio, uma impossibilidade de ser o que é, um corpo imponderável de angústia e de desolação.

Mas quê? Que há no ar alto mais que o ar alto, que não é nada? que há no céu mais que uma cor que não é dele? que há nesses farrapos de menos que nuvens, de que já duvido, mais que uns reflexos de luz materialmente incidentes de um sol já submisso? Que há em tudo isto senão eu? Ah, mas o tédio é isso, é só isso. É que em tudo isto — céu, terra, mundo — o que há em tudo isto não é senão eu!

382.

Cheguei àquele ponto em que o tédio é uma pessoa, a ficção encarnada do meu convívio comigo.

383.

O mundo exterior existe como um ator num palco: está lá mas é outra coisa.

384.

... e tudo é uma doença incurável.

A ociosidade de sentir, o desgosto de ter de não saber fazer nada, a incapacidade de agir, como um □

385.

Névoa ou fumo? Subia da terra ou descia do céu? Não se sabia: era mais como uma doença do ar que uma descida ou uma emanação. Por vezes parecia mais uma doença[1] dos olhos que uma realidade da natureza.

Fosse o que fosse ia por toda a paisagem uma inquietação turva, feita de esquecimento e de atenuação. Era como se o silêncio do mau sol tomasse para seu um corpo imperfeito. Dir-se-ia que ia acontecer qualquer coisa e que por toda a parte havia uma intuição, pela qual o visível se velava.[2]

Era difícil dizer se o céu tinha nuvens ou antes névoa. Era um torpor baço, aqui e ali colorido, um acinzentamento imponderavelmente amarelado, salvo onde se esboroava em cor-de-rosa falso, ou onde estagnava azulescendo, mas aí não se distinguia se era o céu que se revelava, se era outro azul que o encobria.

Nada era definido, nem o indefinido. Por isso apetecia chamar fumo à névoa, por ela não parecer névoa, ou perguntar se era névoa ou fumo, por nada se perceber do que era. O mesmo calor do ar colaborava na dúvida. Não era calor, nem frio, nem fresco; parecia compor a sua temperatura de elementos tirados de outras coisas que o calor. Dir-se-ia, deveras, que uma névoa fria aos olhos era quente ao tato, como se tato e vista fossem dois modos sensíveis do mesmo sentido.

Nem era, em torno dos contornos das árvores, ou nas esquinas dos edifícios, aquele esbater de recortes ou de arestas, que a verdadeira névoa traz, estagnando, ou o verdadeiro fumo, mutável, entreabre e entrescurece. Era como se cada coisa projetasse de si uma sombra vagamente diurna, em todos os sentidos, sem luz que a explicasse como sombra, sem lugar de projeção que a justificasse como visível.

Nem visível era: era como um começo de ir a ver-se qualquer coisa, mas em toda a parte por igual, como se o a revelar hesitasse em ser aparecido.

E que sentimento havia? A impossibilidade de o ter, o coração desfeito na cabeça, os sentimentos confundidos, um torpor da existência desperta, um apurar de qualquer coisa anímica como o ouvido para uma revelação definitiva, inútil, sempre a aparecer já, como a verdade, sempre, como a verdade, gêmea de nunca aparecer.

Até a vontade de dormir, que lembra ao pensamento, desapetece, por parecer um esforço o mero bocejo de a ter. Até deixar de ver faz doer os olhos. E, na abdicação incolor da alma inteira, só os ruídos exteriores, longe, são o mundo impossível que ainda existe.

Ah, outro mundo, outras coisas, outra alma com que senti-las, outro pensamento com que saber dessa alma! Tudo, até o tédio, menos este esfumar comum da alma e das coisas, este desamparo azulado da indefinição de tudo!

386.

Caminhávamos, juntos e separados, entre os desvios bruscos da floresta. Nossos passos, que era o alheio de nós, iam unidos, porque uníssonos, na macieza estalante das folhas, que juncavam, amarelas e meio-verdes, a irregularidade do chão. Mas iam também disjuntos porque éramos dois pensamentos, nem havia entre nós de comum senão que o que não éramos pisava uníssono o mesmo solo ouvido.

Tinha entrado já o princípio do outono, e, além das folhas que pisávamos, ouvíamos cair continuamente, no acompanhamento brusco do vento, outras folhas, ou sons de folhas, por toda a parte onde íamos ou havíamos ido. Não havia mais paisagem senão a floresta que velava todas. Bastava, porém, como sítio e lugar para os que, como nós, não tínhamos por vida senão o caminhar uníssono e diverso sobre um solo mortiço. Era — creio — o fim de um dia, ou de qualquer dia, ou porventura de todos os dias, num outono todos os outonos, na floresta simbólica e verdadeira.

Que casas, que deveres, que amores havíamos largado — nós mesmos o não saberíamos dizer. Não éramos, nesse momento, mais que caminhantes entre o que esquecêramos e o que não sabíamos, cavaleiros a pé do ideal abandonado. Mas nisso, como no som constante das folhas pisadas, e no som sempre brusco do vento incerto, estava a razão de ser da nossa ida, ou da nossa vinda, pois, não sabendo o caminho ou por que o caminho, não sabíamos se partíamos, se chegávamos. E sempre, em torno nosso, sem lugar sabido ou queda vista, o som das folhas que escombravam adormecia de tristeza a floresta.

Nenhum de nós queria saber do outro, porém nenhum de nós sem ele prosseguiria. A companhia que nos fazíamos era uma espécie de sono que cada um de nós tinha. O som dos passos uníssonos ajudava cada um a pensar sem o outro, e os próprios passos solitários tê-lo-iam despertado. A floresta era toda clareiras falsas, como se fosse falsa, ou estivesse acabando, mas nem acabava a falsidade, nem acabava a floresta. Nossos passos uníssonos seguiam constantes, e em torno do que ouvíamos das folhas pisadas ia um som vago de folhas caindo, na floresta tornada tudo, na floresta igual ao universo.

Quem éramos? Seríamos dois ou duas formas de um? Não o sabíamos nem o perguntávamos. Um sol vago devia existir, pois na floresta não era noite. Um fim vago devia existir, pois caminhávamos. Um mundo qualquer devia existir, pois existia uma floresta. Nós, porém, éramos alheios ao que fosse ou pudesse ser, caminheiros uníssonos e intermináveis sobre folhas mortas, ouvidores anônimos e impossíveis de folhas caindo. Nada mais. Um sussurro, ora brusco ora suave, do vento incógnito, um murmúrio, ora alto ora baixo, das folhas presas, um resquício, uma dúvida, um propósito que findara, uma ilusão que nem fora — a floresta, os dois caminheiros, e eu, eu, que não sei qual deles era, ou se era ou dois, ou nenhum, e assisti, sem ver o fim, à tragédia de não haver nunca mais do que o outono e a floresta, e o vento sempre brusco e incerto, e as folhas sempre caídas ou caindo. E sempre, como se por certo houvesse fora um sol e um dia, via-se claramente, para fim nenhum, no silêncio rumoroso da floresta.

387.

Suponho que seja o que chamam um decadente, que haja em[1] mim, como definição externa do meu espírito, essas lucilações tristes de uma estranheza postiça que incorporam em palavras inesperadas uma alma ansiosa e malabar. Sinto que sou assim e que sou absurdo. Por isso busco, por uma imitação de uma hipótese dos clássicos, figurar ao menos em uma matemática expressiva as sensações decorativas da minha alma substituída. Em certa altura da cogitação escrita, já não sei onde tenho o centro da atenção — se nas sensações dispersas que procuro descrever, como a tapeçarias incógnitas, se nas palavras com que, querendo descrever a própria descrição, me embrenho, me descaminho e vejo outras coisas. Formam-se em mim associações de ideias, de imagens, de palavras — tudo lúcido e difuso —, e tanto estou dizendo o que sinto, como o que suponho que sinto, nem distingo o que a alma me sugere do que as imagens, que a alma deixou cair, me enfloram no chão, nem, até, se um som de palavra bárbara, ou um ritmo de frase interposta, me não tiram do assunto já incerto, da sensação já em parque, e me absolvem de pensar e de dizer, como grandes viagens para distrair. E isto tudo, que, se o repito, deveria dar-me uma sensação de futilidade, de falência, de sofrimento, não consegue senão dar-me asas de ouro. Desde que falo de imagens, talvez porque fosse a condenar o abuso delas, nascem-me imagens; desde que me ergo de mim para repudiar o que não sinto, eu o estou sentindo já e o próprio repúdio é uma sensação com bordados; desde que, perdida enfim a fé no esforço, me quero abandonar ao extravio, um termo clássico,[2] um adjetivo espacial e sóbrio, fazem-me de repente, como uma luz de sol, ver clara diante de mim a página escrita dormentemente, e as letras da minha tinta da caneta são um mapa absurdo de sinais mágicos. E deponho-me como à caneta, e traço a capa de me reclinar sem nexo, longínquo, intermédio e súcubo, final como um náufrago afogando-se à vista de ilhas maravilhosas, em aqueles mesmos mares doirados de violeta de que em leitos remotos verdadeiramente sonhara.

388.

Tornar puramente literária a receptividade dos sentidos, e as emoções, quando acaso inferiorizem aparecer, convertê-las em matéria aparecida para com ela estátuas se esculpirem de palavras fluidas e lambentes [sic].[1]

389.

O lema que hoje mais requeiro para definição do meu espírito é o de criador de indiferenças. Mais do que outra, quereria que a minha ação pela vida fosse de educar os outros a sentir cada vez mais para si próprios, e cada vez menos segundo a lei dinâmica da coletividade. Educar naquela antissepsia espiritual pela qual não pode haver contágio de vulgaridade, parece-me o mais constelado destino do pedagogo íntimo que eu quereria ser. Que quantos me lessem aprendessem — pouco a pouco embora, como o assunto manda — a não ter sensação nenhuma perante os olhares alheios e as opiniões dos outros, esse destino engrinaldaria suficientemente[1] a estagnação escolástica da minha vida.

A impossibilidade de agir foi sempre em mim uma moléstia com etiologia metafísica. Fazer um gesto foi sempre, para o meu sentimento das coisas, uma perturbação, um desdobramento, no universo exterior; mexer-me deu-me sempre a impressão que não deixaria intactas as estrelas nem os céus sem mudança. Por isso a importância metafísica do mais pequeno gesto cedo tomou um relevo atônito dentro de mim. Adquiri perante agir um escrúpulo de honestidade transcendental, que me inibe, desde que o fixei na minha consciência, de ter relações muito acentuadas com o mundo palpável.

390.

Saber ser supersticioso ainda é uma das artes que, realizadas a auge, marcam o homem superior.

391.

Desde que, conforme posso, medito e observo, tenho reparado que em nada os homens sabem a verdade, ou estão de acordo, que seja realmente supremo na vida ou útil ao vivê-la. A ciência mais exata é a matemática, que vive na clausura das suas próprias regras e leis; serve, sim, de, por aplicação, elucidar outras ciências, mas elucida o que estas descobrem, não as ajuda a descobrir. Nas outras ciências não é certo e aceite senão o que nada pesa para os fins supremos da vida. A física sabe bem qual é o coeficiente de dilatação do ferro; não sabe qual é a verdadeira mecânica da constituição do mundo. E quanto mais subimos no que desejaríamos saber, mais descemos no que sabemos. A metafísica, que seria o guia supremo porque é ela e só ela que se dirige aos fins supremos da verdade e da vida — essa nem é teoria científica, senão somente um monte de tijolos formando, nestas mãos ou naquelas, casas de nenhum feitio que nenhuma argamassa liga.

Reparo, também, que entre a vida dos homens e a dos animais não há outra diferença que não a da maneira como se enganam ou a ignoram. Não sabem os animais o que fazem: nascem, crescem, vivem, morrem sem pensamento, reflexo ou verdadeiramente futuro. Quantos homens, porém, vivem de modo diferente do dos animais? Dormimos todos, e a diferença está só nos sonhos, e no grau e qualidade de sonhar. Talvez a morte nos desperte, mas a isso também não há resposta senão a da fé, para quem crer é ter, a da esperança, para quem desejar é possuir, a da caridade, para quem dar é receber.

Chove, nesta tarde fria de inverno triste, como se houvesse chovido, assim monotonamente, desde a primeira página do[1] mundo. Chove, e meus sentimentos, como se a chuva os vergasse, dobram seu olhar bruto para a terra da cidade, onde corre uma água que nada alimenta, que nada lava, que nada alegra. Chove, e eu sinto subitamente a opressão imensa de ser um animal que não sabe o que é, sonhando o pensamento e a emoção, encolhido, como num tugúrio, numa região espacial do ser, contente de um pequeno calor como de uma verdade eterna.

392.

O povo é bom tipo.[1]

O povo nunca é humanitário. O que há de mais fundamental na criatura do povo é a atenção estreita aos seus interesses, e a exclusão cuidadosa, praticada tanto quanto possível, dos interesses alheios.

Quando o povo perde a tradição, quer dizer que se quebrou o laço social; e quando se quebra o laço social, resulta que se quebra o laço social entre a minoria e o povo. E quando se quebra o laço entre a minoria e o povo, acabam a arte e a verdadeira ciência, cessam as agências principais, de cuja existência a civilização deriva.

Existir é renegar. Que sou hoje, vivendo hoje, senão a renegação do que fui ontem, de que[m] fui ontem? Existir é desmentir-se. Não há nada mais simbólico da vida do que aquelas notícias dos jornais que desmentem hoje o que o próprio jornal disse ontem.

Querer é não poder. Quem pôde, quis antes de poder só depois de poder. Quem quer nunca há de poder, porque se perde em querer. Creio que estes princípios são fundamentais.

393.

... reles como os fins da vida que vivemos, sem que queiramos nós tais fins.

A maioria, se não a totalidade, dos homens vive uma vida reles, reles em todas as suas alegrias, e reles em quase todas as suas dores, salvo naquelas que se fundamentam na morte, porque nessas colabora[1] o Mistério.[2]

Oiço, coados pela minha desatenção,[3] os ruídos que sobem,[4] fluidos[5] e dispersos, como[6] ondas interfluentes,[7] ao acaso e de fora, como se viessem de outro mundo: gritos de vendedores, que vendem o natural, como a hortaliça, ou o social, como as cautelas; riscar redondo[8] de rodas — carroças e carros rápidos, aos saltos —; automóveis, mais ouvidos no movimento[9] que no giro; o tal sacudir de qualquer coisa pano a qualquer janela; o assobio do garoto; a gargalhada do andar alto; o gemido metálico do elétrico na outra rua; o que de misturado emerge do transversal; subidas, baixas, silêncios[10] do variado; trovões trôpegos do transporte; alguns passos; princípios, meios e fins de vozes — e tudo isto existe para mim, que durmo pensá-lo, como uma pedra entre erva, em qualquer modo espreitando de fora de lugar.

Depois, e ao lado, é de dentro de casa que os sons confluem com os outros: os passos, os pratos, a vassoira, a cantiga interrompida (meio fado);[11] a véspera na combinação da sacada; a irritação do que falta na mesa; o pedido dos cigarros que ficaram em cima da cômoda — tudo isto é a realidade, a realidade anafrodisíaca que não entra na minha imaginação.

Leves os passos da criada ajudante, chinelos que revisiono de trança encarnada e preta, e, se assim os visiono, o som toma qualquer coisa da[12] trança encarnada e preta; seguros, firmes, os passos de bota do filho de casa que sai e se despede alto, com o bater da porta cortando o eco do logo que vem depois do até; um sossego, como se o mundo acabasse neste quarto andar alto; ruído de loiça que vai para se lavar; correr de água; "então não te disse que"... e o silêncio apita do rio.

Mas eu modorro, digestivo e imaginador. Tenho tempo, entre sinestesias. E é prodigioso pensar que eu não quereria, se agora perguntassem e eu respondesse, melhor breve vida que estes lentos[13] minutos, esta nulidade do pensamento, da emoção, da ação, quase da mesma sensação, o ocaso nato da vontade dispersa. E então reflito, quase sem pensamento, que a maioria, se não a totalidade, dos homens assim vive, mais alto ou mais baixo, parados ou a andar, mas com a mesma modorra para os fins últimos, o mesmo abandono dos propósitos formados, a mesma sensação[14] da vida. Sempre que vejo um gato ao sol lembra-me a humanidade. Sempre que vejo dormir lembro-me que tudo é sono. Sempre que alguém me diz que sonhou, penso se pensa que nunca fez senão sonhar. O ruído da rua cresce, como se uma porta se abrisse, e tocam a[15] campainha.

O que foi era nada, porque a porta se fechou logo. Os passos cessam no fim do corredor. Os pratos lavados erguem a voz de água e louça. [...] O camião passa estremecendo os fundos, e como tudo acaba, ergo-me de pensar.

394.

E assim como sonho, raciocino se quiser,[1] porque isso é apenas uma outra espécie de sonho.

Príncipe de melhores horas, outrora eu fui tua princesa, e amamo-nos com um amor doutra espécie, cuja memória me dói.

395.

De suave e aérea a hora era uma ara onde orar. Por certo que no horóscopo do nosso encontro benéficos conjuntos culminavam. Tal, tão sedosa e tão sutil, a matéria incerta de sonho visto que se intrometia na nossa consciência de sentir. Cessara por completo, como um verão qualquer, a nossa noção ácida de que não vale a pena viver. Renascia aquela primavera que, embora por erro, podíamos pensar que houvéssemos tido. No desprestígio das nossas semelhanças os tanques lamentavam-se da mesma maneira, entre árvores, e as rosas nos canteiros descobertos, e a melodia indefinida de viver — tudo irresponsavelmente.

Não vale a pena pressentir nem conhecer. Todo o futuro é uma névoa que nos cerca e amanhã sabe a hoje quando se entrevê. Meus destinos os palhaços que a caravana abandonou, e isto sem melhor luar que o luar nas estradas, nem outros estremecimentos nas folhas que a brisa, e a incerteza da hora e o nosso julgar ali estremecimentos. Púrpuras distantes, sombras fugidias, o sonho sempre incompleto e não crendo que a morte o complete, raios de sol mortiço, a lâmpada da casa na encosta, a noite angustiosa, o perfume a morte entre livros só, com a vida lá fora, árvores cheirando a verdes na imensa noite mais estrelada do outro lado do monte. Assim as tuas agruras tiveram o seu consórcio benigno; as tuas poucas palavras sagraram de régio o embarque, não voltaram nunca naus nenhumas, nem as verdadeiras, e o fumo de viver despiu os contornos de tudo, deixando só as sombras, e os engastes, mágoas das águas nos lagos aziagos entre buxos por portões (à vista de longe) Watteau, a angústia, e nunca mais. Milênios, só os de vires, mas a estrada não tem curva, e por isso nunca poderás chegar. Taças só para as cicutas inevitáveis — não as tuas, mas a vida de todos, e mesmo os lampiões, os recessos, as asas vagas, ouvidas só, e com o pensamento, na noite inquieta, sufocada, que minuto a minuto se ergue de si e avança pela sua angústia fora. Amarelo, verde-negro, azul-amor — tudo morto, minha ama, tudo morto, e todos os navios aquele navio sem partir! Reza por mim, e Deus talvez exista por ser por mim que rezas. Baixinho, a fonte longe, a vida incerta, o fumo acabando no casal onde anoitece, a memória turva, o rio afastado... Dá-me que eu durma, dá-me que eu me esqueça, senhora dos Desígnios Incertos, Mãe das Carícias e das Bênçãos inconciliáveis com existirem...[1]

396.

Depois que as últimas chuvas deixaram o céu e ficaram na terra — céu limpo, terra úmida e espelhenta —, a clareza maior da vida que com o azul voltou ao alto, e na frescura de ter havido água se alegrou em baixo, deixou um céu próprio nas almas, uma frescura sua nos corações.

Somos, por pouco que o queiramos, servos da hora e das suas cores e formas, súditos do céu e da terra. Aquele de nós que mais se embrenhe em si mesmo, desprezando o que o cerca, esse mesmo se não embrenha pelos mesmos caminhos quando chove do que quando o céu está bom. Obscuras transmutações, sentidas talvez só no íntimo dos sentimentos abstratos, se operam porque chove ou deixou de chover, se sentem sem que se sintam porque sem sentir o tempo se sentiu.

Cada um de nós é vários, é muitos, é uma prolixidade de si mesmos. Por isso aquele que despreza o ambiente não é o mesmo que dele se alegra ou padece. Na vasta colônia do nosso ser há gente de muitas espécies, pensando e sentindo diferentemente. Neste mesmo momento, em que escrevo, num intervalo legítimo do trabalho hoje escasso, estas poucas palavras de impressão, sou o que as escreve atentamente, sou o que está contente de não ter nesta hora de trabalhar, sou o que está vendo o céu lá fora, invisível de aqui, sou o que está pensando isto tudo, sou o que sente o corpo contente e as mãos ainda vagamente frias. E todo este mundo meu de gente entre si alheia projeta, como uma multidão diversa mas compacta, uma sombra única — este corpo quieto e escrevente com que [me] reclino, de pé, contra a secretária alta do Borges onde vim buscar o meu mata-borrão, que lhe emprestara.

397.

Por entre a casaria, em intercalações de luz e sombra — ou, antes, de luz e de menos luz —, a manhã desata-se sobre a cidade. Parece que não vem do sol mas da cidade, e que é dos muros e dos telhados que a luz do alto se desprende — não deles fisicamente, mas deles por estarem ali.

Sinto, ao senti-la, uma grande esperança; mas reconheço que a esperança é literária. Manhã, primavera, esperança — estão ligadas em música pela mesma intenção melódica; estão ligadas na alma pela mesma memória de uma igual intenção. Não: se a mim mesmo observo, como observo à cidade, reconheço que o que tenho que esperar é que este dia acabe, como todos os dias. A razão também vê a aurora. A esperança que pus nele, se a houve, não foi minha; foi a dos homens que vivem a hora que passa, e a quem encarnei,[1] sem querer, o entendimento exterior[2] neste momento.

Esperar? Que tenho eu que espere? O dia não me promete mais que o dia, e eu sei que ele tem decurso e fim. A luz anima-me mas não me melhora, que sairei de aqui como para aqui vim[3] — mais velho em horas, mais alegre uma sensação, mais triste um pensamento. No que nasce tanto podemos sentir o que nasce como pensar o que há de morrer.

Agora, à luz ampla e alta, a paisagem da cidade é como de um campo de casas — é natural, é extensa, é combinada. Mas, ainda no ver disto tudo, poderei eu esquecer que existo? A minha consciência da cidade é, por dentro, a minha consciência de mim.

Lembro-me de repente de quando era criança, e via, como hoje não posso ver, a manhã raiar sobre a cidade. Ela então não raiava para mim, mas para a vida, porque então eu, não sendo consciente, era[4] a vida. Via a manhã e tinha alegria; hoje vejo a manhã, e tenho alegria, e fico triste. A criança ficou, mas emudeceu. Vejo como via, mas por trás dos olhos vejo-me vendo; e só com isto se me obscurece o sol e o verde das árvores é velho[5] e as flores murcham antes de aparecer. Sim, outrora eu era de aqui; hoje, a cada paisagem, nova para mim que seja, regresso estrangeiro, hóspede e peregrino da sua presentação, forasteiro do que vejo e ouço, velho de mim.

Já vi tudo, ainda o que nunca vi, nem o que nunca verei. No meu sangue corre[6] até a memória das paisagens futuras, e a angústia do que terei que ver de novo é uma monotonia antecipada para mim.

E debruçado ao parapeito, gozando do dia, sobre o volume vário da cidade inteira, só um pensamento me enche a alma — a vontade íntima de morrer, de acabar, de não ver mais luz sobre cidade alguma, de não pensar, de não sentir, de deixar atrás, como um papel de embrulho, o curso do sol e dos dias, de despir, como um traje pesado, à beira do grande leito, o esforço involuntário de ser.

398.

Tenho por intuição que para as criaturas como eu nenhuma circunstância material pode ser propícia, nenhum caso da vida ter uma solução favorável. Se já por outras razões me afasto da vida, esta contribui também para que eu me afaste. Aquelas somas de fatos que, para os homens vulgares, inevitabilizariam o êxito, têm, quando me dizem respeito, um outro resultado qualquer, inesperado e adverso.

Nasce-me, às vezes, de esta constatação, uma impressão dolorosa de inimizade divina. Parece-me que só por um ajeitar consciente dos fatos, de modo a que me sejam maléficos, a série de desastres, que define a minha vida, me poderia ter acontecido.

Resulta de tudo isto para o meu esforço que eu não intento nunca demasiadamente. A sorte, se quiser, que venha ter comigo. Sei de sobra que o meu maior esforço não logra o conseguimento que noutros teria. Por isso me abandono à sorte, sem esperar nada dela. Para quê?

O meu estoicismo é uma necessidade orgânica. Preciso de me couraçar contra a vida. Como todo o estoicismo não passa de um epicurismo severo, desejo, quanto possível, fazer que a minha desgraça me divirta. Não sei até que ponto o consigo. Não sei até que ponto consigo qualquer coisa. Não sei até que ponto qualquer coisa se pode conseguir...

Onde um outro venceria,[1] não pelo seu esforço, mas por uma inevitabilidade das coisas, eu nem por essa inevitabilidade, nem por esse[2] esforço, venço ou venceria.

Nasci talvez, espiritualmente, num dia curto de inverno. Chegou cedo a noite ao meu ser. Só em frustração e abandono posso realizar a minha vida.

No fundo, nada disto é estoico. É só nas palavras que há a nobreza do meu sofrimento. Queixo-me, como uma criada doente. Ralo-me como uma dona de casa. A minha vida é inteiramente fútil e inteiramente triste.

399.

Como Diógenes a Alexandre,[1] só pedi à vida que me não tirasse o sol. Tive desejos, mas foi-me negada a razão de tê-los. O que achei, mais valera tê-lo realmente achado. O sonho □

Tenho construído em passeio frases perfeitas, de que depois me não lembro em casa. A poesia inefável dessas frases — não sei se será toda do que foram, se parte de não terem nunca sido.[2]

Hesito em tudo, muitas vezes sem saber por quê. Que de vezes busco, como linha reta que me é própria, concebendo-a mentalmente como a linha reta ideal, a distância menos curta entre dois pontos. Nunca tive a arte de estar vivo ativamente. Errei sempre os gestos que ninguém erra; o que os outros nasceram para fazer, esforcei-me sempre para não deixar de fazer. Desejei sempre conseguir o que os outros conseguiram quase sem o desejar. Entre mim e a vida houve sempre vidros foscos: não soube dela pela vista, nem pelo tato; nem a vivi em vida ou em plano, fui o devaneio do que quis ser, o meu sonho começou na minha vontade, o meu propósito foi sempre a primeira ficção do que nunca fui.

Nunca soube se era de mais a minha sensibilidade para a minha inteligência, ou a minha inteligência para a minha sensibilidade. Tardei sempre, não sei a qual, talvez a ambas, ou uma ou outra, ou foi a terceira que tardou.

Dos sonhadores de milênios — socialistas, anarquistas, humanitários de toda espécie — tenho a náusea física, do estômago.[3] São os idealistas sem ideal. São os pensadores sem pensamento. Querem a superfície da vida por uma fatalidade de lixo, que boia à tona de água e se julga belo, porque as conchas dispersas boiam à tona de água também.

400.

Com um charuto caro e os olhos fechados é ser rico.

Como quem visita um lugar onde passou a juventude, consigo, com um cigarro barato, regressar inteiro ao lugar[1] da minha vida em que era meu uso fumá-los. E através do sabor leve do fumo todo o passado revive-me.

Outras vezes será um certo doce. Um simples bombom de

chocolate escangalha-me às vezes os nervos com o excesso de recordações que os estremece. A infância! E entre os meus dentes que se cravam na massa escura e macia, trinco e gosto as minhas humildes felicidades de companheiro alegre de soldados de chumbo, de cavaleiro congruente com a cana casual meu cavalo. Sobem-me as lágrimas aos olhos e junto com o sabor do chocolate mistura-se ao meu sabor a minha felicidade passada, a minha infância ida, e pertenço voluptuosamente à suavidade da minha dor.

Nem por simples é menos solene este meu ritual do[2] paladar.

Mas é o fumo do cigarro o que mais espiritualmente me reconstrói momentos passados. Ele apenas roça a minha consciência de ter paladar. Por isso mais em gaze e transparência me evoca as horas que morri, mais longínquas as faz presentes, mais nevoentas quando me envolvem, mais etéreas quando as corporizo. Um cigarro inaceitável, um charuto barato toldam de suavidade alguns meus momentos. Com que sutil plausibilidade de sabor-aroma reergo os cenários mortos e represento outra vez as comédias do meu passado, tão século dezoito sempre pelo afastamento malicioso e cansado, tão medievais sempre pelo irremediavelmente perdido.

401.

Criei para mim, fausto de um opróbrio, uma pompa de dor e de apagamento. Não fiz da minha dor um poema; fiz dela, porém, um cortejo. E da janela para mim contemplo, espantado, os ocasos roxos, os crepúsculos vagos de dores sem razão, onde passam, nos cerimoniais do meu descaminho, os pajens, as fardas, os palhaços da minha incompetência nativa para[1] existir. A criança, que nada matou em mim, assiste ainda, de febre e fitas, ao circo que me dou. Ri dos palhaços, sem haver cá fora de circo; põe nos habilidosos e nos acrobatas olhos de quem vê ali toda a vida. E assim, sem alegria, mas contente, entre as quatro paredes do meu quarto dorme, por inocência, com o seu pobre papel feio e gasto, toda a angústia insuspeita de uma alma humana que transborda, todo o desespero sem remédio de um coração a quem Deus abandonou.

Caminho, não pelas ruas, mas através da minha dor. As casas alinhadas são as impossibilidades que me cercam, na alma; □ os meus passos soam no passeio como um dobre ridículo a finados, um ruído de espectro na noite, final como um recibo ou uma cova.[2]

Separo-me de mim e vejo que sou um fundo dum poço.

Morreu quem eu nunca fui. Esqueceu a Deus quem eu havia de ser. Só o interlúdio vazio.

Se eu fosse músico escreveria a minha marcha fúnebre, e com que razão a escreveria!

402.

Poder reencarnar numa pedra, num grão de pó — chora-me na alma este desejo.

Cada vez acho menos sabor a tudo, mesmo a não achar sabor a nada.[1]

403.

CALEIDOSCÓPIO

Não me encontro um sentido... A vida pesa... Toda a emoção é demais para mim... O meu coração é um privilégio de Deus... A que cortejos pertenci, que um cansaço de não sei que pompas embala a minha saudade?

E que pálios? que sequências de estrelas? que lírios? que flâmulas? que vitrais?

Por que mistério à sombra de árvores passaram as melhores fantasias, que neste mundo tanto se recordam das águas, dos ciprestes e dos buxos e não encontram pálios para os seus préstitos senão entre consequências de se abster?

*

Não fales... Aconteces demasiado... Tenho pena de te estar vendo... Quando serás tu apenas uma saudade minha? Até lá quantas tu não serás! E eu ter de julgar que te posso ver é uma ponte velha onde ninguém passa... A vida é isto. Os outros abandonaram os remos... Não há já disciplina nas coortes... Foram-se os cavaleiros com a manhã e o som das lanças... Teus castelos ficaram esperando estar desertos... Nenhum vento abandonou os renques das árvores ao cimo... Pórticos inúteis, baixelas guardadas, prenúncios de profecias — isso pertence aos crepúsculos prosternados nos templos e não agora, ao encontrarmo-nos, porque não há razão para tílias dando sombra senão teus dedos e o seu gesto tardio...

Razão de sobra para territórios remotos... Tratados feitos por vitrais de reis... Lírios de quadros religiosos... Por quem espera o séquito?... Por onde se ergueu a águia perdida?

404.

Enrolar o mundo à roda dos nossos dedos, como um fio ou uma fita com que brinque uma mulher que sonha à janela.

Resume-se tudo enfim em procurar sentir o tédio de modo que ele não doa.

Seria interessante poder ser dois reis ao mesmo tempo: ser não a uma alma de eles dois, mas as duas almas.

405.

A vida, para a maioria dos homens, é uma maçada passada sem se dar por isso, uma coisa triste composta de intervalos alegres, qualquer coisa como os momentos de anedotas que contam os veladores de mortos, para passar o sossego da noite e a obrigação de velar. Achei sempre fútil considerar a vida como um vale de lágrimas: é um vale de lágrimas, sim, mas onde raras vezes se chora. Disse Heine que, depois das grandes tragédias, acabamos sempre por nos assoar.[1] Como judeu, e portanto universal, viu com clareza a natureza universal da humanidade.

A vida seria insuportável se tomássemos consciência dela. Felizmente o não fazemos. Vivemos com a mesma inconsciência que os animais, do mesmo modo fútil e inútil, e se antecipamos a morte, que é de supor, sem que seja certo, que eles não antecipam, antecipamo-la através de tantos esquecimentos, de tantas distrações e desvios, que mal podemos dizer que pensamos nela.

Assim se vive, e é pouco para nos julgarmos superiores aos animais. A nossa diferença deles consiste no pormenor puramente externo de falarmos e escrevermos, de termos inteligência abstrata para nos distrairmos de a ter concreta, e de imaginar coisas impossíveis. Tudo isso, porém, são acidentes do nosso organismo fundamental. O falar e escrever nada fazem de novo do nosso instinto primordial de viver sem saber como. A nossa inteligência abstrata não serve senão para fazer sistemas, ou ideias meio-sistemas, do que nos animais é estar ao sol. A nossa imaginação do impossível não é porventura própria, pois já vi gatos olhar para a lua, e não sei se não a quereriam.

Todo o mundo, toda a vida, é um vasto sistema de inconsciências operando através de consciências individuais. Assim como com dois gases, passando por eles uma corrente elétrica, se faz um líquido, assim com duas consciências — a do nosso ser concreto e a do nosso ser abstrato — se faz, passando por elas a vida e o mundo, uma inconsciência superior.

Feliz, pois, o que não pensa, porque realiza por instinto e destino orgânico o que todos nós temos que realizar por desvio e destino inorgânico ou social. Feliz o que mais se assemelha aos brutos, porque é sem esforço o que todos nós somos com trabalho imposto; porque sabe o caminho de casa, que nós outros não encontramos senão por atalhos de ficção e regresso; porque, enraizado como uma árvore, é parte da paisagem e portanto da beleza, e não, como nós, mitos da passagem, figurantes de trapo vivo da inutilidade e do esquecimento.

406.

Não creio alto na felicidade dos animais, senão quando me apetece falar nela para moldura de um sentimento que a sua suposição saliente. Para se ser feliz é preciso saber-se que se é feliz. Não há felicidade em dormir sem sonhos, senão somente em se despertar sabendo que se dormiu sem sonhos. A felicidade está fora da felicidade.

Não há felicidade senão com conhecimento. Mas o conhecimento da felicidade é infeliz; porque conhecer-se feliz é conhecer-se passando pela felicidade, e tendo, logo já, que deixá-la atrás. Saber é matar, na felicidade como em tudo. Não saber, porém, é não existir.

Só o absoluto de Hegel conseguiu, em páginas, ser duas coisas ao mesmo tempo. O não ser e o ser não se fundem e confundem nas sensações e razões da vida: excluem-se, por uma síntese às avessas.

Que fazer? Isolar o momento como uma coisa e ser feliz agora, no momento em que se sente a felicidade, sem pensar senão no que se sente, excluindo o mais, excluindo tudo. Enjaular o pensamento na sensação, □

É esta a minha crença, esta tarde. Amanhã de manhã já não será esta, porque amanhã de manhã serei já outro. Que crente serei amanhã? Não sei, porque era preciso estar já lá para o saber. Nem o Deus eterno em que hoje creio o saberá amanhã nem hoje, porque hoje sou eu e amanhã ele talvez já não tenha nunca existido.

407.

Deus criou-me para criança, e deixou-me sempre criança. Mas por que deixou que a Vida me batesse e me tirasse os brinquedos, e me deixasse só no recreio, amarrotando com mãos tão fracas o bibe azul sujo de lágrimas compridas? Se eu não poderia viver senão acarinhado, por que deitaram fora[1] o meu carinho? Ah, cada vez que vejo nas ruas uma criança a chorar, uma criança exilada dos outros, dói-me mais que a tristeza da criança no horror desprevenido do meu coração exausto. Doo-me com toda a estatura da vida sentida, e são minhas as mãos que torcem o canto do bibe, são minhas as bocas tortas das lágrimas verdadeiras, é minha a fraqueza, é minha a solidão, e os risos da vida adulta que passa lesam-me como luzes de fósforos riscados no estofo[2] sensível do meu coração.

408.

Cantava, em uma voz muito suave, uma canção de país longínquo. A música tornava familiares as palavras incógnitas. Parecia o fado para a alma, mas não tinha com ele semelhança alguma.

A canção dizia, pelas palavras veladas e a melodia humana, coisas que estão na alma de todos e que ninguém conhece. Ele cantava numa espécie de sonolência, ignorando com o olhar os ouvintes, num pequeno êxtase de rua.

O povo reunido ouvia-o sem grande motejo visível. A canção era de toda a gente, e as palavras falavam às vezes conosco, segredo oriental de qualquer raça perdida. O ruído da cidade não se ouvia se o ouvíamos, e passavam as carroças tão perto que uma me roçou pelo solto do casaco. Mas senti-a e não a ouvi. Havia uma absorção no canto do desconhecido que fazia bem ao que em nós sonha ou não consegue. Era um caso de rua, e todos reparamos que o polícia virara a esquina lentamente. Aproximou-se com a mesma lentidão. Ficou parado um tempo por trás do rapaz dos guarda-chuvas, como quem vê qualquer coisa. Nesta altura o cantor parou. Ninguém disse nada. Então o polícia interveio.

409.

Não sei por quê — noto-o subitamente — estou sozinho no escritório. Já, indefinidamente, o pressentira. Havia em qualquer aspecto da minha consciência de mim uma amplitude de alívio, um respirar mais fundo de pulmões diversos.[1]

É esta uma das mais curiosas sensações que nos pode ser dada pelo acaso dos encontros e das faltas: a de estarmos só numa casa ordinariamente cheia, ruidosa ou alheia.[2] Temos, de repente, uma sensação de posse absoluta, de domínio fácil e largo, de amplitude — como disse — de alívio e sossego.

Que bom estar só largamente! Poder falar alto conosco, passear sem estorvo de vistas, repousar para trás num devaneio sem chamamento! Toda casa se torna um campo, toda sala tem a extensão de uma quinta.

Os ruídos são todos alheios, como se pertencessem a um universo próximo mas independente. Somos, finalmente, reis. A isso todos aspiramos, enfim, e os mais plebeus de nós — quem sabe — com maior vigor que os de mais ouro falso. Por um momento somos pensionistas do universo, e vivemos, regulares do soldo dado, sem necessidades nem preocupações.

Ah, mas reconheço, naquele passo na escada, subindo até mim não sei quem, o alguém que vai interromper a minha solidão espairecida. Vai ser invadido pelos bárbaros o meu império implícito. Não é que o passo me diga quem é que vem, nem que me lembre o passo deste ou daquele que eu conheça. Há um mais surdo instinto na alma que me faz saber que é para aqui que vem o que sobe, por enquanto só passos, na escada que subitamente vejo, porque penso nele que a sobe. Sim, é um dos empregados. Para, a porta ouve-se, entra. Vejo-o todo. E diz-me, ao entrar: "Sozinho, sr. Soares?". E eu respondo: "Sim, já há tempo...". E ele então diz, descascando-se do casaco com o olhar no outro, o velho, no cabide: "Grande maçada a gente estar aqui só, sr. Soares, e de mais a mais...". "Grande maçada, não há dúvida", respondo eu. "Até dá vontade de dormir", diz ele, já de casaco roto, e encaminhando-se para a secretária. "E dá", confirmo, sorridente. Depois, estendendo a mão para a caneta esquecida, reentro, gráfico, na saúde anônima da vida normal.

410.

Sempre que podem, sentam-se defronte do espelho. Falam conosco e namoram-se de olhos a si mesmos. Por vezes, como nos namoros,[1] distraem-se da conversa. Fui-lhes sempre simpático, porque a minha aversão adulta pelo meu aspecto me compeliu sempre a escolher o espelho como coisa para onde virasse as costas. Assim, e eles de instinto o reconheciam tratando-me sempre bem, eu era o rapaz escutador que lhes deixava sempre livres a vaidade e a tribuna.

Em conjunto não eram maus rapazes; particularmente eram melhores e piores. Tinham generosidades e ternuras insuspeitáveis a um tirador de médias, baixezas e sordidezes difíceis de adivinhar por qualquer ente humano normal. Miséria, inveja e ilusão — assim os resumo, e nisso resumiria aquela parte desse ambiente que se infiltra na obra dos homens de valor que alguma vez fizeram dessa estância de ressaca um pousio de enganados. (É, na obra de Fialho, a inveja flagrante, a grosseria reles, a deselegância nauseante...)

Uns têm graça, outros têm só graça, outros ainda não existem. A graça dos cafés divide-se em ditos de espírito sobre os ausentes e ditos de insolência aos presentes. A este gênero de espírito chama-se ordinariamente apenas grosseria. Nada há mais indicador da pobreza da mente do que não saber fazer espírito senão com pessoas.

Passei, vi, e, ao contrário deles, venci. Porque a minha vitória consistiu em ver. Reconheci a identidade de todos os aglomerados inferiores: vim encontrar aqui, na casa onde tenho um quarto, a mesma alma sórdida que os cafés me revelaram, salvo, graças aos deuses todos, a noção de vencer em Paris. A dona desta casa ousa Avenidas Novas em alguns dos seus momentos de ilusão, mas do estrangeiro está salva, e o meu coração enternece-se.

Conservo dessa passagem pelo túmulo da vontade a memória de um tédio nauseado e de algumas anedotas com espírito.

Vão a enterrar, e parece que já no caminho do cemitério se esqueceu no café o passado, pois vai calado agora.

... e a posteridade nunca saberá deles, escondidos dela para sempre sob a mole negra[2] dos pendões ganhados nas suas vitórias de dizer.[3]

411.

O orgulho é a certeza emotiva da grandeza própria. A vaidade é a certeza emotiva de que os outros veem em nós, ou nos atribuem, tal grandeza. Os dois sentimentos nem necessariamente se conjugam, nem por natureza se opõem. São diferentes porém conjugáveis.

O orgulho, quando existe só, sem acrescentamento de vaidade, manifesta-se, no seu resultado, como timidez: quem se sente grande, porém não confia em que os outros o reconheçam por tal, receia confrontar a opinião que tem de si mesmo com a opinião que os outros possam ter dele.

A vaidade, quando existe só, sem acrescentamento de orgulho, o que é possível porém raro, manifesta-se, no seu resultado, pela audácia. Quem tem a certeza de que os outros veem nele valor nada receia deles. Pode haver coragem física sem vaidade; pode haver coragem moral sem vaidade; não pode haver audácia sem vaidade. E por audácia se entende a confiança na iniciativa. A audácia pode ser desacompanhada de coragem, física ou moral, pois estas disposições da índole são de ordem diferente, e com ela incomensuráveis.

412.

INTERVALO DOLOROSO

Nem no orgulho tenho consolação. De quê orgulhar-me se não sou o criador de mim próprio?[1] E mesmo que haja em mim de que envaidecer-me, quanto para me não envaidecer.

Jazo a minha vida. E nem sei fazer com o sonho o gesto de me erguer, tão até à alma estou despido de saber ter um esforço.

Os fazedores de sistemas metafísicos, os □ de explicações psicológicas são ainda jovens no sofrimento. Sistematizar, explicar, o que é senão □ e construir? E tudo isso — arranjar, dispor, organizar — o que é senão esforço realizado — e quão desoladoramente isso é vida!

Pessimista — eu não o sou. Ditosos os que conseguem traduzir para universal o seu sofrimento. Eu não sei se o mundo é triste ou mau nem isso me importa, porque o que os outros sofrem me é aborrecido e indiferente. Logo que não chorem ou gemam, o que me irrita e incomoda, nem um encolher de ombros tenho — tão fundo me pesa o meu desdém por eles — para o seu sofrimento.

Mas eu quero crer que a vida seja meio luz meio sombras. Eu não sou pessimista. Não me queixo do horror da vida. Queixo-me do horror da minha. O único fato importante para mim é o fato de eu existir e de eu sofrer e de não poder sequer sonhar-me de todo para fora de me sentir sofrendo.

Sonhadores felizes são os pessimistas. Formam o mundo à sua imagem e assim sempre conseguem estar em casa. A mim o que me dói mais é a diferença entre o ruído e a alegria do mundo e a minha tristeza e o meu silêncio aborrecido.

A vida com todas as suas dores e receios e solavancos deve ser boa e alegre, como uma viagem em velha diligência para quem vai acompanhado (e a pode ver).

Nem ao menos posso sentir o meu sofrimento como sinal de grandeza. Não sei se o é. Mas eu sofro em coisas tão reles, ferem-me coisas tão banais que não ouso insultar com essa hipótese a hipótese de que eu possa ter gênio.

A glória de um poente belo, com a sua beleza: entristece-me.[2] Ante eles eu digo sempre: como quem é feliz se deve sentir contente ao ver isto!

E este livro é um gemido. Escrito ele já o *Só* não é o livro mais triste que há em Portugal.

Ao pé da minha dor todas as outras dores me parecem falsas ou mínimas. São dores de gente feliz ou dores de gente que vive e se queixa. As minhas são de quem se encontra encarcerado da vida, à parte...

Entre mim e a vida...

De modo que tudo o que angustia vejo. E tudo o que alegra não sinto. E reparei que o mal mais se vê que se sente, a alegria mais se sente do que se vê. Porque não pensando, não vendo, certo contentamento adquire-se, como o dos místicos e dos boêmios e dos canalhas. Mas todo o mal entra [em] casa pela janela da observação e pela porta do pensamento.

413.

Viver do sonho e para o sonho, desmanchando o Universo e recompondo-o, distraidamente conforme[1] mais apraza ao nosso momento de sonhar. Fazer isto consciente, muito conscientemente, da inutilidade e □ de o fazer. Ignorar a vida com todo o corpo, perder-se da realidade com todos os sentidos, abdicar do amor com toda a alma. Encher de areia vã os cântaros da nossa ida à fonte e despejá-los para os tornar a encher e despejar, futilissimamente.

Tecer grinaldas para, logo que acabadas, as desmanchar totalmente e minuciosamente.

Pegar em tintas e misturá-las na paleta sem tela ante nós onde pintar. Mandar vir pedra para burilar sem ter buril nem ser escultor. Fazer de tudo um absurdo e requintar para[2] fúteis todas as nossas estéreis horas.[3] Jogar às escondidas com a nossa consciência de viver.

Ouvir as horas[4] dizer-nos que existimos com um sorriso deliciado e incrédulo. Ver o Tempo pintar o mundo e achar o quadro não só falso mas vão.[5]

Pensar em frases que se contradigam, falando alto em sons que não são sons e cores que não são cores. Dizer — e compreendê-lo, o que é aliás impossível — que temos consciência de não ter consciência, e que não somos o que somos. Explicar isto tudo por um sentido oculto e paradoxo que as coisas tenham no seu aspecto outro-lado e divino, e não acreditar demasiado na explicação para que não hajamos de a abandonar.

Esculpir em silêncio nulo todos os nossos sonhos de falar. Estagnar em torpor □ todos os nossos pensamentos de ação.

E sobre tudo isto, como um céu uno e azul, o horror de viver paire[6] alheadamente.

414.

Mas as paisagens sonhadas são apenas fumos de paisagens conhecidas e o tédio de as sonhar também é quase tão grande como o tédio de olharmos para o mundo.

415.

As figuras imaginárias têm mais relevo e verdade que as reais.

O meu mundo imaginário foi sempre o único mundo verdadeiro para mim. Nunca tive amores tão reais, tão cheios de verve, de sangue e de vida como os que tive com figuras que eu próprio criei. Que puros! Tenho saudades deles porque, como os outros, passam...

416.

Às vezes, nos meus diálogos comigo, nas tardes requintadas da Imaginação, em colóquios cansados em crepúsculos de salões supostos, pergunto-me, naqueles intervalos da conversa em que fico a sós com um interlocutor mais eu do que os outros, por que razão verdadeira não haverá a nossa época científica estendido a sua vontade de compreender até aos assuntos que são artificiais. E uma das perguntas em que com mais languidez me demoro é a por que se não faz, a par da psicologia usual das criaturas humanas e sub-humanas, uma psicologia também — que a deve haver — das figuras artificiais e das criaturas cuja existência se passa apenas nos tapetes e nos quadros. Triste noção tem da realidade quem a limita ao orgânico, e não põe a ideia de uma alma dentro das estatuetas e dos lavores. Onde há forma há alma.

Não são uma ociosidade estas minhas considerações comigo, mas uma elucubração científica como qualquer outra que o seja. Por isso, antes de e sem ter uma resposta, suponho o possível atual e entrego-me, em análises interiores, à visão imaginada de aspectos possíveis deste desideratum realizado. Mal nisso penso, logo dentro da visão do meu espírito surgem cientistas curvados sobre estampas, sabendo bem que elas são vidas; microscopistas da tessitura rugosa dos tapetes; fisicistas do seu desenho largo e bruxuleante nos contornos; químicos, sim, da ideia das formas e das cores nos quadros; geologistas das camadas estráticas dos camafeus; psicólogos, enfim — e isto mais importa — que uma a uma notam e congregam as sensações que deve sentir uma estatueta, as ideias que devem passar pelo psiquismo colorido de uma figura de quadro ou de vitral, os impulsos loucos, as paixões sem freio, as compaixões e ódios ocasionais e □ que têm uma curiosa espécie de fixidez e morte nos gestos eternos dos baixos-relevos, nos invisíveis movimentos dos figurantes das[1] telas.

Mais do que outras artes, são a literatura e a música propícias às sutilezas de um psicólogo. As figuras de romance são — como todos sabem — tão reais como qualquer de nós. Certos aspectos de sons têm uma alma alada e rápida, mas suscetível de psicologia e sociologia. Porque — bom é que os ignorantes o saibam — as sociedades existem dentro das cores, dos sons, das frases, e há regimes e revoluções, reinados, políticas e □ — há-os em absoluto e sem metáfora — no conjunto matemático das sinfonias, no Todo organizado das novelas, nos metros quadrados dum quadro complexo, onde gozam, sofrem, se misturam as atitudes coloridas de guerreiros, de amorosos ou de simbólicos.

Quando se quebrou uma chávena da minha coleção japonesa, eu soube que mais do que um descuido das mãos de uma criada[2] tinha sido a causa. Eu tinha estudado os anseios das figuras que habitam as curvas daquele □ de louça; a resolução tenebrosa de suicídio que as tomou não me causou espanto. Serviram-se da criada, como um de nós de um revólver. Saber isto é estar além da ciência hodierna, e com que precisão eu sei isto!

417.

Não conheço prazer como o dos livros, e pouco leio. Os livros são apresentações aos sonhos, e não precisa de apresentações quem, com a facilidade da vida, entre em conversa com eles. Nunca pude ler um livro com entrega a ele; sempre, a cada passo, o comentário da inteligência ou da imaginação me estorvou a sequência da própria narrativa. No fim de minutos, quem escrevia era eu, e o que estava escrito não estava em parte alguma.

As minhas leituras prediletas são a repetição de livros banais que dormem comigo à minha cabeceira. Há dois que me não deixam nunca — *A retórica* do Padre Figueiredo[1] e as *Reflexões sobre a língua portuguesa*, do Padre Freire.[2] Estes livros, releio-os sempre a bem; e, se é certo que já os li todos muitas vezes, também é certo que a nenhum deles li em sequência. Devo a esses livros uma disciplina que quase creio impossível em mim — uma regra do escrever objetivado, uma lei da razão de as coisas estarem escritas.

O estilo afetado, claustral, fruste, do Padre Figueiredo é uma disciplina que faz as delícias do meu entendimento. A difusão, quase sempre sem disciplina, do Padre Freire, entretém o meu espírito sem o cansar, e educa-me sem me dar preocupação. São espíritos de eruditos e de sossegados que fazem bem à minha nenhuma disposição para ser como eles, ou como qualquer outra pessoa.

Leio e abandono-me, não à leitura, mas a mim. Leio e adormeço, e é como entre sonhos que sigo a descrição das figuras de retórica do Padre Figueiredo, e por bosques de maravilha que oiço o Padre Freire ensinar que se deve dizer Magdalena, pois Madalena só o diz o vulgo.

418.

Detesto a leitura. Tenho um tédio antecipado das páginas desconhecidas. Sou capaz de ler só o que já conheço. O meu livro de cabeceira é *A retórica* do Padre Figueiredo, onde leio todas as noites pela cada vez mais milésima vez a descrição, em estilo de um português conventual e certo, [d]as figuras de retórica, cujos nomes, mil vezes lidos, não fixei ainda. Mas embala-me a linguagem □, e se me faltassem as palavras justas escritas com *c* dormiria irrequieto.

Devo contudo ao livro do Padre Figueiredo, com o seu exagero de purismo, o relativo escrúpulo que tenho — todo o que posso ter — de escrever a língua em que me registro com a propriedade que □

E leio:
(*um trecho do P. Figueiredo*)
— princípios, meios e fins,[1]
e isto consola-me de viver.
Ou então
(*um trecho sobre figuras*)
que volta ao prefácio.

Não exagero uma polegada verbal: sinto tudo isto.

Como outros podem ler trechos da Bíblia, leio-os desta *Retórica*. Tenho a vantagem do repouso e da falta de devoção.

419.

Coisas de nada, naturais da vida, insignificâncias do usual e do reles, poeira que sublinha com um traço apagado[1] e grotesco a sordidez e a vileza da minha vida humana — o Caixa aberto diante de olhos cuja vida sonha com todos os orientes; a piada inofensiva do chefe do escritório que ofende todo o universo; o avisar o patrão que telefone, que é a amiga, por nome e dona, no meio da meditação do período mais insexual de uma teoria estética e inútil.

Depois os amigos, bons rapazes, bons rapazes, tão agradável estar falando com eles, almoçar com eles, jantar com eles, e tudo, não sei como, tão sórdido, tão reles, tão pequeno, sempre no armazém de fazendas ainda que na rua, sempre diante do livro caixa ainda que no estrangeiro, sempre com o patrão ainda que no infinito.

Todos têm um chefe de escritório, com a piada sempre inoportuna, e a alma fora do universo em seu conjunto. Todos têm o patrão e a amiga do patrão, e a chamada ao telefone no momento sempre impróprio em que a tarde admirável desce e as amantes inventam[?] desculpas ou antes avisam pelos outros da amiga — que está tomando o chá chic como os outros sabemos.

Mas todos os que sonham, ainda que não sonhem em escritórios da Baixa, nem diante de uma escrita de armazém de fazendas — todos têm um Caixa diante de si — seja a mulher com quem casaram, seja a administração da fortuna que lhes vem por herança, seja o que for, logo que positivamente seja.

Todos nós, que sonhamos e pensamos, somos ajudantes de guarda-livros dum Armazém de fazendas, ou de outra qualquer fazenda, em uma Baixa qualquer. Escrituramos e perdemos; somamos e passamos; fechamos o balanço e o saldo invisível é sempre contra nós.

Escrevo sorrindo com as palavras, mas o meu coração está como se se pudesse partir, partir[2] como as coisas que se quebram, em fragmentos, em cacos, em lixo, que o caixote leva num gesto de por cima dos ombros para o carro eterno de todas as Câmaras Municipais.

E tudo espera, aberto e decorado, o Rei que virá, e já chega, que a poeira do cortejo é uma nova névoa no oriente lento, e as lanças luzem já na distância com uma madrugada sua.

420.

MARCHA FÚNEBRE

Figuras hieráticas, de hierarquias ignotas, se alinham nos corredores a esperar-te — pajens de doçura[1] loura, jovens de □ em cintilares dispersos de lâminas nuas, em reflexos irregulares de capacetes e adornos altos, em vislumbres sombrios de ouro fosco e sedas.

Tudo quanto a imaginação adoece, o que de fúnebre dói nas pompas e cansa nas vitórias, o misticismo do nada, a ascese da absoluta negação.

Não os sete palmos de terra fria que se fecham sobre os olhos fechados sob o sol quente e ao lado da erva verde, mas a morte que excede a nossa vida e é uma vida ela mesma — uma morta presença em algum deus, o ignoto deus da religião dos mesmos deuses.[2]

O Ganges passa também pela Rua dos Douradores. Todas as épocas estão neste quarto estreito — a mistura □ a sucessão multicolor das maneiras, as distâncias dos povos, e a vasta variedade das nações.

E ali, em êxtase de horror sem nome, sei esperar a Morte entre gládios e ameias.

421.

A VIAGEM NA CABEÇA

Do meu quarto andar sobre o infinito, no plausível íntimo da tarde que acontece, à janela para o começo das estrelas, meus sonhos vão, por acordo de ritmo com a distância exposta, para as viagens aos países incógnitos, ou supostos, ou somente impossíveis.

422.

Surge dos lados do oriente a luz loura do luar de ouro. O rastro que faz no rio largo abre serpentes no mar.

423.

São cetins prolixos, púrpuras perplexas onde[1] os impérios seguiram o seu rumo de morte entre embandeiramentos exóticos de ruas largas e luxúrias de dosséis sobre paragens. Pálios passaram. Havia ruas foscas ou limpas nos decursos dos cortejos.[2] Faiscavam frio as armas levadas nas solenes lentidões das inúteis marchas... Esquecidos os jardins nos subúrbios e as águas nos repuxos mera continuação do deixado, caindo risos longínquos entre lembranças de largos, não que as estátuas nas áleas falassem, nem que se perdessem, entre amarelos em sequência, os tons do outono orlando túmulos. As alabardas esquinas para épocas pomposas, verde-negro, roxo-velho e granate o tom das roupagens; praças desertas no meio das esquivanças; e nunca mais por entre canteiros onde se fana passearão as sombras que deixaram os contornos dos aquedutos.

Tanto os tambores, os tambores atroaram a trêmula hora.

424.

Todos os dias acontecem no mundo coisas que não são explicáveis pelas leis que conhecemos das coisas.[1] Todos os dias, faladas nos momentos, esquecem, e o mesmo mistério que as trouxe as leva, convertendo-se o segredo em esquecimento. Tal é a lei do que tem que ser esquecido porque não pode ser explicado. À luz do sol continua regular o mundo visível. O alheio espreita-nos da sombra.

425.

O próprio sonho me castiga. Adquiri nele tal lucidez que vejo como real cada coisa que sonho. Eu perdi, portanto, tudo quanto a valorizava como sonhada.

Sonho-me famoso? Sinto todo o despimento que há na glória, toda a perda da intimidade e do anonimato com que ela é dolorosa para conosco.

426.

Considerar a nossa maior angústia como um incidente sem importância, não só na vida do universo, mas na da nossa mesma alma, é o princípio da sabedoria. Considerar isto em pleno meio dessa angústia é a sabedoria inteira. No momento em que sofremos, parece que a dor humana é infinita. Mas nem a dor humana é infinita, pois nada há humano de infinito, nem a nossa dor vale mais que ser uma dor que nós temos.

Quantas vezes, sob o peso de um tédio que parece ser loucura, ou de uma angústia que parece passar além dela, paro, hesitante, antes que me revolte, hesito, parando, antes que me divinize. Dor de não saber o que é o mistério do mundo, dor de nos não amarem, dor de serem injustos conosco, dor de pesar a vida sobre nós, sufocando e prendendo, dor de dentes, dor de sapatos apertados — quem pode dizer qual é maior em si mesmo, quanto mais nos outros, ou na generalidade dos que existem?

Para alguns que me falam e me ouvem, sou um insensível. Sou, porém, mais sensível — creio — que a vasta maioria dos homens. O que sou, contudo, é um sensível que se conhece, e que, portanto, conhece a sensibilidade.

Ah, não é verdade que a vida seja dolorosa, ou que seja doloroso pensar na vida. O que é verdade é que a nossa dor só é séria e grave quando a fingimos tal. Se formos naturais, ela passará assim como veio, esbater-se-á assim como cresceu. Tudo é nada, e a nossa dor nele.

Escrevo isto sob a opressão de um tédio que parece não caber em mim, ou precisar de mais que da minha alma para ter onde estar; de uma opressão de todos e de tudo que me estrangula e desvaira; de um sentimento físico da incompreensão alheia que me perturba e esmaga. Mas ergo a cabeça para o céu azul alheio, exponho a face ao vento inconscientemente fresco, baixo as pálpebras depois de ter visto, esqueço a face depois de ter sentido. Não fico melhor, mas fico diferente. Ver-me liberta-me de mim. Quase sorrio, não porque me compreenda, mas porque, tendo-me tornado outro, me deixei de poder compreender. No alto do céu, como um nada visível, uma nuvem pequeníssima é um esquecimento branco do universo inteiro.

427.

Meus sonhos: Como me crio *amigos* no sonho, ando com eles. A sua imperfeição outra.

Ser puro, não para ser nobre, ou para ser forte, mas para ser si próprio. Quem dá amor, perde amor.

Abdicar da vida para não abdicar de si próprio.

A mulher — uma boa fonte de sonhos. Nunca lhe toques.

*

Aprende a desligar as ideias de voluptuosidade e de prazer. Aprende a gozar em tudo, não o que ele é, mas as ideias e os sonhos que provoca. (Porque nada é o que é, e os sonhos sempre são os sonhos.) Para isso precisas não tocar em nada. Se tocares, o teu sonho morrerá, o objeto tocado ocupará a tua sensação.

Ver e ouvir são as únicas coisas nobres que a vida contém. Os outros sentidos são plebeus e carnais. A única aristocracia é nunca tocar. Não se aproximar — eis o que é fidalgo.

428.

ESTÉTICA DA INDIFERENÇA

Perante cada coisa o que o sonhador deve procurar sentir é a nítida indiferença que ela, no que coisa, lhe causa.

Saber, com um imediato instinto, abstrair de cada objeto ou acontecimento o que ele pode ter de sonhável, deixando morto no Mundo Exterior tudo quanto ele tem de real — eis o que o sábio deve procurar realizar em si próprio.

Nunca sentir sinceramente os seus próprios sentimentos, e elevar o seu pálido triunfo ao ponto de olhar indiferentemente para as suas próprias ambições, ânsias e desejos; passar pelas suas alegrias e angústias como quem passa por quem[1] não lhe interessa.

O maior domínio de si próprio é a indiferença por si próprio, tendo-se, alma e corpo, por a casa e a quinta onde o Destino quis que passássemos a nossa vida.

Tratar os seus próprios sonhos e íntimos desejos altivamente, *en grand seigneur*, pondo uma íntima delicadeza em não reparar neles. Ter o pudor de si próprio; perceber que na nossa presença não estamos sós, que somos testemunhas de nós mesmos, e que por isso importa agir perante nós mesmos como perante um estranho, com uma estudada e serena linha exterior, indiferente porque fidalga, e fria porque indiferente.

Para não descermos aos nossos próprios olhos, basta que nos habituemos a não ter nem ambições nem paixões, nem desejos nem esperanças, nem impulsos nem desassossegos. Para conseguir isto lembremo-nos sempre que estamos sempre em presença nossa, que nunca estamos sós, para que possamos estar à vontade. E assim dominaremos o ter paixões e ambições, porque paixões e ambições são desescudarmo-nos; não teremos desejos nem esperanças, porque desejos e esperanças são gestos bruscos e deselegantes; nem teremos impulsos e desassossegos, porque a precipitação é uma indelicadeza para com os olhos[2] dos outros, e a impaciência é sempre uma grosseria.

O aristocrata é aquele que nunca esquece que nunca está só; por isso as praxes e os protocolos são apanágio das aristocracias. Interiorizemos o aristocrata. Arranquemo-lo aos salões e aos jardins, passando-o para a nossa alma[3] e para a nossa consciência de existirmos. Estejamos sempre diante de nós em protocolos e praxes, em gestos estudados e para-os-outros.[4]

Cada um de nós é uma sociedade inteira, um bairro todo[5] do Mistério,[6] convém que ao menos tornemos elegante e distinta a vida desse bairro, que nas festas das nossas sensações haja requinte e recato, e pompa sóbria e cortesia nos banquetes dos nossos pensamentos. Em torno a nós poderão as outras almas erguerem-se os seus bairros sujos e pobres; marquemos nitidamente onde o nosso acaba e começa, e que desde a frontaria dos nossos prédios[7] até às alcovas das nossas timidezes, tudo seja fidalgo e sereno, esculpido numa elegância[8] ou surdina de exibição.

Saber encontrar a cada sensação o modo sereno de ela se realizar. Fazer o amor resumir-se apenas a uma sombra de um sonho de amor, pálido e trêmulo intervalo entre os cimos de duas pequenas ondas onde o luar bate. Tornar o desejo uma coisa inútil e inofensiva, no como que sorriso delicado da alma a sós consigo própria; fazer dela uma coisa que nunca pense em realizar-se nem em dizer-se. Ao ódio adormecê-lo como a uma serpente prisioneira, e dizer ao medo que dos seus gestos guarde apenas a agonia no olhar, e no olhar da nossa alma, única atitude compatível com ser estético.

429.

Em todos os lugares da vida, em todas as situações e convivências, eu fui sempre, para todos, um intruso. Pelo menos, fui sempre um estranho. No meio de parentes, como no de conhecidos, fui sempre sentido como alguém de fora. Não digo que o fui, uma só vez sequer, de caso pensado. Mas fui-o sempre por uma atitude espontânea da média dos temperamentos alheios.

Fui sempre, em toda a parte e por todos, tratado com simpatia. A pouquíssimos, creio, terá tão pouca gente erguido a voz, ou franzido a testa, ou falado alto ou de terça. Mas a simpatia, com que sempre me trataram, foi sempre isenta[1] de afeição. Para os mais naturalmente íntimos fui sempre um hóspede, que, por hóspede, é bem tratado, mas sempre com a atenção devida ao estranho, e a falta de afeição merecida pelo[2] intruso.

Não duvido que tudo isto, da atitude dos outros, derive principalmente de qualquer obscura causa intrínseca[3] ao meu próprio temperamento. Sou porventura de uma frieza comunicativa, que involuntariamente obriga os outros a refletirem o meu modo de pouco sentir.

Travo, por índole, rapidamente conhecimentos. Tardam-me pouco as simpatias dos outros. Mas as afeições nunca chegam. Dedicações nunca as conheci. Amarem, foi coisa que sempre me pareceu impossível, como um estranho tratar-me por tu.

Não sei se sofra com isto, se o aceite como um destino indiferente, em que não há nem que sofrer nem que aceitar.

Desejei sempre agradar. Doeu-me sempre que me fossem indiferentes. Órfão da Fortuna, tenho, como todos os órfãos, a necessidade de ser o objeto da afeição de alguém. Passei sempre fome da realização dessa necessidade. Tanto me adaptei a essa fome inevitável que, por vezes, nem sei se sinto a necessidade de comer.

Com isto ou sem isto a vida dói-me.

Os outros têm quem se lhes dedique. Eu nunca tive quem sequer pensasse em se me dedicar. Servem os outros: a mim tratam-me bem.

Reconheço em mim a capacidade de provocar respeito, mas não afeição. Infelizmente não tenho feito nada com que justifique a si próprio esse respeito começado quem o sinta; de modo que nem chega a respeitar-me deveras.

Julgo às vezes que gozo sofrer. Mas na verdade eu preferiria outra coisa.

Não tenho qualidades de chefe, nem de sequaz. Nem sequer as tenho de satisfeito, que são as que valem quando essas outras faltem.

Outros, menos inteligentes que eu, são mais fortes. Talham melhor a sua vida entre gente; administram mais habilmente a sua inteligência. Tenho todas as qualidades para influir, menos a arte de o fazer, ou a vontade, mesmo, de o desejar.

Se um dia amasse, não seria amado.

Basta eu querer uma coisa para ela morrer. O meu destino, porém, não tem a força de ser mortal para qualquer coisa. Tem a fraqueza de ser mortal nas coisas para mim.

430.

Tendo visto com que lucidez e coerência lógica certos loucos[1] justificam, a si próprios e aos outros, as suas ideias delirantes, perdi para sempre a segura certeza da lucidez da minha lucidez.

431.

Uma das grandes tragédias da minha vida — porém daquelas tragédias que se passam na sombra e no subterfúgio — é a de não poder sentir qualquer coisa naturalmente. Sou capaz de amar e odiar, como todos, de, como todos, recear e entusiasmar-me; mas nem meu amor, nem meu ódio, nem meu receio, nem meu entusiasmo, são exatamente aquelas mesmas coisas que são. Ou lhes falta qualquer elemento, ou se lhes acrescenta algum. O certo é que são qualquer outra coisa, e o que sinto não está certo com a vida.

Nos espíritos a que chamam calculistas — e a palavra é muito bem delineada —, os sentimentos sofrem a delimitação do cálculo, do escrúpulo egoísta, e parecem outros. Nos espíritos a que chamam propriamente escrupulosos, a mesma deslocação dos instintos naturais se nota. Em mim nota-se igual perturbação da certeza do sentimento, mas nem sou calculista, nem sou escrupuloso. Não tenho desculpa para sentir mal. Por instinto desnaturo os instintos. Sem querer, quero erradamente.

432.

Escravo do temperamento como das circunstâncias, insultado pela indiferença dos homens como pela sua afeição a quem supõem que sou —[1]

os insultos humanos do Destino.

433.

Passei entre eles estrangeiro porém nenhum viu que eu o era. Vivi entre eles espião, e ninguém, nem eu, suspeitou que eu o fosse. Todos me tinham por parente: nenhum sabia que me haviam trocado à nascença. Assim fui igual aos outros sem semelhança, irmão de todos sem ser da família.

Vinha de prodigiosas terras, de paisagens melhores que a vida, mas das terras nunca falei, senão comigo, e das paisagens, vistas se sonhava, nunca lhes dei notícia. Meus passos eram como os deles nos soalhos e nas lajes, mas o meu coração estava longe, ainda que batesse perto, senhor falso de um corpo desterrado e estranho.

Ninguém me conheceu sob a máscara da igualha, nem soube nunca que era máscara, porque ninguém sabia que neste mundo há mascarados. Ninguém supôs que ao pé de mim estivesse sempre outro, que afinal era eu. Julgaram-me sempre idêntico a mim.

Abrigaram-me as suas casas, as suas mãos apertaram a minha, viram-me passar na rua como se eu lá estivesse; mas quem sou não esteve nunca naquelas salas, quem vivo não tem mãos que outros apertem, quem me conheço não tem ruas por onde passe, a não ser que sejam todas as ruas, nem que nelas o veja, a não ser que ele mesmo seja todos os outros.

Vivemos todos longínquos e anônimos; disfarçados, sofremos desconhecidos. A uns, porém, esta distância entre um ser e ele mesmo nunca se revela; para outros é de vez em quando iluminada, de horror ou de mágoa, por um relâmpago sem limites; mas para outros ainda é essa a dolorosa constância e quotidianidade da vida.

Saber bem que quem somos não é conosco, que o que pensamos ou sentimos é sempre uma tradução, que o que queremos o não quisemos, nem porventura alguém o quis — saber tudo isto a cada minuto, sentir tudo isto em cada sentimento, não será isto ser estrangeiro na própria alma, exilado nas próprias sensações?

Mas a máscara, que estive fitando inerte, e que falava à esquina com um homem sem máscara nesta noite de fim de Carnaval, por fim estendeu a mão e se despediu rindo. O homem natural seguiu à esquerda, pela travessa a cuja esquina estava. A máscara — dominó sem graça — caminhou em frente, afastando-se entre sombras e acasos de luzes, numa despedida definitiva e alheia ao que eu estava pensando. Só então reparei que havia mais na rua que os candeeiros acesos, e, a turvar onde eles não estavam, um luar vago, oculto, mudo, cheio de nada como a vida...

434.

(*LUARES*)

... molhadamente sujo de castanho morto

... nos resvalamentos nítidos dos telhados sobrepostos, branco-cinzento, molhadamente sujo de castanho morto

435.

... e desnivela-se em conglomerados de sombra, recortados de um lado a branco, com diferenças azuladas de madrepérola fria.

436.

[PAISAGEM DE] CHUVA

E por fim — vejo-o por memória —, por sobre a escuridão dos telhados lustrosos, a luz fria da manhã tépida raia como um suplício do Apocalipse. É outra vez a noite imensa da claridade que aumenta. É outra vez o horror de sempre — o dia, a vida, a utilidade fictícia, a atividade sem remédio. É outra vez a minha personalidade física, visível, social, transmissível por palavras que não dizem nada, usável pelos gestos dos outros e pela consciência alheia. Sou eu outra vez, tal qual não sou. Com o princípio da luz de trevas que enche de dúvidas cinzentas as frinchas das portas das janelas — tão longe de herméticas, meu Deus! —, vou sentindo que não poderei guardar mais o meu refúgio de estar deitado, de não estar dormindo mas de o poder estar, de ir sonhando, sem saber que há verdade nem realidade, entre um calor fresco de roupas limpas e um desconhecimento, salvo de conforto, da existência do meu corpo. Vou sentindo fugir-me a inconsciência feliz com que estou gozando da minha consciência, o modorrar de animal com que espreito, entre pálpebras de gato ao sol, os movimentos da lógica da minha imaginação desprendida. Vou sentindo sumirem-se-me os privilégios da penumbra, e os rios lentos sob as árvores das pestanas entrevistas, e o sussurro das cascatas perdidas entre o som do sangue lento[1] nos ouvidos e o vago perdurar de chuva. Vou-me perdendo até vivo.

Não sei se durmo, ou se só sinto que durmo. Não sonho o intervalo certo, mas reparo, como se começasse a despertar de um sono não dormido, os primeiros ruídos da vida da cidade, a subir, como uma cheia,[2] do lugar[3] vago, lá em baixo, onde ficam as ruas que Deus fez. São sons alegres, coados pela tristeza da chuva que há, ou, talvez, que houve — pois a não oiço agora —, só o cinzento excessivo da luz frinchada até mais longe que me dá sombras de uma claridade frouxa, insuficiente[4] para a altura da madrugada, que não sei qual é... São sons alegres e dispersos e doem-me no coração[5] como se me viessem, com eles, chamar a um exame ou a uma execução. Cada dia, se o oiço raiar da cama onde ignoro, me parece o dia de um grande acontecimento meu que não terei coragem para enfrentar. Cada dia, se o sinto erguer-se do leito das sombras, com um cair de roupas da cama pelas ruas e as vielas, vem chamar-me a um tribunal. Vou ser julgado em cada hoje que há. E o condenado perene que há em mim agarra-se ao leito como à mãe que perdeu, e acaricia o travesseiro como se a ama o defendesse das portas.

A sesta feliz do bicho grande à sombra de árvores, o cansaço fresco do esfarrapado entre a erva alta, o torpor do negro na tarde morna e longínqua, a delícia do bocejo que pesa nos olhos frouxos, tudo que acaricia o esquecimento, fazendo sono, encostando, pé ante pé, as portas da janela na alma, o sossego do repouso na cabeça, o afago anônimo de dormir.

Dormir, ser longínquo sem o saber, estar distante, esquecer com o próprio corpo; ter a liberdade de ser inconsciente, um refúgio de lago esquecido, estagnado entre frondes árvores, nos vastos afastamentos das florestas.

Um nada com respiração por fora, uma morte leve de que se desperta com saudade e frescura, um ceder dos tecidos da alma à massagem do esquecimento.

Ah, e de novo, como o protesto reatado de quem se não convenceu, oiço o alarido brusco da chuva chapinhar no universo aclarado. Sinto um frio até aos ossos supostos, como se tivesse medo. E agachado, nulo, humano a sós comigo na pouca treva que ainda me resta, choro, sim, choro, choro de solidão e de vida, e a minha mágoa fútil como um carro sem rodas jaz à beira da realidade entre os estercos do abandono. Choro de tudo, entre perda do regaço, a morte da mão que me davam, os braços que não soube como me cingissem, o ombro que nunca poderia ter... E o dia que raia definitivamente, a mágoa que raia em mim como a verdade crua do dia, o que sonhei, o que pensei, o que se esqueceu em mim — tudo isso, numa amálgama de sombras, de ficções e de remorsos, se mistura no rastro em que vão os mundos e cai entre as coisas da vida como o esqueleto de um cacho de uvas, comido à esquina pelos garotos que o roubaram.

O ruído do dia humano aumenta de repente, como um som de sineta de chamada. Estala adentro da casa o fecho suave da primeira porta que se abre para viverem. Oiço chinelos num corredor absurdo que conduz até meu coração. E num gesto brusco, como quem enfim se matasse, arrojo de sobre o corpo duro as roupas profundas da cama que me abriga. Despertei. O som da chuva esbate-se para mais alto no exterior indefinido. sinto-me mais feliz. Cumpri uma coisa que ignoro. Ergo-me, vou à janela, abro as portas com uma decisão de muita coragem. Luze um dia de chuva clara que me afoga os olhos em luz baça. Abro as próprias janelas de vidro. O ar fresco humedece-me a pele quente. Chove, sim, mas ainda que seja o mesmo, é afinal tão menos! Quero refrescar-me, viver, e inclino o pescoço à vida, como a uma canga imensa.[6]

437.

Há sossegos do campo na cidade. Há momentos, sobretudo nos meios-dias de estio, em que, nesta Lisboa luminosa, o campo, como um vento, nos invade. E aqui mesmo, na Rua dos Douradores, temos o bom sono.

Que bom à alma ver calar, sob um sol alto quieto, estas carroças com palha, estes caixotes por fazer, estes transeuntes lentos, de aldeia transferida! Eu mesmo, olhando-os da janela do escritório, onde estou só, me transmuto: estou numa vila quieta da província, estagno numa aldeola incógnita, e porque me sinto outro sou feliz.

Bem sei: se ergo os olhos, está diante de mim a linha sórdida da casaria, as janelas por lavar de todos os escritórios da Baixa, as janelas sem sentido dos andares mais altos onde ainda se mora, e, ao alto, no angular das trapeiras, a roupa de sempre, ao sol entre vasos e plantas. Sei isto, mas é tão suave a luz que doura tudo isto, tão sem sentido o ar calmo que me envolve, que não tenho razão sequer visual para abdicar da minha aldeia postiça, da minha vila de província onde o comércio é um sossego.

Bem sei, bem sei... Verdade seja que é a hora de almoço, ou de repouso, ou de intervalo. Tudo vai bem pela superfície da vida. Eu mesmo durmo, ainda que me debruce da varanda, como se fosse a amurada de um barco sobre uma paisagem nova. Eu mesmo nem cismo, como se estivesse na província. E, subitamente, outra coisa me surge, me envolve, me comanda: vejo, por trás do meio-dia da vila, toda a vida em tudo da vila; vejo a grande felicidade estúpida da vida doméstica, a grande felicidade estúpida da vida dos campos, a grande felicidade estúpida do sossego na sordidez. Vejo, porque vejo. Mas não vi e desperto. Olho em roda, sorrindo, e, antes de mais nada, sacudo dos cotovelos do fato, infelizmente escuro, todo o pó do apoio da varanda, que ninguém limpou, ignorando que teria um dia, um momento que fosse, que ser a amurada sem pó possível de um barco singrando num turismo infinito.

438.

Um azul esbranquiçado de verde noturno punha em recorte castanho negro, vagamente aureolado de cinzento amarelecido, a irregularidade fria dos edifícios que estavam de encontro ao horizonte do estio.[1]

Dominamos outrora o mar físico, criando a civilização universal; dominemos agora o mar psíquico, a emoção, a mãe temperamento, criando a civilização intelectual.[2]

439.

... a acuidade dolorosa das minhas sensações, ainda das que sejam de alegria; a alegria da acuidade das minhas sensações, ainda que sejam de tristeza.

Escrevo num domingo, manhã alta, num dia amplo de luz suave, em que, por sobre os telhados da cidade interrompida, o azul do céu sempre inédito fecha no esquecimento a existência misteriosa de astros...

É domingo em mim também... Também meu coração vai a uma igreja que não sabe onde é, e vai vestido de um traje de veludo infante, com a cara corada das primeiras impressões a sorrir sem olhos tristes por cima do colarinho muito grande.

440.

O céu do estio prolongado todos os dias despertava de azul verde baço, e breve se tornava de azul-acinzentado de branco mudo. No ocidente, porém, era da cor que lhe costumam chamar, a ele todo.

Dizer a verdade, encontrar o que se espera, negar a ilusão de tudo — quantos o usam na subsidência e no declive, e como os nomes ilustres mancham de maiúsculas, como as de terras geográficas, as agudezas das páginas sóbrias e lidas!

Cosmorama de acontecer amanhã o que não poderia ter sucedido nunca! Lápis-lazúli das emoções descontínuas! Quantas memórias alberga uma suposição factícia, lembras-te, visão somente? E num delírio intersticiado de certezas, leve, breve, suave, o murmúrio da água de todos os parques nasce, emoção, do fundo da minha consciência de mim. Sem ninguém os bancos antigos, e as áleas alastram onde eles estão a sua melancolia de arruamentos vazios.

Noite em Heliópolis! Noite em Heliópolis! Noite em Heliópolis! Quem me[1] dirá as palavras inúteis, me compensará a sangue e indecisão?

441.

Floresce alto na solidão noturna um candeeiro incógnito por trás de uma janela. Tudo mais na cidade que vejo está escuro, salvo onde reflexos frouxos da luz das ruas sobem vagamente e fazem aqui e ali pairar um luar inverso, muito pálido. Na negrura da noite, a própria casaria destaca pouco, entre si, as suas diversas cores, ou tons de cores: só diferenças vagas, dir-se-ia abstratas, irregularizam o conjunto atropelado.

Um fio invisível me liga ao dono anônimo do candeeiro. Não é a comum circunstância de estarmos ambos acordados: não há nisso uma reciprocidade possível, pois, estando eu à janela no escuro, ele nunca poderia ver-me. É outra coisa, minha só, que se prende um pouco com a sensação de isolamento, que participa da noite e do silêncio, que escolhe aquele candeeiro para ponto de apoio porque é o único ponto de apoio que há. Parece que é por ele estar aceso que a noite é tão escura. Parece que é por eu estar desperto, sonhando na treva, que ele está alumiando.

Tudo que existe existe talvez porque outra coisa existe. Nada é, tudo coexiste: talvez assim seja certo. Sinto que eu não existiria nesta hora — que não existiria, ao menos, do modo em que estou existindo, com esta consciência presente de mim, que por ser consciência e presente é neste momento inteiramente eu —, se aquele candeeiro não estivesse aceso além, algures, farol não indicando nada num falso privilégio de altura. Sinto isto porque não sinto nada. Penso isto porque isto é nada. Nada, nada, parte da noite e do silêncio e do que com eles eu sou de nulo, de negativo, de intervalar, espaço entre mim e mim, coisa esquecimento de qualquer deus...

442.

Releio, em uma destas[1] sonolências sem sono, em que nos entretemos inteligentemente sem a inteligência, algumas das páginas que formarão, todas juntas, o meu livro de impressões sem nexo. E delas me sobe, como um cheiro de coisa conhecida, uma impressão deserta de monotonia. Sinto que, ainda ao dizer que sou sempre diferente, disse sempre a mesma coisa; que sou mais análago a mim mesmo do que quereria confessar; que, em fecho de contas, nem tive a alegria de ganhar nem a emoção de perder. Sou uma ausência de saldo de mim mesmo, com[2] um equilíbrio involuntário que me desola e enfraquece.

Tudo, quanto escrevi, é pardo. Dir-se-ia que a minha vida, ainda a mental, é[3] um dia de chuva lenta, em que tudo é desacontecimento e penumbra, privilégio vazio e razão esquecida. Desolo-me a seda rota. Desconheço-me a luz e tédio.

Meu esforço humilde, de sequer dizer quem sou, de registar, como uma máquina de nervos, as impressões mínimas da minha vida subjetiva e aguda, tudo isso se me esvaziou como um balde em que esbarrassem, e se molhou pela terra como a água de tudo. Fabriquei-me a tintas falsas, resultei a império de trapeira. Meu coração, de quem fiei os grandes acontecimentos da prosa vívida, parece-me hoje, escrito na distância destas páginas relidas com outra alma, uma bomba de quintal de província, instalada por instinto e manobrada por serviço. Naufraguei sem tormenta num mar onde se pode estar de pé.

E pergunto, ao que me resta de consciente nesta série confusa de intervalos entre coisas que não existem, de que me serviu encher tantas páginas de frases em que acreditei como minhas, de emoções que senti como pensadas, de bandeiras e pendões de exércitos que são, afinal, papéis colados com cuspo pela filha do mendigo debaixo dos beirais.

Pergunto ao que me resta de mim a que vêm estas páginas inúteis, consagradas ao lixo e ao desvio, perdidas antes de ser entre os papéis rasgados do Destino.

Pergunto, e[4] prossigo. Escrevo a pergunta, embrulho-a em novas frases, desmeado-a de novas emoções. E amanhã tornarei a escrever, na sequência do meu livro estúpido, as impressões diárias do meu desconvencimento com frio.

Sigam, tais como são. Jogado o dominó, e ganho o jogo, ou perdido, as pedras viram-se para baixo e o jogo findo é negro.

443.

Que de Infernos e Purgatórios e Paraísos tenho em mim — e quem me conhece um gesto discordando da vida... a mim tão calmo e tão plácido?

Não escrevo em português. Escrevo eu mesmo.

444.

Tudo se me tornou insuportável, exceto a vida. O escritório, a casa, as ruas — o contrário até, se o tivesse — me sobrebasta e oprime; só o conjunto me alivia. Sim, qualquer coisa de tudo isto é bastante para me consolar. Um raio de sol que entra eternamente no escritório morto; um pregão atirado que sobe rápido até à janela do meu quarto; a existência de gente; o haver clima e mudança de tempo; a espantosa objetividade do mundo...

O raio de sol entrou de repente para mim, que de repente o vi... Era, porém, um risco de luz muito agudo, quase sem cor a cortar à faca nua o chão negro e madeirento, a avivar, à roda de onde passava, os pregos velhos, e os sulcos entre as tábuas, negras pautas do não branco.

Minutos seguidos segui o efeito insensível da penetração do sol no escritório quieto... Ocupações do cárcere! Só os enclausurados veem assim o sol mover-se, como quem olha para formigas.

445.

Dizem que o tédio é uma doença de inertes, ou que ataca só os que nada têm que fazer. Essa moléstia da alma é porém mais sutil: ataca os que têm disposição para ela, e poupa menos os que trabalham, ou fingem que trabalham (o que para o caso é o mesmo) que os inertes deveras.

Nada há pior que o contraste entre o esplendor natural da vida interna, com as suas Índias naturais e os seus países incógnitos, e a sordidez, ainda que em verdade não seja sórdida, de quotidianidade da vida. O tédio pesa mais quando não tem a desculpa da inércia. O tédio dos grandes esforçados é o pior de todos.

Não é o tédio a doença do aborrecimento de nada ter que fazer, mas a doença maior de se sentir que não vale a pena fazer nada. E, sendo assim, quanto mais há que fazer, mais tédio há que sentir.

Quantas vezes ergo do livro onde estou escrevendo o que trabalho a cabeça vazia de todo o mundo! Mais me valera estar inerte, sem fazer nada, sem ter que fazer nada, porque esse tédio, ainda que real, ao menos o gozaria. No meu tédio presente não há repouso, nem nobreza, nem bem-estar em que haja mal-estar: há um apagamento enorme de todos os gestos feitos, não um cansaço virtual dos gestos por não fazer.

446.

OMAR KHAYYAM

O tédio de Khayyam não é o tédio de quem não sabe o que faça, porque na verdade nada pode ou sabe fazer. Esse é o tédio dos que nasceram mortos, o dos que legitimamente se orientam para a morfina ou a cocaína. É mais profundo e mais nobre o tédio do sábio persa. É o tédio de quem pensou claramente e viu que tudo era obscuro; de quem mediu todas as religiões e todas as filosofias e depois disse, como Salomão: "Vi que tudo era vaidade e aflições de ânimo", ou como, ao despedir-se do poder e do mundo, outro rei, que era imperador, nele, Septímio Severo: *Omnia fui, nihil expedit*. "Fui tudo; nada vale a pena."

A vida, disse Tarde,[1] é a busca do impossível através do inútil; assim diria, se o houvesse dito, Omar Khayyam.

Daí a insistência do persa no uso do vinho. Bebe! Bebe! é toda a sua filosofia prática. Não é o beber da alegria, que bebe porque mais se alegre, porque mais seja ela mesma. Não é o beber do desespero, que bebe para esquecer, para ser menos ele mesmo. Ao vinho junta a alegria a ação e o amor; e há que reparar que não há em Khayyam nota alguma de energia, nenhuma frase de amor. Aquela Sàki, cuja figura grácil entrevista surge (mas surge pouco) nos *rubaiyat*, não é senão a "rapariga que serve o vinho". O poeta é grato à sua esbelteza como o fora à esbelteza da ânfora, onde o vinho se contivesse.

A alegria fala, do vinho, como o Deão Aldrich:[2]

> A gente tem, a meu ver,
> Cinco razões para beber:
> Um brinde, um amigo, ou então
> Sede, ou poder vi-la ter,
> Ou qualquer outra razão.

A filosofia prática de Khayyam reduz-se pois a um epicurismo suave, esbatido até ao mínimo do desejo de prazer. Basta-lhe ver rosas e beber vinho. Uma brisa leve, uma conversa sem intuito nem propósito, um púcaro de vinho, flores, em isso, e em não mais do que isso, põe o sábio persa o seu desejo máximo. O amor agita e cansa, a ação dispersa e falha, ninguém sabe saber e pensar embacia tudo. Mais vale pois cessar em nós de desejar ou de esperar, de ter a pretensão fútil de explicar o mundo, ou o propósito estulto de o emendar ou governar. Tudo é nada, ou, como se diz na Antologia Grega, "tudo vem da sem-razão", e é um grego,[3] e portanto um racional, que o diz.

447.

Quedar-nos-emos indiferentes à verdade ou mentira de todas as religiões, de todas as filosofias, de todas as hipóteses inutilmente verificáveis a que chamamos ciências. Tampouco nos preocupará o destino da chamada humanidade, ou o que sofra ou não sofra em seu conjunto. Caridade, sim, para com o "próximo", como no Evangelho se diz, e não com o homem, de que nele se não fala. E todos, até certo ponto, assim somos: que nos pesa, ao melhor de nós, um massacre na China? Mais nos dói, ao que de nós mais imagine, a bofetada injusta que vimos dar na rua a uma criança.

Caridade para com todos, intimidade com nenhum. Assim interpreta FitzGerald.[1] em um passo de uma sua nota, qualquer coisa da ética de Khayyam.

Recomenda o Evangelho amor ao próximo: não diz amor ao homem ou à humanidade, de que verdadeiramente ninguém pode curar.

Perguntar-se-á talvez se faço minha a filosofia de Khayyam, tal como aqui, creio que com justeza, a escrevi de novo e interpreto. Responderei que não sei. Há dias em que essa me parece a melhor, e até a única, de todas as filosofias práticas. Há outros dias em que me parece nula, morta, inútil, como um copo vazio. Não me conheço, porque penso. Não sei pois o que verdadeiramente penso. Não seria assim se tivesse fé; mas também não seria assim se estivesse louco. Na verdade, se fosse outro seria outro.

Para além destas coisas do mundo profano, há, é certo, as lições secretas das ordens iniciáticas, os mistérios declarados,[2] quando secretos, ou velados, quando os figuram ritos públicos. Há o que está oculto ou meio oculto nos grandes ritos católicos, seja no Ritual de Maria na Igreja Romana, seja a Cerimônia do Espírito na Franco-Maçonaria.

Mas quem nos diz, afinal, que o iniciado, quando íncola dos penetrais dos mistérios, não é senão avara presa de uma nova face da ilusão? Que é a certeza que tem, se mais firme que ele a tem um louco no que lhe é loucura? Dizia Spencer que o que sabemos é uma esfera que, quanto mais se alarga, em tantos mais pontos tem contato com o que não sabemos.[3] Nem me esquecem, neste capítulo do que as iniciações podem ministrar, as palavras terríveis de um Mestre da Magia.[4] "Já vi Ísis" diz, "já toquei em Ísis: não sei contudo se ela existe."

448.

OMAR KHAYYAM

Omar tinha uma personalidade; eu, feliz ou infelizmente, não tenho nenhuma. Do que sou numa hora na hora seguinte me separo; do que fui num dia no dia seguinte me esqueci. Quem, como Omar, é quem é, vive num só mundo, que é o externo; quem, como eu, não é quem é, vive não só no mundo externo, mas num sucessivo e diverso mundo interno. A sua filosofia, ainda que queira ser a mesma que a de Omar, forçosamente o não poderá ser. Assim, sem que deveras o queira, tenho em mim, como se fossem almas, as filosofias que critique. Omar podia rejeitar a todas, pois lhe eram externas; não as posso eu rejeitar, porque são eu.

449.

Há mágoas íntimas que não sabemos distinguir, por o que contêm de sutil e de infiltrado, se são da alma ou do corpo, se são o mal-estar de se estar sentindo a futilidade da vida, se são a má disposição que vem de qualquer abismo orgânico — estômago, fígado ou cérebro. Quantas vezes se me tolda a consciência vulgar de mim mesmo, num sedimento torvo de estagnação inquieta! Quantas vezes me dói existir, numa náusea a tal ponto incerta que não sei distinguir se é um tédio, se um prenúncio de vômito! Quantas vezes...

Minha alma está hoje triste até ao corpo. Todo eu me doo, memória, olhos e braços. Há como que um reumatismo em tudo quanto sou. Não me influi no ser a clareza límpida do dia, céu de grande azul puro, maré alta parada de luz difusa. Não me abranda nada o leve sopro fresco, outonal como se o estio não esquecesse, com que o ar tem personalidade. Nada me é nada. Estou triste, mas não com[1] uma tristeza definida, nem sequer com uma tristeza indefinida. Estou triste ali fora, na rua juncada de caixotes.

Estas expressões não traduzem exatamente o que sinto, porque sem dúvida nada pode traduzir exatamente o que alguém sente. Mas de algum modo tento dar a impressão do que sinto, mistura de várias espécies de eu e da rua alheia, que, porque a vejo, também, de um modo íntimo que não sei analisar, me pertence, faz parte de mim.

Quisera viver diverso em países distantes. Quisera morrer outro entre bandeiras desconhecidas. Quisera ser aclamado imperador em outras eras, melhores hoje porque não são de hoje, vistas em vislumbre e colorido, inéditas a esfinges. Quisera tudo quanto pode tornar ridículo o que sou, e porque torna ridículo o que sou. Quisera, quisera... Mas há sempre o sol quando o sol brilha e a noite quando a noite chega. Há sempre a mágoa quando a mágoa nos dói e o sonho quando o sonho nos embala. Há sempre o que há, e nunca o que deveria haver, não por ser melhor ou por ser pior, mas por ser outro. Há sempre...

Na rua cheia de caixotes vão os carregadores limpando a rua. Um a um, com risos e ditos, vão pondo os caixotes nas carroças. Do alto da minha janela do escritório eu os vou vendo, com olhos tardos em que as pálpebras estão dormindo. E qualquer coisa de sutil, de incompreensível, liga o que sinto aos fretes que estou vendo fazer, qualquer sensação desconhecida faz caixote de todo este meu tédio, ou angústia, ou náusea, e o ergue, em ombros de quem chalaceia alto, para uma carroça que não está aqui. E a luz do dia, serena como sempre, luze obliquamente, porque a rua é estreita, sobre onde estão erguendo os caixotes — não sobre os caixotes, que estão na sombra, mas sobre o ângulo lá ao fim onde os moços de fretes estão a fazer não fazer nada, indeterminadamente.

450.

Como uma esperança negra, qualquer coisa de mais antecipador pairou; a mesma chuva pareceu intimidar-se; um negrume surdo calou-se sobre o ambiente. E súbito, como um grito, um formidável dia estilhaçou-se. Uma luz de inferno frio[1] visitara o conteúdo de tudo, e enchera os cérebros e os recantos. Tudo pasmou. Um peso respirado caiu de tudo porque o golpe passara. A chuva triste era alegre com o seu ruído bruto e humilde.[2] Sem querer, o coração sentia-se e pensar era um estonteamento. Uma vaga religião formava-se no escritório. Ninguém estava quem era, e o patrão Vasques apareceu à porta do gabinete para pensar em dizer qualquer coisa. O Moreira sorriu, tendo ainda nos arredores da cara o amarelo do medo súbito. E o seu sorriso dizia que sem dúvida o trovão seguinte deveria ser já mais longe. Uma carroça rápida estorvou alto os ruídos da rua. Involuntariamente o telefone tiritou. O patrão Vasques, em vez de retroceder para o escritório, avançou para o aparelho da sala grande. Houve um repouso e um silêncio e a chuva caía como um pesadelo. O patrão Vasques esqueceu-se do telefone, que não tocara mais. O moço mexeu-se, ao fundo da casa, como uma coisa incômoda.

Uma grande alegria, cheia de repouso e de livração, desconcertou-nos a todos. Trabalhamos meio tontos, agradáveis, sociáveis com uma profusão natural. O moço, sem que ninguém lho dissesse, abriu amplas as janelas. Um cheiro a qualquer coisa fresca entrou, com o ar de água, pela grande sala dentro. A chuva, já leve, caía humilde. Os sons da rua, que continuavam os mesmos, eram diferentes. Ouvia-se a voz dos carroceiros, e eram realmente gente. Nitidamente, na rua ao lado, as campainhas dos elétricos tinham também uma socialidade conosco. Uma gargalhada de criança deserta fez de canário na atmosfera limpa. A chuva leve decresceu.

Eram seis horas. Fechava-se o escritório. O patrão Vasques disse, do guarda-vento entreaberto, "Podem sair", e disse-o como uma bênção comercial. Levantei-me logo, fechei o livro e guardei-o. Pus a caneta visivelmente sobre a depressão do tinteiro, e, avançando para o Moreira, disse-lhe um "até amanhã" cheio de esperança, e apertei-lhe a mão como depois de um grande favor.

451.

Viajar? Para viajar basta existir. Vou de dia para dia, como de estação para estação, no comboio do meu corpo, ou do meu destino, debruçado sobre as ruas e as praças, sobre os gestos e os rostos, sempre iguais e sempre diferentes, como, afinal, as paisagens são.

Se imagino, vejo. Que mais faço eu se viajo? Só a fraqueza extrema da imaginação justifica que se tenha que deslocar para sentir.

"Qualquer estrada, esta mesma estrada de Entepfuhl, te levará até ao fim do mundo."[1] Mas o fim do mundo, desde que o mundo se consumou, dando-lhe a volta, é o mesmo Entepfuhl de onde se partiu. Na realidade, o fim do mundo, como o princípio, é o nosso conceito do mundo. É em nós que as paisagens têm paisagem. Por isso, se as imagino, as crio; se as crio, são; se são, vejo-as como às outras. Para que viajar? Em Madrid, em Berlim, na Pérsia, na China, nos Polos ambos, onde estaria eu senão em mim mesmo, e no tipo e gênero das minhas sensações?

A vida é o que fazemos dela. As viagens são os viajantes. O que vemos, não é o que vemos, senão o que somos.

452.

O único viajante com verdadeira alma que conheci era um garoto de escritório que havia numa outra casa, onde em tempos fui empregado. Este rapazito colecionava folhetos de propaganda de cidades, países e companhias de transportes; tinha mapas — uns arrancados de periódicos, outros que pedia aqui e ali —; tinha, recortadas de jornais e revistas, ilustrações de paisagens, gravuras de costumes exóticos, retratos de barcos e navios. Ia às agências de turismo, em nome de um escritório hipotético, ou talvez em nome de qualquer escritório existente, possivelmente o próprio onde estava, e pedia folhetos sobre viagens para a Itália, folhetos de viagens para a Índia, folhetos dando as ligações entre Portugal e a Austrália.

Não só era o maior viajante, porque o mais verdadeiro, que tenho conhecido: era também uma das pessoas mais felizes que me tem sido dado encontrar. Tenho pena de não saber o que é feito dele, ou, na verdade, suponho somente que deveria ter pena; na realidade não a tenho, pois hoje, que passaram dez anos, ou mais, sobre o breve tempo em que o conheci, deve ser homem, estúpido, cumpridor dos seus deveres, casado talvez, sustentáculo social de qualquer — morto, enfim, em sua mesma vida. É até capaz de ter viajado com o corpo, ele que tão bem viajava com a alma.

Recordo-me de repente: ele sabia exatamente por que vias férreas se ia de Paris a Bucareste, por que vias férreas se percorria a Inglaterra, e, através das pronúncias erradas dos nomes estranhos, havia a certeza aureolada da sua grandeza de alma. Hoje, sim, deve ter existido para morto, mas talvez um dia, em velho, se lembre como é não só melhor, senão mais verdadeiro, o sonhar com Bordéus do que desembarcar em Bordéus.

E, daí, talvez isto tudo tivesse outra explicação qualquer, e ele estivesse somente imitando alguém. Ou... Sim, julgo às vezes, considerando a diferença hedionda entre a inteligência das crianças e a estupidez dos adultos, que somos acompanhados na infância por um espírito da guarda, que nos empresta a própria inteligência astral, e que depois, talvez com pena, mas por uma lei alta, nos abandona, como as mães animais às crias crescidas, ao cevado que é o nosso destino.

453.

Do terraço deste café olho tremulamente para a vida. Pouco vejo dela — a espalhada — nesta sua concentração neste largo nítido e meu. Um marasmo, como um começo de bebedeira, elucida-me a alma de coisas. Decorre fora de mim, nos passos dos que passam e na fúria regulada de movimentos, a vida evidente e unânime. Nesta hora dos sentidos estagnarem-me e tudo me parecer outra coisa — as minhas sensações um erro confuso e lúcido —, abro asas mas não me movo, como um condor suposto.

Homem de ideais que sou, quem sabe se a minha maior aspiração não é realmente não passar de ocupar este lugar a esta mesa deste café?

Tudo é vão, como mexer em cinzas, vago como o momento em que ainda não é antemanhã.

E a luz bate tão serenamente e perfeitamente nas coisas, doura-as tão de realidade sorridente e triste! Todo o mistério do mundo desce até ante meus olhos se esculpir em banalidade e rua.

Ah, como as coisas quotidianas roçam mistérios por nós! Como à superfície que a luz toca, desta vida complexa de humanos, a Hora, sorriso incerto, sobe aos lábios do Mistério! Que moderno que tudo isto soa! E, no fundo tão antigo, tão oculto, tão tendo outro sentido que aquele que luz em tudo isto!

454.

A leitura dos jornais, sempre penosa do ponto de ver estético, é-o frequentemente também do moral, ainda para quem tenha poucas preocupações morais.

As guerras e as revoluções — há sempre uma ou outra em curso[1] — chegam, na leitura dos seus efeitos, a causar não horror mas tédio. Não é a crueldade de todos aqueles mortos e feridos, o sacrifício de todos os que morrem batendo-se, ou são mortos sem que se batam, que pesa duramente na alma: é a estupidez que sacrifica vidas e haveres a qualquer coisa inevitavelmente inútil. Todos os ideais e todas as ambições são um desvairo de comadres homens. Não há império que valha que por ele se parta uma boneca de criança. Não há ideal que mereça o sacrifício de um comboio de lata. Que império é útil ou que ideal profícuo? Tudo é humanidade, e a humanidade é sempre a mesma — variável mas inaperfeiçoável, oscilante mas improgressiva. Perante o curso inimplorável das coisas, a vida que tivemos sem saber como e perderemos sem saber quando, o jogo de dez mil xadrezes que é a vida em comum e luta, o tédio de contemplar sem utilidade o que se não realiza nunca □ — que pode fazer o sábio senão pedir o repouso, o não ter que pensar em viver, pois basta ter que viver, um pouco de lugar ao sol e ao ar[2] e ao menos o sonho de que há paz do lado de lá dos montes.

455.

Todos aqueles acasos infelizes da nossa vida, em que fomos, ou ridículos, ou reles, ou atrasados, consideremo-los, à luz da nossa serenidade íntima, como incômodos de viagem. Neste mundo, viajantes, voluntários ou involuntários, entre nada e nada ou entre tudo e tudo, somos somente passageiros, que não devem dar demasiado vulto aos percalços do percurso, às contundências da trajetória. Consolo-me com isto, não sei se porque me consolo, se porque há nisto que me console. Mas a consolação fictícia torna-se-me verdade se não penso nela.

Depois, há tantas consolações! Há o céu azul alto, limpo e sereno, onde boia qualquer nuvem imperfeita. Há a brisa leve, que agita os ramos densos das árvores, se é no campo; que faz oscilar as roupas estendidas, nos quartos andares, ou quintos, se é na cidade. Há o calor ou o fresco, se os há, e sempre, no fundo, uma memória, ou uma saudade, ou uma esperança, e um sorriso de ninguém à janela do nada, o que desejamos batendo à porta do que somos, como pedintes que são o Cristo.

456.

Há quanto tempo não escrevo! Passei, em dias, séculos de renúncia incerta. Estagnei, como um lago deserto, entre paisagens que não há.

No entretanto, corria-me bem a monotonia variada dos dias, a sucessão nunca igual das horas iguais, a vida. Corria-me bem. Se dormisse, não me correria de outro modo. Estagnei, como um lago que não há, entre paisagens desertas.

É frequente o desconhecer-me — o que sucede com frequência aos que se conhecem. Assisto a mim nos vários disfarces com que sou vivo. Possuo de quanto muda o que é sempre o mesmo, de quanto se faz tudo o que é nada.

Relembro, longínquo em mim, como se viajara para dentro, a monotonia, todavia tão diferente, daquela casa de província... Ali passei a infância, mas não saberia dizer, se quisesse fazê-lo, se com mais ou menos felicidade do que passo a vida de hoje. Era outro o quem sou que ali vivia: são vidas diferentes, diversas, incomparáveis. As mesmas monotonias, que as aproximam por fora, eram sem dúvida diferentes por dentro. Não eram duas monotonias, mas duas vidas.

A que propósito relembro? O cansaço. Lembrar é um repouso, porque é não agir. Que de vezes, para maior descanso, relembro o que nunca fui, e não há nitidez nem saudade nas minhas memórias da província onde estive como as que moram, tábua a tábua do soalho, oscilar a oscilar de outrora, nas vastas salas onde nunca morei.

De tal modo me converti na ficção de mim mesmo que qualquer sentimento natural, que eu tenho, desde logo, desde que nasce, se me transtorna num sentimento da imaginação — a memória em sonho, o sonho em esquecer-me dele, o conhecer-me em não pensar em mim.

De tal modo me desvesti do meu próprio ser, que existir é vestir-me. Só disfarçado é que sou eu. E em torno de mim todos poentes incógnitos douram, morrendo, as paisagens que nunca verei.

457.

As coisas modernas são

(1) A evolução dos espelhos;

(2) Os guarda-fatos.

Passamos a ser criaturas vestidas, de corpo e alma.

E, como a alma corresponde sempre ao corpo, um traje espiritual estabeleceu-se. Passamos a ter a alma essencialmente vestida, assim como passamos — homens, corpos — à categoria de animais vestidos.

Não é só o fato de que o nosso traje se torna uma parte de nós. É também a complicação desse traje e a sua curiosa qualidade de não ter quase nenhuma relação com os elementos da elegância natural do corpo nem com os dos seus movimentos.

Se me pedissem que explicasse o que é este meu estado de alma, através de uma razão social, eu responderia mudamente apontando para um espelho, para um cabide e para uma caneta com tinta.

458.

No nevoeiro leve da manhã de meia-primavera, a Baixa desperta entorpecida e o sol nasce como que[1] lento. Há uma alegria sossegada no ar com metade de frio, e a vida, ao sopro leve da brisa que não há, tirita vagamente do frio que já passou, pela lembrança do frio mais que pelo frio, pela comparação com o verão próximo, mais que pelo tempo que está fazendo.

Não abriram ainda as lojas, salvo[2] as leitarias e os cafés, mas o repouso não é de torpor, como o de domingo; é de repouso apenas. Um vestígio louro antecede-se no ar que se revela, e o azul cora palidamente através da bruma que se esfina. O começo do movimento rareia pelas ruas, destaca-se a separação dos peões, e nas poucas janelas abertas, altas, madrugam também aparecimentos. Os elétricos traçam[3] a meio-ar o seu vinco móbil amarelo e numerado. E, de minuto a minuto, sensivelmente, as ruas desdesertam-se.

Vogo, atenção só dos sentidos, sem pensamento nem emoção. Despertei cedo; vim para a rua sem preconceitos. Examino como quem cisma. Vejo como quem pensa. E uma leve névoa de emoção se ergue absurdamente em mim; a bruma que vai saindo do exterior parece que se me infiltra lentamente.

Sem querer, sinto que tenho estado a pensar na minha vida. Não dei por isso, mas assim foi. Julguei que somente via e ouvia, que não era mais, em todo este meu percurso ocioso, que um reflexor de imagens dadas, um biombo branco onde a realidade projeta cores e luz em vez de sombras. Mas era mais, sem que o soubesse. Era ainda a alma que se nega, e o meu próprio abstrato observar era uma negação ainda.

Tolda-se o ar de falta de névoa, tolda-se de luz pálida, em a qual a névoa como que se misturou. Reparo subitamente que o ruído é muito maior, que muito mais gente existe. Os passos dos mais transeuntes são menos apressados. Aparece, a quebrar a sua ausência e a menor pressa dos outros, o correr andado das varinas, a oscilação dos padeiros, monstruosos de cesto, e [a] igualdade divergente das vendedeiras de tudo mais desmonotoniza-se só no conteúdo das cestas, onde as cores divergem mais que as coisas. Os leiteiros chocalham, como chaves ocas e absurdas, as latas desiguais do seu ofício andante. Os polícias estagnam nos cruzamentos, desmentido fardado[4] da civilização ao movimento invisível da subida do dia.

Quem me dera, neste momento o sinto, ser alguém que pudesse ver isto como se não tivesse com ele mais relação que o vê-lo — contemplar tudo como se fora o viajante adulto chegado hoje à superfície da vida! Não ter aprendido, da nascença em diante, a dar sentidos dados a estas coisas todas, poder vê-las na expressão que têm separadamente da expressão que lhes foi imposta. Poder conhecer na varina a sua realidade humana independente de se lhe chamar varina, e de saber que existe e que vende. Ver o polícia como Deus o vê. Reparar em tudo pela primeira vez, não apocalipticamente, como revelações do Mistério, mas diretamente como florações da Realidade.

Soam — devem ser oito as que não conto — badaladas de horas de sino ou relógio grande.[5] Acordo de mim pela banalidade de haver horas, clausura que a vida social impõe à continuidade do tempo, fronteira no abstrato, limite no desconhecido. Acordo de mim e, olhando para tudo, agora já cheio de vida e de humanidade costumada, vejo que a névoa que saiu de todo do céu, salvo o que no azul ainda paira de ainda não bem azul, me entrou verdadeiramente para a alma, e ao mesmo tempo entrou para a parte de dentro de todas as coisas, que é por onde elas têm contato com a minha alma. Perdi a visão do que via.Ceguei com vista. Sinto já com a banalidade do conhecimento. Isto agora não é já a Realidade: é simplesmente a Vida.

... Sim, a vida a que eu também pertenço, e que também me pertence a mim; não já a Realidade, que é só de Deus, ou de si mesma, que não contém mistério nem verdade, que, pois que é real ou o finge ser, algures existe fixa, livre de ser temporal ou eterna, imagem absoluta, ideia de uma alma que fosse exterior.

Volvo lentos os passos mais rápidos do que julgo ao portão para onde subirei de novo para casa. Mas não entro; hesito; sigo para diante. A Praça da Figueira, bocejando venderes [sic] de várias cores, cobre-me esfreguesando-se o horizonte de ambulante. Avanço lentamente, morto, e a minha visão já não é minha, já não é nada: é só a do animal humano que herdou sem querer a cultura grega, a ordem romana, a moral cristã e todas as mais ilusões que formam a civilização em que sinto.

Onde estarão os vivos?

459.

Gostaria[1] de estar no campo para poder gostar de estar na cidade. Gosto, sem isso, de estar na cidade, porém com isso o meu gosto seria dois.

460.

Quanto mais alta a sensibilidade, e mais sutil a capacidade de sentir, tanto mais absurdamente vibra e estremece com as pequenas coisas. É precisa uma prodigiosa inteligência para ter angústia ante um dia escuro. A humanidade, que é pouco sensível, não se angustia com o tempo, porque faz sempre tempo; não sente a chuva senão quando lhe cai em cima.

O dia baço e mole escalda umidamente. Sozinho no escritório, passo em revista a minha vida, e o que vejo nela é como o dia que me oprime e me aflige. Vejo-me criança contente de nada, adolescente aspirando a tudo, viril sem alegria nem aspiração. E tudo isto se passou na moleza e no embaciado, como o dia que mo faz ver ou lembrar.

Qual de nós pode, voltando-se no caminho onde não há regresso, dizer que o seguiu como o devia ter seguido?

461.

Sabendo como as coisas mais pequenas têm com facilidade a arte de me torturar, de propósito me esquivo ao toque das coisas mais pequenas. Quem, como eu, sofre porque uma nuvem passa diante do sol, como não há de sofrer no escuro do dia sempre encoberto da sua vida?

O meu isolamento não é uma busca de felicidade, que não tenho alma para conseguir; nem de tranquilidade, que ninguém obtém senão quando nunca a perdeu — mas de sono, de apagamento, de renúncia pequena.

As quatro paredes do meu quarto pobre são-me, ao mesmo tempo, cela e distância, cama e caixão. As minhas horas mais felizes são aquelas em que não penso nada, não quero nada, não sonho sequer, perdido num torpor de vegetal errado, de mero musgo que crescesse na superfície da vida. Gozo sem amargor a consciência absurda de não ser nada, o antessabor da morte e do apagamento.

Nunca tive alguém a quem pudesse chamar "Mestre". Não morreu por mim nenhum Cristo. Nenhum Buda me indicou um caminho. No alto dos meus sonhos nenhum Apolo ou Atena me apareceu, para que me iluminasse a alma.

462.

Mas a exclusão, que me impus, dos fins e dos movimentos da vida; a ruptura, que procurei, do meu contato com as coisas — levou-me precisamente àquilo a que eu procurava fugir. Eu não queria sentir a vida, nem tocar nas coisas, sabendo, pela experiência do meu temperamento em contágio do mundo, que a sensação da vida era sempre dolorosa para mim. Mas ao evitar esse contato, isolei-me, e, isolando-me, exacerbei a minha sensibilidade já excessiva. Se fosse possível cortar de todo o contato com as coisas, bem iria à minha sensibilidade. Mas esse isolamento total não pode realizar-se. Por menos que eu faça, respiro; por menos que aja, movo-me. E, assim, conseguindo exacerbar a minha sensibilidade pelo isolamento, consegui que os fatos mínimos, que antes mesmo a mim nada fariam, me ferissem como catástrofes. Errei o método de fuga. Fugi, por um rodeio incômodo, para o mesmo lugar onde estava, com o cansaço da viagem sobre o horror de viver ali.

Nunca encarei o suicídio como uma solução, porque eu odeio a vida por amor a ela. Levei tempo a convencer-me deste lamentável equívoco em que vivo comigo. Convencido dele, fiquei desgostoso, o que sempre me acontece quando me convenço de qualquer coisa, porque o convencimento é em mim sempre a perda de uma ilusão.

Matei a vontade a analisá-la. Quem me tornara a infância antes da análise, ainda que antes da vontade!

Nos meus parques, sono morto, a sonolência dos tanques ao sol alto, quando os rumores dos insetos chusmam na hora e me pesa viver, não como uma mágoa, mas como uma dor física por concluir.

Palácios muito longe, parques absortos, a estreiteza das áleas ao longe, a graça morta dos bancos de pedra para os que foram — pompas mortas, graça desfeita, ouropel perdido. Meu anseio que esqueço, quem me dera recuperar a mágoa com que te sonhei.

463.

Sossego enfim. Tudo quanto foi vestígio e desperdício some--se-me da alma como se não fora nunca. Fico só e calmo. A hora que passo é como aquela em que me convertesse a uma religião. Nada porém me atrai para o alto, ainda que nada já me atraia para baixo. Sinto-me livre, como se deixasse de existir, conservando a consciência disso.

Sossego, sim, sossego. Uma grande calma, suave como uma inutilidade, desce em mim ao fundo do meu ser. As páginas lidas, os deveres cumpridos, os passos e os acasos de viver — tudo isso se me tornou numa vaga penumbra, num halo mal visível, que cerca qualquer coisa tranquila que não sei o que é. O esforço, em que pus, uma ou outra vez, o esquecimento da alma; o pensamento, em que pus, uma vez ou outra, o esquecimento da ação — ambos se me volvem numa espécie de ternura sem sentimento, de compaixão fruste e vazia.

Não é o dia lento e suave, nublado e brando. Não é a aragem imperfeita, quase nada, pouco mais do que o ar que já se sente. Não é a cor anônima do céu aqui e ali azul, frouxamente. Não. Não, porque não sinto. Vejo sem intenção nem remédio. Assisto atento a espetáculo nenhum. Não sinto alma, mas sossego. As coisas externas, que estão nítidas e paradas, ainda as que se movem, são para mim como para o Cristo seria o mundo, quando, da altura de tudo, Satã o tentou. São nada, e compreendo que o Cristo se não tentasse. São nada, e não compreendo como Satã, velho de tanta ciência, julgasse que com isso tentaria.

Corre leve, vida que se não sente, riacho em silêncio móbil sob árvores esquecidas! Corre branda, alma que se não conhece, murmúrio que se não vê para além de grandes ramos caídos! Corre inútil, corre sem razão, consciência que o não é de nada, vago brilho ao longe, entre clareiras de folhas, que não se sabe de onde vem nem onde vai! Corre, corre, e deixa-me esquecer!

Vago sopro do que não ousou viver, hausto fruste[1] do que não pôde sentir, murmúrio inútil do que não quis pensar, vai lento, vai frouxo, vai em torvelinhos que tens que ter e em declives que te dão, vai para a sombra ou para a luz, irmão do mundo, vai para a glória ou para o abismo, filho do Caos e da Noite, lembrando ainda, em qualquer recanto teu, de que os Deuses vieram depois, e de que os Deuses passam também.

464.

Quem tenha lido as páginas deste livro, que estão antes desta, terá sem dúvida formado a ideia de que sou um sonhador. Ter-se-ia enganado se a formou. Para ser sonhador falta-me o dinheiro.

As grandes melancolias, as tristezas cheias de tédio, não podem existir senão com um ambiente de conforto e de sóbrio luxo. Por isso o Egeus[1] de Poe, concentrado horas e horas numa absorção doentia, o faz num castelo antigo, ancestral, onde, para além das portas da grande sala onde jaz a vida, mordomos invisíveis administram a casa e a comida.

O grande sonho requer certas circunstâncias sociais. Um dia que, embevecido por certo movimento rítmico e dolente do que escrevera, me recordei de Chateaubriand, não tardou que me lembrasse de que eu não era visconde, nem sequer bretão.[2] Outra vez que julguei sentir, no sentido do que dissera, uma semelhança com Rousseau, não tardou, também, que me ocorresse que, não [tendo] tido o privilégio de ser fidalgo e castelão, também o não tivera de ser suíço e vagabundo.

Mas, enfim, também há universo na Rua dos Douradores. Também aqui Deus concede que não falte o enigma de viver. E por isso, se são pobres, como a paisagem de carroças e caixotes, os sonhos que consigo extrair de entre as rodas e as tábuas, ainda assim são para mim o que tenho, e o que posso ter.

Alhures, sem dúvida, é que os poentes são. Mas até deste quarto andar sobre a cidade se pode pensar no infinito. Um infinito com armazéns em baixo, é certo, mas com estrelas ao fim... É o que me ocorre, neste acabar de tarde, à janela alta, na insatisfação do burguês que não sou e na tristeza do poeta que nunca poderei ser.

465.

Quando o estio entra entristeço. Parece que a luminosidade, ainda que acre, das horas estivais devera acarinhar quem não sabe quem é. Mas não, a mim não me acarinha. Há um contraste demasiado entre a vida externa que exubera e o que sinto e penso, sem saber sentir nem pensar — o cadáver perenemente insepulto das minhas sensações. Tenho a impressão de que vivo, nesta pátria informe chamada o universo, sob uma tirania política que, ainda que me não oprima diretamente, todavia ofende qualquer oculto princípio da minha alma. E então desce em mim, surdamente, lentamente, a saudade antecipada do exílio impossível.

Tenho principalmente sono. Não um sono que traz latente, como todos os sonos, ainda os mórbidos, o privilégio físico do sossego. Não um sono que, porque vai esquecer a vida, e porventura trazer sonhos, traz na bandeja com que nos vem até à alma as oferendas plácidas de uma grande abdicação. Não: este é um sono que não consegue dormir, que pesa nas pálpebras sem as fechar, que junta num gesto que se sente ser de estupidez e repulsa as comissuras sentidas dos beiços descrentes. Este é um sono como o que tortura inutilmente[1] o corpo nas grandes insônias da alma.

Só quando vem a noite, de algum modo sinto, não uma alegria, mas um repouso que, por outros repousos serem contentes, se sente contente por analogia dos sentidos. Então o sono passa, a confusão do lusco-fusco mental, que esse sono dera, esbate-se, esclarece-se, quase se ilumina. Vem, um momento, a esperança de outras coisas. Mas essa esperança é breve. O que sobrevém é um tédio sem sono nem esperança, o mau despertar de quem não chegou a dormir. E da janela do meu quarto fito, pobre alma cansada de corpo, muitas estrelas; muitas estrelas, nada, o nada, mas muitas[2] estrelas...

466.

O homem não deve poder ver a sua própria cara. Isso é o que há de mais terrível. A Natureza deu-lhe o dom de não a poder ver, assim como de não poder fitar os seus próprios olhos.

Só na água dos rios e dos lagos ele podia fitar seu rosto. E a postura, mesmo, que tinha de tomar, era simbólica. Tinha de se curvar, de se baixar para cometer a ignomínia de se ver.

O criador do espelho envenenou a alma humana.

467.

Ouviu-me ler os meus versos — que nesse dia[1] li bem, porque me distraí — e disse-me, com a simplicidade de uma lei natural: "Você, assim, e com outra cara, seria um grande fascinador"... A palavra "cara", mais que a referência que continha, ergueu-me de mim pela gola do desconhecermo-nos.[2] Vi o espelho do meu quarto, o meu pobre rosto de mendigo sem pobreza; e de repente o espelho virou-se[3] e o espectro da Rua dos Douradores abriu-se diante de mim como um nirvana do carteiro.

A acuidade das minhas sensações chega a ser uma doença que me é alheia. Sofre-a outro de quem eu sou a parte doente, porque verdadeiramente sinto como em dependência de uma maior capacidade de sentir. Sou como um tecido especial, ou até uma célula, sobre a qual pesasse toda a responsabilidade de um organismo.

Se penso, é porque divago; se sonho, é porque estou desperto. Tudo em mim se embrulha comigo, e não tem forma de saber de ser.

468.

Quando vivemos constantemente no abstrato — seja o abstrato do pensamento, seja o da sensação pensada —, não tarda que, contra nosso mesmo sentimento ou vontade, se nos tornem fantasmas aquelas coisas da vida real que, em acordo com nós mesmos, mais deveríamos sentir.

Por mais amigo, e verdadeiramente amigo, que eu seja de alguém, o saber que ele está doente, ou que morreu, não me dá mais que uma impressão vaga, incerta, apagada, que me envergonho de sentir. Só a visão direta do caso, a sua paisagem, me daria emoção. À força de viver de imaginar, gasta-se o poder de imaginar, sobretudo o de imaginar o real. Vivendo mentalmente do que não há nem pode haver, acabamos por não poder cismar o que pode haver.

Disseram-me hoje que tinha entrado para o hospital, para ser operado, um velho amigo meu, que não vejo há muito tempo, mas que sinceramente lembro sempre com o que suponho ser saudade. A única sensação que recebi, de positiva e de clara, foi a da maçada que forçosamente me daria o ter de ir visitá-lo, com a alternativa irônica de, não tendo paciência para a visita, ficar arrependido de a não fazer.

Nada mais... De tanto lidar com sombras, eu mesmo me converti numa sombra — no que penso, no que sinto, no que sou. A saudade do normal que nunca fui entra então na substância do meu ser. Mas é ainda isso, e só isso, que sinto. Não sinto propriamente pena do amigo que vai ser operado. Não sinto propriamente pena de todas as pessoas que vão ser operadas, de todos quantos sofrem e penam neste mundo. Sinto pena, tão somente, de não saber ser quem sentisse pena.

E, num momento, estou pensando em outra coisa, inevitavelmente, por um impulso que não sei o que é. E então, como se estivesse delirando, mistura-se-me com o que não cheguei a sentir, com o que não pude ser, um rumor de árvores, um som de água correndo para tanques, uma quinta inexistente... Esforço-me por sentir, mas já não sei como se sente. Tornei-me a sombra de mim mesmo, a quem entregasse o meu ser. Ao contrário daquele Peter Schlemihl[1] do conto alemão, não vendi ao Diabo a minha sombra, mas a minha substância. Sofro de não sofrer, de não saber sofrer. Vivo ou finjo que vivo? Durmo ou estou desperto? Uma vaga aragem, que sai fresca do calor do dia, faz-me esquecer tudo. Pesam-me as pálpebras agradavelmente... Sinto que este mesmo sol doira os campos onde não estou e onde não quero estar... Do meio dos ruídos da cidade sai um grande silêncio... Que suave! Mas que mais suave, talvez, se eu pudesse sentir!...

469.

O próprio escrever perdeu a doçura para mim. Banalizou-se tanto, não só o ato de dar expressão a emoções como o de requintar frases, que escrevo como quem come ou bebe, com mais ou menos atenção, mas meio alheado e desinteressado, meio atento, e sem entusiasmo nem fulgor.

470.

Falar é ter demasiada consideração pelos outros. Pela boca morrem o peixe e Oscar Wilde.

471.

Desde que possamos considerar este mundo uma ilusão e um fantasma, poderemos considerar tudo que nos acontece como um sonho, coisa que fingiu ser porque dormíamos. E então nasce em nós uma indiferença sutil e profunda para com todos os desaires e desastres da vida. Os que morrem viraram a uma esquina, e por isso os deixamos de ver; os que sofrem passam perante nós, se sentimos, como um pesadelo, se pensamos, como um devaneio ingrato. E o nosso próprio sofrimento não será mais que esse nada. Neste mundo dormimos sobre o lado esquerdo e ouvimos nos sonhos a existência opressa do coração.

Mais nada... Um pouco de sol, um pouco de brisa, umas árvores que emolduram a distância, o desejo de ser feliz, a mágoa de os dias passarem, a ciência sempre incerta e a verdade sempre por descobrir... Mais nada, mais nada... Sim, mais nada...

472.

Atingir, no estado místico, só o que esse estado tem de grato, sem o que tem de exigente; ser o extático de deus nenhum, o místico ou epopta[1] sem iniciação; passar o curso dos dias na meditação de um paraíso em que se não crê — isto tudo sabe bem à alma, se ela conhece o que é desconhecer.

Vão altas, por cima de onde estou, corpo dentro de uma sombra, as nuvens silenciosas; vão altas, por cima de onde estou, alma cativa num corpo, as verdades incógnitas... Vai alto tudo... E tudo passa no alto como em baixo, sem nuvem que deixe mais do que chuva, ou verdade que deixe mais do que[2] dor... Sim, tudo o que é alto passa alto, e passa; tudo o que é de apetecer está longe e passa longe... Sim, tudo atrai, tudo é alheio e tudo passa.

Que me importa saber, ao sol ou à chuva, corpo ou alma, que passarei também? Nada, salvo a esperança de [que] tudo seja nada, e portanto o nada seja tudo.

473.

Em qualquer espírito, que não seja disforme, existe a crença em Deus. Em qualquer espírito, que não seja disforme, não existe a crença em um Deus definido. É qualquer ente, existente e impossível, que rege tudo; cuja pessoa, se a tem, ninguém pode definir; cujos fins, se deles usa, ninguém pode compreender. Chamando-lhe Deus dizemos tudo, porque, não tendo a palavra Deus sentido algum preciso, assim o afirmamos sem dizer nada. Os atributos de infinito, de eterno, de onipotente, de sumamente justo ou bondoso, que por vezes lhe colamos, descolam-se por si como todos os adjetivos desnecessários, quando o substantivo basta. E Ele, a que, por indefinido, não podemos dar atributos, é, por isso mesmo, o substantivo absoluto.

A mesma certeza, e o mesmo vago, existem quanto à sobrevivência da alma. Todos nós sabemos que morremos; todos nós sentimos que não morreremos. Não é bem um desejo, nem uma esperança, que nos traz essa visão no escuro de que a morte é um mal-entendido: é um raciocínio feito com as entranhas, que repudia □

474.

UM DIA

Em vez de almoçar — necessidade que tenho de fazer acontecer-me todos os dias — fui ver o Tejo, e voltei a vaguear pelas ruas sem mesmo supor que achei útil à alma vê-lo. Ainda assim...

Viver não vale a pena. Só olhar é que vale a pena. Poder olhar sem viver realizaria a felicidade, mas é impossível, como tudo quanto costuma ser o que sonhamos. O êxtase que não incluísse[1] a vida!...

Criar ao menos um pessimismo novo, uma nova negação, para que tivéssemos a ilusão que de nós alguma coisa, ainda que para mal, ficava!

475.

"De que é que você se está[1] a rir?", perguntou-me sem mal a voz do Moreira de entre para lá das duas prateleiras do meu alçado.

"Era uma troca de nomes que eu ia fazendo...", e acalmei [os] pulmões ao falar.

"Ah", disse o Moreira rapidamente, e a paz poeirosa desceu de novo sobre o escritório e sobre mim.

O senhor Visconde de Chateaubriand aqui a fazer contas! O senhor professor Amiel aqui num banco alto real! O senhor Conde Alfred de Vigny a debitar o Grandela![2] Senancour nos Douradores!

Nem o Bourget, coitado, que custa a ler como uma escada sem elevador... Volto-me para trás do parapeito para ver bem de novo o meu Boulevard de Saint-Germain, e justamente nesta altura o sócio do roceiro está cuspindo[3] para a rua.

E entre pensar tudo isto e estar fumando, e não ligar bem uma coisa e outra, o riso mental encontra o fumo, e, embrulhando-se na garganta, expande-se num ataque tímido de riso audível.

476.

Parecerá a muitos que este meu diário, feito para mim, é artificial demais. Mas é de meu natural ser artificial. Com que hei de eu entreter-me, depois, senão com escrever cuidadosamente estes apontamentos espirituais? De resto, não cuidadosamente os escrevo. É, mesmo, sem cuidado limador que os agrupo. Penso naturalmente nesta minha linguagem requintada.

Sou um homem para quem o mundo exterior é uma realidade interior. Sinto isto não metafisicamente, mas com os sentidos usuais com que colho[1] a realidade.

A minha[2] frivolidade de ontem é hoje uma saudade constante que me rói a vida.

Há claustros na hora. Entardeceu nas esquivanças. Nos olhos azuis dos tanques um último desespero reflete a morte do sol. Nós éramos tanta coisa dos parques antigos; de tão voluptuoso modo estávamos incorporados na presença das estátuas, no talhado inglês das áleas. Os vestidos, os espadins, as *perruques*, os meneios e os cortejos pertenciam tanto à substância de que o nosso espírito era[3] feito! Nós quem? O repuxo apenas, no jardim deserto, água alada indo já menos alta no seu ato triste de querer voar.

477.

... e os lírios nas margens de rios remotos, frios[1] — perdidos[2] numa tarde eterna sem mais nada em[3] continentes verdadeiros.

478.

(*LUNAR SCENE*)

Toda a paisagem não está em parte nenhuma.

479.

Em baixo, afastando-se do alto onde estou em desnivelamentos de sombra, dorme ao luar, álgida, a cidade inteira.

Um desespero de mim, uma angústia de existir preso a mim extravasa-se por mim todo sem me exceder, confunde-me o ser em ternura, medo, dor e desolação.

Um tão inexplicável excesso de mágoa absurda, uma dor tão desolada, tão órfã, tão metafisicamente minha □

480.

Alastra ante meus olhos saudosos a cidade incerta e silente.

As casas desigualam-se num aglomerado retido, e o luar, com manchas de incerteza, estagna de madrepérola os solavancos mortos da profusão.[1] Há telhados e sombras,[2] janelas e Idade Média. Não há de que haver arredores. Paira no que se vê um vislumbre de longínquo. Por sobre de onde vejo há ramos negros de árvores, e eu tenho o sono da cidade inteira no meu coração dissuadido. Lisboa ao luar e o meu cansaço de amanhã!

Que noite! Prouvera a quem causou os pormenores do mundo que não houvesse para mim melhor estado ou melodia que o momento lunar destacado em que me desconheço conhecido.

Nem brisa, nem gente interrompe o que não penso. Tenho sono do mesmo modo que tenho vida. Só me sinto nas pálpebras, como se houvesse o que fazer-mas pesar. Ouço a minha respiração. Durmo, ou desperto?

Custa-me um chumbo dos sentidos o mover-me com os pés para onde moro. A carícia do apagamento, a flor dada do inútil, o meu nome nunca pronunciado, o meu desassossego entre margens, o privilégio de deveres cedidos, e, na última curva do parque avoengo, o outro século como um roseiral.

481.

Entrei no barbeiro no modo do costume, com o prazer de me ser fácil entrar sem constrangimento nas casas conhecidas. A minha sensibilidade do novo é angustiante: tenho calma só onde já tenho[1] estado.

Quando me sentei na cadeira, perguntei, por um acaso que lembra, ao rapaz barbeiro que me ia colocando no pescoço um linho frio e limpo, como ia o colega da cadeira da direita, mais velho e com espírito, que estava doente. Perguntei-lhe sem que me pesasse a necessidade de perguntar: ocorreu-me a oportunidade pelo local e a lembrança. "Morreu ontem", respondeu sem tom a voz que estava por trás da toalha e de mim, e cujos dedos se erguiam da última inserção na nuca, entre mim e o colarinho. Toda a minha boa disposição irracional morreu de repente, como o barbeiro eternamente ausente da cadeira ao lado. Fez frio em tudo quanto penso. Não disse nada.

Saudades! Tenho-as até do que me não foi nada, por uma angústia da fuga do tempo e uma doença do mistério da vida. Caras que via habitualmente nas minhas ruas habituais — se deixo de vê-las entristeço; e não me foram nada, a não ser o símbolo de toda a vida.

O velho sem interesse das polainas sujas, que cruzava frequentemente comigo às nove e meia da manhã? O cauteleiro coxo que me maçava inutilmente? O velhote redondo e corado do charuto à porta da tabacaria? O dono pálido da tabacaria? O que é feito de todos eles, que, porque os vi e os tornei a ver, foram parte da minha vida? Amanhã também eu me sumirei da Rua da Prata, da Rua dos Douradores, da Rua dos Fanqueiros. Amanhã também eu — a alma que sente e pensa, o universo que sou para mim — sim, amanhã eu também serei o que deixou de passar nestas ruas, o que outros vagamente evocarão com um "o que será dele?". E tudo quanto faço, tudo quanto sinto, tudo quanto vivo, não será mais que um transeunte a menos na quotidianidade de ruas de uma cidade qualquer.

OS GRANDES TRECHOS

Pessoa, numa nota (ver Apêndice), lançou a ideia de publicar separadamente os trechos grandes com títulos "grandiosos", citando, como um de dois exemplos, "Sinfonia de uma noite inquieta", que não é muito grande embora o seu título seja grandioso. Na presente edição inclui-se, sob esta rubrica, trechos com título, da primeira fase, que sejam grandes em extensão ou em intenção, ou que tenham afinidade com outros trechos aqui reunidos.

A DIVINA INVEJA

Sempre que tenho uma sensação agradável em companhia de outros, invejo-lhes a parte que tiveram nessa sensação. Parece-me um impudor que eles sentissem o mesmo do que eu, que me devassassem a alma por intermédio da alma, unissonamente sentindo, deles.

A grande dificuldade do orgulho que para mim oferece a contemplação das paisagens, é a dolorosa circunstância de já as haver com certeza contemplado alguém com um intuito igual.

A horas diferentes, é certo, e em outros dias. Mas fazer-me notar isso seria acariciar-me e amansar-me com uma escolástica que sou superior a merecer. Sei que pouco importa a diferença, que com o mesmo espírito em olhar, outros tiveram ante a paisagem um modo de ver, não como, mas parecido com o meu.

Esforço-me por isso para alterar sempre o que vejo de modo a torná-lo irrefragavelmente meu — de alterar, mantendo-a mesmamente bela e na mesma ordem de linha de beleza, a linha do perfil das montanhas; de substituir certas árvores e flores por outras, vastamente as mesmas diferentissimamente; de ver outras cores de efeito idêntico no poente — e assim crio, de educado que estou, e com o próprio gesto de olhar com que espontaneamente vejo, um modo interior do exterior.

Isto, porém, é o grau ínfimo de substituição do visível. Nos meus bons e abandonados momentos de sonho arquiteto muito mais.

Faço a paisagem ter para mim os efeitos da música, evocar-me imagens visuais — curioso e dificílimo triunfo do êxtase, tão difícil porque o agente evocativo é da mesma ordem de sensações que o que há de evocar. O meu triunfo máximo no gênero foi quando, a certa hora ambígua de aspecto e luz, olhando para o Cais do Sodré nitidamente *o vi* um pagode chinês com estranhos guizos nas pontas dos telhados como chapéus absurdos — curioso pagode chinês *pintado* no espaço, sobre o espaço-cetim, não sei como, sobre o espaço que perdura na abominável terceira dimensão. E a hora cheirou-me verdadeiramente a um tecido arrastado e longínquo e com uma grande inveja de realidade...

CARTA

Assim soubesses tu compreender o teu dever de seres meramente o sonho de um sonhador. Seres apenas o turíbulo da catedral dos devaneios. Talhares os teus gestos como sonhos, para que fossem apenas janelas abertas para paisagens novas da[1] tua alma. De tal modo arquitetar o teu corpo em arremedos de sonho que não fora possível ver-te sem pensar noutra coisa, que lembrasses tudo menos tu própria, que ver-te fora ouvir música e atravessar, sonâmbulo, grandes paisagens de lagos mortos, vagas florestas silenciosas perdidas ao fundo de outras épocas, onde invisíveis pares diversos vivem sentimentos que não temos.

Eu não te quereria para nada senão para te não ter. Queria que, sonhando eu e se tu aparecesses, eu pudesse imaginar-me ainda sonhando — nem te vendo talvez, mas talvez reparando que o luar enchera de □ os lagos mortos e que ecos de canções ondeavam subitamente na grande floresta inexplícita, perdida em épocas impossíveis.

A visão de ti seria o leito onde a minha alma adormecesse, criança doente, para sonhar outra vez com outro céu. Falares? Sim, mas que ouvir-te fosse não te ouvir mas ver grandes pontes ao luar ligar as duas margens escuras do rio que vai ter ao ancião mar onde as caravelas são novas para sempre.

Sorrias? Eu não sabia disso, mas nos meus céus interiores andavam as estrelas. Olhavas-me dormindo. Eu não reparava nisso mas no barco longínquo cuja vela de sonho ia sob o luar, passando longínquas marinhas.

CASCATA

A criança sabe que a boneca não é real, e trata-a como real, até chorá-la e se desgostar quando se parte. A arte da criança é a de irrealizar. Bendita essa idade errada da vida, quando se nega a vida[1] por não haver sexo, quando se nega a realidade por brincar, tomando por reais a coisas que o não são!

Que eu seja volvido criança e o fique sempre, sem que me importem os valores que os homens dão às coisas nem as relações[2] que os homens estabelecem entre elas. Eu, quando era pequeno, punha muitas vezes os soldados de chumbo de pernas para o ar... E há argumento algum, com jeito lógico para convencer, que nos prove que os soldados reais não devem andar de cabeça para baixo?

A criança não dá mais valor ao ouro do que ao vidro. E na verdade, o ouro vale mais? A criança acha obscuramente absurdos as paixões, as raivas, os receios que vê esculpidos nos gestos adultos. E não são na verdade absurdos e vãos todos os nossos receios, e todos os nossos ódios, e todos os nossos amores?

Ó divina e absurda intuição infantil! Visão verdadeira das coisas, que nós vestimos de convenções no mais nu vê-las, que nós[3] embrumamos de ideias nossas no mais direto olhá-las!

Será Deus uma criança muito grande? O universo inteiro não parece uma brincadeira, uma partida de criança travessa? Tão irreal □

Lancei-vos, rindo, esta ideia ao ar, e vede como ao vê-la distante de mim de repente vejo o que de horrorosa ela é! E quem sabe se ela não contém a verdade![4] E ela cai e quebra-se-me aos pés, em pó de horror e estilhaços de mistério...

Acordo para saber que existo...

Um grande tédio incerto gorgoleja, erradamente fresco ao ouvido, pela cascata, cortiçada abaixo, lá no fundo estúpido do jardim.

CENOTÁFIO

Nem viúva nem filho lhe pôs na boca o óbolo, com que pagasse a Caronte. São velados para nós os olhos com que transpôs o Estige e viu nove vezes refletido nas águas ínferas o rosto que não conhecemos. Não tem nome entre nós a sombra agora errante nas margens dos rios soturnos; o seu nome é sombra também.

Morreu pela Pátria, sem saber como nem por quê. O seu sacrifício teve a glória de não se conhecer. Deu a vida com toda a inteireza da alma: por instinto, não por dever; por amor à Pátria, não por consciência dela. Defendeu-a como quem defende uma mãe, de quem somos filhos não por lógica, senão por nascimento. Fiel ao segredo primevo, não pensou nem quis, mas viveu[1] a sua morte instintivamente, como havia vivido a sua vida. A sombra que usa agora se irmana com as que caíram em Termópilas, fiéis na carne ao juramento em que haviam nascido.

Morreu pela Pátria como o sol nasce todos os dias. Foi por natureza o que a Morte havia de torná-lo.

Não caiu servo de uma fé ardente, não o mataram combatendo pela baixeza de um grande ideal. Livre da injúria da fé e do insulto do humanitarismo,[2] não caiu em defesa de uma ideia política, ou do futuro da humanidade, ou de uma religião por haver. Longe da fé no outro mundo, com que se enganam os crédulos de Maomé e os sequazes de Cristo,[3] viu a morte chegar sem esperar nela a vida, viu a vida passar sem que esperasse vida melhor.

Passou naturalmente, como o vento e o dia, levando consigo a alma, que o fizera diferente. Mergulhou na sombra como quem entra na porta onde chega. Morreu pela Pátria, a única coisa superior a nós de que temos conhecimento e razão. O paraíso do maometano ou cristão, o esquecimento transcendente do budista não se lhe refletiram nos olhos quando neles se apagou a chama, que o fazia vivo na terra.

Não soube quem foi, como não sabemos quem é. Cumpriu o dever, sem saber o que cumpria. Guiou-o o que faz florir as rosas e ser bela[4] a morte das folhas. A vida não tem razão melhor, nem a morte melhor galardão.[5]

Visita agora, conforme os deuses concedem, as regiões onde não há a luz, passando os lamentos de Cocito e o fogo de Flegetonte e ouvindo na noite o lapso leve da lívida onda leteia.

Ele é anônimo como o instinto que o matou. Não pensou que ia morrer pela Pátria; morreu por ela. Não determinou cumprir o seu dever; cumpriu-o. A quem não teve nome na alma, justo é que não perguntemos que nome definiu o seu corpo. Foi português; não sendo tal português, é o português sem limitação.

O seu lugar não é ao pé dos criadores de Portugal, cuja estatura é outra, e outra a consciência. Não lhe cabe a companhia dos semideuses, por cuja audácia cresceram os caminhos do mar e houve mais terra que caber no nosso alcance.

Nem estátua nem lápide narre quem foi o que foi todos nós; como é todo o povo, deve ter por túmulo toda esta terra. Em sua própria memória o devemos sepultar, e por lápide pôr-lhe o seu exemplo apenas.

CONSELHOS ÀS MALCASADAS

(*As malcasadas são todas as mulheres casadas, e algumas solteiras.*)

Livrai-vos sobretudo de cultivar os sentimentos humanitários. O humanitarismo é uma grosseria. Escrevo a frio, raciocinadamente, pensando em vosso bem-estar, pobres malcasadas.

*

A arte toda, toda a libertação, está em submeter o espírito o menos possível, deixando ao corpo, que se submeta à vontade.

Ser imoral não vale a pena, porque diminui aos olhos dos outros a vossa personalidade, ou a banaliza. Ser imoral dentro de si, cercada do máximo respeito alheio. Ser esposa e mãe corporeamente virginal e dedicada, e ter porém cometido *débauches* inexplicáveis com todos os homens da vizinhança, desde os merceeiros até aos □ — eis o que maior sabor tem a quem realmente quer gozar e alargar a sua individualidade, sem descer ao método da criada de servir, que, por ser também delas, é baixo, nem cair na honestidade rigorosa da mulher profundamente estúpida, que é decerto filha do interesse.

Segundo a vossa superioridade, almas femininas que me ledes, sabereis compreender o que escrevo. Todo o prazer é do cérebro; todos os crimes, já se disse, "é nos nossos sonhos que se cometem". Lembro-me de um crime belo, real. Não o houve nunca. São belos os que nós não nos lembramos. Bórgia[1] cometeu belos crimes? Acreditai-me que não cometeu. Quem os cometeu belíssimos, purpúreos, faustuosos, foi o nosso sonho de Bórgia, foi a ideia de Bórgia que há em nós. Tenho a certeza que o César Bórgia que existiu era um banal e um estúpido; tinha de o ser porque existir é sempre estúpido e banal.

Dou-vos estes conselhos desinteressadamente, aplicando o meu método a um caso que me não interessa. Pessoalmente, os meus sonhos são de Império e glória; não são sensuais de modo algum. Mas quero ser-vos útil, ainda que mais não seja, só para me arreliar, porque detesto o útil. Sou altruísta a meu modo.

—

Proponho-me ensinar-lhes como trair o seu marido em imaginação.

Acreditem-me: só as criaturas ordinárias traem o marido

realmente. O pudor é uma condição sine qua non de prazer sexual. O entregar-se a mais de um homem mata o pudor.

Concedo que a inferioridade feminina precisa de macho. Acho que, ao menos, se deve limitar a um macho só, fazendo dele, se disso precisar, centro de um círculo, de raio crescente, de machos imaginados.

A melhor ocasião para fazer isso é nos dias que antecedem os da menstruação.

Assim:

Imaginam o seu marido mais branco de corpo. Se imaginam bem, senti-lo-ão mais branco sobre si.

Retenham todo o gesto de sensualidade excessiva. Beijem o marido que lhes estiver em cima do corpo, e mudem com a imaginação o homem para olhar o belo que lhes estiver em cima da alma.

A essência do prazer é o desdobramento. Abram a porta da janela ao Felino em vós.

Como *tracasser* o marido.

Importa que o marido às vezes se zangue.

O essencial é começar a sentir a atração pelas coisas que repugnam, não perdendo a disciplina exterior.

A maior indisciplina interior junta à máxima disciplina exterior compõe a perfeita sensualidade. Cada gesto que *realiza* um sonho ou um desejo, irrealiza-o realmente.

A *substituição* não é tão difícil como julgam. Chamo substituição à prática que consiste em imaginar-se a gozar com um homem A quando se está copulando com um homem B.

Minhas queridas discípulas, desejo-lhes, com um fiel cumprimento dos meus conselhos, inúmeras e desdobradas volúpias não com o, mas *através do*, animal macho a que a Igreja ou o Estado as tiver atado pelo ventre e pelo apelido.

É fincando os pés no solo que a ave desprende o voo. Que esta imagem, minhas filhas, vos seja a perpétua lembrança do único mandamento espiritual.

Ser uma cocote, cheia de todos os modos de vícios, sem trair o marido, nem sequer com um olhar — a volúpia disto, se souberdes consegui-lo.

Ser cocote *para dentro*, trair o marido *para dentro*, está-lo traindo nos abraços que lhe dais, não ser para ele o sentido do beijo que lhe dais — oh mulheres superiores, ó minhas misteriosas Cerebrais — a volúpia é isso.

Por que não aconselho eu isto aos homens também? Porque o homem é outra espécie de ente. Se é inferior, recomendo-lhe que use de quantas mulheres puder: faça isso e sirva-se do meu desprezo quando □. E o homem superior não tem necessidade de mulher nenhuma. Não precisa de posse sexual para a sua volúpia. Ora a mulher, mesmo superior, não aceita isto: a mulher é essencialmente sexual.

DECLARAÇÃO DE DIFERENÇA

As coisas do Estado e da cidade não têm mão sobre nós. Nada nos importa que os ministros e os áulicos façam falsa gerência das coisas da nação. Tudo isso se passa lá fora, como a lama nos dias de chuva. Nada temos com isso, que tenha que ver ao mesmo tempo conosco.

Semelhantemente nos não interessam as grandes convulsões, como a guerra e as crises dos países. Enquanto não entram por nossa casa, nada nos importa a que portas batam. Isto, que parece que se apoia num grande desprezo pelos outros, realmente tem apenas por base o nosso apreço cético por nós próprios.

Não somos bondosos nem caritativos — não porque sejamos o contrário, mas porque não somos nem uma coisa, nem a outra. A bondade é a delicadeza das almas grosseiras. Tem para nós o interesse de um episódio passado em outras almas, e com outras formas de pensar. Observamos, e nem aprovamos, nem deixamos de aprovar. O nosso mister é não ser nada.

Seríamos anarquistas se tivéssemos nascido nas classes que a si próprias chamam desprotegidas, ou em outras quaisquer de onde se possa descer ou subir. Mas, na verdade nós somos, em geral, criaturas nascidas nos interstícios das classes e das divisões sociais — quase sempre naquele espaço decadente entre a aristocracia e a (alta) burguesia, o lugar social dos gênios e dos loucos com quem se pode simpatizar.

A ação desorienta-nos, em parte por incompetência física, ainda mais por inapetência moral. Parece-nos imoral agir. Todo o pensamento nos parece degradado pela expressão em palavras, que o tornam coisa dos outros, que o fazem compreensível aos que o compreendem.

A nossa simpatia é grande pelo ocultismo e pelas artes do escondido. Não somos, porém, ocultistas. Falha-nos para isso a vontade inata, e, ainda, a paciência para a educar de modo a tornar-se o perfeito instrumento dos magos e dos magnetizadores. Mas simpatizamos com o ocultismo, sobretudo porque ele sói exprimir-se de modo a que muitos que leem, e mesmo muitos que julgam compreender, nada compreendem. É soberbamente superior essa atitude misteriosa. É, além disso, fonte copiosa de sensações do mistério e de terror: as larvas do astral, os estranhos entes de corpos diversos que a magia cerimonial evoca nos seus templos, as presenças desencarnadas da matéria deste plano, que pairam em torno aos nossos sentidos fechados, no silêncio físico do som interior — tudo isso nos acaricia com uma mão viscosa, terrível, no desabrigo e na escuridão.

Mas não simpatizamos com os ocultistas na parte em que eles são apóstolos e amadores da humanidade; isso os despe do seu mistério. A única razão para um ocultista funcionar no astral é sob a condição de o fazer por estética superior, e não para o sinistro fim de fazer bem a qualquer pessoa.

Quase sem o sabermos morde-nos uma simpatia ancestral pela magia negra, pelas formas proibidas da ciência transcendente, pelos Senhores do Poder que se venderam à Condenação e à Reencarnação degradada. Os nossos olhos de débeis e de incertos perdem-se, com um cio feminino, na teoria dos graus invertidos, nos ritos inversos, na curva sinistra da hierarquia descendente.

Satã, sem que o queiramos, possui para nós uma sugestão como que de macho para a fêmea. A serpente da Inteligência Material enroscou-se-nos no coração, como no Caduceu simbólico do Deus que comunica — Mercúrio, senhor da Compreensão.

Aqueles de nós que não são pederastas desejariam ter a coragem de o ser. Toda a inapetência para a ação inevitavelmente feminiza. Falhamos a nossa verdadeira profissão de donas de casa e de castelãs sem que fazer por um transvio de sexo na encarnação presente. Embora não acreditemos absolutamente nisto, sabe ao sangue da ironia fazer em nós como se o acreditássemos.

Tudo isto não é por maldade, mas por debilidade apenas. Adoramos, a sós, o mal, não por ele ser o mal, mas porque ele é mais intenso e forte que o Bem, e tudo quanto é intenso e forte atrai os nervos que deviam ser de mulher. *Pecca fortiter* não pode ser conosco, que não temos força, nem sequer a da inteligência, que é a que temos. Pensa em pecar fortemente — é o mais que para nós pode valer essa indicação aguda. Mas nem mesmo isso às vezes nos é possível: a própria vida interior tem uma realidade que às vezes nos dói por ser uma realidade qualquer. Haver leis para a associação de ideias, como para todas as operações do espírito, insulta a nossa indisciplina nativa.

DIÁRIO AO ACASO

Todos os dias a Matéria me maltrata. A minha sensibilidade é uma chama ao vento.

Passo por uma rua e estou vendo na face dos transeuntes, não a expressão que eles realmente têm, mas a expressão que teriam para comigo se soubessem a minha vida, e como eu sou, se eu trouxesse transparente nos meus gestos e no meu rosto a ridícula e tímida anormalidade da minha alma. Em olhos que não me olham, suspeito troças que acho naturais, dirigidas contra a exceção deselegante que sou entre um mundo de gente que age e goza; e no fundo suposto de fisionomias que passam gargalha da acanhada gesticulação da minha vida uma consciência dela que sobreponho e interponho. Debalde, depois de pensar isto, procuro convencer-me de que de mim, e só de mim, a ideia da troça e do opróbrio leve parte e esguicha. Não posso já chamar a mim a imagem do ver-me ridículo, uma vez objetivado nos outros.[1] sinto-me de repente abafar e hesitar numa estufa de mofas e inimizades. Todos me apontam a dedo do fundo das suas almas. Lapidam-me de alegres e desdenhosas troças todos que passam por mim. Caminho entre fantasmas inimigos que a minha imaginação doente imaginou e localizou em pessoas reais. Tudo me esbofeteia e me escarnece. E às vezes, em pleno meio da rua — inobservado, afinal — paro, hesito, procuro como que uma súbita nova dimensão, uma porta para o interior do espaço, para o outro lado do espaço, onde sem demora fugir da minha consciência dos outros, da minha intuição demasiado objetivada da realidade das vivas almas alheias.

Será que o meu hábito de me colocar na alma dos outros, me leva a ver-me como os outros me veem, ou me veriam se em mim reparassem? sim. E uma vez eu perceba como eles sentiriam a meu respeito se me conhecessem, é como se eles o sentissem na verdade, o estivessem sentindo, e sentindo-o, exprimindo-o naquele momento. Conviver com os outros é uma tortura para mim. E eu tenho os outros em mim. Mesmo longe deles sou forçado ao seu convívio. Sozinho, multidões me cercam. Não tenho para onde fugir a não ser que fuja de mim.

Ó grandes montes ao crepúsculo, ruas quase estreitas ao luar, ter a vossa inconsciência de □, a vossa espiritualidade de Matéria apenas, sem interior, sem sensibilidade, sem onde pôr sentimentos, nem pensamentos, nem desassossegos de espírito! Árvores tão apenas árvores, com uma verdura tão agradável aos olhos, tão exterior aos meus cuidados e às minhas penas, tão consoladora para as minhas angústias porque não tendes olhos com que as fitardes nem alma que, fitando por esses olhos, possa não as compreender e troçá-las! Pedras do caminho, troncos decepados, mera terra anônima do chão de toda a parte, minha irmã porque a vossa insensibilidade à minha alma é um carinho e um repouso... Conjunto ao sol ou sob a lua da Terra minha mãe, tão enternecidamente minha mãe, porque não podes criticar-me sem querer, como a minha própria mãe humana pode, porque não tens alma com que sem pensar nisso me analises, nem rápidos olhares que traiam pensamentos de mim que nem a ti própria confesses.[2] Mar enorme, meu ruidoso companheiro da infância, que me repousas e me embalas, porque a tua voz não é humana e não pode um dia citar em voz baixa a ouvidos humanos as minhas fraquezas, e as minhas imperfeições. Céu vasto, céu azul, céu próximo do mistério dos anjos, coevo □, tu não me olhas com olhos verdes, tu se pões o sol a teu peito não o fazes para me atrair, nem se te □ de estrelas o artefazes para me desdenhar... Paz imensa da Natureza, materna pela sua ignorância de mim; sossego afastado dos astros e dos sistemas, tão irmão no teu nada poder saber a meu respeito... Eu queria orar à vossa imensidade e à vossa calma, como mostra de gratidão por vos ter e poder amar sem suspeitas nem dúvidas; queria dar ouvidos ao vosso não poder ouvir, e vós sempre sem ouvirdes, dar olhos a vossa sublime cegueira, mas vós não verdes, e ser objeto das vossas atenções por esses ignotos olhos e ouvidos, consolado de ser presente ao vosso Nada atento como de uma morte definitiva, para longe, sem esperança de outra vida, para além de Deus e das possibilidades de seres, voluptuosamente nulo e da cor espiritual de todas as matérias...

DIÁRIO LÚCIDO

A minha vida, tragédia caída sob a pateada dos deuses[1] e de que só o primeiro ato se representou.

Amigos, nenhum. Só uns conhecidos que julgam que simpatizam comigo e teriam talvez pena se um comboio me passasse por cima e o enterro fosse em dia de chuva.

O prêmio natural do meu afastamento da vida foi a incapacidade, que criei nos outros, de sentirem comigo. Em torno a mim há uma auréola de frieza, um halo de gelo que repele os outros. Ainda não consegui não sofrer com a minha solidão. Tão difícil é obter aquela distinção de espírito que permita ao isolamento ser um repouso sem angústia.

Nunca dei crédito à amizade que me mostraram, como o não teria dado ao amor, se mo houvessem mostrado, o que aliás, seria impossível. Embora nunca tivesse ilusões a respeito daqueles que se diziam meus amigos, consegui sempre sofrer desilusões com eles — tão complexo e sutil é o meu destino de sofrer.

Nunca duvidei que todos me traíssem; e pasmei sempre quando me traíram. Quando chegava o que eu esperava, era sempre inesperado para mim.

Como nunca descobri em mim qualidades que atraíssem alguém, nunca pude acreditar que alguém se sentisse atraído por mim. A opinião seria de uma modéstia estulta, se fatos sobre fatos — aqueles inesperados fatos que eu esperava — a não viessem confirmar sempre.

Nem posso conceber que me estimem por compaixão, porque, embora fisicamente desajeitado e inaceitável, não tenho aquele grau de amarfanhamento orgânico com que entre na órbita da compaixão alheia, nem mesmo aquela simpatia que a atrai quando ela não seja patentemente merecida; e para o que em mim merece piedade, não a pode haver, porque nunca há piedade para os aleijados do espírito. De modo que caí naquele centro de gravidade do desdém alheio, em que não me inclino para a simpatia de ninguém.

Toda a minha vida tem sido querer adaptar-me a isto sem lhe sentir demasiadamente a crueza e a abjeção.

É preciso certa coragem intelectual para um indivíduo reconhecer destemidamente que não passa de um farrapo humano, aborto sobrevivente, louco ainda fora das fronteiras da internabilidade; mas é preciso ainda mais coragem de espírito para, reconhecido isso, criar uma adaptação perfeita ao seu destino, aceitar sem revolta, sem resignação, sem gesto algum, ou esboço de gesto, a maldição orgânica que a Natureza lhe impôs. Querer que não sofra com isso, é querer de mais, porque não cabe no humano o aceitar o mal, vendo-o bem, e chamar-lhe bem; e, aceitando-o como mal, não é possível não sofrer com ele.

Conceber-me de fora foi a minha desgraça — a desgraça para a minha felicidade. Vi-me como os outros me veem, e passei a desprezar-me — não tanto porque reconhecesse em mim uma tal ordem de qualidades que eu por elas merecesse desprezo, mas porque passei a ver-me como os outros me veem e a sentir um desprezo qualquer que eles por mim sentem. Sofri a humilhação de me conhecer. Como este calvário não tem nobreza, nem ressurreição dias depois, eu não pude senão sofrer com o ignóbil disto.

Compreendi que era impossível a alguém amar-me, a não ser que lhe faltasse de todo o senso estético — e então eu o desprezaria por isso; e que mesmo simpatizar comigo não podia passar de um capricho da indiferença alheia.

Ver claro em nós e em como os outros nos veem! Ver esta verdade frente a frente! E no fim o grito de Cristo no Calvário, quando viu, frente a frente, a *sua* verdade: Senhor, senhor, por que me abandonaste?

EDUCAÇÃO SENTIMENTAL

Para quem faz do sonho a vida, e da cultura em estufa das suas sensações uma religião e uma política, para esse o primeiro passo, o que acusa na alma que ele deu o primeiro passo, é o sentir as coisas mínimas extraordinária e desmedidamente. Este é o primeiro passo, e o passo simplesmente primeiro não é mais do que isto. Saber pôr no saborear duma chávena de chá a volúpia extrema que o homem normal só pode encontrar nas grandes alegrias que vêm da ambição subitamente satisfeita toda ou das saudades de repente desaparecidas, ou então nos atos finais e carnais do amor; poder encontrar na visão dum poente ou na contemplação dum detalhe decorativo aquela exasperação de senti-los que geralmente só pode dar, não o que se vê ou o que se ouve, mas o que se cheira ou se gosta — essa proximidade do objeto da sensação que só as sensações carnais — o tato, o gosto, o olfato — esculpem de encontro à consciência; poder tornar a visão interior, o ouvido do sonho — todos os sentidos supostos e do suposto — recebedores e tangíveis como sentidos virados para o externo: escolho estas, e as análogas suponham-se, dentre as sensações que o cultor de sentir-se logra, educado já, espasmar, para que deem uma noção concreta e próxima do que busco dizer.

O chegar, porém, a este grau de sensação, acarreta ao amador de sensações o correspondente peso ou gravame físico de que correspondentemente sente, com idêntico exaspero consciente, o que de doloroso impinge do exterior, e por vezes do interior também, sobre o seu momento de atenção. É quando assim constata que sentir excessivamente, se por vezes é gozar em excesso, é outras sofrer com prolixidade, e porque o constata, que o sonhador é levado a dar o segundo passo na sua ascensão para si próprio. Ponho de parte o passo que ele poderá ou não dar, e que, consoante ele o possa ou não dar, determinará tal ou tal outra atitude, jeito de marcha, nos passos que vai dando, segundo possa ou não isolar-se por completo da vida real (se é rico ou não — redunda nisso). Porque suponho compreendido nas entrelinhas do que narro que, consoante é ou não possível ao sonhador isolar-se e dar-se a si,[1] com menor ou maior intensidade ele deve concentrar-se sobre a sua obra de despertar doentiamente o funcionamento das suas sensações das coisas e dos sonhos. Quem tem de viver entre os homens, ativamente e encontrando-os — e é realmente possível reduzir ao mínimo a intimidade que se tem de ter com eles (a intimidade, e não o mero contato, com gente, é que é o prejudicador) —, terá de fazer gelar toda a sua superfície de convivência para que todo o gesto fraternal e social feito a ele escorregue e não entre ou não se imprima. Parece muito isto, mas é pouco. Os homens são fáceis de afastar: basta não nos aproximarmos. Enfim, passo sobre este ponto e reintegro-me no que explicava.

O criar uma agudeza e uma complexidade imediata às sensações as mais simples e fatais, conduz, eu disse, se a aumentar imoderadamente o gozo que sentir dá, também a elevar com despropósito o sofrimento que vem de sentir. Por isso o segundo passo do sonhador deverá ser o evitar o sofrimento. Não deverá evitá-lo como um estoico ou um epicurista da primeira maneira — desni[di]ficando-se —, porque assim endurecerá para o prazer, como para a dor. Deverá ao contrário ir buscar à dor o prazer, e passar em seguida a educar-se a sentir a dor falsamente, isto é, a ter ao sentir a dor, um prazer qualquer. Há vários caminhos para esta atitude. Um é aplicar-se exageradamente a analisar a dor, tendo preliminarmente disposto o espírito a perante o prazer não analisar mas sentir apenas; é uma atitude mais fácil, aos superiores, é claro, do que dita parece. Analisar a dor e habituar-se a entregar a dor sempre que aparece, e até que isso aconteça por instinto e sem pensar nisso, à análise, acrescenta a toda a dor o prazer de analisar. Exagerado o poder e o instinto de analisar, breve o seu exercício absorve tudo e da dor fica apenas uma matéria indefinida para a análise.

Outro método, mais sutil esse e mais difícil, é habituar-se a encarnar a dor numa determinada figura ideal. Criar um outro Eu que seja o encarregado de sofrer em nós, de sofrer o que sofremos. Criar depois um sadismo interior, masoquista todo, que goze o seu sofrimento como se fosse de outrem. Este método — cujo aspecto primeiro, lido, é de impossível — não é fácil, mas está longe de conter dificuldades para os industriados na mentira interior. Mas é eminentemente realizável. E então, conseguido isso, que sabor a sangue e a doença, que estranho travo de gozo longínquo e decadente, que a dor e o sofrimento vestem! Doer aparenta-se com o inquieto e magoante auge dos espasmos. Sofrer, o sofrer longo e lento, tem o amarelo íntimo da vaga felicidade das convalescenças profundamente sentidas. E um requinte gasto a desassossego e a dolência, aproxima essa sensação complexa da inquietação que os prazeres causam na ideia de que fugirão, e a dolência que os gozos tiram do antecansaço que nasce de se pensar no cansaço que trarão.

Há um terceiro método para sutilizar em prazeres as dores e fazer das dúvidas e das inquietações um mole leito. É o dar às angústias e aos sofrimentos, por uma aplicação irritada da atenção, uma intensidade tão grande que pelo próprio excesso tragam o prazer do excesso, assim como pela violência sugiram a quem de hábito e educação de alma ao prazer se vota e dedica, o prazer que dói porque é muito prazer, o gozo que sabe a sangue porque feriu. E quando, como em mim — requintador que sou de requintes falsos, arquiteto que me construo de sensações sutilizadas através da inteligência, da abdicação da vida, da análise e da própria dor — todos os três métodos são empregados conjuntamente, quando uma dor, sentida, imediatamente, e sem demoras para estratégia íntima, é analisada até à secura, colocada num Eu exterior até à tirania, e enterrada em mim até ao auge de ser dor, então verdadeiramente eu me sinto o triunfador e o herói. Então me para a vida, e a arte se me roja aos pés.

Tudo isto constitui apenas o segundo passo que o sonhador deve dar para o seu sonho.

O terceiro passo, o que conduz ao limiar rico do Templo — esse quem que não só eu o soube dar? Esse é o que custa porque exige aquele esforço interior que é imensamente mais difícil que o esforço na vida, mas que traz compensações pela alma fora que a vida nunca poderá dar. Esse passo é, tudo isso sucedido, tudo isso totalmente e conjuntamente feito — sim, empregados os três métodos sutis e empregados até gastos —, passar a sensação imediatamente através da inteligência pura, coá-la pela análise superior, para que ela se esculpa em forma literária e tome vulto e relevo próprio. Então eu fixei-a de todo.

Então eu tornei o irreal real e dei ao inatingível um pedestal eterno. Então fui eu, dentro de mim, coroado o Imperador.

Porque não acrediteis que eu escrevo para publicar, nem para escrever nem para fazer arte, mesmo. Escrevo, porque esse é o fim, o requinte supremo, o requinte temperamentalmente ilógico, □ da minha cultura de estados de alma. Se pego numa sensação minha e a desfio até poder com ela tecer-lhe a realidade interior a que eu chamo ou A Floresta do Alheamento, ou a Viagem Nunca Feita, acreditai que o faço não para que a prosa soe lúcida e trêmula, ou mesmo para que eu goze com a prosa — ainda que mais isso quero, mais esse requinte final ajunto, como um cair belo de pano sobre os meus cenários sonhados — mas para que dê completa exterioridade ao que é inte-rior, para que assim realize o irrealizável, conjugue o contraditório e, tornando o sonho exterior, lhe dê o seu máximo poder de puro sonho, estagnador de vida que sou, burilador de inexatidões, pajem doente da minha alma Rainha, lendo-lhe ao crepúsculo não os poemas que estão no livro, aberto sobre os meus joelhos, da minha Vida, mas os poemas que vou construindo e fingindo que leio, e ela[2] fingindo que ouve, enquanto a Tarde, lá fora não sei como ou onde, dulcifica sobre esta metáfora erguida dentro de mim em Realidade Absoluta a luz tênue e última dum misterioso dia espiritual.

EXAME DE CONSCIÊNCIA

Viver a vida em sonho e falso é sempre viver a vida. Abdicar é agir. Sonhar é confessar a necessidade de viver, substituindo a vida real pela vida irreal, e isso é uma confissão da inalienabilidade do querer viver.

Que é tudo isto enfim senão a busca da felicidade? E busca qualquer qualquer outra coisa?

O devaneio contínuo, a análise ininterrupta deram-me alguma coisa *essencialmente* diferente do que a vida me daria?

Com separar-me dos homens não me encontrei, nem □

Este livro é um só estado de alma, analisado de todos os lados, percorrido em todas as direções.

Alguma coisa nova, ao menos, esta atitude me trouxe? Nem essa consolação se aproxima de mim. Estava tudo já em Heráclito e no Eclesiastes: *A vida é um brinquedo de criança na areia... vaidade e [aflição] de espírito...* E em Jó pobre, numa só frase: *A minha alma está cansada da minha vida.*

Em Pascal:

Em Vigny: *En toi [la rêverie continuelle a tué l'action].*[1]

Em Amiel, tão completamente em Amiel:

... (*certas frases*)...

Em Verlaine, nos simbolistas, □

Tantos doentes como eu... Nem o privilégio de uma pequena originalidade da doença... Faço o que tantos antes de mim fizeram... Sofro o que já é tão velho sofrer... Para que mesmo penso estas coisas, se já tantos as pensaram e as sofreram?...

E contudo, sim, qualquer coisa de novo trouxe. Mas disso não sou responsável. Veio da Noite e brilha em mim como uma estrela... Todo o meu esforço não o produziu nem o apagou... Sou uma ponte entre dois mistérios, sem saber como me construíram...

Escuto-me sonhar. Embalo-me com o som das minhas imagens... Esbatem-se-me em recônditas melodias □

O som de uma frase imageada vale tantos gestos! Uma metáfora consola de tantas coisas!

Escuto-me... São cerimoniais em mim... Cortejos... Lantejoulas no meu tédio... Bailes de máscaras... Assisto à minha alma com deslumbramento...

Caleidoscópio de fragmentadas sequências, de □

Pompa das sensações demasiado vividas... Leitos régios em castelos desertos, joias de princesas mortas, por seteiras de castelos enseadas avistadas; virão sem dúvida os barcos e poderá, para os mais felizes, haver cortejos nos exílios... Orquestras adormecidas, fios de □ bordando sedas...

LAGOA DA POSSE

A posse é para meu pensar[1] uma lagoa absurda — muito grande, muito escura, muito pouco profunda. Parece funda a água porque é falsa de suja.

A morte? Mas a morte está dentro da vida. Morro totalmente? Não sei da vida. Sobrevivo-me? Continuo a viver.

O sonho? Mas o sonho está dentro da vida. Vivemos o sonho? Vivemos. Sonhamo-lo apenas? Morremos. E a morte está dentro da vida.

Como a nossa sombra a vida persegue-nos. E só não há sombra quando tudo é sombra. A vida só nos não persegue quando nos entregamos a ela.

O que há de mais doloroso no sonho é não existir. Realmente, não se pode sonhar.

O que é *possuir*? Nós não o sabemos. Como querer então poder possuir qualquer coisa? Direis que não sabemos o que é a vida, e vivemos... Mas nós vivemos realmente? Viver sem saber o que é a vida será viver?

—

Nada se penetra, nem átomos, nem almas. Por isso nada possui nada. Desde a verdade até a um lenço — tudo é impossuível. A propriedade não é um roubo:[2] não é nada.

LENDA IMPERIAL

Minha Imaginação é uma cidade no Oriente. Toda a sua composição de realidade no espaço tem a voluptuosidade de superfície de um tapete rico e mole. As turbas que multicoloram as suas ruas destacam-se sobre não sei que fundo que não é o delas, como bordados de amarelo ou vermelho sobre cetins azul claríssimo. Toda a história pregressa dessa cidade voa em torno à lâmpada do meu sonho como uma borboleta apenas ouvida na penumbra do quarto.[1] Minha fantasia habitou entre pompas outrora e recebeu das mãos de rainhas joias veladas de antiguidade. Atapetaram molezas íntimas os areais da minha inexistência e, hálitos de penumbras, as algas boiaram à ostensiva dos meus rios. Fui por isso pórticos em civilizações perdidas, febres de arabescos em frisos mortos, enegrecimentos de eternidade nos coleios das colunas partidas, mastros apenas nos naufrágios remotos, degraus só de tronos abatidos, véus nada velando, e como que velando sombras, fantasmas erguidos do chão como fumos de turíbulos arremessados. Funesto foi o meu reinado e cheia de guerras nas fronteiras longínquas a minha paz imperial no meu palácio. Próximo sempre o ruído indeciso das festas afastadas; procissões sempre para ver passar por sob as minhas janelas; mas nem peixes de ouro encarnado nas minhas piscinas, nem pomos entre as verduras paradas do meu pomar; nem mesmo, pobres choupanas onde os outros são felizes, o fumo de chaminés de além de árvores adormeceu com baladas de simplicidade o mistério congênito[2] da minha consciência de mim.[3]

MANEIRA DE BEM SONHAR

Cuidarás primeiro em nada respeitar, em nada crer, em nada □. Guardarás, da tua atitude ante o que não respeites, a vontade de respeitar alguma coisa; do teu desgosto ante o que não ames, o desejo doloroso de amar alguém; do teu desprezo pela vida guardarás a ideia de que deve ser bom vivê-la e amá-la. E assim terás construído os alicerces para o edifício dos teus sonhos.

Repara bem que a obra que te propões fazer é a mais alta de todas. Sonhar é encontrarmo-nos. Vais ser o Colombo da tua alma. Vais buscar as suas paisagens. Cuida bem pois em que o teu rumo seja certo e não possam errar os teus instrumentos.

A arte de sonhar é difícil porque é uma arte de passividade, onde o que é de esforço é na concentração da ausência de esforço. A arte de dormir, se a houvesse, deveria ser de qualquer forma parecida com esta.

Repara bem: a arte de sonhar não é a arte de orientar os sonhos. Orientar é agir. O sonhador verdadeiro entrega-se a si próprio, deixa-se possuir por si próprio.

Foge a todas as provocações materiais. Há no início a tentação de te masturbares. Há a do álcool, a do ópio, a □. Tudo isso é esforço e procura. Para seres um bom sonhador, tens de não ser senão sonhador. Ópio e morfina compram-se nas farmácias — como, pensando nisto, queres poder sonhar através deles? Masturbação é uma coisa física — como queres tu que □

Que te sonhes masturbando-te, vá; que em sonhar te vejas fumando ópio, recebendo morfina e te embriagues da ideia do ópio, □ da morfina dos sonhos — não há senão que elogiar-te por isso: estás no teu papel áureo de sonhador perfeito.

Julga-te sempre mais triste e mais infeliz do que és. Isso não faz mal. É mesmo, por ilusão, um pouco escadas para o sonho.

—

— Adia tudo. Nunca se deve fazer hoje o que se pode deixar de fazer também amanhã.[1] Nem mesmo é necessário que se faça qualquer coisa, amanhã ou hoje.

— Nunca penses no que vais fazer. Não o faças.

— Vive a tua vida. Não sejas vivido por ela. Na verdade e no erro, no gozo e no mal-estar,[2] sê o teu próprio ser. Só poderás fazer isso sonhando, porque a tua vida real, a tua vida humana é aquela que não é tua, mas dos outros. Assim, substituirás o sonho à vida e cuidarás apenas em que sonhes com perfeição. Em todos os teus atos da vida real, desde o de nascer até ao de morrer, tu não ages: és agido; tu não vives: és vivido apenas.

Torna-te, para os outros, uma esfinge absurda. Fecha-te, mas sem bater com a porta, na tua torre de marfim. E a tua torre de marfim és tu próprio.

E se alguém te disser que isto é falso e absurdo, não o acredites. Mas não acredites também no que eu te digo, porque se não deve acreditar em nada.

— Despreza tudo, mas de modo que o desprezar te não incomode. Não te julgues superior ao desprezares. A arte do desprezo nobre está nisso.

Com este sonhar tanto, tudo na vida te fará sofreres mais, □
Será a tua cruz.

MANEIRA DE BEM SONHAR NOS METAFÍSICOS

Raciocínio, □ — tudo será fácil e □, porque é tudo para mim sonho. Mando-me sonhá-lo e sonho-o. Às vezes crio em mim um filósofo, que me traça cuidadosamente as filosofias enquanto eu, pajem □, namoro a filha dele, cuja alma sou, à janela da sua casa.

Limitam-me, é claro, os meus conhecimentos. Não posso criar um matemático... Mas contento-me com o que tenho, que dá para combinações infinitas e sonhos sem número. Quem sabe, de resto, se à força de sonhar, eu não conseguirei ainda mais... Mas não vale a pena. Basto-me assim.

Pulverização da personalidade: não sei quais são as minhas ideias, nem os meus sentimentos, nem o meu caráter... Se sinto uma coisa, vagamente a sinto na pessoa visualizada de uma qualquer criatura que aparece em mim. *Substituí os meus sonhos a mim próprio.* Cada pessoa é apenas o seu sonho de si próprio. Eu nem isso sou.

Nunca ler um livro até ao fim, nem lê-lo a seguir e sem saltar.

Não soube nunca o que sentia. Quando me falavam de tal ou tal emoção e a descreviam, sempre senti que descreviam qualquer coisa da minha alma, mas, depois, pensando, duvidei sempre. O que me sinto ser, nunca sei se o sou realmente, ou se julgo que o sou apenas. Sou bocados de personagens[1] de dramas meus.

O esforço é inútil, mas entretém. O raciocínio é estéril, mas é engraçado. Amar é maçador, mas é talvez preferível a não amar. O sonho, porém, substitui tudo. Nele pode haver toda a noção do esforço sem o esforço real. Dentro do sonho posso entrar em batalhas sem risco de ter medo ou de ser ferido. Posso raciocinar, sem que tenha em vista chegar a uma verdade, a que me doa que nunca chego;[2] sem querer resolver um problema, que veja [que] nunca resolvo; sem que □. Posso amar sem [que] me recusem, ou me traiam, ou me aborreçam. Posso mudar de amada e ela será sempre a mesma. E se quiser que me traia e se me esquive, tenho às ordens que isso me aconteça, e sempre como eu quero, sempre como eu o gozo. Em sonho posso viver as maiores angústias, as maiores torturas, as maiores vitórias. Posso viver tudo isso tal como se fora da vida: depende apenas do meu poder em tornar o sonho vívido, nítido, real. Isso exige estudo e paciência interior.

Há várias maneiras de sonhar. Uma é abandonar-se aos sonhos, sem procurar torná-los nítidos, deixar-se ir no vago e no crepúsculo das suas sensações. É inferior e cansa, porque esse modo de sonhar é monótono, sempre o mesmo. Há o sonho nítido e *dirigido*, mas aí o esforço em dirigir o sonho trai o artifício demasiadamente. O artista supremo, o sonhador como eu o sou, tem só o esforço de querer que o sonho seja *tal*, que tome tais caprichos... e ele desenrola-se diante dele assim como ele o desejaria, mas não poderia conceber, se fatigaria de fazê-lo. Quero sonhar-me rei... Num ato brusco, quero-o. E eis-me súbito rei dum país qualquer. Qual, de que espécie, o sonho mo dirá... Porque eu cheguei a esta vitória sobre o que sonho — que os meus sonhos trazem-me sempre inesperadamente o que eu quero. Muitas vezes aperfeiçoam, ao trazê-la nítida, a ideia cuja vaga ordem apenas receberam. Eu sou totalmente incapaz de idear conscientemente as Idades Médias de diversos espaços e de diversas Terras que tenho vivido em sonhos. Deslumbra-me o excesso de imaginação que desconhecia em mim e vou vendo. Deixo os sonhos ir... Tenho-os tão puros que eles excedem sempre o que eu espero deles. São sempre mais belos do que eu quero. Mas isto só o sonhador aperfeiçoado pode esperar obter. Tenho levado anos a buscar sonhadoramente isto. Hoje consigo--o sem esforço...

A melhor maneira de começar a sonhar é mediante livros. Os romances servem de muito para o principiante. Aprender a entregar-se totalmente à leitura, a viver absolutamente com as personagens de um romance, eis o primeiro passo. Que a nossa família e as suas mágoas nos pareçam chilras e nojentas ao lado dessas, eis o sinal do progresso.

É preciso evitar o ler romances literários onde a atenção seja desviada para a forma do romance. Não tenho vergonha em confessar que assim comecei. É curioso mas os romances policiais, os □ é que por uma □ intuição eu lia. Nunca pude ler romances amorosos detidamente. Mas isso é uma questão pessoal, por não ter feitio de amoroso, nem mesmo em sonhos. Cada qual cultive, porém, o feitio que tiver. Recordemo-nos sempre de que sonhar é procurarmo-nos. O sensual deverá, para suas leituras, escolher as opostas às que foram minhas.

Quando a sensação *física* chega, pode dizer-se que o sonhador passou além do primeiro grau do sonho. Isto é, quando um romance sobre combates, fugas, batalhas, nos deixa o corpo *realmente* moído, as pernas cansadas... o primeiro grau está assegurado. No caso do sensual, deverá ele — sem nenhuma masturbação mais que mental — ter uma ejaculação quando um momento desses chegar no romance.

Depois procurará traduzir tudo isso para mental. A ejaculação, no caso do sensual (que escolho para exemplo, porque é o mais violento e frisante) deverá ser *sentida sem se ter dado*. O cansaço será muito maior, mas o prazer é completamente mais intenso.

No terceiro grau passa toda a sensação a ser mental. Aumenta o prazer e aumenta o cansaço, mas o corpo já nada sente, e em vez dos membros lassos, a inteligência, a ideia e a emoção é que ficam bambas e frouxas... Chegado aqui é tempo de passar para o grau supremo do sonho.

O segundo grau é o construir romances para si próprio. Só deve tentar-se isto quando se está perfeitamente mentalizado o *sonho*, como antes disse. Se não, o esforço inicial em criar os romances, perturbará a perfeita mentalização do gozo.[3]

Terceiro grau.

Já educada a imaginação, basta querer, e ela se encarregará de construir os sonhos por si.

Já aqui o cansaço é quase nulo, mesmo mental. Há uma dissolução absoluta da personalidade. Somos mera cinza, dotada de alma, sem forma — nem mesmo a da água, que é a da vasilha que a contém.

Bem aprontada esta □, dramas podem aparecer em nós, verso a verso, desenrolando-se alheios e perfeitos. Talvez já não haja a força de os escrevermos — nem isso será preciso. Poderemos criar em segunda mão — imaginar em nós um poeta a escrever, e ele escreverá de uma maneira, outro poeta acaso escreverá de outra... Eu, em virtude de ter apurado imenso esta faculdade, posso escrever de inúmeras maneiras diversas, originais todas.

O mais alto grau do sonho é quando, criado um quadro com personagens, vivemos *todas elas* ao mesmo tempo — *somos todas essas almas conjunta e interativamente*. É incrível o grau de despersonalização e de encinzamento do espírito a que isto leva, e é difícil, confesso-o, fugir a um cansaço geral de todo o ser ao fazê-lo... Mas o triunfo é tal!

Este é o único ascetismo possível. Não há nele fé, nem um Deus.

Deus sou eu.

MARCHA FÚNEBRE

Que faz cada um neste mundo, que o perturbe ou o altere? Cada homem que vale, que outro homem não valha? Valem os homens vulgares uns pelos outros, os homens de ação pela força que interpretam, os homens de pensamento por o que criam.

O que criaste para a humanidade, está à mercê do esfriamento da Terra. O que deste aos pósteros, ou é cheio de ti, e ninguém o entenderá, ou da tua época, e as outras épocas não o entenderão, ou tem apelo para todas as épocas e não o entenderá o abismo final, em que todas as épocas se precipitam.

Fazemos passadas, gestos na sombra. Por detrás de nós o Mistério nos □.

Somos todos mortos, com uma duração justa. Nunca maior ou menor. Alguns morrem logo que morrem, outros vivem um pouco, na memória dos que os viram e ouviram; outros, ficam na memória da nação que os teve; alguns alcançam a memória da civilização que os possuiu; raros abrangem, de lado a lado, o lapso contrário de civilizações diferentes... Mas a todos cerca o abismo do tempo, que por fim os some, a todos come a fome do abismo □

O perene é um desejo, e o eterno uma ilusão.

Morte somos e morte vivemos. Mortos nascemos; mortos passamos; mortos já, entramos na Morte.

Tudo quanto vive, vive porque muda; muda porque passa; e, porque passa, morre. Tudo quanto vive perpetuamente se torna outra coisa, constantemente se nega e se furta à vida.

A vida é pois um intervalo, um nexo, uma relação, mas uma relação entre o que passou e o que passará, intervalo morto entre a Morte e a Morte.

... a inteligência, ficção da superfície e do descaminho.

A vida da matéria ou é puro sonho, ou mero jogo atômico, que desconhece as conclusões da nossa inteligência e os motivos da nossa emoção. Assim a essência da vida é uma ilusão, ou aparência, e como há só ser ou não-ser, e a ilusão e aparência, por nada serem, têm que ser não-ser, a vida é a morte.

Vão o esforço que constrói com os olhos na ilusão de não morrer! "Poema eterno", dizemos nós; "palavras que nunca morrerão". Mas o esfriamento material da terra levará não só os vivos que a cobrem, com o □

Um Homero ou um Milton não podem mais que um cometa que bata na Terra.

MARCHA FÚNEBRE PARA O REI LUÍS SEGUNDO DA BAVIERA

Hoje, mais demorada do que nunca, veio a Morte vender ao meu limiar. Diante de mim, mais demorada do que nunca, desdobrou os tapetes, as sedas, e os damascos, do seu esquecimento e da sua consolação. Sorria deles, por elogio, e não se importando que eu o visse.[1] Mas quando eu me tentava por comprar, falou-me que não os vendia. Não viera para que eu quisesse o que me mostrava;[2] mas para que, por o que mostrava,[3] a quisesse a ela. E, dos seus tapetes, disse-me que eram os que se gozavam[4] no seu palácio longínquo; das suas sedas, que outras se não trajavam no seu castelo na[5] sombra; dos seus damascos, que melhores ainda eram os que cobriam, toalhas, os retábulos da sua estância para além do mundo.

O apego natal,[6] que me prendia ao meu limiar desvestido, com gesto suave o desligou. "O teu lar", disse, "não tem lume: para que queres tu ter um lar?" "A tua mesa",[7] disse, "não tem pão: para que te serve[8] a tua mesa?" "A tua vida", disse, "não tem quem a acompanhe: para que[9] te seduz a tua vida?"

"Eu sou", disse ela, "o lume das lareiras apagadas, o pão das mesas desertas, a companheira[10] solícita dos solitários e dos incompreendidos.[11] A glória, que falta no mundo, é pompa no meu negro[12] domínio. No meu império o amor não cansa, porque sofra por ter; nem dói, porque canse de nunca ter tido. A minha mão pousa de leve nos cabelos dos que pensam, e eles esquecem; contra o meu seio se encostam os que em vão esperaram, e eles enfim[13] confiam."

"O amor, que me têm", ela disse, "não tem paixão, que consuma; ciúme, que desvaire; esquecimento, que deslustre. Amar-me é como uma noite de verão, quando os mendigos dormem ao relento, e parecem pedras[14] à beira dos caminhos. Dos meus lábios mudos não vem canto como o das sereias, nem melodia como a das árvores e das fontes; mas o meu silêncio acolhe como uma música indecisa,[15] o meu sossego afaga como o torpor[16] de uma brisa."

"Que tens tu", ela disse, "que te ligue[17] à vida? O amor não te busca, a glória não te procura, o poder não te encontra. A casa, que herdaste, a herdaste em ruínas. As terras, que recebeste, tinha a geada queimado as suas primícias, e o sol ardido as suas promessas. Nunca viste, senão seco, o poço da tua quinta. Apodreceram, de antes de as veres, as folhas nos teus tanques. As ervas ruins cobriram as áleas e as alamedas, por onde os teus pés nunca passaram."

"Mas no meu domínio, onde só a noite reina, terás a consolação, porque não terás a esperança; terás o esquecimento, porque não terás o desejo;[18] terás o repouso, porque não terás a vida."

E mostrou-me como era estéril a esperança de melhores dias, quando se não nascera com alma, com que os dias bons[19] se obtivessem. Mostrou-me como o sonho não consola, porque a vida dói mais quando se acorda. Mostrou-me como o sono não repousa, porque o habitam fantasmas, sombras das coisas, rastos dos gestos, embriões mortos dos desejos, despojos do naufrágio de viver.

E, assim dizendo, dobrava devagar, mais demorada do que nunca, os seus tapetes, onde os meus olhos se tentavam, as suas sedas, que a minha alma cobiçava, os damascos dos seus retábulos, onde já as minhas lágrimas caíam.

"Por que hás de tentar ser como os outros, se estás condenado a ti? Para que hás de rir, se, quando ris, a tua própria alegria sincera é falsa, porque nasce de te esqueceres de quem és? Para que hás de chorar, se sentes que de nada te serve, e choras mais as lágrimas não te consolarem, que porque as lágrimas te consolem?

Se és feliz quando ris, quando ris venci; se então és feliz, porque te não lembras de quem és, quão mais feliz serás comigo, onde não mais te lembrarás de nada? Se descansas perfeitamente, se acaso dormes sem sonhar, como não descansarás no meu leito, onde o sono nunca tem sonhos? Se um momento te elevas, porque vês a Beleza, e te esqueces de ti e da Vida, como não te elevarás no meu palácio, cuja beleza noturna não sofre discordância, nem idade, nem corrupção; nas minhas salas onde nenhum vento perturba os reposteiros, nenhum pó cobre os espaldares, nenhuma luz desbota, pouco a pouco, os veludos e os estofos, nenhum tempo amarelece a brancura dos ornatos brancos?[20]

Vem ao meu carinho, que não sofre mudança; ao meu amor, que não tem cessação! Bebe da minha taça, que não se esgota, o néctar supremo que não enjoa nem amarga, que não desgosta nem inebria. Contempla, da janela do meu castelo, não o luar e o mar, que são coisas belas e por isso imperfeitas; mas a noite vasta e materna, o esplendor indiviso do abismo profundo!

Nos meus braços esquecerás o próprio caminho doloroso que te trouxe a eles. Contra o meu seio não sentirás mais o próprio amor que fez com que o buscasses! Senta-te ao meu lado, no meu trono, e és para sempre o imperador indestronável do Mistério e do Graal, coexistes com os deuses e com os destinos, em não seres nada, em não teres aquém e além, em não precisares nem do que te sobre, nem do que te falte, nem sequer mesmo do que te baste.

Serei tua esposa materna, tua irmã gêmea encontrada. E casadas comigo todas as tuas angústias, regressado a mim tudo o que em ti procuravas e não tinhas, tu próprio te perderás em minha substância mística, na minha existência negada, no meu seio onde as coisas se apagam,[21] no meu seio onde as almas se abismam, no meu seio onde os deuses se desvanecem."

Senhor Rei do Desapego e da Renúncia, Imperador da Morte e do Naufrágio, sonho vivo errando, faustuoso, entre as ruínas e as estradas[22] do mundo!

Senhor Rei da Desesperança entre pompas, dono doloroso dos palácios que o não satisfazem, mestre dos cortejos e dos aparatos que não conseguem apagar a vida!

Senhor Rei erguido dos túmulos, que viestes na noite e ao luar, contar a tua vida às vidas, pajem dos lírios desfolhados, arauto imperial da frieza dos marfins!

Senhor Rei Pastor das Vigílias, cavaleiro andante das Angústias, sem glória e sem dama ao luar das estradas, senhor nas florestas, nas escarpas, perfil mudo, de viseira caída, passando nos vales, incompreendido pelas aldeias, chasqueado pelas vilas, desprezado pelas cidades!

Senhor Rei que a Morte sagrou Seu, pálido e absurdo, esquecido e desconhecido, reinando entre pedras foscas e veludos velhos, no seu trono ao fim do Possível, com a sua corte irreal cercando-o, sombras, e a sua milícia fantástica, guardando-o, misteriosa e vazia.

Trazei, pajens; trazei, virgens; trazei, servos e servas, as taças, as salvas e as grinaldas para o festim a que a Morte convida![23] Trazei-as e vinde de negro, com a cabeça coroada de mirtos.

Mandrágora seja o que tragais nas taças, □ nas salvas, e as grinaldas sejam de violetas e □, das flores todas que lembrem a tristeza.

Vai o Rei a jantar com a Morte, no seu palácio antigo, à beira do lago, entre as montanhas, longe da vida, alheio ao mundo.

Sejam de instrumentos estranhos, cujo mero som faça chorar, as orquestras que se preparam para a festa. Os servos vistam librés sóbrias, de cores desconhecidas, faustosos e simples como os catafalcos dos heróis.[24]

E, antes que o festim comece, passe pelas alamedas dos largos[25] parques o grande cortejo medieval de púrpuras mortas, o grande cerimonial silencioso em marcha, como a beleza num pesadelo.

A Morte é o triunfo da Vida!

Pela morte vivemos, porque só somos hoje porque morremos para ontem. Pela morte esperamos, porque só podemos crer em amanhã pela confiança na morte de hoje. Pela Morte vivemos quando sonhamos, porque sonhar é negar a vida. Pela morte morremos quando vivemos, porque viver é negar a eternidade! A Morte nos guia, a morte nos busca, a morte nos acompanha. Tudo o que temos é morte, tudo o que queremos é morte, é morte tudo o que desejamos querer.

Uma brisa de atenção percorre as alas.

Ei-lo que vai chegar, com a morte que ninguém vê e a □ que não chega nunca.

Arautos, tocai! Atendei!

Teu amor pelas coisas sonhadas era o teu desprezo pelas coisas vividas.

Rei-Virgem que desprezaste o amor,
Rei-Sombra que desdenhaste a luz,
Rei-Sonho que não quiseste a vida!

Entre o estrépito surdo de címbalos e atabales, a Sombra te aclama Imperador!

... e ao fundo a Morte como todo o Céu.

— Ter opiniões definidas e certas, instintos, paixões e caráter fixo e conhecido — tudo isto monta ao horror de tornar a nossa alma um fato, de a materializar e tornar exterior. Viver num doce e fluido estado de desconhecimento das coisas e de si próprio é o único modo de vida que a um sábio convém e aquece.

— Saber interpor-se constantemente entre si próprio e as coisas é o mais alto grau de sabedoria e prudência.

— A nossa personalidade deve ser indevassável, mesmo por nós próprios: daí o nosso dever de sonharmos sempre, e incluirmo-nos nos nossos sonhos, para que nos não seja possível ter opiniões a nosso respeito.

E especialmente devemos evitar a invasão da nossa personalidade pelos outros. Todo o interesse alheio por nós é uma indelicadeza grave. O que desloca a vulgar saudação — *como está?* — de ser uma indesculpável grosseria é o ser ela em geral absolutamente oca e insincera.

— Amar é cansar-se de estar só: é uma covardia portanto, e uma traição a nós próprios. (Importa soberanamente que não amemos.)

— Dar bons conselhos é não respeitar[1] a faculdade de errar que Deus deu aos outros. E, de mais a mais, os atos alheios devem ter a vantagem de não serem também nossos. Apenas é compreensível que se peça conselhos aos outros — para saber bem, ao agir ao contrário, que somos bem nós, bem em desacordo com a Outragem.

— A única vantagem de estudar é gozar o quanto os outros não disseram.

— A arte é um isolamento. Todo o artista deve buscar isolar os outros, levar-lhes às almas o desejo de estarem sós. O triunfo supremo de um artista é quando ao ler suas obras o leitor prefere tê-las e não as ler. Não é porque isto aconteça aos consagrados; é porque é o maior tributo □

— Ser lúcido é estar indisposto consigo próprio. O legítimo estado de espírito com respeito a olhar para dentro de si próprio é o estado □ de quem olha nervos e indecisões.

— A única atitude intelectual digna de uma criatura superior é a de uma calma e fria compaixão por tudo quanto não é ele próprio. Não que essa atitude tenha o mínimo cunho de justa e verdadeira; mas é tão invejável que é preciso tê-la.

MILÍMETROS

(*Sensações de coisas mínimas*)

Como o presente é antiquíssimo, porque tudo quando existiu foi presente, eu tenho para as coisas, porque pertencem ao presente, carinhos de antiquário, e fúrias de colecionador precedido para quem me tira os meus erros sobre as coisas com plausíveis, e até verdadeiras, explicações científicas e baseadas.

As várias posições que uma borboleta que voa ocupa sucessivamente no espaço são aos meus olhos maravilhados várias coisas que ficam no espaço visivelmente. As minhas reminiscências são tão vívidas que □

Mas só as sensações mínimas, e de coisas pequeníssimas, é que eu vivo intensamente. Será pelo meu amor ao fútil que isto me acontece. Pode ser que seja pelo meu escrúpulo no detalhe. Mas creio mais — não o sei, e estas são as coisas que eu nunca analiso — que é porque o mínimo, por não ter absolutamente importância nenhuma social ou prática, tem, pela mera ausência disso, uma independência absoluta de associações sujas com a realidade. O mínimo sabe-me a irreal. O inútil é belo porque é menos real que o útil, que se continua e prolonga, ao passo que o maravilhoso fútil, o glorioso infinitesimal fica onde está, não passa de ser o que é, vive liberto e independente. O inútil e o fútil abrem na nossa vida real intervalos de estética[1] humilde. Quanto não me provoca na alma de sonhos e amorosas delícias a mera existência insignificante dum alfinete pregado numa fita! Triste de quem não sabe a importância que isso tem!

Depois, entre as sensações que mais penetrantemente doem até serem agradáveis o desassossego do mistério é uma das mais complexas e extensas. E o mistério nunca transparece tanto como na contemplação das pequeninas coisas, que, como se não movem, são perfeitamente translúcidas a ele, que param para o deixar passar. É mais difícil ter o sentimento do mistério contemplando uma batalha — e contudo pensar no absurdo que é haver gente, e sociedades e combates delas é do que mais pode desfraldar dentro do nosso pensamento a bandeira de conquista do mistério — do que diante da contemplação duma pequena pedra parada numa estrada, que, porque nenhuma ideia provoca além da de que existe, outra ideia não pode provocar, se continuarmos pensando, do que, imediatamente a seguir, a do seu mistério de existir.

Benditos sejam os instantes, e os milímetros, e as sombras das pequenas coisas, ainda mais humildes do que elas! Os instantes, □. Os milímetros — que impressão de assombro e ousadia que a sua existência lado a lado e muito aproximada numa fita métrica me causa. Às vezes sofro e gozo com estas coisas. Tenho um orgulho tosco nisso.

Sou uma placa fotográfica prolixamente impressionável. Todos os detalhes se me gravam desproporcionadamente a fazerem parte de[2] um todo. Só me ocupa de mim. O mundo exterior é-me sempre evidentemente sensação. Nunca me esqueço de que sinto.

NA FLORESTA DO ALHEAMENTO

Sei que despertei e que ainda durmo. O meu corpo antigo, moído de eu viver, diz-me que é muito cedo ainda... Sinto-me febril de longe. Peso-me, não sei por quê...

Num torpor lúcido, pesadamente incorpóreo, estagno, entre o sono e a vigília, num sonho que é uma sombra de sonhar. Minha atenção boia entre dois mundos e vê cegamente a profundeza de um mar e a profundeza de um céu; e estas profundezas interpenetram-se, misturam-se, e eu não sei onde estou nem o que sonho.

Um vento de sombras sopra cinzas de propósitos mortos sobre o que eu sou de desperto. Cai de um firmamento desconhecido um orvalho morno de tédio. Uma grande angústia inerte manuseia-me a alma por dentro e, incerta, altera-me, como a brisa aos perfis das copas.

Na alcova mórbida e morna a antemanhã de lá fora é apenas um hálito de penumbra. Sou todo confusão quieta... Para que há de um dia raiar?... Custa-me o saber que ele raiará, como se fosse um esforço meu que houvesse de o fazer aparecer.

Com uma lentidão confusa acalmo. Entorpeço-me. Boio no ar entre velar e dormir, e uma outra espécie de realidade surge, e eu em meio dela, não sei de que onde que não é este...

Surge mas não apaga esta, esta da alcova tépida, essa de uma floresta estranha. Coexistem na minha atenção algemada às duas realidades, como dois fumos que se misturam.

Que nítida de outra e de ela essa trêmula paisagem transparente!...

E quem é esta mulher que comigo veste de observada essa floresta alheia? Para que é que tenho um momento de mo perguntar?... Eu nem sei querê-lo saber...

A alcova vaga é um vidro escuro através do qual, consciente dele, vejo essa paisagem... e a essa paisagem conheço-a há muito, e há muito que com essa mulher que desconheço erro, outra realidade, através da irrealidade dela. Sinto em mim séculos de conhecer aquelas árvores e aquelas flores e aquelas vias em desvios e aquele ser meu que ali vagueia, antigo e ostensivo ao meu olhar, que o saber que estou nesta alcova veste de penumbras de ver...

De vez em quando pela floresta onde de longe me vejo e sinto, um vento lento varre um fumo, e esse fumo é a visão nítida e escura da alcova em que sou atual, destes vagos móveis e reposteiros e do seu torpor de noturna. Depois esse vento passa e torna a ser toda só ela a paisagem daquele outro mundo...

Outras vezes este quarto estreito é apenas uma cinza de bruma no horizonte dessa terra diversa... E há momentos em que o chão que ali pisamos é esta alcova visível...

Sonho e perco-me, duplo de ser eu e essa mulher... Um grande cansaço é um fogo negro que me consome... Uma grande ânsia passiva é a vida falsa que me estreita...

Ó felicidade baça!... O eterno estar no bifurcar dos caminhos!... Eu sonho e por detrás da minha atenção sonha comigo alguém... E talvez eu não seja senão um sonho desse Alguém que não existe...

Lá fora a antemanhã tão longínqua! a floresta tão aqui ante outros olhos meus!

E eu, que longe dessa paisagem quase a esqueço, é ao tê-la que tenho saudades dela, é ao percorrê-la que a choro e a ela aspiro...

As árvores! as flores! o esconder-se copado dos caminhos!...

Passeávamos às vezes, braço dado, sob os cedros e as olaias e nenhum de nós pensava em viver. A nossa carne era-nos um perfume vago e a nossa vida um eco de som de fonte. Dávamo-nos as mãos e os nossos olhares perguntavam-se o que seria o ser sensual e o querer realizar em carne a ilusão do amor...

No nosso jardim havia flores de todas as belezas... — rosas de contornos enrolados, lírios de um branco amarelecendo-se, papoilas que seriam ocultas se o seu rubro lhes não espreitasse presença, violetas pouco na margem tufada dos canteiros, miosótis mínimos, camélias estéreis de perfume... E, pasmados por cima das ervas altas, olhos, os girassóis isolados fitavam-nos grandemente.

Nós roçávamos a alma toda vista pelo frescor visível dos musgos e tínhamos, ao passar pelas palmeiras, a intuição esguia de outras terras... E subia-nos o choro à lembrança, porque nem aqui, ao sermos felizes, o éramos...

Carvalhos cheios de séculos nodosos faziam tropeçar os nossos pés nos tentáculos mortos das suas raízes... Plátanos estacavam... E ao longe, entre árvore e árvore de perto, pendiam no silêncio das latadas os cachos negrejantes das uvas...

O nosso sonho de viver ia adiante de nós, alado, e nós tínhamos para ele um sorriso igual e alheio, combinado nas almas, sem nos olharmos, sem sabermos um do outro mais do que a presença apoiada de um braço contra a atenção entregue do outro braço que o sentia.

A nossa vida não tinha dentro. Éramos fora e outros. Desconhecíamo-nos, como se houvéssemos aparecido às nossas almas depois de uma viagem através de sonhos...

Tínhamo-nos esquecido do tempo, e o espaço imenso empequenara-se-nos na atenção. Fora daquelas árvores próximas, daquelas latadas afastadas, daqueles montes últimos no horizonte haveria alguma coisa de real, de merecedor do olhar aberto que se dá às coisas que existem?...

Na clepsidra da nossa imperfeição gotas regulares de sonho marcavam horas irreais... Nada vale a pena, ó meu amor longínquo, senão o saber como é suave saber que nada vale a pena...

O movimento parado das árvores; o sossego inquieto das fontes; o hálito indefinível do ritmo íntimo das seivas; o entardecer lento das coisas, que parece vir-lhes de dentro a dar mãos de concordância espiritual ao entristecer longínquo, e próximo à alma, do alto silêncio do céu; o cair das folhas, compassado e inútil, pingos de alheamento, em que a paisagem se nos torna toda para os ouvidos e se entristece em nós como uma pátria recordada — tudo isto, como um cinto a desatar-se, cingia-nos, incertamente.

Ali vivemos um tempo que não sabia decorrer, um espaço para que não havia pensar em poder-se medi-lo. Um decorrer fora do Tempo, uma extensão que desconhecia os hábitos da realidade no espaço... Que horas, ó companheira inútil do meu tédio, que horas de desassossego feliz se fingiram nossas ali!... Horas de cinza de espírito, dias de saudade espacial, séculos interiores de paisagem externa... E nós não nos perguntávamos para que era aquilo, porque gozávamos o saber que aquilo não era para nada.

Nós sabíamos ali, por uma intuição que por certo não tínhamos, que este dolorido mundo onde seríamos dois, se existia, era para além da linha extrema onde as montanhas são hálitos de formas, e para além dessa não havia nada. E era por causa da contradição de saber isto que a nossa hora de ali era escura como uma caverna em terra de supersticiosos, e o nosso senti-la era estranho como um perfil da cidade mourisca contra um céu de crepúsculo outonal...

Orlas de mares desconhecidos tocavam, no horizonte de ouvirmos, praias que nunca poderíamos ver, e era-nos a felicidade escutar, até vê-lo em nós, esse mar onde sem dúvida singravam caravelas com outros fins em percorrê-lo que não os fins úteis e comandados da Terra.

Reparávamos de repente, como quem repara que vive, que o ar estava cheio de cantos de ave, e que, como perfumes antigos em cetins, o marulho esfregado das folhas estava mais entranhado em nós do que a consciência de o ouvirmos.

E assim o murmúrio das aves, o sussurro dos arvoredos e o fundo monótono e esquecido do mar eterno punham à nossa vida abandonada uma auréola de não a conhecermos. Dormimos ali acordados dias, contentes de não ser nada, de não ter desejos nem esperanças, de nos termos esquecido da cor dos amores e do sabor dos ódios. Julgávamo-nos imortais...

Ali vivemos horas cheias de um outro sentirmo-las, horas de uma imperfeição vazia e tão perfeitas por isso, tão diagonais à certeza retângula da vida... Horas imperiais depostas, horas vestidas de púrpura gasta, horas caídas nesse mundo de um outro mundo mais cheio do orgulho de ter mais desmanteladas angústias...

E doía-nos gozar aquilo, doía-nos... Porque, apesar do que tinha de exílio calmo, toda essa paisagem nos sabia a sermos deste mundo, toda ela era úmida da pompa de um vago tédio, triste e enorme e perverso como a decadência de um império ignoto...

Nas cortinas da nossa alcova a manhã é uma sombra de luz. Meus lábios, que eu sei que estão pálidos, sabem um ao outro a não quererem ter vida.

O ar do nosso quarto neutro é pesado como um reposteiro. A nossa atenção sonolenta ao mistério de tudo isto é mole como uma cauda de vestido arrastado num cerimonial no crepúsculo.

Nenhuma ânsia nossa tem razão de ser. Nossa atenção é um absurdo consentido pela nossa inércia alada.

Não sei que óleos de penumbra ungem a nossa ideia do nosso corpo. O cansaço que temos é a sombra de um cansaço. Vem-nos de muito longe, como a nossa ideia de haver a nossa vida...

Nenhum de nós tem nome ou existência plausível. Se pudéssemos ser ruidosos ao ponto de nos imaginarmos rindo, riríamos sem dúvida de nos julgarmos vivos. O frescor aquecido do lençol acaricia-nos (a ti como a mim decerto) os pés que se sentem, um ao outro, nus.

Desenganemo-nos, meu amor, da vida e dos seus modos. Fujamos a sermos nós... Não tiremos do dedo o anel mágico que chama, mexendo-se-lhe, pelas fadas do silêncio e pelos elfos da sombra e pelos gnomos do esquecimento...

E ei-la que, ao irmos a sonhar falar nela, surge ante nós outra vez, a floresta muita, mas agora mais perturbada da nossa perturbação e mais triste da nossa tristeza. Foge de diante dela, como um nevoeiro que se esfolha, a nossa ideia do mundo real, e eu possuo-me outra vez no meu sonho errante, que essa floresta misteriosa enquadra...

As flores, as flores que ali vivi! Flores que a vista traduzia para seus nomes, conhecendo-as, e cujo perfume a alma colhia, não nelas mas na melodia dos seus nomes... Flores cujos nomes eram, repetidos em sequência, orquestras de perfumes sonoros... Árvores cuja volúpia verde punha sombra e frescor no como eram chamadas... Frutos cujo nome era um cravar de dentes na alma da sua polpa... Sombras que eram relíquias de outroras felizes... Clareiras, clareiras claras, que eram sorrisos mais francos da paisagem que se bocejava em próxima... Ó horas multicolores!... Instantes-flores, minutos-árvores, ó tempo estagnado em espaço, tempo morto de espaço e coberto de flores, e do perfume de flores, e do perfume de nomes de flores!...

Loucura de sonho naquele silêncio alheio!...

A nossa vida era toda a vida... O nosso amor era o perfume do amor... Vivíamos horas impossíveis, cheias de sermos nós... E isto porque sabíamos, com toda a carne da nossa carne, que não éramos uma realidade...

Éramos impessoais, ocos de nós, outra coisa qualquer... Éramos aquela paisagem esfumada em consciência de si própria... E assim como ela era duas — de realidade que era, e ilusão — assim éramos nós obscuramente dois, nenhum de nós sabendo bem se o outro não era[1] ele próprio, se o incerto outro viveria...

Quando emergíamos de repente ante o estagnar dos lagos sentíamo-nos a querer soluçar... Ali aquela paisagem tinha os olhos rasos de água, olhos parados, cheios do tédio inúmero de ser... Cheios, sim, do tédio de ser, de ter de ser qualquer coisa, realidade ou ilusão — e esse tédio tinha a sua pátria e a sua voz na mudez e no exílio dos lagos... E nós, caminhando sempre e sem o saber ou querer, parecia ainda assim que nos demorávamos à beira daqueles lagos, tanto de nós com eles ficava e morava, simbolizado e absorto...

E que fresco e feliz horror o de não haver ali ninguém! Nem nós, que por ali íamos, ali estávamos... Porque nós não éramos ninguém. Nem mesmo éramos coisa alguma... Não tínhamos vida que a Morte precisasse para matar. Éramos tão tênues e rasteirinhos que o vento do decorrer nos deixara inúteis e a hora passava por nós acariciando-nos como uma brisa pelo cimo duma palmeira.

Não tínhamos época nem propósito. Toda a finalidade das coisas e dos seres ficara-nos à porta daquele paraíso de ausência. Imobilizara-se, para nos sentir senti-la, a alma rugosa dos troncos, a alma estendida das folhas, a alma núbil das flores, a alma vergada dos frutos...

E assim nós morremos a nossa vida, tão atentos separadamente a morrê-la que não reparamos que éramos um só, que cada um de nós era uma ilusão do outro, e cada um, dentro de si, o mero eco do seu próprio ser...

Zumbe uma mosca, incerta e mínima...

Raiam na minha atenção vagos ruídos, nítidos e dispersos, que enchem de ser já dia a minha consciência do nosso quarto... Nosso quarto? Nosso de que dois, se eu estou sozinho? Não sei. Tudo se funde e só fica, fugindo, uma realidade-bruma em que a minha incerteza soçobra e o meu compreender-me, embalado de ópios, adormece...

A manhã rompeu, como uma queda, do cimo pálido da Hora...

Acabaram de arder, meu amor, na lareira da nossa vida, as achas dos nossos sonhos...

Desenganemo-nos da esperança, porque trai, do amor, porque cansa, da vida, porque farta e não sacia, e até da morte, porque traz mais do que se quer e menos do que se espera.

Desenganemo-nos, ó Velada, do nosso próprio tédio, porque se envelhece de si próprio e não ousa ser toda a angústia que é.

Não choremos, não odiemos, não desejemos...

Cubramos, ó Silenciosa, com um lençol de linho fino o perfil hirto e morto de nossa Imperfeição...

NOSSA SENHORA DO SILÊNCIO

Às vezes quando, abatido e humilde, a própria força de sonhar se me desfolha e se me seca, e só posso ter como sonho[1] o pensar nos meus sonhos, fo-lheio-os então, como a um livro que se folheia e se torna a folhear sem ler mais que palavras inevitáveis. É então que me interrogo sobre quem tu és, figura que atravessas todas as minhas visões demoradas de paisagens outras,[2] e de interiores antigos e de cerimoniais faustosos de silêncio. Em todos os meus sonhos ou apareces, sonho, ou, realidade falsa, me acompanhas. Visito contigo regiões que são talvez sonhos teus, terras que são talvez corpos teus de ausência e desumanidade, o teu corpo essencial descontornado para planície calma e monte de perfil frio em jardim de palácio oculto. Talvez eu não tenha outro sonho senão tu, talvez seja nos teus olhos, encostando a minha face à tua, que eu lerei essas paisagens impossíveis, esses tédios falsos, esses sentimentos que habitam a sombra dos meus cansaços e as grutas dos meus desassossegos. Quem sabe se as paisagens dos meus sonhos não são o meu modo de não te sonhar? Eu não sei quem tu és, mas sei ao certo o que sou? Sei eu o que é sonhar para que saiba o que vale o chamar-te o meu sonho? Sei eu se não és uma parte, quem sabe se a parte essencial e real, de mim? E sei eu se não sou eu o sonho e tu a realidade, eu um sonho teu e não tu um sonho que eu sonhe?

Que espécie de vida tens? Que modo de ver é o modo como te vejo? Teu perfil? Nunca é o mesmo, mas não muda nunca. E eu digo isto porque o sei, ainda que não saiba que o sei. Teu corpo? Nu é[3] o mesmo que vestido, sentado está na mesma atitude do que quando deitado ou de pé. Que significa isto, que não significa nada?

A minha vida é tão triste, e eu nem penso em chorá-la; as minhas horas tão falsas, e eu nem sonho o gesto de parti-las.

Como não te sonhar? Como não te sonhar? Senhora das Horas que passam, Madona das águas estagnadas e das algas mortas, Deusa Tutelar dos desertos abertos e das paisagens negras de rochedos estéreis — livra-me da minha mocidade.

Consoladora dos que não têm consolação, Lágrima dos que nunca choram, Hora que nunca soa — livra-me da alegria e da felicidade.

Ópio de todos os silêncios, Lira para não se tanger, Vitral de lonjura e de abandono — faz com que eu seja odiado pelos homens e escarnecido pelas mulheres.

Címbalo de Extrema-Unção, Carícia sem gesto, Pomba morta à sombra, Óleo de horas passadas a sonhar[4] — livra-me da religião, porque é suave; e da descrença, porque é forte.

Lírio fanando à tarde, Cofre de rosas murchas, Silêncio entre prece e prece — enche-me de nojo de viver, de ódio de ser são, de desprezo por[5] ser jovem.

Torna-me inútil e estéril, ó Acolhedora de todos os sonhos vagos; faz-me puro sem razão para o ser, e falso sem amor a sê-lo, ó Água Corrente das Tristezas Vividas; que a minha boca seja uma paisagem de gelos, os meus olhos dois lagos mortos, os meus gestos um esfolhar lento de árvores velhinhas — ó Ladainha de Desassossegos, ó Missa-Roxa de Cansaços, ó Corola, ó Fluido, ó Ascensão!...

Que[6] pena eu ter de te rezar como a uma mulher, e não te querer □ como a um homem, e não te poder erguer aos olhos do meu sonho como Aurora-ao-contrário do sexo irreal dos anjos que nunca entraram no céu!

—

Rezo a ti o meu amor porque o meu amor é já uma oração; mas nem te concebo como amada, nem te ergo ante mim como santa.

Que os teus atos[7] sejam a estátua da renúncia, os teus gestos o pedestal da indiferença, as tuas palavras os vitrais da negação.

—

Esplendor do nada, nome do abismo, sossego do Além...
Virgem eterna antes dos deuses, e dos pais dos deuses, e dos pais dos pais dos deuses, infecunda de todos os mundos, estéril de todas as almas...
A ti são oferecidos os dias e os seres; os astros são votos no teu templo, e o cansaço dos deuses volta ao teu regaço como a ave ao ninho que não sabe como fez.

Que do auge da angústia se aviste o dia, e, se nenhum dia se avista, que seja esse o dia que se aviste!

*

Esplende, ausência de sol; brilha, luar que cessas...

Só tu, sol que não brilhas,[8] alumias as cavernas, porque as cavernas são tuas filhas. Só tu, lua que não há, dás □ às grutas, porque as grutas □

Tu és do sexo das formas sonhadas, do sexo nulo das figuras □ . Mero perfil às vezes, mera atitude outras vezes, outras gesto lento apenas — és momentos, atitudes, espiritualizadas em minhas.

Nenhum fascínio de sexo se subentende no meu sonhar-te, sob a tua veste vaga de madona dos silêncios interiores. Os teus seios não são dos que se podem pensar em beijar-se. O teu corpo é todo ele carne-alma, mas não é alma é corpo. A matéria da tua carne não é espírito mas é espiritual.[9] És a mulher anterior à Queda, escultura ainda daquele[10] barro que □ paraíso.

O meu horror às mulheres reais que têm sexo é a estrada por onde eu fui ao teu encontro. As da terra, que para serem □ têm de suportar o peso movediço[11] de um homem — quem as pode amar, que não se lhe desfolhe o amor na antevisão do prazer que serve o sexo enfrenesiado de agir? Quem pode respeitar a Esposa sem ter de pensar que ela é uma mulher noutra posição de cópula?[12] Quem não se enoja de ter mãe por ter sido tão vulvar na sua origem, tão nojentamente expelido para o mundo?[13] Que nojo de nós não punja a ideia da origem carnal da nossa alma — daquele irrequieto □ corpóreo de onde a nossa carne nasce, e, por bela que seja, se desfeia da origem e se nos enoja de nata.

Os idealistas falsos da vida real fazem versos à[14] Esposa, ajoelham à ideia de Mãe... O seu idealismo[15] é uma veste que tapa, não é um sonho que crie.

Pura, só tu, Senhora dos Sonhos, que eu posso conceber amante sem conceber mácula porque és irreal. A ti posso-te conceber mãe, adorando-o, porque nunca te manchaste nem do horror de seres fecundada, nem do horror de parires.

Como não te adorar, se só tu és adorável? Como não te amar, se só tu és digna do amor?

Quem sabe se sonhando-te eu não te crio, real noutra realidade; se não serás minha ali, num outro e puro mundo, onde sem corpo tátil nos amemos,[16] com outro jeito de abraços e outras atitudes essenciais de posse?[17] Quem sabe mesmo se não existias já e não te criei mas te vi apenas, com outra visão, interior e pura, num outro e perfeito mundo? Quem sabe se o meu sonhar-te não foi o encontrar-te simplesmente, se o meu amar-te não foi o pensar-em-ti,[18] se o meu desprezo pela carne e o meu nojo pelo amor não foram a obscura ânsia com que, ignorando-te, te esperava, e a vaga aspiração com que, desconhecendo-te, te queria?

Não sei mesmo [se] não te amei já, num vago onde cuja saudade este meu tédio perene talvez seja. Talvez sejas uma saudade minha, corpo de ausência, presença de Distância, fêmea talvez por outras razões que não as de sê-lo.

Posso pensar-te virgem e também mãe porque não és deste mundo. A criança que tens nos braços nunca foi mais nova para que houvesses de a sujar de a ter no ventre. Nunca foste outra do que és e como não seres virgem portanto? Posso amar-te e também adorar-te porque o meu amor não te possui e a minha adoração não te afasta.

Sê o Dia Eterno e que os meus poentes sejam raios do teu sol possuídos[19] em ti.

Sê o Crepúsculo Invisível e que as minhas ânsias e desassossegos sejam as tintas da tua indecisão e as sombras da tua incerteza.

Sê a Noite Total, torna-te a Noite Única e que todo eu me perca e me esqueça em ti, e que os meus sonhos brilhem, estrelas, no teu corpo de distância e negação...

Seja eu as dobras do teu manto, as joias da tua tiara, e o ouro ástreo dos anéis dos teus dedos.

Cinza na tua lareira, que importa que eu seja pó? Janela no teu quarto, que importa que eu seja espaço? Hora □ na tua clepsidra, que importa que eu passe, se por ser teu ficarei, que eu morra se por ser teu não morrerei, que eu te perca se o perder-te é encontrar-te?

Realizadora dos absurdos, Seguidora de frases sem nexo.[20] Que o teu silêncio me embale, que a tua □ me adormeça, que o teu mero-ser me acaricie e me amacie e me conforte, ó heráldica do Além, ó imperial de Ausência, Virgem-Mãe de todos os silêncios, Lareira das almas que têm frio, Anjo da Guarda dos abandonados, Paisagem humana — irreal de triste — eterna Perfeição.

Tu não és mulher. Nem mesmo dentro de mim evocas qualquer coisa que eu possa sentir feminina. É quando falo de ti que as palavras te chamam fêmea, e as expressões te contornam de mulher. Porque tenho de te falar com ternura e amoroso sonho, as palavras encontram voz para isso apenas em te tratar como feminina.

Mas tu, na tua vaga essência, não és nada. Não tens realidade, nem mesmo uma realidade só tua. Propriamente, não te vejo, nem mesmo te sinto. És[21] como que um sentimento que fosse o seu próprio objeto e pertencesse todo ao íntimo de si próprio. És sempre a paisagem que eu estive quase para poder ver, a orla da veste que por pouco eu não pude ver, perdida num eterno Agora para além da curva do caminho. O teu perfil é não seres nada, e o contorno do teu corpo irreal desata em pérolas separadas o colar da ideia de contorno. Já passaste, e já foste e já te amei — o sentir-te presente é sentir isto.

Ocupas o intervalo dos meus pensamentos e os interstícios das minhas sensações. Por isso eu não te penso nem te sinto, mas os meus pensamentos são ogivais de te sentir, e os meus sentimentos góticos de evocar-te.

Lua de memórias perdidas sobre a negra paisagem, nítida de vago,[22] da minha imperfeição compreendendo-se. O meu ser sente-te vagamente, como se fosse um cinto teu que te sentisse. Debruço-me sobre o teu rosto branco nas águas noturnas do meu desassossego, mas nunca saberei se és lua no meu céu para que o causes, ou estranha lua submarina para que, não sei como, o finjas.

Quem pudesse criar o Novo Olhar com que te visse, os Novos Pensamentos e Sentimentos que houvesse de te poder pensar e sentir!

Ao querer tocar no teu manto as minhas expressões cansam o esforço estendido dos gestos de suas mãos, e um cansaço rígido e doloroso gela-se nas minhas palavras. Paira, como um voo de ave que parece que se aproxima e nunca chega, em torno ao que eu quereria dizer de ti, mas a matéria das minhas frases não sabe imitar a substância ou do som dos teus passos, ou do rasto dos teus olhares, ou da cor triste e vazia da curva dos gestos que não fizeste nunca.

—

E se acaso falo com alguém longínquo, e se, hoje nuvem de possível, amanhã caíres, chuva de real sobre a terra, não te esqueças nunca da tua divindade original de sonho meu. Sê sempre na vida aquilo que possa ser o sonho de um isolado e nunca o abrigo de um amoroso. Faz o teu dever de mera taça. Cumpre o teu mister de ânfora inútil.[23] Ninguém diga de ti o que a alma do rio[24] pode dizer das margens — que existem para o limitar. Antes não correr na vida, antes secar de sonhar.

Que o teu gênio seja o ser supérflua, e a tua vida a arte de olhares para ela, de seres a olhada, a nunca idêntica. Não sejas nunca mais nada.

Hoje és apenas o perfil criado deste livro, uma hora carnalizada e separada das outras horas. Se eu tivesse a certeza de que o eras, ergueria uma religião sobre o sonho de amar-te.[25]

És o que falta a tudo. És o que a cada coisa falta para a podermos amar sempre. Chave perdida das portas do Templo, caminho encoberto do Palácio, Ilha longínqua que a bruma nunca deixa ver...

O AMANTE VISUAL

Anteros[1]

Tenho do amor profundo e do uso proveitoso dele um conceito superficial e decorativo. Sou sujeito a paixões visuais. Guardo intacto o coração dado a mais irreais destinos.

Não me lembro de ter amado senão o "quadro" em alguém, o puro exterior — em que a alma não entra para mais que fazer esse exterior animado e vivo — e assim diferente dos quadros que os pintores fazem.

Amo assim: fixo, por bela, atraente, ou, de outro qualquer modo, amável, uma figura, de mulher ou de homem — onde não há desejo não há preferência de sexo — e essa figura me obceca, me prende, se apodera de mim. Porém não quero mais que vê-la, nem olho nada com mais horror que a possibilidade de vir a conhecer e a falar à pessoa real que essa figura aparentemente manifesta.

Amo com o olhar, e nem com a fantasia. Porque nada fantasio dessa figura que me prende. Não me imagino ligado a ela de nenhuma maneira, porque o meu amor decorativo nada tem de mais psíquico. Não me interessa saber quem é, que faz, que pensa, a criatura que me dá para ver o seu aspecto exterior.

A imensa série de pessoas e de coisas que forma o mundo é para mim uma galeria intérmina de quadros, cujo interior me não interessa. Não me interessa porque a alma é monótona e sempre a mesma em toda a gente; difere apenas nas suas manifestações pessoais, e o melhor dela é o que transborda para o rosto, para os modos, para os gestos, e assim entra para o quadro que me prende, e a que diversa mas constantemente me afeiçoo.

Para mim essa criatura não tem alma. A alma é lá com ela mesma.[2]

Assim vivo, em visão pura, o exterior animado das coisas e dos seres, indiferente, como um deus de outro mundo, ao conteúdo-espírito deles. Aprofundo a superfície só e no exterior, e quando anseio a profundeza, é em mim, e no meu conceito das coisas, que a procuro.

Que pode dar-me o conhecimento pessoal da criatura que assim amo em décor? Não uma desilusão, porque, como nela só amo o aspecto, e nada dela fantasio, a sua estupidez ou mediocridade nada tira, porque eu não esperava nada senão o aspecto que não tinha que esperar, e o aspecto persiste. Mas o conhecimento pessoal é nocivo porque é inútil, e o inútil material é nocivo sempre. Saber o nome da criatura — para quê? e é a primeira coisa que, apresentado a ela, fico sabendo.

O conhecimento pessoal priva-me, também, da liberdade de contemplação, o que o meu gênero de amar deseja. Não podemos fitar, contemplar com liberdade quem conhecemos pessoalmente.

O que é supérfluo é a menos para o artista, porque, perturbando-o, diminui o efeito.

O meu destino natural de contemplador indefinido e apaixonado das aparências e da manifestação das coisas — objetivista dos sonhos, amante visual das formas e dos aspectos da Natureza □

Não é um caso do que os psiquiatras chamam onanismo psíquico, nem sequer do que chamam erotomania. Não fantasio, como no onanismo psíquico; não me figuro em sonho amante carnal, ou sequer amigo de fala, da criatura que fito e recordo: nada fantasio dela. Nem, como o erotômano, a idealizo e a transporto para fora da esfera da estética concreta: não quero dela, ou penso dela, mais que o que me dá aos olhos e à memória direta e pura do que os olhos viram.

Nem em torno dessas figuras, com cuja contemplação me entretenho, é meu costume tecer qualquer enredo da fantasia. Vejo-as, e o valor delas para mim está só em serem vistas. Tudo mais, que lhes acrescentasse, diminuí-las-ia, porque diminuiria, por assim dizer, a sua “visibilidade”.

Quanto eu fantasiasse delas, forçosamente, no próprio momento de fantasiar, eu o conheceria como falso; e, se o sonhado me agrada, o falso me repugna. O sonho puro encanta-me, o sonho que não tem relação com a realidade, nem ponto de contato com ela. O sonho imperfeito, com ponto de partida na vida, desgosta-me, ou, antes, me desgostaria se eu me embrenhasse nele.

Para mim a humanidade é um vasto motivo de decoração, que vivo pelos olhos e pelos ouvidos, e, ainda, pela emoção psicológica. Nada mais quero da vida senão o assistir a ela. Nada mais quero de mim senão o assistir à vida.

Sou como um ser de outra existência que passa indefinidamente interessado através desta. Em tudo sou alheio a ela. Há entre mim e ela como um vidro. Quero esse vidro sempre muito claro, para a poder examinar sem falha de meio intermédio; mas quero sempre o vidro.

Para todo espírito cientificamente constituído, ver numa coisa mais que o que lá está é ver menos essa coisa. O que materialmente se acrescenta, espiritualmente a diminui.

Atribuo a este estado de alma a minha repugnância pelos museus. O museu, para mim, é a vida inteira, em que a pintura é sempre exata, e só pode haver inexatidão na imperfeição do contemplador. Mas essa imperfeição, ou faço por diminuí-la, ou, se não posso, contento-me com que assim seja, pois que, como tudo, não pode ser senão assim.

O MAJOR

Nada há que tão intimamente revele, que tão completamente interprete a substância do meu infortúnio nato como o tipo de devaneio que, na verdade, mais acarinho, o bálsamo que com mais íntima frequência escolho para a minha angústia de existir. O resumo da essência do que desejo é só isto — dormir a vida. Quero demais à vida, para que a possa desejar ida; quero demais a não viver para ter sobre a vida um anseio demasiado importuno.

Assim, é este, que vou deixar escrito, o melhor dos meus sonhos preferidos. À noite, às vezes, com a casa quieta, porque os donos saíssem ou se calem, fecho as vidraças da minha janela, tapo-as com as pesadas portas; imerso num fato velho, aconchego-me na cadeira profunda, e prendo-me no sonho de que sou um major reformado num hotel de província, à hora de depois de jantar, quando ele seja, com um ou outro mais sóbrio, o conviva lento que ficou[1] sem razão.

Suponho-me nascido assim. Não me interessa a juventude do major reformado, nem os postos militares por onde subiu até àquele meu anseio. Independente do Tempo e da Vida, o major que me suponho não é posterior a nenhuma vida que tivesse; não tem, nem teve, parentes; existe eternamente àquela mesa daquele hotel provinciano, cansado já da conversa de anedotas, que teve com os parceiros na demora.

O RIO DA POSSE

Que somos todos diferentes, é um axioma da nossa naturalidade.[1] Só nos parecemos de longe, na proporção, portanto, em que não somos nós. A vida é, por isso, para os indefinidos; só podem conviver os que nunca se definem, e são, um e outro, ninguéns.[2]

Cada um de nós é dois, e quando duas pessoas se encontram, se aproximam, se ligam, é raro que as quatro possam estar de acordo. O homem que sonha em cada homem que age, se tantas vezes se malquista com o homem que age, como não se malquistará com o homem que age e o homem que sonha no Outro.

Somos forças porque somos vidas. Cada um de nós tende para si próprio com escala pelos[3] outros. Se temos por nós mesmos o respeito de nos acharmos interessantes, □. Toda a aproximação é um conflito. O outro é sempre o obstáculo para quem procura. Só quem não procura é feliz; porque só quem não busca, encontra, visto que quem não procura já tem, e já ter, seja o que for, é ser feliz, como não precisar é a parte melhor[4] de ser rico.

Olho para ti, dentro de mim, noiva suposta, e já nos desavimos antes de existires. O meu hábito de sonhar claro dá-me uma noção justa da realidade. Quem sonha demais precisa de dar realidade ao sonho. Quem dá realidade ao sonho tem que dar ao sonho o equilíbrio da realidade. Quem dá ao sonho o equilíbrio da realidade, sofre da realidade de sonhar tanto como da realidade da vida, e do irreal do sonho como do sentir a vida irreal.

Estou-te esperando, em devaneio, no nosso quarto com duas portas, e sonho-te vindo e no meu sonho entras até mim pela porta da direita; se, quando entras, entras pela porta da esquerda, há já uma diferença entre ti e o meu sonho. Toda a tragédia humana está neste pequeno exemplo de como aqueles em quem pensamos nunca são aqueles em quem pensamos.

O amor pede identidade com diferença, o que é impossível já na lógica, quanto mais no mundo. O amor quer possuir, quer tornar seu o que tem de ficar fora para ele saber que *se torna* dele e não *é* ele.[5] Amar é entregar-se. Quanto maior a entrega, maior o amor. Mas a entrega total entrega também a consciência do outro. O amor maior é por isso a morte, ou o esquecimento, ou a renúncia — os amores todos que são o absorvimento[6] do amor.

No terraço antigo do palácio, alçado sobre o mar, meditávamos em silêncio a diferença entre nós. Eu era príncipe e tu princesa, no terraço à beira do mar. O nosso amor nascera do nosso encontro, como a beleza se criara do encontro da lua com as águas.

O amor quer a posse, mas não sabe o que é a posse. Se eu não sou meu, como serei teu, ou tu minha? Se não possuo o meu próprio ser, como possuirei um ser alheio? Se sou já diferente daquele de[7] quem sou idêntico, como serei idêntico daquele de quem sou diferente?

O amor é um misticismo que quer praticar-se, uma impossibilidade que só é sonhada como devendo ser realizada.[8]

Metafísico. Mas toda a vida é uma metafísica às escuras, com um rumor de deuses e o desconhecimento da rota[9] como única via.

A pior astúcia comigo da minha decadência é o meu amor à saúde e à claridade. Achei sempre que um corpo belo e o ritmo feliz de um andar jovem tinham mais competência no mundo que todos os sonhos que há em mim. É com uma alegria da velhice pelo espírito que sigo às vezes — sem inveja nem desejo — os pares casuais que a tarde junta e caminham braço em braço para a consciência inconsciente[10] da juventude. Gozo-os como gozo uma verdade, sem que pense se me diz ou não respeito. Se os comparo a mim, continuo gozando-os, mas como quem goza uma verdade que o fere, juntando à dor da ferida o bálsamo[11] de ter compreendido os deuses.

Sou o contrário dos cristãos[12] simbolistas, para quem todo o ser, e todo o acontecimento, é a sombra de uma realidade de que é a sombra apenas. Cada coisa, para mim, é, em vez de um ponto de chegada, um ponto de partida. Para o ocultista tudo acaba em tudo; tudo começa em tudo, para mim.

Procedo, como eles, por analogia e sugestão, mas o jardim pequeno que lhes sugere a ordem e a beleza da alma, a mim não lembra mais que o jardim maior onde possa ser, longe dos homens, feliz a vida que o não pode ser. Cada coisa sugere-me não a realidade de que é a sombra, mas a realidade para que é o caminho.

O Jardim da Estrela, à tarde, é para mim a sugestão de um parque antigo, nos séculos antes[13] do desencanto[14] da alma.

O SENSACIONISTA

Neste crepúsculo das disciplinas, em que as crenças morrem e os cultos se cobrem de pó, as nossas sensações são a única realidade que nos resta. O único escrúpulo que preocupe, a única ciência que satisfaça, são os da sensação.[1]

Um decorativismo interior acentua-se-me como o modo superior e esclarecido de dar um destino à nossa vida. Pudesse a minha vida ser vivida em panos de arrás do espírito e eu não teria abismos que lamentar.

Pertenço a uma geração — ou antes a uma parte de geração — que perdeu todo o respeito pelo passado e toda a crença ou esperança no futuro. Vivemos por isso do presente com a gana e a fome de quem não tem outra casa. E, como é nas nossas sensações, e sobretudo nos nossos sonhos, sensações inúteis e ligeiras, que encontramos um presente, que não lembre nem o passado nem o futuro, sorrimos à nossa vida interior e desinteressamo-nos com uma sonolência altiva da realidade quantitativa das coisas.

Não somos talvez muito diferentes daqueles que, pela vida, só pensam em divertir-se. Mas o sol da nossa preocupação egoísta está no ocaso, e é em cores de crepúsculo e contradição que o nosso hedonismo se arrefece.[2]

Convalescemos. Em geral somos criaturas que não aprendemos nenhuma arte ou ofício, nem sequer o de gozar a vida. Estranhos a convívios demorados, aborrecemo-nos em geral dos maiores amigos, depois de estarmos com eles meia hora; só ansiamos por os ver quando pensamos em vê-los, e as melhores horas em que os acompanhamos são aquelas em que apenas sonhamos que estamos com eles. Não sei se isto indica pouca amizade. Porventura não indica. O que é certo é que as coisas que mais amamos, ou julgamos amar, só têm o seu pleno valor real quando simplesmente sonhadas.

Não gostamos de espetáculos. Desprezamos atores e dançarinos. Todo o espetáculo é a imitação degradada do que havia apenas de sonhar-se.

Indiferentes — não de origem, mas por uma educação dos sentimentos que várias experiências dolorosas em geral nos obrigam a fazer — à opinião dos outros, sempre corteses para com eles, e gostando deles mesmo, através de uma indiferença interessada, porque toda a gente é interessante e convertível em sonho, em outras pessoas, passamos □

Sem habilidade para amar, antecansam-nos aquelas palavras que seria preciso dizer para se tornar amado. De resto, qual de nós quer ser amado? O "*on le fatiguait en l'aimant*" de René[3] não é o nosso rótulo justo. A própria ideia de sermos amados nos fatiga, nos fatiga até ao alarme.

A minha vida é uma febre perpétua, uma sede sempre renovada. A vida real apoquenta-me como um dia de calor. Há uma certa baixeza no modo como apoquenta.

PASTORAL[1] DE PEDRO

Não sei onde te vi nem quando. Não sei se foi num quadro ou se foi no campo real, ao pé de árvores e ervas contemporâneas do corpo; foi num quadro talvez, tão idílica e legível é a memória que de ti conservo. Nem sei quando isto [se] passou, ou se se passou realmente — porque pode ser que nem em quadro eu te visse —, mas sei com todo o sentimento da minha inteligência que esse foi o momento mais calmo da minha vida.

Vinhas, boeirinha leve, ao lado de um boi manso e enorme, calmos pelo risco largo da estrada. Desde longe — parece-me — eu vos vi, e viestes até mim e passastes.[2] Pareceste não reparar na minha presença. Ias lenta e guardadora descuidada do boi grande. O teu olhar esquecera-se de lembrar e tinha uma grande clareira de vida de alma; abandonara-te a consciência de ti própria. Nesse momento nada mais eras do que um □

Vendo-te recordei que as cidades mudam mas os campos são eternos. Chamam bíblicas às pedras e aos montes, porque são os mesmos, do mesmo modo, que os dos tempos bíblicos deviam ter sido.

É no recorte passageiro da tua figura anônima que eu ponho toda a evocação dos campos, e a calma toda que eu nunca tive chega-me à alma quando penso em ti. O teu andar tinha um balouçar leve, um ondular incerto, em cada gesto teu pousava uma ave;[3] tinhas trepadeiras invisíveis enroscadas no □ do teu busto. O teu silêncio — era o cair da tarde, e balia um cansaço de rebanhos, chocalhando, pelas encostas pálidas da hora — o teu silêncio era o canto do último pegureiro que, por esquecido de uma écloga nunca escrita de Virgílio, ficou eternamente incantado,[4] e eterna nos campos, silhueta. Era possível que estivesses sorrindo; para ti apenas, para a tua alma, vendo-te a ti na tua ideia, a sorrir. Mas os teus lábios eram calmos como o recorte dos montes; e o gesto, que deslembro, de tuas mãos rústicas engrinaldado com flores do campo.

Foi num quadro, sim, que te vi. Mas donde me vem esta ideia de que te vi aproximares-te e passares por mim e eu seguir, não me voltando para trás por te estar vendo sempre e ainda? Estaca o Tempo para te deixar passar, e eu erro-te quando te quero colocar na vida — ou na semelhança da vida.

PERISTILO

Às horas em que a paisagem é uma auréola de Vida, e o sonho é apenas sonhar-se, eu ergui, ó meu amor, no silêncio do meu desassossego, este livro estranho como portões abertos numa casa[1] abandonada.

Colhi para escrevê-lo a alma de todas as flores, e dos momentos efêmeros de todos os cantos de todas as aves, teci eternidade e estagnação. Tecedeira □, sentei-me à janela da minha vida e esqueci que habitava e era, tecendo lençóis[2] para o meu tédio amortalhar-se, toalhas de linho casto para os altares do meu silêncio, □

E eu ofereço-te este livro porque sei que ele é belo e inútil. Nada ensina, nada faz crer, nada faz sentir. Regato que corre para um abismo — cinza que o vento espalha e nem fecunda nem é daninha □ — pus toda a alma em fazê-lo, mas não pensei nele fazendo-o, mas só em mim que sou triste e em ti que não és ninguém.

E porque este livro é absurdo, eu o amo; porque é inútil, eu o quero dar; e porque de nada serve querer to dar, eu to dou...

Reza por mim [a]o lê-lo, abençoa-me de[3] amá-lo e esquece--o como o Sol de hoje ao Sol de ontem.[4]

Torre do Silêncio das minhas ânsias, que este livro seja o luar que te faz outra na noite do Mistério Antigo!

Rio de Imperfeição dolorida, que este livro seja o barco deixado ir por tuas águas abaixo para nenhum mar que se sonhe.

Paisagem de Alheamento e de Abandono, que este livro seja teu como a tua Hora e se ilimite de ti como da Hora de púrpura falsa.[5]

Correm rios,[6] rios eternos por baixo da janela do meu silêncio. Vejo a outra margem sempre e não sei por que não sonho estar lá, outro e feliz. Talvez porque só tu consolas, e só tu embalas e só tu unges e oficias.

Que missa branca interrompes para me lançar a bênção de te mostrar sendo? Em que ponto ondeado da dança estacas, e o Tempo contigo, para do teu parar fazeres ponte até minha alma e do teu sorriso púrpura do meu fausto?

Cisne de desassossego rítmico, lira de horas imortais, harpa incerta de pesares míticos — tu és a Esperada e a Ida, a que afaga e fere, a que doura de dor as alegrias e coroa de rosas as tristezas.

Que Deus te criou, que Deus odiado pelo Deus que se fez o mundo?

Tu não o sabes, tu não sabes que o não sabes, tu não queres saber nem não saber. Despiste de propósitos a tua vida, nimbaste de irrealidade o teu mostrar-te, vestiste-te de perfeição e de intangibilidade, para que nem as Horas te beijassem, nem os Dias te sorrissem, nem as Noites te viessem pôr a lua entre as mãos para que ela parecesse um lírio.

Desfolha, ó meu amor, sobre mim pétalas de melhores rosas, de mais perfeitos lírios, pétalas de crisântemos cheirosas à melodia do seu nome.

E eu morrerei em ti a minha[7] vida, ó Virgem que nenhum

abraço espera, que nenhum beijo busca, que nenhum pensamento[8] desflora.[9]

Átrio só átrio de todas as esperanças, Limiar de todos os desejos, Janela para todos os sonhos, □ Belveder para todas as paisagens que são floresta noturna e rio longínquo trêmulo de muito luar...

Tu não existes, eu bem sei, mas sei eu ao certo se existo? Eu, que te existo em mim, terei mais vida real do que tu, do que a vida morta[10] que te vive?

Chama tornada[11] auréola, presença ausente, silêncio rítmico e fêmea, crepúsculo de vaga carne, taça esquecida para o festim, vitral pintado por um pintor-sonho numa Idade Média de outra Terra.

Cálice e hóstia de requinte casto, altar abandonado de santa ainda viva, corola de lírio sonhado do jardim onde nunca ninguém entrou...

És a única forma que não causa[12] tédio, porque és sempre mudável com o nosso sentimento, porque, como beijas a nossa alegria, embalas a nossa dor, e ao nosso tédio, és-lhe o ópio que conforta e o sono que descansa, e a morte que cruza e junta as mãos.

Anjo □, de que matéria é feita a tua matéria alada? que vida te prende a que terra, a ti que és voo nunca erguido, ascensão estagnada, gesto de enlevo e de descanso?

Farei do sonhar-te o ser poeta, e a minha prosa, quando fale a tua Beleza, terá melodias de poema, curvas de estrofes, esplendores súbitos como os dos versos imortais.

Versos, prosas que se não pensam escrever, mas sonhar apenas.

*

Criemos, ó Apenas-Minha, tu por existires e eu por te ver existir, uma arte outra do que toda a arte havida.

Do teu corpo de ânfora inútil saiba eu tirar a alma[13] de novos versos, e do[14] teu ritmo lento de onda silenciosa[15], saibam os meus dedos trêmulos ir buscar as linhas pérfidas de uma prosa virgem de ser ouvida.[16]

O teu sorriso vago e[17] indo-se seja para mim símbolo — emblema visível do soluço calado[18] do inúmero mundo ao saber-se erro e imperfeição.[19]

As tuas mãos de tocadora de harpa me fechem as pálpebras quando eu morrer de ter dado a construir-te a minha vida. E tu, que não és ninguém, serás para sempre, ó Suprema, a arte querida dos deuses que nunca foram, e a mãe virgem e estéril dos deuses que nunca serão.

SENTIMENTO APOCALÍPTICO

Pensando que cada passo na minha vida era um contato com o horror do Novo, e que cada nova pessoa que eu conhecia era um novo fragmento vivo do desconhecido que eu punha em cima da minha mesa para quotidiana meditação apavorada — decidi abster-me de tudo, não avançar para nada, reduzir a ação ao mínimo, furtar-me o mais possível a que eu fosse encontrado quer pelos homens, quer pelos acontecimentos, requintar sobre a abstinência e pôr a abdicação a bizantino. Tanto o viver me apavora e me tortura.

Decidir-me, finalizar qualquer coisa, sair do duvidoso e do obscuro, são coisas [que] se me figuram catástrofes, cataclismos universais.

Sinto a vida um apocalipse e cataclismo. Dia a dia em mim aumenta a incompetência para sequer esboçar gestos, para me conceber sequer em situações claras de realidade.

A presença dos outros — tão inesperada da alma a todo o

momento — dia a dia me é mais dolorosa e angustiante. Falar com os outros percorre-me de arrepios. Se mostram interesse por mim, fujo. Se me olham, estremeço. Se □

Estou numa defesa[1] perpétua. Doo-me à vida e a outros. Não posso fitar a realidade frente a frente. O próprio sol já me desanima e me desola. Só à noite, e à noite a sós comigo, alheio, esquecido, perdido — sem liga com a realidade nem parte com a utilidade — me encontro e me dou conforto.

Tenho frio da vida. Tudo é caves úmidas e catacumbas sem luz na minha existência. Sou a grande derrota do último exército que sustinha o último império. Saibo-me a fim de uma civilização antiga e dominadora. Estou só e abandonado, eu que como que costumei mandar outros. Estou sem amigo, sem guia, eu a quem sempre outros guiaram.

Qualquer coisa em mim pede eternamente compaixão e chora sobre si como sobre um deus morto, sem altares no culto, quando a vinda branca dos bárbaros moceou nas fronteiras e a vida veio pedir contas ao império do que ele fizera da alegria.

Tenho sempre receio de que falem em mim. Falhei em tudo. Nada ousei sequer pensar em ser; pensar que o desejaria, nem sequer o sonhei, porque no próprio sonho me conheci incompetente para a vida, até no meu estado visionário de sonhador apenas.

Nem um sentimento levanta a minha cabeça do travesseiro onde a afundo por não poder com o corpo, nem com a ideia de que vivo, ou sequer com a ideia absoluta da vida.

Não falo a língua das realidades, e entre as coisas da vida cambaleio como um doente de longo leito que se ergue pela primeira vez. Só no leito me sinto na vida normal. Quando a febre chega agrada-me como uma natural □ do meu estado recumbente. Como uma chama ao vento tremo e estonteio-me. Só no ar morto dos quartos fechados respiro a normalidade da minha vida.

Nem uma saudade já me resta das brisas à beira dos mares. Conformei-me com ter-me a minha alma por convento e eu não ser mais para mim do que outono sobre descampados secos, sem mais vida viva do que um reflexo como de uma luz que finda na escuridão endosselada dos tanques, sem mais esforço e cor do que o êxtase violeta-exílio do fim do poente com[2] os montes.

No fundo nenhum outro prazer do que a análise da dor, nem outra volúpia que a do colear líquido e doente das sensações quando se esmiuçam e se decompõem — leves passos na sombra incerta, suaves ao ouvido, e nós nem nos voltamos para saber de quem são; vagos cantos longínquos, cujas palavras não buscamos colher, mas onde nos embala mais o indeciso do que dirão e a incerteza do lugar donde vêm; tênues segredos de águas pálidas, enchendo de longes leves os espaços □ e noturnos; guizos de carros longínquos, regressando donde? e que alegrias lá dentro, que não se ouvem aqui, sonolentos no torpor morno na tarde onde o verão se esquece a outono... Morreram as flores do jardim, e, murchas, são outras flores — mais antigas, mais nobres, mais coevas a amarelo morto com o mistério e o silêncio e o abandono. As bolhas de água que afloram nos tanques têm a sua razão para os sonhos. Coaxar distante das rãs! Ó campo morto em mim! Ó sossego rústico passado em sonhos! Ó minha vida fútil como um maltês[3] que não trabalha e dorme à beira dos caminhos com o aroma dos prados a entrar-lhe na alma como um nevoeiro, num sono translúcido e fresco, fundo e cheio de eternidade como tudo que nada liga a nada, noturno, ignorado, nômada e cansado sob a compaixão fria das estrelas.

Sigo o curso dos meus sonhos, fazendo das imagens degraus para outras imagens; desdobrando, como um leque, as metáforas casuais em grandes quadros de visão interna; desato de mim a vida, e ponho-a de banda como a um traje que aperta. Oculto-me entre árvores longe das estradas. Perco-me. E logro, por momentos que correm levemente, esquecer o gosto à vida, deixar ir-se a ideia de luz e de bulício e acabar conscientemente, absurdamente pelas sensações fora, com um império de renúncias angustiadas, e uma entrada entre pendões e tambores de vitória numa grande cidade final onde não choraria nada, nem desejaria nada e nem a mim próprio pediria o ser.

Doem-me as superfícies doentes[4] dos tanques que criei em sonhos. É minha a palidez da lua que visiono sobre paisagens de florestas. É o meu cansaço o outono dos céus estagnados que recordo e não vi nunca. Pesa-me toda a minha vida morta, todos os meus sonhos faltos, tudo meu que não foi meu, no azul dos meus céus interiores, no tinir à vista do correr dos meus rios na alma, no vasto e inquieto sossego dos trigos nas planícies que vejo e que não vejo.

Uma chávena de café, um tabaco que se fuma e cujo aroma nos atravessa, os olhos quase cerrados num quarto em penumbra — não quero mais da vida do que os meus sonhos e isto... Se é pouco? Não sei. Sei eu acaso o que é pouco ou o que é muito?

Tarde de verão lá fora e como eu gostaria de ser outro. Abro a janela. Tudo lá fora é suave, mas punge-me como uma dor incerta, como uma sensação vaga de descontentamento.

E uma última coisa punge-me, rasga-me, esfrangalha-me toda a alma. É que eu, a esta hora, a esta janela, pensando estas coisas tristes e suaves, devia ser uma figura estética, bela, como uma figura num quadro — e eu não o sou, nem isto sou...

A hora que passe e esqueça... A noite que venha, que cresça, que caia sobre tudo e nunca se erga. Que esta alma seja o meu túmulo para sempre, e que □ se absolute em Treva e eu nunca mais possa viver nem sentir ou desejar.

SINFONIA DA NOITE INQUIETA

Os crepúsculos nas cidades antigas, com tradições desconhecidas escritas nas pedras negras dos edifícios pesados; as antemanhãs trêmulas nas campinas alagadas, pantanosas, úmidas como o ar antes do sol; as vielas, onde tudo é possível, as arcas pesadas nas salas vetustas; o poço ao fundo da quinta ao luar; a carta datada dos primeiros amores da nossa avó que não conhecemos; o mofo dos quartos onde se arrecada o passado; a espingarda que ninguém hoje sabe usar; a febre nas tardes quentes à janela; ninguém na estrada; o sono com sobressaltos; a moléstia que alastra pelas vinhas; sinos; a mágoa claustral de viver... Hora de bênçãos tuas mãos sutis... A carícia nunca vem, a pedra do anel sangra no quase escuro... Festas de igreja sem crença na alma: a beleza material dos santos toscos e feios, paixões românticas na ideia de tê-las, a maresia, à noite entrada, nos cais da cidade umedecida pelo arrefecer...

Magras, tuas mãos alam-se sobre quem a vida sequestra. Longos corredores, e as frestas, janelas fechadas sempre abertas, o frio no chão como as campas, a saudade de amar como uma viagem por fazer às terras incompletas... Nomes de rainhas antigas... Vitrais onde pintaram condes fortes... A luz matutina vagamente espalhada, como um incenso frio pelo ar da igreja concentrado no escuro do chão impenetrável... As mãos secas uma contra a outra.

Os escrúpulos do monge que, no livro antiquíssimo encontra, nos algarismos absurdos, ensinamentos dos magos, e nas estampas decorativas os passos da Iniciação.

Praia ao sol a febre em mim... O mar luzindo a minha angústia na garganta... As velas ao longe e como andam na minha febre... Na febre as escadas para a praia... Calor na brisa fresca, transmarina, *mare vorax*, *minax*, *mare tenebrosum* — a noite escura lá longe para os argonautas e a minha testa a arder as caravelas primitivas...

Tudo é dos outros, salvo a mágoa de o não ter.

Dá a agulha a mim... Hoje faltam no seio de casa os seus passos pequenos — e o não se saber onde ela está metida, ou que estará a lavrar com pregas, com cores, com alfinetes... Hoje as suas costuras estão fechadas para sempre em gavetas de correr da cômoda — supérfluas — e não há o calor de braços sonhados à roda do pescoço da mãe.

Há um vago número de muitos meses que me vê olhá-la, olhá-la constantemente, sempre com o mesmo olhar incerto e solícito. Eu sei que tem reparado nisso. E como tem reparado, deve ter achado estranho que esse olhar, não sendo propriamente tímido, nunca esboçasse uma significação. Sempre atento, vago e o mesmo, como que contente de ser só a tristeza disso... Mais nada... E dentro do seu pensar nisso — seja o sentimento qual seja[1] com que tem pensado em mim — deve ter perscrutado as minhas possíveis intenções. Deve ter explicado a si própria, sem se satisfazer, que eu sou ou um tímido especial e original, ou uma qualquer espécie de qualquer coisa aparentado com o ser louco.

Eu não sou, minha Senhora, perante o fato de olhá-la, nem estritamente um tímido, nem assentemente um louco. Sou outra coisa, primeira e diversa, como, sem esperança de que me creia, lhe vou expor. Quantas vezes eu segredava ao seu ser sonhado: Faça o seu[2] dever de ânfora inútil, cumpra o seu[3] mister de mera taça.

Com que saudade da ideia que quis forjar-me[4] de si eu percebi um dia que era casada! O dia em que percebi[5] isso foi trágico na minha vida. Não tive ciúmes do seu marido. Nunca pensei se acaso o tinha. Tive simplesmente saudades da minha ideia de si. Se eu um dia soubesse este absurdo — que uma mulher num quadro — sim essa — era casada, a mesma seria a minha dor.

Possuí-la? Eu não sei como isso se faz. E mesmo que tivesse sobre mim a mancha humana de sabê-lo, que infame eu não seria para mim próprio, que insultador agente[6] da minha própria grandeza, ao pensar sequer em nivelar-me com o seu marido!

Possuí-la? Um dia que acaso passe sozinha numa rua escura,[7] um assaltante pode subjugá-la e possuí-la, pode fecundá-la até e deixar atrás de si esse rasto uterino. Se possuí-la é possuir-lhe o corpo, que valor há nisso?

Que não lhe possui a alma?... Como é que se possui uma alma? E pode haver um hábil e amoroso que consiga possuir-lhe essa "alma" □? Que seja o seu marido esse... Queria que eu descesse ao nível dele?

Quantas horas tenho passado em convívio secreto com a ideia de si! Temo-nos amado tanto, dentro dos meus sonhos! Mas mesmo aí, eu lho juro, nunca me sonhei possuindo-a. Sou um delicado e um casto mesmo nos meus sonhos. Respeito até a ideia[8] de uma mulher bela.

—

Eu não saberia nunca como ajeitar a minha alma a levar o meu corpo a possuir o seu. Dentro de mim, mesmo ao pensar nisso tropeço em obstáculos que não vejo, enredo-me em teias que não sei o que são. Que muito mais me não aconteceria se eu quisesse possuí-la realmente?

Que eu — repito-lho — era incapaz de o tentar fazer. Nem sequer me ajeito a sonhar-me fazendo-o.

São estas, minha Senhora, as palavras que tenho a escrever à margem da significação do seu olhar involuntariamente interrogativo. É neste livro que, primeiro, lerá esta carta para si. Se não souber que é para si, resignar-me-ei a que assim seja. Escrevo mais para me entreter do que para lhe dizer qualquer coisa. Só as cartas comerciais são *dirigidas*. Todas as outras devem, pelo menos para o homem superior, ser apenas dele para si próprio.

Nada mais tenho a dizer-lhe. Creia que a admiro tanto quanto posso. Ser-me-ia agradável que pensasse em mim às vezes.

VIAGEM NUNCA FEITA

Foi por um crepúsculo de vago outono que eu parti para essa viagem que nunca fiz.

O céu — impossivelmente me recordo — era dum resto

roxo de ouro triste, e a linha agônica dos montes, lúcida, tinha uma auréola cujos tons de morte lhe penetravam, amaciadores, na astúcia do seu contorno. Da outra amurada[1] do barco (estava mais frio e era mais noite sob esse lado do toldo) o oceano tremia-se até onde o horizonte leste se entristecia, e onde, pondo penumbras de noite na linha líquida e obscura do mar extremo, um hálito de treva pairava como uma névoa em dia de calor.

O mar, recordo-me, tinha tonalidades de sombra, de mistura com fogos ondeados de vaga luz — e era tudo misterioso como uma ideia triste numa hora de alegria, profética não sei de quê.

Eu não parti de um porto conhecido. Nem hoje sei que porto era, porque ainda nunca lá estive. Também, igualmente, o propósito ritual da minha viagem era ir em demanda de portos inexistentes — portos que fossem apenas o entrar-para-portos; enseadas esquecidas de rios, estreitos entre cidades irrepreensivelmente irreais. Julgais sem dúvida, ao ler-me, que as minhas palavras são absurdas. É que nunca viajastes como eu.

Eu parti? Eu não vos juraria que parti. Encontrei-me em outras partes, vi outros portos, passei por cidades que não eram aquela, ainda que nem aquela nem essas fossem cidades algumas. Jurar-vos que fui eu que parti e não a paisagem, que fui eu que visitei outras terras e não elas que me visitaram — não vo-lo posso fazer. Eu que, não sabendo o que é a vida, nem sei se sou eu que a vivo se é ela que me vive (tenha esse verbo oco "viver" o sentido que quiser ter), decerto não vos irei jurar qualquer coisa.

Viajei. Julgo inútil explicar-vos que não levei nem meses, nem dias, nem outra quantidade qualquer de qualquer medida de tempo a viajar. Viajei no tempo, é certo, mas não do lado de cá do tempo, onde o contamos por horas e dias e meses; foi do outro lado do tempo que eu viajei, onde o tempo se não conta por medida. Decorre, mas sem que seja possível medi-lo. É como que mais rápido que o tempo que vemos viver-nos.[2] Perguntais-me em[3] vós, de certo, que sentido têm estas frases; nunca erreis assim. Despedi-vos do erro infantil de perguntar o sentido às coisas e às palavras. Nada tem um sentido.

Em que barco fiz essa viagem? No vapor *Qualquer*. Rides. Eu também, e de vós talvez. Quem vos diz, e a mim, que não escrevo símbolos para os deuses compreenderem?

Não importa. Parti pelo crepúsculo. Tenho ainda no ouvido o ruído férreo de puxarem[4] a âncora a vapor. No soslaio da minha memória movem-se ainda lentamente, para enfim entrarem na sua posição[5] de inércia, os braços do guindaste de bordo que havia horas tinham[6] magoado a minha vista de contínuos caixotes e barris. Estes rompiam súbitos, presos de roda por uma corrente, de por cima da amurada onde esbarravam, arranhando, e depois, oscilando, se iam deixando empurrar, empurrar, até ficarem por de cima do porão, para onde, súbitos, desciam □, até, com um choque surdo e madeirento, chegarem esmagadoramente a um lugar oculto do porão. Depois soavam lá em baixo o desatarem-nos; em seguida subia só a corrente chincalhante no ar, e recomeçava tudo, como que inutilmente.

Eu para que vos conto isto? Porque é absurdo estar-vos a contá-lo, visto que é das minhas viagens que disse que vos falaria.

Visitei Novas Europas, e Constantinoplas outras acolheram a minha vinda veleira em Bósforos falsos. Vinda veleira, espantais?[7] É como vos digo, assim mesmo. O vapor em que parti chegou barco de vela ao porto [...]. Que isto é impossível, dizeis. Por isso me aconteceu. Chegaram-nos, em outros vapores, notícias de guerras sonhadas em Índias impossíveis. E, ao ouvir falar dessas terras, tínhamos importunamente saudades da nossa, só, naturalmente, porque essa nossa terra não era terra nenhuma.[8]

E assim escondo-me atrás da porta, para que a Realidade, quando entra, me não veja. Escondo-me debaixo da mesa, donde, subitamente, prego sustos à Possibilidade. De modo que desligo de mim, como aos dois braços de um amplexo, os dois grandes tédios que me apertam[9] — o tédio de poder viver só o Real, e o tédio de poder conceber só o Possível.

Triunfo assim de toda a realidade. Castelos de areia, os meus triunfos?... De que coisa essencialmente divina são os castelos que não são de areia?

Como sabeis que, viajando assim, não me rejuvenesço obscuramente?

Infantil de absurdo, revivo a minha meninice, e brinco com as ideias das coisas como com soldados de chumbo, com os quais eu, quando menino, fazia coisas que embirravam com a ideia de soldado.

Ébrio de erros, perco-me por momentos de sentir-me viver.

— Naufrágios? Não, nunca tive nenhum. Mas tenho a impressão de que todas as minhas viagens naufraguei, estando a minha salvação escondida em inconsciências intervalantes...

— Sonhos vagos, luzes confusas, paisagens perplexas — eis o que me resta[10] na alma de tanto que viajei.

Tenho a impressão de que conheci horas de todas as cores, amores de todos os sabores, ânsias de todos os tamanhos. Desmedi-me pela vida fora e nunca me bastei nem me sonhei bastando-me.

— Preciso explicar-lhe que viajei realmente. Mas tudo me sabe a constar-me que viajei, mas não vivi. Levei de um lado para o outro, de Norte para Sul e de Leste para Oeste, o cansaço de ter tido um passado, o tédio de viver o presente, e o desassossego[11] de ter que ter um futuro. Mas tanto me esforço que fico todo no presente, matando dentro de mim o passado e o futuro.

— Passeei pelas margens de rios cujo nome me encontrei ignorando. Às mesas dos cafés de cidades visitadas descobri-me a perceber que tudo me sabia a sonho e a vago. Cheguei a ter às vezes a dúvida se não continuava sentado à mesa da nossa casa antiga, imóvel e deslumbrado por sonhos. Não lhe posso afirmar que isso não aconteça, que eu não esteja lá agora ainda, que tudo isto, incluindo esta conversa consigo, não seja falso e suposto. O senhor quem é? Dá-se o fato ainda absurdo de não o poder explicar...

Não desembarcar não tem cais onde se desembarque. Nunca chegar implica não chegar nunca.

VIA LÁCTEA

... com meneios de frase de uma espiritualidade venenosa...

... rituais de púrpura rota, cerimoniais misteriosos de ritos contemporâneos de ninguém.[1]

... sequestradas sensações sentidas noutro corpo que o físico, mas corpo e físico a seu modo, intervalando sutilezas entre complexo e simples...

... lagoas onde paira, pelúcida, uma intuição de ouro fosco, tenuemente despida de se ter alguma vez realizado, e sem dúvida por coleantes requintes lírio entre mãos muito brancas...

... pactos entre o torpor e a angústia, verde-negros, tépidos à vista, cansados entre sentinelas de tédio...

... nácar de inúteis consequências, alabastro de frequentes macerações — ouro, roxo e orlas os entretenimentos com ocasos, mas não barcos para melhores margens, nem pontes para crepúsculos maiores...

... nem mesmo à beira da ideia de tanques, de muitos tanques, longínquos através de choupos, ou ciprestes talvez, segundo as sílabas de sentida com que a hora pronunciava o seu nome...

... por isso janelas abertas sobre cais, contínuo marulhar contra docas, séquito confuso como opalas, louco e absorto, entre o que amarantos e terebintos escrevem a insônias de entendimento nos muros obscuros de poder ouvir...

... fios de prata rara, nexos de púrpura desfiada, sob tílias sentimentos inúteis, e por áleas onde buxos calam, pares antigos, leques súbitos, gestos vagos, e melhores jardins sem dúvida esperam o cansaço plácido de não mais que áleas e alamedas...

... quincôncios, caramanchões, cavernas de artifício, canteiros feitos, repuxos, toda a arte ficada de mestres mortos, que haviam, entre duelos íntimos de insatisfeito com evidente, decidido procissões de coisas para sonhos pelas ruas estreitas das aldeias antigas das sensações...

... toadas a mármore em longes palácios, reminiscências pondo mãos sobre as nossas, olhares casuais de indecisões ocasos em céus fatídicos, anoitecendo em estrelas sobre silêncios de impérios que decaem...

Reduzir a sensação a uma ciência, fazer da análise psicológica um método preciso como um instrumento de micróscopo [sic] — pretensão que ocupa, sede calma, o nexo de vontade da minha vida...

É entre a sensação e a consciência dela que se passam todas as grandes tragédias da minha vida. Nessa região indeterminada, sombria, de florestas e sons de água toda, neutral até ao ruído das nossas guerras, decorre aquele meu ser cuja visão em vão procuro...

Jazo a minha vida. (As minhas sensações são um epitáfio gongórico[2] sobre a minha vida morta.) Aconteço-me a morte e ocaso. O mais que posso esculpir é sepulcro meu a beleza interior.

Os portões do meu afastamento abrangem para parques de infinito, mas ninguém passa por eles, nem no meu sonho — mas abertos sempre para o inútil e de ferro eternamente para o falso...

Desfolho apoteoses nos jardins das pompas interiores e entre buxos de sonho piso, com uma sonoridade dura, as áleas que conduzem a Confuso.

Acampei Impérios no Confuso, à beira de silêncios, na guerra fulva em que acabará o Exato.

O homem de ciência reconhece que a única realidade para si é ele próprio, e o único mundo real o mundo como a sua sensação lho dá. Por isso, em lugar de seguir o falso caminho de procurar ajustar as suas sensações às dos outros, fazendo ciência objetiva, procura, antes, conhecer perfeitamente o seu mundo, e a sua personalidade. Nada mais objetivo do que os seus sonhos. Nada mais seu do que a sua consciência de si. Sobre essas duas realidades requinta ele a sua ciência. É muito diferente já da ciência dos antigos científicos, que, longe de buscarem as leis da sua própria personalidade e a organização dos seus sonhos, procuravam as leis do "exterior" e a organização daquilo a que chamavam "Natureza".

Em mim o que há de primordial é o hábito e o jeito de sonhar. As circunstâncias da minha vida, desde criança sozinho e calmo, outras forças talvez, amoldando-me, de longe, por hereditariedades obscuras a seu sinistro corte, fizeram do meu espírito uma constante corrente de devaneios. Tudo o que eu sou está nisto, e mesmo aquilo que em mim mais parece longe de destacar o sonhador, pertence sem escrúpulo à alma de quem só sonha, levada ela ao seu maior grau.

Quero, para meu próprio gosto de analisar-me, à medida que a isso me ajeite, ir pondo em palavras os processos mentais que em mim são um só, esse, o de uma vida devotada ao sonho, de uma alma educada só em sonhar.

Vendo-me de fora, como quase sempre me vejo, eu sou um inapto à ação, perturbado ante ter que dar passos e fazer gestos, inábil para falar com os outros, sem lucidez interior para me entreter com o que me cause esforço ao espírito, nem sequência física para me aplicar a qualquer mero mecanismo de entretenimento trabalhando.

Isso é natural que eu seja. O sonhador entende-se que seja

assim. Toda a realidade me perturba. A fala dos outros lança-me numa angústia enorme. A realidade das outras almas surpreende-me constantemente. A vasta rede de inconsciências que é toda a ação que eu vejo parece-me uma ilusão absurda, sem coerência plausível, nada.

Mas se se julgar que desconheço os trâmites da psicologia alheia, que erro a percepção nítida dos motivos e dos íntimos pensamentos dos outros, haverá engano sobre o que sou.

Porque eu não só sou um sonhador, mas sou um sonhador exclusivamente. O hábito único de sonhar deu-me uma extraordinária nitidez de visão interior. Não só vejo com espantoso e às vezes perturbante relevo as figuras e os décors dos meus sonhos, mas com igual relevo vejo as minhas ideias abstratas, os meus sentimentos humanos — o que deles me resta —, os meus secretos impulsos, as minhas atitudes psíquicas diante de mim próprio. Afirmo que as minhas próprias ideias abstratas, eu as vejo em mim, eu com uma interior visão real as vejo num espaço interno. E assim os seus meandros são-me visíveis nos seus mínimos.

Por isso conheço-me inteiramente, e, através de conhecer-me inteiramente, conheço inteiramente a humanidade toda. Não há baixo impulso, como não há nobre intuito, que me não tenha sido relâmpago na alma; e eu sei com que gestos cada um se mostra. Sob as máscaras que as más ideias usam, de boas ou indiferentes, mesmo dentro de nós eu pelos gestos as conheço por quem são. Sei o que em nós se esforça por nos iludir. E assim à maioria das pessoas que vejo conheço melhor do que eles a si próprios. Aplico-me muitas vezes a sondá-los, porque assim os torno meus. Conquisto o psiquismo que explico, porque para mim sonhar é possuir. E assim se vê como é natural que eu, sonhador que sou, seja o analítico que me reconheço.

Entre as poucas coisas que às vezes me apraz ler, destaco, por isso, as peças de teatro. Todos os dias se passam peças em mim, e eu conheço a fundo como é que se projeta uma alma na projeção de Mercator, planamente. Entretenho-me pouco, aliás, com isto; tão constantes, vulgares e enormes são os erros dos dramaturgos. Nunca nenhum drama me contentou. Conhecendo a psicologia humana com uma nitidez de relâmpago, que sonda todos os recantos com um só olhar, a grosseira análise e construção dos dramatistas fere-me, e o pouco que leio neste gênero desgosta-me como um borrão de tinta atravessado[3] na escrita.

As coisas são a matéria para os meus sonhos; por isso aplico uma atenção distraidamente sobreatenta a certos detalhes do Exterior.

Para dar relevo aos meus sonhos preciso conhecer como é que as paisagens reais e as personagens da vida nos aparecem relevadas. Porque a visão do sonhador não é como a visão do que vê as coisas. No sonho, não há o assentar da vista sobre o importante e o inimportante de um objeto que há na realidade. Só o importante é que o sonhador vê. A realidade verdadeira dum objeto é apenas parte dele; o resto é o pesado tributo que ele paga à matéria em troca de existir no espaço. Semelhantemente, não há no espaço realidade para certos fenômenos que no sonho são palpavelmente reais. Um poente real é imponderável e transitório. Um poente de sonho é fixo e eterno. Quem sabe escrever é o que sabe ver os seus sonhos nitidamente (e é assim) ou ver em sonho a vida, ver a vida imaterialmente, tirando-lhe fotografias com a máquina do devaneio, sobre a qual os raios do pesado, do útil e do circunscrito não têm ação, dando negro na chapa espiritual.

Em mim esta atitude, que o muito sonhar me enquistou, faz-me ver sempre da realidade a parte que é sonho. A minha visão das coisas suprime sempre nelas o que o meu sonho não pode utilizar. E assim vivo sempre em sonhos, mesmo quando vivo na vida. Olhar para um poente em mim ou para um poente no Exterior é para mim a mesma coisa, porque vejo da mesma maneira, pois que a minha visão é talhada mesmamente.

Por isso a ideia que faço de mim é uma ideia que a muitos parecerá errada. De certo modo é errada. Mas eu sonho-me a mim próprio e de mim escolho o que é sonhável, compondo-me e recompondo-me de todas as maneiras até estar bem perante o que exijo do que sou e não sou. Às vezes o melhor modo de ver um objeto é anulá-lo; mas ele subsiste, não sei explicar como, feito de matéria de negação e anulamento; assim faço a grandes espaços reais do meu ser, que, suprimidos no meu quadro de mim, me transfiguram para a minha realidade.

Como então me não engano sobre os meus íntimos processos de ilusão de mim? Porque o processo que arranca para uma realidade mais que real um aspecto do mundo ou uma figura de sonho, arranca também para mais que real uma emoção ou um pensamento; despe-o portanto de todo o apetrecho de nobre ou puro quando, o que quase sempre acontece, o não é. Repare-se que a minha objetividade é absoluta, a mais absoluta de todas. Eu crio o objeto absoluto, com qualidades de absoluto no seu concreto. Eu não fugi à vida propriamente, no sentido de procurar para a minha alma uma cama mais suave, apenas mudei de vida e encontrei nos meus sonhos a mesma objetividade que encontrava na vida. Os meus sonhos — noutra página estudo isto — erguem-se independentes da minha vontade e muitas vezes me chocam e me ferem. Muitas vezes o que descubro em mim me desola, me envergonha (talvez por um resto de humano em mim — o que é a vergonha?) e me assusta.

Em mim o devaneio ininterrupto substituiu a atenção. Passei a sobrepor às coisas vistas, mesmo quando já sonhadamente vistas, outros sonhos que comigo trago. Desatento já suficientemente para fazer bem aquilo a que chamei ver as coisas em sonho, ainda assim, porque essa desatenção era motivada por um perpétuo devaneio e uma, também não exageradamente atenta, preocupação com o decurso dos meus sonhos, sobreponho o que sonho ao sonho que vejo e intersecciono a realidade já despida de matéria com um imaterial absoluto.

Daí a habilidade que adquiri em seguir várias ideias ao mesmo tempo, observar as coisas e ao mesmo tempo sonhar assuntos muito diversos, estar ao mesmo tempo sonhando um poente real sobre o Tejo real e uma manhã sonhada sobre um Pacífico interior; e as duas coisas sonhadas intercalam-se uma na outra, sem se misturar, sem propriamente confundir mais do que o estado emotivo diverso que cada um provoca, e sou como alguém que visse passar na rua muita gente e simultaneamente sentisse de dentro as almas de todos — o que teria que fazer numa unidade de sensação — ao mesmo tempo que via os vários corpos — esses tinha que os ver diversos — cruzar-se na rua cheia de movimentos de pernas.

APÊNDICE

I. TEXTOS QUE CITAM O NOME DE VICENTE GUEDES

AP1.

O meu conhecimento com Vicente Guedes formou-se de um modo inteiramente casual. Encontrávamo-nos muitas vezes no mesmo restaurante retirado e barato. Conhecíamo-nos de vista; descaímos, naturalmente, no cumprimento silencioso. Uma vez, que nos encontramos à mesma mesa, tendo o acaso proporcionado que trocássemos duas frases, a conversa seguiu-se. Passamos a encontrarmo-nos ali todos os dias, ao almoço e ao jantar. Por vezes saíamos juntos, depois do jantar, e passeávamos um pouco, conversando.

Vicente Guedes suportava aquela vida nula com uma indiferença de mestre. Um estoicismo de fraco alicerçava toda a sua atitude mental.

A constituição do seu espírito condenava-o a todas as ânsias; a do seu destino a abandoná-las a todas. Nunca encontrei alma, de quem pasmasse tanto. Sem ser por um ascetismo qualquer, este homem abdicara de todos os fins, a que a sua natureza o havia destinado. Naturalmente constituído para a ambição, gozava lentamente o não ter ambições nenhumas.

AP2.

... este livro suave.

É quanto resta e restará duma das almas mais sutis na inércia, mais debochadas no puro sonho que tem visto este mundo.

Nunca — eu o creio — houve criatura por fora humana que mais complexamente vivesse a sua consciência de si própria. *Dandy* no espírito, passeou a arte de sonhar através do acaso de existir.

Este livro é a biografia de alguém que nunca teve vida...[1]

De Vicente Guedes não se sabe nem quem era, nem o que fazia, nem □

Este livro não é dele: é ele. Mas lembremo-nos sempre do que, por detrás de tudo quanto aqui está dito, coleia na sombra, misterioso.

Para Vicente Guedes ter consciência de si foi uma arte e uma moral; sonhar foi uma religião.

Ele criou definitivamente a aristocracia interior, aquela atitude de alma que mais se parece com a própria atitude de corpo de um aristocrata completo.

AP3.

As misérias de um homem que sente o tédio da vida do terraço da sua vila rica são uma coisa; são outra coisa as misérias de quem, como eu, tem que contemplar a paisagem do meu quarto num 4º andar da Baixa, e sem poder esquecer que é ajudante de guarda-livros.

"*Tout notaire a rêvé des sultanes*"...[1]

Tenho um prazer íntimo, da ironia do ridículo imerecido, quando, sem que alguém estranhe, declaro, nos atos oficiais, em que é preciso dizer a profissão: *empregado no comércio.* Não sei como inserto o meu nome vem assim no *Anuário Comercial.*

Epígrafe ao Diário:

Guedes (Vicente), empregado no comércio, Rua dos Retroseiros, 17-4º.

Anuário Comercial de Portugal

II. MATÉRIA FRAGMENTÁRIA DA "MARCHA FÚNEBRE PARA O REI LUÍS SEGUNDO DA BAVIERA"

AP4.

E para ti, ó Morte, vá a nossa alma e a nossa crença, a nossa esperança e a nossa saudação!

Senhora das Últimas Coisas, Nome Carnal do Mistério e do Abismo — alenta e consola quem te busca, sem te ousar procurar!

Senhora da Consolação, Lago ao luar dormindo[1] entre rochedos, longe da lama e da poluição da Vida!

Virgem-Mãe do Mundo absurdo, forma do Caos incompreendido, alastra e estende o teu reino sobre todas as coisas — sobre as flores que pressentem que murcham, sobre as feras que estremecem[2] de velhas, sobre as almas que nasceram para te amar[3] entre o erro e a ilusão da vida!

A vida, espiral do Nada, infinitamente ansiosa por o que não pode haver.

AP5.

Trazei vós o pálio de ouro e morte, cavaleiros da decifração inútil. A sangue e rosas lembrai o sonho inútil que se estiolou nos jarros, antes da mão branca que os soltasse. Pisai leve no acouto das sedas, a sala queda, no antebaile do tédio, na hora mortiça dos candelabros claros, no charão das pedrarias fechadas à chave e aborrecimento.

Quem vós éreis, senhor, ficou entre as sereias, no esquecimento lunar dos mares mortos. Ouviu as canções da doença das águas, que não chegam à lua senão por desejo, e desfolhou, uma a uma, as rosas no jardim do palácio do conseguimento interrompido. O som de violões de haver melhores coisas afastou a atenção dos seus ouvidos das palavras imperiais entre rumores.

A vossa mão deixou a mão do que interrompe porque foi preciso ir mais a[o] perto da lonjura trazida por suspiros. O lago entre árvores era como um sonho de água no meio de arvoredos de ilhas, e o vozeio era como um □

Hora de luar parado ao acontecimento nuvem, o céu incerto e a passagem de pajens □

AP6.

Luís II — end of 2

... e baixada a ponte levadiça, para que entre, quando chegue para entrar.

III. OUTROS TEXTOS E FRAGMENTOS NÃO INTEGRADOS NO CORPUS

AP7.

O homem magro sorriu desleixadamente. Olhou-me com uma desconfiança que não era malévola. Depois sorriu novamente, mas com tristeza. Baixou depois outra vez os olhos sobre o prato. Continuou jantando em silêncio e absorção.

AP8.

(*Cópia duma carta para Pretória*)

5/6/1914

Eu tenho passado bem de saúde e o espírito tem estado curiosamente menos maldisposto. Ainda assim uma vaga inquietação anda a torturar-me, uma coisa a que eu não posso chamar senão uma comichão intelectual, como se eu fosse ter bexigas na alma. É só nesta linguagem absurda que eu lhe posso descrever o que sinto. Tudo isto, porém, não se aparenta propriamente com aqueles estados tristes de espírito, de que às vezes lhe falo, e em que a tristeza é caracterizadamente uma tristeza sem causa. Este meu estado de alma atual tem uma causa. Em torno a mim está-se tudo afastando e desmoronando. Não emprego estes dois verbos no sentido entristecedor. Quero apenas dizer que na gente com quem lido se estão dando, ou se vão dar, mudanças, acabares de períodos de vida, e que tudo isto — como a um velho que vê morrerem em seu redor os seus companheiros de infância, a sua morte parece próxima — me sugere não sei de que misteriosa maneira, que a minha deve, vai, mudar também. Repare que eu não creio que esta mudança vá ser para pior; creio o contrário. Mas é uma mudança, e para mim mudar, passar de uma coisa para ser outra, é uma morte parcial; morre qualquer coisa de nós, e a tristeza do que morre e do que passa não pode deixar de nos roçar pela alma.

Veja: amanhã vai para — não *a*, mas *para* — Paris o meu maior e mais íntimo amigo. A tia Anica (veja a carta dela) não é improvável que vá breve para a Suíça com a filha, casada então. Vai para a Galiza, para lá estar bastante tempo, um outro rapaz muito meu amigo. Passa a viver no Porto um outro rapaz que é, depois do primeiro que lhe citei, o meu amigo mais próximo. Assim, em meu redor humano, tudo se organiza (ou se desorganiza) de modo a ir-me, não sei se isolando, não sei se chamando para um novo caminho que não vejo. Mesmo a circunstância de eu ir publicar um livro vem alterar a minha vida. *Perco uma coisa — o ser inédito*. E assim mudar para melhor, porque mudar é mau, é *sempre* mudar para pior. E perder um defeito, ou uma deficiência, ou uma negação, *sempre é perder*. Imagine a Mamã como não viverá, de dolorosas sensações quotidianas, uma criatura que sente desta maneira!

Que serei eu daqui a dez anos — de aqui a cinco anos, mesmo? Os meus amigos dizem-me que eu serei um dos maiores poetas contemporâneos — dizem-no vendo o que eu tenho já feito, não o que poderei fazer (senão eu não citava o que eles dizem...). Mas sei eu ao certo o que isso, mesmo que se realize, significa? Sei eu *a que isso sabe*? Talvez a glória saiba a morte e a inutilidade, e o triunfo cheire a podridão.

AP9.

Mais "pensamentos"

Dia de Natal. Humanismo. A "realidade" do Natal é subjetiva. Sim, no meu ser. A emoção, como veio, passou. Mas um momento convivi com as esperanças e as emoções de gerações inúmeras, com as imaginações mortas de toda uma linhagem morta de místicos. Natal em mim!

Sociologia — a inutilidade das teorias e práticas políticas.

A crueldade da dor — gozar o sofrer, por gozar a própria personalidade consubstanciada com a dor. O último refúgio sincero da ânsia de viver e da sede de gozar; □

AMORES CRUÉIS

Serás quem eu quiser. Farei de ti um ornamento da minha emoção, posta onde quero, e como quero, dentro de mim. Contigo não tens nada. Não és ninguém, porque não és consciente; apenas vives.

"*Qu'est-il de frère en toi et ceux qui veulent vivre?*"[1]

Meu espírito está com como os clássicos fazem, e com o que os decadentes dizem.

AP10.

AMORES COM A CHINESA DE UMA CHÁVENA DE PORCELANA

Razões:

Os nossos amores decorriam tranquilos, como ela queria, nas duas dimensões do espaço apenas.

AP11.

A SOCIEDADE EM QUE EU VIVO

Toda de sonho. Os meus amigos sonhados. As suas famílias, hábitos, profissões e □

AP12.

Há uma técnica do sonho, como as há das diversas realidades, desde a □

AP13.

Sensações nascem analisadas.

Requinte entre a sensação e a consciência dela, não entre a sensação e o "fato".

Regra de vida: submeter-se a tudo socialmente.

O casamento bom porque artificial. O artifício e o absurdo é o sinal do humano.

AP14.

Um outro tédio, mais morno, mais baço, mais conosco, mais todo a sós conosco, mais □ conosco.

Pasmei com[1] todo o corpo.

AP15.

Súdito incoerente de todas as sensações que ferem para além da razão de ser da ferida, cioso de todos os direitos do absurdo e do □

AP16.

... como uma criança que para de correr, arrastando um bater alto de pés breves, e respirando[1] curto...

AP17.

... exprimir ao microscópio...

AP18.

A Coroada de Rosas:

Como as estátuas, sem fissura de sexo. Os seios são beleza, mas a caverna inferior é só porcaria. (Por a terem as mulheres são o sexo sujo.)

IV. ESCRITOS DE PESSOA RELATIVOS AO *LIVRO DO DESASSOSSEGO*

A. EXCERTOS DE ALGUMAS CARTAS

A João de Lebre e Lima, em 3 de maio de 1914:

A propósito de tédios, lembra-me perguntar-lhe uma coisa... Viu, num número do ano passado, de *A Águia*, um trecho meu chamado "Na floresta do alheamento"? Se não viu, diga-me. Mandar-lho-ei. Tenho imenso interesse em que você conheça esse trecho. É o único trecho meu publicado em que eu faço do tédio, e do sonho estéril e cansado de si próprio mesmo ao ir começar a sonhar-se, um motivo e o assunto. Não sei se lhe agradará o estilo em que o trecho está escrito: é um estilo especialmente meu, e a que aqui vários rapazes amigos, brincando, chamam "o estilo alheio", por ser naquele trecho que aparece. E referem-se a "falar em alheio", "escrever em alheio" etc.

Aquele trecho pertence a um livro meu, de que há outros trechos escritos mas inéditos, mas de que falta ainda muito para acabar; esse livro chama-se *Livro do desassossego*, por causa da inquietação e incerteza que é a sua nota predominante. No trecho publicado isso nota-se. O que é em aparência um mero sonho, ou entressonho, narrado, é — sente-se logo que se lê, e deve, se realizei bem, sentir-se através de toda a leitura — uma confissão sonhada da inutilidade e dolorosa fúria estéril de sonhar.

A Armando Cortes-Rodrigues, em 2 de setembro de 1914:

[...] Nada tenho escrito que valha a pena mandar-lhe. Ricardo Reis e Álvaro futurista — silenciosos. Caeiro perpetrador de algumas linhas que encontrarão talvez asilo num livro futuro. [...] O que principalmente tenho feito é sociologia e desassossego. Você percebe que a última palavra diz respeito ao "livro" do mesmo; de fato tenho elaborado várias páginas daquela produção doentia. A obra vai pois complexamente e tortuosamente avançando.

A Armando Cortes-Rodrigues, em 4 de outubro de 1914:

[...] Nem lhe mando outras pequenas coisas que tenho escrito nestes dias. Não são muito dignas de serem mandadas, umas; outras estão incompletas; o resto tem sido quebrados e desconexos pedaços do *Livro do desassossego*. Verdade seja que descobri um novo gênero de paulismo. [...]

[...]

O meu estado de espírito atual é de uma depressão profunda e calma. Estou há dias ao nível do *Livro do desassossego*. E alguma coisa dessa obra tenho escrito. Ainda hoje escrevi quase um capítulo todo.

A Armando Cortes-Rodrigues, em 19 de novembro de 1914:

O meu estado de espírito obriga-me agora a trabalhar bastante, sem querer, no *Livro do desassossego*. Mas tudo fragmentos, fragmentos, fragmentos.

A João Gaspar Simões, em 28 de julho de 1932:

Primitivamente, era minha intenção começar as minhas publicações por três livros, na ordem seguinte: (1) *Portugal*, que é um livro pequeno de poemas (tem 41 ao todo), de que o *Mar português* (*Contemporânea* 4) é a segunda parte; (2) *Livro do desassossego* (Bernardo Soares, mas subsidiariamente, pois que o Bernardo Soares não é um heterônimo, mas uma personagem literária); (3) *Poemas completos de Alberto Caeiro* (com o prefácio de Ricardo Reis, e, em posfácio, as "Notas para a recordação" do Álvaro de Campos). Mais tarde, no outro ano, seguiria, só ou com qualquer outro livro, *Cancioneiro* (ou outro título igualmente inexpressivo), onde reuniria (em "Livros I a III" ou "I a V") vários dos muitos poemas soltos que tenho, e que são por natureza inclassificáveis salvo dessa maneira inexpressiva.

Sucede, porém, que o *Livro do desassossego* tem muita coisa que equilibrar e rever, não podendo eu calcular, decentemente, que me leve menos de um ano a fazê-lo. E, quanto ao Caeiro, estou indeciso. [...]

A Adolfo Casais Monteiro, em 13 de janeiro de 1935:

Como escrevo em nome desses três? ... Caeiro por pura e inesperada inspiração, sem saber ou sequer calcular que iria escrever. Ricardo Reis, depois de uma deliberação abstrata, que subitamente se concretiza numa ode. Campos, quando sinto um súbito impulso para escrever e não sei o quê. (O meu semi-heterônimo Bernardo Soares, que aliás em muitas coisas se parece com Álvaro de Campos, aparece sempre que estou cansado ou sonolento, de sorte que tenha um pouco suspensas as qualidades de raciocínio e de inibição; aquela prosa é um constante devaneio. É um semi-heterônimo porque, não sendo a personalidade a minha, é, não diferente da minha, mas uma simples mutilação dela. Sou eu menos o raciocínio e a afetividade. A prosa, salvo o que o raciocínio dá de tênue à minha, é igual a esta, e o português perfeitamente igual; ao passo que Caeiro escrevia mal o português, Campos razoavelmente mas com lapsos como dizer "eu próprio" em vez de "eu mesmo" etc., Reis melhor do que eu, mas com um purismo que considero exagerado. [...])

B. DUAS NOTAS

Nota para as edições próprias
(e aproveitável para o "Prefácio")

Reunir, mais tarde, em um livro separado, os poemas vários que havia errada tenção de incluir no *Livro do desassossego*; este livro deve ter um título mais ou menos equivalente a dizer que contém lixo ou intervalo, ou qualquer palavra de igual afastamento.

Este livro poderá, aliás, formar parte de um definitivo de refugos, e ser o armazém publicado do impublicável que pode sobreviver como exemplo triste. Está um pouco no caso dos versos incompletos do lírico morto cedo, ou das cartas do grande escritor, mas aqui o que se fixa é não só inferior senão que é diferente, e nesta diferença consiste a razão de publicar-se pois não poderia consistir em a de se não dever publicar.

L. do d.
(nota)

A organização do livro deve basear-se numa escolha, rígida quanto possível, dos trechos variadamente existentes, adaptando, porém, os mais antigos, que falhem à psicologia de Bernardo Soares, tal como agora surge, a essa vera psicologia. À parte isso, há que fazer uma revisão geral do próprio estilo, sem que ele perca, na expressão íntima, o devaneio e o desconexo lógico que o caracterizam.

Há que estudar o caso de se se devem inserir trechos grandes, classificáveis sob títulos grandiosos, como a "Marcha fúnebre do Rei Luís Segundo da Baviera", ou a "Sinfonia de uma noite inquieta". Há a hipótese de deixar como está o trecho da "Marcha fúnebre", e há a hipótese de a transferir para outro livro, em que ficassem os Grandes Trechos juntos.

Umas figuras insiro em contos, ou em subtítulos de livros, e assino com meu nome o que elas dizem; outras projeto em absoluto e não assino senão com o dizer que as fiz. Os tipos de figuras distinguem-se do seguinte modo: nas que destaco em absoluto, o mesmo estilo me é alheio, e, se a figura o pede, contrário, até, ao meu; nas figuras que subscrevo não há diferença do meu estilo próprio, senão nos pormenores inevitáveis, sem os quais elas se não distinguiriam entre si.

Compararei algumas destas figuras, para mostrar, pelo exemplo, em que consistem essas diferenças. O ajudante de guarda-livros Bernardo Soares e o Barão de Teive — são ambos figuras minhamente alheias — escrevem com a mesma substância de estilo, a mesma gramática, e o mesmo tipo e forma de propriedade: é que escrevem com o estilo que, bom ou mau, é o meu. Comparo as duas porque são casos de um mesmo fenômeno — a inadaptação à realidade da vida e, o que é mais, a inadaptação pelos mesmos motivos e razões. Mas, ao passo que o português é igual no Barão de Teive e em Bernardo Soares, o estilo difere em que o do fidalgo é intelectual, despido de imagens, um pouco, como o direi?, hirto e restrito; e o do burguês é fluido, participando da música e da pintura, pouco arquitetural. O fidalgo pensa claro, escreve claro, e domina as suas emoções, se bem que não os seus sentimentos; o guarda-livros nem emoções nem sentimentos domina, e quando pensa é subsidiariamente a sentir.

Há notáveis semelhanças, por outra, entre Bernardo Soares e Álvaro de Campos. Mas, desde logo, surge em Álvaro de Campos o desleixo do português, o desatado das imagens, mais íntimo e menos propositado que o de Soares.

Há acidentes do meu distinguir uns de outros que pesam como grandes fardos no meu discernimento espiritual. Distinguir tal composição musicante de Bernardo Soares de uma composição de igual teor que é minha......

Há momentos em que o faço repentinamente, com uma

perfeição de que pasmo; e pasmo sem imodéstia, porque, não crendo em nenhum fragmento de liberdade humana, pasmo do que se passa em mim como pasmaria do que se passasse em outrem — em dois estranhos.

Só uma grande intuição pode ser bússola nos descampados da alma; só com um sentido que usa da inteligência, mas se não assemelha a ela, embora nisto com ela se funda, se pode distinguir estas figuras de sonho na sua realidade de uma a outra.

Nestes desdobramentos de personalidade ou, antes, invenções de personalidades diferentes, há dois graus ou tipos, que estarão revelados ao leitor, se os seguiu, por características distintivas. No primeiro grau, a personalidade distingue-se por ideias e sentimentos próprios, distintos dos meus, assim como, em mais baixo nível desse grau, se distingue por ideias, postas em raciocínio ou argumento, que não são minhas, ou, se o são, o não conheço. *O Banqueiro Anarquista* é um exemplo deste grau inferior; o *Livro do desassossego*, e a personagem Bernardo Soares, são o grau superior.

Há o leitor de reparar que, embora eu publique[1] o *Livro do desassossego* como sendo de um tal Bernardo Soares, ajudante de guarda-livros na cidade de Lisboa, o não incluí todavia nestas *Ficções do interlúdio*. É que Bernardo Soares, distinguindo-se de mim por suas ideias, seus sentimentos, seus modos de ver e de compreender, não se distingue de mim pelo estilo de expor. Dou a personalidade diferente através do estilo que me é natural, não havendo mais que a distinção inevitável do tom especial que a própria especialidade das emoções necessariamente projeta.

Nos autores das *Ficções do interlúdio* não são só as ideias e os sentimentos que se distinguem dos meus: a mesma técnica da composição, o mesmo estilo, é diferente do meu. Aí cada personagem é criada integralmente diferente, e não apenas diferentemente pensada. Por isso nas *Ficções do interlúdio* predomina o verso. Em prosa é mais difícil de se outrar.

A única realidade para mim são as minhas sensações. Eu sou uma sensação minha. Portanto nem da minha própria existência estou certo. Posso está-lo apenas daquelas sensações a que eu chamo minhas.

A verdade? — É uma coisa exterior? Não posso ter a certeza dela, porque não é uma sensação minha, e eu só destas tenho a certeza. Uma sensação minha? De quê?

Procurar o sonho é pois procurar a verdade, visto que a única verdade para mim sou eu próprio. Isolar-me tanto quanto possível dos outros é respeitar a verdade.

Toda a metafísica é a procura da verdade, entendendo por Verdade a verdade absoluta. Ora a Verdade, seja ela o que for, e admitindo que seja qualquer coisa, se existe existe ou dentro das minhas sensações, ou fora delas ou tanto dentro como fora delas. Se existe fora das minhas sensações, é uma coisa de que eu nunca posso estar certo, não existe para mim portanto; é, para mim, não só o contrário da Certeza, porque só das minhas sensações estou certo, mas o contrário de *ser*, porque a única coisa que existe para mim são as minhas sensações. De modo que, a existir fora das minhas sensações, a Verdade é para mim igual à Incerteza e não ser — não existe e não é a verdade, portanto. Mas concedamos o absurdo de que as minhas sensações possam ser o erro, e o não ser (o que é absurdo, visto que elas, com certeza, existem) — nesse caso a verdade é o ser e existe fora das minhas sensações *totalmente*. Mas a ideia *Verdade* é uma ideia minha; existe, por isso, dentro das minhas sensações: portanto, no que Verdade abstrata e fora de mim, a verdade existe dentro de mim — contradição, portanto; e erro, consequentemente.

A outra hipótese é que a verdade exista dentro das minhas sensações. Nesse caso ou é a soma delas todas, ou é uma delas, ou parte delas. Se é uma delas, em que se distingue das outras? Se é uma sensação, não se distingue *essencialmente* das outras; e, para que se distinguisse, era preciso que se distinguisse *essencialmente*. E se não é uma sensação, não é uma sensação.

Se é parte das minhas sensações, que parte? As sensações têm duas faces — a de serem *sentidas* e a de serem dadas como *coisas* sentidas, a parte pela qual são minhas e a parte pela qual são *de* "coisas". É uma destas partes, que a verdade, a ser parte das minhas sensações, tem de ser. (Se é de qualquer modo um grupo de sensações unificando-se a constituir uma só sensação, cai sob a garra do raciocínio que liquida a hipótese anterior.)

Se é uma das duas *faces* — qual? A face "subjetiva"? Ora essa face subjetiva aparece-me sob uma de duas formas — ou a da minha "individualidade" una ou [a] de uma múltipla individualidade "minha". No primeiro caso é *uma* sensação minha como qualquer outra e já fica refutada no argumento anterior. No segundo caso, essa verdade é múltipla e diversa, é *verdades* — o que é contraditório com a ideia de Verdade, valha ela o que valer.

Será então a face *objetiva*? — O mesmo argumento se aplica, porque ou é uma unificação dessas sensações *numa* ideia de *um* mundo exterior — e essa ideia ou não é nada ou é uma sensação minha, e se é uma sensação, já fica refutada essa hipótese; ou é de um múltiplo mundo exterior, e isso reduz-se à mesma contradição entre pluralidade de *verdades* e a essência da ideia de *Verdade*.

Resta analisar se a *Verdade* é o conjunto das nossas sensações. Essas sensações ou são tomadas como *uma* ou como *muitas*. No primeiro caso voltamos à já rejeitada hipótese. No segundo caso a *Verdade* como ideia desaparece, porque se consubstancia com a totalidade das nossas sensações. Mas para ser a *totalidade* das nossas sensações, mesmo concebidas como nossas sensações, nuamente, a verdade fica dispersa — desaparece. Porque, ou se baseia na ideia de *totalidade*, que é uma ideia (ou sensação) nossa, ou não se apoia em parte nenhuma. Mas nada prova, mesmo, a identidade de verdade e totalidade. Portanto, a verdade não existe.

Mas nós temos a ideia...

Temos, mas vemos que não corresponde a "Realidade" nenhuma, suposto que *Realidade* significa qualquer coisa. A *Verdade* é portanto uma ideia ou sensação nossa, não sabemos de quê, sem significação, propósito ou valor, como qualquer outra sensação nossa.

Ficamos portanto com as nossas sensações por única "realidade", entendendo que "realidade" não tem aqui sentido nenhum, mas é uma conveniência para frasear. De "real" temos apenas as nossas sensações, mas "real" (que é uma sensação nossa) não significa nada, nem mesmo "significa" significa qualquer coisa, nem "sensação" tem um sentido, nem "tem um sentido" é coisa que tenha sentido algum. Tudo é o mesmo mistério... Reparemos porém em que nem *tudo* quer dizer coisa alguma, nem "mistério" é palavra que tenha significação.

NOTAS

INTRODUÇÃO

É nas "Notas para a recordação do meu Mestre Caeiro" que Álvaro de Campos nos adverte da não existência de Pessoa. A caracterização de Reis como um "*Greek Horace who writes in Portuguese*" surge numa carta datada de 31/10/1924 e publicada por Teresa Rita Lopes em *Pessoa inédito* (Lisboa, Livros Horizonte, 1993). A citada lista de catorze trechos do *Livro do desassossego* é catalogada sob a cota 5/82 no Espólio de Pessoa, o apontamento com ideias políticas para o *Livro* com o número 7/29, e o referido esquema que nomeia Guedes como autor do *Livro* com o número 5/83. O texto intitulado "Diário de Vicente Guedes" (doc. 14C/8) foi publicado por Teresa Rita Lopes em *Pessoa por conhecer* (Lisboa, Estampa, 1990). Outros documentos citados:

Lista de quatro contos de Vicente Guedes — 48A/13

"Muito longe" — $27^{22}L^{5}/1$-2

"O asceta" — $27^{20}V^{3}/1$

Lista de dez contos de Bernardo Soares — 144G/29

Projeto identificando Soares como contista — 144G/39

Dois manuscritos que citam "Marcos Alves" — 5/2, 9/16

Projeto de Soares, na rua dos Douradores — 48C/22

"Rio através de sonhos" — 57/36

Glosa de "Rio entre sonhos" — 133H/8

ORGANIZAÇÃO DA PRESENTE EDIÇÃO

Menção deve ser feita, também, às edições do *Livro do desassossego* organizadas por António Quadros, uma para a Lello & Irmão Editores (1986) e a outra para a Europa-América (1986). Embora não tenha modificado as leituras apresentadas na edição *princeps*, Quadros arrumou o corpus segundo outros critérios, dividindo-o em duas partes, que deveriam corresponder aos períodos Soares e pré-Soares.

Relativamente a cada um dos trechos seguintes, a cota do Espólio e o tipo de escrita (manuscrito, datiloscrito, ou misto) aparecem entre parênteses retos, seguidos — quando presentes no original — da sigla L. do d. (*que vale, também, por outras abreviaturas e pelo título por extenso*), *de outras indicações autorais, da data, de esclarecimentos das várias referências históricas e literárias presentes no texto e, sobretudo, de uma relação completa de todas as variantes de autor, grafadas em itálico. Os cerca de cinquenta trechos incluídos nesta edição mas não explicitamente identificados com a menção* Livro do desassossego *— e cuja inclusão é, portanto, conjectural — estão assinalados por um asterisco (*).*

PREFÁCIO

[6/1-2, dat.; 7/21, ms.]

L. do d. Apenas dois dos vários textos prefaciais que o autor escreveu para o *Livro* aparecem integrados nesta rubrica. O primeiro, assinado por Fernando Pessoa, foi provavelmente escrito entre 1915 e 1918, antes da morte definitiva de *Orpheu*. Quanto ao segundo, se não ostentasse a sigla *L. do d.*, poderíamos pensar que dizia respeito ao Barão de Teive, pois o autor ficcional ali descrito parece não ter sofrido dificuldades econômicas, habitando não num quarto mas em dois, que não eram propriamente "reles", adjetivo utilizado pelo narrador do *Livro* para caracterizar a sua morada. Talvez o narrador, que naqueles tempos se chamava Vicente Guedes, não estivesse ainda bem delineado na mente de Pessoa, embora o mesmo Guedes fale, no trecho AP3, de seu quarto (singular) num quarto andar da Baixa e de seu trabalho como ajudante de guarda-livros. No Apêndice, figuram dois textos prefaciais que nomeiam Guedes (AP1 e AP2), enquanto outros textos destinados a um prefácio — mas já do ponto de vista do narrador e não de Pessoa — estão integrados no corpus.

1. "que fiquei", no original, por lapso.

AUTOBIOGRAFIA SEM FATOS

1 [4/38-39, dat.] *L. do d.*, e com a indicação: *trecho inicial.* 29/3/1930.

1. Alfred de Vigny (1797-1863), autor francês de poemas, ensaios, peças de teatro e um romance. Desiludido no amor, falhado na política e mal acolhido pela Academia Francesa, retirou-se da sociedade e adotou uma atitude pessimista na sua escrita, que aconselhava a resignação estoica como única resposta digna ao sofrimento que a vida nos impõe. Foi no seu diário que escreveu: "[*J*]*e subis ma prison. J'y tresse de la paille pour l'oublier quelquefois*".

2 [5/29, ms.] *L. do d.*, e com a indicação: (*Prefácio?*)

3 [1/88, misto] Os primeiros dois parágrafos, datilografados, foram publicados em *A Revista* (Solução Editora), n. 2, 1929, e atribuídos a Bernardo Soares, mas assinados por Fernando Pessoa. Os últimos dois parágrafos, manuscritos, encontram-se no autógrafo.

4 [1/59, ms.] *L. do d.*

1. *crio*

2. *a*

3. *converto*

4. *nas pedras* [1ª versão]

5. nas cavernas *que são a negação / que são a estatuária vazia*

6. O sentido da palavra "recebida" é esclarecido pela palavra riscada que substituiu: "trocada".

7. *desprezo*

5 [2/7, dat.] Publicado em *A Revista* (Solução Editora), n. 4, 1929. Como era seu costume a partir deste ano, Pessoa atribuiu o trecho a Bernardo Soares, mas assinou-o com o seu próprio nome.

6 [1/79, ms.]

1. nega a esmola *quando não tem paciência para desabotoar o sobretudo e tirar o dinheiro da algibeira do sobretudo* [1ª versão]

2. *gasto*

7 [2/12-13, dat.] *L. do d.* Original preparado para publicação.

1. "Borges", por lapso, no original.

8 [1/73, dat.] *L. do d.*

9 [2/4, dat.] *L. do d.* (*continuação*). Este é o único trecho que situa a morada de Bernardo Soares no segundo andar e não no quarto.

10 [1/58, dat.] *L. do d.*

1. siameses *despegados*

11 [9/34, ms.] *L. do d.* O título talvez seja uma abreviatura de "Litania de desesperança", que figura em duas listas de trechos do *Livro do desassossego*. Ver, a este respeito, o trecho 328 e a sua primeira nota.

1. Somos *um abismo indo para um abismo*

12 [3/17, dat.] *L. do d.*

1. *julgando-a*

13 [2/90, ms.]

14 [1/22, dat.]

1. *adormece*

2. *apagamento*

15* [28/21, ms.] Assinalado como *Prefácio*, mas sem indicação explícita de que pertence ao *Livro*.

16 [2/53, dat.] *L. do d.*

17* [9/52, ms.]

18 [2/39-41, ms.]

19 [1/76, dat.] 22/3/1929.

20* [28/7, dat.] Assinalado como *Prefácio*, mas sem indicação explícita de que pertence ao *Livro*.

21* [15B3/86, ms.] 24/3/1929.

22* [60A/22, ms.] Escrito no verso de uma folha ocupada pelo poema "Brisa irreal da aurora", datado de 24/7/1930.

23 [7/44, ms.] *L. do d.*

1. *o que*

2. de *verdade*

3. absurdo *é divino*

24 [1/64, ms.]

25 [1/15, dat.]

1. da montra *no ponto que me estorva a visão da escada*

2. As palavras "papel verde" foram datilografadas perto do fim do texto como uma variante, ou um acrescento, sem indicação da frase correspondente. Conjecturamos que essas palavras cabem aqui, em lugar de "papel" (sem menção da cor), patente na redação inicial.

3. *mágoa*

26 [4/44, ms.] *L. do d.* Escrito na mesma folha que o trecho 172.

1. *Dobrou*

2. *e*

27 [2/70, dat.] *L. do d.*

1. *sabor*

28 [2/66, ms.] *L. do d.*

29 [3/18, dat.] *L. do d.* 25/12/1929.

1. *via*

2. *minhas*

30 [4/29, ms.] O trecho, muito desordenado, preenche os dois lados de uma folha, com uma frase ao alto da segunda página — "em principados do desespero" — que não foi desenvolvida.

1. ardem *adentro* / ardem *delas dentro*

2. *Despertei*

31 [3/21, dat.] *L. do d.*

1. *calada*

2. lá ao *fundo das coisas* [1ª versão]

32 [3/6, ms.] *L. do d.* Sabe-se, pelo suporte, que este trecho data da última fase do *Livro*. Há, entre os Grandes Trechos, uma "Sinfonia da noite inquieta" da primeira fase.

1 *edifício*

2 *o lado de cá*

3 de *tudo* / *do mundo*

33 [3/22, dat.] *L. do d.*

1. de *continuar trabalhando*

2. *antes se anima*

34 [2/67-68, ms.]

35 [7/4, ms.] *L. do d.*

1. *do*

36 [3/26, dat.] *L. do d.* 5/2/1930.

1. *institui*

2. Frei Luís de Sousa (1555-1632). É outra obra deste autor, *História de S. Domingos*, cujo estilo Vieira — incumbido pela Real Mesa Censória de se pronunciar sobre a sua terceira parte (publicada em 1678) — elogia nestes termos: "dizendo o comum com singularidade, o semelhante sem repetição, o sabido e vulgar com novidade, e mostrando as coisas (como faz a luz) cada uma como é, e todas com lustre".

3. que *é só amanhã*

4. de *esquecer sempre*

5. *divindade / separação*

37 [9/24, ms.] *L. do d.*

38 [5/79, ms.] *L. do d.*

39 [2/74, misto] *L. do d.* 21/2/1930.

1. *cirúrgico / mágico*

40 [3/67, dat.] *L. do d.*

1. *vestia*

41 [3/15, dat.] *L. do d.* 14/3/1930.

1. *azul* [1ª versão]

2. *Vejo*

3. *relembro*

42 [1/81-82, misto] *L. do d.*

1. *plana*

2. superfície de *si que é toda ela*

3. *estar*

4. *um desprezo automático*

5, *pelo pensamento da*

6. *dos arredores*

7. do Caos *de quem verdadeiramente somos filhos*

8. O Razão (contabilístico) é chamado de "Grand Livre" em francês.

43 [3/13, ms.] *L. do d.* 23/3/1930.

1. com *sentirmo-nos*

2. todas as *amplidões de*

3. profundíssimo de *que a não conheceremos nunca*

4. anula é *mais espaçadamente noturno*

5. *o Tudo*

6. *e*

44 [1/77, dat.] *L. do d.*

45 [9/9, dat.] *L. do d.*

46 [4/34, dat.] *L. do d.* 24/3/1930. Os versos citados são do sétimo poema de *O guardador de rebanhos*.

1. *larga* [1ª versão]

47 [1/24, dat.] *L. do d.*

1. *sensações* [1ª versão]

48 [1/32, ms.] *L. do d.*

49 [1/34, dat.] *L. do d.*

1. A citação é, na verdade, de Chateaubriand: "*mes moeurs sont de la solitude et non des hommes*", no seu *Essai historique, politique et moral, sur les révolutions anciennes et modernes, considérées dans leurs rapports avec la Révolution Française*, capítulo LXX da edição revista, de 1814 (1ª ed., 1797).

50 [2/45, misto] *L. do d.*

1. *brancazul / branco escuro*

2. Espaçado, *um vaga-lume* [1ª versão]

3. *incerto*

4. *vasto*

5. *de* [1ª versão]

51 [4/42, dat.] *L. do d.* 4/4/1930.

1. *duro*

52 [1/72, ms.]

1. *do acabar*

53 [7/16, ms.] *L. do d.* (*prefácio*)

Redigido na mesma altura que os trechos 250, 296, 349, 351 e AP3 — todos escritos a tinta preta em papel timbrado da firma F.A. Pessoa, localizada na rua do Ouro.

54 [2/9-10, misto] *L. do d.*

1. *seu*

2. *pobres*

3. seria *calmo ser rico*

4. *mais*

5. A minha vitória *nem chegou a um bule, nem ao gato eterno das noites*

55 [3/64, dat.] *L. do d.* 5/4/1930.

1. *parreiras*

2. com a *nobreza única do olhar*

3. mendigo, *como óbolo restante a* / mendigo, *o óbolo restante da*

56 [3/66, dat.] *L. do d.* 5/4/1930.

1. *pessoal*

2. *homens*

3. que *atirou* [1ª versão]

57 [3/62, ms.] *L. do d.* 5/4/1930.

58 [3/59-61, ms.] *L. do d.* 6/4/1930.

59 [1/65, misto] *L. do d.*

1. *gloriosos no êxtase* [1ª versão]

2. *ainda* [1ª versão]

3. *descaíram*

4. *ficaram*

5. *repartir*

6. *preto* [1ª versão]

7. *Podem tirar-se*

8. invejo *com vergonha*

9. mulheres *inexistentes* [1ª versão]

10. *eirós*

60 [144D2/45, ms.]

61 [9/25, ms.] *L. do d.*

1. *expira*

2. *próximos*

3. *é* [1ª versão]

62 [3/57, misto] 10/4/1930.

1. nem via *que a escada tinha degraus*

63 [3/54-55, ms.] *L. do d.* 10/4/1930.

1. *diversa*

2. *entristecida*

64* [28/28, ms.]

65* [94/13, ms.]

1. Do inglês ou do latim medieval e com o significado de privilégios ou insígnias reais.

66 [1/57, dat.] *L. do d.* e com a indicação: *whole*.

67 [3/56, dat.] *L. do d.* 12/4/1930.

1. *recolhe*

2. Lê-se “se escondesse” no original. O autor inicialmente escrevera “se erguesse”, substituindo “erguesse” por “escondesse”, sem se lembrar de alterar o pronome.

68 [1/88, ms.] Escrito no verso do trecho 3.

1. *haveriam de ter*

69 [5/2, ms.] *L. do d.*

1. *é que são* [1ª versão]

2. *anteneurose* [1ª versão]

70 [1/30, dat.] *L. do d.*

71 [3/58, ms.] *L. do d.* 13/4/1930.

1. *O*

2. *notável*

3. *em*

72 [1/53, dat.] Publicado no jornal *Revolução*, em 6/6/1932.

1. Henri-Frédéric Amiel (1821-81), professor suíço de estética e filosofia, ganhou fama póstuma com a publicação dos seus *Fragments d'un journal intime*.

73 [3/51-53, ms.] *L. do d.* 14/4/1930.

74 [3/30-31, ms.] *L. do d.*

75 [7/12, ms.] *L. do d.*

76 [8/11-12, dat.]. A primeira página é o verso da folha ocupada pelo trecho 241.

1. nada *traz ao que digo*

77 [5/67, ms.] *L. do d.*

78 [3/46, dat.] *L. do d.* 21/4/1930.

1. torpor *sem sol no dia a entardecer / ao sem sol do dia que entardece*

2. *lembrado*

3. *vestidos*

4. o rio *amarelece acinzentado*

5. *soar*

79 [3/47, dat.] *L. do d.* 21/4/1930.

1. *soltos*

2. *ampla* [1ª versão]

80 [9/36, 36a, ms.] *L. do d.*

1. com um *céu próximo*

2. *nossa*

3. magoam o *que em mim as conhece*

4. *A vida*

81 [2/63, ms.]

1. *tontonam / sonsonam*

82 [3/45, ms.] *L. do d.* 23/4/1930.

83 [3/40-41, dat.] *L. do d.* 25/4/1930.

1. *Vida de Frei Bartolomeu dos Mártires* (1619). Ver nota 2 do trecho 36.

2. ergue-se *quase* [1ª versão]

3. *oculto*

4. *mental*

5. *roço*

6. *das coisas mortas*

84 [3/42, dat.] *L. do d.* 25/4/1930.

1. Imperador do Sacro Império Romano-Germânico entre 1411 e 1437.

2. a quem *dele lhe falou* [1ª versão] / a quem *lho designou / lho revelou*

3. O título *é régio e a razão do título impossível*

85 [2/3, dat.] *L. do d.*

86 [2/3, ms.] *L. do d.* Escrito no mesmo suporte que o trecho anterior.

1. *qualquer coisa*

2. *profética*

3. a *romanização do helenismo pelo judeu / do helênico pelo judaísmo*

4. *em* [1ª versão]

5. surgiu *a era com* [*em*] *que faliram* [1ª versão]

6. *civilizações*

87 [3/39, ms.] *L. do d.* 6/5/1930.

1. *de*

2. termos *alheios* [1ª versão]

3. assim a *deixo ir como um rio, servo do próprio leito*

4. *mesmo*

5. No original, "pesará", que concordava com "um deslocamento de ritmo", tendo o autor acrescentado depois, na margem, a frase "as necessidades de uma rima interna", sem ter alterado o número do verbo.

88 [5/60, ms.] *L. do d.*

1. *ouro*

2. *mole*

89* [133F/95, ms.]

1. Palavra inglesa, escrita um pouco acima da linha, por ser de caráter provisório. Decerto o autor, ao rever o texto, tê-la-ia substituído por "prosseguimento" ou outra palavra portuguesa de significado semelhante. Cf. o trecho 296, onde o autor escreveu *animal spirits*, inscrevendo ulteriormente, por cima das duas palavras, uma expressão equivalente em português: "a alegria animal".

90 [3/34, dat.] *L. do d.* 14/5/1930.

1. *sob o*

91 [3/35, dat.] *L. do d.* 15/5/1930.

92 [5/42-44, ms.] *L. do d.*

1. *o meu cenário*

2. *A maior dor da minha vida esbateu-se-me* [1ª versão]

3. para *dentro de mim* [1ª versão] / para *a rua dos meus devaneios*

4. *pude esquecer-me no* [1ª versão] / *pude esquecer-me na visão do*

5. *Jamais quis*

6. *retrós*

7. braços, *numa atração* [1ª versão]

8. *clara*

93 [5/19, ms.] *L. do d.*

1. *sensação*

2. *havia*

3. *a sede*

94 [3/33, ms.] *L. do d.* 18/5/1930. Parece faltar uma ou mais palavras na redação do último período, onde se propõe "não sereis".

95 [2/78, dat.] 18/5/1930. Publicado em *Presença*, v. I, n. 27, jun./jul. 1930.

96 [3/16, dat.] *L. do d.*

97 [4/84, ms.] *L. do d.*

98 [1/56, dat.] *L. do d.*

1. *logo* [1ª versão]

2. *falasse* [1ª versão]

99 [3/32, dat.] *L. do d.* 12/6/1930.

100 [3/29, ms.] *L. do d.* 13/6/1930.

101 [5/1, ms.] *L. do d.*

1. *lívidos*

102 [3/27, dat.] *L. do d.* (?) 27/6/1930.

1. *fundar*

2. rua, *maldisposto* [1ª versão]

103 [144X/29, ms.] *L. do d.*

104* [133F/79, dat.]

1. *inteligente*

2. *aceitação*

3. *enquanto não agregar*

105 [20/50, dat.]

106 [1/89, dat.] *L. do d.*

1. Os versos "Quero-te para sonho, / Não para te amar" figuram no poema "Dorme enquanto velo", publicado na revista *Athena*, n. 3, dez. 1924, mas escrito em 12/7/1912.

107 [7/14, ms.] *L. do d.*

108 [2/80, dat.] *L. do d.* 16/7/1930.

1. José de Espronceda (1808-42). Os versos surgem na quarta parte de *El estudiante de Salamanca*, um longo poema narrativo muito apreciado por Pessoa, que dele deixou uma tradução inacabada para o inglês, atribuindo-a a Charles James Search, irmão de Alexander.

109 [2/16, dat.] *L. do d.*

1. *duro*

110 [2/79, dat.] *L. do d.* 20/7/1930.

111 [5/49, dat.] *L. do d.*

112 [2/83, ms.] *L. do d.* 25/7/1930.

1. *enganada*

113 [5/78, ms.] *L. do d.*

114 [4/85, ms.] *L. do d.*

1. *sentir / descrever*

2. *exótica*

3. *beleza*

115 [4/82, ms.] *L. do d.*

116 [7/30, dat.] *L. do d.*

117 [2/82, dat.] *L. do d.* 27/7/1930.

1. *acabar-se* [1ª versão]

2. *liquefeita*

118 [3/2, ms.] *L. do d.* Contemporâneo do trecho 224, escrito no mesmo tipo de papel, ligeiramente rasgado da mesma maneira. Os temas, no entanto, são diferentes, e não há indicações do autor de que uma folha seja a continuação da outra.

1. *Escrevo-o* para me distrair de viver, e *publico-o* [1ª versão]

2. Sem ponto de interrogação no original.

119 [5/46, ms.] *L. do d.*

1. Edmond Schérer (1815-89), crítico literário francês de renome e autor do prefácio do diário de Amiel, que era seu amigo. Pessoa reproduziu mal a passagem em questão. O diário registra que Schérer, numa conversa entre quatro amigos, falou de "*l'intelligence de la conscience*", enquanto o próprio Amiel falou de "*la conscience de la conscience*". A passagem vem assina-

lada no exemplar do *Journal intime* (1º volume) que Pessoa possuía.

120 [4/67, dat.] *L. do d.*

121 [1/16a, ms.]

122 [2/50, ms.] *L. do d.*

1. *ainda não*

2. *transitória*

3. vive só de *estar passando* / vive *na mudança a que está condenado*

123* [28/27, ms.] (Trecho que, na primeira edição, figurava no apêndice; o antigo trecho 123 foi integrado no trecho 138.)

1. *com atenção*

124 [7/20, dat.] *L. do d.*

1. A frase (também citada no trecho 306) não era dos marinheiros capitaneados por Jasão; Pessoa terá usado a palavra "argonautas" em sentido lato, para significar navegadores antigos (como também acontece no trecho 125 e em "Sinfonia da noite inquieta"). Maria Aliete Galhoz descobriu, nas *Vidas paralelas*, de Plutarco, a fonte primitiva da frase "Navegar é preciso, viver não é preciso". Foi dita por Pompeu quando, apesar de uma grande tormenta, ordenou que as suas naus partissem em direção a Roma, com o trigo que tinham carregado na Sicília, na Sardenha e na África. Pessoa terá descoberto essa frase, que assinalou, num artigo de Joseph Addison publicado na revista *The Spectator* (n. 507, de 11 de outubro de 1712) e incluído numa coletânea que Pessoa possuía.

125* [28/12, ms.]

1. *Contemplei* [1ª versão]

2. esse *invisível abismo* [1ª versão]

126 [2/84, dat.] *L. do d.* 10/12/1930.

1. *refletida*

127* [8/9, ms.]

1. *a*

128 [3/49, ms.] *L. do d.*

129 [3/14, ms.]

1. *Houve uma pausa que um aparo riscava*

2. *cessava / partia-se / partia*

3. *completos*

4. *Tudo havia estado calado*

130 [3/44, dat.] *L. do d.*

131 [3/12, ms.] *L. do d.*

1. acabam *e me esqueci de outros, se os havia*

2. *nem / e não*

3. é *o ser isolado das mãos dele*

4. como *este meu apontamento*

132 [5/30, dat.]

1. *desmoronamentos*

133 [2/58-59, misto] *L. do d.* Os dois últimos períodos (a partir de "contente com o sonho") figuram numa segunda folha que possivelmente não será a continuação da primeira.

1. *todavia*

2. *senão*

3. *pedisse*

134 [5/41, ms.] *L. do d.* Figura, no mesmo suporte, o seguinte apontamento: "G. Junqueiro? Tenho uma grande indiferença pela obra dele. Já o vi... Nunca pude admirar um poeta que me foi possível ver".

135 [2/21, ms.] Escrito no verso, parece que contemporaneamente, do trecho 290.

1. *temperamental*

2. *a*

136 [3/48, ms.] *L. do d.*

1. *de*

137 [4/21, dat.] *L. do d.*

1. *sensação*

2. *factícia*

138 [4/37, 40 dat.] *L. do d.*

1. Em Thomas Carlyle, *Sartor*

Resartus: *The Life and Opinions of Herr Teufelsdröckh*.

2. A citação não é exata. Etienne de Condillac (1715-80) começa o seu *Essai sur l'origine des connaissances humaines* (1746) dizendo que nunca escapamos a nós próprios. Mais tarde, no *Essai*, afirma que tudo o que sabemos depende das nossas sensações. Pessoa resume o seu pensamento e o parafraseia.

3. *o limite*

139 [2/87, dat.] *L. do d.* 8/1/1931.

140 [2/1, dat.] *L. do d.* Os últimos dois períodos são manuscritos.

1. porque *tem*

141 [7/31, ms.] *L. do d.*

142 [1/17, dat.] *L. do d.*

143 [1/33, dat.] *L. do d.*

1. muito o *ter deixado de* [1ª versão]

144 [3/7, ms.] 1/2/1931. No final do trecho, surgem as seguintes perguntas, riscadas: "Que sei? Que procuro? Que sinto? Que pediria se tivesse que pedir?".

1. *aprazíveis*
2. *sem mulher*
3. *entrevistos na espera de*
4. *nem*
5. e *eu* [1ª versão]
6. arauto *que já disse a que ia*
7. e *não sabe nada*
8. e *tem corpo adulto*
9. que *persiste ainda em*
10. *estar*
11. *fechadas*
12. de mim *que sou* [1ª versão]

145 [4/12, dat.] *L. do d.* 2/2/1931.

1. *impossível*
2. *eles são em*

146 [3/1, ms.]

1. a esse *sonho*

147 [1/70, dat.] *L. do d.*

148 [9/17, ms.] *L. do d.*

149 [3/87-88, dat.] 3/3/1931. Publicado em *Presença*, v. II, n. 34, nov. 1931/fev. 1932.

1. A citação de Carlyle figura no seu *Sartor Resartus* (referido na primeira nota ao trecho 138). Rousseau subscrevia, por outras palavras, a ideia de que "o homem é um animal doente", citação que Pessoa podia ter lido em Hegel (*Realphilosophie*) ou em Nietzsche (*Genealogia da moral*).

2. Ernst Heinrich Haeckel (1834-1919), biólogo e evolucionista alemão, que ficou famoso pela frase "A política é a biologia aplicada", mais tarde utilizada pelos propagandistas nazistas, juntamente com as suas justificações racionais do racismo e do nacionalismo. Há quatro livros deste autor na biblioteca particular de Pessoa.

3. Francisco Sanches (1551-1623) era um médico e filósofo português que viveu muitos anos na França. A sua obra *Quod nihil scitur* (*Que nada se sabe*) utiliza a dúvida de forma sistemática para provar que nada se pode saber com certeza.

4. "de que" no original.

150 [1/67, dat.] *L. do d.*

151 [6/14, dat.] *L. do d.*

1. *sinto* [1ª versão]

152 [1/14, dat.] *L. do d.*

1. *fecunda*

153 [6/9, dat.] *L. do d.*

154 [2/65, ms.] Nas *Notas para a recordação do meu Mestre Caeiro*, lê-se: "'O que sou para mim mesmo?' repetiu Caeiro [*respondendo a uma pergunta de Álvaro de Campos*]. 'Sou uma sensação minha'". E no último texto deste volume, "Ideias metafísicas do *Livro do desassossego*", a segunda frase reza: "Eu sou uma sensação minha".

155 [4/30, dat.] *L. do d.* 10/3/1931.

1. Alude ao poema de Swinburne, "The Garden of Proserpine", jardim onde se encontra, em conclusão, "*Only the sleep eternal/ In an eternal night*".

2. Tendo inicialmente escrito "haveria deveras que dormir", o autor inseriu "bem de" por baixo de "deveras", que riscou, mas esqueceu-se de riscar "que".

156 [7/15, ms.] *L. do d.*

157 [5/52, dat.] *L. do d.*

158 [4/20, ms.] *L. do d.* Numa carta enviada a John Gisborne de Pisa, em 22 de outubro de 1821, Shelley escreveu: "*You are right about Antigone; how sublime a picture of a woman!* [...] *Some of us have, in a prior existence, been in love with an Antigone, and that makes us find no full content in any mortal tie*".

1. A *quem, em sonho*

159 [5/50, dat.] *L. do d.* O texto deve continuar noutra página, que não foi encontrada.

160 [2/33, dat.] *L. do d.* 8/4/1931.

1. não ter *alma para ser*

161 [2/46, dat.] *L. do d.*

162 [2/24, ms.] *L. do d.*

1. *reto*

163 [2/38, ms.] *L. do d.*

164 [7/28-28a, ms.] *L. do d.*

165 [1/12, dat.] *L. do d.*

166 [2/54, dat.] *L. do d.* 18/6/1931.

167 [2/56, dat.] *L. do d.* 20/6/1931.

1. *escravidão*

2. *entendimento*

3. *dos ares*

168 [1/35, dat.] *L. do d.*

1. *despeito*

2. E eu, *entre a vida que amo com despeito e a morte que temo com sedução*

3. *impessoal*

169 [2/64, dat.] *L. do d.*

170 [2/55, dat.] *L. do d.* 20/6/1931.

1. *se desamontoaram*

2. *curvar*

3. *origem*

4. *fosse*

5. *à venda*

171 [1/74-75, dat.] *L. do d.*

1. "que" no original

2. *existir*

172 [4/44a, ms.] Ver nota ao trecho 26.

1. *um fim de*

2. *coberturas*

3. *As duas coisas que o Destino me deu*

173* [15^{1}/73, ms.]

1. *cocaínas* [1ª versão]

174 [2/35, dat.] *L. do d.* 2/7/1931.

175 [5/36, dat.] *L. do d.*, e a indicação: 1st *article.*

176* [138A/27, ms.]

177* [15^{5}/13, dat.]

178 [2/60, misto] *L. do d.*

179 [7/2, ms.] *L. do d.*

180 [1/60, dat.] *L. do d.*

181 [2/37, dat.] *L. do d.* 13/7/1931.

1. "Como" no original, por presumível lapso.

182 [138A/5, ms.]

1. *tédio*

2. *envelhecido!*

3. *impossível*

4. *um ato heroico / um heroísmo*

5. *houvesse de ser*

6. estou *e já mal*

7. penso *em estar*

183 [1/50, dat.] *L. do d.*

1. *torpor*

2. *com efeito*

184 [2/36, dat.] *L. do d.* 22/8/1931. O último parágrafo é manuscrito.

1. *de toda a alma* [1ª versão]

2. *corpóreo*

3. *resfria*
4. que *angústia de não ser outro*
5. *impaciência*

185 [9/27, ms.]
1. que *não morra* [1ª versão]

186* [94/100, ms.]

187 [1/83-84, dat.] *L. do d.* O último período é manuscrito. Seguem-se duas frases fragmentárias, destinadas a um desenvolvimento do texto, que não houve: "aquela sensibilidade tênue, mas firme, o sonho longo mas consciente" e "que forma no seu conjunto o meu privilégio de penumbra".
1. Rua da Vitória; *é o César de um quarteirão* [1ª versão]

188 [1/43, dat.] *L. do d.*

189 [5/62, ms.]
1. *oculto*
2. *da*
3. um amarelo *suposto*

190 [1/51, dat.] *L. do d.*

191 [2/20, ms.] *L. do d.*
1. *houve* [1ª versão]
2. *de*

192 [2/28, dat.] *L. do d.*

193 [2/42, dat.] *L. do d.* 2/9/1931.
1. *sonho*

194* [94/83, ms.]

195 [5/66, ms.] *L. do d.*

196 [2/43, dat.] *L. do d.* 3/9/1931.

197 [5/76-77, ms.] *L. do d.*

198 [1/55, dat.] *L. do d.*
1. *por*
2. *pois que*
3. "cobriar", no original / *retrosar* [sic]
4. *atrigueirada / trigueira*
5. *branquinho*

199 [7/11, dat.] *L. do d.*

200 [3/23, dat.] *L. do d.*

201 [4/10, misto] *L. do d.* 10-11/9/1931. Ao cimo do texto: (*a alternação de trechos assim com os maiores?*)
1. *bafo denso*
2. *múltiplas* [1ª versão]
3. *escassear-se*
4. *claro*
5. *de*

202 [4/11, dat.] *L. do d.* 14/9/1931.
1. que *também tive* [1ª versão]

203 [4/31, dat.] *L. do d.* 15/9/1931.

204 [4/8, dat.] 15/9/1931. Publicado em *Descobrimento*: *Revista de Cultura*, n. 3, 1931.

205 [4/32, dat.] *L. do d.* 16/9/1931.

206 [3/50, ms.] *L. do d.*

207 [6/12, dat.] *L. do d.* (*ou Teive?*)

208 [4/17-18, dat.] 18/9/1931. Publicado em *Descobrimento: Revista de Cultura*, n. 3, 1931.

209 Publicado por António de Pina Coelho no seu livro *Os fundamentos filosóficos da obra de Fernando Pessoa* (Verbo, 1971), v. II, pp. 164-5, no qual é dado como um inédito do *Livro*, manuscrito, sem data e não assinado. Não se encontra o original.

210 [152/89, ms.]
1. Ética

211 [7/42, ms.] *L. do d.*

212* [133E/3, ms.] Escrito num envelope de telegrama endereçado a Olisipo, empresa criada por Pessoa em 1921.

213 [2/76, dat.] *L. do d.*

214 [2/75, dat.] *L. do d.*

215 [144D²/44-45, ms.] O fato de os apontamentos deste trecho, inscritos num caderno, surgirem logo após o trecho 314 e imediatamente antes do trecho "Maneira de bem sonhar nos metafísicos", a circunstância de um "Intervalo doloroso" (trecho 60) também figurar na folha 144D²/45 e a referência feita num dos apontamentos à "leitura deste livro" são razões suficientes para considerar que o autor os destinava certamente ao *Livro do desassossego*.

1. por dentro *e por fora?*

216 [2/44, dat.] *L. do d.* 7/10/1931.

1. *separados*

2. *grande* [1ª versão]

3. *presente*

4. *cama*

5. *branqueja*

217 [3/24, dat.] *L. do d.*

1. *mesma*

218* [8/6, ms.]

219* [28/9-10, dat.] Escrito em papel timbrado que sobrou da malograda Empresa Íbis (editora e tipografia fundada por Pessoa em final de 1909 e extinta em junho de 1910), este fragmento datará dos primórdios do *Livro do desassossego*.

1. Lê-se no original: "concreta e □ mente"

2. em vão *sequer* [1ª versão]

3. ao menos *um lugar onde se sentisse a cálida consciência*

220 [9/23, ms.] Um outro "Intervalo" (trecho 185), não denominado "doloroso", também exprime o desejo de que "tudo se espiritualize em Noite".

221 [4/13, dat.] *L. do d.* 16/10/1931.

1. *chamei-a*

2. *era*

3. que *já era*

4. *curta / breve*

5. *figurava*

6. e fluida, *a mascarada imensa e lunar, o interlúdio de* [1ª versão]

7. sei *porque*

8. *confusa*

222 [1/48, ms.] *L. do d.*

1. *nas horas*

2. *separada*

3. *baço* [1ª versão]

4. *com* [1ª versão]

5. *silêncios duros / num só grande silêncio*

6. Aqui o autor acrescentou uma frase parcialmente legível: "Depois aumenta [...]".

223 [4/41, dat.] *L. do d.*

224 [2/89, ms.]

1. chamamos *a realidade* [1ª versão]

2. toda a *idade* [1ª versão]

225 [4/15-16, dat.] 16-17/10/1931. Publicado em *Descobrimento: Revista de Cultura*, n. 3, 1931.

226* [142/55, ms.]

1. *existe*

227 [4/3, dat.] 18/10/1931. Publicado em *Descobrimento: Revista de Cultura*, n. 3, 1931.

228 [4/4, ms.] Escrito no verso de uma versão não finalizada do trecho 227.

1. *distinguem os*

229* [144D2/137, ms.]

230 [1/1, dat.] *A. de C. (?) ou L. do d. (ou outra coisa qualquer)*

231 [5/57, dat.] *L. do d.*

232 [2/88, dat.] A última frase é manuscrita.

233 [2/91, ms.]

234 [9/7, ms.] *L. do d.* O pequeno trecho ocupa um canto de uma página de apontamentos atribuídos a Álvaro de Campos. Um outro apontamento e um poema de Campos datado de 21/10/1931 preenchem o verso da folha.

235 [2/5, dat.] *L. do d.*

1. Na segunda parte de *Les Natchez*.

2. atravessado *não digo já a primei-*

ra experiência, mas toda a extensa análise dela que é para mim a sua realidade

236 [2/69, ms.] *L. do d.*

1. *querer*

237* [49A[4]/3, ms.] Redigido no verso do rascunho de um poema em inglês, "Now Are No Janus' Temple--Doors Thrown Wide", datado de 7/1/1915.

1. Inicialmente, o autor deixou espaço em branco entre esta frase e o seguimento do texto, o que indica uma intenção de desenvolvimento posterior. É possível, mas não seguro, que tenha renunciado a essa intenção, uma vez que preencheu o espaço com uma parte final do trecho.

2. *visualizável* [1ª versão]

238* [15[5]/14, dat.]

1. Gabriel Tarde (1843-1904), sociólogo e criminologista francês. A mesma citação — que é a última frase do livro *L'Opposition universelle* (1897) — repete-se no trecho 446.

239* [138/87, dat.]

240 [5/34, ms.]

1. monotonia *líquida me insistiu, fria,*

2. *mágoa*

3. *asas*

4. *tardio*

5. *calçada*

6. *destacava*

7. janela, *apenas*

241 [8/11, dat.] Este trecho figura no verso de uma das folhas ocupada pelo trecho 76. O título consta de duas listas de trechos escritas por Pessoa.

242 [1/18, dat.]

243 [3/19-20, dat.] *L. do d.* 4/11/1931.

244 [5/47, ms.] *L. do d.*

245 [5/28, ms.] *L. do d.*

1. *contra*

246* [114[1]/77, ms.] Escrito — juntamente com o rascunho do poema "Nescio quid meditans", datado de 7/10/1930 — no verso de uma carta para Mandrake Press, editora de Aleister Crowley.

1. *acontecem*

247 [7/34, dat.] *L. do d.*

248 [9/3, ms.] *L. do d.*

249* [9/18-22, ms.] Não é certo que os últimos dois parágrafos pertençam ao trecho.

250 [7/18, ms.] *L. do d.* Ver nota do trecho 53.

251* [7/4, 8/5, 8/7, 8/4, ms.] Nenhum dos quatro "fragmentos" incluídos sob este título foi explicitamente atribuído pelo autor ao *Livro do desassossego*, mas o primeiro ocupa o verso da folha onde figura o trecho 35, o qual ostenta a sigla *L. do d.* O terceiro "fragmento" (que não é assim identificado no original) foi escrito no mesmo tipo de papel que o primeiro, sendo a sua folha numerada 5 (frente) e 6 (verso), enquanto o segundo e quarto "fragmentos" (também não identificados como tais) foram escritos em outros tipos de papel, cada um com os números 3 e 4 a encimar os dois lados da folha. É notável a semelhança temática e tonal entre os quatro textos, que remontam à década de 1910, não parecendo impossível que o autor os quisesse destinar a todos essa rubrica. Seja como for, é evidente que faltam páginas a alguns dos textos aqui reunidos.

1. *o*

2. *tenho*

3. *antepus*

4. *no seu caminho* [1ª versão]

5. *do espírito*

252 [9/1, ms.] *L. do d.* No verso do original figura o rascunho de um poema em inglês datado de 29/10/1914.

253 [2/8, dat.] *L. do d.*

254 [1/44,45, dat.] *L. do d.*

255 [4/26-28, dat.] *L. do d.* 29/11/1931.

1. Ninguém *se conhece pois, se se conhecesse, se não amaria*

2. *a alma se fina de fraqueza / a alma morrer-nos-ia de anemia*

3. que *fosse* [1ª versão]

4. *casados*

5. *por achar*

6. *assomo*

7. *ou*

8. *ainda*

9. *pressupor a*

10. *a sensação / a intuição*

11. crianças *sob olhos adultos que brincam sérios a jogos regrados*

12. despido, *cria* uma filosofia, ou *sonha* uma religião; e a filosofia *espalha-se* e a religião *propaga-se* [1ª versão]

256 [2/49, dat.] *L. do d.*

257 [1/87, dat.] *L. do d.*

258 [9/2, ms.] *L. do d.*

1. *uma pontuação defeituosa*

2. O autor escreveu, na mesma folha, uma variação da sua ideia em inglês: "*Your poems are of interest to mankind; your liver isn't. Drink till you write well and feel sick. Bless your poems and be damned to you*".

259 [4/5-6, dat.] *L. do d.* Publicado em *Descobrimento: Revista de Cultura*, n. 3, 1931.

260 [3/84, dat.] *L. do d.* 1/12/1931.

1. *em*

2. *geral*

3. de ser *guarda-livros cansado ou lisboeta*

261 [2/25, ms.] *L. do d.*

262 [4/2, dat.] 1/12/1931.

1. *formular*

263 [4/1, dat.] *L. do d.* 1/12/1931.

1. *estranho*

2. "exercidas" no original, por presumível lapso.

3. *chamam* [1ª versão]

264* [28/24, ms.]

265 [1/41, dat.] *L. do d.*

266 [4/22, misto] *L. do d.* 3/12/1931.

1. lugar *cheio de brancos*

2. *registro*

3. *pelicular* [1ª versão]

4. horroroso *da nossa recordação* [1ª versão] / *do som da recordação*

267 [9/10, dat.] *L. do d.* No fim do trecho surge este apontamento:

(*transformation of Sherlock Holmes article*)

should it be done?

268 [2/81, dat.] *L. do d.*

269 [7/41, ms.] Escrito no mesmo suporte que o trecho 367, assinalado pela sigla *L. do d.* Esse fato e a circunstância de o trecho 195 tecer comentários igualmente saudosos sobre o romance constituem provas convincentes de que o autor pensava incluir este apontamento no *Livro*.

270 [3/3, dat.] Datilografado na mesma altura que os dois trechos seguintes.

271 [3/4, dat.]

272 [3/5, dat.]

1. *O Cristo*

2. *eternos* [1ª versão]

273 [1/86, dat.] *L. do d.*

1. *Messias*

2. manto régio *vestido, no exílio eterno dos réis, por os mendigos que ocuparam os jardins da casa da derrota*

274 [1/63, dat.]

275 [1/3, dat.]

276* [133B/39, ms.]

277 [1/19, 21, dat.] Relacionável com os trechos 360 e 410, todos eles datáveis da última fase do *Livro*. Embora datilografados, nenhum dos trechos está acabado (ostentam lacunas, frases incompletas etc.), sendo possível que o autor tencionasse servir-se deles para redigir um trecho único sobre os frequentadores de cafés. Resolvemos distanciar os trechos uns dos outros por dois motivos: 1) para que a repetição de alguns tópicos não pese na leitura (o quarto parágrafo do presente trecho, por exemplo, vai reaparecer — de forma resumida, mas concluindo com palavras quase idênticas — como quinto parágrafo do trecho 410); e 2) para imitar, de certo modo, o frequente surgimento do tema no espírito do escritor, ao longo de muitos anos. Com efeito, já muito antes, talvez por volta de 1913, produzira vários rascunhos manuscritos para um ensaio ora intitulado "Os homens de café" (ou "dos cafés"), ora "Vida de café" (docs. 55F/27-30), nos quais exprimia críticas e juízos tão severos quanto os que foram mais tarde emitidos por Bernardo Soares.

278 [1/69, misto]

1. Em *De profundis*.

279 [3/82, dat.] *L. do d.* 16/12/1931. No verso do original, figura um rascunho da ode de Ricardo Reis que começa "Se a cada coisa que há um deus compete".

1. *diz-se* [1ª versão]

2. estado *no hábito de ver e ouvir*

3. como, *sem meu coração, desejavam por si*

280* [9/33, ms.]

1. esperado *cuja ideia / cujo esperá-lo*

281 [1/66, ms.]

282 [2/48, dat.] *L. do d.* (*escrito intervalarmente, e muito para emendar*)

283 [7/40, dat.] *L. do d.*

284 [9/42, ms.] *L. do d.*

1. *sonho*

2. *desiludir*

3. *postigos*

4. *de púrpura-de-império*

5. *matam*

285 [4/23, dat.] *L. do d.* 20/12/1931.

286 [2/86, dat.] *L. do d.*

287 [1/28, ms.] *L. do d.*

288* [133B/67, 61, 63, 64, 66, 62, 65, ms.] Escrito a lápis em papel de um bloco minúsculo, este trecho é, mais propriamente, um rascunho para um ou mais trechos. Embora não ostente a sigla *L. do d.*, inclui-se no *Livro* pela semelhança temática com os trechos 457 e 466 ou, ainda, com a terceira seção do trecho 309 — todos eles igualmente compostos de apontamentos que o autor talvez tencionasse reformular em textos mais elaborados. Uma boa parte dos apontamentos poderia ter dado lugar a uma versão aumentada de "A tragédia do espelho" — hipótese apoiada por outro apontamento solto (doc. 133D/69), rotulado precisamente "O espelho": *O nosso comum espelho* [var.: *nosso espelho*] *mental refletia-nos, e nós reconhecíamo-nos incompletos para a apresentação estética do ato que íamos realizar...* Note-se, no entanto, que este apontamento e os quatro trechos acima referidos foram escritos em cinco suportes e em cinco momentos diferentes.

289 [5/51, dat.] *L. do d.*

1. O autor datilografou "duas", presumivelmente por lapso.

290 [2/21, ms.] *L. do d.* O trecho 135 encontra-se no verso.

1. *todos os elementos*

2. *os prazeres*

3. *Quantos Verlaines* [1ª versão] / *Quantos Horácios*

291 [1/62, ms.] *L. do d.*

1. na vida *da minha arte* [1ª versão]

292 [9/30, ms.] *L. do d.*

293 [138/21, ms.]

1. *ásperos*

294 [9/34a, ms.] *L. do d.*

295 [9/35, 35a, ms.] *L. do d.*

1. *vindouro* [1ª versão]

296 [7/17, ms.] Escrito na mesma altura e na mesma folha que o trecho 351 ("Paciências") e o AP3, estando tudo encimado pela sigla *L. do d.* Os trechos 53, 250 e 349 são contemporâneos.

1. *animal spirits* [1ª versão]

2. a seu *modo, fazem os gestos da vida* [1ª versão]

297* [28/96, ms.]

298 [4/33, dat.] *L. do d.*

1. *letras* [1ª versão]

2. *contabilização*

3. *Todo o mundo se me desenrola aos* [1ª versão]

299 [5/74, ms.] *L. do d.*

1. *muito*

300 [94/87, ms.] Ver a nota para o outro "Sonho triangular" (trecho 241).

301 [5/7a, 9a, ms.] A segunda folha do trecho é partilhada com a última parte do trecho intitulado "Uma carta". A primeira folha contém apontamentos sobre o Interseccionismo (nos quais uma "confusão de planos" é atribuída aos poetas Mallarmé e Gustave Kahn) e, no topo da página, a indicação "Paisagem oblíqua" como título de um texto ou conjunto de textos destinado ao "*L. do d.*". Esse título lembra, por um lado, "Chuva oblíqua" — conjunto de poemas que foi, durante um curto período, provisoriamente atribuído a Bernardo Soares (ver Introdução) — e, por outro lado, os vários trechos do *Livro* intitulados "Paisagem de chuva".

1. *julgas tu saber isto e não o sabes?*

302 [2/62, misto] *L. do d.*

303 [4/24-25, dat.] *L. do d.* 17/1/1932.

1. *iludindo-se*

304 [S3/45, ms.] *L. do d.*

305* [49A⁶/1, ms.] Escrito no verso de uma folha ocupada por um poema em inglês, "Limitation", datado de 12/1/1920. A penúltima frase, com outra pontuação, figura no sexto parágrafo do trecho "Marcha fúnebre" (na seção Os Grandes Trechos).

1. *ao*

306 [6/13, dat.] *L. do d.*

1. *no fato cristão*

2. Ver nota para o trecho 124.

307 [5/80 ms.] *L. do d.*

308* [9/33a, ms.]

309 [9/51, ms.] *L. do d.*

310 [4/68, ms.]

1. *pombas*

2. há em *eu ser o espaço*

311 [3/9, dat.] *L. do d.*

1. *trago*

312 [1/36, dat.] *L. do d.*

1. *os encontrões trocados*

2. *em*

3. no *chão de saguão*

313 [1/25, misto] *L. do d.*

1. (outro modo) *aos incidentes que chamam alegria e dor* / somente à de um homem *rico com dor de dentes de vez em quando, mas muita aspirina também*

314 [144D²/43-44, ms.] *L. do d.*

1. *Cidade*

2. *reduzir*

3. "passa; não □", no original. A emenda justifica-se pelo fato de o comentário sobre os jornais ter sido continuado na frase seguinte, posteriormente acrescentada na margem.

4. colocar *a alma* [1ª versão, riscada com exceção do artigo "a", por evidente lapso]

315 [5/39, ms.] *L. do d.*

1. *completar*

316 [144G/38, ms.] *L. do d.*

317 [3/81, misto] *L. do d.* 26/1/1932.

1. no palco *passam* [1ª versão]

318 [3/83, ms.] *L. do d.*

319 [5/45, 45a, ms.] *L. do d.*

320 [3/69, misto] *L. do d.* 29/1/1932.

1. *ao*

2. por onde *o que fora névoa se esfumava*

3. *o mundo*

4. *claro*

5. *arrasteando*

6. *minguava*

321 [4/36, ms.]

322 [5/63-64, ms.] *L. do d.*

1. *Metais / As algas*

2. *superior*

323 [1/52, dat.] *L. do d.*

1. *impaciente*

324* [144D²/19, ms.] À semelhança do trecho 229, este trecho conjectural figura num caderno com textos muito variados, incluindo alguns rotulados "*L. do d.*". Segue-se a uma série de apontamentos para um "Manual secreto [*var*: prático] do político moderno", com que não tem nenhuma relação.

325 [4/54, dat.] *L. do d.*

326 [9/46, ms.] Escrito numa das folhas ocupadas pelo trecho 412.

1. poder *de sonhar*

327 [2/57, dat.] *L. do d.*

328 [4/86, ms.] *L. do d.*

1. O título "Litania da desesperança" surge em duas listas de trechos do *Livro do desassossego*.

2. *pudesse*

3. *nenhuns*

4. *nenhuns*

5. *imensamente*

6. o que *significa o que disse*

329 [4/87, ms.] Escrito num envelope endereçado a Pessoa por Mário de Sá-Carneiro e com carimbo de 10/5/1913, Paris.

330 [5/25-26, ms.] Um poema inacabado, "Ela canta e as suas notas soltas tecem", datado de 15/5/1913, figura na segunda folha ocupada com este trecho.

1. *a dor e o prazer*

2. *esquecidos* [1ª versão]

331 [3/71, dat.] *L. do d.* 5/2/1932.

1. *condição*

2. *visualizável*

332 [5/73, ms.] *L. do d.*

333 [144D²/135, ms.] *L. do d.* 18/7/1916.

334 [3/68, dat.] *L. do d.* 16/3/1932.

335 [144X/36, ms.] *L. do d.*

1. *tempero*

336 [3/80, dat.] *L. do d.*

337 [3/70, dat.] *L. do d.*

338 [1/31, dat.] *L. do d.*

1. O mapa alegórico do *Pays du Tendre* foi publicado no primeiro volume (1654) de *Clélie*, um romance de amor escrito por Madeleine de Scudéry (1607-1701). O país chamado *Tendre* foi atravessado pelo rio das Inclinações e dividido em zonas denominadas Sinceridade, Gentileza, Perfídia, Mesquinhez etc. A "geografia amorosa"

tornou-se uma moda que perdurou na França até ao final do século.

339 [3/75, dat.] *L. do d.* 28/3/1932.

340 [2/61, ms.]

341 [2/72-73, dat.]

1. *das paredes* [1ª versão]

342 [3/72, dat.] *L. do d.* 2/5/1932.

1. sendo *filha* [1ª versão]

343 [7/43, ms.] *L. do d.*

344 [4/70, ms.] O título aparece em duas listas de trechos.

1. *tirar para mim* [1ª versão]
2. *alto e perverso* [1ª versão]

345 [4/69, ms.]

1. *lábios mortos*

346* [94/93, ms.] Apesar da sua afinidade temática com o *Livro do desassossego*, é possível que o trecho pertença ao drama "estático" *A morte do príncipe*, como será certamente o caso do fragmento que surge no outro lado da mesma folha: "Sou uma roseira, sou uma roseira a meio de um jardim" etc.

1. *as nossas ideias deles / o nosso olhar*

347 [9/14, ms.] *L. do d.*

348 [3/74, dat.] *L. do d.* 15/5/1932.

349 [7/19, ms.] *L. do d.* Ver nota do trecho 53.

1. *Exprimir-se* [1ª versão]

350 [3/73, dat.] *L. do d.* 23/5/1932.

351 [7/17, ms.] Ver a nota do trecho 296.

352 [3/78, dat.] *L. do d.* 31/5/1932.

353 [94/4, dat.] Ao cimo do texto: *Trecho*.

354 [4/43, dat.] *L. do d.*

355 [3/63, dat.] *L. do d.* No fim do trecho, surge um apontamento manuscrito assinado por Á[lvaro] de C[ampos]: "É verdade... Quem é que reveria as provas do Livro do Destino?".

1. *um magno dia / a luz de todos os infernos*
2. *tecidos / o véu duro*

356 [4/45, dat.] *L. do d.* 11/6/1932.

1. *surgem*

357 [3/79, dat.] *Nota* (*ou* L. do d.)

358 [2/77, dat.] *L. do d.* No verso, escrito a lápis, o nome "Jaeger" (apelido da namorada de Aleister Crowley que o acompanhou na sua viagem a Portugal, em setembro de 1930).

359 [3/77, ms.] *L. do d.* 14/6/1932.

1. Refere-se ao poema "To Marguerite — Continued", de Matthew Arnold.
2. Louis-Claude de Saint-Martin (1743-1803), filósofo e ocultista francês, era discípulo de Martinez de Pasqually (1727?-74), a quem uma vez perguntou, a propósito de iniciações e ritos elaborados: "Mestre, será preciso tanta coisa para rezar a Deus?". Ao que Pasqually respondeu: "Devemos contentar-nos com o que temos". O intercâmbio entre o mestre e o discípulo está registrado na p. 20 do livro *Saint-Martin le philosophe inconnu* (org. M. Matter, Paris, Didier et Cie, 1862), que figura na biblioteca de Pessoa.
3. *por vender*

360 [1/23, dat.] Ver nota ao trecho 277.

1. das coisas, *rasgando, com proas desdenhosas, sem dificuldade nem sequer conhecimento, esse*
2. palha de *garrafas*

361 [3/10, dat.] *L. do d.*

362 [5/37, ms.]

363 [9/37-38, ms.] *L. do d. ou Filatelista?* "O filatelista" é um dos muitos contos deixados incompletos por Pessoa.

1. *Um*
2. *alma e alma*

3. Ponto de interrogação acrescentado por nós.

364* [9/29, 94/76, ms.]

1. Versão alternativa do primeiro parágrafo: "As nossas sensações passam — como possuí-las pois — ou o que elas mostram muito menos. Possui alguém um rio que corre, pertence a alguém o vento que passa?".

365* [94/89, ms.]

366 [9/50, ms.] *L. do d.*

367 [7/41, ms.] *L. do d.*

1. *a cores*

368* [15B¹/58, ms.]

1. nunca se *fixa numa atitude nem se demora* [1ª versão]

2. *gesto*

3. *vertentes*

4. obedece a um *instante de pena — pena mais fiel* [1ª versão]

369 [7/1, ms.] *L. do d.* Na sequência destes apontamentos, surgem, na mesma folha, o título e uma frase de um trecho não desenvolvido (AP10).

370 [7/5-10, ms.] *L. do d.*

1. *às minhas sensações*

2. nunca *olho para as*

3. na *ideia que fazemos de nós*

4. *mais deliciosas*

5. Palavra aparentemente riscada no original.

6. *existência*

7. o que não *podiam deixar de vir a ter dito*

371 [28/98, 133B/10, ms.] O título, que encima os dois fragmentos escritos em suportes diferentes e separados aqui por um asterisco, é mencionado em três listas de trechos.

1. *visionação / visibilidade*

372 [651, dat.]

1. *logo*

2. *volve em cansar-me*

373 [3/76, dat.] *L. do d.* 23/6/1932.

1. Edmund Gosse (1849-1928), mais recordado como crítico e biógrafo do que como poeta. Os versos citados são provenientes de um poema intitulado "Lying in the Grass". Nas suas experiências com escrita automática, Pessoa recebeu esta curiosa comunicação do seu correspondente astral (doc. 133I/42): "*You must induce Gosse to see your poems. He is in the state of mind necessary to [be] some sort of aid* ".

374 [4/46, dat.] *L. do d.* 2/7/1932. Publicado em *A Revista*, n. 1, 1932.

375 [7/38, ms.] *L. do d.* (?)

376 [5/61, ms.] *L. do d.*

1. de sentimentos *me desconcerto* [1ª versão]

2. *subvertidas* [1ª versão]

377 [3/65, dat.] *L. do d.* 16/7/1932.

1. fez mal *sentir a doença* [1ª versão] / *sentir no pensamento a doença*

2. *de uma / numa*

378 [2/15, dat.] *L. do d.* 25/7/1932.

379 [138/63, ms.]

380 [4/49, dat.] *L. do d.* 28/9/1932.

381 [4/50-51, dat.] *L. do d.* 28/9/1932.

1. sem *que a eles se assemelhe*

2. *e da* [1ª versão]

3. se a houver, *do*

382 [2/26, ms.]

383 [9/48, ms.] *L. do d.*

384 [5/38, ms.] *L. do d.*

385 [4/48, ms.] *L. do d.* 2/11/1932.

1. *moléstia*

2. *turbava / turvava*

386 [2/22, dat.] *L. do d.* 28/11/1932.

387 [3/25, dat.] *L. do d.* Como acontece em outros casos, a conclusão do trecho — "como um náufrago afogando-se" etc. — foi a primeira frase escrita.

1. *de*
2. *plácido*
388 [9/13, ms.] Ao cimo do trecho: "*Carefully see whether the* "ciência de latente" *attitude is or is not that of the author of* L. do d.".
1. Da palavra inglesa *lambent*, que significa "cintilante" e, no contexto de expressão verbal, "leve, escorreito".
389 [5/40, ms.] *L. do d.*
1. *de sobra*
390* [8/2, ms.] No mesmo suporte (um envelope endereçado a Pessoa e carimbado em outubro de 1913), figura o seguinte apontamento, atribuído à personagem Dr. Neibas (aliás Gaudêncio Nabos): "para que ter relações com mulheres".
391 [2/23, dat.] *L. do d.* 13/12/1932.
1. *de*
392* [138A/10, dat.]
1. *rapaz*
393 [1/68, misto] *L. do d.*
1. porque *nelas colabora* [1ª versão] / porque *para elas contribui*
2. o Mistério *e a mesma vida se desmente*
3. *inatenção*
4. *rompem*
5. *lúcidos / falidos*
6. *em*
7. *entrefluentes*
8. *troar cascado*
9. *aviso*
10. *som longo*
11. Nota à margem: "se é fado?"
12. *de*
13. *longos*
14. *consciência / diluição*
15. *trintina / trila o som da*
394 [144D²/37, ms.] *L. do d.*
1. *quero*
395* [8/13, dat.]
1. com *eu existir*
396 [2/27, dat.] *L. do d.* 30/12/1932.
397 [2/14, ms.]
1. e *de quem assumi*
2. *a forma de entendimento*
3. de aqui *com uma diferença que me não distingue e uma novidade quase velha*
4. então *eu era*
5. *preto*
6. *pesa*
398 [5/48, ms.] *L. do d.*
1. *vence*
2. *aquele*
399 [2/32, ms.] *L. do d.* No final do texto, lê-se este apontamento fragmentário: "a □ dos que não foram amados, nem queridos, nem □, e tiveram da vida uma noção de náusea, um mal-estar das sensações constante, um □ da respiração".
1. Plutarco conta que, quando Alexandre Magno foi declarado generalíssimo dos gregos, todos foram felicitá-lo exceto Diógenes, o Cínico. Então Alexandre, com seu séquito, foi visitar Diógenes, que estava estendido ao sol. Distraído da sua meditação pela pequena multidão, Diógenes olhou para Alexandre, que lhe perguntou se queria alguma coisa. "Sim, respondeu o filósofo, quero que te tires de diante do meu sol." Alexandre, maravilhado com essa resposta, foi-se embora dizendo que, se não fosse Alexandre, gostaria de ser Diógenes.
2. nunca *sido escritas* / se parte *do que afinal não foram*
3. No artigo "António Botto e o ideal estético em Portugal" (1922), Pessoa referiu-se "à estéril ficção de um milênio do estômago — o socialismo, o anarquismo, e todos os

plutocratismos invertidos que se lhes assemelham".

400 [9/6, ms.] *L. do d.* No verso do original, figura o poema "Como quem, roçando um arco às vezes", datado de 20/11/1914.

1. *tempo*

2. *no*

401* [138A/41, ms.] Terceira e quarta páginas de um texto cuja primeira parte não se encontra.

1. *incompetência de*

2. *jaula* [1ª versão]

402* [133C/59, ms.] Na mesma folha, a seguir a uma lista de cartas a escrever e coisas a fazer, lê-se o título "Estética da abdicação".

1. *tudo*

403* [94/2, dat.]

404 [144D²/43, ms.] *L. do d.*

405 [1/13, dat.] *L. do d.* 23/3/1933.

1. Em Henri Heine, *Lieder; Poésies diverses; Le Retour; etc.*, org. Alphonse Séché (Paris, Louis-Michaud, [s.d.]), livro existente na biblioteca de Pessoa. Num capítulo intitulado "Quelques Mots et boutades", lê-se: "*Même après les pleurs les plus sublimes, on finit toujours par se moucher*" (p. 124).

406 [2/85, dat.] *L. do d.* Entre os dois últimos parágrafos, surge este apontamento isolado: "o claro sorriso materno da terra cheia, o esplendor fechado das trevas altas, □".

407 [1/37, dat.] *L. do d.*

1. *ao lixo*

2. *enrugado / rugoso*

408 [1/61, dat.] *L. do d.*

409 [2/30, dat.] *L. do d.* 29/3/1933.

1. *diferentes*

2. *de outrem*

410 [1/20, dat.] *L. do d.* Ver nota ao trecho 277.

1. como *é natural nos namoros*

2. *podre*

3. *por vencer*

411 [1/6, dat.] É possível que o trecho tenha sido inicialmente redigido para um ensaio intitulado "O orgulho e a vaidade", que figura numa lista de "*small essays*" reproduzida em *Fernando Pessoa: O guardador de papéis* (org. Jerónimo Pizarro, Alfragide, Texto Editores, 2009, p. 374). Pessoa, no entanto, incluiu-o no grande envelope onde reuniu material para o *Livro do desassossego*. Terá desistido do ensaio? Ou previa que tivesse outra dimensão e outro desenvolvimento? Seja como for, a palavra e o tema do *orgulho* surgem repetidas vezes no *Livro*, e o trecho 106 menciona *orgulho* e *vaidade* na mesma frase.

412 [9/43-46, ms.] *L. do d.*

1. Ponto de interrogação acrescentado por nós.

2. *nunca me alegra*

413 [9/26, ms.] *L. do d.*

1. *recompondo-o, conforme*

2. *em*

3. absurdo e *alongar em fúteis todas as □ horas* [1ª versão]

4. Ouvir *as horas* [1ª versão]

5. *oco*

6. *paira* [1ª versão]

414 [9/26, ms.] Escrito na mesma folha que o trecho anterior.

415 [7/11, ms.] Escrito no verso do trecho 199.

416 [5/55, misto] *L. do d.*

1. *nas*

2. *serva*

417 [1/46, dat.] *L. do d.*

1. António Cardoso Borges de Figueiredo (1792-1878), presbítero secular, autor de *Instituições elementares*

de retórica para uso das escolas (1849). Pessoa possuía a 11ª edição (1879) e seu exemplar está, de fato, muito manuseado, com notas nas margens e até versos que o poeta escreveria, quem sabe, na cama.

2. Francisco José Freire (1719--73), principal teorizador da Arcádia Lusitana e mais conhecido como Cândido Lusitano.

418 [1/16, ms.] *L. do d.* Escrito no mesmo suporte que o trecho 121.

1. Ao que parece, o autor tencionava citar um dos primeiros trechos do referido livro, que termina com as palavras "os objetos, os meios e os fins".

419 [1/71, 71a, misto] *L. do d.* Texto muito desordenado. Na arrumação aqui apresentada, a colocação do segundo e do último parágrafos (os únicos datilografados no original) é hipotética, dada a ausência de quaisquer indicações do autor. O suporte é compartilhado pelo trecho 421 e por uma lista datilografada de três projetos ou apontamentos atribuídos a Álvaro de Campos: "Ode à realidade das coisas (?)", "A realidade anafrodisíaca" e "Aconteça o que acontecer, aconteceu quando acontecer".

1. *fininho / tremidinho*

2. *quebrar, quebrar*

420 [114[1]/18, ms.] Escrito no verso de uma carta de um tal Mr. Buckner, datada de 31/5/1929.

1. *frescura*

2. religião *que porventura os Deuses lembram*

421 [1/71, ms.] Escrito na mesma altura e no mesmo suporte que o trecho 419.

422 [1/80, dat.] *L. do d.*

423* [94/13, 13a, ms.] As duas últimas palavras do trecho lembram o título "Hora trêmula", que consta de uma lista de textos (reproduzida na Introdução) pertencentes ao *Livro do desassossego.*

1. *e* [1ª versão]

2. *das procissões* [1ª versão]

424 [5/23, ms.]

1. *dos seres*

425 [144X/99, ms.] *L. do d.*

426 [2/17, dat.] *L. do d.* 5/4/1933.

427 [9/4, ms.] *L. do d.* A frase que começa "Porque nada é o que é" foi acrescentada na entrelinha. Inserimos os parênteses para preservar a continuidade existente entre as frases anterior e posterior.

O trecho é seguido por dois dos trezentos provérbios que Pessoa, em 1913-4, compilou e traduziu para uma editora inglesa (que entretanto faliu) e ainda por uma observação solta: "Apesar de tudo, o equilíbrio romântico é mais perfeito que o do século XVII em França".

428 [4/82-83, ms.] Iniciado no mesmo suporte que o trecho 115.

1. *o que*

2. *olhares*

3. *o nosso pensamento*

4. *para-outros*

5. *todo um bairro*

6. *de Deus*

7. *dos prédios / dos nossos sentimentos*

8. *sobriedade* [1ª versão]

429 [5/31-32, ms.] *L. do d.* 18/9/1917.

1. *exempta*

2. *por o*

3. *interior*

430 [5/27, ms.] *L. do d.*

1. *delirantes sistematizados*

431 [1/47, dat.] *L. do d.*

432 [3/43, ms.] *L. do d.*

1. *somos*

433 [2/29, dat.] *L. do d.* 7/4/1933.

434 [4/35, dat.] *L. do d.*

435 [1/27, dat.] *L. do d.*

436 [1/38-40, misto] *L. do d.*

1. *surdo*

2. *um palavreado*

3. *poço*

4. que me *dá, nas* sombras de uma claridade frouxa, *a insuficiência*

5. *na consciência*

6. à vida, *estendo-o à janela* [*pela janela fora*] *como numa guilhotina* / à vida, *à canga abstrata de Deus*

437 [2/18, dat.] *L. do d.* 29/8/1933.

438* [94/16, ms.]

1. horizonte *nítido*

2. *universal* [1ª versão]

439 [1/29, ms.] *L. do d.*

440 [3/28, dat.]

1. "de", por lapso, no original

441 [2/19, dat.] *L. do d.* 8/9/1933.

442 [2/71, dat.] *L. do d.*

1. *dessas*

2. *de* [1ª versão]

3. *era* [1ª versão]

4. *mas*

443 [5/8a, ms.] Escrito na mesma altura e no mesmo suporte que o segundo fragmento do trecho "Conselhos às malcasadas".

444 [2/34, ms.] *L. do d.*

445 [4/53, dat.] *L. do d.* 18/9/1933.

446 [1/5, dat.] Este trecho e os dois que se seguem foram encontrados no envelope no qual Pessoa reuniu material para o *Livro*, mas poderiam ser excluídos do corpus por pertencerem, presumivelmente, a um projeto de ensaio sobre Khayyam, para o qual existem outros trechos no Espólio. Também é possível que Pessoa tenha desistido do ensaio.

1. Ver nota 1 do trecho 238.

2. Henry Aldrich (1647-1710), Deão de Christ Church, em Oxford, era conhecido sobretudo como teólogo e humanista. O datiloscrito deste trecho tem um espaço em branco no lugar do epigrama ("Reasons for Drinking"), que Pessoa traduziu e deixou algures entre os seus papéis (doc. 74B/85). Na verdade, deixou duas traduções, sendo a primeira: *Creio que há para beber/ Cinco razões, e que são:/ Um brinde, um amigo, haver/ Sede, ou poder vi-la a ter,/ Ou qualquer outra razão.*

3. Glícon

447 [1/4, misto] No final do trecho lê-se este epíteto: "o poeta persa Mestre do desconsolo e da desilusão".

1. Edward FitzGerald (1809-83) traduziu Omar Khayyam para o inglês. Escreveu, num texto sobre Khayyam incluído na edição de Pessoa: "*Some of Omar's Rubáiyát* [...] *while advocating Charity to all Men, recommending us to be too intimate with none*".

2. *patentes*

3. sabemos *nunca*

4. Aleister Crowley (1875-1947). Citando livremente da sua autobiografia, *The Confessions of Aleister Crowley*, Pessoa reformulou a primeira parte da seguinte frase, que surge no capítulo 45: "*Why should I doubt Isis, whom I had seen, heard, touched; yet admit Ray Lankester, whom I hadn't?*". (Lankester [1847-1929] era um célebre zoólogo inglês e defensor de princípios racionalistas.)

448 [1/2, dat.]

449 [4/52, dat.] *L. do d.* 2/11/1933.

1. "como", por lapso, no original.

450 [1/49, dat.] *L. do d.*

1. *falso*

2. chuva *bruta* era alegre com o seu ruído *quase humano*

451 [2/51, dat.] *L. do d.*

1. Ver nota 1 do trecho 138.

452 [2/52, dat.] *L. do d.*

453 [9/41, ms.] Escrito numa folha onde termina uma passagem de "Peristilo".

454 [1/85, dat.] *L. do d.*

1. *de que narram*

2. *campo*

455 [4/55, ms.] *L. do d.* 23/12/1933.

456 [4/56-57, ms.] *L. do d.* 31/3/1934.

457 [7/3, ms.] *L. do d.* (*?*)

458 [2/11, dat.] *L. do d.*

1. *se fora*

2. *salvas* [1ª versão]

3. *estrondeiam*

4. *parado* [1ª versão]

5. *magno*

459 [2/2, ms.] *L. do d.*

1. *Gostava* [1ª versão]

460 [2/47, dat.] *L. do d.*

461 [5/59, ms.] *L. do d.* Surge, no mesmo suporte, o poema "Aos deuses uma coisa se agradeça", datado de 13/1/1920.

462 [5/10, dat.] *L. do d.*

463 [7/39, dat.] *L. do d.* 5/6/1934.

1. *mudo*

464 [6/16, dat.] *L. do d.*

1. Protagonista do conto intitulado "Berenice".

2. *normando*

465 [6/15, dat.] *L. do d.* 9/6/1934.

1. o que *pesa inutilmente sobre* [1ª versão]

2. *tantas*

466 [5/35, ms.] *L. do d.*

467 [28/26, ms.]

1. *nessa ocasião*

2. gola do *que me não conheço* [1ª versão]

3. *afastou-se / separou-se*

468 [5/13-14, dat.] *L. do d.* 19/6/1934. Original preparado para publicação.

1. Herói do romance homônimo, publicado em 1814 por Adelbert von Chamisso (1781-1838).

469 [9/11, ms.] *L. do d.*

470 [144Y/52, ms.] *L. do d.*

471 [5/33, dat.] *L. do d.* 21/6/1934.

472 [7/49, ms.] *L. do d.* 29/6/1934.

1. Iniciado de alto grau nos mistérios de Elêusis.

2. *mais que* chuva ou verdade que deixe *mais que*

473 [7/50, ms.] *L. do d.* (*?*) 26/7/1934.

474 [112/9, ms.] *L. do d.*

1. *contivesse*

475 [133G/30, ms.]

1. De que *diabo está você*

2. Os Armazéns Grandela, situados entre a Baixa e o Chiado, foram destruídos no incêndio de 1988.

3. *a cuspir / a dar cuspo*

476 [5/69, ms.] *L. do d.*

1. *colhemos* [1ª versão]

2. *nossa* [1ª versão]

3. *é*

477 [3/8, ms.] *L. do d.*

1. *frias*

2. *solenes* [1ª versão]

3. tarde eterna *no* [*ao*] *fundo de* [1ª versão]

A frase "sem mais nada em continentes verdadeiros", escrita nas entrelinhas como variante, reaparece no fim do apontamento, talvez por ter sido grafada de forma pouco clara da primeira vez. Parece-nos improvável que o autor quisesse repetir a frase, embora a tenha escrito da segunda vez com maiúscula ("Sem...").

478 [1/26, ms.] *L. do d.*

479 [2/31, ms.]

480 [1/78, ms.]

1. *confusão*

2. *noite*

481 [6/17, dat.] *L. do d.*

1. *tenha*

OS GRANDES TRECHOS

A divina inveja [4/65-66, ms.] *L. do d.* O título do trecho também figura no fim de uma folha (doc. 27[23]/86) com vários apontamentos, em inglês e português. O apontamento imediatamente antes do título (embora separado deste por um traço) talvez seja relacionável: "Se fôssemos sonhadores perfeitos não precisaríamos do mundo real para nada, nem lhe sentiríamos o peso. Mas quer queiramos quer não, □. Convém por isso fixarmo-nos em admirar certas coisas do mundo exterior — as paisagens, as cidades e o dinheiro".

Carta [114[1]/75, ms.]. Eventualmente relacionável com o trecho "Uma carta", embora a destinatária seja tratada por "tu" e não na terceira pessoa.

1. *na*

Cascata [5/6, ms.]

1. *o amor*

2. *ligações*

3. "nos", no original

4. No manuscrito, o primeiro período do parágrafo ficou incompleto, assim: "de horrorosa ela é e □ ". O autor inseriu o segundo período na entrelinha inferior, entre parênteses, mas acabou por acrescentar a palavra "E" antes do período e fora dos parênteses. Parece-nos que, com este "E" maiúsculo, pensava dar continuidade à frase anterior (desistindo da sua lacuna por preencher) e integrar a frase na entrelinha sem necessidade de parênteses. Foi essa leitura conjectural que adotamos no texto.

Cenotáfio [5/15-16, dat.]

1. *morreu*

2. Livre da *esperança vil em melhores dias para a humanidade*

3. crédulos de *Cristo* e os sequazes de *Roma*

4. *triste*

5. Aqui surgem duas frases destinadas, talvez, a uma revisão posterior do texto:

– *do heroísmo simples, sem céu a ganhar pelo martírio, ou humanidade a salvar pelo esforço; da velha raça pagã que pertence à Cidade e para fora de que estão os bárbaros e os inimigos.*

– *mas na emoção com que o filho quer à mãe, porque ela é a sua mãe e não por ele ser seu filho* (?)

Conselhos às malcasadas [5/65, 5/8a, 114[1]/97, ms.] *L. do d.* Os três fragmentos do trecho foram escritos em momentos e suportes diferentes. O terceiro, embora não ostente o título do trecho, pertence-lhe claramente, como se depreende pelo conteúdo. A palavra "Vestígios", em letra grande, é escrita verticalmente no meio da página do segundo fragmento, menos acabado que os outros dois. O terceiro fragmento foi escrito no rascunho de uma carta dirigida a Leonardo Coimbra (1883-1936) no final de 1913, ou em 1914.

1. Apontado por Maquiavel como

um exemplo perfeito do "príncipe" moderno, César Bórgia (*c*. 1475--1507) foi um dos membros mais mal reputados e politicamente implacáveis do seu clã.

Declaração de diferença [5/56, dat.] *L. do d.* O último parágrafo traz a indicação: (*from above*).

Diário ao acaso [5/68, ms.] *L. do d.*

1. *em outros* / *noutros*
2. *confessares*

Diário lúcido [5/17, dat.] *L. do d.*

1. *anjos* [1ª versão]

Educação sentimental [5/53--54, dat.] *L. do d.* O título é seguido, no original, por um ponto de interrogação. O título primitivo, riscado, foi "A sombra da morte".

1. No original aparece aqui, por lapso, uma frase redundante: "ou não é,".
2. No original lê-se "ele", por presumível lapso.

Exame de consciência [94/88, 88a, ms.] Os conteúdos deste trecho tornam a sua atribuição ao *Livro* inevitável.

1. A frase, da peça *Chatterton*, publicada por Alfred de Vigny em 1835, foi várias vezes registrada por Pessoa, incluindo no suporte do segundo fragmento do trecho "Fragmentos de uma autobiografia". Figura como epígrafe a um drama "estático" inacabado, intitulado *Inércia* (doc. 1111ME/3), e deveria inspirar um conto que o autor tencionava redigir em inglês (segundo o doc. 48I/22).

Lagoa da posse [9/47, 5/5, ms.] Os dois fragmentos do trecho foram escritos em momentos e suportes diferentes. O segundo figura na mesma folha que o segundo fragmento do trecho "Maneira de bem sonhar".

1. para *mim*
2. A contradizer, ou relativizar, a ideia de Proudhon. Porém, numa nota escrita em inglês (doc. 15⁴/15), Pessoa manifestou concordância com o autor de *Qu'est-ce que la propriété?*: "*The true word of the case was first spoken by Proudhon. 'Property', he said, 'is a theft.' And the words were truer than he himself believed, for property, in truth, is a theft and had its origin in robbery*".

Lenda imperial [5/75, ms.] *L. do d.* No verso do trecho, figura o seguinte apontamento: "Sim o racional é real, e o real racional. Deus é um grande hegeliano [*vars.*: é hegeliano/ é um hegeliano]. E é-o não só na obscuridade do modo como expõe o mundo, mas também na própria essência do seu pensamento-coisas".

1. *da alcova* / *da alcova* [*alma*] *que a escuta* / *da sala*
2. *inquieto*
3. da minha *alma*

Maneira de bem sonhar [15B¹/96, 5/5, 9/23a, ms.] O título é identificado num projeto (doc. 49B⁴/17) como fazendo parte do *Livro*. Os três fragmentos do trecho foram escritos em momentos e suportes diferentes. O segundo figura na mesma folha que o segundo fragmento do trecho "Lagoa da posse". O terceiro foi escrito no mesmo suporte que o trecho 220.

1. o que se pode *fazer amanhã* / *deixar para amanhã*
2. *na dor e no bem-estar*

Maneira de bem sonhar nos metafísicos [144D²/46-49, ms.] Lê--se o título no final do trecho.

1. Sou *uma personagem* [1ª versão]

2. a que *nunca chegue* [1ª versão]

3. Num parêntese à parte, surge o seguinte apontamento: *Propõem-se dificuldades.*

Marcha fúnebre [138A/33-34, ms.]

Marcha fúnebre para o Rei Luís Segundo da Baviera [4/59-63, 138A/56, ms.] A primeira parte do trecho é composta de seis páginas numeradas de 1 a 6; a segunda parte consiste em três páginas marcadas *a*, *b*, *c* (esta última correspondendo ao doc. 138A/56), seguidas por mais meia página não numerada, com a palavra *end* assinalando o final, cujo remate, segundo nossa fixação do texto, é a curta frase ("... e ao fundo" etc.) escrita logo depois de *end* e com o mesmo lápis azul. Segue-se ainda uma página e meia de apontamentos soltos, só um dos quais foi incorporado no trecho por Pessoa. Os outros (com as variantes entre parênteses retos) são:

Luz no ocaso o teu advento, a estas regiões onde a Morte rege [reina].

Coroaram-te com flores misteriosas, de cores ignotas [ignoradas], grinalda absurda que te cabe como a um deus deposto.

... teu purpúreo culto do sonho, fausto da antecâmara da Morte.

... hetairas impossíveis do abismo...

Tocai, arautos, do alto das ameias, saudando esta grande [a impossível] madrugada! O Rei da Morte vai chegar [regressa] ao seu domínio!

Flores de abismo, rosas negras, cravos da cor branca do luar, papoilas de um vermelho que tem luz.

Ver no Apêndice outros fragmentos associáveis a este trecho.

Na última parte do trecho, o autor escreveu a palavra *morte* ora com maiúscula, ora com minúscula, por vezes na mesma frase e aparentemente sem intenção (essa parte do trecho foi escrita rapidamente e sem ter sido revista). Mantivemos, no entanto, a grafia variável da palavra. Em contrapartida, grafamos a palavra *imperador* com maiúscula na penúltima frase.

1. *a visse* [1ª versão]/ que eu *visse o seu sorriso*

2. o que *trazia*

3. *trazia*

4. *pisavam*

5. *domínio de*

6. *nativo / antigo*

7. *casa* [1ª versão]

8. *com que te sorri*

9. *com quem*

10. *companhia*

11. *despercebidos*

12. *grande*

13. *por fim*

14. *sombras*

15. *insensível*

16. *a consciência*

17. *case*

18. *a saudade*

19. *melhores*

20. a brancura *vazia dos muros*

21. *abismam*

22. *os exílios*

23. *assiste* [1ª versão]

24. *suicidas*

25. *grandes* [1ª versão]

Máximas [7/32-33, ms.] *L. do d.*

1. é *insultar* [1ª versão]

Milímetros [9/49, dat.] *L. do d.*

1. "esthatica", por lapso, no original.

2. a *haver* [1ª versão]

Na floresta do alheamento Publicado na revista *A Águia*, ago. 1913. Não se encontra o original.

1. A palavra "era" não consta da revista, mas surge na frase tal como foi citada numa epígrafe de *A confissão de Lúcio* (1913), de Mário de Sá-Carneiro.

Nossa Senhora do Silêncio [4/75-77, 9/28, 94/80, 4/78-79, 4/73, 4/72, ms.] O título deste trecho consta de um projeto do *Livro* e a sigla *L. do d.* figura no segundo e nos últimos três dos sete fragmentos aqui reunidos. Só o primeiro e o penúltimo têm título. O último fragmento ostenta a indicação "Final". Pessoa não chegou a organizar o material deste trecho e a arrumação aqui adotada não pretende ser uma articulação harmoniosa, muito menos uma unidade textual. É importante notar, também, que a matéria deste trecho tem um forte parentesco com a do "Peristilo". A última peça inclui um epíteto, "ânfora inútil", que reaparece num fragmento associado a "Peristilo" e também tem afinidades com o trecho denominado "Carta", cujo início lembra a exortação "Faz o teu dever de mera taça". Várias peças sem título, como esta, poderiam fazer parte tanto de um como do outro trecho, ou de nenhum dos dois. Além disso, há trechos congêneres, publicados nesta edição como textos autônomos, que Pessoa talvez tivesse arrumado sob um ou outro título. Registra-se, ainda, o seguinte apontamento (doc. 23/24) não incluído no corpus, mas que poderia fazer parte da "Nossa Senhora" ou do "Peristilo": "Tu és tudo o que a Vida não é; o que de bom e de belo os sonhos deixam e não existe".

1. me seca, e *o meu único sonho só pode ser* [1ª versão]

2. *lentas*

3. *vejo-o*

4. horas *dormidas* / horas *na inconsciência*

5. *de*

6. *E que*

7. *as tuas ações*

8. *luzes*

9. não é *espiritual mas é espírito* [1ª versão]

10. *naquele* [1ª versão]

11. *agitado*

12. O ponto de interrogação foi acrescentado por nós.

13. nojentamente *parido* [1ª versão] / *expelido para a luz*

14. *douram de poesia a*

15. *modo de sonhar*

16. *amaremos*

17. *posses* [1ª versão]

18. *ver-te*

19. *possuindo-se*

20. *sexo*

21. *É*

22. nítida *no sossego*

23. *supérflua*

24. o que *o rio*

25. sobre o *amar-te*

O amante visual [7/45-47, ms.; 5/58, dat.] *L. do d.* Os dois fragmentos do trecho foram escritos em momentos e suportes diferentes.

1. Anteros surge na mitologia como irmão de Eros e símbolo do afeto recíproco que castiga quem não retribui o amor recebido. Pessoa, porém, entendeu os dois irmãos como simbolizando "dois impulsos da sensualidade que perpetuamente se gladiam na mente do homem racional — o amor pelo amor, e o amor pela beleza" (ver *Obra*

essencial de Fernando Pessoa, v. III, Assírio & Alvim, 2006, p. 252). Deu o título de "Anteros" à última composição de um ciclo de cinco poemas em inglês no qual pretendia traçar a evolução do amor no mundo ocidental. Pessoa só escreveu (e publicou) os primeiros dois poemas, "Antinous" (relacionado com a Grécia) e "Epithalamium" (com Roma). O terceiro poema representaria a época cristã, o quarto poema o período moderno e o quinto poema, "Anteros", o futuro do amor. Deixou ainda vários fragmentos em inglês para um ensaio intitulado "Anteros", no qual se exaltaria o amor que transcende o desejo carnal.

2. Aqui surge um apontamento entre parênteses retos: *Caeiro — homem na casa ao longe*. Refere-se ao poema "inconjunto" que começa "É noite. A noite é muito escura".

O major [9/5, ms.] *L. do d.* 8/10/1919. Figura, no verso do original, o poema "Sonitus deslientes aquae", datado de 8/10/1919.

1. *demorou*

O rio da Posse
[5/70-72, ms.] *L. do d.*

1. *humanidade / naturidade*
2. *ninguém*
3. próprio *através dos*
4. *mais feliz*
5. *se torna seu e não* é [1ª versão]
6. *os absorvimentos* [1ª versão]
7. *com*
8. *possível*
9. *via*
10. *transbordante*
11. *a consciência* [1ª versão] / *o orgulho*
12. *espiritualistas* [1ª versão] / *platônicos*
13. *no século anterior*
14. *descontentamento* [1ª versão]

O sensacionista [144D²/82-84, ms.] *L. do d.*

1. satisfaça, *é a das sensações*
2. *escrupuliza* [1ª versão]
3. Ver trecho 235 e a primeira das duas notas respectivas.

Pastoral de Pedro* [8/8, ms.]

1. ÉCLOGA
2. eu *te vi, e vieste até mim e passaste*
3. pousava *a ideia de uma ave* / incerto, *cada gesto teu pensava numa ave* [*onda*]
4. *não cantado*

Peristilo [9/39, 31-32, 40, ms.] Só o último fragmento — onde se lê "Fim (último trecho)" seguido pelo número romano "II" — traz a sigla *L. do d.*, mas o título consta de várias listas de trechos. Inserimos, no início do último fragmento, dois períodos que figuram isoladamente nas folhas do segundo fragmento (redigido contemporaneamente), havendo uma indicação de que o primeiro período, pelo menos, deveria fazer parte do fragmento final. O certo é que o autor não estabeleceu uma ordem definitiva para este trecho, nem se sabe ao certo quais são os elementos que lhe pertencem. Ver, a esse respeito, a nota geral para "Nossa Senhora do Silêncio".

1. abertos *ao fim duma alameda*
2. *mortalhas*
3. *com*
4. *como eu esqueço aquelas mulheres meros sonhos que nunca soube sonhar* [*nunca soube como se sonharam*]
5. *aziaga*
6. *Corre um rio*
7. em *mim a tua* [1ª versão]
8. *nenhuma intenção*

9. *procura*

10. que a *própria vida* [1ª versão]

11. Chama *diluída em parecer*

12. *raia*

13. tirar a *corola esquecida*

14. *ao*

15. onda *efêmera* / onda *sem origem*

16. de *a terem ouvido* / de *ter sido ouvida*

17. *melodioso* [1ª versão]

18. visível do *fado*

19. *incerteza*

Sentimento apocalíptico [7/23-27, 9/15, ms.] *L. do d.* Numa pequena lista de projetos (doc. 9/16), menciona-se o seguinte apontamento (ou título): "O sentimento apocalíptico da vida. (*L. do d.*)".

1. *defensiva*

2. que o *esplendor violeta-exílio do fim do poente sobre* [1ª versão]. Foi numa folha à parte (doc. 9/15), encimada pela sigla *L. do d.*, que o autor reformulou a frase em questão, sublinhando a palavra "com" (que deveria substituir "sobre") três vezes.

3. *camponês*

4. superfícies *das águas* [1ª versão]

Sinfonia da noite inquieta [94/3, misto] O título "Sinfonia de uma noite inquieta" é referido por Pessoa em dois projetos e numa Nota (incluída no Apêndice). Duas destas três referências são tardias, como o é também uma segunda "Sinfonia" (trecho 32) com esse último título ("de uma Noite" e já não "da Noite").

Uma carta [4/74, 5/9, ms.] *L. do d.* Supõe-se que os quatro últimos parágrafos, provenientes do segundo manuscrito, rotulado "Carta", são a continuação e a conclusão do primeiro.

1. *for*

2. *Faz o teu*

3. *cumpre o teu*

4. *falsear-me*

5. *me disseram*

6. *ativo*

7. *noturna*

8. *o sonho*

Viagem nunca feita [4/80-81, 5/4, 5/3, 5/24, ms.] O título é referido em duas listas de trechos (numa delas como variante do título "A bordo") e em "Educação sentimental". Os quatro fragmentos do trecho foram escritos em momentos e suportes diferentes. Os dois primeiros ostentam o título; os outros dois só conjecturalmente fazem parte da "Viagem", que o autor nunca elaborou nem organizou. Incluiu-os, no entanto, no grande envelope onde reuniu material para o *Livro*.

1. *Do outro bordo*

2. o tempo *nosso, mas não é mais rápido, nem tão rápido, em anos*

3. *a* [1ª versão]

4. *puxar* [1ª versão]

5. *no seu lugar*

6. *haviam* [1ª versão]

7. Vinda *veleira? parais-me.*

8. da nossa, *deixada tão atrás, quem sabe se naquele mundo* [1ª versão]

9. *cingem*

10. *fica*

11. um passado, *o desassossego de estar vivendo um presente, e o tédio*

Via Láctea [7/37, 7/35-36, dat.] *L. do d.* Ao cimo da página que começa "Em mim o que há de primordial" lê-se *Segunda parte* (iniciada, na presente edição, depois do asterisco), mas não é certo que corresponda à segunda parte deste trecho, nem é seguro que as três seções da primeira parte — com linhas separadoras entre elas — formem um conjunto concebido como tal pelo autor. É possível que o título do trecho diga unicamente respeito à primeira seção. Foi tudo escrito na mesma máquina, mas por vezes Pessoa datilografava, de uma só vez, textos manuscritos em alturas diferentes e não seguia, necessariamente, uma determinada ordem. Contudo, seja a menção "Segunda parte" pensada para este trecho ou para outro, ou até, quem sabe, para o texto inicial de uma segunda parte do *Livro do desassossego*, parece-nos que cabe bem no fim do livro, uma vez que explica e resume de forma exemplar "o hábito e o jeito de sonhar" que constitui, sem dúvida, a característica "primordial" do narrador.

1. de *nenhuma compreensão deles*

2. epitáfio *por demais extenso* [1ª versão]

3. *acontecido*

APÊNDICE

AP1 [6/3, ms.] *L. do d.* Ao cimo do trecho: (*Pref.*)

AP2 [8/3, ms.]

1. *autobiografia de quem nunca existiu*

AP3 [7/17, ms.] *L. do d.* Ver nota geral do trecho 296.

1. Resumida paráfrase de uma frase de Flaubert, extraída da terceira parte de *Madame Bovary*: "*Le plus médiocre libertin a rêvé des sultanes; chaque notaire porte en soi les débris d'un poète*".

AP4 [4/64, misto]

1. *sereno*

2. *tropeçam*

3. nasceram *penando*

AP5 [138/61, ms.]

AP6 [11[14]X/18, ms.]

AP7 [5/32, ms.] *L. do d.* No mesmo suporte que o trecho 429, datado de 18/9/1917. Parece pertencer à história relatada por Pessoa, no seu Prefácio, de como conheceu o autor ficcional do *Livro*

AP8 [7/48, dat.] *L. do d.* É de supor que Pessoa tencionava reformular esta carta, dirigida à mãe, num trecho diarístico a inserir posteriormente no *Livro*. Do mesmo modo, fez uma cópia de uma carta para Mário de Sá-Carneiro datada de 14/3/1916, para poder "inserir frases e esgares dela no *Livro do desassossego*", como diz na própria carta.

AP9 [7/13, ms.] *L. do d.* No final do trecho encontra-se, isolado, o título "Sinfonia de uma noite inquieta".

1. A citação encontra-se em *Premiers poèmes* (1897), p. 152, do poeta simbolista Gustave Kahn (1859-1936).

AP10 [7/1, ms.] Escrito na mesma altura e no mesmo suporte que o trecho 369, que ostenta a sigla *L. do d.*

AP11 [144D²/55, ms.] *L. do d.*

AP12 [9/8, dat.] *L. do d.* O verso da folha é ocupado por dois poemas — "Loura e fraca por esguia", datado de 18/5/1932, e "Passa no sopro da aragem", datado de 19/5/1932 — e por um breve apontamento: "o peso de haver o mundo".

AP13 [7/10, ms.] *L. do d.* No mesmo suporte de uma "Regra de vida" atribuída a Ricardo Reis.

AP14 [144D²/38, ms.] *L. do d.*

1. *em*

AP15 [4/58, dat.] *L. do d.*

AP16 [1/42, dat.] *L. do d.*

1. *halitando*

AP17 [3/11, ms.]

AP18 [57/41, ms.] O mesmo suporte ostenta alguns versos fragmentários datados de 25/8/1913. O título do apontamento — que ficou por desenvolver — figura em duas listas antigas. O seguinte apontamento, intitulado precisamente "O sexo sujo" [15^4/23], é contemporâneo e claramente relacionável:

O verdadeiro pecado original, ingênito nos homens, é nascer de mulher. O único vício □ humano é amar a própria mãe.

Felizes os que nunca a conhecerem. Grande o que a matar. Impossíveis, de enormes, o[s] que a esfolarem.

Carta a João de Lebre e Lima [114^2/67, ms.] Pessoa possuía, na sua biblioteca, três livros de João de Lebre e Lima e alude, nesta carta que não chegou a enviar, ao primeiro (e único até então publicado): *O livro do silêncio: seguido dos Poemas do coração e da terra* (1913).

Nota para as edições próprias [9/ 12, dat.]

L. do d. (*nota*) [2/60, dat.] Escrito na mesma altura e na mesma folha que o trecho 178.

Do Prefácio às *Ficções do interlúdio* [16/58-59, 16/60-62, dat.] Estes e outros textos do mesmo "Prefácio" foram publicados em *Páginas íntimas e de autointerpretação* (Ática, 1966).

1. *publicasse*

Ideias metafísicas do *Livro do desassossego* [25/72-73, ms.] Publicado em *Textos filosóficos de Fernando Pessoa*, ed. António de Pina Coelho (Ática, 1968), v. II, pp. 218-20, mas sem nenhuma referência ao *Livro do desassossego*. Com efeito, não é certo que o texto corresponda ao título, aliás títulos, que se leem ao cimo da primeira página:

Ideias metafísicas do L. do d.

Ideias metafísicas do "Desconhecido".

Ideias metafísicas do Pó.

O autor registrou um pequeno apontamento sobre a astrologia hermética em relação ao segundo título e uma referência a um poema de Alfred Noyes para o terceiro. Parece-nos plausível que o longo texto que escreveu em seguida corresponda ao primeiro dos três títulos.

ÍNDICE DOS TEXTOS

Fernando (Antônio Nogueira) Pessoa nasceu em 1888, em Lisboa. Em 1896, dois anos e meio após a morte do pai, foi morar com a mãe e o padrasto em Durban, na África do Sul, onde fez praticamente todos seus estudos — experiência que lhe deu um domínio seguro do inglês, língua na qual escreveu poemas desde a adolescência (mais tarde publicaria os livros *Antinuos*, *35 Sonnets* e *English Poems*). Regressou a Lisboa em 1905 e matriculou-se no curso de letras, mas o abandonou depois de dois anos sem ter feito um único exame. Em 1909 usou uma herança da sua avó para montar uma tipografia, que durou menos de um ano. Passou a trabalhar para casas comerciais, como responsável pela correspondência em inglês e francês, atividade que exerceu até o fim da vida. Em 1912 publicou seu primeiro artigo, "A nova poesia portuguesa sociologicamente considerada", na revista *A Águia*.

Em 1914, escreveu os primeiros poemas dos heterônimos Alberto Caeiro, Álvaro de Campos e Ricardo Reis, aos quais daria personalidades complexas ("pus no Caeiro todo o meu poder de despersonalização dramática, pus em Ricardo Reis toda a minha disciplina mental, vestida da música que lhe é própria, pus em Álvaro de Campos toda a emoção que não dou nem a mim nem à vida"). Alberto Caeiro, considerado por Pessoa o "mestre" dos outros dois e dele próprio, é "o guardador de rebanhos", um homem de visão ingênua e instintiva, entregue às sensações. Como explicou o poeta: "Alberto Caeiro nasceu em Lisboa, mas viveu quase toda a sua vida no campo. Não teve profissão nem educação quase alguma".

Sob o nome de Bernardo Soares, Fernando Pessoa escreveu os fragmentos mais tarde reunidos no *Livro do desassossego*. Em 1915, com escritores como Almada Negreiros e Mário de Sá-

-Carneiro, lançou a revista de poesia de vanguarda *Orpheu*, da qual era diretor, marco do modernismo em Portugal e que daria grande projeção ao poeta. O único livro de poesia em português que publicou em vida foi *Mensagem* (1934), marcado pela visão mística e simbólica da história lusa. Fernando Pessoa morreu em 1935, num hospital de Lisboa, provavelmente devido a uma obstrução intestinal.

Dele, a Companhia das Letras já publicou *Aforismos e afins*, *Correspondência 1905-1922*, *Ficções do interlúdio*, *A língua portuguesa*, *Lisboa: O que o turista deve ver*, *Livro do desassossego*, *Mensagem*, *Poesia (1902-1917)*, *Poesia (1918-1930)*, *Poesia (1931-1935 e não datada)*, *Poesia — Alberto Caeiro*, *Poesia — Álvaro de Campos*, *Poesia — Ricardo Reis* e *Quando fui outro*.

1ª edição Companhia das Letras [1999] 4 reimpressões
2ª edição Companhia das Letras [2002] 4 reimpressões
3ª edição Companhia das Letras [2023]
1ª edição Companhia de Bolso [2006] 18 reimpressões
2ª edição Companhia de Bolso [2023] 2 reimpressões

Esta obra foi composta pela Verba Editorial
em Janson Text e impressa pela Gráfica Bartira
em ofsete sobre papel Pólen da Suzano S.A.
para a Editora Schwarcz em dezembro de 2024

A marca FSC® é a garantia de que a madeira utilizada na fabricação do papel deste livro provém de florestas que foram gerenciadas de maneira ambientalmente correta, socialmente justa e economicamente viável, além de outras fontes de origem controlada.